BAJO LOS AUSPICIOS DE LA UNESCO

ORGANISMOS SIGNATARIOS DEL ACUERDO MULTILATERAL DE INVESTIGACIONES Y
CO-EDICIÓN ARCHIVOS (BUENOS AIRES, 28-9-84)

EUROPA:
- CONSEJO SUPERIOR DE INVESTIGACIONES CIENTÍFICAS DE ESPAÑA
- CENTRE NATIONAL DE LA RECHERCHE SCIENTIFIQUE DE FRANCE
- CONSIGLIO NAZIONALE DELLE RICERCHE D'ITALIA
- INSTITUTO DE CULTURA E LINGUA PORTUGUESA DO PORTUGAL

AMÉRICA LATINA:
- MINISTERIO DE RELACIONES EXTERIORES Y CULTO DE ARGENTINA
- CONSELHO NACIONAL DE DESENVOLVIMIENTO CIENTIFICO E TECNOLOGICO
  DO BRASIL
- PRESIDENCIA DE LA REPÚBLICA DE COLOMBIA
- SECRETARÍA DE EDUCACIÓN PÚBLICA DE MÉXICO

- ASOCIACIÓN ARCHIVOS DE LA LITERATURA LATINOAMERICANA DEL CARIBE
  Y AFRICANA DEL SIGLO XX, AMIGOS DE M. A. ASTURIAS (O.N.G. DE LA UNESCO)

COMITÉ CIENTÍFICO INTERNACIONAL:
D. ALONSO, M. ALVAR, R. BAREIRO SAGUIER, A. M. BARRENECHEA, G. BELLINI,
P. BRUNEL, F. CALLU, A. CANDIDO DE MELLO E SOUZA, I. CHAVES CUEVAS, C. FERREIRA
DA CUNHA, R. DEPESTRE, L. HAY, L. F. LINDLEY CINTRA, G. MARTIN, B. MATAMORO,
CH. MINGUET, C. MONTEMAYOR, J. ORTEGA, B. POTTIER, J. E. RUIZ, J. A. SEABRA, A. SEGALA,
B. SESE, G. TAVANI, P. VERDEVOYE, G. WEINBERG, L. ZEA

COMITÉ EDITORIAL:
J. JÒSA I LLORCA, G. DELACOTE, E. LIZALDE, W. MURTINHO, A. SEGALA,
A. AUGSBURGER, J. C. LANGLOIS, F. AINSA

DIRECTOR DE LA COLECCIÓN:
AMOS SEGALA

JORGE ICAZA
EL CHULLA ROMERO Y FLORES

Jorge Icaza
EL CHULLA ROMERO Y FLORES

Edición Crítica
Ricardo Descalzi-Renaud Richard
Coordinadores

COLECCION  ARCHIVOS

ARGENTINA

BRASIL

COLOMBIA

ESPAÑA

FRANCIA

ITALIA

MEXICO

PORTUGAL

PRIMERA EDICIÓN, 1988

DISEÑO DE LA COLECCIÓN
MANUEL RUIZ ÁNGELES (MADRID)

ILUSTRACIÓN DE CUBIERTA
OSWALDO GUAYASAMIN
PINTOR ECUATORIANO

FOTOCOMPOSICIÓN
EBCOMP, S.A. BERGANTÍN, 1. 28042 MADRID
FOTOMECÁNICA
ARTE GRÁFICO FERT
SOLANA DE OPAÑEL, 3. MADRID
IMPRESIÓN
GRÁFICAS MURIEL (GETAFE), MADRID
ENCUADERNACIÓN
GUIJARRO. VALENTÍN LLAGUNO, 30. MADRID

EDICIÓN SIMULTÁNEA
ARGENTINA (MINISTERIO RELACIONES EXTERIORES)
BRASIL (CNPq)
COLOMBIA (PRESIDENCIA DE LA REPÚBLICA)
MÉXICO (SEP)
ESPAÑA (CSIC)

I.S.B.N.: 84-00-06883-1
DEPÓSITO LEGAL: M-29.886-1988

IMPRESO EN ESPAÑA

Ricardo Descalzi

Miembro de la Academia Ecuatoriana de Historia. Director de la Biblioteca Nacional «Eugenio Espejo». Ecuatoriano.

Gustavo Alfredo Jácome

Miembro de la Real Academia Española de la Lengua. Profesor en la Facultad de Filosofía, Letras y Educación de la Universidad Central de Quito. Ecuatoriano.

Antonio Lorente Medina

Profesor Titular de Literatura Hispanoamericana de la Universidad Nacional de Educación a Distancia de Madrid (UNED). Español.

Renaud Richard

Profesor Titular de Literatura Hispanoamericana en la Facultad de Letras de la Université du Maine-Le Mans. Francés.

Theodore Alan Sackett

Profesor en el Department of Spanish and Portuguese de la University of Southern California-Los Ángeles. «Editor» de la revista *Hispania*. Norteamericano.

ÍNDICE GENERAL

IV. LECTURAS DEL TEXTO

I. INTRODUCCIÓN

LIMINAR

Ricardo Descalzi

INTRODUCCIÓN DEL COORDINADOR

Renaud Richard

LIMINAR

Ricardo Descalzi

*E*n el tiempo en que Huasipungo, *novela de Jorge Icaza,
irrumpe en la literatura americana, el ambiente de la narrativa en el Ecuador, salvo algunas excepciones, trastroca su
pasivo costumbrismo, su ambiente hogareño, para volverse protesta
en violenta denuncia. El romanticismo poemático y el relato folclórico
se trizan ante el nuevo planteamiento literario y el indio en* Huasipungo *y el mestizo en* Cholos *y* El Chulla Romero y Flores, *para
sólo referirnos a la novelística de la sierra ecuatoriana, toman un
sentido diferente, ahora sí consubstancial con la realidad.*

*Antes de Icaza un elevado porcentaje de la narrativa acoplaba su
entonación al lirismo descriptivo del panorama, a la somera narrativa
de acontecimientos para resaltar el costumbrismo o presentar al
actor o actores como entes autómatas dentro del argumento. La
personalidad adscrita al ambiente donde transcurrían los hechos
carecía de valor, como mancha difuminada desnuda de perfiles humanos precisos y calidades anímicas de autoanálisis y reinvindicaciones.*

*En Jorge Icaza, antes que el escritor, existía el hombre de ideas
y conceptos renovadores. La dura realidad que vivió su juventud
conmovió su condición de hombre abandonado a su destino luchando
por la supervivencia sin apoyo estatal, adscrito a su empleo de
gobierno al que entregaba su trabajo, y a su vocación, imperiosa
necesidad económica, de actor teatral. De una niñez pseudoburguesa
pasó a enfrentarse con la dura necesidad luego de la muerte de su
padrastro y de su madre, situación que robusteció su carácter y el
empeño biológico, y por·ende categórico, de vivir.*

Esta entereza que caracterizó el espíritu del novelista, la confianza en su capacidad y la autocultura adquirida en los años con su lectura copiosa de dramas y novelas, condujo su vocación literaria. Y si bien su primer libro Barro de la Sierra *no despertó en los medios cultos mayor interés, fue la piedra asentada en que basó los personajes y argumentos de sus futuras producciones. El indio, ese extraño y sumiso servidor de la tierra que él conociera en rápida visión en su niñez, fue el estímulo que le entregaban sus recuerdos para resaltar sus virtudes y vicios, pero ante todo su estrato social deprimente, casi inconcebible dentro de la cultura social del siglo.*

Su continuo enfrentamiento contra un mundo hostil no podía modelar su voz y su pensamiento al estilo de los escritores que le precedieron. Su realidad era diferente: dura, atenazada, injusta y violenta, por eso su forma de escribir era suya, sin préstamo ni imitaciones. Las llamadas «malas palabras» que sonrojaron de pudor a los maestros intocables de la literatura ecuatoriana, eran consubstanciales de su temperamento, de su decir cotidiano.

Este estilo personalísimo de Jorge Icaza no claudica, manteniéndose con idéntica estructura en el resto de sus novelas, si tomamos Huasipungo *como modelo de ellas, resaltando su facilidad descriptiva en síntesis, tanto en la descripción del personaje como en su actitud en un momento dado del desarrollo.*

Sus escenas desmadejadas con minucioso realismo, intolerables para las mentes pacatas, son expresiones de lo usual, de aquello que se trata de ocultar por «pudor» y que no se desea ver, peor enfrentar, pero que Icaza, desvestido de prejuicios, leal a su condición humana y a su calidad de escritor veraz, va ordenándolas sin temor ni complejos con la limpidez consubstancial que todo hecho conlleva, para llegar a la conciencia del lector en la forma que él desea acentuar: la denuncia.

Por todo ello el nombre de Jorge Icaza se identificó con el nacimiento de la narrativa ecuatoriana hacia el mundo literario, ahogando los pequeños intentos domésticos de gracioso localismo que, salvo Cumandá *de Juan León Mera por ser el primer relato extenso, no habían logrado interés por su juego inocente entre bucólico, pintoresco, romántico, sin fuerza de denuncia ni estilo acusador, débil en sus azulosas fantasías, unidas a matices folclóricos insubstanciales.*

Si Huasipungo *y las subsiguientes fueron las novelas del agro ecuatoriano,* El Chulla Romero y Flores *representa la síntesis de una ciudad entre conventual y opacada, franciscana como su nombre,* en su ropaje externo, llena de zaragatas y albórboras en sus barrios perdidos, donde la miseria y la calidad del quiteño se refleja con perfiles nítidos, justos y sorprendentes.

El hombre intrascendente, semejante a los centenares que deambulan por calles y plazas, vive su existencia trenzada de pequeños problemas, grandes en su circunscrita realidad, tratando de paliar su destino para hacer más llevadero su transcurrir, aunque arme osadas trapacerías, invente argucias y aproveche de ingenuos. La Quito de El Chulla Romero y Flores es reflejo de muchas ciudades del mundo, si no por su paisaje urbano, por el hombre, habitante básico semejante a cualquier otro hombre de cualquiera otra ciudad, apenas diferenciado por la civilización y el hábito, que hace más ostensible o más pálida su personalidad.

No podía Jorge Icaza, nacido en Quito, dejar a su novelística huérfana de su ciudad, porque la ciudad lo había visto crecer y él, a su vez, pulsó su presencia en sus secretos recovecos en la vida bohemia que le impuso el destino.

Así es como El Chulla Romero y Flores constituye la «veraz-fantasía» de su historia, como personaje auténtico quiteño, y como relato toma altura en descripción, conflicto y ambiente. No de otra forma pudo lograr una novela que representa la expresión mejor lograda de su pluma, aferrada a la realidad, descontando ciertos desmanes imaginativos usuales en él, para dar dramatismo al momento.

Hombre de risa franca y escandalosa, alegre en las tenidas, conversador ameno, mezclando sin empacho sus malas palabras, era, sin embargo, reservado en sus problemas, silencioso ante los ataques injustos de los críticos y los lenguaraces gratuitos, absorbedor de injurias al no responderlas, envidiado por quienes fracasaron en las letras o no llegaron a su nivel literario. Solía no olvidar el ultraje y el rencor brotaba en la intimidad de sus amigos, herido como estaba porque su calidad intelectual había sido injustamente vilipendiada.

Su pensamiento de izquierda política no se aferró al dogmatismo, fue un escritor socialista que creía en la libertad y descubría la falsedad de quienes, amparados en las doctrinas, mermaban a su sombra para recibir migajas de presupuesto o el camino fácil para las trafacías y la coima. Sereno en su criterio, media con talentoso análisis los problemas sociales, sin apasionarse ni traicionar sus ideas por una prebenda.

Leal a sus amigos, guardaba con rememoranza el recuerdo de su madre y muchas veces sus lágrimas brotaban espontáneas al recor-

*darla en las tenidas, en que un poco de licor estimulaba sus senti-
mientos celosamente guardados.*

*Franco en sus opiniones no le importaba si ellas contribuían o no
a beneficiar su imagen, sin que jamás le hayamos escuchado referirse
a sus amigos en forma despectiva y mucho menos con la más leve
sombra de inconsecuencia.*

*Jorge Icaza era sentimental y triste, personalidad que la encubría
bajo su risa y la conversación alegre. Muchos de sus rasgos suelen
surgir en forma velada, casi intrascendentes, en algunas escenas de
El Chulla Romero y Flores, «su» novela, que por este hecho la
consideramos la mejor expresión de su relato.*

INTRODUCCIÓN A LA EDICIÓN CRÍTICA DE
EL CHULLA ROMERO Y FLORES DE JORGE ICAZA

Renaud Richard

A Claude Couffon, quien le preguntaba por qué, después de una novela indigenista como *Huasipungo*, había dedicado las siguientes a los cholos de su país, le contestó Jorge Icaza:

—No sólo debe haber una novela sobre los cholos, debe haber ciento, como sobre los mestizos de América que, en definitiva, son los constructores del nuevo mundo. Hay que entender que el mestizaje, que en el Ecuador toma el nombre de *cholo,* no se refiere únicamente a la mezcla de la sangre, a la mezcla de la historia, sino también a la mezcla de la cultura. (...) el indio que llega del campo a la ciudad con todos los atributos —virtudes y vicios— (...) gracias al embrujo de la vida del medio cholo, se va transformando lentamente «sin cruce racial» en un auténtico cholo, «sea pobre si le va mal, sea rico si le va bien». Quien ha vivido y vive en ciudades de tipo cholo podía observar que el indio conforme va modificando su indumentaria, cambiando su economía y adaptándose a las nuevas normas del trabajo ciudadano, cambia no sólo su manera de expresarse, no sólo su vestido y su gusto, sino también que altera su proceder ante las gentes que antes veneraba y temía como a seres supremos.

Esta transformación tiene que ver mucho con la literatura y con el arte, porque ella nos da quizás lo que había faltado a los primeros trabajos literarios hispanoamericanos: tipos con reacciones propias en el alma, tipos que siendo profundamente nacionales o regionales den su expresión espiritual hacia lo universal. Creo que los indigenistas de verdad somos aquellos que no sólo defendemos al indio vivo y auténtico, sino que también defendemos al indio transformado, es decir al indio que va en nosotros.

Por eso insisto en mis últimas novelas, desde *Cholos,* en presentar este conflicto espiritual, este desequilibrio interno en los personajes. En la novela *Cholos,* el personaje siente la angustia doble de su espíritu, angustia que al final apunta hacia una posible rebeldía.

—Ese desequilibrio parece particularmente claro en el protagonista de su última novela: *El Chulla Romero y Flores* (1958).

—El chulla es ese personaje que trata de ser alguien depreciando lo que es, y por eso da con lo grotesco y tropieza con la tragedia. Como no se siente de la clase a la cual quisiera arribar, finge hasta sus más caras pasiones, pero al fin la vida le moldea su verdadera personalidad. En *El Chulla Romero y Flores* quizás he podido tener el acierto de desembarazarme de esta angustia que no podía expresar claramente. Es decir, el desequilibrio psíquico del mundo espiritual cholo. Con ese personaje creo que hallé la fórmula dual que lucha en la conciencia de los hispanoamericanos: la sombra de la madre india —personaje que habla e impulsa— y la sombra del padre español —Majestad y Pobreza, que contrapone, dificulta y, muchas veces, fecunda—.

Si algo de cariño tengo para el personaje, quizás se deba a que me ha servido de material para la anécdota mucho de lo que en mi juventud vivió mi generación, mucho de lo que aún persiste en los barrios suburbanos de mi ciudad (...). [1]

Esta declaración basta para subrayar el alcance simbólico de *El Chulla Romero y Flores,* donde Icaza quiso y logró expresar lo que para él era algo esencial «en la conciencia de los hispanoamericanos»: un conflicto entre la voz del ancestro aborigen, y la del ancestro europeo.

Esta ambición, que se afirma a través de una experiencia personal, necesariamente incompleta —Icaza parece haber olvidado aquí la vigencia y la importancia similares de la problemática afroamericana o mulata, que su compatriota costeño Adalberto Ortiz había planteado en su novela *Juyungo*—, no deja por eso de introducirnos de lleno en el centro del gran laberinto existencial dibujado por las diversas mezclas biológicas y/o culturales que asoman inevitablemente en cualquier sociedad de corte etnocrático, —esto es, donde un grupo socioétnico ejerce una dominación tradicional sobre otro— u otros.

Una cuestión así, que en el fondo rebasa el ámbito meramente ecuatoriano y hasta hispanoamericano, adquiere sin embargo contornos nítidos y sugestivos gracias a la vívida tarea de exploración, ubicada y fechada con bastante precisión, de Icaza, quien por otra parte manifestaba, —en la ya citada entrevista— que «(no hay que buscar) la universalidad por la imitación (...): para llegar a lo universal hay que partir, con profunda serenidad y emoción, de lo particular». [2]

Y bien es verdad que Icaza, en *El Chulla Romero y Flores,* supo casar lo singular con lo general.

En efecto, la trayectoria o «conversión» del protagonista es característica de gran parte de la etnohistoria de la América andina, que, si puede imponer una modalidad peculiar —harto problemática— al complejo de Edipo por ejemplo, también le permite al novelista integrar la unión de elementos míticos tan contrarios como son el laberinto y el espejo —unión que el chulla experimenta cuando su huida iniciática por el dédalo de patios, pasillos y cuartos populares donde se ve

[1]   Claude Couffon, «Conversación con Jorge Icaza», en: *Cuadernos del Congreso por la Libertad de la Cultura,* París, agosto de 1961, nº 51, pp. 53 b y 54 a.

[2]   Ibídem, p. 54 b.

renovado, «con la clara visión de estar frente a un espejo de cuerpo entero», ya listo para una vida nueva por haber superado el conflicto de las dos sombras ancestrales que hasta entonces sólo servían para desgarrarle o paralizarle. [3]

El Chulla Romero y Flores se nos presenta así como el fruto de la interiorización generalizadora de una experiencia menos representativa de un individuo aislado, único, que de un vasto grupo socioétnico. Por eso la novela se mantiene a igual distancia de la mera autobiografía (sabemos por ejemplo que la madre del autor no era ni mucho menos «una india del servicio doméstico»), y de esas abstracciones hueras, faltas de vida, por ser engendros de serviles imitaciones.

Cala profunda en un existir problemático, personalizado, *El Chulla Romero y Flores* hermana la vivencia etnosocial más concreta con el tema universal, mítico, de la búsqueda de la identidad, de lo auténtico, y esto dentro de un relato elaborado con el mayor esmero estético, pues sus varias formas (como la composición, el estilo, la estructuración dual, luego dialéctica del espacio ficcional) se acoplan sugestivamente a la aventura humana que contribuyen a evocar.

Le faltaba a esta novela de tres dimensiones la edición crítica, fruto de una labor colectiva, que se merece.

El equipo reunido para ello tenía desde un principio la buena suerte de disponer de varias ediciones publicadas en vida del autor, prácticamente idénticas: la primera, de la Casa de la Cultura de Quito (1958), la de las *Obras Escogidas* de Aguilar (México, 1961) y la de la editorial Losada (Buenos Aires, 1965), que sólo difieren por el uso de alguna que otra mayúscula, y por la irregularidad de sus gazapos. Huelga decir que el texto que aquí se presenta es el resultado de un cotejo minucioso de las tres, sin mayor provecho que la certidumbre de proponer *el* texto de la novela.

Por desgracia, la ausencia de cualquier manuscrito —sabemos, gracias a Marina Moncayo de Icaza y a Ricardo Descalzi, que Icaza los destruía sistemáticamente— nos negaba la posibilidad de rastrear el proceso de creación del novelista, de valorar sus vacilaciones y consiguientes elecciones. De modo que, a raíz de una sugerencia de Amos Segala que acogí gustoso, se decidió sustituir la parte del trabajo crítico normalmente reservada al estudio comparativo de las variantes del texto, por una perspectiva más extensa que lo inicialmente previsto sobre la evolución de la temática mestiza o chola —meollo de *El Chulla Romero y Flores*— en la narrativa icaciana anterior a esta novela.

Las demás partes de la labor crítica son globalmente conformes al esquema de la Colección, y se repartieron equitativamente entre los miembros del equipo.

A nadie más que a Ricardo Descalzi, actual Director de la Biblioteca Nacional de Quito, co-coordinador de esta edición, escritor y crítico conocido, le correspondía el honor de redactar el «Liminar»: durante su ya larga carrera, siempre ha hermanado felizmente la práctica de la medicina (es cancerólogo) con las actividades literarias más variadas. Fundador o cofundador de renombradas revistas quiteñas, es autor de obras teatrales que expresan tanto la angustia individual del ser

---

[3]   El entrecomillado es una cita que procede de la p. 109 de la presente edición de *El Chulla Romero y Flores*.

humano como perspectivas de acción colectiva (me contentaré con citar al respecto obras como *Anfiteatro* y *Portovelo*); ha publicado además una extensa y muy documentada *Historia crítica del Teatro Ecuatoriano* [4]; es asimismo cuentista (*Los murmullos de Dios*), novelista (*Ghismondo, Saloya*), periodista (fue uno de los primeros, si no el primero, en saludar la publicación de *El Chulla Romero y Flores*), miembro de la Casa de la Cultura de Quito así como de la Academia Ecuatoriana de Historia y de otras prestigiosas asociaciones culturales nacionales e internacionales. Gran conocedor, no sólo de la obra entera de Jorge Icaza, sino también del medio sociológico y cultural que la vio nacer, fue por fin —cosa importantísima— uno de los amigos más constantes del escritor. Su profunda experiencia, la gama extensa de su saber, su comprensión humana, resaltan en los dos artículos que abren la serie de estudios que aquí se proponen.

Una edición crítica no debe ser una misa solemne celebrada en honor de un escritor más o menos endiosado: el trabajo corrosivo, polémico, de Gustavo Alfredo Jácome, el segundo ecuatoriano del equipo, es representativo de las reacciones negativas de conocidos intelectuales compatriotas de Icaza, que antes y después de su muerte han elevado muros de escepticismo o de indiferencia por lo menos tan gruesos como los que, aquí y allá, rodean todavía la magnífica novela *Porqué se fueron las garzas,* del propio G. A. Jácome —quien en ella nos invita a un apasionante buceo en la mitología incásica [5]. Oriundo de Otavalo, Profesor en la Facultad de Filosofía, Letras y Educación de la Universidad Central de Quito, Miembro de Número de la Real Academia Española de la Lengua, también poeta, cuentista, biógrafo de Benjamín Carrión y de Pablo Neruda (y de otros más), Gustavo Alfredo Jácome, si bien bastantes veces —¿por qué negarlo?— me parece injusto con Icaza, ofrece con todo un punto de vista imprescindible para justipreciar «los destinos» de *El Chulla Romero y Flores* —tema inicial de su colaboración.

El español Antonio Lorente Medina, autor de uno de los mejores estudios icacianos —*La narrativa menor de Jorge Icaza* [6]—, ya lleva años como Profesor Titular de Literatura Hispanoamericana en la Universidad Nacional de Educación a Distancia de Madrid. Su aportación a este volumen, brillante y muy sólida, nos brinda una perspectiva sorprendente, coherente y profunda sobre «los contenidos ocultos», en este caso los «mitemas» que constituyen la arquitectura latente, sub-consciente o inconsciente, de *El Chulla Romero y Flores*. Todos los aficionados a Icaza no podemos sino agradecerle a A. Lorente Medina el habernos abierto una puerta que da a espacios insospechados del texto, y que renueva nuestra lectura —confiriéndole mayor amplitud y densidad.

Toda edición crítica de una obra narrativa de Icaza quedaría lamentablemente incompleta sin la colaboración del gran especialista norteamericano Theodore Alan Sackett: su trabajo ya clásico sobre *El arte en la novelística de Jorge Icaza* [7], su labor docente y de investigación en el Department of Spanish and Portuguese de la

---

[4]   Véase al respecto la Bibliografía adjunta a este volumen.

[5]   G. A. Jácome, *Porqué se fueron las garzas,* Barcelona, Seix Barral, 1980 (segunda edición).

[6]   Véase la Bibliografía adjunta a este volumen.

[7]   Idem.

University of Southern California (Los Angeles), sus numerosas publicaciones (es también un especialista internacionalmente conocido en la obra teatral y narrativa de Benito Pérez Galdós, así como en la novela naturalista), no precisan recordarse. Los lectores encontrarán en su estudio de la composición, del léxico y de los procedimientos estilísticos de *El Chulla Romero y Flores* una serie de hallazgos —todos documentados y analizados con rigor— que les permitirán ver mejor, paladear, la calidad artística y la profunda unidad estética de la novela.

Por supuesto, esta edición crítica, aunque es el resultado de esfuerzos colectivos y convergentes, no pretende agotar los enfoques posibles sobre la obra maestra de Jorge Icaza: sólo desea abrir pistas nuevas, desarrollar panoramas generalmente insospechados que sean capaces de enriquecer las lecturas del texto, y de fomentar otras y más profundas investigaciones que aporten a su vez más luces sobre los dolores y los enigmas, las esperanzas de auténtica plenitud en los que puede encarnarse la aventura humana en el mundo hispanoamericano.

Sea lo que fuere, queda por cierto la satisfacción, por haber contribuido a conferir definitivamente a *El Chulla Romero y Flores* la comprensión y la estima que se merece, de haber saldado una deuda de la Crítica con el hombre y con el artista rebeldes que siempre fue, que ha sido siempre, Jorge Icaza.

Gracias sean dadas por ello a los animadores de esta Colección, que nos han permitido cumplir este deber de equidad literaria.

II. EL TEXTO

EL CHULLA ROMERO Y FLORES
Jorge Icaza

Vocabulario establecido por
Renaud Richard

EL CHULLA ROMERO Y FLORES

Jorge Icaza

I

Varias veces al día don Ernesto Morejón Galindo, Director-Jefe de la Oficina de Investigación Económica, abandonaba su pequeño despacho para controlar la asistencia de los empleados a su cargo. Era don Ernesto un señor de carácter desigual. Completamente desigual. Cuando estaba de buen humor exageraba su donjuanismo resbalando por libidinosas confidencias de chola * [1] verdulera, de chagra * recién llegado. Con gráfico y pornográfico gesto de posesión sexual, solía murmurar al oído del confidente de turno: «Qué noche de farra, [2] cholito. * Me serví tres hembras. Dos resultaron doncellas. Ji... Ji... Ji... Todo gratis». Mas, si tenía que reprender en público a sus esbirros —epíteto de gasto íntimo al referirse a los subalternos— se hinchaba de omnipotencia y distribuía amenazas sin orden ni concierto. En aquellos momentos —explosión de prosa [3] gamonal— [4] se subrayaba en él todo lo grotesco de su adiposa figura: mejillas como nalgas rubicundas,

---

[1] El signo * indica que la forma a la que acompaña viene explicada en el «Vocabulario» alfabético colocado por el mismo J. Icaza al final de su novela. Nótese que cuando se repita una misma forma, no se hará otra referencia.

[2] *farra:* «(Voz lunfarda) f. En Argentina, Bolivia y Chile, holgorio, diversión bulliciosa, jarana». (Francisco J. Santamaría, *Diccionario general de americanismos,* Méjico, Editorial Pedro Robredo, 1942, T. I., p. 636). Como puede verse, es palabra que se usa asimismo en el Ecuador; aunque se la considera americanismo, «se oye también en España» con el mismo sentido, según María Moliner (*Diccionario de uso del español,* Madrid, Gredos, 1970, T. I., p. 1285). Aun cuando esta nota parezca innecesaria a un público hispanohablante, puede ser útil a los estudiantes que quieran dominar el español.

[3] *prosa:* «1. Altanería, arrogancia. 2. Prosopopeya, entono y presunción». (*Americanismos. Diccionario ilustrado Sopena,* Barcelona, Editorial Ramón Sopena, 1983, p. 512). Este vocablo aparece a menudo en las obras de Icaza, en singular o en plural, con el mismo sentido; el adjetivo derivado es *prosudo-a.*

[4] *gamonal:* aquí es adjetivo, con el significado frecuente en Hispanoamérica de «ostentoso» (*Americanismos...,* ed. cit., p. 302). El sustantivo *gamonal* tiene el sentido, en la obra icaciana, de «latifundista», «hacendado», «terrateniente», algo distinto del significado acostumbrado («El ricacho que hace de cacique en un pueblo», en *Americanismos...,* ed. cit., ibídem).

temblor de barro tierno en los labios, baba biliosa entre los dientes, candela [5] de diablo en las pupilas.

Hacia fines de noviembre, todos los años, fermentaban malos pensamientos en lo más delicado y ambicioso del personal de aquella oficina donde había caído, por arte de audacia y golpe de buena suerte, a última hora, Luis Alfonso Romero y Flores. La intriga, el esbirrismo y los anónimos se deslizaban como reptiles en hojarasca de monte —mechudas amenazas, viles ofertas. El Director-Jefe, Morejón Galindo, tragándose una especie de inconfesable envidia, revisaba entonces las listas de contribuyentes morosos, las cartas de crédito, los libros de contabilidad y los nombres de los caballeros sobre quienes debía y no podía ejercer control y coactiva. [6] Nunca le salió limpio aquel trabajo. Una serie de obstáculos superiores a la autoridad que le otorgó la ley —nepotismo en telaraña de desfalcos y funcionarios inamovibles— le ataban al temor del fracaso de quienes se quedaron a medias en su carrera burocrática por confiar en la rectitud y legalidad de procedimientos. Pero él... el se creía un hombre honrado. Eran los esbirros. El tipo o los tipos encargados de actuar en su nombre los que siempre complicaron la tragedia.

Aquel año, tras la duda y el insomnio, don Ernesto creyó haber hallado al personaje salvador, al personaje de sus esperanzas de juez incorruptible. Y una mañana, antes de entrar [7] a su despacho particular, se presentó en el salón de los empleados a sus órdenes —el sombrero metido hasta las cejas, altanero el gesto, ardiente la mirada.

—He pensado en usted —anunció avanzando hacia el escritorio donde trabajaba el chulla * Romero y Flores—. En usted para la fiscalización anual. En usted...

—¿En mí, señor?

—Sí.

—Yo realmente...

—¡En usted, he dicho!

—¡Aaah!

—¿En quién más? ¿En quién más voy a confiar? Un trabajo tan difícil, tan delicado. No tiene por qué excusarse. Tiene que obedecer. Es un empleado.

—Un empleado...

—Irá solo. ¡Solo! Basta de plazos. Basta de fraudes sin control. Basta de... ¿Me entiende?

—Claro. Haré lo que tenga que hacer.

—¡Eso! Usted...

—Llamaré al orden a todos los que no han cumplido con la ley —concluyó el aludido recobrando de pronto el tono de su cinismo habitual, encubridor de ignorancia y chabacanería cholas —afán desmedido y postizo por rasgar las erres y purificar las elles—.

---

[5]   *candela:* «1. Fuego, hoguera, incendio». (*Americanismos...*, ed. cit. p. 140); la forma plural suele tener bajo la pluma de Icaza la acepción de «llamas».

[6]   *coactiva:* aquí, «coacción».

[7]   *entrar a:* forma frecuentísima en Hispanoamérica, por «entra en»; esta construcción, que se encuentra en autores clásicos españoles como Lope de Vega, empieza a usarse cada vez más en español peninsular, sin duda en parte a causa de la influencia de los autores latinoamericanos.

—Muy bien. Hay deberes sagrados, mi querido joven. Sagrados... Tenemos que frenar la corrupción de sinvergüenzas a sueldo, de pícaros poderosos, de honrados hipócritas, de ineptos, de cretinos. De... Bueno... En resumidas cuentas, irá usted —afirmó don Ernesto frenando de mala gana —esencia de temor enfermizo— insultos y coraje. Hervían en sus labios de jugoso caucara * nombres de altos jefes e inabordables funcionarios. Gentes que podían aplastarle al menor descuido. Gentes antes las cuales debía sonreír de gratitud en público. Gentes que al girar en las alturas se incrustaban más y más en ellas. Turnándose de un año para otro. Las mismas caras. Los mismos nombres. Las mismas familias. Los mismos métodos. ¿Y él? No... No pudo ascender hasta... Hasta su meta, hasta su sueño. Un Ministerio... Una Embajada... ¿Por qué, carajo? [8] ¡Ah! Es que ellos se aferraban a la tremenda inmovilidad de la tradición, de la costumbre, del apellido pomposo, de la herencia burocrática. Imposible echarles al suelo. Imposible traicionarles sin que nadie se entere, sin que nadie se percate del sacrilegio.

—Iré. Iré, señor —afirmó el chulla en tono altanero de matón de barrio, mientras despertaba en el fondo de su amor propio la perspectiva de una extraña codicia. Algo había oído de las suculentas rebuscas en aquellos trabajos.

—Gracias. Gracias... —alcanzó a murmurar el Director-Jefe deshaciéndose en meloso gesto y amable sonrisa.

—Estoy dispuesto.

—Dispuesto a todo. Mi corazón no podía engañarme. Usted será... Usted es... Bueno... Yo me entiendo... Con mano de hierro, ¿eh? De hierro.

—Como usted mande, señor —concluyó Romero y Flores. Pero al observar a los compañeros —burócratas de toda edad y condición— sintió que zozobraba en un oleaje de miradas adversas, de murmullos que despedían toda la pestilencia que deposita en las almas el esbirrismo de un trabajo inseguro, liquidable, canceroso. En un oleaje que gritaba sin palabras: «¿Por qué?», «¿Qué corona tiene el chulla?», «Yo... Veinte años... He acabado mi vida...», «Nada valen entonces mi honradez, mi caligrafía...», «Imbécil... Intruso... No sabe nada...», «Perro de la calle no más es... Le conozco... Todo así tiene suerte...», «¿Cómo hará los balances? ¿Cómo hará las liquidaciones? Yo... Yo me hago el tonto... Ji... Ji... Ji... Mi grado de contador... Si le preguntan cuánto es uno por uno, responderá: No estoy bien si son dos o tres...», «Uuu... Se jodió la pensión de los guaguas... Los curas, las monjitas, la buena gente... Volverán a las escuelas fiscales... Donde los cholos...», «Conmigo se estacan, carajo... Pondré en juego mi poder, mi fuerza... Cartas anónimas a los Ministros, al señor Presidente de la República...», «Chillaré por la prensa... ¿Qué prensa tuviste, pendejo? Es de ellos... Sólo la plata... [9] La plata... ¡Oh?».

Por las apariencias —brillo de odio en las pupilas, sequedad amarga en los labios, color bilioso en la piel, burla enfermiza en las arrugas—, nadie parecía sentirse en paz con la orden del Director-Jefe. Era un absurdo sin nombre, a lo

---

[8] *carajo* es taco corriente en el Ecuador, donde no se le considera tan grosero como en España; el propio Icaza lo usaba muy a menudo en la conversación familiar.

[9] *plata:* «dinero» (americanismo).

cual el chulla, en uso y abuso de su actitud de «patrón grande, su mercé» [10] —herencia paternal—, devolvió el reto de la tropa de esbirros con mirada altiva y desafiante, donde todos pudieron leer: «¿De qué se quejan? A mí... A mí no me joden así no más... Les aplasto...»

Pero fue don Ernesto Morejón Galindo, con prodigiosa intuición para descifrar en el silencio de los empleados a su cargo —idénticos destinos, iguales experiencias—, quien desbarató el atrevimiento y la protesta taimada. Con retintín y burla inapelables advirtió en alta voz:

—Espero que todos estarán de acuerdo. ¿Cuál? ¿Cuál puede quejarse? Que se levante. Que diga. ¡Yo sé lo que hago! Y al primero que me venga con reclamos le pulverizo. Le... Ustedes me conocen. Como bueno, bueno... Como malo, ¡aaah!, ¡oooh!

De inmediato —básica ductilidad entre la rebeldía y la humillación, entre el odio y el compañerismo, de quienes se hallan al capricho de un círculo poderoso, invisible, constrictor— desapareció del rostro del coro de burócratas —a punto de disipar su pobre veneno— la amenaza explosiva. En su lugar surgió la máscara de la disculpa babosa, inocente: «No... Yo no estoy enojado, señor... Por el contrario... Míreme... Míreme cómo sonrío... Ji... Ji... Ji...». «Entre blancos se entienden... Conmigo es otra cosa, jefecito... Usted mismo sabe... Con usted donde quiera, como quiera...». «La decisión es genial... Ge-ni-al... Un verdadero éxito...». «El llegó como pariente del Gran Jefe... Es nuestra mejor palanca... Antes no teníamos una palanca igual... ¿Entonces, qué?» «Todos... Todos estamos contentos...». «No hay motivo para ponerse así... Así...». «Lo que usted ordene...»

Ante el cambio mágico —él lo esperaba— don Ernesto lanzó un bufido como de vejiga rota. Y dirigiéndose al contador general, ordenó:

—Usted.

—¿Yo?

—Sí. Oígame bien. Que no le falte nada para la fiscalización de fin de año al señor Romero y Flores. Credenciales, catastros, listas, oficios. Explíquele todo. Debe actuar de acuerdo con la ley.

—Está bien, señor.

—Debe actuar en mi nombre. Yo le doy las extraordinarias. Sin extraordinarias no se hace nada.

—Nada.

—Las extraordinarias completas —concluyó el Director-Jefe poniendo amigablemente la mano sobre el hombro del empleado escogido para tan delicada misión.

Desde el pedestal de un orgullo extraño a todo lo que no era su viejo anhelo de caballero adinerado, poderoso, el chulla Romero y Flores pasó revista a sus compañeros. Y al mirarles doblados sobre el trabajo como una interrogación mínima, viscosa, insignificante, le acometió una angustia de calofrío palúdico que oscilaba entre el desprecio compasivo y el temor de transformarse en uno de ellos

---

[10] *«patrón grande, su mercé»*: título dado por los peones indígenas y los mayordomos cholos al patrón latifundista; implica las más de las veces una oposición entre dominados y dominante.

para siempre. Recordó entonces —juego instintivo— el mote sarcástico y definidor que puso a cada uno cuando llegó al conocimiento y confianza del medio. Filiación que mantenía en secreto para exaltar su esperanza de aristócrata, de latifundista por herencia de mujer, con dinero que podía pescar con el matrimonio. Al viejo Gerardo Proaño, vecino de escritorio, piel requemada, bigotes alicaídos, pómulos salientes, humilde comodín para encubrir faltas ajenas, «longo * del buen provecho». A los calígrafos Timoleón López y Antonio Lucero, jóvenes medio blanquitos, preocupación enfermiza en el vestir, pulcritud de plancha en solapas y dobleces, fino escamoteo de remiendos, corbata de lazo, pañuelo al pecho, «chullas futres * no más son». A don Pedro Castellanos, cara de pergamino, cejas de excéntrico, fósil de gesto de mando en las arrugas —gloria militar que cayó en la trampa de un mal cuartelazo—, «momia histórica». A don Jorge Pavón Santos, color bilioso, burla en los labios, apellido de altos burócratas en desgracia, «momia política». A Julio César Benavides, risa de baba servicial, de ojos esquivos de güiñachishca * —confidente del Director-Jefe—, «pobre perrito». A Gabriel Montoya, [11] alto, seco, fúnebre, tallado en madera de nogal —archivo de locas aventuras: cantante de tangos en Buenos Aires, lavaplatos en Nueva York, cómico de la legua en Centro América, contrabandista en Cuba, torero en España—, «fracasos en funda de paraguas». A Nicolás Estupiñán, [12] ojos redondos, pequeños, negros, inquietos, boca en hocico de rata, amabilidad intrusa, imprudente —orgullo de la prensa libre por llevar el oficio en la sangre: el abuelo tipógrafo, el hermano reportero, el padre linotipista—, «zorro del chisme y de la calumnia». A Fidel Castro, lustroso, acicalado, lleno de reverencias y de sonrisas —movimiento continuo de intrigas y recomendaciones—, «chagra para ministro». A Marcos Avendaño, nariz aplastada, boca hedionda, gangoso —estudiante de derecho a largo plazo—, «cuatro reales de doctor». Al secretario, Humberto Toledo, pequeño de cuerpo, grande de carajos y palabrotas, «omoto * vinagre». Al contador general, don Juan Núñez, párpados caídos, mejillas flojas, dedos y dientes manchados de nicotina —apoltronado en sucias componendas burocráticas—, «pantano de rencores sin desagüe». Al portero, José María Chango, [13] pestañas y cejas cerdosas, lunares negros en la quijada, en la frente, taimado servilismo, «cholo portero no más». Pero a pesar de aquel torrente de burlas que defendían y justificaban su elección, Romero y Flores comprendió con repugnancia indefinida que él, frente a esos hombres, no era sino un pobre diablo cargado de inexperiencia, de vanidad.

Antes de la hora de salida, Luis Alfonso arregló cuidadosamente los papeles de su escritorio, acarició el periódico que tenía por costumbre llevar bien doblado en el bolsillo inferior de la americana, se puso el sombrero y, con paso y ritmo de olímpico desprecio, salió sin despedirse. A la tarde de ese mismo día tuvo dos

---

[11] *Gabriel Montoya:* uno de los dos protagonistas de la novela *Cholos* del mismo autor se llamaba ya Gabriel Montoya; mas prácticamente no tiene rasgos comunes con este personaje, muy episódico, de *El chulla Romero y Flores.*

[12] Este personaje secundario reaparecerá al final de la última secuencia del capítulo IV, donde, al mencionarlo por tercera vez, Icaza le llamará erróneamente Miguel Estupiñán.

[13] *Chango* es apellido de origen indígena, bastante frecuente en la obra narrativa icaciana, véanse por ejemplo las novelas *Cholos* y *Media vida deslumbrados.*

conferencias con don Ernesto. Volvió a escuchar aquello de la ley suprema, de las extraordinarias completas, de la tremenda responsabilidad de su misión, de la honradez que debía exhibir, del ridículo de la oficina ante el público. Su sensiblidad moral poco habituada a tales recomendaciones se disfrazó entonces abriendo en asombro de indignación los ojos, moviendo la cabeza en oferta de embestida feroz, estirando a todo lo alto extraña amenaza de juez incorruptible.

Convencido de su victoria futura sobre pícaros y estafadores de imposible acceso, de gran brillo social, el mozo recibió a la mañana siguiente los papeles, los oficios, las cuentas y las órdenes del viejo contador:

—Una fortuna en números, mi querido amigo. Números... Números...

—Que transformaré en dinero.

—Debe tener cuidado. ¡Mucho cuidado!

—¿Eh?

—Tropezará con eso que llaman «lo mejor del país»: banqueros, latifundistas, militares, frailes, políticos... Un candidato a la Presidencia de la República.

—Conozco a toda esa gente —afirmó el chulla sin abandonar la importancia que enyesaba su figura desde la víspera.

—¿Son sus amigos? —interrogó el empleado de los párpados caídos y las mejillas flojas, con asombro y respeto de huasicáma * al olor del «patrón grande, su mercé».

—Naturalmente.

—¡Ah! Entonces... Mire aquí... Aquí...

En la calle, cargado de legajos, el flamante fiscalizador se inquietó pensando en cuál debía ser la primera víctima. «Algún amigo que pueda... ¿Amigo? Ji... Ji... Ji...» La gracia que le produjo el recuerdo de su mentira al contador general surgió en mueca de alegría idiota. Instintivamente se pasó la mano por la cara tratando de borrar aquella explosión imprudente que hería en cierto modo su dignidad. «¿A quién entonces? A don... ¿Cómo se llama? Ramiro Paredes y Nieto... Candidato a la Presidencia de la República... Uuuuy, mamita *...» Tantas veces había leído en los periódicos —él creía en los periódicos— sobre las virtudes y méritos que adornaban a semejante caballero. Pensó: «Debe ser pulcro, generoso, honrado, bueno... El primer ciudadano de la Patria... ¡Oh! ¿Y las cuentas atrasadas? ¿Le mintieron en la oficina? ¿Por qué? ¿Para qué? Don Ernesto Morejón Galindo... Los burócratas... Envidia... Pura envidia... Veré, carajo... Veré...» Miró en su torno. Un sol de luz cegadora subrayaba el paisaje de vetustos aleros coloniales, de balcones de pecho, de paredes de adobe, de casas de dos o tres pisos, de calles que pretendían ponerse de pie. Con trote de indio avanzó por la vereda, [14] hacia abajo. Un chispazo de rubor le hizo notar que había caído en ridículo —diligencia de longo de los mandados—. Moderó el paso. Lentamente. Su categoría, su poder, sus esperanzas...

---

[14] *vereda:* «En Cuba y Sur América, la acera de las calles. Es vulgarismo». dictamina Fr. J. Santamaría (*Diccionario general...*, ed. cit., T. III, p. 258); Julio Tobar Donoso es menos severo en lo que al empleo de este vocablo se refiere: «(...) lo empleamos en vez de *acera*, palabra admitida ya por la Academia en calidad de americanismo». (en: *El lenguaje rural en la región interandina del Ecuador,* Quito, Editorial «La Unión Católica», 1961, p. 287).

Y al cruzar la Plaza Grande, [15] un desprecio profundo por las gentes que tendían al sol su plática cuotidiana de quejas y memorias —militares retirados, políticos en desgracia, conspiradores que acechan de reojo el momento propicio para trepar por puertas y ventanas al palacio de gobierno— le obligó a estirarse en bostezo de gallo. «Mi importancia... Mi honradez... Me llevarán muy lejos... Amigo y protector de un candidato a la Presidencia de la República... A la Presidencia... Ji... Ji... Ji...»

* * *

—¿Está don Ramiro Paredes y Nieto? —interrogó el chulla Romero y Flores al empleado que salió a recibirle.

—¿Don Ramiro? ¿Pregunta por don Ramiro?

—Sí.

—No está.

—Es que yo...

—Usted...

—Soy de la oficina de Investigación Económica.

—¡Ah! ¡Oh! Perdón.

—La cuenta.

—No sabía que usted... Yo... Yo soy el ayudante general.

—Bien. Muy bien.

—Venga. Entre. Por aquí, señor.

—Gracias.

—Este es el despacho de don Ramiro. ¿Ve usted? Abandonado... Casi abandonado.

—Aaah.

—Usted me entiende.

—No entiendo nada —murmuró el flamante fiscalizador olfateando en el aire un tufillo a bodega.

—¿Nada?

—Bueno... Quería hablar con él.

—Imposible.

—¿Por qué?

—Viene de tarde en tarde. Yo me ocupo de la oficina. Si algo necesita. Estoy para servirle. Diga no más.

—De tarde en tarde —repitió Luis Alfonso con ceño adusto y en tono de reproche. Tenía las extraordinarias y por lo mismo debía exigir que se presente [16] el acusado.

—Es que... Bueno. El señor es el señor —murmuró el ayudante general sin

---

[15]   Es la célebre Plaza de la Independencia, a la que da, en Quito, el Palacio de Gobierno —donde se encuentra la Presidencia de la República ecuatoriana.

[16]   *debía exigir que se presente:* en vez de *que se presentara* (o: *que se presentase*); éste es un giro sintáctico que se considera incorrecto desde el punto de vista de la gramática del español peninsular; es frecuentísimo en Hispanoamárica, y sistemático, o poco menos, en la obra de Icaza; este detalle no se volverá a señalar.

entender la importancia y el atrevimiento del mozo. Don Ramiro Paredes y Nieto era para él y para la mayoría de las gentes una especie de tabú que flotaba en las alturas sagradas de los dueños del país.

—No, mi amigo. El señor es el empleado que tiene que rendir cuentas a la oficina de Investigación Económica.

—El señor es el funcionario —rectificó el viejo burócrata mirando fijamente a su interlocutor tras unas gafas de cerco de hierro. Sus ojos húmedos, enrojecidos, pasaron sin mayor esfuerzo del adulo a la malicia, a la burla.

—Es lo mismo.

—No. Los unos obedecen, los otros mandan, ordenan. Nosotros...

Para evitar discusiones inútiles, sintiéndose un poco perdido, el chulla cambió de rumbo:

—¿Y cómo puede marchar esto sin él?

—Marcha conmigo.

—¡Ah! Con usted. Muy bien. Ahora comprendo. Entonces el responsable... —concluyó recobrando su aplomo de fiscalizador. Y, sin comentarios, abrió el legajo de cuentas que llevaba sobre un escritorio de tipo dinosáurico [17], empolvado, que sin duda era el de don Ramiro.

La actitud enérgica y desafiante del mozo desconcertó momentáneamente al viejo empleado, el cual, en busca de una explicación que esté de acuerdo con sus experiencias, pensó: «¿Qué le pasa a éste? Parece que alguien le empuja. Alguien poderoso: Arzobispo... General... Ministro... Hoy está abajo... Mañana puede estar arriba... Estos chullas prosudos [18] son una friega... A lo mejor pescan a río revuelto una alta posición administrativa o una mujer con plata... Le diré...» Y sin que nadie le interrogue, arrastrándose por una actitud —chisme y veneración a la vez— que le era característica, informó:

—Es muy ocupado don Ramiro. Con decirle que desempeña siete cargos. Siete cargos importantes. ¡Siete sueldos! Es un patriota. Uno de los más grandes patriotas del Continente. Hombre universal.

—¿Siete sueldos?

—Hoy es costumbre entre las gentes. Entre las gentes de postín. Sirven para todo.

«Para todo abuso... Para todo egoísmo...», se dijo el chulla observando con pena y asco a su informante. Bicho pequeño y viscoso, en armonía con unos zapatos arrugados en el empeine —cautela y dolor al andar—; con un vestido fuera de moda, blanco de caspa en el cuello, remendado en los codos, brilloso en las rodillas; con un perfume a tabaco, a chuchaqui, a papel de oficina, a tinta —veinte años de complicidad, de inquietudes—.

—Para todo —insistió en alta voz el joven.

—Los colaboradores en cambio...

---

[17]   *un escritorio de tipo dinosáurico:* esta expresión figura también en el cuento «Mama Pacha», donde se trata de la mesa de despacho de un latifundista tradicional (J. Icaza, *Obras Escogidas,* Méjico, Aguilar, 1961, p. 989); en ambos casos, sirve para mostrar que el dueño de este tipo de mueble representa una tradición arcaica, pero que sin embargo sigue teniendo mucho poder.

[18]   *prosudos:* véase más arriba la N. 3.

—Usted es uno de ellos, ¿verdad?

«Si le informo es capaz de... Los saldos. No sabrá. Eso, no...», se dijo el hombre de los ojos miopes. Y acariciándose las manos en forma jesuítica, concluyó:

—Pero no en lo que usted se imagina.

—¡Ah! Mejor. Mucho mejor.

La conversación resbaló entonces entre disculpas y oscuras disonancias. Así fue como el chulla supo que doña Francisca, la esposa legítima del candidato a la Presidencia de la República, se entendía en la gestión económica de la campaña electoral de su ilustre marido, y era a la vez quien administraba dineros y cuentas de esa dependencia.

—¿Tampoco ella viene por aquí?

—De tarde en tarde. Pero me llama por teléfono casi a diario. Pertenece a una gran familia. De lo mejorcito —insistió el ayudante general con afán de demostrar lo duro e ilógico que sería una fiscalización en regla.

—Conozco —murmuró Romero y Flores revisando sus documentos de comprobación.

—¿Conoce? No creo.

—¿Eh?

—Pero no conoce lo otro.

—¿Qué otro?

—Lo de... Bueno. Lo de los amores de don Ramiro. Es un chivo para las hembras.

—¿Un chivo? —interrogó el mozo mientras pensaba: «Igual a don Ernesto. Todos pretenden ser unos sátiros. ¿Será timbre de nobleza?»

—Sí —afirmó el viejo. Era notorio que buscaba aplazar la batalla. Aplazar hasta recibir órdenes del jefe.

—Yo le creía un hombre serio.

—En otro sentido, claro. Es el campeón de la moral cristiana en los discursos. ¿Usted no le ha oído hablar? ¡Ah! ¡Oh! Pico de oro.

—¿Entonces?

—El diablo no falta con su alimento. Y como es tan inteligente.

—¿El diablo?

—Don Ramiro. Escribe unas cartas de amor que son una maravilla. ¡Qué estilo! Puro estilo. Dicen que es el mejor escritor del mundo.

—¿Del mundo?

—Así dicen los que saben. A una de esas mocitas de asiento le tiene y le mantiene como secretaria en el Despacho Principal de Publicaciones, donde también es Director-Gerente. Usted debe conocer a la hembra. Le llaman «La Monja». [19]

—¿La Monja?

—Antes de ser lo que es fue monja del Sagrado Corazón... Ji... Ji... Ji...

«La Monja», repitió mentalmente Luis Alfonso evocando las apetitosas curvas

---

[19]   *le llaman «La Monja»:* en vez de: *la* llaman «La Monja» (por tratarse de una mujer); es una incorrección muy frecuente de J. Icaza.

de la mujer que conocía de vista. Pero a él qué le importaba aquello. ¿Qué? Su deber... Los saldos... Eso era lo principal.

—Bueno, mi amigo. Trabajemos un poco. Quiero la cuenta —anunció el mozo imitando a don Ernesto en su actitud olímpica.

—¿La cuenta?

—Sí, señor. La cuenta para revisarla, para fiscalizarla, para...

—Está lista. Listita. Sesenta páginas a máquina. Todo en perfecto orden —admitió el viejo mientras buscaba, nervioso por el cambio de tono en el diálogo, lo solicitado.

—Quiero ver...

—Sí. Aquí está —concluyó el empleado del candidato a la Presidencia de la República entregando al fiscalizador unas cuartillas que había sacado de uno de los cajones del escritorio dinosáurico.

Con aplomo y desenvoltura de experto en la materia, Romero y Flores se acomodó en un sillón y se puso a comparar los datos que llevaba en sus papeles con las partidas de la cuenta que le había entregado el hombre de los ojos miopes. Aquello de comparar era un decir. Bajo su máscara variable, en ese momento de hábil contador —adusto entrecejo, pausas y dudas de rito judicial, bisbisar continuo de monosílabos y cantidades—, retorcíase en obsesión creciente la sospecha contra el ayudante general: «Me quiere meter el dedo. ¡No! Le denunciaré. ¿Cómo? Es que no alcanzo a ver el fraude. El fraude existe. ¡Existe! ¿Dónde! ¿Dóndeee? Este carajo engañó a don Ramiro, a doña Francisca. Estoy seguro... ¿Ellos? Imposible. Es la mejor gente. Pediré la reliquidación. La reliquidación que me recomendó el «pantano de rencores sin desagüe». Todo en orden...»

También al viejo, tímido y nervioso como una rata, fingiendo diligencia entre oficios y libros de contabilidad, le fue imposible controlar su espíritu burlón. Descubrió desde el primer instante, por la forma desusada de empezar el trabajo, que el dichoso fiscalizador no sabía dónde estaba parado... «Se hace el que... No, guambrito *... No es así... Está orinando fuera del pilche *... Ji... Ji... Ji... La trampa... En los papeles todo anda bien... Pero...»

—Los comprobantes de la partida quinientos ochenta y cinco —exigió de pronto el chulla al recordar algo de lo que le advirtieron en su oficina.

Ante lo inaudito de semejante pedido el ayudante general miró a su interlocutor con asombro desorbitado. No era miedo en realidad. Era que... Nadie se había atrevido a pedir aquello con tanto desenfado. ¡Nadie! Cuando el Congreso de la República lo hizo, usó un procedimiento lleno de disculpas, de sesiones secretas, de acaramelados reproches —cual beata en desgracia ante Taita * Dios, cual indio rebelde ante «patrón grande, su mercé»—. Y al final, la más alta autoridad del país confirió a don Ramiro un voto de aplauso.

—¿No me entiende? He dicho los comprobantes de la partida quinientos ochenta y cinco —continuó Romero y Flores sintiendo que la sorpresa del viejo exaltaba su orgullo.

—No puedo, señor.

—¿Cómo? ¿Se niega?

—Usted quizás no sabe. Es la partida de los gastos reservados. De los gastos secretos. Es la defensa de la paz interna.

—¿Y eso?

—La ley dice que sólo doña Francisca...

—¿Eh?

—Digo... Que sólo don Ramiro... Yo... Yo soy un pobre empleado. Mi sueldo...

—Pero usted me dijo que...

—Como es la pisada es el animal, como es el sueldo es el hombre. Y yo... Ya me ve cómo soy...

—Sí.

En busca de un entendimiento amistoso, sin complicaciones, el viejo continuó:

—Eso es sagrado.

—¿Sagrado?

—Sagrado para nosotros. Para el pequeño contribuyente, para el hombre de la calle, para el chagra, para el cholo, para el indio.

—Yo soy otra cosa —chilló el flamante fiscalizador pensando en las extraordinarias.

—Yo me creía lo mismo hace muchos años cuando era un chullita como usted. Pero el trabajo, la experiencia...

—Absurdo —murmuró Romero y Flores con altanero desprecio. Se sentía herido por aquello de «chullita», por la comparación, por algo que trataba de ocultar.

—Igual.

—¡No!

—Bueno. Como usted quiera. Pero en cambio ellos... Los funcionarios. Los que hacen la felicidad del país enriqueciéndose.

—Luego usted...

—Conste que yo no he dicho nada. Dios me libre de hablar de la buena gente. No se debe meter allí las narices.

—Me parece que se debe meter en todo lo que no sea correcto.

—En esa partida, no.

—A mí... —amenazó el chulla mientras pensaba con risita sarcástica: «La ley, la opinión pública, el Director-Jefe me amparan».

Al interpretar al mozo, el ayudante general respondió con gran intuición:

—Usted cree que la ley, que los jefes, que... No. Cuando uno está jodido no hay ley ni jefes que valgan.

—Según.

—La ley y los jefes son una especie de subalternos de don Ramiro. Siete oficinas a sus órdenes. Si no es por un lado es por otro. Cosa seria.

—Bueno. Liquidaremos los dos últimos años. Es lo justo. Es lo honrado. ¿No le parece?

—Yo le aconsejaría que no se meta a...

—¿A cumplir con mi deber?

—No tanto. Todo se puede arreglar.

—¿Eh? ¿Qué insinúa? ¡Jamás!

—Nada. Nada, mi señor.

A pesar de las objeciones y de los pretextos del empleado del candidato a la Presidencia de la República —iba de un lado a otro, abría cajones, barajaba papeles—, Luis Alfonso inició su trabajo. Pero a los pocos días, saturado de polvo, cansado de hurgar en el archivo —un armario sin puertas y una montaña de paquetes sobre una mesa—, pensó hablar directamente con don Ramiro.

—No... No podrá, mi querido señor —anunció con burla en falsete el hombre de los ojos miopes. Se hallaba tranquilo, confiado. Había recibido órdenes de doña Francisca.

—¿Por qué? —interrogó Romero y Flores debatiéndose en una especie de impotencia que amenazaba hundirle en la tragedia de su acholamiento *, [20] de su voz humilde, de...

—Me parece que le conté. Don Ramiro no está en la ciudad. Anda en gira. Se acerca su hora. Es el candidato oficial.

—Hablaré con doña Francisca, entonces.

—Eso es otra cosa.

—Iré hoy mismo.

—La señora tiene una reunión política en su casa. Todas las tardes... Tal vez mañana. Yo pudiera...

—Bien. Muy bien —dijo el mozo lleno de esperanzas. Luego recogió febrilmente sus papeles, algunos apuntes y la copia de la cuenta de don Ramiro. Al despedirse del ayudante general pensó: «Pobre pendejo... Morirá en la demanda... Los zapatos arrugados, los codos rotos, los ojos húmedos, la caspa, el olor... ¡Oh!»

Mientras avanzaba calle abajo, la decisión heroica del mozo fue sosegándose y sus pensamientos maduraron en precauciones. Buscó a don Guachicola [21] —viejo dipsómano, archivo de sucias anécdotas, memoria fotográfica para lo criminal del cholerío encopetado y de la burocracia donde pasó su vida— y a sus amigos —chullas de los billares, de las cantinas, de los figones, de las trastiendas— para que le informasen sobre las virtudes y milagros del candidato a la Presidencia de la República y su familia.

Don Guachicola, saboreando venganza y amargura de vencido, en pleno monólogo de borrachera, hizo al mozo una síntesis biográfica de don Ramiro:

—Llegó hace muchos años de un pueblo perdido en la cordillera. Llegó con esa irritación de arribismo de todo chagra para doctor. ¡Flor de provincia! No pudo o no quiso concluir la universidad... En cambio aprendió maravillosamente a explotar lo superficial del talento y lo ventajoso de la soltería. Sin ser un adonis, indio

---

[20]   No es indiferente que *acholamiento* sea sinónimo, en la Sierra ecuatoriana, de «vergüenza», «rubor»: esta evolución semántica (o sea el paso de la idea de mestizaje biológico o cultural a la de «bochorno», que se estudiará brevemente en este volumen) revela parte de los elementos básicos de la psicosociología de muchos personajes mestizos o cholos de la producción narrativa, no sólo de Icaza, sino también de varios e importantes escritores serranos (y asimismo costeños) de su generación.

[21]   *don Guachicola: Guachicola* no es nombre, sino apodo popular: «Llamamos así al que bebe con frecuencia». (J. Tobar Donoso, *El lenguaje...*, ed. cit., p. 143). Procede del ecuatorianismo *guachicola*: «aguardiente que se sirve entre amigos de confianza y con frecuencia». (Darío C. Guevara, citado por Paulo de Carvalho-Neto, en: *Diccionario del Folklore ecuatoriano*, Quito, C. C. E., 1964, p. 227). Es posible que se relacione este vocablo con *guachito*, y *guacho* o *guagcho* (véase la N. 46).

lavado, [22] medio blanquito, las mujeres le ayudaron a vivir. Despreciando el amor en su forma sincera, se amarró a la dote de doña Francisca Montes y Ayala. Dicen que la dama cubrió así más de un escándalo de su fogoso temperamento. ¿Y a él qué? Había entrado de golpe en el mundo de los patriotas, de los amos, de las minorías mandonas. Dulcísima clave del destino. Miles llegaron en esa forma a lo que él llegó. Una vez instalado, y de acuerdo con la publicidad y el elogio de la «gran prensa», la única que leía, repartió donaciones para obras de beneficencia con el dinero de la mujer. Hizo vida de club. Muchas y bellas fueron sus concubinas. Cuidó exageradamente la indumentaria, el olor... Como usted, chullita. Es de verle en los entierros, en los matrimonios, en las visitas de etiqueta —a funcionarios, a obispos, a generales, a diplomáticos—, de chaqué, de bombín, de botainas y de bastón. Su influencia política fue creciendo de acuerdo al cinismo para barajarse en los diversos partidos. Hizo amistades y descubrió parientes en la oligarquía conservadora. Cotizó como simpatizante en un grupo de izquierda. En las altas esferas burocráticas, a donde le fue fácil entrar dada su categoría de esposo de un apellido ilustre, se declaró liberal... En cuanto a su talento como orador, como filósofo, como poeta. ¡Oh, su talento! Celestial. De vez en cuando, a manera de reportaje, los periódicos publicaban y publican párrafos de sus cartas, frases aisladas de sus discursos. Un amigo buen conocedor de estas cosas, suele afirmar: «Afanes académicos de cholo amayorado. Pura copia de revista europea. [23] Puro disfraz barroco...» Muchísimo se habló y se escandalizó en un tiempo con los desfalcos del caballero. ¡Qué desfalcos! Cosa grande. Pero como el personaje no era de poncho *, [24] las autoridades al descubrir procedieron con el temor y con el respeto del indio de huasipungo * ante el patrón: sombrero en mano, disculpa babosa... Lo mejor fue que en un alarde de galantería política al robo le llamaron descuido, falta de experiencia... Este pendejo debe tener una tropa de colaboradores de pésimos antecedentes.

«He descubierto a uno de ellos... A uno...», comentó para sí Romero y Flores.

También los amigos, jóvenes aventureros como él, dieron al flamante fiscalizador un informe parecido al del viejo Guachicola. Menos envenenado, desde luego —tumulto de impulsos sin fortuna para alcanzar el modelo predilecto.

*   *   *

Luis Alfonso sintió que se le relajaba el coraje, que los espejos de cuerpo entero, las cortinas de damasco, los candelabros de plata, los adornos de anémica

---

[22] *indio lavado:* otra expresión popular en el Ecuador, que implica que la indianidad puede vivirse como una «mancha» vergonzosa, y la blancura de la piel como una «pureza»; véase también la N. 27.

[23] *pura copia de revista europea:* Icaza denuncia aquí, a través de don Guachicola, lo que considera la imitación servil, por parte de muchos ecuatorianos, de lo que suele llamarse «la civilización occidental»; esta visión crítica correspondía a su deseo de inventar «un humanismo hispanoamericano» (expresión que usó ante mí en una de nuestras charlas en Quito), capaz de volver inútiles el disfraz y el remedo de lo foráneo.

[24] *ser de poncho* significa en la Sierra ecuatoriana 'ser miserable', probando un desprecio a lo indígena.

porcelana, las lámparas de nerviosos cristales —decorado de sus sueños de caballero—, se burlaban de sus prosas [25] de juez incorruptible.

Sorpresivamente, como en los cuentos de brujas y aparecidos surgió por una puerta una señora alta —ni flaca ni gorda— que escondía la madurez de un estirado medio siglo entre retoques de afeite y postiza desenvoltura juvenil. Al embrujo de la luz del crepúsculo de la tarde que entraba por amplios ventanales, el rostro de la mujer adquiría rasgos de belleza animal. «Doña Francisca... Tiene cara caballo... Cara de caballo de ajedrez... Prefiero La Monja...», se dijo el mozo.

—¿El señor fiscalizador?

—A sus órdenes. Yo creí...

—Está bien. Siéntese.

—Gracias. Muchas gracias. Tengo que pedirle disculpas... Ji... Ji... Ji... Usted comprenderá. El deber es el deber... Yo... Mis jefes... Ellos... —murmuró el chulla tratando de ser amable sin conseguirlo. Buscaba liquidar una angustia melosa, algo que entorpecía —hormigueo en las piernas, temblor en las manos— el repertorio de exquisitos modales latentes en su anhelo de «patrón grande, su mercé». En otras oportunidades —poquísimas, desde luego— pudo desenvolverse con facilidad entre gentes de postín. Pero entonces no se sintió tan desnudo, tan al borde de una estúpida contradicción. ¿Era la mirada llena de malicia y dominio de la esposa del candidato a la Presidencia de la República? ¿Era el apetitoso murmullo —perfumes y risas— que se escurría desde el salón más cercano?

—Nuestro empleado me ha dicho por teléfono que usted se niega a firmar la cuenta de mi esposo. ¿Por qué? ¿Es un capricho? —interrogó doña Francisca aprovechando el desconcierto notorio del fiscalizador.

Por toda respuesta el mozo hizo un gesto como para indicar que él no tenía la culpa.

—¿Entonces quién? Su...

—Director-Jefe.

—¡Ah! Tontería. Y usted creyó. Es preferible pensar en el porvenir. Su porvenir.

«Ella no sabe... Quiero defenderle... Defenderles... Los parásitos...», se dijo con orgullo de héroe Luis Alfonso. Con orgullo que le obligó a responder:

—Sí. Pero quizás usted no sepa que su empleado se niega a entregarme los comprobantes de varias partidas. Sin duda él...

—¿Qué?

—Oculta por algo.

—Esos documentos ya no existen. Podían comprometernos y volaron. Desaparecieron —anunció doña Francisca con cinismo morboso, con cinismo de puñalada en la garganta. Romero y Flores arrugó el entrecejo, abrió la boca. Quien le hablaba no era un caballo de ajedrez, no era un modelo de rubores explotables. Era un enemigo poderoso, un demonio perfumado de ojos negros, fríos, duros, en contraste con lo femenino y amable de unas uñas afiladas.

—¡Ah!

---

[25]   *sus prosas:* véase más arriba la N. 3.

—El Tribunal de Revisión y Saldos. ¿Conoce usted? La autoridad mayor en la materia.

—Sí.

—Quemó hace unos meses toda esa basura.

—¿Sin esperar que se cumpla el plazo que marca la ley? —interrogó el chulla reaccionando en forma brusca, instintiva.

—En casos especiales...

—¿Especiales?

—Cuando el honor nacional exige... Cuando la política... Cuando mi marido... Cuando alguna persona de gran importancia como el señor Presidente de la República cree necesario...

—¿Entonces yo?

—Nada. Tiene que aceptar la realidad.

Atrapado [26] por aquel absurdo superior a sus prosas y sus extraordinarias, el flamante fiscalizador creyó que para salvarse debía insistir:

—¿Dónde puedo ver a don Ramiro?

—¿No le advirtió nuestro empleado que el señor está en gira?

—Algo me dijo.

—Es tan difícil hablar con él. Nosotros... Nosotros somos unos polluelos. El... El es el águila caudal.

«El águila de museo, carajo», pensó Luis Alfonso recordando el chiste de un periódico de oposición sobre tan ilustre personaje. La memoria de aquel sarcasmo apaciguó en parte el desconcierto del chulla. Quiso entonces comentar recurriendo a su audacia —violenta, oportuna, hábil— que tanta fama le había dado entre el cholerío de mediopelo, pero ella continuó:

—Si desea una recomendación... Si desea... Bueno... Usted me entiende, ¿eh?

—Ni una palabra —murmuró el mozo a pesar de que todo lo sabía por los chismes y la codicia de los esbirros.

—¡Ah! ¿Sí? Escrúpulos... Discutiremos más tarde... —concluyó doña Francisca mirando al pequeño burócrata con la curiosidad de quien observa los desplantes venenosos de un miserable gusano antes de aplastarle.

—Es que...

—Perdone. Su nombre... —cambió la dama.

—Luis Alfonso Romero y Flores —dijo él subrayando las eres del apellido.

—¿Hijo del difunto Miguel, verdad?

—Sí... Sí...

—Pobre Miguel.

—¿Pobre?

—Le ayudé tanto en su desgracia.

—En su desgracia —repitió como un eco el flamante fiscalizador resbalando por la pendiente de la vergüenza que le producía el saber que alguien estaba en el

---

[26]   *atrapado* es palabra clave de toda la obra de Icaza: título de su última novela, aparece en textos anteriores a *El chulla Romero y Flores;* en el fondo, la narrativa del quiteño muestra la necesidad, para sus compatriotas, de salirse de la trampa armada por una etnocracia; véase también el pasaje de la novela que remite a la N. 87.

secreto de su pecado original, [27] de su sangre. Si sólo fuera la miseria tragicómica del viejo, su padre, no le importaría. Pero...

—Fuimos amigos en un tiempo. Muy amigos. Antes de lo de... Eso... Eso fue imperdonable. No tiene nombre —comentó la esposa del candidato a la Presidencia de la República moviendo las manos en alto.

«Mi madre... Se refiere a mi madre... A ella. ¡Oh!», se dijo mentalmente el chulla cayendo en una pausa que marcó sobre su orgullo de juez incorruptible y sobre su burla de ingenioso aventurero rasgos de máscara de angustia y de súplica.

—Bueno... No es para tanto... —murmuró doña Francisca frenando el plan para humillar al mozo. Había necesitado pocas palabras, poquísimas. Por rara intuición de defensa gamonal ella sabía dónde golpeaba, dónde era más neurálgico el rubor del cholerío amayorado. Satisfecha y compasiva, en un arranque de generosidad, continuó:

—Comprendo su pena. Veo su tristeza... Pero debe pensar. Usted es hombre. La vida. Puede hacer buenas amistades. Nuestra oferta no es mala. Algo debe haberle dicho el empleado... Nuestro empleado.

Romero y Flores negó con la cabeza como soñando. Manchas borrosas danzaban frente a sus ojos. Se sentía herido, débil, pequeño.

—Venga... Venga al salón. Está todo lo mejorcito de nuestra ciudad —invitó con gracia postiza la mujer cara de caballo de ajedrez guiando al joven que se movía como autómata.

La confianza que halló Luis Alfonso al mezclarse con lo «mejorcito» de la ciudad —humo de tabaco extranjero, [28] luces directas e indirectas, reverencias de triple fondo, feria de caballeros pulidos por alguna estafa secreta, damas en forro de seda y joyas, sotanudos de ribetes morados, espadones [29] de almanaque—, se evaporó en cuanto doña Francisca, escurridiza y amable, después de decirle que podía disfrutar como un invitado más, le abandonó en un rincón a merced de su suerte. De inmediato, como si todos estuvieran de acuerdo en un raro juego, dieron al intruso sin disimulo las espaldas. Pero él —enfermizo deseo de ser alguien— avanzó entre la concurrencia tragando maldiciones. Quiso sonreír. Trató de hablar. Las caras de lo «mejorcito» cerraron a su paso voz y franqueza. Con ojos altaneros cada cual insinuó: «¿Quién es?», «¿Qué quiere?», «¿Qué pretende?» «Soy el fiscalizador y quiero fiscalizar...», respondió mentalmente el mozo, una, dos, tres veces. Felizmente aquel diálogo murió de indiferencia, se perdió entre los espejos, entre las cortinas, entre los muebles, entre los pajes que repartían whisky, pastelitos, enrollados de tocino. Alguien puso entonces en manos del chulla una copa, luego otra. El alcohol fortaleció su obsesión de alto personaje de la justicia. Se acercó a un grupo de muchachas que desgranaban plática y chismes sobre un jarrón de

---

[27]   El *pecado original* es aquí el origen indio; expresión icaciana que asoma varias veces en esta novela, traduce la sacralización del modelo «blanco»; véanse las N. 20 y 22.

[28]   *tabaco extranjero:* otra denuncia del esnobismo que imperaba, según el autor, en «lo mejorcito» de la sociedad de su país; véase también la N. 23.

[29]   *espadón:* «fig. y fam. personaje de elevada jerarquía en la milicia y, por extensión en otras jerarquías sociales». (Real Academia Española, *Diccionario de la Lengua española,* Madrid, Espasa-Calpe, 1970, p. 567).

porcelana. Ensayó a decir unas cuantas palabras de su repertorio galante. Inútil
intento. Fue de nuevo el desprecio de las malditas espaldas. El desprecio... ¡A él!
Recordó que era el señor fiscalizador, y, como quien prepara su arma de lucha,
sacó unos papeles del bolsillo —el resumen de los saldos de la cuenta del candidato
a la Presidencia de la República—. Apuntó con ellos y alcanzó a murmurar con
voz ajena:

—Soy el fiscalizador.

Los invitados de doña Francisca, con gran prudencia, ahogaron aquella declaración elevando el tono de la voz, de la alegría. Ante el fracaso, en un arranque de
heroísmo para salir del anónimo, Romero y Flores se entiesó en actitud de desafío:

—Soy el fiscalizador.

—¿Eh? —clamó en coro la honrada y distinguida concurrencia, con ese automatismo violento de volver la cabeza para castigar al atrevido.

—¡Soy el fiscalizador! —chilló sin amparo Luis Alfonso en el cerco de un
enjambre de ojos encendidos por múltiples reproches: «¡Está borracho!» «¿Quién es
para gritar así en un salón?» «¡Cholantajo!», «¡Atrevido!» «¿Por qué no le echan
a patadas?» «¿Fiscalizar? ¿A quien, cómo, por qué?» «¡Somos los amos!» «¡Dudar de
nosotros es dudar de Dios, de la Patria, de todo...!» «¡Una propina para que se
calle!»

—¡Soy el fiscalizador!

Conciliadora surgió de pronto doña Francisca. Había algo de venenoso y
escalofriante en su sonrisa de caballo de ajedrez.

—Es verdad —anunció en alta voz.

—¡Oh!

—Olvidé presentarle a ustedes. El caballero es hijo de Miguel Romero y Flores.

—¿Romero y Flores?

—Pobre Miguel. La bebida, las deudas, la pereza y una serie de complicaciones
con mujeres se unieron para arruinarle. Le encontraron muerto... Muerto en un
zaguán del barrio del Aguarico. [30] Completamente alcoholizado.

«Un caballero de la aventura, de la conquista, de la nobleza, del orgullo, de la
cruz, de la espada, de...», se dijo el chulla en impulso de súplica para esconder el
rubor de su desamparo —fruto de amor ilegal, mezcla con sangre india—. Y miró
como un idiota a las gentes que le observaban.

—Los amigos le perdonamos todas sus flaquezas, menos la última.

—¿Cuál?

—El concubinato público con una chola. Con una india del servicio doméstico.
¿No es así, joven? —interrogó la informante con ironía de bofetada en el rostro.

«¡Arraray! * ¡Arraray, carajo! Mama *... Mamitica mía...», ardió sin voz la queja
en el corazón del mozo.

—Pobre Miguel. Las gentes que levantaron el cadáver referían que en vez de

---

[30] Trátase de un barrio popular de Quito: morirse allí no se avenía bien con las pretensiones
sociales del padre de Luis Alfonso.

camisa llevaba el pobre pechera amarrada con piolines. [31] Era una figura muy
conocida por todos. Le llamaban Majestad y Pobreza.

—¡Ah! ¡Claro! El... —comentó el coro destapando su asombro. Y, al embrujo del
recuerdo, surgió en la imaginación de la honorable y distinguida concurrencia la
figura típica del viejo altanero y miserable con su anacrónica chistera, con su levita
verdosa, con su elegancia zurcida en los hombros, en las rodillas, en los codos, en
los zapatos, con su andar enyesado en prosas marciales, con su piel apergaminada
de árbol centenario, con su bigote de puntas hacia arriba, con su nariz ganchuda,
con su entrecejo adusto para subrayar el fulgurante desprecio de sus ojos color de
tabaco.

—Contaba mi abuelo que aquello de Majestad y Pobreza era tradicional.

—¿Tradicional?

—Parece que en la Colonia a un noble español venido a menos le llamaban de
la misma manera. Un hombrecito que, a pesar de su ropa en harapos y su
estómago vacío, usaba reverencias de caballero de capa y espada, liturgia de
palacio, pañuelo de batista.

El coro que rodeaba al mozo se agitó entonces en oleaje de crueles comentarios:

—Fantasmal la sabandija.

—Figura barroca de muro de iglesia.

—Ridículo.

—A veces.

—Pero...

—Catafalco entre lluvias de páramo y soles de manigua. [32]

—Sin embargo hay en él algo que está en todos.

—En todos nosotros.

—Que es nuestro.

—¡Nuestro!

—En cuanto a la madre del ilustre fiscalizador. Mama Domitila [33] como le
llamaba la gente —afirmó doña Francisca dominando la bulla de sus amigos que
crecía por momentos.

El chulla no pudo más, levantó la cabeza para huir, para expresar todo el asco
y toda la cólera del mundo. Nada consiguió. Había olvidado sus extraordinarias, su
gracia, su dignidad. Se sentía desnudo, desollado. En lo vivo de la carne, de los
nervios, de los huesos le quemaba el ascua de las miradas burlonas de la honorable
y distinguida concurrencia. Se encogió como un alacrán rodeado de candelas. Pero

---

[31]   *piolines:* «cordelillos»; *piolín* es diminutivo de *piola,* que forma parte del vocabulario de ciertos
marineros; se usa muchísimo en el Ecuador, tanto en Quito como en Guayaquil por ejemplo, con el sentido
de «cordel».

[32]   *manigua:* los diccionarios, tanto españoles como de americanismos, suelen decir que la manigua
es un «terreno de la isla de Cuba cubierto de malezas.» En realidad *manigua* es americanismo muy
difundido, que se usa no sólo en Cuba, sino también en el Ecuador, Colombia, Méjico, etcétera, con el
significado de «malezas», «matorral», «monte».

[33]   *Domitila:* ya era el nombre, en el cuento «Mama Pacha», de la «marquimama», o sea de la
madrina del protagonista cholo: es otro punto común entre Luis Alfonso Romero y Flores y Pablo Cañas,
que se añade a los ya reseñados en mi artículo: «Evolución de la temática mestiza o chola...».

no tenía veneno para inyectarse, para morir. Al despedirse para emprender la fuga
le salvó una mueca tímida que pedía disculpas y proponía olvido.

En la calle, indiferente al viento paramero y a la llovizna de un anochecer de
calofrío y bruma, envuelto en el chuchaqui * del desprecio de quienes más admiraba,
Luis Alfonso se sintió desgarrado, exhibiendo sin pudor sus sombras tutelares,
fétidas, deformes. Sobre todo la de mama Domitila. ¡Nooo! No podía con ella. La
otra, a pesar de su pobreza, era noble. Es que... Recordó con amargura que ante el
cinismo de la vieja cara de caballo de ajedrez le fue imposible su juego predilecto.
No le dejó, no le dejaron, como de costumbre, ocultar lo rencoroso, lo turbio, lo
sentimental, lo fatalista, lo quieto, lo humilde de su madre —india del servicio
doméstico—, bajo el disfraz de lo altivo, lo aventurero, lo inteligente, lo pomposo,
lo fanático, lo cruel de su padre —señor en desgracia—. «¿Por qué estuve cobarde?
¿Por qué no se me ocurrió una mentira, un chiste? ¿Por qué carajo me abrieron el
pecho para mirarme adentro? ¿Por qué se me amortiguó la lengua? ¿Por qué? ¿Por
qué el cerebro se sintió vacío? ¿Por qué las piernas...? ¿Por qué?», se dijo el mozo
reprochándose con odio.

«¡Por tu madre! Ella es la causa de tu viscoso acholamiento de siempre... De tu
mirar estúpido... De tus labios temblorosos cuando gentes como yo hurgan en tu
pasado... De tus manos de gañán... De tus pómulos salientes... De tu culo verde... [34]
No podrás nunca ser un caballero...», fue la respuesta de Majestad y Pobreza.

«Porque viste en ellos la furia y la mala entraña de taita Miguel. De taita
Miguel cuando me hacía llorar como si fuera perro manavali *... Porque vos
también, pájaro tierno, ratoncito perseguido, me desprecias... Mi guagua * lindo con
algo de diablo blanco...», surgió el grito sordo de mama Domitila.

Aquel diálogo que le acompañaba desde niño, irreconciliable, paradójico
—presencia clara, definida, perenne de voces e impulsos—, que le hundía en la
desesperación y en la soledad del proscrito de dos razas inconformes, de un hogar
ilegal, de un pueblo que venera lo que odia y esconde lo que ama, [35] arrastró al
chulla por la fantasía sedante de la venganza. Aplastar en cualquier forma y de
cualquier manera a la vieja cara de caballo de ajedrez, al candidato a la Presidencia
de la República, al coro burlón y omnipotente de lo «mejorcito» de la ciudad.

---

[34]   culo verde: según W. B. Stevenson, que vivió en Quito a finales del período de la Colonia,
«ciertas manchas oscuras en diferentes lugares del cuerpo, especialmente una localizada bajo la región de
los riñones, que es la última en desaparecer, y casi siempre dura hasta la cuarta o quinta generación,
delatan la mezcla de raza indígena». (W. B. Stevenson, *Historial and descriptive narrative of twenty years
residence in South America*, London, Longman, Rees, Brown and Green, 1829, citado en español en *El
Ecuador visto por los extranjeros*, México, Ed. Cajica, 1959, pp. 22-227; traducción de Raúl López).
En una escena cruel de *Media vida deslumbrados*, Icaza describe a un latifundista enseñando con
morboso placer a una concurrencia la «mancha verde» que se encuentra entre las nalgas de su ahijado
—hijo del cholo Serafín Oquendo y de la compañera de éste, chola también: los padres, avergonzados, se
marchan inmediatamente con la criatura (*Media vida deslumbrados*, Quito, Ed. Quito, 1942 —1ª edición—,
pp. 186-188).
[35]   un pueblo que (...) esconde lo que ama: quiere decir que el pueblo ecuatoriano de la Sierra se
avergüenza de lo que ama, esto es de su ascendencia maternal indígena; es una tesis frecuente en la obra
de Icaza, que pone de relieve una modalidad paradójica del complejo de Edipo: para Icaza, el cholo
ecuatoriano quiere a su madre india, y, al propio tiempo, tiende a desligarse de lo que representa ella, es
decir del mundo indígena —tradicionalmente dominado. Este problema se plantea en mi artículo: «Evolución
de la temática mestiza o chola...», a propósito del cuento «Cachorros», y de la novela *Huairapamushcas*.

Concibió entonces —sin medir la falta de posibilidades— una peligrosa guerra. Denunciaría a los cuatro vientos los errores, las estafas, los fraudes. Estaba armado de transferencias falsificadas, de comprobantes en descubierto. Pero... ¿Dónde? ¿A quién? ¿Cómo? Miró en su torno. Un muchacho flaco, descalzo, golpeaba con sus manos pequeñas en una puerta tachonada de clavos y aldabas. «Donde sea y a quien sea», se dijo el mozo —esquivando hábilmente la intervención de sus sombras— con el mismo coraje que en el colegio pudo castigar al compañero —cucaracha envanecida del cholerío adinerado— que se atrevió a llamarle: «Hijo de perra güiñachishca». Es curioso, desde esa vez —o quizás desde mucho antes—, más le dolía y le avergonzaba lo de güiñachishca que lo de perra.

Y sin pensar en lo que siempre hablaron con los compañeros de la oficina —la rebusca, la venta, la complicidad—, Romero y Flores creyó ingenuamente que podría acabar con los pícaros y rateros. Una inquietud angustiosa —lastre de sus truhanerías— se filtró por breves momentos en su cólera enervante. Mas... Las extraordinarias... El recuerdo de sus mejores aventuras... Respiró con amenaza de perró gruñón. Levantó la cabeza. Ante la penumbra, el viento, la llovizna, murmuró a media voz pensando en Rosario:

—Lucharé, carajo. Conmigo se han puesto.

II

Mucho antes de tropezar con el chulla Romero y Flores, Rosario Santacruz —huérfana de un capitán en retiro, al cual le mataron de un balazo en una disputa de militares borrachos— creía en la gracia y en la atracción de su cuerpo para salvar el porvenir y asegurar el futuro. Confiaba así mismo que sus piernas ágiles —delgadas en los tobillos, suaves a la caricia en las rodillas, apetitosas en los muslos—, que sus senos rebeldes, que sus labios sensuales, que su vientre apretado, que sus rizos negros —milagro de trapos y rizadores—, le garantizarían un buen matrimonio. Aturdida por esa creencia que a veces le deleitaba con inexplicable rubor en la sangre y a veces le hacía sufrir, se dejó arrastrar por las ofertas del más mentiroso y zalamero. Fue Reinaldo Monteverde, pequeño comerciante, quien, con proyectos millonarios y con deslumbrante programa de ceremonia nupcial —invitaciones en pergamino, iglesia de moda, champaña, padrinos de copete, fotografías en los periódicos, luna de miel a las orillas del mar—, convenció a la muchacha. Pero nada hubo, para ser justo, de tanta maravilla.

Lo peor no fue eso en realidad. Lo peor fue que el galán se portó brutal e insaciable en la unión amorosa. Sola, ajena al vértigo de bufidos y espasmos del macho, ella se sintió atropellada, [36] víctima de un juego estúpido, de un grito que le golpeaba en las sienes, en la garganta, en los puños: «¡Nooo! No quiero. No soy... No soy un animal de carga, ¡ayayay! No, mamitica... Me aplasta, me asfixia, ¡arrarray! Me... Dios mío... Sus manos, su boca, su piel, su cuerpo, asquerosos, ¡atatay! * Todooo...»

Y vencida en su primera batalla de mujer, acurrucada al borde del lecho, la novia —los ojos cerrados, las manos crispadas sobre la pesadilla del sexo envilecido— pensó en huir. ¿Dónde? ¿Cómo? ¿Con quién? ¿A casa de la madre? ¡Imposible! Tuvo miedo que su actitud y su decisión no fueran dignas de la simpatía honorable de las gentes.

Después de una serie de inmotivados resentimientos e inútiles discusiones, estalló el melodrama en el hogar de los Monteverde. Sin motivo de peso que justifique la violencia, Rosario destapó su odio ante las narices del marido:

—No te quiero. No te he querido nunca. Tampoco puedo engañarte como hacen las otras.

---

[36] *atropellada* significa 'violada'; la palabra *atropello* es asimismo sinónimo de violación en la obra de Icaza, que emplea estas dos voces, las más veces, a propósito de los abusos sexuales de que son víctimas muchos personajes de mujeres indígenas por parte de latifundistas, o de mayordomos cholos.

—¿Cómo te atreves?

—Me parece tan cruel. Tan estúpido.

—Eres mi esposa, mi mujer.

—No supiste hacerme tu mujer... Desde la primera noche...

—¡Oh! ¿Qué es lo que oigo, Dios mío? —exclamó el hombre. No podía creer. No podía tolerar que se ponga en duda sus capacidades de varón.

—Debemos separarnos.

—¿Separarnos?

—Te ruego. No veo otro camino.

—¿Qué diría la gente?

—La gente. Siempre la gente. Puede decir lo que le dé la gana.

—Es que yo...

—¿Tú? ¿Qué?

—Nada —murmuró el hombre completamente atontado, vacío. No hallaba una razón para justificar semejante actitud. No sabía qué decir. Era tan duro para él. Le amaba a su modo. De pronto, con ingenuo y sádico despertar, concluyó:

—Estamos unidos ante Dios y ante la ley.

—¡No me importa!

—¿Ni eso? —chilló Monteverde en tono altanero como para desbaratar la inexpugnable testarudez de la mujer.

—Sí. ¡No me importa!

—Eres una corrompida.

—Corrompida. No...

—Te han corrompido —rectificó el pequeño comerciante con temor de haber llegado demasiado lejos.

—¿Quién? ¿Quién me ha corrompido?

—No sé.

—¡Tú!

—Todos...¡Todos!

—¡Basta!

—Te han corrompido. ¡Te han corrompido!

A los pocos minutos —después de que él desapareció acholadísimo dando un portazo—, Rosario, atormentada por la duda de ser o no ser lo que el hombre había afirmado de ella, sin encontrar en sí la fuerza para seguir soportando lo que hasta esa noche —inmóvil, con la baba del asco en los labios, con la amargura de la sorpresa en los ojos—, resolvió volver donde su madre. Pero en realidad su madre —doña Victoria, a quien amaba a la medida de una burla sin control por aquello de rancio y campesino que distinguía a la señora— constituía una horrible amenaza: la soledad, la mujer separada del marido, la chullita de farra, la agonía de las horas precarias y sórdidas en dos cuartos —bodega de muebles viejos, de melosos recuerdos— y una cocina renegrida. «Algo... Algo pasará... Algo debe pasar...», insinuó entonces el despecho de la joven. Algo que en realidad ella no podía distinguir entre la bruma de su esperanza, pero que sin embargo alimentaba su ansia de fuga.

Cuando la viuda de Santacruz se enteró de los insultos de Monteverde a su hija no pudo dominar su indignación. Con el mismo gesto y con el mismo tono que usaba al regatear los centavos [37] a las cholas del mercado, afirmó:

—Mi guagua. ¡Guagüitica! El bandido, el criminal. ¿No entenderá, pes?

—No... no...

—Torpe.

—No puedo más.

—Matándote con cuchillo de palo. [38]

—Sí... Sí...

—¡Qué no me busque el bandido! Yo como buena, buena. Como mala, mala.

Pero al hablar Rosario de la única posibilidad para resolver su caso —el divorcio—, el espíritu católico de doña Victoria se destapó en consejos y lamentos:

—No hijita. Eso no. Tienes que pensar dos veces antes de decidirte. Una mujer que ha roto los lazos de la Santa Madre Iglesia, que es joven, que es buena moza, que no tiene los recursos suficientes para vivir, que... ¡Jesús! ¡No quiero ni imaginarme! Claro que hay algunas carishinas * que consiguen marido gringo después de rodar medio mundo. Pero gringos no hay siempre... Además yo... Yo no puedo, me faltan las fuerzas... El montepío no me alcanza para nada.

A pesar del obstáculo económico y de los escrúpulos morales de la viuda de Santacruz, Rosario abandonó al marido. Los recados, las cartas, las súplicas, los escándalos nocturnos desde la calle —con o sin orquesta, borracho o en juicio—, de nada sirvieron al hombre. Una especie de temor y de odio había madurado en el alma de ella alejando todo proyecto de reconciliación, toda esperanza de sacrificio, toda posibilidad de amorosa vuelta.

Como madre y como mujer, doña Victoria era la única que intuía la tragedia sexual de su hija —angustia para sí, vergüenza para los demás— y buscaba disiparla en cualquier forma: visitas a viejas amistades, recorridos cuotidianos por iglesias y conventos, paracaidismo en matrimonios, en onomásticos, en bautizos, en velorios.

Nunca fue timbre de orgullo para la familia Santacruz la amistad con doña Camila. Las ideas un poco liberales de aquella señora —herencia alfarista [39] del difunto marido, teniente coronel Luis Ramírez—, la soltería no muy santa de las tres hijas, las continuas farras —canelazos * al por mayor, relaciones de medio pelo, confianzas libidinosas, baile hasta el amanecer— disgustaron siempre a doña Victoria. Pero dadas las circunstancias por las que atravesaba Rosario hubiera sido tonto e inoportuno exigir mucho. Aquella noche, la viuda de Santacruz y la divorciada a medias de Monteverde —por esos días cursaba con éxito la demanda— cayeron a la fiesta del onomástico de Raquel, la hija mayor de doña Camila.

Hacia el final del barrio del Cebollar, en una casa de propiedad de la Curia,

---

[37]   *centavos:* la unidad monetaria ecuatoriana, el sucre, se divide en cien centavos.

[38]   *matar con cuchillo de palo:* expresión española clásica, que quiere decir: «Mortificar lenta y porfiadamente» *Diccionario de la Real...,* ed. cit. p. 391).

[39]   *alfarista:* este adjetivo procede del apellido del general costeño Eloy Alfaro, caudillo de las fuerzas liberales ecuatorianas que se adueñaron del poder en 1895.

que todos creían del beato setentón que la administraba con lamentaciones y exigencias de usurero —comedia de sacristía para silenciar la lengua viperina de los herejes—, la viuda de Ramírez arrendaba el ala izquierda del piso alto: un saloncito con ventanas a la calle, dos dormitorios con puertas al corredor abierto al patio, una cocina de peligrosa arquitectura y un gabinete, [40] atrevida garita sobre los tejados.

Cuatro cuadras [41] más arriba de aquella casa, trepando un poco por las faldas de la montaña tutelar de la ciudad, desde el escándalo de una puerta de negro bostezo olor a burdel y cantina, surgió intempestivamente el chulla Romero y Flores. En la primera esquina, a la luz de un bombillo [42] de pocas bujías que tiritaba al capricho del viento del páramo próximo, se arregló el vestido: la corbata deshecha, los botones desabrochados, el sombrero mal puesto, las solapas sucias de polvo, los pantalones semicaídos. Luego pensó con amargo desprecio en la «Bella-hilacha», que acababa de echarle a empellones de su negocio. Nunca antes... Cosas de la vida... Todo por un latifundista con buenos rollos de billetes.

—Carajo —murmuró a media voz y avanzó por la vereda, calle abajo, usando la desafiante distinción en el andar que heredó de Majestad y Pobreza. Así por lo menos creía defenderse de la inclemencia del tiempo, del pulso roedor de mama Domitila, del hambre. Sí. A veces, como en aquella ocasión... Felizmente, a los pocos minutos tropezó con el escándalo de la alegría —música campesina cual lamento de indio en velorio, gritos histéricos de rumbosidad chola— que se desbordaba por los balcones del saloncito de la familia Ramírez.

«¡Una farra! Comida, bebida, guambritas...», se dijo el chulla olfateando hacia lo alto. El paso estaba franco. Nadie podía impedirle... Cruzó la puerta de calle. Trepó por la escalera. Se deslizó por el corredor. Como buen especialista del oportunismo —hábil manejo de estampa y apellido—, al llegar al umbral del cuarto donde hervía la fiesta, respiró profundamente, se ajustó el nudo de la corbata, se quitó el sombrero, se alisó los cabellos sobre una oreja, sobre la otra, alzó los hombros forrando las espaldas en la chaqueta, y, con automatismo de actor cómico al salir a escena, dejó a flote una máscara de amabilidad y sonrisas. La burla de la suerte quiso que en ese instante callara la música y cesara el baile. Todos, en jauría de gestos sorpresivos, de coro impertinente, le interrogaron sin pudor con la mirada: «¿Quién es usted?» «¿Qué quiere?» «¿De dónde viene?» «¿Es acaso primo de las guaguas?» «¿A quién busca?» «¿Qué pretende?» «¿Qué dice?» «¿Es alguna amistad secreta de la Camilita? ¡Dios me ampare!» «Las tontas de las hijas son...» «Caballero parece...» «Bueno está para novio de la menor.» «Bueno está para marido de la intermedia.» «Bueno está para amante de la mayor.»

Al sentirse observado y leer en los ojos de la concurrencia aquel repertorio de

---

[40]   Situado a la vez dentro de la casa. y fuera («sobre los tejados»), este gabinete es uno de los lugares a los que llamo "sintéticos" de la novela, y en los que la vida de Luis Alfonso recibe una impulsión decisiva. Los patios de la casa de Mama Encarnita desempeñarán igual papel en los dos capítulos finales.

[41]   *cuadra*: «manzana de casas»; es americanismo que, para indicar una dirección por ejemplo, se usa en vez de la palabra *calle*: «camine cuatro cuadras, ahí está».

[42]   *bombillo*: aquí por *bombilla*, con el sentido de «tubo de cristal» (para lámpara, etcétera) (*Americanismos...*, ed. cit., p. 117).

indiscretos comentarios, el mozo hizo una pausa, arrugó el entrecejo e inclinó unos grados la cabeza sobre el hombro como si él fuera en realidad el sorprendido. La viuda de Ramírez que en ese momento se hallaba junto a la victrola [43] cambiando el disco, dejó todo y se acercó al desconocido subrayando su anfitrionismo con paso y mirada al parecer indomables.

—¡Soy Luis Alfonso Romero y Flores! ¿No recuerda usted de mí, señora? —exclamó el intruso adelantándose a la posible interrogación. Sabía el efecto extraordinario de su apellido de estirpe gamonal —poder de conquistadores, cruel-dad de encomenderos, magia de frailes, brillo de militares, ratería de burócratas— antes aquellas gentes afanosas por ocultar su pecado original.

En rápida pausa todos saborearon con orgullo la alcurnia y los blasones que creían hallar ingenuamente tras aquel hombre. Cada cual a su entender y manera: «¡Para mi guagua, el mocito!» «Claro... Claro se ve la nobleza.» «Mi hija es doncella.» «Chulla parece... Pero chulla decente que no es lo mismo.» «Amigo para cualquier apuro.» «Sangre de Romero y Flores... Romero de olor... Flores de olor... Ji... Ji... Ji...» «Para mis brazos, para mis labios, para mis pezones, para mis piernas. ¡Jesús! Me siento carishina.» «Se me hace agua la boca. ¿La boca no más?» «Regio sería tener nietitos Romero y Flores.» «Cuarenta y cinco años. Pero tengo la plata del negocio de la tienda.» «Que le chumen, * que le pongan alegre, a ver si...»

Al saborear aquel apellido los invitados dieron una orden impalpable, crearon un ambiente de pulcritud y de halago que transformó las prosas de doña Camila en mueca de humilde respeto:

—Sí... Sí...

—En honor del... De la... —continuó el mozo sin saber a ciencia cierta lo que celebraban.

—¡De la santita! —chilló la viuda de Ramírez recuperando su autoridad.

—Eso. En honor de la santita he contratado una orquesta que llegará dentro de pocos minutos.

—¡Una orquesta! —corearon todos a pesar de que la mayoría sospechaba la farsa.

—Es una pequeñez.

—Siéntese. Déme el sombrerito —murmuró doña Camila pensando con deleite y gratitud de madre viuda: «Mi Raquelita. Dios haría el milagro. Matrimonio y mortaja del cielo baja. Después del escándalo... Después del bandido... Después del guagua que... Dios nos ampare de los chismes...»

Al final nadie se acordó de la oferta del mozo. ¿Para qué? Era mejor divertirse

---

[43] *victrola*: ecuatorianismo que significa «gramófono»; este vocablo se usaba mucho tanto en la Costa como en la Sierra, como puede verse en el poema de Joaquín Gallegos Lara que encabezaba la célebre colección de cuentos *Los que se van:*

«Los que se van.
Porque se va el montuvio. Los hombres ya no son
los mismos. Ha cambiado el viejo corazón
de la raza morena enemiga del blanco.

La victrola en el monte apaga el amorfino.
Tal un aguaje largo los arrastra el destino.
Los montuvios se van p'abajo der barranco».

y gozar con sus cuentos, con sus historias de amor, con sus galanterías. Doña
Camila creyó entonces oportuno y aristocrático brindar un «vinito hervido». Su
Cristo de plata —recuerdo y herencia de la familia— le sirvió, como de costumbre,
para sacarle del apuro. Al entregar la joya a la chola cocinera —follones [44] de
bayeta, pañolón a los hombros, trenzas amarradas con pabilo, [45] hediondez de
refrito de cebolla—, le dijo en voz baja:

—Con cuidado, cholita. Es bendito.

—Acaso es la primera vez que le llevo.

—Dile al cholo Teodoro de la esquina. Ojalá esté despierto. Que haga el favor
de mandarme cuatro botellas de vino. De ese bueno de consagrar que él mismo
sabe.

—¿Cuatro? ¿Dará cuatro, pes?

—Que el sábado de la quincena le he de pagar con intereses. Corre no más.

Después del «vinito hervido», y después de constatar con pena que no había
ningún interés de parte de Romero y Flores para Raquel —a pesar de las oportunidades e insinuaciones—, doña Camila, botella y copa en mano, víctima de generosa
borrachera, se dedicó a repartir aguardiente, murmurando ante cada invitado:

—Guachito. [46] Tome no más. Sin hacer caras. Sin escupir. Sin dejar las sobras
de los secretos...

La fiesta, entre tanto, se había caldeado en epilepsia de chistes verdes, de
zapateados folklóricos, de murmullo hecho de cien retazos de risas histéricas.

—¡Sueltos... Sueltos...!

—Con quitadas.

—Al que no alienta, copa.

—Guambrita linda. Dale que dale, dale no más. Lo que es conmigo ya no
verás.

—¿Dónde se consiguió el versito? Tiempo Alfaro parece...

—¡Viva la santa! ¡Vida la dueña del cuarto!

—¡Vivaaa!

—Cuando están chumados parecen indios.

—Indios mismos.

—¡Sueltos... Sueltos...!

Desde el primer momento el chulla Romero y Flores se dejó arrastrar por el
hechizo —triste y apetitoso a la vez— de las formas cimbreantes, de la boca
sensual, de los pómulos pronunciados, de Rosario Santacruz. Quizás no era una

---

[44]   *follones* : ecuatorianismo: «Follones decimos las vestiduras mujeriles de la cintura abajo, a
saber, refajos, zagalejos, enaguas». (Carlos Rodolfo Tobar Guarderas. *Consultas al Diccionario de la Lengua
(lo que falta en el vocabulario académico y lo que sobra en el de los ecuatorianos, quichuismos, barbarismos,
etc.)*, Quito, Imprenta de la Universidad Central, 1900, p. 240).

[45]   *«Pabilo y Pábilo».* Torcida o cordón de hilo, algodón, etc. // Ecdr. Cordón de algodón que sirve
no sólo para fabricar velas, sino para muchos otros usos» (Alejandro Mateus, *Riqueza de la Lengua
Castellana y provincialismos ecuatorianos.* Quito, Editorial Ecuatoriana, 1933, p. 293).

[46]   *guachito:* «2. Bebida que se da en una sola copa a todos los concurrentes» (*Americanismos...*, ed.
cit., p. 311); este vocablo se deriva muy probablemente de *gaucho* o *guagcho*, palabra quechua que
significa «huérfano», «solitario» (véase el «Vocabulario» alfabético puesto por Icaza al final de la novela). Es
posible que *guachito* tenga relación también con la *guachicola,* véase más ariba la N. 21).

hembra de belleza aristocrática —eso que el cholerío llama aristocracia de ojos claros, de pelos rubios, de labios finos [47]—, pero había en ella algo de atractivo y familiar, algo que evocaba en el mozo —burla subconsciente— actitudes y rasgos de mama Domitila.

Envuelto en la certidumbre y en la audacia de hallarse frente a uno de tantos amoríos, sin pensar en el posible peligro para su porvenir —matrimonio que le garantice fortuna y nobleza—, el chulla se acercó a la hija de doña Victoria, le tomó de la mano y le obligó a bailar. Al insinuarse con el abrazo atrevido y pegajoso que tan buenos resultados le dio siempre en sus conquistas, sintió que ella experimentaba una especie de asco.

—No soy lo que usted se imagina —protestó a media voz la joven.

—¿Qué es lo que usted cree que yo me imagino?

—Algo...

—¿Algo bueno?

—No sé.

—¿Algo malo?

—No sé.

—¿Entonces?

—No sé.

—¡Ah! Comprendo.

—¿Qué comprende?

—Nada... Que sí.

—¿Qué sí?

Cosa curiosa, ambos sintieron miedo de hablar. Como si cada palabra fuera a perder su significado. A ella también —no obstante la profunda herida que le dejó su fracaso sexual— le atraía Romero y Flores.

Las exigencias, las bromas, el licor, aliados incondicionales del galán, acabaron con los escrúpulos femeninos. Al amanecer —tierna la fatiga de las gentes, débil la luz de la aurora—, Rosario experimentó un sentimiento de agradable excitación —aliento diabólico al oído, caricia de obstinado ardor sobre los pezones, sobre el vientre, sobre las piernas—. De pronto se dijo mientras bailaba en brazos del chulla: «Me miran con odio... con rencor... Me creen una corrompida... Corrompi-daaa...» Abrió los ojos cuanto pudo, cuanto le permitieron sus párpados indolentes. En la mímica y en el cuchicheo de las viejas que hablaban con su madre, en la ebria generosidad de doña Camila al repartir el aguardiente, en la gracia burlona de las parejas que danzaban en su torno, creyó sorprender el mismo reproche de su corazón: «Corrompidaaa... Te han corrompido, te han corrompido...» Llena de angustia, mirando sin mirar como a través de una niebla de humo de tabaco, de sudores humanos, de espuma de cerveza, vivió en un segundo el horror de morir acribillada por estúpidos fantasmas. Violentamente, librándose del mozo, huyó de todo aquello: música, risas, aire de chisme, olores a calumnia. Huyó por el corredor

---

[47]   *no era una hembra de belleza aristocrática —eso que el cholerío llama aristocracia de ojos claros, de pelos rubios, de labios finos—:* Icaza subraya una vez más la alienación que representa el modelo europeo u occidental —aquí en el ámbito amoroso; las N. 22, 23, 34, 26 y 27 se refieren a pasajes del texto en los que la denuncia icaciana atañe otros aspectos de la vida cotidiana.

hasta la cocina, donde la chola cocinera cabeceaba de pie junto al fogón. Despertándose, murmuró:

—Ave María. Casi me asusto, pes. Yo creí que era la niña [48] Camilita.

—Soy yo —respondió Rosario sin hallar el pretexto que justifique su presencia y la presencia del chulla, el cual —fantasma centinela— le había seguido y esperaba a la puerta de la cocina con inquietud de perro en celo.

—Sí, pes. Ya veo —alcanzó a gruñir la chola al hundirse de nuevo en sus pesadas reverencias.

—¿Por qué me huye? ¿Por qué? —interrogó el mozo acercándose con paso felino a Rosario.

—Me ahogaba.

—Nos ahogábamos.

—¿Usted también?

—Necesito decirle tantas cosas a solas.

—¿A solas? —adviritió ella recordando lo engañoso de Monteverde antes de la noche de bodas.

—Sí.

—Imposible. ¡Váyase! —ordenó la joven en reacción de fuga. Y por una pequeña escalera que se abría en la pared del fondo, trepó al gabinete del tercer piso, donde muchas veces, antes de casarse, estuvo con las hijas de doña Camila.

«¡Cuidado! Es una hembra sin dote. Es una de tantas chullitas que... Tu porvenir... Tu porvenir de gran señor», anunció la voz de Majestad y Pobreza tratando de frenar el impulso apasionado, ciego, del mozo.

—¡Por Dios! No suba.

—Es que...

—Hay una tabla rota.

—¿Dónde?

—En el tercer escalón.

—Gracias.

—La gente... Usted no debía.. —reprochó Rosario asomándose a una gran ventana, sin puertas ni vidrios, que daba a los tejados de la vecindad.

—Algo superior a mí, algo que me recuerda no sé a quién o a qué, me arrastra hacia usted —dijo el hulla con sinceridad extraña. Y en tono de disculpa, tratando de responder al mismo tiempo a las íntimas advertencias de la sombra de su padre, concluyó:

—Entiéndame, por Dios.

—¡Oh!

Sin aliento para razonar con claridad, mirando hacia afuera en busca de refugio, de un pretexto para calmar esa imprudente rebeldía de la carne que a

---

[48] *niño, niña:* tratamiento dado por los criados a los amos (puede reducirse, por aféresis, a *ño, ña,* seguido del nombre de la persona); en efecto, los criados que conocieron a los amos cuando éstos eran pequeños los siguen llamando *niño, niña* aun cuando han llegado a la edad adulta. Se trata de un tratamiento de respeto: por ejemplo, en el cuento «Felipe Cachi» de Gonzalo Bueno, una mujer mestiza de Quito se pone furiosa porque un indio desconocido acaba de llamarla *señora* en vez de *niña* (Gonzalo Bueno, «Felipe Cachi», en la colección titulada *Siembras*, Quito, Editorial Labor, 1934, p. 65).

veces nos enciende y enloquece, ella prefirió hacer una pausa, hundirse en el misterio del paisaje de la ciudad —casas trepando a los cerros, bajando a las quebradas— que despertaba a la caricia de la luz difusa del amanecer —cielo frágil de cristal en azul y rosa tras la silueta negra de la cordillera—, y surgía de las tinieblas y del sueño en contornos y ruidos lejanos, próximos, caprichosos. Mezcla chola —como sus habitantes— de cúpulas y tejas, de humo de fábrica y viento de páramo, de olor a huasipungo y misa de alba, de arquitectura de choza y campanario, de grito de arriero y alarido de ferrocarril, de bisbiseo de beatas y carajos de latifundistas, de chaquiñanes * lodosos y veredas con cemento, de callejuelas antiguas —donde las piedras, las rejas, las espadañas coloniales han detenido el tiempo en plena aldea— y plazas y avenidas de amplitud y asfalto ciudadanos.

—Sí. Algo... —insistió él tratando de acercarse a ella, a ella que apoyaba con languidez fingida su cuerpo en el marco de la ventana, a ella que al intuir la intención del mozo se dijo con vehemencia contradictoria: «Que se acerque pronto... Que me estruje en un abrazo... Que huya.. Que desaparezca... Que...»

Pero él había llegado hasta las espaldas de la moza, hasta el oído, para afirmar con voz cálida, acariciadora:

—Hermoso, ¿verdad?

—¡Váyase! —suplicó la joven.

—¿Cómo? ¿Ahora que podemos hablar sin testigos?

—¡Váyase! Notarán nuestra falta.

—Están borrachos.

—Estamos.

—Yo, sí. Por usted —afirmó Romero y Flores apoderándose de las manos de la mujer.

—Quieto.

—Me gustaría estar así siempre.

—¿Siempre? —interrogó Rosario oponiendo temblorosa resistencia al contacto perturbador.

—Sí.

—Usted quizás no conoce el efecto torturante de los chismes, de los cuentos, de las mentiras a mi marido.

—¿Casada? —dijo el chulla con voz que delataba su alegría: «Ningún peligro para mi porvenir... Ninguna responsabilidad... Ningún gasto... Unos meses, unos días, unas horas...»

—Nos separamos hace mucho.

—Yo creí...

—Creyó mal.

Sin saber cómo llegó el beso embriagador, largo. Pero a ella, contrariando a su sangre encendida de deseo, le pareció baboso, asfixiante, cruel.

—¡Suélteme! —gritó.

—Es que...

—¡Suélteme! —insistió Rosario luchando por defenderse y caer a la vez en la desesperación jadeante del macho.

—Le quiero...

—Ayayay.

—Amor.

—Atatay.

—Espere... Espere...

—¡Basta!

Lo imprevisto —lógica de escenas sin remedio— llegó en socorro de la joven:

—Rosaritooo. ¿Dónde te has metido, hijitaaa?

—Es mamá —murmuró ella al oído del mozo, mientras ambos se cubrían con una pausa de cobarde asombro y complicidad.

—Rosaritooo.

—¿Qué? ¿Qué quiere? —respondió interrogando en alta voz la hija de doña Victoria.

—¿Dónde está, pes?

—Ya bajo. No grite.

—La Camilita ha preparado caldo de patas para el chuchaqui.

—¿Eh?

—¿No me oyes? Tenemos que ir a misa.

—Ya... Ya...

Entre tanto Luis Alfonso se había escondido en la ventana. Le era difícil calmar en los músculos ese temblor hormigueante que deja el deseo roto, la lujuria estrangulada. Como a través de un pergamino de resonancias huecas le llegó el ruido de los pasos de Rosario al bajar las escaleras, las voces de doña Victoria, el murmullo de la disputa femenina al alejarse por el corredor. Pasándose la mano por la cara y entornando los ojos, se interrogó: «¿A quién teme? ¿Qué le asusta? Algún día caerá... Me desea, sé que me desea... Al besarle se estremecía... Es...»

La fiesta terminó a las seis y media de la mañana. Doña Camila, obsequiosa, diligente y con buena dosis de alcohol como para confundirlo todo, atendía a sus invitados en el cuarto de los sombreros, paraguas y abrigos. Cuando llegó Luis Alfonso, a la vieja le pareció oportuno y aristocrático cobrarse la broma de los músicos abrumando al mozo con atenciones y galanterías:

—Venga cuando se le ofrezca. Tan inteligente que ha sido... Tan simpático... Tan generoso...

—Gracias.

—¿De qué, pes?

—De todo señora. Una fiesta inolvidable, exquisita. Algo digno de su alcurnia.

—¡Ah... Ah...! —alcanzó a murmurar doña Camila verdaderamente trastornada por la opinión del caballero.

—Qué finura. Qué cosa distinguida.

—¿Su abriguito ha de querer, no?

—¿Mi abrigo?

—¿Cuál es, pes?

—Un... Un medio gris —afirmó el chulla dejándose arrastrar por la generosidad de la vieja.

—¿Estico?

—Sí. El mismo. Gracias.

* * *

El chulla Romero y Flores —hábil señor de la conquista barata— insistió en el asedio a la chullita, calificativo que Majestad y Pobreza usaba para las mujeres sin fortuna. Aquel amor —por lógica de economía y clandestinidad— maduró por las callejuelas de los barrios apartados, por las faldas de los cerros, por los pequeños bosques cercanos a la ciudad. Pero el atrevimiento y los recursos del galán se estrellaron una y otra vez en la imprevista repugnancia de los ojos desorbitados, de las manos crispadas, de los gritos y de las lágrimas de Rosario.

—¿Por qué? No entiendo. Somos jóvenes. La vida manda —chilló el mozo temblando de indignación una tarde que había preparado con sus mejores recursos el asalto amoroso.

—Me parece tan pobre. Tan...

—¿Tan qué?

—Entre la hieba...

—Siempre la misma cosa.

—Como animales... Como cholos... Como indios... —se disculpó la mujer con dulzura que pretendía ahogar su rechazo.

«Como cholos... Como indios...» repitió mentalmente Luis Alfonso —eco de vergonzoso reproche—, estirándose, cara al cielo, junto a ella. Luego se incorporó a medias, se arregló los cabellos como tenía por costumbre hacerlo cuando trataba de presumir, miró a la muchacha tendida a la sombra del árbol donde pensó poseerla, y rectificó en secreto, de acuerdo con Majestad y Pobreza, sus viejos planes: «Tiene razón.. Por las calles miserables, por las quebradas hediondas, por el campo, sin pudor, a merced de la impavidez del cielo, de la burla del viento, de la incomodidad de la tierra, del encuentro ventajero de algún cazador furtivo. En el zaguán de su casa. Una sirvienta, una guaricha, * una longa. Yo no soy un soldado, un pordiosero, un artesano... ¡Oh! Como príncipes, como reyes, como... Ji... Ji... Ji... Ella también tiene su orgullo, su... Y yo... ¡Carajo!»

Con luz que parpadeaba insegura en su fantasía —ensueño diabólico en los ojos, intriga superior en los labios—, el chulla ordenó:

—Vamos. Es tarde.

—¿Enojado?

—¿Por qué?

Romero y Flores trabajó mucho en su plan. En su nuevo plan. Y un día, sin demostrar interés, con esa indiferencia elegante que a veces copiaba de las estampas antiguas, anunció a Rosario:

—No sé si ir al baile del Círculo.

—¿Al gran baile?

—Al baile de las Embajadas.

—¿De las Embajadas? —insistió ella buscando en los ojos del hombre la verdad. Nunca... Nunca hubiera creído que... Lo más distinguido, lo más noble, lo más aristocrático de la ciudad...

—¿Por qué no? Tengo la invitación —murmuró el mozo entregando a la incrédula una tarjeta de filo dorado y escudo en relieve. Era auténtica. La obtuvo en virtud de sus conexiones con la burocracia de la Cancillería.

—En efecto. Es... Es... —dijo la muchacha y miró y remiró la misteriosa cartulina. Le inquietaba y sorprendía aquello de: «Condecoraciones. Traje de etiqueta».

—No me gusta ir solo.

—Pero... Si es necesario.

—Podemos ir los dos.

—¡Los dos! ¿Yo también? —exclamó Rosario poniendo una cara de asombro y dicha indescriptibles.

—Naturalmente.

—Es que...

—No creo que se oponga doña Victoria —comentó Luis Alfonso con gamonal ironía que disculpaba las vacilaciones acholadas de la joven.

—¿Oponerse?

—Se trata de una fiesta de la alta sociedad. Diplomáticos. Generales. Funcionarios. Damas. Caballeros. A lo mejor asiste el señor Presidente de la República.

Con liturgia de sacerdote que explica al hereje los misterios de la fe, Romero y Flores continuó enumerando las personalidades y los detalles del paraíso del gran mundo.

—Comprendo.

—¿Qué? ¿Vamos o no vamos?

—Si pudiera conseguir... —declaró sin control la muchacha pensando en las joyas, en el traje y en los zapatos que le eran necesarios para presentarse como había soñado desde niña.

—¿Conseguir qué?

—Nada. Yo me entiendo.

—Es que si tú no vas me aburriría mortalmente.

—Creo...

—¿Qué?

—¿Para cuándo es la fiesta?

—El doce. Falta una semana.

—¡Ah! Entonces, sí. Iré.

—¿Seguro?

—Segurísimo —concluyó Rosario con gratitud chispeante en las pupilas.

Dos días antes del baile social, llevando al brazo el sobretodo —obsequio de doña Camila—, el chulla Romero y Flores penetró en una casa donde alquilaban disfraces —ventanas bajas, puerta de calle de portón de hacienda, zaguán de niveles sumergidos, patio húmedo poblado con tiestos de claveles y geranios—. Golpeó suavemente en la primera puerta del descanso de una ancha grada de piedra. Un hombre pálido, de arrugas cincuentonas, envuelto en una bata de raso negro adornada con dragones de oro, mostró las narices abriendo una discreta rendija. Al reconocer al visitante, exclamó lleno de júbilo:

—Venga, mi chulla. ¿Qué milagro, pes?

—Por verle, Contreritas.

—¿Nada más?

—Y por saludarle también.

—Gracias, cholito. Entre. Siéntese.

Olía a cuero, a polilla, a trapo viejo. Era una especie de bodega de la historia del mueble. Desde el primer momento la promiscuidad de estilos y de épocas embriagaba de mal gusto. Junto a lo esquelético de las sillas de Viena, a lo renegrido de las bancas y los sillones coloniales, se acomodaban las mesas y los armarios de simple línea moderna. Junto a los tarjeteros de alambre, a las alcancías de yeso, a los festones de papel, deslucían los cristales de finísima talla y los jarrones de porcelana china. Junto a los tapices persas —vilmente falsificados—, a las oleografías de santos y vírgenes, degeneraban lienzos de Miguel de Santiago y Samaniego. Por el suelo —hojarasca y follaje de fosilizada manigua—, alfombras, almohadones, escupideras, pebeteros, macetas con flores artificiales de toda especie, edad y tamaño. En estrechas hileras y altas pirámides —a lo largo y a lo ancho del recinto—, taburetes, cofres, tronos, bancos egipcios, babilónicos, griegos, etruscos, bizantinos, confundiéndose con arcas góticas, con cajas y bargueños del Renacimiento, con sillas, mesas y camas, estilo Luis XIV, XV, XVI.

En un claro de esa selva exótica, el hombre de la bata de dragones de oro interrogó a Romero y Flores mirándole detenidamente:

—¿En qué puedo servirle?

—En un asunto que nos conviene a los dos —respondió el mozo acariciando la posible mercadería que llevaba colgada del brazo.

—¿A los dos?

—Necesito que me alquile un frac.

—¿Un frac?

—Para mí.

—¿Para usted?

—Claro.

—Me parece imposible ver a mi chulla, a nuestro chulla con faldones y cuello duro —se lamentó el dueño de casa poniendo en el gesto y en el tono su habitual melosidad femenina.

—Las circunstancias. Los compromisos...

—Qué circunstancias ni qué compromisos. Eso está bien para algún pendejo con plata que no ha dado todavía con el disfraz que le cuadre. Pero para usted... No. Perdería el carácter, la gracia, la personalidad.

—Usted... Usted no tiene derecho... —chilló Romero y Flores poniendo mala cara mientras pensaba: «Puedo vestirme de cualquier cosa, carajo. Soy un caballero. ¿Qué es eso de chulla? Maricón».

—Perdone. Yo decía...

—Bueno. Vamos al grano. Mire usted este abrigo. Es suyo. Una verdadera ganga.

—¿Ganga? —repitió el hombre de la bata de los dragones de oro examinando la prenda que había caído en sus manos sin saber cómo.

—La calidad del casimir. Ultima moda. Seis botones.

—No está mal.

—El forro.

—Dígame una cosa. ¿De dónde sacó usted esto?

—De la herencia de mi padre.

—¿Tan nuevo de su padre? —dijo socarrón el dueño de la casa comparando mentalmente aquel abrigo con la levita y la chistera de Majestad y Pobreza que compró en otro tiempo para su galería de tipos nacionales.

—¿Duda usted de mí?

—¡Dios me libre!

—¿Entonces?

—Preguntaba solamente.

—Es que...

—No se caliente, cholito. ¿Y cuánto achaca por esto?

—El alquiler del frac y algo de dinero.

—¿También dinero?

—Necesito para el baile.

—¿Qué baile?

—El de las Embajadas.

—¿Usted... Usted también?

—Sí. Yo también. Aquí está la invitación.

Aquella pequeña cartulina —boleto de pase libre a la Bienaventuranza de las oligarquías— transformó el diálogo. El hombre de la bata de los dragones de oro, subrayando sus melosidades, aceptó la propuesta del mozo. Luego concluyó:

—Creo que no me queda un buen frac para usted. Le acomodaré como sea. Todos me necesitan en un momento dado. A veces llegan del campo oliendo a sudadero de mula, a chuchaqui de mayordomo, a sangre de indio, a boñiga, y quieren que yo... Tengo que acomodarles la corbata, los broches, las medias... Tengo que limpiarles las uñas, enseñarles a llevar en buena forma los guantes... Tengo que indicarles cómo deben sentarse. Siempre es lo mismo: en los banquetes, en los bailes, en los matrimonios, en la época de Congreso.

—¿También?

—También. Venga para que vea cuántas cosas están listas en el ropero para la fiesta a donde usted va, chullita.

—¿Sí?

A más de la bodega de la historia del mueble, Eduardo Contreras —así se llamaba el hombre de la bata de los dragones de oro—, tenía una magnífica colección de trajes. Colección que la inició el bisabuelo de Contreras por los oscuros tiempos de la «vieja chuchumeca *» y el «machico * con piojos». La guardarropía y el negocio en general crecieron al impulso de los afanes domésticos del bisnieto —crochet, costura, labores de mano, remiendo artístico—, y a la urgencia cotidiana de un gamonalismo cholo que creyéndose desnudo de belleza y blasones busca a toda costa cubrirse con postizos y remiendos.

Mareaba un olor a naftalina, a enaguas de vieja, a polvillo de canasta de sastre, en el salón de los disfraces.

—Aquí hay una fortuna —exclamó Romero y Flores abrumado por la cantidad de polleras, blusas, capas, pellizas, abrigos, sacos, [49] pantalones, levitas, chales, corpiños y cien prendas de diferente tamaño y calidad que pendían, como fantasmas de trapo, de un escuadrón de soportes y ganchos.

—Una fortuna. Cáscaras que va dejando la leyenda y la historia, cholito... Para cubrir a medias el vacío angustioso de las gentes que no se hallan en sí.

—¿A medias?

—La mayoría piensa que lo importante es el detalle, el paramento, el símbolo. De los reyes, la corona. De las princesas, los copetes, el armiño. De los santos, la aureola. De los héroes, los entorchados, los botones, las charreteras. De los sabios, de los poetas, de los artistas, los laureles, las medallas, los títulos —dijo en tono doctoral el hombre de la bata de los dragones de oro. Y se internó luego por un follaje de pierrots, de colombinas, de napoleones, de payasos, de arlequines, de odaliscas, de nerones, de frailes, de generales, de piratas, de monjas, de...

—¿Y esto? —interrogó Luis Alfonso al llegar a un rincón donde se exhibían sin orden algunos muñecos luciendo atavíos nacionales.

—Mi obra mayor. Nuestra cáscara típica. Desgraciadamente está pasando de moda. Nadie quiere saber nada con los disfraces de su propia pequeñez. Lástima de dinero, ¿verdad? —afirmó Eduardo Contreras acariciando a un maniquí vestido con las prendas características de la chulla quiteña —manta bien prendida enmarcando el rostro, ciñendo los senos, pollera [50] forrada a las nalgas, bota de cordón.

—En efecto.

—Lo sencillo de la indumentaria está de acuerdo con lo audaz de las formas. Esta... Esta era nuestra hembra, cholito. Usted llegó tarde... Ahora, en cambio, la pobre trata de confundirse con la niña bien... Con la niña bien que copia los últimos figurines extranjeros. [51]

Contreras siguió hablando en el mismo tono de reproche y lamentación sobre la indumentaria de los diferentes tipos del país que rodeaban a la figura de la chulla como en una vitrina de museo: la chola de follones de bayetilla, de blusa de raso y encaje, de pabilo en las trenzas, de pañolón a cuadros —cocinera, sirvienta, guaricha, vendedora en el mercado—; el cholo campesino de zamarros * lanudos, de poncho fino, de bufanda al cuello, de zapatos de becerro con rechín, de diente de oro —mayordomo, arriero, partidario, [52] escribiente de latifundio—; el indio ciudadano de alpargatas de cabuya, de cotona, * de pantalones de liencillo, [53] de

---

[49] saco: «m. Prenda de vestir, una de las tres piezas que con el chaleco y el pantalón, componen el traje común o terno; lo que el Diccionario define por chaqueta. (Chaqueta solamente se usa para designar un saco ajustado al talle y, por lo general, más corto que el común.) (Fr. J. Santamaría, Diccionario general..., ed. cit., T. III, p. 54)

[50] pollera: «f. Ecdr. Falda externa de bayeta, que usan las campesinas». (A. Mateus, Riqueza..., ed. cit., p. 345); muchas cholas aldeanas venían a Quito para vender mercancías.

[51] Eduardo Contreras es uno de los portavoces del autor; denuncia la falta de autenticidad de la vida de muchos compatriotas suyos (véanse las notas 47, 22, 23, etcétera, que remiten a pasajes de significado parecido). Luis Alfonso logrará precisamente liberarse de la trampa de la imitación servil.

[52] partidario: «Es en nuestro lenguaje agrícola el que tiene contrato de aparcería, el aparcero». (J. Tobar Donoso, El lenguaje rural..., ed. cit., p. 215).

[53] liencillo: «Es el lienzo tosco que se fabrica de algodón y que sirve para la ropa interior de nuestros indios». (J. Tobar Donoso, El lenguaje rural..., ed. cit. p. 174).

poncho mugriento, de sombrero de lana endurecida a golpes —peón del aseo público, albañil, cargador—; la beata de larga saya, de fúnebre manta —chismes enlutados, fanatismo neurálgico, prejuicios en conserva—; el futre...

De pronto, el monólogo del dueño de casa tuvo que suspenderse al notar que el amigo había tropezado con la chistera verdqsa y la levita raída de Majestad y Pobreza, donde él puso, para completar el disfraz, unos zapatos ridículos, unos pantalones remendados, un cuello de celuloide y un pañuelo sucio.

«Es... Es... ¡Papá!», trató de gritar Romero y Flores arrebatado por una especie de torbellino sentimental que ardía con ternura asfixiante más allá del orgullo.

«Padre de nuestros disfraces, de nuestras prosas, de nuestras pequeñas y grandes mentiras», se dijo Eduardo Contreras con mueca de pena y burla a la vez como si contestara a la sorpresa angustiosa del chulla, como si...

«¿Nuestro? Mi padre... Miii, carajo... Cholo maricón...», pensó, ceñudo y altanero, con lágrimas en la garganta, Luis Alfonso. La idea de que él también pudiera dejar a la posteridad análoga cáscara le produjo el pánico del niño perdido en las tinieblas, de la oveja al olor de la sangre. Pero como el testigo era hombre de humilde origen a pesar de su fortuna de trapos hediondos y palos apolillados —cholo medio blanquito que en el secreto de su alma temía y veneraba con morbosa angustia vicios y virtudes del viejo Romero y Flores—, pudo el mozo dominar fácilmente su emoción. Llevó la mano con disimulo a la boca para... «Para nada, carajo. Si algo valen todas estas gentes es por mi sangre, por lo que yo puse en ellos», afirmó la sombra de Majestad y Pobreza con esa oportunidad que a veces no hallaba oposición íntima —desaparecía mama Domitila— y que inyectaba cinismo y audacia de «patrón grande, su mercé» en el chulla.

—¿Dónde? ¿Dónde está el frac? ¡Mi frac! —interrogó Luis Alfonso con altanería.

—¡Ah! El frac —repitió Contreras retirando aparatosamente un enorme biombo.

Como una aparición mágica, frente a una esquina forrada de espejos, surgieron, erguidos en perchas de alambre, varios trajes de alquiler para la fiesta aristocrática.

—¿Tantos? —exclamó el joven.

—Dieciséis caballeros. Dos reinas. Cuatro estrellas de cine. Una princesa —anunció en tono de subasta el dueño del negocio mientras revisaba los detalles que él creía de buen gusto en su obra: condecoraciones, broches, cadenillas, monóculos, hilos de oro, botones, tules, brillos, flores, joyas.

—¿Y el mío? —insistió Romero y Flores.

—¿El suyo? Claro. Tiene razón. A usted le daremos un lord inglés.

—Un lord.

—Auténtico, chullita.

Con habilidad y limpieza de prestidigitador, el hombre de la bata de los dragones de oro sacó de un armario los trapos necesarios para transformar al cliente.

—Este debe ser su número.

Mientras soportaba las miradas geométricas y el manoseo de la prueba, Romero y Flores se entretuvo observando un disfraz de mujer que tenía a su lado. Era un vestido blanco lleno de tules en la pollera y flores de terciopelo rojo en el pecho, divinamente armado en un maniquí sin cabeza.

—Muy bonito —murmuró Luis Alfonso por decir algo amable mientras daba las vueltas al capricho de la técnica del artista.

—¿Qué es lo bonito?

—Los tules en la falda... También los adornos...

—¡Ah! Se refiere a mi modelo especial. Es para transformar a una chullita en princesa.

—¿Síii?

—Mi princesa. De rechupete. Me inspiré en una revista. Es un retrato de...

—¿Y en qué se conoce que es una princesa?

—Bueno... Aquí faltan los detalles: la diadema, los zapatos, el chal, las joyas, el bolso, y ese algo que obliga a las gentes a pensar en el personaje que uno quiere que piense.

*   *   *

Pasadas las diez de la noche, el chulla Romero y Flores llegó en un automóvil de alquiler a la casa de Rosario Santacruz, unas cuadras más arriba de la esquina de la Cruz Verde. Inquieto por la sospecha de que la indumentaria de su pareja no pudiera estar a la altura de las circunstancias, descendió del vehículo doblando y desdoblando cuidadosamente su alargada e incómoda figura de lord inglés. Desde la vereda miró y remiró —extraño bicho de palacio en pantano de arrabal— el viejo balcón de la dama, y, lleno de explosiva impaciencia, silbó como un soldado a su guaricha, como un arriero a sus mulas. El eco —escándalo y reproche—, en la paz de la calle solitaria, le aconsejó esperar. Uno, dos, cinco minutos. De la penumbra del zaguán surgió de pronto ella. Vestido blanco de raso, flores de terciopelo rojo en el pecho, vaporosidad de tules sobre la pollera, diadema de brillantes entre los rizos del copete, guantes largos, bolso de lentejuelas.

«¡La princesa! La princesa de Contreritas... ¿Qué hago? ¿Cómo le denuncio? Parece lo que no es. Pero está bien, muy bien... Ji... Ji... Ji... Debo creer... Creer...», se dijo el mozo con curiosidad de ojos incrédulos. ¿Pero acaso no era ése su anhelo, su esperanza? ¡Una princesa! Con reverencia teatral y tuteo aristocrático, murmuró:

—Estás hecha un cielo.

—Y tú hecho un rey —respondió ella en el mismo tono zalamero.

—¿Vamos?

—Vamos.

La luz deslumbrante de las lámparas y de los festones de bombillos eléctricos, el bisbiseo curioso de las damas —reinas de baraja, princesas de opereta, estrellas de cine sin contrato—, la aparente austeridad de los caballeros de pechera blanca —usura en opulenta línea de financiero, contrabando envuelto en diplomáticas condecoraciones, caciquismo almidonado de omnipotencia democrática, calentura tropical ceñida a la más grotesca etiqueta palaciega—, y el rumor tintineante —charreteras, espadas, medallas— de los napoleones de varias formas y tamaños, amedrentaron a los jóvenes intrusos al ingresar en el salón principal. Entre la realidad y la farsa hubo un momento —pequeño desde luego— en el cual ellos se debatieron en el vacío. Su vacío. Mas, una información subconsciente alentó a la pareja: «Son las ropas de Contreritas... Diez, veinte, treinta... Todos embutidos en su disfraz... Con ese algo que obliga a las gentes a pensar en el personaje que uno... Maniquí de cabeza erguida, de manos nerviosas, de patitas relucientes...» Noble advertencia para diluir el temor. Primero en él. Gracias a la oportuna y violenta intervención de la voz de Majestad y Pobreza: «¡Adelante, muchacho! ¿Qué es eso? Estás en el secreto de la trampa. Todos juegan a lo mismo... ¿Qué es un lord inglés ante un Romero y Flores? Nada, carajo... ¡Sí! Nadie se atreverá a despertar a mama Domitila. Le tengo acogotada, presa, hecha un ovillo con trapos de lujo. ¡No existe! Todos tratan de afirmar eso. ¡No somos indios! ¡Nooo! ¡No hay esclavos en la selva, en los cerros, en los huasipungos!»[54] Avanzó entonces sin temor el mozo en busca de un lugar propicio, pero como a la vez sintió que Rosario seguía prendida de su brazo —actitud poco elegante de niño acoquinado— le dijo al oído con amable reproche:

—¿Qué te pasa, princesa?

«Princesa... Debo ser una princesa... Soy una princesa... Así... Un poco más...», concluyó con orgullo reparador la muchacha pensando en sus copetes estilo Imperio, en su diadema real, en sus tules de Virgen de pueblo, en sus flores de terciopelo, en su collar de brillantes, en sus zapatos un poco ajustados —más el derecho—, en el raro perfume que despedía su cuerpo, en el caballero que le acompañaba. Y en busca de una liquidación completa de su bochorno, interrogó:

—¿A quién esperan?

—¿Por qué?

—¿No ves? Se agrupan en desafiante exposición como si los demás... Conversan sin arrugarse... Se miran... Nos miran...

La música del Himno Nacional surgió desde una pieza contigua transformando lo estirado e indiferente del cholerío aristocrático en esbirrismo meloso, espeso.

—¡Su Excelencia! Su Excelencia el señor Presidente de la República —dijo alguien.

«¡Ah! Era a él a quien esperaban... A él...», pensó Luis Alfonso sintiendo el contagio de la inquietud general. En ese mismo momento, la comitiva que rodeaba a su Excelencia en marcha —ministros, banqueros, contratistas, embajadores, terratenientes, patriotas de profesión— ingresó al recinto abriéndose paso entre un follaje de tupidas amabilidades.

—Los adulones no le dejan en paz —comentó una vieja de opulentas caderas que formaba parte del grupo más cercano a la pareja de los jóvenes intrusos.

—Imposible sin ellos —dijo un señor pálido que parecía fabricado en hueso.

—Veinte años de este cuento.

—Y tiene para rato.

—Miren cómo menea la cola el opositor.

—Todos.

Por curiosidad el chulla Romero y Flores se estiró para observar. Más allá de un empedrado de calvas, de rizos, de moños, de diademas —tonsurada como la de

---

[54]   Este trozo resume la visión icaciana de la farsa que representan muchos compatriotas suyos, por su deseo de «esconder lo que aman» (véase la N. 35).

un fraile—, se erguía y se inclinaba con precisión matemática de marioneta la cabeza de su Excelencia. [55] «Cuánta dignidad... Cuánto brillo... Cuántas condecoraciones... Es el mejor disfraz de la noche... ¿Disfraz? Acaso él... ¡No! No es un chulla como... Parece que no... Ji... Ji... Ji...» se dijo el mozo y volviéndose hacia Rosario le anunció:

—Tenemos todavía para rato.

—¿Crees?

—Las ceremonias. Las dichosas ceremonias.

Después del besamanos al señor Presidente de la República, después de las primeras copas de champaña y de los primeros bailes, algo cambió en el ambiente. ¿El color? ¿El perfume? ¿La rigidez? ¿Las maneras? ¿El equilibrio?

En el salón del bar —improvisado en una esquina— y frente a una mesa cargada de fiambres —pavos al horno, langostas a la mayonesa, barquitos de atún, bombas de camarones, canapés de anchoas, de espárragos, de caviar, caramelos, chocolates— que olían a corcho viejo, a pimienta, a mar, a canela, la concurrencia pululaba con porfía de moscas sobre mortecina. [56]

Poco a poco se ajaron los vestidos —en lo que ellos tenían de disfraz y copia. Poco a poco se desprendieron, se desvirtuaron —broma del maldito licor—, por los pliegues de los tules, de las sedas, de los encajes, del paño inglés. En inoportunidad de voces y giros olor a mondonguería, en estridencia de carcajadas, en tropicalismo de chistes y caricias libidinosas, surgió el fondo real de aquellas gentes chifladas de nobleza, mostrando sus narices, sus hocicos, sus orejas —chagras con plata, cholos medio blanquitos, indios amayorados. Rodaban por los rincones, por el suelo, sobre sillas y divanes —plaza de pueblo después de la feria semanal—, retazos de cáscaras, tiras de pellejos —visibles e invisibles— a lo Luis XIV, a lo Pompadour, a lo hermoso Brúmmel, a lo Napoleón, a lo Fouché, a lo Jorge Sand, a lo Greta Garbo, a lo Betty Davis, a lo Clark Gable y a lo decenas y decenas más de personajes de la cultura occidental y del cine norteamericano. Sólo su Excelencia se retiró a tiempo. Se retiró antes de sentirse desbarnizado, antes de que su aliento empiece a oler a mayordomo, [57] a cacique, a Taita Dios.

Ni por un instante el joven lord inglés descuidó su plan donjuanesco para dominar los escrúpulos y los temores de la hembra en la pendiente del deseo. Le habló —susurro confidencial— de los deslumbrantes tesoros de la concurrencia que les rodeaba, sus postizos amigos y parientes. Le obligó a beber champaña, mucho champaña, advirtiéndole que era de buen tono. Le brindó caviar.

—Caviar —repitió la muchacha saboreando con asco y disimulo aquel betún baboso que tuvo que tragárselo. Era manjar de reyes y de princesas.

Y en el baile, junto a él, sintiendo el pulso y la fatiga de una especie de vértigo sudoroso, encendida de raras ansias, lejos de toda obsesión moral, amortiguado el

---

[55] Se trata probablemente del Presidente Velasco Ibarra, que era calvo, y había sido profesor de Matemáticas («... se inclinaba con precisión matemática de marioneta la cabeza de su Excelencia».).

[56] La *mortecina* designa el cadáver de un animal muerto naturalmente; es palabra más corriente en América que en España.

[57] *mayordomo.* «Ecdr. Sirviente principal de una hacienda que la gobierna y administra a órdenes del dueño o del administrador». (A. Mateus, *Riqueza...* ed. cit., p. 249).

dolor a los callos del pie derecho, ella comprendió que en lo más profundo de su intimidad nada era tan poderoso como el latir de su sangre, como la urgencia de su instinto —alegría de la música, delicadeza del aire, oleaje de otro ser sobre la carne, cosquilleo tibio de las palabras gratas.

Fatigada físicamente pero segura en su papel de princesa, Rosario preguntó a Luis Alfonso aprovechando de la vuelta cadenciosa de un vals:

—Dime quién eres.

—¿Yo?

—Síii.

—Tiene gracia. Nadie.

—Mentira. ¡Mentiroso!

—No grites. Soy un lord inglés.

—Un lord. Mi lord —concluyó ella escondiendo la cabeza en el pecho del joven con inefable emoción. Luego pensó: «Un caballero. Es un caballero. Huele bien. Demasiado bien. Para besarle desnudo. Para estrecharle como a un niño. ¡Un niño! No soy una corrompida...»

El no dijo nada. ¿Para qué? Sólo saboreó con arrogancia su triunfo de conquistador.

—Vamos princesa. No es nada elegante ser de los últimos. Vamos —ordenó el chulla.

—¿Irnos? ¿A dónde?

—Al castillo.

—¿Al castillo?

—Nuestro castillo oculto en la montaña. Lejos de la ciudad —anunció Romero y Flores declamando como si contara un cuento.

—¿Nuestro castillo? ¡Ah! Bueno.

Salieron en fuga de película. En la calle —fría, llena de ofertas de transporte hacia la realidad—, tomaron un automóvil. El dio al chofer una dirección misteriosa. Ella en cambio, los ojos cerrados, estremecida por la vibración de la máquina, se sintió más segura en su disfraz, más princesa, flotando sobre un eco que le aseguraba no ser una corrompida. Abrió los ojos. Corrían las casas...

—¿Dónde estamos? —interrogó con miedo de perder el hechizo de su fantasía.

—En el camino del castillo.

—Pero... Pero... —murmuró la joven mirando hacia afuera. Abajo, muy abajo, al pie del cerro, en cuya ladera bordeaba la calle por donde iban, una plaza de luces mortecinas, de cúpulas y muros blancos manchados de crepúsculo, de casas apiñadas en sueño profundo, de callejuelas por donde desaguaba tiritando el tedio, de pulso de pila de piedra.

—¿Ves? Es el estanque del castillo. El estanque donde las brujas guardan...

—¡Oh! Es la Recoleta.

—No. Es el estanque del castillo.

—Sí. Es el estanque del castillo —repitió Rosario con voz y languidez de profunda esperanza.

De pronto se detuvo el automóvil. Bajó el galán disculpándose a medias ante su dama.

«Nuestro castillo... Ji... Ji... Ji... Nos esperan... ¿Quién? La... El... ¿Para qué? ¡Eso no! Soy una princesa. Por lo mismo... El es bueno... Huele bien...», pensó la mujer resbalando por escabrosos deseos. Luego, inquieta, observó entre las sombras. En el follaje de un pequeño bosque de eucaliptos que descendía por la ladera de un barranco oyó roncar el viento en su sueño de mar enfurecido y lejano; en la tierra húmeda y las cañerías abiertas a esas alturas de la ciudad halló el secreto excitante de los olores nauseabundos. Y al otro lado, en la esquina de un chaquiñán —negro zigzag hacia el cielo—, los golpes de su lord inglés en la puerta de una casa chola —piso bajo, paredes desconchadas, ventanas de reja, alero gacho—.

Una voz cavernosa —el idiota de los cuentos terroríficos— interrogó entre las sombras:

—¿Quién es? ¿Qué quiere, pes?

—Un cuarto, cholito.

—¿De a cinco o de a diez sucres?

—El mejor. Soy Romero y Flores.

—¡Jesús! Si no da algo adelantado, ¿cómo, pes?

—Toma, pendejo.

—«No soy una corrompida. ¡Nooo! Soy joven... Puedo... Debo... Me arde en las venas, en el corazón, en el vientre, en la piel...», sintió Rosario y se dijo con fervor de plegaria para olvidar temores, con fervor que al aliarse al deseo embriagador que le dejó el baile, la música, el brillo de las joyas, el perfume de las gentes, el champaña, cambió la realidad en torno. Crecieron ante sus ojos las paredes cual muros almenados. El ruido de la pequeña aldaba al abrirse sonó en sus oídos como cadenas y piñones al descender la plataforma de un puente. Y al entrar en la casa —sórdida penumbra de refugio barato— confundió trapos de uso íntimo puestos a secar en una soga tendida entre los pilares de un corredor, con pendones, banderas y trofeos de guerra. Tampoco tomó en cuenta lo prostituido y delator de los muebles, lo penumbroso del cuarto, lo hediondo a sudores heterogéneos de la cama, lo miserable y asqueroso del cholo que les había guiado.

Cuando se hallaron a solas, ella se acercó a él sin decir nada, y con ternura provocativa, ansiosa, echando la cabeza hacia atrás, mostró sus ojos adormilados, su boca entreabierta en súplica de perdón: «No... No soy una corrompida...» Delicadamente —consejo felino de las malas experiencias para temperar besos, caricias y estrujones apasionados— Luis Alfonso fue desnudando poco a poco a la mujer. Era... Bueno... Al rozarle el cuello con los labios, confirmó:

—Mi princesa.

—Soy lo que tú quieras que sea —dijo Rosario sintiendo que existía en alguien: en el aliento olor a vino y tabaco que a ratos le quemaba en las mejillas, en las manos que recorrían su cuerpo, en la magia de la boca que al posarse en cualquier punto de la piel narcotizaba el pasado y el presente.

Entrelazados y fundidos los amantes, fuera de su soledad —angustia de impotencia femenina en ella, simulación de rubor ancestral y desequilibrio íntimo en él— olvidaron sus disfraces, sus mentiras, para ser lo que en realidad eran: un hombre y una mujer que se entregaban mutuamente. De lo más profundo de la ternura de la carne y del espíritu de Rosario brotó entonces —urgencia tibia de círculos concéntricos en los músculos, en los nervios, en la médula— un rumor de dicha, de victoria: «No... No soy una corrompida, Dios mío... Soy feliz...» Afirmación gozosa que advirtió Romero y Flores en los ojos de ella —desorbitados en éxtasis de asombro—, en la piel estremecida —ansias de vivir y de morir a la vez—, en los labios fríos, en el vértigo que le arrebató exaltando su poder y orgullo de hombre.

*   *   *

Los anatemas de la viuda de Santacruz al recibir a la hija se agravaron cuando Rosario no pudo frenar una risita diabólica —chuchaqui de borrachera mal dormida y bien gozada—.

—Dios me ampare. Es el colmo del cinismo, chiquilla. ¿Cómo, pes?

—Usted no sabe.

—Sólo las carishinas.

—Una fiesta social... No podía salirme como una chola.

—Prefiero ser chola, prefiero ser india. Yo... Yo soy una mujer que vive confesando y comulgando. Que cumple con la Santa Madre Iglesia. No quiero cargar con pecados ajenos.

—Soy joven, mamá.

—Eres una loca... Una corrompida...

—No... ¡Nooo! —gritó Rosario como si le hubieran tocado en una herida recién cicatrizada.

—Explícate.

—No me entendería.

—Claro. Me haces gastar tanta plata en el alquiler del vestido, en agua de Colonia, en todo mismo... Miles de sacrificios pensando que era una cosa honorable, pes.

Cuando pudo encerrarse en su cuarto, un deseo noble de estar en el secreto de las cosas y de las gentes ajenas prendió a la muchacha tras los vidrios rotos de su balcón. Todo halló distinto: el sol exaltaba con brillo cegador los colores y las formas de la ladera del cerro próximo, el viento barría juguetón las calles —polvo y basura para la cara adusta de las casas del vecindario—, las disputas y los gritos de los rapaces —pobreza de nariz sucia, de mejillas pálidas, de vientre abultado, de maldiciones y palabrotas— coreaban en desentono sobre los mil ruidos del barrio. Una especie de compasión superior, nueva en ella, le inyectó de pronto alegría extraña, egoísta: ganas de cantar, de correr por un prado florido, de hundir los pies en el remanso cristalino de un río, de esconderse en un árbol, de besar a un niño. No era la compasión cuotidiana hacia la miseria y pequeñez de las gentes —angustia y melancolía de acerba hostilidad contra el mundo y contra sí misma—. Era más bien el temor a lo transitorio de todo aquello que descubrió en un segundo. Con cuánta rapidez había pasado. Fugaz, loco, sin retorno. Desperezándose voluptuosamente se tendió sobre la cama. Una sensación de culpa le obligó a pensar en él. ¿Dónde estaría a esas horas? ¿Pensaría acaso en ella? ¿Le volvería a ver? ¿Volvería a quedarse sola? ¿Sería de nuevo una corrompida? ¡Imposible! Con obsesión que ardía en lo más recóndito de su ternura y de su corazón se juró buscarle, perseguirle, quererle, vivir con él.

Pero a las pocas semanas —dos o tres—, una rara incomprensión sentimental entre doña Victoria, su hija y el chulla Romero y Flores, desequilibró el ritmo cuotidiano, el clima de comedia barata. Cuando Rosario no podía ir en busca del mozo por cualquier motivo —lágrimas y reproches de la viuda de Santacruz— se encerraba en un mutismo agudo, en un amargo silencio que hablaba por los ojos: «¿Por qué? ¿Por qué no me deja? Soy libre. ¿No entiende? ¡Libreee! ¿Acaso no debo seguir...?»

«Es por tu bien, hijita. Quiero ayudarte. El mundo, el demonio, la carne... Si por lo menos fuera algo de provecho. Pero... ¿Qué, pes?», trataba de responder la madre poniendo una cara de víctima que daba pena.

«Le quiero. Soy su amante. ¡Sí! ¿No me cree? ¡Su amante, vieja idiota! Me iré con él cuando me dé la gana... Mi real gana... Y si no me deja soy capaz de matarme. ¡Matarme!», respondía la muchacha de ordinario. A veces expresaba su cólera y su despecho bufando con violencia antes de arrojar algo al suelo o huir a su cuarto.

«Hijita, te desconozco. Es por tu bien...», terminaba doña Victoria.

El mayor escollo no fue en realidad la viuda de Santacruz. Vencida por la «carishinería de la guagua» dejó a última hora que las cosas rueden al capricho del destino. Fue Luis Alfonso quien puso obstáculos de todo orden; urdía mentiras de grueso calibre, se dejaba soprender en pláticas sospechosas con cualquier mujerzuela, faltaba a las citas, evaporábase de las entrevistas. Rosario fingía no impacientarse ni comprender. A fuerza de un raro perdón inmediato y de una melosa dulzura persuasiva borraba los desplantes del mozo, el cual, a pesar de la sospecha de haber caído en una trampa —peligro para su famoso seguro del porvenir en brazos de una tonta acaudalada—, insistía en esas relaciones bastardas. ¿Amor? ¿Compasión? ¿Costumbre?

Pero una noche que ella logró retener a Luis Alfonso vagando por un barrio apartado del centro de la ciudad —romanticismo de callejuelas desdentadas, de vegetación fantasmal, de barrancos malolientes, de luces mortecinas, de murmullos cavernosos—, surgió en forma inesperada —secreto maduro en ella— la escena que podía cambiar el rumbo de las cosas.

—Las nueve —dijo el mozo tratando de cortar el diálogo crecido en angustiosas pausas y violentos reproches.

—¿Te parece tarde?

—Tardísimo.

—La puerta de calle de mi casa estará cerrada. Mamá no me espera.

—¡Golpearemos!

—No abrirán.

—¡Oh!

—¿Te asusta? Antes, cuando...

—¿Empezamos de nuevo?

—Cuando... —insistió la muchacha en tono estrangulado por las primeras lágrimas.

—Tu reputación, tu honor, tu vida —objetó el chulla por consejo de Majestad y Pobreza.

—Tú eres mi honor, mi reputación, mi vida. Te he dicho diez, veinte, cien veces.

—Sí. Pero...

—Iré donde tú quieras. Un día me suplicaste que espere, otro fue la ausencia, otro la broma. Ahora... Ahora no me apartaré de ti.

—¿Un capricho?

—Dormiremos en la calle.

—¡Oh! Eso...

—¿Dónde, entonces?

—Mi familia... Los míos...

—Los tuyos —chilló Rosario con desprecio que amenazaba desbaratar los delirios de grandeza del hombre: la casa solariega, los latifundios, el dinero de los antepasados.

—¿Qué te pasa?

—Quiero saber dónde duermes.

—Por ahora...

—Siempre.

—No. Para ti, no.

—¿Qué? Nada me espanta. Soy una mujer. Tu mujer.

«La misma exigencia. Cuidaré mi porvenir. Mi brillante porvenir. Quiero ser un hombre. Un caballero gamonal. Tal vez cinco, seis meses. Amañarnos como los indios. Pero... ¿Dónde podríamos estar plenamente, sin temor, sin rubores?», fue la inquietud que encerró al chulla en un hermetismo de duros perfiles.

—¡Di algo, por Dios!

El murmullo del riachuelo que roncaba en el fondo del barranco más próximo puso en la desesperación de Rosario una especie de inquietud trágica.

—¿No respondes? ¿No? Soy capaz de...

«¿De qué, carajo? Siempre la misma trampa. Estoy cansado...», pensó el mozo creyéndose invencible en su silencio.

—¡De matarme!

«Mátate... Mátate si puedes...», concluyó incrédulo Romero y Flores.

Pero ella, sin esperar más, ganó un pequeño montículo volado hacia la profundidad de la quebrada que orillaba el camino, gritando:

—¡De matarme!

—¡Espera! ¿Qué haces? —suplicó Luis Alfonso liquidando su actitud indiferente. Por el tono de la voz de la mujer comprendió que no se trataba de una amenaza pasajera.

—¿Me llevas contigo? —insistió Rosario estremecida de llanto.

—Sí, mujer.

Un abrazo de reconciliación sin palabras les unió de nuevo. Huyeron del lugar. En el desconcierto del chulla surgió entonces el consejo de un amigo experimentado en tales trances: «Destapa tu miseria ante sus ojos. Muéstrale tu soledad, tu abandono. Es el único remedio». También la voz de Majestad y Pobreza intervino oportunamente: «Domina tu pasión chola en cualquier forma... ¡El porvenir! No importa que ella sepa... Acaso muchas noches no llevaste a tu cuarto mujeres de la misma condición...» En contrapunto doloroso —eterno desequilibrio que le amargaba la vida— la presencia de mama Domitila alcanzó a murmurar: «Pobrecita... Pobrecita...»

Después de muchas vueltas y revueltas treparon los amantes por el barrio de San Juan prendido en las faldas del Pichincha. Dieron pronto con una calle estrecha, húmeda, de casas sin aplomo, de tapias derruidas —olor en conflicto de choza de indio y cárcel colonial—, donde nunca estuvo antes Rosario.

—¡Aquí! —anunció Romero y Flores perdiéndose por un zaguán tenebroso.

—¿Aquí?

—A la izquierda.

—Dame la mano. No veo.

—Un rato.

—Pero...

—Tengo que abrir.

—«Huele a medias sucias, a tabaco, a sarro de orinas, a bodega de monturas», se dijo la muchacha al entrar en la habitación que abrió el mozo. Y de inmediato, algo más fuerte que su paciencia le obligó a interrogar:

—¿Dónde está la luz?

—La vela...

—¿La vela?

—Me cortaron la corriente hace algunas semanas y no he podido...

—Unas semanas.

—Espera —concluyó el chulla como quien dice: «Y eso no es todo».

Poco a poco, a la luz que encendiera trabajosamente el mozo, surgieron ante las pupilas asombradas de Rosario: papeles y colillas rodando por el suelo, un poyo para trepar a una ventana desvencijada, un tarro mugriento de lata ocupando el sitio del bacín, un sofá de tres medallones destripados, una palangana llena de agua de jabón, una silla coja, una cama de pilares apolillados y cobijas revueltas, lacras [58] de goteras en el cielo raso, huellas de manos sucias y escupitajos fósiles en el tapiz de las paredes, palos viejos en un rincón.

«Se irá... Correré tras ella para que la cosa salga mejor. Le increparé. Así por lo menos. Su cobardía. Su falta de...», pensó Romero y Flores observando de reojo la sorpresa de la muchacha al revisar la miseria del cuarto.

«¿Qué hago, Dios mío? Soy... soy de la misma farsa... Sé hasta dónde... No tanto... ¿Por qué no grito? ¡Mentira... Mentiraaa...!», se dijo Rosario hundiéndose en el vacío de un torpe compromiso. Felizmente halló a tiempo en sus entrañas lo que de cuando en cuando florecía en su sangre —a la muerte del padre, al sentirse mujer en brazos del chulla—: una gran compasión maternal —para ella misma, para él, para el mundo entero—. Temblorosa al abrazo estrecho e íntimo de semejante encuentro —más fuerte que nunca—, tuvo que arrimar sus lágrimas y su rubor a la pared que tenía a sus espaldas.

---

[58] *lacra:* 2. Defecto o vicio de una cosa, físico o moral» (*Diccionario de la Real...*, ed. cit., p. 781).

El chulla, para calmarla y disculparse a su vez, se acercó a ella murmurando una de sus mentiras —la herencia en litigio, el disgusto familiar—. Pero Rosario rechazó amablemente el consuelo y a media voz, propuso:

—¿Quieres que arregle la cama?

—Bueno... —dijo él como hipnotizado por su fracaso. Y al ritmo de la escena que se desenvolvía antes sus ojos, pensó como espectador y como crítico: «No huye... Deja el abrigo. Sacude las cobijas. Busca las sábanas. ¡No! No hay sábanas... Parece que no le importa... ¿Qué le importa, entonces? ¿Se irá? ¡Claro que se irá algún día! Se sienta junto a la almohada... Mi almohada... Ji... Ji... Ji... Olfatea al disimulo el tarro podrido que se esconde a sus pies y... Se quita los zapatos, las medias, la blusa, la falda, la camisa... Me mira como... ¡Carajo! ¿Qué desea? ¿Qué quiere? Mis manos hábiles, mis labios, mi piel, la fiebre de mis venas... Me espera sin... Quieta... Desnuda... Soy...»

Juguete de ese diabólico impulso que tendió a Majestad y Pobreza junto a mama Domitila y a muchos caballeros de la Conquista y de la Colonia sobre las indias —sin pensar en el atropello, en el pecado, en el porvenir—, Romero y Flores se unió una vez más a su amante. Intensidad de posesión y entrega que eclipsaba a los fantasmas del chulla.

Al amanecer del día siguiente, ella se deslizó de la cama procurando no hacer ruido. Mientras se arreglaba a tientas revisó mentalmente los detalles del plan que había forjado durante la noche para adecentar el cuarto del mozo: «Hasta las nueve de la mañana mamá recorre las iglesias. La llave estará como de costumbre bajo el ladrillo de la ventana de la cocina. ¿Y si ella no ha salido? Bueno... Lloraré a sus pies... Le pediré perdón hasta... Le diré... Cualquier cosa... Necesito el reverbero, una mesa, dos sillas, el bacín, unos platos, las sábanas... La ropa... El dinero de la alcancía...».

III

Después de la muerte de mama Domitila, antes de conocer a Rosario, y mucho antes de enrolarse en la burocracia, Romero y Flores aprendió a escamotear las urgencias de la vida en diferentes formas: préstamos, empeños, sablazos, bohemia de alcahuetería a la juventud latifundista, complicidad en negocios clandestinos —desfalcos, contrabandos—. Por ese tiempo —inspiración de Majestad y Pobreza— modeló su disfraz de caballero usando botainas —prenda extraída de los inviernos londinenses por algún chagra turista— para cubrir remiendos y suciedad de medias y zapatos, sombrero de doctor virado y teñido varias veces, y un terno de casimir oscuro a la última moda europea para alejarse de la cotona del indio y del poncho del cholo —milagro de remiendos, plancha y cepillo—.

Cambiaba el mozo los detalles secundarios de su indumentaria al capricho de gustos y preferencias de la víctima o cómplice que seleccionaba de antemano para el negocio o la aventura galante. Metía periódicos —nuevos o viejos— al bolsillo de la americana cuando trataba de asustar con bolas políticas al esbirrismo endémico de funcionarios y burócratas. Lucía clavel a la solopa —cosecha furtiva en los parques públicos o en los tiestos del vecindario—, puntas de pañuelo de seda al pecho, prendedor de piedra falsa en la corbata, cuando la honestidad de la doncella de turno presentábase irreductible. Llevaba a la mano un rollo de recibos y facturas de importantes instituciones de crédito cuando la finanza con el usurero o prestamista era demasiado turbia.

Paro lo que no halló casi nunca Romero y Flores un recurso fácil fue para la voracidad y la grosería de los dueños de casa al cobrar los alquileres. Se acholaba considerando que ellos conocían el secreto de su disfraz —armazón de muebles apolillados, de trapos viejos, de papeles inútiles—. Pero un día dio con doña Encarnación Gómez, mama Encarnita, como le llamaban amigos y vecinos. La propiedad de dicha señora exhibía hacia la calle un rostro de muros hidrópicos, de estrechas ventanas de reja, de amplios aleros de carrizo, de puerta exterior con postigo tachonado por aldabas y clavos herrumbrosos —mestizaje de choza, convento y cuartel—. La humedad al filtrarse hasta el zaguán había carcomido las paredes con manchas de sucia vejez. En los patios —primero, segundo, tercero, cuarto al barranco de letrina y almas en pena— el sol ardía por las mañanas evaporando los desagües semiabiertos, los chismes del cholerío, las disputas ingenuas de los muchachos y las ropas puestas a secar —aseo de pañales hediondos, de cobijas con pulgas, de cueros y colchones orinados—. Por la tarde, en cambio, la lluvia

—torrencial unas veces, en garúa otras— enlodaba los rincones, y al chorrear monótona desde las goteras se abría paso por los declives del callado mal humor, por las junturas de la pena sin palabras. En la intimidad de cada vivienda —chicas, grandes, entabladas, blancas de cal, pulidas de papel tapiz, noticiosas y remendadas de revistas y periódicos, con ladrillo o piso de tierra dura, con ventanas o sin ellas, con puerta de madera o cortina de cáñamo— se escondía y barajaba el anhelo, la vergüenza, el odio, la bondad y los fracasos de un vecindario que iba desde el indio guangudo * —cholo por el ambiente y las costumbres impuestas— hasta el señor de oficina —pequeño empleado público—, pasando por una tropa de gentes del servicio doméstico —cocineras, planchadoras y lavanderas de follones, con o sin zapatos, casadas o amancebadas—, por artesanos remendones, por guarichas —de soldado, de cabo, de sargento—, por hembras de tuna y flete, por obreros sin destino fijo, por familias de baja renta y crecidas pretensiones.

Mama Encarnita, bastante deteriorada como su inmueble, cubría sus manchas y desperfectos físicos con buena capa de afeite: fondo de blanco como de yeso, tizne de corcho quemado en las cejas, colorete de papel de seda en los labios y en las mejillas, polvo de arroz hecho en casa para aplacar el brillo de las pomadas. Teñíase el pelo en negro verdoso. Le gustaba hacerse copetes altos, fuera de moda. Como el baño era para ella un acontecimiento aniversario, combatía los malos olores echándose agua de Florida en los sobacos. Desde la muerte del marido, don José Gabriel Londoño —usurero de profesión, fundador y propietario de la casa de préstamos «La Bola de Oro»—, la vieja creyó que debía borrar la afrenta y el pecado de su herencia con misas, novenas y comuniones, por un lado, y pregonando rancio abolengo, por otro. Lo primero lo subsanó con buena parte de sus rentas —todo gasto era mezquino para ganar el cielo—, y lo segundo, evocando a cada momento la memoria de un antepasado español —tahúr, fanfarrón y aventurero—, del cual hablaba —signo en ella de aristocracia— frunciendo los labios, entornando los ojos y moviendo las manos en beatíficos giros.

Al oir el apellido y observar la cáscara de Romero y Flores, doña Encarnación creyó oportuno arrendar, sin preámbulos y sin recomendaciones, la pieza del zaguán al «chulla decente de buena estampa», como ella se dijo. Por desgracia, el atraso continuo de los alquileres, cambió la opinión de la vieja. Y una mañana tuvo que forzar la puerta del cuarto del flamante inquilino.

—¡No espero más! ¡Cuatro meses enteriticos sin pagarme un chocho * partido! ¿Dónde está, pes? En vano parece... —chilló mama Encarnita al entrar en la habitación. Sin esperar respuesta trepó al poyo y abrió la ventana.

—¿Qué... Qué...? —murmuró el mozo incorporándose entre las cobijas.

—No se haga el tonto.

—¿Usted?

—Sí. Yo. De aquí no me muevo hasta que me pague el último centavo. Ni que fuera qué para abusar tanto.

Con el mejor cinismo del mundo —consejo de Majestad y Pobreza frente a quienes se deslumbraban con apellidos y blasones—, Luis Alfonso ladeó un poco la cabeza preparándose a jugar su mejor carta.

—Usted es mi ángel tutelar, señora.

—Por lo mismo me ha de considerar, pes. ¿De qué piensa que vivo? ¡Algo tiene que darme!

—¿Algo?

—Sí. Algo —concluyó ella. Ambos buscaron con la mirada la prenda —mueble, joya, ropa— que pudiera dejarles en paz. Inútil. Todo había volado en urgencias parecidas.

«¡Ya sé! ¡Eso...! El retrato. El marco. El escudo...», pensó el chulla con sonrisa de triunfo. Por chismes del vecindario y por lo que él mismo pudo comprobar algunas veces, sabía que mama Encarnita codiciaba en forma morbosa —contagio del beaterío gamonal— pergaminos de cualquier género. Envolviéndose en su cobija otavaleña[59] a tiras blancas y rojas —jíbaro[60] con taparrabo— saltó de la cama. Hizo una pausa teatral. Y cual heroico personaje que trata de salvar con su vida el prestigio de una mujer, se puso en cruz ante el archivo de palos y cosas viejas que guardaba en una esquina.

—¡No! ¡Esto no le daré, señora!

—¿Qué es, pes, esto que dice? —interrogó intrigada doña Encarnación.

—¡No!

—¿Regatea lo que me debe?

—Es mi sangre.

—Sangre de chulla. ¿Para qué, pes ?

—El certificado de mi sangre azul.

—Veamos... —murmuró la vieja cayendo en la trampa que le tendía el joven.

—Es que no puedo.

—¡Algo tiene que darme!

—¡No, por Dios!

La actitud melodramática del inquilino frente al montón de basura exaltó la curiosidad y la codicia de la vieja:

—Veremos de lo que se trata. Veremos no más, pes.

—¡Imposible!

—¡Me da ya mismito lo que sea! —concluyó doña Encarnación en tono que no admitía reclamo.

—Está bien. Usted vale el sacrificio —dijo Romero y Flores cerrando los ojos y bajando los brazos. Retiró luego los palos, las tablas, los papeles.

—Claro.

—¡Mire qué maravilla! ¡Es un tesoro! ¡Un tesoro de la nobleza! —aseguró el chulla exhibiendo un óleo en marco de caprichosa talla que había extraído de aquel montículo de vejeces.

—¿De la nobleza? —repitió la dueña de casa a punto de gritar emocionada. Metió los ojos incrédulos en el retrato que tenía frente a ella. Un caballero vestido de prócer —bisabuelo de Majestad y Pobreza—.

---

[59]   *otavaleño-a:* de Otavalo, ciudad de la Sierra ecuatoriana, situada en la Provincia de Imbabura, entre Quito y la frontera con Colombia (altitud: 2554 metros); los indios otavaleños son célebres en todo el continente americano, gracias sobre todo a los productos de sus telares.

[60]   Los *jíbaros* son indios del Oriente ecuatoriano.

—¿Qué le parece?

—¿Y la sangre? ¿Dónde está la sangre? ¿Qué hago yo con un desconocido en mi casa?

—No es por él.

—¿Entonces?

—Aquí se encierra el certificado de nuestra aristocracia —anunció en tono de subasta el mozo agitando el marco del cual había desprendido al prócer.

—¿Dónde, pes?

Con limpieza [61] de prestidigitador Romero y Flores destapó el óvalo, especie de tapa entre ángeles y guirnaldas, que tenía en el centro del copete el marco.

—¡Lindo... Lindo...! —exclamó la vieja al distinguir en el fondo del misterioso estuche un pequeño escudo de sables cruzados, montañas en cordillera, morrión de plumas blancas —habilidad de nácar y marfil—.

—Lea lo que dice en la inscripción.

—Dice... A... E...

—Está en latín.

—Con razón, pes.

—Dice que sólo puede pertenecer a la aristocracia de la muy noble y muy leal ciudad de San Francisco de Quito quien tiene en su poder este escudo.

—¡Me muero! ¿Así dice?

—Llegó hace muchos años de Europa. Está firmado por el Santo Padre y por el rey de España.

—¡Oh! —alzanzó a murmurar mama Encarnita apoderándose de aquel tesoro que llenaba ampliamente sus ambiciones de nobleza. Y sin despedirse salió del cuarto.

Cuando Romero y Flores se quedó solo, tendido sobre la cama, percibió en lo más íntimo de su ser un amargo remordimiento que contradecía el tono ladino de la comedia que acababa de representar. Era la voz de Majestad y Pobreza, larga y persistente como la de una pesadilla: «Cobarde... No sabes lo que has hecho... Has vendido tu nombre...» «Tu nombre... Tu nombre...», repitió mama Domitila en eco burlón de quien conoce y está en el secreto del orgullo deleznable del origen. Era lo que más le desesperaba. Saber que... ¡Él! ¡Un Romero y Flores! Hubiera preferido morir. Por largo rato se quedó —clavado en la tragedia secreta del desequilibrio de sus sombras [62]— mirando el esqueleto de carrizo de las manchas de las goteras.

*   *   *

Después de arreglar las ropas y los muebles que logró sacar de la casa de la

---

[61]   *limpieza:* «6. fig. Precisión, destreza, perfección con que se ejecutan ciertas cosas.» (*Diccionario de la Real...*, ed. cit., p. 806)

[62]   *el desequilibrio de sus sombras:* lo esencial de la mayor parte de la narrativa icaciana consiste en narrar el paso de esta situación de desequilibrio interior de un cholo o chulla, a un estado de equilibrio en el que logre equiparar sus dos orígenes (el indígena y el europeo); véase por ejemplo el final de *Media vida deslumbrados*, donde el protagonista cholo, Serafín Oquendo, le habla a un gringo «en franqueza niveladora de su perpetuo desequilibrio.» (*Media vida deslumbrados*. Quito, Ed. Quito, 1942, p. 235).

madre —cortinas en la ventana, remiendos para el diván, poda de lágrimas de cera en los pilares del catre, platos y reverbero sobre un cajón, mesa central, baúl, alambre, focos—, Rosario interrogó a Luis Alfonso:

—¿Y la comida?

—La comida...

—Tengo dinero. Mamá... Si hubiera una fonda.

—Donde la chola Recalde. Nos puede mandar con el guambra Juan.

—¿Entonces? —murmuró ella con gesto de invitación a salir.

—Sí... Pero... —objetó él fingiendo duda ruborosa por aquello del dinero. A lo cual Rosario metió disimuladamente cuanto tenía en el bolsillo del mozo. [63]

Como de costumbre, al ganar la calle, el chulla subrayó su disfraz de gran señor mirando con desprecio en su torno, alisándose los cabellos sobre la oreja, estirándose en un tic de cuello y espalda.

A la vuelta de la primera esquina, hacia arriba del cerro, entró la pareja en un fonducho: fogón a la calle, marco de hollín a la puerta, montones de aguacates y cazuelas con ají [64] sobre el mostrador teñido de mugre, mesas y bancos rústicos por la penumbra de los rincones, altas telarañas, negras de humo las paredes, luz velada por manchas de sucio amarillo que dejaron las moscas, ruido de platos y eructos de mala digestión desde la trastienda.

—Buenas tardes, señor. ¿En qué puedo servirle, pes? —interrogó la dueña del establecimiento, una chola follonuda, gorda, lustrosa de sebo, empolvadas las trenzas de ceniza, dirigiéndose al chulla y mirando con recelo a Rosario.

Para evitar malas interpretaciones y sospechas envenenadas, Romero y Flores anunció de inmediato:

—Me casé ayer.

—¿Sí?

—Esta es mi esposa. Mi mujer.

—¿Como Taita Dios manda? ¿No fue detrás de la puerta? —embromó la chola con inaudito atrevimiento.

—¡Como Dios manda! —chilló el mozo poniéndose rojo de indignación.

La noticia del matrimonio del «chulla de porvenir» —porvenir para cierto cholerío en ascenso económico—, giró primero —alarde de ojos redondos, de mano

---

[63] *Rosario metió disimuladamente cuanto tenía en el bolsillo del mozo:* he aquí una muestra de costumbres machistas: tanto en la intimidad como ante extraños, es el hombre, no la mujer, quien ha de llevar y manejar el dinero, lo que desemboca a veces en comedias o farsas (aun cuando se trate de una farsa amorosa, como en este ejemplo: Rosario mete «disimuladamente» dinero en el bolsillo de su amante). Cabe precisar que el machismo prácticamente nunca se pone en tela de juicio en las obras narrativas de la generación de los años 30: en su inmensa mayoría, se trata de escritores hombres, que se habían formado en un país en el que existían tradiciones de dominación muy fuertes por lo que a las relaciones entre los hombres y las mujeres se refiere, y que, por lo tanto, participan de este tipo de comportamiento.

[64] *ají:* se trata del fruto de la planta llamada también *ají*, véase el *Diccionario general de Americanismos* de Fr. J. Santamaría, ed. cit., T. I, p. 69: «(Del haitiano, o de la lengua taina *axí. Capsicum annuum.*) m. En Sur América y Antillas; *chile* en Méjico y Centro América. Planta herbácea, de hortaliza, de la familia de las solanáceas; especie de pimiento de dos a tres pies de altura y fruto muy usado como condimento y estimulante del apetito. (...). —2. Fruto de esta planta, de ordinario rojo cuando maduro y picante en casi todas las especies; de diversas formas y tamaños, pero por lo común como el pimiento. *Guindilla,* en España, planta y fruto.»

en la pena, de afirmaciones libidinosas— entre la servidumbre del fonducho. Se desbordó luego por los mútiples canales de la calle, hinchándose en diálogo de rápida factura.

—Se ha casado el chulla.

—El chulla Romero y Flores.

—Nuestro chulla.

—No diga, vecina.

—Con una guambra con plata.

—¿Con plata?

—Ojalá me pague lo que me debe.

—Ojalá, pes.

—Ahora con plata se hará patrón.

—Patrón en un abrir y cerrar de ojos.

—Eso es lo que buscan los chullas.

—¿Y cómo saben pes que ella tiene plata?

—Ha pagado dos meses la comida donde la vecina Recalde.

—Tres dicen.

—Tres adelantados.

—Pero si van a comer donde la vecina no ha de ser mucha plata.

—No ha de ser como para patrón grande su mercé.

—Verán no más el chulla bruto.

—Verán que ha metido la pata.

—Desperdiciar el porvenir.

—El único porvenir.

También los inquilinos de la casa de mama Encarnita —de todos los patios—, algo afectados por no haber tenido la exclusiva del chisme, opinaron a su modo:

—Suerte de vecino.

—Hay que ver primero.

—Ver qué, pes.

—Cómo le sale el cuento.

—Hizo lo que hacen todos. Hasta los que no son chullas.

—De otra manera cómo para salvarse.

—Robar en el Gobierno, heredar o casarse por la plata.

—Ojalá mis guaguas también. Yo siempre les digo que no se metan con cholos. Que se metan con gente buena.

—Lo importante es que desaparezca el runa de nuestro destino, pes.

—Así mismo es.

Bajo la manta de las beatas llegó la noticia a la iglesia del barrio. Al postrarse frente a la rejilla del confesonario informó con pelos y señales al señor cura. Pasó luego por la sacristía y por el convento. En la torre mayor puso el ritmo de un nuevo pregón en el metal de las campanas:

—Se casó el chulla por la plataaa... Se casó el chulla por la plataaa...

En tales circunstancias, el encuentro de Luis Alfonso con mama Encarnita, a los tres días de aquello, en mitad de la calle, no fue muy grato.

—¿Es cierto lo que me dicen? —interrogó la vieja.

—¿Qué?

—Que se ha casado sin avisarme. ¡Pícaro! Cuente, pes. ¿Quién es la chiquilla? Supongo que no será pan para hoy y hambre para mañana. Platita dicen que tiene.

—Un poco...

—Yo sí dije. El no puede haber desperdiciado su única oportunidad así no más. El porvenir de los jóvenes de hoy día pes. Sólo así se llega a ser grande. ¿Y cómo se llama?

—¿Quién?

—Ella.

—¡Ah! Rosario.

—¿Rosario de qué, pes?

—Perdóneme, doña Encarnación. Estoy tan apurado. Tengo que arreglar el viaje de luna de miel.

—Aaah.

—Nos veremos, señora.

Por desgracia una noche —hora perdida en la llovizna que dejó la tempestad de la tarde, en la voz lejana de una vihuela, en el viento helado del páramo, en el croar de las ranas trasnochadoras—, al mes del falso matrimonio de Romero y Flores, el vecindario se enteró que ella...

—¡Ellaaa! ¿Dónde? ¿Dónde está, carajo? —chilló un borracho plantando su desesperación frondosa en mitad de la calle.

Desde el primer momento, en raro coro de partículas dispersas, saliendo precipitadamente del sueño unos, lentamente otros, los moradores del barrio, comentaron para sí:

«Un animal. Un hombre», «El mecánico de la esquina que se ha dado a la copa desde que le dejó la mujer», «El guarapero. Bebe como indio en la desocupación...» «¿Dónde venderán ese bueno, carajo?», «¿Cuánto... Cuánto habrá bebido para gritar así?», «El parece. No... No es voz conocida...?, «¿Quién será, pes?»

—¿Dónde? ¿Dónde está la desgraciada?

«No ha sido el mecánico de la esquina...», «No ha sido el guarapero...», «¿No será el bandido que me dejó con el crío? Ni para eso se acuerda...», «¿Desgraciada? ¿Será por mi hijita, la pobre», «¿Desgraciada? ¿Será por mi mujer?», «¿Desgraciada? ¿Será por mí?», «¿Desgraciada? ¿Por quién puede ser? Parece que busca como un ciego».

—¿Dónde? ¿Dónde gran putaaa?

—«¿Gran putaaa? No... No es por mí...», «Busca a alguna carishina...» «Pendejo. Las carishinas están más arriba. En el burdel de la ñata Zoila. Cinco sucres...», «Gran putaaa. Uuuy, eso es jodido».

—¡Aquí! ¡Aquí le vi entrar carajo! ¡Aquíii!

«¿Aquí? ¿Dónde, pes», «Golpea... Golpea en las paredes...», «Golpea durísimo con las manos, con la cabeza, con el cuerpo entero, con el corazón...», «No deja dormir. El sueño...», «¿Dónde será que quiere hacer hueco? Hasta dar con lo profundo...», «Veamos un ratico...»

Arrastradas por la curiosidad, tras una rendija discreta, cual fantasmas en paños menores, algunas vecinas espiaron hacia la calle.

—¡Rosariooo! ¡A vos! ¡A vos te digo!

Despierto por el escándalo, al oir aquel nombre, Luis Alfonso se incorporó violentamente en la cama.

—¿Qué pasa? —interrogó

—Nada... Nada... —murmuró ella con temor de viejas experiencias. Temblaba sacudida por un calofrío como de fiebre palúdica.

—Soy tu marido... ¿Tu marido? Síii. ¡Tu único marido, carajo! —se identificó el ebrio mientras en el coro de las sombras rodaba la sorpresa.

«Tiene dos maridos...», «Para dos gustos...», «De dos...», «Ave María, cómo ha sido la cosa», «La mujer del chulla ha sido de otro», «¿Y la plata? Uuu...», «¿Cuál será el legítimo? El que goza no ha de ser... El que grita, entonces», «Se jodió el porvenir de los pendejos. No todo lo que brilla es oro...», «Pobre guambra...», «Quién hubiera creído...»

Ante la indiferencia aparente de esa hora turbia, la altanería del borracho se desequilibró en un zigzag de ruegos por un lado, de maldiciones por otro, que puso al descubierto una llaga incurable en él.

—¡Rosario Santacruuuz! ¿Por qué te fuiste? ¿Por qué me dejaste? ¿Por qué, carajo? Te perdono. ¡Te juro que te perdono! ¡Gran putaaa! ¡Gran putitaaa!

«Le perdona y le insulta, pes», «Loco parece. Así mismo son los hombres cuando se les carga de cuernos», «Le ve durmiendo con otro», «Atatay la carishina», «Doncella con plata, jajajay...», «Como nosotros. Una pobre pecadora...», «¿Qué harán pes, el par de cojudos?»

—Yo le tapo la boca, carajo —exclamó Romero y Flores intentando levantarse, pero ella se aferró a él, suplicando:

—Espera. Nunca fue para mí nada. ¡Nada! Por eso grita. No seas tonto. Ya se irá. No es la primera vez.

—Déjame.

—¡Por Dios!

—El escándalo. ¡El escándalo!

Afuera entre tanto —brusca caída de la furia en falsete acaramelado— el ebrio continuaba sus sinuosas lamentaciones:

—Me da la gana de quererle, carajo. ¿Quién se opone? ¿Quién? Ahora que te duerme otro. Quiero morir. Morir viendo, constatando... El caballo, el perro, el toro... Yo soy el señor toro... Me duele el corazón pero me río... ¿Creen que no? Ji... Ji... Ji...

«Parece voz y súplica de diablo que se quema en la propia pena», «¿Le habrán

dado chamico *? ¿Agua de trampolín con piola? [65] Que se tome la contra, pes.
Infusión de ashcomicuna * y hierba de olvido», «¡Jesús Bendito! Lo que se oye»,
«Quiere constatar. Como si se pudiera.»

Con violencia Luis Alfonso se libró de los brazos de Rosario. A tientas prendió
la luz y buscó algo para cubrirse. El borracho gritó entonces:

—Ahora sí. Quiero ver a mi sustituto. Que salga... Que salga para beberle la
sangre... Con él sí has de gozar, carajo. ¿Por qué no conmigo? ¡Yo sé! Mentira. No
sé nada... Me dejaste como a un trapo viejo... Soy tu marido ante Dios y ante los
hombres... ¡Corrompidaaa!

«No gozar con la bendición de Taita Dios es el colmo», «¿Qué le dio pes a la
guambra? Pero yo también sólo con el Ricardo... El otro...», «Lo que hace taita
diablo colorado ricurishca * como dicen los indios», «Tan buena para salir del
chulla bandido... Ni muerta... Una sabe, pes...»

Tras de Romero y Fores, ella había saltado semidesnuda de la cama, suplicando:

—¡Espera! ¡No seas tonto!

—Déjame. Ya verás lo que le hago.

La venganza de Romero y Flores se inició con ágil y sarcástica burla. Armado
del bacín trepó a la ventana, y, apuntando cuidadosamente, arrojó buena dosis de
orinas sobre el borracho.

«Ya se jodió», «Le echaron agua sucia... Orinas parece por el olor.» «Orinas
podridas... Huele a perro muerto», «¿Cómo quedaría el pobre?»

—Me empaparon, carajo. ¡Carajo! Pero aquí me he de estar hasta que salga el
maricón... Estoy hediondo... Huelo a carishina... Me echaron un bacín íntegro. Un
bacín con chucha [66] y todo... Tengo derecho de estar en la calle. ¿Quién me quita
ese derecho? ¡Rosaritooo! Si pudiera decirte una cosa me... ¡Meee! Quiero verte...
Verte un minuto. Así como debes estar ahora. Después háganme lo que les dé la
gana... ¡Tírenme los bacines! ¡Mátenme, carajo!

—Le echaré a patadas —anunció Romero y Flores saliendo precipitadamente.

---

[65]   «¿Le habrán dado chamico *? ¿Agua de trampolín con piola? Que se tome la contra, pes. Infusión
de ashcomicuna * y hierba de olvido»: las comillas prueban que estas dos preguntas, y las dos reflexiones
que siguen, se le ocurren a la misma persona (alguna chola, o algún cholo del vecindario); además, hay un
paralelismo evidente entre, por una parte, el chamico y su mencionada contra (la infusión de ashcomicuna,
presentada como un purgante contra el deseo amoroso que provoca el bebedizo), y, por otra parte, el agua
de trampolín con piola y la hierba de olvido que ha de neutralizar sus efectos: lo que el hombre ebrio tiene
que olvidar viene sugerido por intermedio de la expresión coloquial y humorística trampolín con piola, que
parece aludir a un juego que solían practicar niños de Quito por ejemplo, y que consistía en obligar o
incitar a un compañero a que saltase de un trampolín provisto de un cordel (o piola, véase la N. 31), en el
que podía quedar atrapado el pie; ¿La habrán dado (...) agua de trampolín con piola? significaría entonces:
«¿Se habrán burlado de él?», «¿Le habrán engañado?», y, en el contexto de la escena de la novela, aludiría
a los cuernos plantados en la cabeza del borracho por su mujer (Rosario) y Luis Alfonso; el añadido de la
palabra agua puede explicarse metonímicamente: se trata de un borracho, a quien al parecer le han dado
además un bebedizo; hay dos referencias a un líquido (vino o aguardiente, y filtro amoroso) de las que
«mana» el vocablo «agua».

[66]   chucha: «En Chile, Argentina y Bolivia, las partes naturales femeninas, la vulva de la hembra;
mono o chango, en Méjico; papaya en Cuba; cajeta en otros puntos de Sur América; tortuga. raja, chocho
en Tabasco, etc. Todos términos bajos —(chocho es popular en España)». (Fr. J. Santamaría, Diccionario
general..., ed. cit. T. I, p. 541). Como puede verse, chucha se usa también en el Ecuador, con el mismo
sentido que en Bolivia, Chile y Argentina... El texto icaciano nos propone una expresión humorística y
ponderativa, que aquí evoca lo abundante del chorro de orina mediante otra metonimia.

A los pocos segundos, al sentir a sus espaldas abrirse con sigilo de emboscada la puerta de calle de la propiedad de mama Encarnita, el borracho se disparó hacia abajo, vociferando:

—¡No soy ningún pendejo! ¡No me agarran así no más! ¡A mí no me hacen cuadrilla! [67]

«Macho el chulla. Nuestro chulla», «No se dejó matar el borracho como pedía a gritos», «Hizo escándalo, pasó la vergüenza...», «Todo es pendejada ante el gusto del demonio...», «Pobre marido... Ellos también...», «Sin bendición, sin nada... Así dura más...»

Ante la huida del ebrio, la voz de Majestad y Pobreza surgió altanera en Romero y Flores: «Es un cholo cobarde. Y ella... Ella tiene la culpa... Sácale a patadas de tu lado, carajo... Ahora mismo...»

Al entrar el chulla de nuevo en el cuarto, furioso por no haber podido castigar al insolente, gritó a Rosario que esperaba temblando sentada sobre la cama:

—Esto no puede continuar así.

—Pero yo...

—Te vas donde tu madre.

—¿Que me vaya?

—Es necesario.

—Tú sabías...

—Pero la gente.

—¿Dejarte? ¿Abandonar lo que en pocas semanas he sentido como mío? Prefiero morir.

Ocultó Rosario el llanto entre las manos. Estampa de mama Domitila cuando el viejo Romero y Flores le insultaba reprochándole su origen indio. [68] Resbaló entonces el mozo por tercos prejuicios que enturbiaron trágicamente el brillo de sus pupilas:

—Nada nos une.

—¿Cómo puedes decir eso?

—Debes volver a tu casa.

—No me iré.

—¡Te mando, carajo!

—¡Insúltame, pégame, mátame, pero no me iré! —insistió Rosario con testarudez infantil.

—Si insistes en quedarte, si crees poder vivir a mi lado, estás equivocada.

—¡No me iré!

[67] *cuadrilla*: hay que relacionar esta palabra con *cuadrillero*: «Ecdr. Persona que acostumbra juntarse con otros, para atacar a un individuo». (A. Mateus, *Riqueza de la Lengua...*, ed. cit., p. 78); según Fr. J. Santamaría, existe en Chile el vocablo *cuadrillazo*, con el mismo significado que tiene *cuadrilla* en este texto: «acometida de varias personas contra una o contra varias; ataque o embestida de una cuadrilla.» (*Diccionario general...*, ed. cit., T. I, p. 416).

[68] *Estampa de mama Domitila cuando el viejo Romero y Flores le insultaba reprochándole su origen indio*: en *Cholos*, el latifundista don Braulio Peñafiel le reprocha a su mujer mulata su origen africano; en *Media vida deslumbrados*, el cholo Serafín Oquendo desprecia a Matilde, su compañera, chola también, a causa de su ascendencia parcialmente indígena: son otros tantos exponentes de los trastornos que puede provocar una mentalidad etnocrática al nivel de las relaciones humanas más íntimas.

—¡Seré yo el que huya! ¡Yo, carajo! —chilló Romero y Flores agarrando precipitadamente el sombrero. Cuando la muchacha quiso detenerle había desaparecido dando un portazo.

En el rumor imperceptible que se filtraba desde el mundo de los sueños el chulla olfateó la hora. «Deben ser las tres. ¡Las tres! ¿A dónde ir, carajo? A la cantina del tuerto Sánchez. Amigos. Trasnochadores. El caldo de patas», se dijo. En realidad se sentía abrumado. ¿Por la fuga? No. Era por algo que no acertaba a señalar en él o fuera de él. Quizás llevaba en sí la resonancia de un dolor colectivo, remoto —angustia como para beberse media botella de aguardiente—. Era peor cuando sus sombras se retorcían en silencio: sin voces, sin maldiciones, sin quejas.

En la trastienda de la cantina del tuerto Sánchez —sala quirúrgica donde se cicatrizaba con ají, cerveza, caldo chirle, chistes libidinosos, la euforia de la embriaguez amanecida, el chuchaqui de negra depresión—, todo el desequilibrio íntimo del mozo se diluyó frente a una mesa rodeada por políticos arribistas e intelectuales de renombre provinciano.

—¡Romerito! ¡Este es Romero y Flores! ¡El famoso chulla! Ji... Ji... Ji... ¿Qué se ha hecho, pes, cholito? —interrogó un ebrio —cara redonda, párpados adiposos, vientre abultado— desde una mesa cargada de promesas —cigarrillos, licores extranjeros, mujeres.

—Ni la barba, don Aurelio.

—Venga. Cuéntenos alguna mentira sabrosa.

—¿Mentira?

—Venga... Venga... —solicitaron en coro las gentes que acompañaban al hombre de la cara redonda, de los párpados adiposos, del vientre abultado —dos latifundistas cortados en el mismo molde, dos mujeres de alquiler y una alcahueta de manta.

Más tarde, cuando el chulla —en trance de despecho y de abandono— pudo mirar por una rendija de su inconsciencia alcohólica, se dio cuenta que estaba en una habitación olor a sudadero de mula, que la luz de una lámpara de kerosén alargaba las sombras, que los honorables latifundistas, las prostitutas, la alcahueta y él mismo estaban desnudos, que los senos de las mujeres eran chirles y las caderas inexpresivas, que todos ardían en un juego de risas, manotazos, persecuciones, que el impudor se tendía en orgasmo animal por el suelo y los rincones.

Y a la noche siguiente, después de pasar casi todo el día durmiendo entre hembras cansadas y envilecidas —estropajos para fregar pisos— y latifundistas sonoros y hediondos —opulencia de sangre de indio y sol de campo—, con angustia de impertinente náusea —extraña en él—, sintió como si hubiera perdido algo noble en cada minuto, algo que le era difícil recuperar por falta de coraje y sabiduría. En un instante —luz de amargura trágica en su desequilibrio íntimo— se vio ridículo, cobarde, vacío, al abandonar a Rosario. ¿Por qué? «Tu porvenir. Eres un Romero y Flores... La vida a veces...» disculpó Majestad y Pobreza. «A la mierda el porvenir... Ji... Ji... Ji...», chilló mama Domitila ahogándose en una especie de gruñido de cuy [69] al olor de la hierba.

—Basta, carajo —concluyó él procurando taponar su desconcierto. Y sin escrúpulos, en busca de una cerveza o una nueva borrachera que liquide el negro chuchaqui que le oprimía, entró en el billar del trompudo [70] Cañas —recinto cargado de truenos de carambola, de murmullo de feria, de humo y colillas de cigarrillos, cuyo olor, junto con el del urinario y el del aguardiente barato, se imponía a los demás olores. Felizmente dio con varios de sus compinches —el chulla poeta, el chulla matón, el chulla político, el chulla estudiante, el chulla burócrata—, que se emborrachaban a costa de la gloria del ascenso de un militar de bigotes a lo kaiser Guillermo II, de un militar que pedía el coñac por botellas y la cerveza por docenas. Desde el primer momento el intruso notó que el chulla poeta —ojos mogólicos, tez bronceada, cabellera hirsuta, actitudes lánguidas de gran señor— vestía un pijama a rayas blancas y rojas.

—¿Disfraz sin Inocentes? —interrogó pensando hacer un chiste.

—Es un nuevo sistema para ahuyentar a los acreedores —informó el aludido.

—¿Cómo es eso?

—Basta con decirles: Dejé el terno en la casa... Y la cartera...

—En la casa de préstamos —embromó alguien.

Entre risas, chistes y medias palabras, Luis Alfonso se enteró de la verdad. La concubina del chulla poeta —una prostituta de pésimos antecedentes— le había despojado de la ropa. Y al llegar el vate a la casa de sus mayores disfrazado de pijama, la indignación de la honorable familia —padre funcionario público, madre católica, hermanos arribistas, hermanas casaderas— puso al hijo corrompido y desnudo de patitas en la calle.

—Hace tres días que...

—Duerme en el cuarto del Largo Chilintomo.

«Donde duerme uno, duermen dos», se dijo Romero y Flores olfateando una perspectiva de refugio para sus noches próximas. A medida que se emborrachaba comprendió que el afecto a sus amigos —todos al hablar ocultan un porvenir de holgura personal e indiferencia para los demás— degeneraba en asco. Había perdido ese fervor de cómplice, esa solidaridad de juerga aventurera. Rosario...

---

[69]   *cuy*: «Especie de conejo casero (conejillo de Indias), muy común en las serranías del Ecuador, y del que gustan en especial los indios y gente del campo. No hay choza donde no lo haya, ni festín de esos infelices en que el *cuy* no sea el primer plato». (Juan León Mera, citado por P. de Carvalho-Neto, *Diccionario del Folklore...*, ed. cit., p. 154).

El origen de esta palabra es bastante controvertido: existe en quichua del Ecuador, pero puede tratarse de una forma onomatopéyica.

Según los esposos Costales, en ciertas zonas de la Sierra ecuatoriana, los campesinos «cuidan que los niños no ingieran las extremidades sobre todo si están en la escuela, por el temor de que se les recojan los dedos. Los hombres evitan comer la cabeza del (conejillo de Indias), por la creencia de que encanecerán pronto, y las mujeres se cuidan de no comer con mucha frecuencia esta carne, porque a decir de ellas, las vuelve muy fecundas, y no pocas veces a esto atribuyen los partos dobles». (en: P. de Carvalho-Neto, *Diccionario del Folklore...*, ed. cit., p. 154).

Se utilizan a menudo *cuyes,* en ciertas zonas rurales, para el diagnóstico y la cura de enfermedades, por ejemplo.

[70]   *trompudo*: adjetivo, con el sentido de «jetudo, hocicudo, que tiene los labios muy salientes» (*Americanismos...*, ed. cit., p. 593).

Rosario la única con quien... ¡Ella! ¿Por qué? Sin embargo, prendido a sus cobardes ambiciones, a sus ingenuos recursos de opereta, al desequilibrio de sus sombras tutelares, calló. Tierna su desilusión era mejor aceptar la inmundicia de los otros y envolverse en la propia.

A las cuatro de la mañana, después de que todos habían «ahogado en el licor la pena» —como si pudieran liberarse de ella—, después de que la mayoría huyó en fuga zigzagueante y unos pocos se aplastaron en dejadez de plomo derretido sobre la mesa, Romero y Flores se guardó una media botella de coñac —sobra del festín—, y con dulzura y engaños de nodriza, arrastró a la calle al mozo del pijama.

—A dormir, carajo. A dormir pronto.

—No... ¡No quiere abrirme nadie!

—El Chilintomo.

—¡Tampocooo!

—Veremos si conmigo.

—Ni mi familia... Ni mi madre... Ni mis amigos... ¡Nadie!

—Vamos, carajo.

Después de mucho vagar entraron Romero y Flores y el chulla poeta en una casa vieja, olor a chicha agria, a residuos de café. Al golpear en la primera puerta de un cuarto al zaguán, una voz interrogó desde el interior:

—¿Quién es?

—Nosotros, cholito. Queremos brindarte un trago.

—No deseo nada, carajo. ¡Nada!

—Unito no más... La puerta...

—¡Nooo!

—Está bien. Conste que hemos pedido de a buenas —intervino Romero y Flores invitando en secreto al chulla poeta a una falsa retirada. Una vez en la calle buscó al policía de servicio, y, en tono de gran señor, le dijo:

—Han sido atropellados nuestros derechos. Aquí, mi amigo, se levantó de la cama, como usted puede constatar por la ropa que lleva. Se levantó a comprar esta media botella de coñac. Dejó el cuarto sin llave. Y al volver, un intruso, un tal Chilintomo, conocido de última hora, se encierra por dentro y no quiere abrirnos la puerta. El señor, como usted ve, está en pijama. Puede pescar una pulmonía o algo por el estilo.

—Sí. Se ve clarito.

—Tómese una copa, mi querido amigo. Dispense que le molestemos tanto. Usted comprenderá...

—Gracias. Cuando Dios quiere dar.

—Así. A pico. Como en el páramo.

—He sido despojado —afirmó el chulla poeta imitando torpemente la actitud y el tono doctorales de Luis Alfonso.

—¿Y ahora qué haremos, pes, con este lío? —consultó el carabinero a Romero y Flores devolviéndole la botella.

—Obligarle al canalla a que abra la puerta. Nada más.

—Mi puerta. Mi cuarto.

—Haremos lo posible, chullitas.

Los golpes de la autoridad y las voces de los mozos despertaron al vecindario. Alumbrándose con vela de sebo, en camisa de dormir y chal de lana a los hombros, surgió por un corredor la dueña de casa. Era una vieja muy parecida a doña Encarnación Gómez. Al ser interrogada por el policía informó en tono de queja alharaquienta y verdulera:

—Ave María, mi señor. ¿Cuál también será el inquilino, pes? Arrendé a uno pero no me acuerdo la cara. Entran y salen los chullas como si fuera hotel. A este de pijama le he visto. A otros también les he visto... Pero lo peor es que tres meses enteriticos me deben del arriendo.

Al final, el policía obligó a abrir la puerta entre amenazas y empujones. Luego citó a los tres hombres ante el señor intendente para que arreglen en la mejor forma el reclamo de la dueña de casa.

—Los tres mismos deben ir. Los tres —chilló al retirarse.

El parecido de la vieja en camisa de dormir y chal de lana a los hombros con mama Encarnita despertó en Romero y Flores una especie de raro remordimiento que no le dejó dormir. Tendido junto al chulla poeta miró en su torno. Oscuridad, silencio... Agarró la botella que al acostarse dejó en el suelo. La besó con avidez tratando de ahuyentar las ganas de huir. De huir de sí mismo. De ellas —madre y amante—, que eran lo impuro, lo bastardo en el concepto presumido y aristocrático de la sombra de Majestad y Pobreza. Como un ladrón ganó la calle a los pocos minutos.

*   *   *

Rosario creyó que vivía un sueño o una broma cuando Luis Alfonso desapareció entre las sombras. «Le esperaré. Le esperaré hasta morir», se dijo con extraordinaria energía. Al volver al cuarto se tendió de bruces sobre el lecho. Uno, dos, cinco, diez minutos. De pronto tuvo la certeza de oir algo. ¿El? Corrió a la ventana. No... No había nadie... Muy tarde llegó para ella el sueño. Golpes y gritos a la puerta le despertaron a la mañana siguiente.

—¿Quién es? —interrogó. El sol se filtraba por todas partes.

—La dueña de casa. ¿No me conoce? Necesito hablar con el señor Romero y Flores.

—No está.

—Abrame, entonces.

—Un momentico.

Al entrar doña Encarnación y plantarse como un orador de barricada en mitad de la pieza, habló alto, muy alto para que oiga y acepte todo el mundo su disculpa:

—¡Jesús! ¡Dios mío! Yo no hubiera permitido nunca que ustedes permanezcan aquí al saber lo que he sabido. Quiero hablar con el arrendatario. ¿Dónde está? Que no se esconda. Mi casa es casa honorable.

—Señora...

—Que salga buenamente su... Su hombre... A usted y a él les voy a poner de patitas en la calle por inmorales, por mentirosos, por corrompidos. ¿Qué se ha figurado? Vivir gratis y con el demonio a cuestas. Nadie ha sido tan audaz. En mis barbas, pes. ¡Chulla bandido! ¿Dónde está?

—No está aquí, señora —murmuró en voz baja Rosario temblando de miedo. De miedo que imprimía a sus facciones aspecto de trágica idiotez.

Tanto insistió la vieja en ver al inquilino, que la tímida y dolorosa actitud de la joven se transformó en explosión sin control, en alocado afán por hurgar los posibles refugios de su amante. Como si ella fuera la más interesada levantó la cortina que cubría y encubría el rincón de ropa sucia, removió los papeles del poyo de la ventana, abrió el baúl.

—¡No está señora! ¡No está! He buscado en todas partes. Usted ha visto. ¿Qué quiere más? ¿Quéee? —concluyó la muchacha.

—¡Jesús, María y José! —murmuró la dueña de casa creyendo observar el demonio vivito en los ojos de la inquilina.

—¡No está en ninguna parte!

—Ya veo. Ya... —dijo mama Encarnita y huyó con el rabo entre las piernas.

Rosario dio un portazo pensando con rubor en las murmuraciones envenenadas de los vecinos. Pero en realidad, la escucha se había desbordado llena de odio hacia la dueña de casa:

«Salió corriendo la vieja... Yo le vi...», «Como el diablo salió del cuarto del chulla», «Mama del diablo parecía», «Por fin hubo quien le pare el macho», [71] «Casa honorable con guarichas, con carishinas, ¡jajajay!», «Bien hechito... Para que aprenda a no entrar a los cuartos sin pedir permiso», «Para que aprenda a no maldecir a los pobres en nombre de la Ley y de Taita Dios», «Para que aprenda a no poner los palos sucios en medio de la calle cuando le aconseja la avaricia», «¿Qué pecado cometería la pobre vecina para caer en manos de la vieja? ¿Pecado de amor, será? ¿Pecado de tontera, será? Así mismo somos las mujeres cuando nos agarra la tentación», «Chulla él, chulla ella. Nuestros pobres chullas», «Debemos ayudarles contra la vieja».

A la noche, cuando todos los ruidos se apagaron en la casa, Rosario se acostó pensando dormir, pero el vigilante que había nacido en ella atisbaba sin tregua. De pronto quiso gritar, desfogarse. Abrió la boca y se quedó prendida en el ladrido de los perros, en el monótono croar de las ranas del barranco próximo, en la inquietud galopante de sus venas. A cada segundo brotaba la sospecha. ¡El! Pero al constatar el fracaso se repetía con obsesión infantil: «Le esperaré... Le esperaré hasta morir...» En un momento perdido del amanecer sintió pasos. Los que esperaba. Podría distinguirlos entre mil. «Luis Alfonso... Vuelve....», se dijo con angustia de felicidad indescriptible.

Al reconocer lo familiar y sórdido de su barrio, Luis Alfonso —trenzado en la corriente de un río de fuerzas misteriosas— sintió la necesidad de expresarse como lo había hecho el marido de Rosario. Se arrimó a una pared. Alzó los brazos como

---

[71] *pararle a uno el macho*: «expr. fig. En Colombia y Puerto Rico, pararle el carro, reprimirle, marcarle el hasta aquí». (Fr. J. Santamaría *Diccionario general...* ed. cit. T. II, p. 210). La palabra *macho* parece tener, en esta expresión (que se usa también en el Ecuador, y no sólo en Puerto Rico y Colombia), el significado clásico, en español peninsular, de «mulo, híbrido de asno y yegua o de caballo y burra» (Real Academia Española, *Diccionario de...*, ed. cit., sentido nº 2).

un náufrago. Movió los labios con apuro nervioso pero sin voz: «¿Dónde estás? Te perdono. Me da la gana, carajo. ¿Quién se opone? ¿Quién? Me duele el corazón pero me río. ¡Corrompidaaa! ¡Gran putaaa! Quiero verte. Saborear tu cuerpo. Juntos hasta morir. Una vez más... Unaaa. Unitaaa...»

Los reproches y las quejas que había preparado la mujer fueron atropellados sobre el lecho. Al final, él murmuró incorporándose como para huir de nuevo:

—Carajo... No...

—¿Qué? ¿Necesitas algo?

—Nada.

—Espera. Te desvestiré.

—No.

—Los zapatos... La ropa...

—¡No quiero! Sólo deseo morir.

—¿Morir?

—Beber hasta que se arranque el hilo de esta miserable vida.

—No hables así. Somos...

—¿Qué somos, carajo?

—Bueno... Un poco felices...

—¿Felices? Ji... Ji... Ji... ¡Somos unos desgraciados!

—Si me quisieras todo sería distinto.

Algo noble y definitivo debió hallar el borracho en la voz de Rosario que le obligó a responder:

—Yo soy el desgraciado... ¡Yo solitico!

Con ternura y paciencia maternales ella logró apaciguar al hombre. Cuando le tuvo preso —la cabeza sobre sus senos desnudos, las manos pesadas sobre su vientre, los cabellos desordenados bajo su mentón—, murmuró:

—Estoy embarazada. ¿Me oyes? Tendremos un hijo. Chiquito... Nuestro...

«Un hijo... Un hijo, carajo», repitió mentalmente Luis Alfonso y se vio que batallaba como una fiera caída en trampa, y se oyó que gritaba con gran indignación frente a Rosario —tímida y llorosa figura de mama Domitila con las manos en la cara—: «¡Jamás! ¡Nooo! ¡Tienes que arrojarlo! ¡Tienes que abortar! ¡Abortaaar! Mi porvenir... soy un Romero y Flores... ¡Pronto! ¡Prontooo!». Mas, en realidad, la borrachera, la sorpresa —dulce y agria a la vez—, la modorra que defiende y ampara —olía tan bien la piel de ella..., la piel de la madre..., la tibia carne del hijo...—, mantuvieron al mozo en beatífica inmovilidad de niño dormido.

IV

Al despertar Luis Alfonso —cerca de mediodía—, en uso y abuso de la amargura de su chuchaqui y de la sinuosa vigilancia de Rosario, destapó el proyecto criminal atorado en el sótano del alma desde que supo del embarazo de la mujer.

—¡No! ¡Eso jamás! ¿Acaso no tengo derecho? ¿Acaso nosotros? —gritó ella con furia extraña, desafiante.

—No es por nosotros... Es por esa criatura. Por esa pobre criatura. No puede venir como un...

—¿Qué?

—Un hijo del adulterio.

—¡Calla!

—Sin apellido.

—El tuyo... El mío...

—¿Y tu marido? ¿Y las gentes?

—Vendrá. Vendrá... —insistió Rosario agarrándose con desesperación el vientre. Y sin hallar razones para defender el impulso de su instinto que él, ella y todos lo tomaban como un gran pecado, como una tremenda vergüenza, escondió el rostro entre las cobijas.

Molesto y conmovido a la vez por el llanto y por la actitud de la mujer, el chulla se dijo: «Yo también nací gracias al coraje de mi madre. A la tímida pero testaruda presencia india frente al orgullo tragicómico de Majestad y Pobreza. Yo existo porque ellos...» Y con acento de amorosa intriga, la sombra de mama Domitila concluyó: «Sin compasión de shungo, * taita blanco quiso sepultarte donde los huérfanos». Aquella confirmación de la realidad ancestral —especie de calor humano que de tarde en tarde surgía ante el silencio del fantasma del padre— transformó la furia del mozo en ancha y ardiente ternura. Lleno de responsabilidad se acercó a ella, y besándole en los labios, en las mejillas, en los ojos —deseo que nunca pudo realizar con su madre—, le obligó a sonreir.

—Bueno, carajo. Si te empeñas tanto, vendrá...

Rosario se puso quejosa y reconstruyó la escena que tuvo con mama Encarnita.

—A la vieja se le apacigua con billetes. Unos cien sucres —comentó Romero y Flores.

—¿Crees?

—Claro. Conozco...

—Mi anillo y mi abrigo —ofreció Rosario.

—¡Oh! No. Eso... Eso más... —dijo él fingiendo elegante desinterés. Pero como la joven, por experiencia de otras entregas —todo lo de algún valor que trajo de casa de la madre—, sabía que al final él reclamaba sin pudor, insistió:

—El anillo es de oro, el abrigo tiene cuello de piel.

—Bien... Ya veremos...

A la noche de ese mismo día, luego de conseguir el dinero vendiendo a precio de remate lo que le dio Rosario, y después de rumiar una serie de proyectos de inusitada seriedad —¿rebuscas de ingenio y de aventuras al por mayor?, poquísimo para sus próximas necesidades de padre de familia; ¿trabajo manual de indio o cholo?, imposible; ¿empleo público?, tal vez—, Luis Alfonso se informó —en una tropa de chullas que mataba las horas pescando desde la esquina más concurrida de la plaza del Teatro Sucre la oportunidad de seguir a una mujer fácil o de enredarse en una borrachera imprevista y sin costo alguno— de la vacante de un empleo en un Ministerio.

—¿Te interesa? —interrogó el informante.

—Para un pariente que me ha recomendado le busque algo —advirtió Romero y Flores con indiferencia.

—Tu amigo, don Guachicola, es del jurado.

—¿Del jurado?

—Habrá un concurso, según dice la prensa.

—¡Ah!

«Don Guachicola... He bebido con él. Le he firmado por diez o veinte sucres recibos falsos. Timbres para la reventa. Conozco. Tiene que darme. Un empleo para mí. ¡Para míii!», se dijo el mozo con la certidumbre de haber hallado solución a su problema. «Qué problema ni qué pendejada. Todo por un... Por un hijo adulterino... Por un hijo de puta...», protestó Majestad y Pobreza con indignación que ocultaba el temor de esclavizarse tras de un escritorio. «Guagüitico de Taita Dios. Guagüitico inocente. Acaso nosotros también... Los taitas de nuestros antepasados...», surgió en contrapunto la voz de mama Domitila trenzándose en una lucha íntima, viscosa, trágica, de culpa y penitencia al mismo tiempo, con el estirado orgullo de la sombra tutelar del viejo Romero y Flores —reforzada en la realidad por un coro infinito de frailes, beatas, latifundistas y aspirantes a caballeros—. Pero Luis Alfonso, por algo que no hubiera acertado a precisar de dónde le llegaba en ese momento, frenó la angustia que le producía la disputa de sus fantasmas y opinó por su propia cuenta: «Iré, carajo... Bueno... Por una corta temporada... Dos meses... Cinco... Nueve... Para el médico... Después... Que se jodan... ¡Oh!».

A la mañana siguiente —ceño, prosa y actitud de gran señor— Romero y Flores buscó a mama Encarnita en su departamento. Como era lógico, la vieja recibió al inquilino en su salón. Las flores de papel, los abanicos de alambre emplumados con tarjetas de felicitación onomástica, los adornos de yeso y porcelana, los divanes de postiza adustez, las repisas de madera tallada, las oleografías con mujeres antiguas — mitones, amplio sombrero de plumas de sauce llorón, orlas de encajes fruncidos, cintura de avispa, sombrilla—, el retrato del difunto usurero —cholo vestido de señor, bigotes alicaídos, frente estrecha, ojos diminutos, labios gruesos—

en el marco blasonado del bisabuelo de Majestad y Pobreza, inyectaban a la dueña de casa el valor necesario para cualquier desahucio.

—Está bien, señora. Pero le advierto que antes de irme de su casa honorable...

—¡Honorable!

—Me llevaré el escudo de mi fámilia.

—¿Qué escudo, pes?

—El que adorna a ese hombre —denunció el mozo apuntando con el índice el retrato del usurero.

—¿Cómo?

—Como me oye.

—¿Y lo que me debe será, pes, cutules *? —interrogó la vieja sintiendo que flaqueaba su poder.

—Le pagaré hasta el último centavo.

—¿Hasta el último?

—Sí —concluyó Luis Alfonso exhibiendo unos billetes que pasó por las narices de mama Encarnita.

El temor de perder el certificado de nobleza por un lado y la codicia por otro liquidaron a la dueña de casa. Romero y Flores dio lo que buenamente quiso y obtuvo plazo indefinido para desocupar la pieza. Los inquilinos que se hallaban atentos —emboscada de vecindario pobre—, comentaron al ver que el chulla salía de la conferencia más sereno y seguro de lo que entró:

—«¿Qué le diría?», «¿Qué le propondría?», «Le amansó suavito», «A él no le pudo atropellar. Cerró el pico. Bajó el copete», «El chulla conoce la letra colorada», «Parece mentira. A uno si...», «Algo le hizo. Algo le dio...», «El no se achola por pendejadas como nosotros. Se juega entero...», «Nuestro chulla. ¡Nuestro chullita!»

Al llegar a un barrio prendido en la falda del cerro tutelar de la ciudad, Luis Alfonso pensó en el refugio de la chola Petra donde solía emborracharse el viejo que buscaba. A esas horas, a lo largo de las calles, a la sombra de los recodos, el viento era un muchacho sucio olor a orinas, a chicha agria, a frutas podridas. Sin pedir permiso, el mozo penetró hasta la segunda trastienda de una especie de mondonguería. * A la luz de un candil que a ratos servía de reverbero, don Guachicola —figura hidrópica y un poco deforme de estampa para moralizar a los impenitentes del vicio del alcohol— compartía sobre una mesa mugrienta un raro brebaje con su compinche Jorge Farfán Rojas, alias el Mono Araña. Los dos hombres miraron al intruso con asombro que se disolvió rápidamente en sonrisas e invitaciones a sentarse.

—¡Chullita! ¿De dónde sale? Tengo una cosa buena para usted. Un negocito...

«Que no me venga con el cuento de siempre: las firmitas, la letra parecida... Yo quiero el empleo...», se dijo Romero y Flores.

—Ñaño * lindo. Venga, tómese un resucita muertos —invitó el Mono Araña agitando los brazos como tentáculos.

—¿Me decía...? —interrogó el joven dirigiéndose a don Guachicola.

—Después... Es importante pero no es urgente. Luego hablaremos... —afirmó el aludido dando a entender que el caso era confidencial.

—¡Ah!

—¿Una tacita?
—Gracias.
—¡Petraaa!
—¿Qué le duele, pes? —respondió una voz soñolienta desde la pieza contigua.
—Otra taza, mamitica.
—Voooy.
—¡Pronto!
—Voy digo, pes.

Cuando la chola —ancas pomposas, alelado mirar, cabellera empolvada de ceniza, carne amasada con tierra de monte y suavidad de tembladeras; [72] olía a sudadero de mula, a locro, * a jergón de indio; despertaba sórdidos antojos: morderle los senos de oscuro pezón, los pómulos pronunciados, los labios gruesos, bañarle en sangre, herirle y hundirse como un cerdo en su hedionda morbidez— colocó una cuchara y una taza frente al chulla, el Mono Araña, baboso de lujuria, le aprovechó acariciándole los muslos bajo los follones. Ella no hizo caso. ¿Para qué? Se sentía tan cansada, tan ajena a su cuerpo. Hubiera preferido que se cierren sus párpados, que se doblen sus piernas. Pero la costumbre de servir, de obedecer a los clientes...

—Bueno. ¡Ya, mamitica! ¡Yaaa! —chilló don Guachicola que conocía la modorra incurable y mecánica de la chola a esas horas. Por toda respuesta, la mujer miró a los hombres como miran los muertos —sin expresión, sin brillo, desde un pozo vacío—, y, en silencio, ebria de sueño y de fatiga, volvió a su cama, tras una cortina de cabuya en un rincón. Tenía que levantarse a las seis para llenar a medias su labor cuotidiana: ir al mercado —diez cuadras abajo con canasta vacía y guagua a la espalda, diez cuadras arriba con canasta llena—; moler morocho [73] para las empanadas del domingo en la piedra grande, ají en la chiquita; lavar la ropa de los críos en el patio —cinco en siete años—; dar el seno al menor —siempre había uno que lactaba—; atender a la clientela —el aguardiente, la chicha, * la cerveza, los picantes—; soplar el fogón a la puerta de la tienda; y mil cosas más de su negocio y de sus rapaces. Pero desde el primer parto —único recuerdo de amor con el soldado que le abandonó por una carishina de la costa—, algo quedaba sin concluir en su refugio, algo quedaba en proyecto —la limpieza del estante, de la pequeña vitrina del pan; el raspado del hollín de las paredes, de la mugre de los cajones y de las mesas; los remiendos y los zurcidos en la ropa de la familia; la batalla a las telas de araña, a las ratas, a la basura—, acumulando a su alrededor suciedad y abandono de mondonguería de última clase, por un lado, y raquitismo e ignorancia de guambras miserables, por otro. Su tragedia era, en realidad, sentir que a la noche le faltaban las fuerzas, le pesaba la cabeza, le molestaba como bisagra enmohecida el dolor a la cintura, se le cerraban los ojos, obligándole a tenderse en su jergón, atenta a las exigencias y órdenes —a veces las

---

[72]   *tembladera*: esta forma femenina se considera americanismo; el *tembladero* es, en español peninsular, un «terreno aguanoso que se mueve al pisarlo»; es sinónimo de *tremedal* (Real Academia Española, *Diccionario de...*, ed. cit., p. 1251).

[73]   *morocho* (por *maíz morocho*): «En Sur América, una variedad del maíz común; de grano duro, de color morado». Fr. J. Santamaría, *Diccionario general...*, T. II, p. 300).

cumplía con milagroso sonambulismo, a veces no— de sus clientes nocturnos —viejos dipsómanos de la pequeña burocracia—, los cuales se congregaban allí por lo apartado, discreto y económico del lugar. Abonaban la cuenta por quincenas, saboreaban la dosis de alcohol a sus anchas, y al amanecer, el más resistente o el más audaz se acercaba con soberbia de «patrón grande, su mercé» hasta la cama hedionda, apartaba a los pequeños, y, sin escrúpulos de ninguna clase, en forma normal o viciosa, saciaba su lujuria sobre la chola dormida. Ella, atada a la inmovilidad de su cansancio, sentía el atropello. Un solo esfuerzo hubiera sido suficiente para librarse del intruso. ¡Nooo! Las gentes honorables y vigorosas no pueden comprender cómo se absorbe y degenera el pantano de una fatiga atesorada en años —es tan inevitable como el temor del vencido, como la indiferencia maquinal de la prostituta.

Habituado al brebaje de los viejos, Romero y Flores llenó su taza con aguardiente, quemó un poco de azúcar en la llama del candil, escuchó en silencio. Aquellos hombres que hablaban mal de media humanidad, al parecer no tenían nada en común. El Mono Araña, ex guerrillero alfarista, deshuesada expresión de voces y actitudes, fácil excitabilidad tropical, líneas y facciones asimétricas —frente en acordeón de arrugas, nariz ganchuda, orejas en pantalla de murciélago, comisura izquierda de la boca rasgada por la presencia constante de un «progreso de envolver» mal encendido, ojos en notorio desnivel—, parecía un santo de palo, un ratón tierno. Don Guachicola, ex alumno del Seminario, desconfianza de páramo, movimientos felinos y conventuales, opulencia de carnes —párpados hinchados de rojos ribetes, violáceo color de altura en la nariz y en los pómulos, labios gruesos—, recordaba a todo lo viscoso, estrecho y en apuros de asfixia. No obstante de aquello y a pesar de las malditas apariencias, en los dos borrachos alentaba el mismo afán venenoso, la misma venganza ciega. Hablaban a gritos sobre jefes y mandones que se dividían a su capricho las riquezas del país.

Luis Alfonso se mantuvo parco —un cuarto de dosis a pequeños sorbos—. Tenía que controlar su plan. Los viejos, en cambio, después de beberse la tercera taza de aguardiente ladraban de indignación. Don Guachicola había destapado su habitual mansedumbre para exhibir el secreto de las estafas más hábiles, de los crímenes más repugnantes, de las mentiras más solapadas de los patriotas a quienes sirvió toda la vida. Después de cada denuncia afirmaba:

—Familias enteras. Doy nombres, carajo. De acuerdo al apellido se reparten el feudo nacional: la diplomacia, los bancos, los ministerios, las finanzas, la cultura, el comercio, la tierra, el aire, el sol...

—No... No hay apellido ni pendejadas. El dinero... Eso... El dinero es el que manda, ñaño lindo. Yo he visto... Yo...

Al final —vacíos dos litros de purito [74]—, con mueca de no me importa en los labios y en los hombros —ilógica actitud para el coraje de la disputa del principio—, el Mono Araña dejó caer pesadamente su cabeza entre los brazos cruzados sobre el tablero mugriento de la mesa.

---

[74] *purito*: diminutivo de *puro*, americanismo en el sentido de «aguardiente puro» (*Americanismos*..., ed. cit., p. 518).

—Clavó el pico. Gallo runa, [75] carajo... Ji... Ji... Ji... —murmuró don Guachicola tratando de abrir los ojos, de levantar las manos, de erguir su figura más de lo que buenamente le permitía la borrachera.

—Usted es macho... ¡Macho! —intervino Luis Alfonso en tono de respeto y admiración.

—¡Aaah! Ahora le puedo decir... Tengo un negocio para usted... Un negocio regio...

—¿Para mí?

—Diez firmas. ¡Cien sucres! ¿Eh?

—¿Dónde?

—Donde están las cruces rojas... No se olvide de poner el número de la cédula. Detalles del control. La ley. Dorar la píldora... —opinó el viejo sacando un rollo de papeles del bolsillo interior de la americana.

—Veamos.

—Tome... Tome, chullita.

Al apoderarse y revisar los documentos, Romero y Flores pensó: «Son míos... Ahora o nunca... Doscientos mil sucres con timbres y sellos auténticos...» Luego dijo poniendo una cara que daba pena:

—Antes quisiera pedirle un favor.

—¿Más plata?

—No se trata de eso. Usted... Usted puede ayudarme a conseguir un empleo.

—¿Un empleo público?

—¿Me cree incapaz?

—No... Pero me hace mucha gracia... Ji... Ji... Ji... El chulla de la libertad, de la audacia, del orgullo, rogando para caer en la red del esbirrismo. ¡Del esbirrismo!

—Unos meses. No tengo otra salida.

—No tenemos otra salida... Pero serán años... Así se dice al principio.

—Si usted quisiera.

—¿Si yo quisiera?

—Podría declararme el vencedor del concurso.

—¿Qué concurso?

—Usted es jurado. Lo sé. No me niegue.

—¿Quién le avisó, carajo?

—Todos.

—Imposible. ¿Qué? ¿Qué digo al Inspector General, al señor Ministro? Me recomendaron. Me ordenaron lo que tengo que hacer... Al hermano de la concubina... Al pariente culateral... Culateral... Ji... Ji... Ji...

---

[75] *runa*: *runa* es aquí adjetivo, derivado del sustantivo quichua *runa*, que significa según Luis Cordero: «Hombre. Indio. Aborigen de América». Añadía el ex Presidente de la República y gran conocedor del quichua del Ecuador: «Los blancos y los mestizos usan ordinariamente de esta palabra para insultar a los infelices de raza indígena». (L. Cordero, *Diccionario quichua-español español-quichua*, Quito, C. C. E., 1955, p. 99).

Con la colonización y el desprecio consiguiente a lo indígena, apareció una forma adjetiva de sentido peyorativo: «(...) nuestro pueblo califica de RUNA todo lo que no es de primera calidad; generalmente se aplica a los animales: *gallo* RUNA; *gallina* RUNA, aunque tambiém se aplica a los racionales: RUNA *zambo*». (Gustavo R. Lemos, cit. por Fr. J. Santamaría, *Diccionario general...*, ed. cit., T. III, p. 48).

—Pero usted... Usted es macho.

—Yo no soy nada. ¡Nada, carajo!

—¿Se niega?

—Mi jubilación. Mi puesto. Cómo se ve que no les conoce, chullita.

—Está bien. Yo tampoco firmaré —concluyó Romero y Flores doblando cuidadosamente los papeles.

—¡Son cien sucres!

—Será el empleo.

—El... El...

—Me llevo todo. ¡Todo!

—Espere... Espere, cholito.

—¡Oh!

—¡No sea bruto! —esclamó don Guachicola tratando de levantarse.

—Le devolveré mañana. Después del concurso. ¿No le parece?

—Eso no es honrado.

—La honradez es de los pendejos. Usted lo ha dicho más de una vez —afirmó burlón Romero y Flores y desapareció en un abrir y cerrar de ojos.

El Mono Araña, rompiendo la pausa desolada que dejó la huida del mozo, levantó la cabeza y arrugándose en mueca sarcástica que parecía sufrir de estreñimiento, dijo:

—Quien roba a un ladrón.

—No es para mí. ¡Nooo!

—¿Dónde están los apellidos, ñañito? ¡El robo, carajo! Eso es lo único bien organizado en todas las burocracias del mundo.

Con afiebrado ritmo de temor y de triunfo a la vez resonaron en la calle penumbrosa los pasos de Luis Alfonso. Iba ligero. Corría. Una prostituta apostada tras una esquina trató de descaminarle:

—Vamos. Te hago gozar, bonitico.

—Déjame, carajo —respondió el mozo apartando a la mujer con asco poco común en él.

—Chulla maricón.

*   *   *

Por las murmuraciones de los concursantes —acorralados en el salón de espera de la oficina donde trabajaba don Guachicola— Romero y Flores se enteró de las esperanzas de cada cual. Nadie confiaba en su saber. Había algo más definitivo y poderoso para sobresalir en la comedia de los empleados y de los funcionarios públicos.

—Nos torturan. Creen que podemos esperar hasta el día del juicio —comentó un joven de languidez y bigotito fotogénicos.

«Nos torturan», repitieron mentalmente los diez o doce aspirantes fundiéndose en un coro de ataque y defensa. Al observar Luis Alfonso al desconocido fotogénico comprendió que algo le unía a él. ¿Quizás el tic nervioso de las manos sobre el registro de los botones del chaleco? ¿O la preocupación por mostrarse acicalado y copiar lo exitoso de la moda de extrañas latitudes? «Yo... Yo mismo... Menos afeminado, en otro tono, en diferente color... El disfraz...», se dijo saboreando la sorpresa no muy grata de sentirse sin forma propia, en desacuerdo con sus posibilidades, ridículo. Después supo que aquel bicho pertenecía a una de esas familias venidas a menos, y que además era el «pariente culateral» del señor Ministro.

—Siete concursos. Siete felicitaciones. Soy contadorcalígrafo, graduado en el Instituto. Pero siempre hay alguien que está igual. Surgen entonces las preferencias, las recomendaciones, los parentescos. Yo no tengo a nadie... Mis títulos... ¡Mis buenos certificados! —informó en alta voz, sin que le pregunten, un hombre seco, de lentes, mal vestido, exhibiendo un rollo de cartulinas que llevaba en la diestra.

«Nos quiere correr con papelitos. Pendejada...», respondió, con rápido pensamiento, el coro de concursantes —burla que ocultaba el veneno de la codicia.

—He sido dieciocho años empleado público. Me sacaron porque... Bueno... Renuncié... Mi enfermedad. ¡Ah! Pero mi experiencia es grande —advirtió un viejo tembloroso, moreno, mediana estatura, barbas en desorden.

«La experiencia... La experiencia tampoco sirve para nada cuando... Cuando...» fue el comentario general e íntimo, y cada uno pensó en su palanca oculta, poderosa.

Llenas de angustias crecieron las opiniones y las dudas. De pronto se abrió la puerta, apareció don Guachicola —chuchaqui bien lavado y bien peinado—, y aparentando incorruptibilidad de juez, interrogó:

—¿Quién es el señor Luis Alfonso Romero y Flores?

—Yo. ¡Yo! —dijo el aludido poniéndose de pie con seriedad que se hallaba a la altura de la farsa del viejo.

—Le felicito. Pediré su nombramiento. Usted ganó. Los demás pueden retirarse.

Surgió entonces en el coro defraudado un oleaje de lamentaciones:

—¿Y mis títulos?

—¿Y mi experiencia?

—¿Y mi nombre ilustre?

—¿Y mi palanca?

—¿Y mi mujer?

—¿Y mi hija?

—¿Y yo? Quien ríe al último ríe mejor. Ya veremos... —terminó altanero el joven de languidez y bigotito fotogénicos. Luego ganó la puerta de salida a la calle. Todos le siguieron como hipnotizados.

Varias personas esperaban turno cuando Romero y Flores llegó a lo que él creía la última etapa de su pequeña trampa: prestar la promesa de ley ante el Gran Jefe. El secretario del despacho, un hombre de sonrisa de bailarina de cabaret, cuyas amabilidades se hallaban en razón directa de la importancia política o económica del visitante, observó al chulla con recelo y burla —botainas, clavel al pecho, periódicos al bolsillo, corbata y prendedor, ceño y prosa de parada militar—. «Estos son peligrosos... Puede salir a patadas... O puede desplazarme... ¿A qué vendrá?», se dijo, y luego murmuró con amable reverencia:

—Me hace el favor de esperar un momentito.

Como si quisiera exhibir lo duro y laborioso de su trabajo fue hasta un gran escritorio del fondo, revolvió papeles, abrió cajones, llamó al portero que en ese instante no estaba, se arregló más de una vez un mechón de pelo que se le escurría sobre los ojos. Sin ser interrogado —actor que se disculpa anticipándose a la rechifla del público— informó en alta voz:

—Soy solo. No me alcanzo. [76] Ocho horas de esta agitación. Y el Gran Jefe, mi jefe, es tan ocupado. Ahora ha sido una suerte tenerle aquí. Le buscan para todo... Es primo del señor Ministro, amigo confidencial del señor Presidente, socio del General de las Fuerzas Armadas, paisano del señor Arzobispo.

El último en entrar en el despacho del Gran Jefe —hombre de cuello duro, facciones de pergamino, ojos negros, nariz ganchuda, orejas grandes— fue el chulla Romero y Flores. «¿Dónde he visto esa cara? Parecido a... ¿A quién?», se dijo el mozo con ese afán subconsciente de amparo, de esperanza en los momentos difíciles.

—¿Qué desea?

—¿Yo? ¡Ah! Este oficio...

«Ya sé... Se parece al Mono Araña. Debe ser como él. Chillón, bilioso, bueno en el fondo... ¡No! Este es el Mono Araña en cuero de caballero...»

—¡Absurdo! El señor Ministro me ordenó por teléfono. El cargo no existe. Se dio a otro... ¡A otro!

«Al pariente culateral... Me jodió, carajo... Después de tantas pendejadas... Alguna concubina de por medio... La madre, la mujer... O la complicidad por la rebusca...», pensó Luis Alfonso con hormigueo en los pies, con temor de mama Domitila —fuga de indio ante la injusticia—. Pero el espíritu de contradicción de Majestad y Pobreza —fecundo y oportuno entonces—, exclamó: «Defiéndete... Amenaza... No sabe nada de ti... Es un...» En trance de lucha, Romero y Flores inventó la mentira. Instintivamente acarició los viejos periódicos que llevaba en el bolsillo, miró con burla de duro cinismo —advertencia y desafío— a su interlocutor. Y, en un papel cualquiera, trató de tomar el número del oficio que había entregado.

—¿Qué hace? —interrogó con toda su autoridad el hombre que se parecía al Mono Araña.

—Tengo la copia del veredicto. Por asuntos de mi trabajo llevaré a los diarios el dato. Soy periodista.

—¡Ah!

—Daré la noticia como la he vivido. ¿No le parece?

—Usted. Un momento... Un momentito... Veremos cómo... —insinuó el Gran Jefe exhibiendo sin control el pánico de los pequeños seres al capricho cotizable de la prensa.

—Veamos, pues.

—Siéntese.

El timbre sonó congregando a cuatro o cinco esbirros que se enredaron

---

[76]   *no alcanzarse una-a*: es americanismo bastante difundido, que quiere decir «no dar abasto uno-a a todo lo que tiene que hacer».

—automatismo de marionetas— en órdenes, en carreras, en revisión de oficios, en meneo de cajones y legajos. Cuando el ambiente se tranquilizó de nuevo y quedaron a solas el supuesto periodista y el hombre parecido al Mono Araña, el diálogo se deslizó por una perspectiva de ofertas y cambios provisionales:

—Hemos sufrido una equivocación.

—¿Una equivocación?

—Se puede reparar, desde luego. Cosas que pasan... Usted irá a la oficina de Investigación Económica.

—¿Económica? Yo...

—No importa —dijo el Gran Jefe interpretando los posibles escrúpulos del mozo que se había declarado escritor. Luego continuó:

—Las finanzas del país están en manos de gentes que no saben nada de economía. Las oportunidades, los parentescos, las buenas familias. Usted me comprende...

—Sí. Las oportunidades.

—El sueldo no es el mismo.

—¿No?

—Sucres más, sucres menos, ¿qué importa? Mi secretario le arreglará los papeles, la recomendación a su futuro jefe... Dígale no más.

—Gracias.

—Dígale no más.

Con dulce e inesperada embriaguez, tibia en el pecho y en el vientre, el chulla Romero y Flores saboreó el efecto desconcertante que las órdenes del Gran Jefe produjeron en la tropa de burócratas de la oficina de Investigación Económica. Don Ernesto Morejón Galindo, al revisar los oficios de la «superioridad», fue el único que hizo una mueca de disgusto. No se había contado con él. Su primito quedaba desplazado, en espera de una nueva vacante. La recomendación era clara, precisa, delatora.

—Yo pedí. Pero... ¿Usted es pariente del Gran Jefe, verdad? —interrogó don Ernesto en tono de ultimátum.

Luis Alfonso comprendió entonces —recuerdo y ejemplo del joven de languidez y bigotito fotogénicos— que si decía no, estaba perdido.

—Sí. En efecto —murmuró con fingido rubor.

—¡Ah! Comprendo. Le felicito. Puede empezar hoy mismo su trabajo.

Desde el primer momento el ingenio de Romero y Flores —en ese mundo de la intriga, de la sospecha y del esbirrismo— se dedicó a cuidar su disfraz de pariente del Gran Jefe. Así, de la noche a la mañana, se convirtió en palanca y amparo de la oficina. Cuando se presentó la ocasión, fue don Ernesto quien, con grandes elogios, pidió el ascenso para Luis Alfonso y el nombramiento para su primito. Todo salió a las mil maravillas. El acontecimiento se celebró con una borrachera. Con una borrachera de raros perfiles y de inesperado final. Al terminarse el licor, el cinismo alcohólico congregó en jauría de bromas e indirectas a los empleados. Era un coro caótico, delirante, imposible:

—Viva la copa del estribo... La copa del jefe... Ya mismo caen las guambritas...

El patrón Rafico nos brindó champaña... Con una de mallorca [77] es suficiente...
¿Quién paga? Al que le toque diez... ¡Viva el jefe!

Inflado de orgullo y de sonrisas, el aludido pidió por su cuenta dos botellas.
Dosis que no tardó en despertar la queja y la confianza del «tú comprendes,
querido cholito».

—Tú comprendes lo que son los guaguas, la mujer, la suegra, querido cholito.

—Tú comprendes lo que son las deudas, lo que es no tener una sola palanca
para que le ampare, querido cholito.

—Tú comprendes lo que significa ser un esbirro, arrastrarse hasta lo más,
soportar en silencio tanta pendejada de tanto imbécil, querido cholito.

—Tú, sólo tú comprendes el temor, el miedo angustioso a quedarse sin sueldo,
en la calle, querido cholito.

—Tú comprendes 'o que es la vida, querido cholito.

—Tú comprendes, querido cholito.

El pequeño secretario, Humberto Toledo, que hasta entonces había festejado los
chistes y ocurrencias de Morejón Galindo con grandes carcajadas y frenéticos
aplausos, tornándose sombrío —alguien debía castigar a quien aplastaba injustamente con su desnivel de presupuesto, alguien debía exhibir el odio oculto en el
silencio de todos, alguien debía estrellarse como un héroe, alguien debía...—, se
acercó al ídolo adiposo y agigantándose en forma inusitada —esperanza de un
desplante cómico en la concurrencia—, gritó:

—¡A la mierda con sus pendejadas!

—¿Eh? ¿Qué dice?

—¡A la mierda!

—¿Qué? ¿Qué murmura el gusanillo, la cucaracha? —insistió don Ernesto
buscando sortear en broma la cólera del esbirro.

—¡Es en serio carajo!

—¿En serio? Ji... Ji... Ji...

—¡Carajo, tiene que oírme! ¡Cojudo! —chilló el rebelde crispando las manos en
alto.

Un torrente de súplicas y comentarios amortiguó por breves segundos el escándalo:

—¿Qué es, pes?

—¡Espera, omoto!

—¿Cómo es posible?

—Ni que fuera fiesta de indios.

—Cálmate. No seas pendejo.

—¿Qué te pasa?

—¡Lo que nos pasa a todos, carajo! Yo denuncio. Ustedes se callan por maricones.
Todos... Todos quisieran beberle la sangre, sacarle la mugre... Pero... —advirtió el

---

[77]   *mallorca*: es otra grafía de *mayorca*: «Nombre que se da en el Ecuador al anisado, licor
preparado con aguardiente, azúcar y anís». (G. R. Lemos, cit. por P. de Carvalho-Neto, *Diccionario del
Folklore*..., ed. cit., p. 290).

pequeño secretario temblando de rabia, encerrado en un círculo de borrachos que no cesaba de advertir:

—Es el jefe.

—Nuestro jefe, cholito.

—Pareces indio.

—Indio mismo.

—Tú eres...

—Ahora les hago ver quién soy. ¡Ahora mismo! —vociferó el aludido embistiendo con puños y cabeza hasta donde se hallaba don Ernesto.

Felizmente, el coro —sin olvidar sus consejos— que rodeaba al escandaloso empleado impidió el encuentro.

—No te hagas...

—Piensa en tu familia.

—Mañana en el chuchaqui serán las lamentaciones...

—Piensa que puedes joderte...

—¿Joderme yo? ¡Nunca! Parece que no me conocen. ¡Soy macho! ¡Quiero sacarle la mugre! —insistió Humberto Toledo.

—Suelten al piojoso. Suelten a la cucaracha para aplastarle. No se hagan los pendejos —chilló Morejón Galindo con bravuconería de chagra en toros de pueblo.

—¿A mí?

—¿Entonces a quién, carajo? ¡Esclavo! ¡Miseria humana!

Ridículo en su gordura el uno, enternecedor en su pequeñez el otro, los dos hombres, temblando de coraje criminal, trataban de alcanzarse a zarpazos, de herirse a insultos.

—Quiero que se arrodille y me pida perdón por las pendejadas que me dicta. Yo le hago todo. El no sabe nada. El se lleva las felicitaciones, la plata, las rebuscas, los trabajos extraordinarios, las plazas supuestas...

Como el escándalo había dado con la verdad —compromiso de muchos—, alguien sugirió:

—Sáquenle... ¡Que no joda más!

—¡A mí no me saca nadie, carajo! ¡Primero muerto! —gritó el pequeño secretario desafiando con sus ojos inquietos a la jauría de esbirros que se preparaba para echarle.

—¡Sáquenle!

—Donde me toquen, me mato. ¡Juro por Dios que me mato!

—¡Que se mate si es hombre! —propuso el coro en el colmo de su sádico despecho.

Ante aquella insinuación, el rebelde —floja la corbata, abierto el cuello de la camisa, en desorden los cabellos, enrojecidos de locura los ojos, temblorosos de odio los labios— dio un salto hacia atrás, muy cerca de una ventana.

—¡Sí, carajo! No soy maricón como ustedes.

—¡Que se mate!

Con impulso diabólico, con gesto de asco, Humberto Toledo se clavó en el bastidor de vidios que daba a la calle. Cayeron en pedazos los cristales. No alcanzó a pasar el héroe. Surgió el asombro fundido en una sola nota de mil voces:

—¡Bruto! ¡Imbécil! ¡Se mató! ¡Pronto! ¡Está herido! ¡Pobre! ¡Por hacerse el macho!

Rallada la cara, ensangrentadas las manos, chorreando quejas guturales, chirle como un trapo, dormida la furia, fue extraído el pequeño secretario de los escombros donde quiso morir y no pudo.

Don Ernesto Morejón Galindo y Luis Alfonso Romero y Flores, disparados por el escándalo, llegaron al hogar de Julio César Benavides. De Julio César Benavides que no cesaba de murmurar al oído del chulla:

—Quiero cambiar de oficina, cholito. Háblele por mí al Gran Jefe... Usted tiene al Gran Jefe... No he de ser su malagradecido. Es mi tragedia... No puedo más...

«¿Dónde tengo yo al Gran Jefe? ¿En los bolsillos? ¿En el sombrero? ¿En los puños? ¿En los zapatos? ¿En la bragueta? Ji... Ji... Ji...» se dijo Romero y Flores tendido como un fardo en un diván, mientras don Ernesto, a espaldas del dueño de casa, manoseaba caderas y tetas de una señora gorda. De una señora gorda que tenía actitud y mirada de retrato respetable —lo más respetable de la familia—. «Oooh... Todas las gentes de la casa se parecen a la señora gorda. ¿Por qué la señora gorda se mete en la cama con don Ernesto? No estoy dormido. Me hago no más... ¿El frío? ¿Las ganas? ¿Las ganas de qué? De meterme en lo que no me importa. Solo, solitico... Uuu... Soy un esbirro... Los esbirros siempre se quedan solos. ¿Dónde están los otros? Nadie sabe... Ni los hijos de la señora gorda, ni los criados de la señora gorda, ni el gato de la señora gorda».

*   *   *

A las pocas semanas de aquello —sin mayores consecuencias porque nadie recordaba una sola palabra de lo ocurrido al día siguiente—, el chulla Romero y Flores recibió de don Ernesto Morejón Galindo la orden que le puso frente a los descuidos honorables del candidato a la Presidencia de la República, al sarcasmo de la vieja cara de caballo de ajedrez, y a un sin número de crímenes y desfalcos de imposible sanción. Desconocidas circunstancias y absurdas pasiones en red de odios, de rubores, de responsabilidades, envolvieron al mozo y a sus fantasmas, agravando el orgullo de Majestad y Pobreza y la testarudez humilde de mama Domitila. Algo cambió desde entonces en él, algo más profundo que su disfraz de caballero, algo enraizado en el coraje de una naciente personalidad, de un equilibrio íntimo, algo que le aconsejó vengarse de todos aquellos que destaparon a plena luz el secreto de su origen en el salón de doña Francisca. Tanta amargura había fermentado en su alma que, con disciplina increíble, se puso a trabajar por las noches en el informe —una denuncia escalofriante contra el candidato a la Presidencia de la República y su esposa. Como sabía muy poco de cuentas, balances y liquidaciones pidió a don Guachicola le guíe por ese dédalo. El viejo fue generoso entre bromas y consejos, descubrió al joven los secretos de las partidas y de las contrapartidas, de las sumas y de las restas, del Debe y del Haber.

Seguro de aplastar a sus enemigos —él empezaba a sentirles como tales—, Luis Alfonso revisó una noche su obra— dieciséis páginas, múltiples facturas, legajo de recibos—, y pensó con orgullo en las recomendaciones de don Ernesto Morejón

Galindo: «Usted es capaz. ¡Estoy convencido! Hay obligaciones sagradas, mi querido joven. ¡Sagradas! Tenemos que frenar la corrupción de tanto pícaro, de tanto sinvergüenza a sueldo». Se frotó luego las manos saboreando la sorpresa de su poder. ¿Quizás era otro hombre? Arregló cuidadosamente los papeles de su trabajo sobre la mesa central que le servía de escritorio desde que se puso a la lucha. Debía ser muy tarde. Al acostarse junto a Rosario no pudo controlar una sonrisa de burla. Burla para su flamante importancia.

En su segunda intervención, Romero y Flores se enfrentó a un señor que olía a tabaco rubio, a corcho de champaña, a mujeres clandestinas, el cual no se dignó en el primer momento levantar la cabeza de su importantísima ocupación —firmaba cheques junto a una caja de caudales vacía. Cuando uno de los esbirros, de los muchos que le rodeaban, le anunció al oído la visita del representante de la oficina de Investigación Económica, limitóse a murmurar en todo de quien afirma déjenme con el bicho:

—Que tome asiento y espere.

Desaparecieron ayudantes, secretarios y amanuenses. El chulla, movido por lo mecánico de las circunstancias, se acomodó como pudo en un sillón.

—Diga.

—¡Ah!

—¡Diga! —insistió el personaje, que despedía aristocráticos olores.

—Soy el fiscalizador.

—El fiscalizador... Bueno... Tiene que firmar el informe y llevarse una copia. Toda está listo. Todo le tenemos en orden.

—Yo quisiera...

—Sí... Comprendo... Siempre hemos hecho lo mismo —cortó el fabricante de cheques al por mayor. Tocó un timbre. Casi en el acto, diligente y baboso, apareció uno de los secretarios. «¿Otra vez las planillas, los cuadros estadísticos, la contabilidad, los oficios, las órdenes? Todo falso...», se dijo Romero y Flores asegurando su íntima guardia de incorruptible fiscalizador. Entre tanto, el servical burócrata había colocado encima del escritorio del jefe unos papeles y un sobre de donde surgían, en abanico de baraja, cuatro billetes de a cien sucres.

—Retírese.

—Está bien, señor.

Con diabólica indiferencia —para que el pez mire, remire y pique el anzuelo—, el hombre importante y perfumado provocó una pausa. Una pausa a través de la cual el mozo supo que el dinero tirado en abanico era para él. «Para mí... Un ciento, dos cientos, tres cientos, cuatro cientos. No se ve más. Cosas buenas y malas para la vida... Los acreedores... Los antojos... Ella... El... para mí...», afirmó la codicia de Luis Alfonso, y aturdido por una especie de dignidad en la sangre —Majestad y Pobreza en trance de regateo—, apartó la vista de los billetes. «A mí no me joden con pendejadas... Las manos sucias no podrían... Pero éste no tiene nada que ver con los otros... En defensa del grupo... Los compromisos sociales... Los parientes...»

—Esto es para usted —afirmó de pronto el jefe de los cheques al por mayor poniendo la mano —cinco dedos abiertos— sobre los papeles y el dinero.

—Ah...

«¿Para mí? Lo sabía. Pero...», respondió mentalmente el aludido acercándose como un autómata al escritorio.

—Todo está en orden. Las utilidades, las inversiones, los gastos... Son dos copias. Una para usted y otra para nosotros. Así le ahorramos trabajo. ¿No le parece? Vea, examine y firme.

—¿Firmar?

—Claro.

—Yo quisiera...

—¿Qué?

—Llevarme a mi casa.

—¿Alguna sospecha? ¿Duda usted de mí?

—No es eso.

—¿Entonces?

—Bueno...

—Mi contador desvanecerá cualquier duda por grande que sea. Aquí mismo. ¡Hoy!

—Yo decía...

—Puede llevarse su copia. Pero antes me firma la mía. ¿Entiende usted? —concluyó el caballero perfumado en tono de quien amenaza por las buenas o por las malas.

Era evidente la superioridad del impulso íntimo —orgullo, altanería, disfraz— que animaba al jefe de los cheques al por mayor —alguna sombra más linajuda, más cruel e inexorable que Majestad y Pobreza.

Envuelto, dirigido y ordenado por aquella presencia omnipotente, Luis Alfonso se. hundió en los papeles de la cuenta. Diez, quince, veinte minutos. «Puede que me conozca como me ha conocido la vieja cara de caballo de ajedrez. Puede que sepa lo de ayer, lo de hoy, lo de mañana. Estamos solos. No declarará en público. No hay público... Ji... Ji... Ji... Pero... ¿Atreverme? Es capaz de... ¿De qué? De nada... De nada tengo que acusarle. Todo está limpio, en orden. Todo parece correcto. Ni una mancha. El texto, los números, el balance. Es una maravilla... Mi trabajo... Pasará como mi trabajo... Yo...», se dijo el chulla escondiendo tras esa pequeña ventaja su impotencia. Y aturdido, sin saber lo que hacía, legalizó con su firma de incorruptible fiscalizador una copia de la cuenta y se guardó la otra. Trató luego de huir.

—Un momento. Esto es suyo —advirtió el caballero perfumado indicando al joven el abanico de billetes.

—¿Mío? —dijo Romero y Flores con desprecio que, por desgracia, le salió en falsete —lado cómico de Majestad y Pobreza—.

—¡Suyo! —insistió el jefe de los cheques al por mayor en tono de «patrón grande, su mercé».

Ante semejante invitación —reto inapelable— Luis Alfonso sintió que la sombra de mama Domitila le obligaba a estirar el brazo hacia el dinero: «Agarra no más, guagua. Corre como longo de hacienda sin decir gracias. Como si fuera robado. Antes de que se arrepienta el patroncito...» ¡Ooooh! Tenía que saltar sobre algo que se encontraba más allá de la vergüenza humilde y del orgullo altanero de sus sombras —sin dejar de ser expresión de las mismas—, algo que era la venganza que había despertado en él la vieja cara de caballo de ajedrez. La venganza robustecida por su incorruptibilidad de fiscalizador, por su anhelo de justicia y de ascenso en la burocracia. Vaciló mientras aplastaba por su propia cuenta el consejo cobarde de mama Domitila. Imposible ser... Al final murmuró:

—¡Eso no me pertenece!

Una vez en la calle, agobiado por contradictorios sentimientos, se preguntó con cierto afán expiatorio: «¿Por qué no pude cuando...? ¿Por qué no salí a la carrera? ¡Cuatrocientos sucres! Hubiera sido mejor seguir el camino por donde van todos. ¡Todos! El mío también. Eso era antes, ahora, no... Total... Ellos me recompensarán por mi honradez. ¿Ellos? ¿Quiénes? Don... Don Carajo. ¡Son los mismos! ¿Entonces qué hacer? ¿Lo que hice? No...» Había topado con una sospecha repugnante, con una especie de pantano para ahogar sus viejos recursos. Eran las toxinas de la honradez —también las tiene cuando no hay hábito de ella—. Las amargas toxinas que daban al chulla su forma, su actitud, su contorno psicológico en el odio. Forma que tomó cuerpo y se fue ensanchando poco a poco a fuerza de hallar crímenes, robos e incorrecciones en los fiscalizados. No perdonó a nadie. No se vendió a nadie.

Sólo el doctor Juan de los Monteros —un cirujano que había colgado el bisturí por el acial [78] latifundista— pudo meter en el bolsillo de Romero y Flores un rollo de billetes, quien toleró aquel obsequio porque el caso se hallaba al margen de los números, de la evidencia aritmética, de... Al cumplirse el contrato de arrendamiento de una de las haciendas del Estado, el buen doctor había devuelto el predio con indios menos flacos pero más ociosos y más indiferentes. Una denuncia poco explícita y llena de sellos, firmas y notas de rechazo de varias oficinas de control, oscurecía y embrollaba el problema. Felizmente el acusado —chagra de mejillas como tetas de abuela, de ojos lacrimosos de viejo perro de caza, de olor a establo—, con cinismo para tomar la tragedia en broma, lo aclaraba todo:

—¿Qué más quieren, carajo? Los indios eran atrevidos, rebeldes, cuatreros. [79] Conmigo cambiaron. Por cada res que desaparecía o por cada desplante castraba a un runa. Le sacaba los huevos suavito. ¡Qué operaciones! Al cabo de un año era de verles, daba gusto: gordos, tranquilos. ¿No hablan de mejorar el mestizaje con una buena inmigración? ¿No hablan de tantas pendejadas por el estilo? ¿Entonces qué? ¡Basta! ¡Basta de semen de longo! Y que no me vengan con demandas, con indemnizaciones.

El diablo de una rara angustia se llevó aquel dinero. El diablo de una descontrolada borrachera —con prostitutas, con amigotes—, donde el chulla pudo ejercitar a grandes voces su altivez de caballero, su ansia morbosa por ocultar lo que tenía de mama Domitila.

---

[78] *el acial*: es ecuatorianismo: «Se llama así, entre nosotros, el látigo largo con que se estimula a las bestias o se castiga a las personas», escribe sin pestañear J. Tobar Donoso en su *Lenguaje rural*..., ed. cit., p. 12.

[79] *cuatrero*: Forma que equivale a *ladrón cuatrero*: «*ladrón* que hurta bestias». (Real Academia Española, *Diccionario de la Lengua*..., ed. cit., p. 782).

—¡Soy Romero y Flores! ¿Quién me dice que no? ¿Quién, carajo? ¿Quién es el que me jode?

—¡Nadie, cholito!

—La vieja cara de caballo de ajedrez. La vieja desgraciada me mordió en la sangre.

—¿Dónde?

—En la sangre. En nuestra sangre, carajo. Porque todos somos... Ji... Ji... Ji... Le aplastaré como a un gusano, como a una babosa. Juro por Dios. ¡Soy un Romero y Flores! ¿Quién? ¿Quién dice que no?

La visita inesperada de Nicolás Estupiñán, el «zorro del chisme y de la calumnia», estalló como una bomba cuando sonaron unos golpes en la puerta del cuarto de Luis Alfonso. El flamante fiscalizador, entre dormido y despierto —no se levantaba aún—, se incorporó en el lecho. Rosario, que como de costumbre a esas horas —las ocho y media de la mañana—preparaba el desayuno murmurando reproches tan hinchados e impertinentes como su embarazo, interrogó:

—¿Quién es?

—Yo.

—¿Quién yo?

—Nicolás Estupiñán.

—Estupiñán —repitió Romero y Flores con cara de acorralado.

—¿Abro?

Con desesperación tragicómica —marioneta de hilos enloquecidos en insalvable rubor— el mozo respondió que sí con la cabeza y al mismo tiempo hizo señas para que ella se apresure a poner en orden y disimule la miseria del refugio.

—Un momento. Un momentito... —dijo la mujer en alta voz mientras escondía el bacín bajo la cama, escamoteaba el reverbero, [80] los platos, los jarros en el cajón de la ropa sucia y extendía las cobijas.

—Pase no más, señor.

—Gracias. Soy de la oficina.

—¡Ah! ¿Sí?

—¿Qué milagro? —chilló Luis Alfonso tratando de restar importancia a Rosario.

—Es que...

—Venga. Siéntese.

—El jefe. Ya le conoce, cholito. Siempre tan nervioso. Quiere saber cómo van los fiscalizaciones. Quiere saber por qué no se ha presentado usted a dar el parte diario.

—¿Diario?

—Es costumbre. El reglamento.

—No sabía. Además... Bueno... Todo está listo.

—¿Listo?

—Informes, oficios, recibos, transferencias. Más de ciento cincuenta páginas

---

[80]   reverbero: «Nosotros denominamos reverbero a la cocinilla, aparato generalmente de hoja de lata para calentar agua y para otros usos». (Carlos R. Tobar G., Consultas al Diccionario..., ed. cit., p. 411). Es americanismo bastante difundido.

—advirtió el chulla en tono de quien afirma: «Trabajo que no puede hacer cualquiera». Así, por lo menos, él creía justificar sus errores y distraer la atención del visitante alejándole de los detalles y los remiendos vergonzosos del decorado de su vivienda.

—Conozco. Todo en orden, todo correcto... Ji... Ji... Ji... Los recursos de las grandes figuras...

—¡Está equivocado! Digo cuánto he visto, cuánto he descubierto.

—Imposible, cholito.

—Los robos, los atropellos, los despilfarros, las mentiras —continuó Romero y Flores exagerando un poco su rol.

—Eso... Eso... —murmuró el «zorro del chisme y de la calumnia» con interés que subrayaba su habitual expresión de rata zalamera: nariz en olfatear apetitoso, boca pronunciada en hocico, ojos preñados de pesquisas.

—Mire... Mire no más... ¡Es algo maestro! —aseguró en tono de altanero desafío el flamante fiscalizador apuntando con el índice a los legajos que reposaban sobre la mesa central.

Con avidez y sonrisa de usurero el visitante se apoderó de los papeles. Revisó luego una, dos, tres páginas. De pronto hizo una pausa de incrédula observación. Sabía —por llevar el periodismo en la sangre— que se hallaba frente a un tesoro. «Don Ramiro Paredes y Nieto es el candidato oficial, ¡oficial! a la Presidencia de la República... La esposa de don Ramiro es prima o algo por el estilo de su Excelencia... Los periódicos de oposición... El precio de la noticia... La oportunidad de ser...», pensó espiando de reojo a Romero y Flores —temor de que le quiten la presa antes de devorarla—.

—¿Qué tal?

—Bien... Ji... Ji... Ji... Pero quisiera por lo menos... No sé... No me explico todavía...

—Lea. Lea tranquilamente —concluyó Luis Alfonso creyendo que el asombro y la sonrisita viscosa del «zorro del chisme y de la calumnia» eran de admiración y respeto.

—Bueno, cholito. ¿Qué le digo al jefe? —concluyó sin más comentarios Miguel Estupiñán [81] cuando todo lo tuvo digerido. Sólo deseaba huir. Huir con su preciosa carga antes de que le descubran.

—¡Ah! El jefe. Tiene razón. Dígale que iré mañana por la mañana.

—Mañana es domingo.

—El lunes, entonces.

Cuando desapareció el recadero, Rosario, que había permanecido inmóvil en un rincón, murmuró estremecida por la sospecha de que algo importante se llevaba aquel hombre:

—Le hubiera registrado los bolsillos.

—¿Eh? No te entiendo.

—Estoy segura que ese tipo. No sé...

---

[81]   *Miguel Estupiñán*: error de J. Icaza, que aparece en las tres ediciones de la novela que he consultado; el nombre exacto del personaje es Nicolás

—¡Oh!

—Un aprovechador. Un ratero... —concluyó la mujer mientras sacaba del escondite improvisado las tazas, el reverbero, los tarros.

«Yo también le hubiera registrado los bolsillos. ¿Qué podía llevarse? Nada... En la nariz, en la boca, en los ojos... Uuu... Es cobarde, tímido...», se dijo el chulla —más que decir fue impulso vago, fugaz— sintiendo hundirse [82] en la angustia del actor que ha concluido la ficción que le arrebató hasta la imprudencia de su propia desnudez.

[82] *se dijo el chulla (...) sintiendo hundirse en la angustia del actor*: forma incorrecta desde el punto de vista gramatical, y que no es americanismo; Icaza debía poner algo así como: *se dijo el chulla (...) sintiendo que se hundía...*, por ejemplo.

V

Inflado por su curiosa incorruptibilidad, pensando en la dicha del triunfo —abrazos del jefe, ascenso próximo, respeto de las gentes, holgura económica, fama—, Romero y Flores entró en la oficina. Sólo el portero pudo atreverse a darle la mala noticia. En tono venenoso —chisme y honda pena de quien guarda la amargura de desprecios y humillaciones— mumuró casi al oído del flamante fiscalizador:

—¿No ha leído los periódicos? En el de ayer... En el de hoy también... Dicen que usted... ¡Ave María!

—¿Qué?

—No se haga el shunsho *. Aquí... Aquí tengo el último... Lea no más... En la primera página... ¡Qué chivo! [83]

De un vistazo el chulla se dio cuenta de todo. Correctos los números, correctas las fechas, correctos los nombres. Pero en el caso del candidato oficial a la Presidencia de la República habíanse trocado los papeles. El verdugo, el deshonesto, el atrevido, el traidor, era él, Romero y Flores. Y la víctima, el mártir, la Patria despedazada, difamada, era don Ramiro Paredes y Nieto.

—Está mal... ¡Está mal! —chilló Luis Alfonso con voz de Majestad y Pobreza.

—¿Vio? ¿No le dije?

—Sí. Pero...

—¿Cómo se ha de meter en camisa de once varas, pes? Dicen los entendidos que su denuncia es la mejor arma para los que están contra el Gobierno.

—¿Contra el Gobierno?

—Así dicen. En el periódico también está. ¿Por qué no lee todo, pes? Lea...

Maquinalmente volvió el chulla a revisar el artículo. En la burla de la bilis huyeron las palabras, se hincharon ciertas frases, giró todo. «La basura del arroyo ha manchado la tradición, el nombre, el prestigio internacional de nuestra sociedad». Estaba clara, clarísima la indirecta. No obstante él no podía. Temblaba de coraje y de temor. ¡Temor! Había surgido de pronto la angustia de mama Domitila. «La basura del arroyo... La basura que se eleva y se abate... ¿Quién puede haber denunciado mi secreto? ¿El pregón de la vieja cara de caballo de ajedrez? No. Es... Es el veneno propio de las gentes. El veneno con el cual creen orientar su destino. Saben y se callan hasta que... Tiempo de reir, tiempo de llorar, tiempo de vengarse,

---

[83]   chivo: «Gatuperio, chanchullo, intriga». (*Americanismos...*, ed. cit., p. 241, acepción nº 9).

tiempo de matar. [84] ¿Para qué?», se dijo el mozo con inquietud que trataba de hacerle reconocer su culpabilidad. Pero él se sentía inocente. Inocencia irreparable. Cuando terminó la lectura —desconcierto tragicómico— soltó el periódico y movió la cabeza como un demente. Avanzó luego al salón donde trabajaban sus compañeros. Ellos sabían... Ellos fueron testigos... «¡Oooh! ¿Por qué me dijo don Ernesto que yo era el único capaz? ¿Por qué me advirtió más de una vez que debía frenar la corrupción de tanto pícaro a sueldo? Me dio... Me dio las extraordinarias delante de todos...» Pero ellos, cosa rara —estúpida transformación, reverso de la zalamería y de la amistad—, le miraron con burla y con desprecio. Quiso gritar entonces: «He cumplido una orden. Una orden difícil. ¿Cuál es el que jode, carajo? He destapado el fraude... Por la oficina... Por ustedes... Cobardes... Maricones...» Los insultos y la altanería del mozo enmudecieron antes de nacer. Y lo que hubiera sido un reto y un desprecio fue a duras penas una mueca como de tedio y de disculpa.

Sin tregua, enloquecido por santa indignación, don Ernesto increpó a Romero y Flores:

—Usted. ¿Qué ha hecho?

—Yo...

—Su irresponsabilidad. Sus mentiras.

—¿Qué... qué mentiras? —se atrevió a interrogar el joven hundiéndose cada vez más en el absurdo que vivía, en el absurdo que le echaban a la cara las gentes.

—¿Cómo? ¿Pregunta?

—Claro. Aquí están los papeles, las firmas, las declaraciones, los recibos. Y la cuenta general donde usted podrá ver el fraude. El fraude que buscaba.

—¿Yo? ¡Silencio! ¡Traiga usted eso! ¡Traiga! —exclamó don Ernesto apoderándose violentamente del legajo que mostraba el empleado.

—Señor...

—¡Silencio!

—Quiero explicarle.

—¿Explicar qué? ¿La desgracia que ha caído sobre nosotros? ¿Sobre la oficina? ¿Sobre mí?

—Yo no tengo la culpa.

—¿Quién entonces?

—Usted me dijo...

—Luego es cierto. ¡Es cierto lo que dicen los periódicos!

—Pero...

—¡Basta! —chilló el jefe con indignación de manos crispadas y ojos enloquecidos.

—Todos me ordenaron —murmuró el mozo en un arranque de coraje —mezcla de disculpa servicial de mama Domitila y de protesta burlona de Majestad y Pobreza—.

---

[84]   *Tiempo de reir, tiempo de llorar, tiempo de vengarser, tiempo de matar:* adaptación del *Eclesiastés* (III, 4): «Tiempo de llorar, tiempo de reir, tiempo de lamentarse y tiempo de danzar»; Icaza invierte los dos primeros elementos contrapuestos del versículo, y luego suprime el juego antitético para introducir dos elementos negativos que se prolongan en vez de oponerse; se trata por lo tanto de una «interpretación» todavía más pesimista del *Eclesiastés,* que corresponde al estado de ánimo pasajero del protagonista.

Con cinismo olímpico que trataba de escamotear su responsabilidad, don Ernesto interrogó a media voz —desentono propicio a helar la sangre del adversario—:

—¿Acaso yo? ¿Acaso el Gran Jefe, su pariente? ¡Su pariente que no sabe quién es usted!

—Mi pariente —repitió el chulla Romero y Flores sintiendo que cedía para su desgracia el resorte de la trampa armada por él.

—Usted no ha sido un caballero, un hombre veraz.

—¿Cómo?

—Nada tiene que ver usted con el Gran Jefe. Me lo dijo él mismo esta mañana ante el escándalo de la prensa, de la sociedad, de la Patria. Cuando le di su nombre como garantía, como disculpa, exclamó algo muy grosero, algo que no me atrevo a repetir. ¡Está indignadísimo! Yo confié en usted pensando que obraría de acuerdo con él. Nunca pude imaginar...

—Tal vez... —murmuró Luis Alfonso con deseo de escurrirse por una nueva mentira que sea capaz de salvarle, de sostenerle. Mas, como siempre que se sentía descubierto, acholado, sin cáscara en el rubor de sus sombras, le faltó audacia.

—Y claro, me ordenó su inmediata cancelación. [85]

—¿Eh?

—Sí. Está usted cancelado. Puede retirarse.

—No es justo.

—¡Oh! Lo justo... Lo injusto... ¿Qué?

—Usted... —alcanzó a suplicar el mozo, juguete de una gana vil de caer de rodillas, suplicando —absurdo de mama Domitila al abrazarse con amor al desprecio de Majestad y Pobreza—.

—El asunto está consumado. La orden es terminante. Váyase... Váyase no más.

Y el chulla salió como un perro de la oficina. En la calle, la primera y única evidencia que ardió en su corazón fue la venganza. Tenía en su poder muchos recibos y comprobantes, tenía también un duplicado de su trabajo. ¡Vengarse! ¿Vengarse de quién? ¡De todos! Alguien le haría justicia. Las gentes honradas. Pero quienes eran honrados para los otros no eran para él. ¿Qué hacer, entonces? ¿Declararse culpable? ¿De qué? ¿De haber denunciado el cinismo de la ratería en un mundo poblado de rateros? Movió la cabeza con violencia. Despertaron sus fantasmas. «Guagua... Guagüitico, no les hagas caso. Así mismo son. Todo para ellos. El aire, el sol, la tierra, Taita Dios. Si alguien se atreve a reclamar algo para mantener la vida con mediana dignidad le aplastan como a un piojo. Corre no más. Huye lejos...», suplicó la sombra de la madre con fervor estrangulado por la altanería de Majestad y Pobreza que ordenaba a la vez: «No es de caballeros pedir poco. Eres un Romero y Flores. Exige lo más alto, carajo. Desprecia. El desprecio engrandece... No debes preocuparte por un miserable empleo...» Aquel desequilibrio íntimo que hundía por costumbre al mozo en desesperanza y soledad infecundas, en ese instante —calor del fermento venenoso que puso la vieja cara de caballo de ajedrez en él— se desangró en anhelo feroz de rebeldía. Rebeldía común a todos los suyos —voz de la intuición. ¿Por qué? ¡Oh! No quiso o no pudo meditar sobre

---

[85] *cancelación:* de *cancelar* que puede significar, en Hispanoamérica, «destituir (a una persona)».

quiénes eran los suyos. Pasó por encima de ellos, por encima de sí mismo. Pasó ciego de venganza. Había algo nuevo en él. Su valor era otro. Se desbordaba en lucha por la integridad de su ser —en fantasmas y en gentes—. Del ser que aparecía minuto a minuto bajo el disfraz de chulla aventurero, inofensivo, gracioso. Se llevó la mano a la cara en afán subconsciente de arrancarse algo. Hubiera preferido beber, ir por calles distintas, gritar. Pero al asomarse a la esquina de la cuadra de la casa de mama Encarnita, miró con extraño afecto a la ventana de su cuarto.

Ante Rosario no pudo mentir. A la primera pregunta de ella bajó los ojos, se turbó como un niño y contó lo sucedido en la oficina.

—Alguien nos hará justicia —consoló la mujer buscando ayuda en el tono cálido de su voz, en la ternura de su cuerpo maduro —vientre deforme, párpados hinchados, sobre la nuca recogido el pelo, pálido el rostro—.

—¿Alguien? ¡Oh! Pero conmigo se han puesto —afirmó el mozo recobrando su actitud altanera.

Ella murmuró entonces en voz baja:

—Cálmate. Es mejor...

—No me conoces.

—¿Después de tanto tiempo de vivir juntos?

—De tanto tiempo —repitió Romero y Flores al comprobar que Rosario se hallaba metida en él —los ojos muy abiertos, las manos muy suaves, los labios y los oídos muy pegados al pulso de la sangre—, y que debía defenderla.

—Debemos...

—Debemos denunciar. Exigir, carajo.

—Lo que buenamente nos den.

—¡Tontería! Ahora es otra cosa. ¡Otra cosa! —exclamó el chulla desbordando coraje sin dobleces.

Ella —miedo a la muerte y a la soledad en la fatiga del embarazo— advirtió algo raro y definitivo en él. Algo que le obligó a suplicar:

—No quiero quedarme sola. ¿Entiendes? ¡No! Pueden destruirnos... Pueden separarnos...

—¿Quién, carajo?

La angustia de no saber en realidad quién y un impulso ciego de defensa —por ella y por él— obligaron a Rosario a prenderse del pecho del hombre, del hombre que despedía un extraño olor a venganza.

—Nadie. Juntos expiaremos nuestra culpa. ¡Júrame! —exigió entre lágrimas la mujer.

—¡Qué culpa ni que pendejada!

—Nos acorralan las gentes, nos miran con odio, nos desprecian.

—Eso crees tú.

—¿Y la miseria del barrio?

—Pasará.

—¿Y los cerros que rodean a la ciudad, que cortan todos los caminos?

—¿Los caminos? ¿Para qué?

—Para huir.

—Huir...

—¿Y la muerte? Siento que...

—¿Otra vez? No debes atormentarte con eso. El día de morir se muere.

—¡Oh!

—Todos... Todos lo mismo.

Sin respuesta que justifique su morboso temor, la deforme figura de Rosario se acurrucó sobre la cama. Instintivamente él pensó en el hijo. Debía defenderle. ¡Defenderle! ¿Por qué? ¿Cómo? Se acercó a ella y mientras le acariciaba paternalmente la cabeza, opinó:

—Primero debemos pensar en las cosas estúpidas de la vida.

Aquella escena velada por silencios y por medias palabras que ninguno de los dos podía o quería aclarar, terminó con la fuga del mozo.

—¿Te vas?

—Volveré pronto. Tengo que ver a un amigo.

—¿A un amigo?

Nadie le esperaba. Era la inquietud —las sombras tutelares amordazadas a ratos por la rebeldía desbordante, furiosa— de su venganza en busca de aliados, en busca de quien le entienda. ¿Los suyos? ¿Quiénes eran en realidad los suyos? ¿Acaso los indios en harapos de miseria y timidez de esclavitud? ¡Absurdo! ¿Acaso el cholerío del campo o de la ciudad en eterna transición de forma y sentimiento? ¡Imposible! ¿Acaso las gentes humildes del barrio? ¡Al carajo! ¿Acaso los caballeros y funcionarios a quienes había admirado y en quienes pensaba echar su veneno de última hora? Ellos... ¡No! Antes... Cuando... Le pareció tan fácil explotarles. Por desgracia desconocía su condición de hombre peligroso en ese momento.

Morejón Galindo, al disculparse ante el señor Ministro, ante el Gran Jefe, ante las víctimas del atropello, había exclamado: «Juro por Dios que soy inocente. Me engañó. Confieso que me engañó. Nunca pude imaginar que se trataba de un feroz revolucionario». «¡Un feroz revolucionario!», repitieron el Señor Ministro, el Gran Jefe y las víctimas del atropello al recurrir a la policía en demanda de amparo. También la gran prensa —después de cobrar a precio de oro la pulgada de remitidos y declaraciones— insistió sobre la necesidad de eliminar de la mente de la juventud las ideas disolventes de último cuño, de eliminar la audacia, el atrevimiento.

Mal caracterizado, con desplantes y exigencias de cómico de la legua, ignorando el rol poderosísimo de la comparsa [86] donde trataba de pasar por listo, Luis Alfonso se aventuró en su primer chantaje. Cayó en un decorado nada propicio. Olor a velorio en las cortinas de terciopelo. Incomodidad de anémicas formas en los muebles Luis XV. Somnolencia de gato en las alfombras. Hediondez de bayeta de güiñachishca bajo los divanes. Olvidada inquietud de arte en el piano de cola. Modas de principios de siglo en óleos y fotografías: caballeros de chistera, levita, bastón de puño de oro; damas de sombrero de plumas en catarata sobre el

---

[86] *comparsa:* «Grupo de máscaras vestidas con trajes iguales o formando un grupo de personajes de cierto significado.» (M. Moliner, *Diccionario de uso...*, ed. cit., T. I. p. 692). La palabra designa aquí a los pudientes del país, mentirosos, enmascarados, sobre los que Luis Alfonso quiere ejercer un chantaje.

hombro, de mitones, de sombrilla de encajes, de talle estrecho. El diálogo a su vez resbaló —a pesar de los esfuerzos del mozo— por caminos desconocidos. Con voz campanuda y gesto olímpico —curioso patrón desprendido de los retratos— le echaron de escena sin ninguna consideración.

Uno a uno se sucedieron los fracasos. El último —en casa del jefe de los cheques al por mayor— extremó su ritmo tragicómico. Ante la solicitud del chulla desapareció el alto funcionario dejando segura la puerta con llave. «Va por el dinero... Ji... Ji... Ji... Mi dinero en abanico de billetes de banco... ¿Cuánto me dará? Cuatrocientos... Ochocientos... Bajo llave... ¿Por qué? Un preso... Un hombre peligroso... ¡Mamitica!», se dijo el chantajista sintiéndose atrapado. En puntillas se acercó a la puerta. Quería cerciorarse, oir. ¡Una trampa! Imperceptibles —eco en el fondo de un pozo— llegaron las palabras de la traición: «La policía... Pronto... ¿Cómo dice? En mi casa... El mismo... Bueno... Gracias...» Mama Domitila, con voz de indio fugitivo, aconsejó de inmediato: «Corre, guagua, guagüitico. Corre antes de que...» «¿Antes de qué, carajo?», respondió la rebeldía del mozo. No obstante miró en su torno: cuadros, divanes, espejos, cortinas, ventanas. ¡Una ventana! Saltó por ella con habilidad de acróbata hasta unos arbustos de hortensias —jardín de barrio residencial—. Ganó luego la calle deslizándose por un portillo de la verja. Al sentirse libre creyó que se elevaba sobre un mundo destrozado para reclamar justicia. ¿A quién? ¿A qué mundo se refería? Siempre vagó solo. ¿Y sus fantasmas? Para desgarrarle entre el sí y el no de su ancestro. Regido por ellos, por ese caos —a ratos maldito, a ratos glorioso— que le obligaba a fingir, a jugar con su vida sin vivirla, había llegado a la exaltación de una venganza devoradora. Era mucho para él, para su disfraz, para sus temores, para sus remordimientos...

—Carajo —murmuró a media voz evocando con amargura la vileza de las gentes que fueron para su respeto y su admiración como Taita Diosito. Al mismo tiempo se creyó obligado a comentar: «Pueden echarme en la cárcel si les da la gana... Descubrí su corazón podrido... Ahora... He visto, he constatado... Trafican sin pudor con la ignorancia, con el hambre, con las lágrimas de los demás... Ratas del tesoro público... Delincuentes sin juez... Sabios de almanaque... Pero yo... Yo sabré...»

*　　*　　*

Repuesto de su fracaso y con febril inquietud que delataba su rebeldía —nostalgia, contrapunto de un bien imposible—, Romero y Flores ordenó cuidadosamente las copias de los recibos, de los informes, de las transferencias que había detenido de su trabajo de incorruptible fiscalizador. Sin consultar a nadie —violencia de su transformación— se entrevistó con el director de un periódico —«patrón grande, su mercé» de la publicidad—. Aquel poderoso personaje, cuya pulcritud en actitudes y ofertas contrastaba con lo agresivo y repugnante de su cabellera en cepillo de zapatos, de su boca de dientes salidos, de sus ojos pequeños en somnolencia mogólica tras gruesos lentes de ancho cerco de carey —cabeza de puerco hornado con espejuelos de gringo— aceptó gustoso documentos y propuestas. Sólo hizo una pequeñísima objeción al despedir a su informante, a su desinteresado colaborador:

—No saldrá mañana. Tenemos el material completo. Saldrá... Bueno... Ya veremos... Es nuestro deber.

Verdaderamente emocionado por lo que él creía un triunfo, buen éxito de su gestión, Romero y Flores tropezó en la puerta de la calle del edificio donde funcionaba la empresa periodística con un hombre que monologaba como un poseso —maldiciones, reproches y mímica de biliosa factura—, con un hombre que al sentirse observado elevó el tono de la voz en franca confidencia:

—Tres veces he traído la carta para que la publiquen. Tres copias. Siempre el mismo pretexto. Que le pusieron en la canastilla, que le vio el fulano, que le tomó el mengano, que le guardó el zutano...

—¿La carta?

—Donde refutaba las calumnias que me llevaron a la quiebra. Las calumnias que estos infames publicaron en primera página. ¿Rectificar? ¿Para qué? ¿Qué vale un pobre hombre de la calle. solo, jodido?

—Pero la verdad...

—¿Qué les importa? La única verdad que defienden es la verdad de sus intereses.

—Usted puede —continuó el mozo dando esperanzas de otros caminos a su interlocutor.

—No hay caso. Estamos atrapados [87] en una red invisible de codicia que se conecta en las altas esferas.

—Sin embargo...

—Atrapados. Y tenemos que aceptar lo inaceptable y atenernos a lo que nos otorguen o nos hagan. Todo en beneficio de nuestro orgullo de libres.

—Eso repugna... Sería como... Preferible... —murmuró el chulla crispando las manos en actitud de desafío.

—Sí. Comprendo. Usted propone la lucha. Claro. Es joven. ¿Con quién? ¿Contra ellos? ¡Al carajo! —concluyó el desconocido, y sin esperar respuesta se alejó en la corriente de la calle.

«Soy... Soy un hombre... Si estrangulo a la venganza que alimenta este renacer de mi rebeldía, volveré a vagar al capricho de...», se dijo Romero y Flores con fiereza que cortó de un tajo su pensamiento, aconsejándole en cambio ir en auxilio de su denuncia, de sus papeles —esparcidos, en visión subconsciente, por diabólico huracán—. Mas, al trazar el itinerario del rescate —gradería resbalosa de mármol bruñido, porteros de intriga barata, turno de cola sin apelación, razones para...—, desechó la duda y procuró aferrarse a la oferta normal del caballero de cabeza de puerco hornado con espejuelos de gringo.

Ni el lunes, ni el martes, ni el miércoles, ni nunca, apareció en la gran prensa la pequeña verdad del mozo. Después, mucho después, supo que el silencio —celo patriótico en defensa del prestigio nacional e internacional del país— había tenido

---

[87]   *atrapados:* véase más arriba el pasaje de la novela que remite a la N. 26, con el contenido de ésta.

su precio. Precio que no cobró él. Precio que cobraron los intermediarios y dueños de la libertad de expresión.

Hizo por ese entonces el chulla cuanto estuvo a su alcance para satisfacer su sentimiento de rebeldía —murmuró, chilló, amenazó por cantinas, bodegones, trastiendas y plazas—. El fracaso del chantaje a los altos funcionarios y el silencio profundo de la prensa sobre su denuncia no lograron aplastarle. Ciego de amarga furia intrigó entre los enemigos políticos de don Ramiro Paredes y Nieto. Pero al establecer en su verdad la existencia de cómplices a quienes se debía sancionar, halló con asombro que la enemistad entre esas gentes era de barniz, de superficie. Que un interés burocrático les unía, les encadenaba.

Algo pasajero y normal llegó de pronto a cambiarlo todo. Un amanecer, antes del cuotidiano escándalo de la carretilla del indio guangudo al pasar bajo la ventana, Rosario se quejó suavemente:

—Me duele.

—¿Dónde?

—Aquí. Aquí mismo.

—¿Pasó?

—Un poco. Pero...

A pesar de la inquietud que le produjo aquella queja, Romero y Flores no quiso hurgar en el asunto. Permaneció en silencio fingiendo dormir. Se abrió una pausa de turbia claridad en las rendijas. Una pausa que no tardó en romperse con el ladrido lastimero de un perro vagabundo. Herida por aquel mal presagio —terror a los anuncios de ultratumba—, y aferrándose al cuerpo desnudo del hombre, ella anunció:

—Es por mí. ¡Por mí!

—Otra vez la queja. Otra vez...

—Tengo miedo.

—¿De qué? ¿De parir? Todas... Todas las mujeres en el mundo dan a luz sin tanta pendejada.

—Me siento mal.

—No parece.

—¿Y si me muero?

—¡Oh!

—Sola. En pecado.

—La eterna historia —comenzó el mozo tratando de evitar el calofrío enervante que a él también le producía aquella superstición de origen campesino: «Si el chushi * [88] llora, si el perro ladra, el indio muere... Será verdad, será mentira, pero sucede...»

—Ay... Ay... Ay... —volvió a quejarse Rosario al cabo de un buen rato. Los dos comprendieron entonces que se acercaba la hora del parto. Luis Alfonso dejó la cama y con diligencia casi femenina hizo lo posible por reemplazar a la mujer:

---

[88] *chushi*: la forma normal, en quichua del Ecuador, es *chushig*, como aparece en el *Diccionario quichua-español y español-quichua* de L. Cordero, ed. cit., pp. 33 y 230

arregló unas ropas que se hallaban esparcidas por el suelo, abrió la ventana, trató de encender el reverbero para el desayuno.

—Espera. Ya me pasó. Son los primeros síntomas... Me han asegurado que a veces duran todo un día... A veces más... —afirmó ella mientras se levantaba en busca de sus obligaciones.

—Hoy... Puede ser hoy... —concluyó él como si hablase a solas. Siempre supo esquivar aquellos malos momentos con la indiferencia aristocrática de Majestad y Pobreza: «Ojos que no ven, corazón que no siente». Mas, el coraje de su venganza —espíritu de rebelión— que había equilibrado y silenciado un poco a sus sombras ancestrales, le aconsejó obrar en favor de Rosario. ¿Cómo? En el primer momento no vio claro. Pero cuando los dolores de la mujer se hicieron más frecuentes —pasadas las diez de la mañana—, sacó un cheque oficial de la cartera. Le conservaba como curioso recuerdo que escamoteó una tarde a don Ernesto Morejón Galindo. Había resistido más de una vez a la tentación de ponerlo en marcha. «Ponerlo en marcha o dejar que la hembra... Tal vez a otra... ¿Cuántas en el mundo mueren en una hora, en un minuto? A las indias no les pasa nada. Sueltan el crío en el páramo, en el monte, en el huasipungo. ¡Yo soy el taita del guagua!», se dijo el mozo saboreando diabólico placer mientras falsificaba la firma de su ex jefe en el cheque.

—Tenías dinero y no me diste para los pañales —comentó Rosario.

—Tengo ahora.

—¿Me comprarás unas franelas? [89]

—Desde luego.

—Y una camisa de dormir...

—Primero veré al médico.

—El médico no puede atenderme así... Desnuda... En harapos...

—Bueno. Tenemos para todo —concluyó Luis Alfonso volviendo a su vieja importancia de chulla aventurero.

—¿Para todo? —interrogó ella acercándose a él. Trataba de estar segura —búsqueda angustiosa de la verdad en la farsa cuotidiana—.

—Si la suerte nos ayuda. A veces... —rectificó el mozo un poco acholado.

En el primer momento, toda la importancia y todos los desplantes de Romero y Flores para cambiar el cheque fracasaron en forma lamentable. A la actitud rumbosa de alto financiero añadió entonces —consejo acholado de mama Domitila— una sonrisita de humilde gratitud y la disculpa de la mala suerte por los bancos cerrados a esas horas. Cerca de mediodía, impulsado siempre por el capricho de su afán, tropezó con la vidriera del hotel de don Julio Batista donde se anunciaba para la tarde pasteles de cóctel a cinco centavos. La observación de la cifra falsificada obligó al mozo a pensar: «Quinientos por cinco, veinticinco sucres... Es mi amigo... No sabe que salí del empleo...»

Don Julio Batista —provinciana figura de guardián y hombre de club— tenía la costumbre de observar la vida de la calle fumándose un cigarro a la puerta de su negocio, como quien dice a los transeúntes: «Estoy libre. ¿Me proponen algo? Algo

---

[89] *franela:* significa aquí «camiseta»; en este sentido es americanismo.

suculento como mi panza, como mis rubicundas mejillas... Usted, amigo, que sabe del secreto de ser importante, a fuerza de pregonarlo a los cuatro vientos... Usted, compadre, tahúr de vieja escuela en la alta sociedad... Usted, caballero del diez por ciento sobre ventas y compras del presupuesto del Estado... Usted, noble figura que maneja en propiedad seis mil indios y catorce haciendas sin importarle un carajo las leyes escritas por la cultura cristiana... Usted, señora, olor a sacristía y sangre azul... ¡Uuuuf, mamitica! Usted, simple hombre de la calle. ¡No! Usted es un pendejo... Usted no entiende a los patriotas. ¡No sirve para nada! ¡Para nada!»

—¡Ah! ¿Era usted? —murmuró en alta voz el hotelero al notar que tenía frente a sus narices al chulla Romero y Flores.

—Sí, don Julio. Quiero comprarle unos pastelitos.

—Pida en el bar.

—Quiero unos quinientos, poco más o menos.

—¿Quinientos?

—Un bautizo. Estoy de compadre.

—Bien... Muy bien... Pero por el momento no hay tantos. Será para después de una hora.

—Le pagaré a que me los guarde. ¿Acepta un cheque?

—¿Un cheque? —repitió el hotelero poniéndose en guardia. El también en sus buenos tiempos de juventud hizo girar cosas parecidas.

—Un cheque de mi jefe. Un cheque oficial. Mire...

«¿No será de revuelta?», [90] se dijo el hombre del cigarro disculpándose hábilmente:

—Es que... Hace un momento mandé el dinero al banco.

—Me da lo que tenga. Ciento... Doscientos... Trescientos... El resto cuando retire la compra. ¿No le parece?

«Lagarto no come lagarto», [91] se advirtió íntimamente don Julio Batista dispuesto a no ceder por nada del mundo. En un chispazo diabólico murmuró:

—Don Aurelio Cifuentes puede cambiarle. El vecino...

—Don... —repitió Romero y Flores mirando hacia la cristalería que señalaba afanosamente su interlocutor.

—Hace unos minutos le hice vender dos lámparas y un jarrón en ochocientos sucres de contado.

«Me torea. Se escurre. Sabe. ¿Qué puede saber? Necesito. Ella espera. Será mi

---

[90] *cheque de revuelta:* «talón falsificado»; nótese que *revuelta* es sinónimo en ciertos países hispanoamericanos de *tallullo,* «masa hecha de maíz con algunos pedazos de carne de puerco, tomate y ají, envuelta en hojas de plátano y cocida» y que *tallullo* es también, «en sentido figurado, chivo, gatuperio, lío, intriga» (*Americanismos...,* ed. cit., pp. 538, y 569).

[91] *lagarto:* americanismo muy difundido, por «caimán»: «LAGARTO simplemente o caimán, y no *lagarto de Indias* llamamos en el Ecuador al enorme saurio *Crocodilus occidentalis.* Por esta vez, hemos rebajado a un animal respecto de la denominación; pues nosotros que llamamos *lobo* a una pobre animalia *(sic)* inofensiva, (...), denominamos *lagarto,* casi *lagartija,* al gigantesco anfibio que tiene hasta seis metros de longitud, y devora un ternero como una gragea. Dignos de verse son los lagartos tendidos al sol a *(sic)* las márgenes del primoroso río Guayas; tan valerosos algunos, que no se lanzan al agua cuando pasan cerca los vapores fluviales que transitan incesantemente por el límpido cristal, donde se reproducen las palmeras, naranjos, cafetos y demás árboles de las orillas», escribía pintorescamente, a fines del siglo XIX, Carlos R. Tobar Guarderas, en su ya citada obra *Consultas al Diccionario...,* ed. cit., p. 290.

palanca, carajo. ¿Cómo? Le hizo vender. Favor por favor se paga. Me aseguraré...»,
pensó Luis Alfonso debatiéndose en una red de posibilidades fugaces que partían
del mismo punto: la complicidad hipócrita que le brindaba el hotelero para librarse
de él.

—Pero los pasteles me son indispensables. Quinientos, ¿eh? Le dejaré una señal.

—¿Cuánto?

—A ver. Sólo he tenido un billete de a cinco. ¿Gusta?

—Como señal...

—Naturalmente.

—Si dentro de una o dos horas no viene, dispongo de todo.

—Convenido.

Sin prisa, frenando la inquietud que amenazaba denunciarle, Romero y Flores
ganó la otra vereda. Don Aurelio Cifuentes —desconfianza mal cubierta por
reverencias y zalamerías—, después de observar al posible cliente, interrogó:

—¿En qué podemos servirle?

—Don Julio Batista, nuestro común amigo...

—¡Ah! Don Julio.

—Me ha indicado y recomendado que aquí podía comprar unos pequeños
obsequios.

—¿Como para qué?

—Con don Julio tenemos esta noche un bautizo.

—¿Un bautizo? No sabía.

—Es que... ¿Usted comprende? Unas chullitas. Hemos organizado algo de lo
mejor.

—Vea lo que guste, entonces.

El comerciante en cristales, por gratitud a su vecino, ofreció al cliente lo mejor
y más económico de su mercadería. El mozo separó una docena de figurillas de
porcelana. No hubo regateo. Afuera había empezado a llover.

—¿Cuánto es todo?

—Diez... Ciento... Dos cientos sucres para ustedes.

—Gracias. Muchas gracias —murmuró Romero y Flores en falsete medroso de
«Dios se lo pague» —presencia inoportuna de mama Domitila—. Pero al entregar
el cheque —reacción de acholada violencia— ordenó en tono duro y altanero de
Majestad y Pobreza:

—Cóbrese.

—¿De a quinientos? Imposible...

—¿Es muy pequeño? Don Julio me contó lo de las lámparas y lo del jarrón.
Venta de contado.

—El sabe que no recibo cheques.

—¿Y si él me garantiza?

—Es distinto.

—Magnífico.

—Sólo que...

—Le hablaremos.

—Hablarle.

—Sí. Debe... —dijo el mozo asomándose a la puerta de la cristalería seguido por el dueño, quien a pesar de intuir el peligro dejó que las cosas corran sin oponer mayor resistencia. En realidad, la gratitud, el bautizo clandestino, el cheque dudoso, las lámparas, la cínica insistencia del desconocido le empujaron por una pendiente oscura.

La lluvia y el tránsito armaron un diálogo de vereda a vereda. Un diálogo sordo, erizado de gestos.

—Don Julio. ¡Don Julio! —gritó el chulla Romero y Flores.

—¿Qué hubo? —respondió el aludido desde su habitual observatorio.

—Quiero pedirle un favor.

—¿Eh?

—De los quinientos que tiene que entregarme dentro de una hora, le da trescientos aquí, al señor.

—¡Hable más alto! ¡No le entiendo!

—¡Digo que de los quinientos que tiene que entregarme dentro de una hora, le dé trescientos aquí, al señor!

—¿Trescientos?

—¡Sí!

—Bueno.

—Sin falta.

—Dentro de una hora.

—¿Entendido? ¡Trescientos para mí! ¡Para mí! —intervino el comerciante en cristales agitando las manos como un náufrago.

—Bien. Bien —concluyó el hotelero un poco molesto al intuir vagamente la torpeza del vecino.

—¡Una hora!

—Comprendido.

—¿Palabra?

—Palabra.

Sin esperar nuevos comentarios, Romero y Flores hizo un gesto amistoso a la víctima y fue en busca de la compra.

—¡Un momentico! —chilló Cifuentes.

—¿Todavía? —murmuró el chulla con voz tensa y actitud retadora de caballero herido por inaudita desconfianza.

—Hemos arreglado lo de los trescientos. Eso puedo darle. Pero faltan los doscientos de las porcelanas.

—¡Oh! Parece mentira. Pero bueno... Dejaré en su poder la compra y el cheque... Volveré más tarde. Déme los trescientos. Don Julio no tiene dinero suelto. Necesita. Mandó todo al banco. ¿Conformes?

—Conformes —mumuró el comerciante perdido en ese dédalo de urgencias y compromisos. Entregó el dinero.

Desde la puerta, Romero y Flores encaró a la tempestad con fingido mal humor.

—Espere un ratito. Llueve mucho —propuso Cifuentes con la esperanza de que algo podía pasar.

—Gracias. Tengo mi automóvil en la esquina. A media cuadra —dijo el mozo y se lanzó a la calle. Una gana de correr como un prófugo que huye de una culpa que lleva en sí le atacó de pronto. No era un sueño. ¡No! Muchísimas veces consiguió dinero en igual forma, pero nunca le fue tan necesario. Por lo menos... «Tiene derecho a parir. Es hembra, carajo. Hembra como todas las hembras». La lluvia le obligó a refugiarse en una puerta de calle, donde varias gentes olor a perro mojado escampaban [92] en silencio... Allí tropezó Romero y Flores con un amigo al cual había perdido de vista durante algunos años. Se saludaron con esa cordialidad que exalta el encuentro casual.

—Es un milagro.

—No nos hemos visto desde... —comentó Luis Alfonso mientras observaba de pies a cabeza al viejo camarada.

—Desde que me casé.

—¿Cuántos guaguas, cholito?

—Tres.

—¿Tres? —repitió Romero y Flores inflándose de diabólica alegría. Era algo que le elevaba en forma inconsciente sobre su interlocutor —resto ajado y triste de antiguas prosas y anecdóticos desplantes—, algo que le obligaba al mismo tiempo a ser gentil y dadivoso como un patrón grande en día de gracia y socorros [93] en el latifundio. Pero... ¿Acaso él era libre? ¿Acaso no se hallaba jodido? «¡No! Lo mío es... Un accidente... Un mal paso de juventud», se dijo desechando con violencia el círculo sentimental que se estrechaba en su torno.

—Mujeres.

—Eso más.

Luego de una pausa, Romero y Flores concluyó:

—Vamos a tomarnos una copa. Hace mucho frío. Yo invito.

—¿Dónde?

—Donde el Chivo. Está cerca.

Una vez instalados en la cantina —negocio con ambiciones de bar, de refugio clandestino, de abacería—, el anfitrión pidió canelazos, algo de comer y unas cervezas. Se escaparon veloces los minutos, las horas. Mas, en lo mejor del diálogo que se enredaba entre copa y copa, surgió —hormigueo de mordisco y puñalada— en la sangre y en los nervios de Luis Alfonso la queja de Rosario. Era como una voz, como un impulso. Pagó la cuenta.

—Nos quedamos a medias —se quejó el invitado.

—En otra oportunidad será. Desgraciadamente ahora tengo una conferencia urgentísima. Me esperan —informó el chulla despidiéndose con elegante importancia.

La tempestad había degenerado en fina garúa, y la tarde —cerca de las cuatro—, bajo el peso de un cielo gris que envolvía a los cerros, adelantaba el

---

[92] *escampar*, o *escamparse el agua* o *del agua:* con el sentido de «guarecerse del agua, de la lluvia», es americanismo (véase, de Fr. J. Santamaría, el *Diccionario general...*, ed. cit., T. I, p. 616).

[93] *socorros:* esta palabra tiene aquí un sentido típico de la Sierra ecuatoriana: se trata de adelantos en especie que el latifundista solía conceder a sus *huasipungueros* hambrientos (un buen ejemplo figura en la novela *Huasipungo* de J. Icaza, en: *Obras Escogidas*, Madrid, Aguilar, 1961, pp. 190-195).

crepúsculo. Un crepúsculo de sombras húmedas, de lodo, de afiebrado pulso de goteras, de caminos imposibles, de dolores reumáticos.

Luego de cumplir los encargos de Rosario —la camisa, las franelas—, el mozo buscó al médico. Tuvo que hacer larga antesala. En la entrevista con el facultativo —hombre alto, seco, de pocas palabras e inesperados recursos— se dio cuenta que tenía que trasladar a la enferma a una clínica.

—¿A una clínica?

—O a la Maternidad —concluyó el médico al comprender por el asombro de su interlocutor que aquello le era imposible.

—Pero...

—No tenga cuidado. Hay tiempo. Las primerizas sufren mucho antes de soltar la prenda.

Una especie de alegre seguridad por haber compartido con alguien aquello de: «Tiene derecho a parir... Es hembra, carajo... Hembra como todas las hembras...», embargó al mozo al abandonar el consultorio. ¿Quién podía privarle del recurso de ir bajo la lluvia dando voces? Nadie.

Al final de la primera cuesta, tres cuadras antes de llegar a la casa, tropezó Romero y Flores con el guambra Juan, hijo de la fondera Carmen Recalde. Desorbitados los ojos, anhelosa la voz, moviendo la diestra como para subrayar una tragedia inminente, el muchacho informó:

—No vaya, señor. Regrese breve. ¡Los pesquisas! [94]

—¿Los pesquisas?

—Llegaron cinco en automóvil. El automóvil ya se fue. Temprano mismo. Después del aguacero fuerte. Entraron a su cuarto a registrar todo... Todítico... La señorita lloraba... Lloraba... Entonces mi mama me dijo: «Córrete no más a espiar al vecino. Obra de caridad es. Córrete guambra. Que no se deje trincar * de la policía. De los bandidos enemigos del pobre».

—Pero...

—Quieren llevarle, señor. Créame. Le buscan. De un cheque hablan. De unos papeles también...

—No entiendo.

—¡No vaya, por Dios! Yo sé por qué le digo. La señorita me hizo señas... Cinco grandotes son... Están en la puerta de la calle... En la puerta del cuarto también... No dejan que nadie se acerque... Esperándole están... —insistió el pequeño con voz asustada, con voz que despertó el pánico de mama Domitila en el corazón del mozo.

—¡Ah!

—Si viera cómo registraron... Se metieron hasta debajo de la cama... Orden superior, dicen... Llevarle vivo o muerto... Llevarle a la capacha *...

—Carajo.

Por el tono temeroso, vacilante, el pequeño comprendió que su misión había terminado. Miró en su torno y huyó calle arriba.

---

[94] *pesquisa:* «Agente de la policia de investigación». (*Americanismos...*, ed. cit., p. 493).

VI

Al descubrir la pequeña ratería del chulla don Aurelio Cifuentes se puso desesperado. En verdad no era mucho para las utilidades de ese día, pero la avaricia —compañera de los buenos negocios—, seca en los labios, pálida en la piel, temblorosa en las manos, irritada en los ojos, buscó venganza y reparación inmediatas. Al hotelero en cambio le hizo mucha gracia. No obstante —burla de buen vecino— sugirió medidas drásticas:

—La cárcel... La cárcel para el ladrón, para el atrevido.

—¿Usted cree?

—Recurra a sus amigos: gentes de la policía, gentes de la justicia, gentes de la prensa.

—¡Más plata! —chilló el comerciante en cristales en memoria de amargas experiencias.

—Puede hablar con el Jefe de Seguridad Pública. Me dijo que era su pariente.

—El papeleo. Los timbres. Las declaraciones. Los testigos. Las propinas.

—Cuando quieren...

«Cuando quieren», se dijo mentalmente don Aurelio transformando su despecho en esperanza. Agarró el teléfono. «En la oficina... En la casa... En el bar del club... Donde la moza...», pensó.

Al oir el nombre del estafador, el Jefe de Seguridad Pública —caballero con buena dosis de indio en la piel cobriza, en los pelos cerdosos, en los pómulos salientes, en las uñas sucias— frunció el entrecejo, lanzó una maldición olor a tabaco y a dientes podridos, y consultó una lista de nombres que llevaba en la cartera. Pocos funcionarios conocían aquel secreto, aquella clave para encerrar revolucionarios, aquel registro de todos los enemigos de la paz de la República.

Como de costumbre la inspiración llegó de lo más alto. El Jefe de Seguridad Pública se rascó la cabeza, maldijo de su suerte, y, como en casos análogos, algo dudosos, dio parte al Jefe Provincial —su inmediato superior—. El Jefe Provincial conferenció a su vez con el señor Ministro. Y el señor Ministro habló con el señor Presidente. Luego de ascender la noticia —una hora máximo—, rodó la orden hacia abajo:

—¿Qué espera la policía para ser eficaz? Ha robado el mozo. Debe ir a la cárcel, a la... ¿Comprendido? La ley ordena... Un honrado comerciante lo pide y está en su derecho. Nosotros tenemos que obedecer. Tenemos que gobernar. Es urgente, urgentísimo que se le desplume al ladrón de todo documento, de todo papel, de todo comprobante que bien pudiera engañar al público o armar de calumnias a nuestros enemigos... El trabajo debe ser nítido para que la gente crea, para que la gente nos dé la razón. ¡Pronto! Antes de que... Esta vez podemos descubrir grandes cosas.

Al recibir la orden, el Jefe de Seguridad Pública tuvo la certeza de que el asunto marcharía sobre rieles. Como en los casos mayores —rapto con premeditación y alevosía al político peligroso, allanamiento de la casa del militar del cuartelazo abortado, garrote sin testigos al juez incorruptible o al periodista veraz—, fueron despachados cinco agentes de pesquisas: El «Palanqueta» [95] Buenaño, el «Chaguarquero» Tipán [96], el «Mapagüira» Durango, [97] el «Chaguarmishqui» Robayo [98] y el «Sapo» Benítez. Al parecer eran diferentes aquellos hombres: en estatura, en volumen, en color, en perfil, en voz —sombrero de ala gacha, saco de casimir a la moda, corbata chillona, zapatos hediondos, diente de oro, anillo de acero contra el hechizo—, pero al observarles con atención —sedimento de infancia delincuente, acholada crueldad en los impulsos, amargo sabor en las ideas, felina actitud de poca franqueza en las manos, mueca tiñosa en los labios, hielo de reptil en las preguntas—, algo había en ellos como de venganza inconfesable, como de pecado original, como de lucha íntima, que se mostraba delator en su trabajo, algo que tomó cuerpo cuando la autoridad con buena dosis de indio en la piel cobriza, en los pelos cerdosos, en los pómulos salientes, en las uñas sucias, concluyó su larga explicación sobre los motivos, los agravantes y la técnica de la captura.

---

[95] «*Palanqueta*» es un apodo que se puede interpretar a partir de dos hipótesis que —es una casualidad— resultan convergentes: la *palanqueta* es en efecto, en español peninsular, una «barreta de hierro que sirve para forzar las puertas o las cerraduras» (Real Academia Española, *Diccionario de la Lengua...*, ed. cit., p. 962). Pero aquí, me parece que se trata más bien de un ecuatorianismo: según Darío C. Guevara (citado por P. de Carvalho-Neto en su *Diccionario del Folklore...*, ed. cit., p. 327), una *palanqueta* es un «pan de trigo, grande y alargado, caracterizado por su masa de harina, agua y levadura; es preferido para las emparedados». Prefiero esta última interpretación, por figurar la palabra en un texto de Icaza, y porque dos de los cuatro apodos siguientes se relacionan también con la alimentación (véanse más abajo las notas 97 y 98). Sea lo que fuere, según ambas hipótesis, el «Palanqueta» Buenaño sería un hombre alto, delgado y recio.

[96] *el «Chaguarquero Tipán»*: he corregido el evidente error de Icaza o/y de las ediciones anteriores, que ponían *Tirán* en vez de *Tipán*; el apellido *Tipán* aparece en la segunda secuencia del capítulo VI, donde se trata del mismo individuo. Además, *Tirán* no es apellido típicamente ecuatoriano, mientras que *Tipán* sí lo es: en el cuento «Mama Pacha» de Icaza, por ejemplo, un prestamista se llama *Rogelio Tipán* (J. Icaza, *Obras Escogidas*, ed. cit., p. 946).
En cuanto al apodo «*Chaguarquero*», procede del ecuatorianismo *chaguarquero*, que designa «la espata del *penco, maguey* o *ágave*, que sirve para construcciones.» (J. Tobar Donoso, *El lenguaje rural...*, ed. cit., p. 88).

[97] «*Mapagüira*»: según Darío C. Guevara (citado por P. de Carvalho-Neto en su *Diccionario del Folklore...*, ed. cit. p. 280), este vocablo designa «pedacitos de *fritada* o fritadillas que se asientan en el fondo de la manteca enfriada». P. de Carvalho-Neto nos da (ibídem) la etimología de este ecuatorianismo, que procede del quichua *mapa*, sucio y *huira*, manteca: *mapahuira* o *mapagüira* significa así «manteca sucia», evocando a un personaje más bien gordo y de piel grasienta.

[98] El *chaguarmishqui*, o *chahuarmishque* es «dulce de cabuya», «dulce de maguey», según el *Diccionario del Folklore ecuatoriano* de P. de Carvalho-Neto (ed. cit., p. 158), quien cita a continuación a Darío C. Guevara: «no es precisamente el pulque mexicano, por más que ambos se obtienen del maguey llamado cabuya en el Ecuador. El pulque es bebida alcohólica. El chahuarmishque es el jugo dulce que se obtiene del tronco de la planta que ha llegado a su media madurez. Su nombre es terminante, del *quichua*: *chahuar*, maguey y *mishqui*, dulce. Se sirve como curativo del reumatismo; pero más comúnmente como endulzante de las comidas indígenas y de los campesinos de la Sierra.»

—En resumen... Tienen que registrar hasta el último rincón. Tienen que apoderarse de todos los papeles sospechosos. Tienen que traer al tipo sea como sea. Aquí le haremos cantar. ¡Es importantísimo! ¿Entendido, muchachos?

—Entendido, Jefe.

Bajo la lluvia llegaron en un automóvil los cinco hombres frente a la casa de mama Encarnita. Cruzaron el zaguán. Golpearon en el cuarto del chulla.

—¿Quién es? —interrogó Rosario con voz temerosa que parecía abrirse paso entre quejas agudas.

—Queremos hablar.

—No puedo.

—¡Un momentito no más!

—¿Para qué?

—Somos de la policía.

—¿De la policía?

—¡Pronto! —advirtieron los agentes empujando con violencia la puerta. Saltó la aldaba.

Asustada al ver frente a ella a cinco desconocidos, Rosario no pudo gritar. Le faltó la voz. No pudo moverse. Le temblaban las piernas. Enloquecida por el miedo, agotada por los dolores que a esas alturas eran más frecuentes, pensando en lo peor —la traición o la desgracia del amante—, sin oir bien ni poder decir otra cosa que «Mamitica... Mamitica...», cayó en el diván.

—Somos de la policía. Buscamos a su... Bueno, a su marido o lo que sea. No es gran cosa. Unas declaraciones —informó el «Palanqueta» Buenaño con aires de mandón y sonrisa tenebrosa.

—Y unos papeles también. Unos papeles que tenemos que llevarnos —concluyeron en coro los otros.

—Mamitica...

—Tenemos que cumplir órdenes, señora.

—Mamitica...

—Hasta que llegue el pájaro sería bueno...

—Recoger todo lo sospechoso.

—A buscar, entonces.

Sin tomar en cuenta la angustia temblorosa y muda de la mujer que miraba en éxtasis de ojos desesperados, se lanzaron los cinco pesquisas como ratas enloquecidas por los rincones, se metieron debajo de la cama, revolvieron las cosas del baúl, escarbaron en la ropa sucia, en los palos viejos, olfatearon la almohada. Al final, echaron sobre la mesa del centro lo que ellos creían el cuerpo del delito: una colección de recibos inútiles, de copias sin importancia, de cartas familiares, de recortes de periódicos. «Tienen que apoderarse de todos los papeles sospechosos», había gritado el Jefe de Seguridad Pública. Luego...

—¿Quién lleva esto a la oficina? —interrogó, ladino y desafiante, el «Palanqueta» Buenaño, excitando con habilidad sinuosa el esbirrismo de sus compañeros.

—¡Yo! ¿Difícil será, pes? —murmuró el «Mapagüira» Durango apoderándose del montón de papeles, dispuesto a recibir cualquier orden con tal de no abandonar la presa que bien podía darle el ascenso.

—Bueno. Si quiere llevar, recoja, pes.

—¿Todito?

—Nosotros nos quedamos hasta que caiga el joven. Tiene que regresar al nido. Dos en el corredor para vigilar que no salga la señorita o señora que sea. Dos en la puerta de calle. En cuanto asome se jode. Hechos los pendejos hemos de estar. Como que nada. Ahora que me acuerdo, lleváráse no más el automóvil. El Jefe se pone caliente cuando le falta su movilidad.

—Sí, pes.

—Ojalá nos desocupemos temprano.

—¿Temprano? Será a la noche.

—A la medianoche.

—Tengo que quedarme porque conozco al chulla —concluyó el «Palanqueta» Buenaño dándose importancia.

—Yo también, pes.

—Más conocido que la ruda. Adefesio.

—Ojo chiquito, vivo. Gran puñete. Chivista [99] un diablo. Recién no más estaba encamotado * con una vaga del barrio del Cebollar.

Rosario, que hasta entonces había permanecido en silencio, mirando con idiota indiferencia el trabajo vil de los hombres sobre su pequeño refugio, estalló en llanto histérico al notar que el «Mapagüira» Durango cargaba con todo lo que bien podía ser el cadáver de la fortuna de su amante.

—Ay... Ay... Ay...

—Nosotros cumplimos órdenes, señora. Calle no más.

—No le ha de pasar nada. Estando como está, ¿quién, pes?

—Semejante bombo. Imposible aprovechar el ricurishca. Lástima de barriga.

—Lástima de piernas.

—Lástima de cuerpo.

—De todo mismo. Chulla bandido. No dejar nada para el prójimo.

—Para el cristiano sufrido.

El sarcasmo libidinoso de los cholos pesquisas agravó la desesperación de la mujer. Pero los dolores del parto sustituyeron a la algazara de las lágrimas por una pausa de palidez cadavérica, de queja gutural, de manos crispadas sobre el vientre:

—Oooh...

—Creo que va a parir.

—¿Parir? Se hace no más. Defensa de hembra mañosa.

—No creo. Salgamos.

—Dos aquí y dos afuera.

—Todos afuera.

—Como en guerrilla.

A pesar de la lluvia —sólo había disminuido en el escándalo de los truenos, de los chorros, de los desagües— algunos vecinos de la casa y también del barrio, congregados en el patio, husmeaban sin rubor los motivos y detalles del atropello al cuarto del chulla. Espectáculo que a fuerza de experiencias en carne propia

---

[99]   *chivista*: palabra derivada de *chivo*, en el sentido de «intriga» etc., véase más arriba la N. 83.

—desalojo por alquileres impagos, allanamiento por raterías colectivas, embargo por viejas deudas, persecución por pecados propios y ajenos—, les ardía en la sangre y les unía en un diálogo de odio sin palabras. Un diálogo en el cual el deseo de golpear a los verdugos, el ansia de gritar en favor del caído, se expresaba en taimado juego de gestos al parecer intrascendentes:

«Ave María lo que pasa», «¿Será por la carishina que quiere parir?», «¿Será por el chulla que quiere con su mal natural tirar prosa?», «¿Será por nosotros, carajo? Con el chulla, con la carishina y con todos...», «Nos quitan el honor. Nos quitan la sangre. Nos quitan el centavo», «Así fue conmigo. Así fue con el Tomás. Así fue con el herrero del barrio de la Tola. Así con el shuro * Maldonado. Así con el compadre de la imprenta que quiso hacerse caballero de purito negocio», «Ganas dan de morder. Ganas dan de matar. Ganas dan... ¡Jesús me ampare! Un montón de huesos y de carne para los perros».

Por contagio virulento —veneno en el alma del chisme, de la maldición, del comentario, de la queja— la amargura de los testigos se regó por el barrio en diversas formas:

—En el cuarto del chulla fue.
—Solitica estaba la carishina.
—Cinco pesquisas llegaron.
—Cinco grandotes.
—Cinco sin corazón.
—Buscaron como en casa propia, pes.
—A la cansada [100] uno se fue con el cuerpo del delito.
—¿Qué estás diciendo, guambra?
—Yo le vi lo que llevaba. Papeles viejos. Hasta periódicos. Crimen ha sido guardar basura.
—Un cheque dicen que ha falsificado, pes. Pero eso es pendejada. Los documentos, las cuentas, los recibos de la oficina donde trabajaba. Eso es lo principal. Eso es lo que dicen que no puede conocer cualquiera.
—Secretos de los de arriba no conocen los de abajo. Es pecado, crimen, ¡traición!
—El chulla es un cualquiera.
—La carishina es una cualquiera.
—Nosotros somos unos cualquieras. [101]
—¿Para qué se metería el vecino en cosas de mayores?
—Por echar pulso. [102]
—A que sufra la pobre. Estando preñada.
—A lo peor suelta el crío. Sobre los bandidos. Que carguen con todo.
—Quejándose estaba. Llorando también. Sería de ayudarle.

---

[100] *a la cansada*: corrupción del americanismo *a las cansadas*: «a las mil y quinientas, muy tarde» (en: *Americanismos...*, ed. cit. p. 141).

[101] *cualquieras*: corrupción popular por *cualesquiera*, que se puede oir también en España.

[102] *echar pulso* es aquí un americanismo que quiere decir «presumir», o más precisamente, «echárselas de valiente»; expresa la tendencia a la vanidad del chulla.

—¿Cómo, pes? No dejan ni acercarse al cuarto.

—La señora Mariquita les hizo pendejos. Entró por la quebrada.

—Si pudiéramos curiosear.

—No se metan en pleito ajeno.

—Usted qué sabe, abuela. ¿Ajeno? Nuestro también es.

—Nada es nuestro sobre la tierra.

—Usted mismo nos ha dicho que las penas.

—Nuestras penas.

—Esta nos duele como propia. Sería de avisar al chulla.

—Ya corrió el hijo de la fondera.

Cuando doña Encarnación Gómez supo lo que pasaba habló con los pesquisas para evitar el escándalo en su casa honorable. Todo fue inútil. Ellos cumplían órdenes superiores.

«He amparado a un criminal. La Justicia. La Justicia con los ojos vendados le busca, le persigue. Tendrá que interrogar la pobrecita para saber a dónde va, a quién golpea. Palo de ciego no más es. Yo diré la verdad. ¿Pero cuál será la verdad preferida? ¿Cuál la que han recogido para hundir al chulla? ¡Virgen Milagrosa, ilumíname! ¿La del marco tallado será? ¿La del marido de la carishina será? ¡Que fuera la de los arriendos! Verán no más lo que pasa. Impuestos... Impuestos...», pensó la vieja a la noche. Y a medida que le daban vueltas en la cabeza aquellas confusas interrogaciones se le agigantaba el temor de perder algo íntimo. Encendió una vela a los santos del altar de la cabecera de su cama y se encerró a dormir recomendando a la tropa de güiñaschishcas alejarse de la posible tragedia.

* * *

«Llevarme vivo o muerto. Llevarme a la capacha», repitió mentalmente Romero y Flores contemplando atónito cómo se alejaba la figura escurridiza —gris de sucio en el vestido, desorden en la cabellera al viento, humedad y lodo en los pies descalzos— del muchacho que le trajo la mala noticia. Con verdadero asco se pasó la mano por la cara y pensó huir, zafarse de aquel estúpido compromiso que le obligaba a chapotear en un fango de contradicciones sentimentales. Pero a la indignación febril que puso en su sangre Majestad y Pobreza cuando supo que cinco cholos atacaron a Rosario —erguida postura de caballero listo a desigual combate—, se mezcló la prudencia sinuosa de mama Domitila —terror del indio a la crueldad del rey blanco—. Mas, ni el miedo morboso, ni el coraje desorbitado, decidieron entonces. Había en él algo superior a sus sombras, algo suyo y amargo que evocaba a su amante en medio de otros hombres —allí estarían ellos con su mirada bovina, con su odio acholado entre los dientes, esperando robar algo de valor o saciar su lujuria, con su docilidad para cumplir lo que les han ordenado, sea bueno o malo, legal o ilegal—. «No puedo... Solo... Esperaré hasta la noche... La oscuridad... El dinero, la camisa, las franelas... ¡Carajo! Conmigo se han puesto... Cinco... Esperar... ¿Dónde?», se dijo.

—Aquicito no más —se respondió a media voz y entró en una cantina de aspecto miserable. En la trastienda echó el paquete que llevaba —camisa y franela—

sobre una mesa de tablero prieto por el uso. Al sentarse y oir el crujido de la silla —vejez envuelta en sogas de cabuya— creyó haber caído en una trampa, en una trampa entre indios, cholos, chagras y tahúres, pero ante aquel paredón rocoso de adversas circunstancias que se le presentaba, tras del cual presentía el pulso omnipotente de algo superior a su ingenio, a su disfraz, a sus mentiras, a su nombre, escurríasele el coraje, la rebeldía. ¡Su flamante rebeldía! ¿Qué hacer? Bebió una copa de aguardiente. Surgió como de ordinario la voz de mama Domitila: «Corre, guagua. Corre lejos... Son malos, poderosos, crueles...», y el impulso altanero de Majestad y Pobreza: «Ataca sin mirar... El heroísmo... Los cojones... Si son gigantes, mejor...» Vieja disputa que al ser envuelta por los tentáculos de la obsesión de lucha que embargaba por ese entonces al mozo se transformó en una especie de alarido íntimo: «Ella tiene que parir. Parir como todas las mujeres. ¡Es mi hijo! La noche... La noche para luchar. ¡Mi hijo! Ayer era una palabra... Hoy una angustia... Mañana una realidad pequeña... Tengo que ampararle... Mi guagua... Guagua es de indio, de cholo... Mi hijo es de caballero... ¿Caballero? Me esperan... ¿Dónde? ¿Por qué a mí precisamente? Ahora o nunca... No soy un cobarde... Soy un padre en peligro... Ji... Ji... Ji...»

Al tomar la segunda copa de aguardiente Romero y Flores creyó hallarse frente a Rosario, frente a Rosario que le miraba con ojos llenos de lágrimas, con respiración de súplica y temor, con gritos estrangulados en la garganta. Echó sobre la mesa unas monedas, agarró su paquete y ganó la calle. La noche, desvencijada por el viento del páramo, por la garúa pertinaz, por el alumbrado tuberculoso de las esquinas, mostrábase propicia a la fuga clandestina. Con cautela y olfato de perro vagabundo, el mozo saltó por un portillo de la tapia del solar que daba a la quebrada —potrero común a las necesidades campesinas del vecindario—. Mientras avanzaba a tientas, abriéndose paso por una vegetación húmeda, envuelto en olores a desagüe y desperdicios de cocina, resbalando en el lodo, murmuraba:

—Llegaré... Llegaré...

De pronto se detuvo perdido en las tinieblas. Con mágica intuición supo que había dado con la propiedad de mama Encarnita. Era demasiado temprano como para aventurarse invisible por patios y corredores. Esperó arrimando su desconcierto a la peña. Su mano que vagaba nerviosa entre los hierbajos tropezó con algo que podía... —una piedra de aristas de cuchillo—. «Me servirá de arma. Podré defenderme... Atacar...», se dijo. Y sin escrúpulos de ninguna especie, fuera de toda responsabilidad, a pesar suyo, se apoderó de ella con sádico deleite.

—Ahora que me jodan, carajo —advirtió estirándose en ingenua actitud de desafío.

Al desembocar en el patio principal —área de su refugio— Luis Alfonso observó con ojos de rata asustada. La oscuridad, el silencio y la garúa le alentaron. «Cholos no más son...», pensó apretando la piedra que llevaba en la diestra. Y al amparo de la balaustrada de ese lado del corredor, casi en cuatro, con cautela felina, avanzó unos pasos. «Le dejaré la camisa, las franelas, la plata para el médico, y... ¡Imposible, carajo! Yo pensé que estaban en la puerta de calle... Así me dijo el guambra... Así le entendí yo... Le entendí mal... Dos... Dos sombras... Primero el uno... Después el otro... Preferible que algún vecino le diga... ¿Confiar en ellos? ¿Pedirles un favor? ¿Desnudarse? ¡No! Nunca... ¿Entonces qué? Esperar que se duerman, que se alejen, que... Volver...» A los pies del mozo sonó imprudente una lata. Las sombras centinelas olfatearon de inmediato hacia el ruido:

—¿Qué fue, pes?

—La linterna, cholito.

—¿Quién es?

—¡Hable!

—¡Si no contesta disparo, carajo!

El estupor petrificó al mozo en tímida posición uterina. Con vuelo alocado, brujo, una mancha redonda de luz rubricó en la página enlutada del patio, recorrió inquieta las paredes, hurgó por los rincones, saltó al tejado para caer con mano de arpista sobre las cuerdas mudas de la baranda del otro lado del corredor —hacia la derecha, hacia la izquierda—, se metió cautelosamente... Inmóvil, con la luz a los talones, Romero y Flores se sintió perdido... Tenía que hacer algo. ¿Qué? No era un sueño. Con violencia impuesta por la desesperación se estiró como pudo y lanzó hacia el punto luminoso su única arma, la piedra. De nuevo se hizo la oscuridad. El orgullo con el cual se infló momentáneamente por haber dado en el blanco le retuvo por breves segundos. Segundos fatales a la posible fuga. Entre maldiciones y palabrotas sonó un disparo.

—¡Pronto!

—¡Corran al pasillo de atrás!

—¡Me dio en los dedos, carajo!

—¡Es él! ¡Le vi... le vi...!

—¡El chulla!

—¡El chulla bandido!

Los cuatro pesquisas —reunidos por el escándalo— corcharon en un abrir y cerrar de ojos los posibles escapes. Romero y Flores, al comprender que había fracasado en la retirada, se deslizó como un gato hacia lo más penumbroso del corredor, ocultándose en el hueco de una puerta, de una puerta cerrada. Un grito en torrente sentimental, en lazo que apretaba la garganta, surgió de pronto. Era Rosario. Rosario que había escuchado e intuido cuanto pasaba.

—¡No, por Dios! ¡Huye! ¡No vengas! ¡Esperaré con mi dolor! Con mi... Ay... Ay... Ay... ¡No puedo! Te odian porque dijiste la verdad. Es gente que no perdona. ¡Quieren matarte! ¡Lo sé! ¡Huye... Huye...! —suplicó oteando en las tinieblas con voz de estrangulado coraje.

¿Quién era la que le hablaba en semejante circunstancia? ¿Era acaso la pasión desenfrenada de una mujer? ¿Era la queja humilde y persistente de mama Domitila? ¿Eran las dos cosas al mismo tiempo? Inmóvil junto a la puerta, mirando sin que le miren, el mozo no pudo refrenar una maldición gutural. Síntesis de lo que nunca se atrevió a decir, de lo que muchas veces apuntó su sangre con vergüenza y amor: «Te quiero porque recibiste mi deseo de hombre, porque fuiste cómplice para mis prosas de gran señor en los días de miseria y en las noches de inmundos jergones... Porque te pareces a mi madre... Te quiero por tu loco afán de parir... Por tu horror a la muerte... Porque me da la gana...» Luego, ciego de cólera, con recia y ceñuda

voz lanzó un carajo al observar que una de las sombras —cholo atrevido—
empujaba a Rosario hacia el cuarto.

—Vaya no más... No se ponga a gritar como carishina.

—¡Aquí! ¡Aquí! —gritaron dos pesquisas acercándose a su presa.

Instintivamente Romero y Flores trató de incrustarse en las tablas que obstacu-
lizaban su fuga. ¿Quién era capaz de ayudarle? Estaba solo. Solo. ¿Taita Dios?
Siempre fue para él la sombra de Majestad y Pobreza en tamaño gigante. ¿Y los
hombres? ¡Absurdo! Le acosaban como a fiera peligrosa, querían matarle. De
pronto sintió que alguien abría a sus espaldas, con sabia cautela, con pulso de
socorro, una rendija en la puerta. Alguien que... «No estoy solo», se dijo. Y alentado
por la generosa ayuda concibió un atrevido plan. A fuerza de maña y coraje separó
un poco a las sombras que le detenían y saltó hacia adelante —entre ellas—
echando los brazos atrás. La habilidad y la violencia le permitieron escurrirse de su
americana como un misterioso pez que deja la piel en el anzuelo.

—¡Uuuy!

—¡Ve· pes, carajo!

—¡Diablo resbaloso!

—¡Chulla bandido!

—¡Por ese lado!

—Nos dejó con el saco entre las manos.

—Así mismo son éstos.

—Chullas mal amansados. Sin oficio... Sin beneficio...

—¡Agárrenle!

—¡Corran!

—¡Pronto!

A pesar del número, de la experiencia y de los comentarios de los pesquisas,
Romero y Flores logró ganar y entrar en el refugio que misteriosamente des· ·brió
a sus espaldas.

—¿Qué fue, pes?

—Desapareció. Aquí mismo, cholito.

—Cosa del diablo parece.

—Pendejada. Le abrieron la puerta.

—¡Golpeen no más, carajo!

Alguien que respiraba como fuelle roto cerró desde el interior el generoso
escape —llaves, trancas, muebles—, mientras una mano pequeña, áspera —mujer
de cocina y fregadero—, apoderándose a tientas del fugitivo le dirigió entre la
oscuridad.

—¡Abran, carajo! ¡Somos de la policía!

—¡De la policía!

Dominado por la extraña emoción de encontrarse momentáneamente a salvo,
Romero y Flores sintió una especie de gratitud melosa. No era el cansancio físico
de la fuga, ni era tampoco el miedo a la ley que aullaba a sus espaldas. No.
Aspiraba quizás a hermanarse con la gente que tanto había despreciado. Existía
nobleza en ellos. Nobleza de complicidad en el pecado que se rebela, en la culpa

que nos ata al grupo humano del que procedemos, a la sombra del techo bajo el cual hemos nacido.

—¡Abran!

—¡Echamos la puerta!

—¡Somos de la policía!

—¿No entienden?

Al desembocar en un cuarto mal alumbrado por·una vela, la mujer de manos pequeñas y ásperas —brazos flacos, manchas y arrugas en la cara, venda de media negra en la frente con hojas de chilca * en las sienes, impuros remiendos en la ropa de dormir, pañolón a los hombros— hizo señas al hombre que respiraba como fuelle roto —sarmentosa figura en paños menores, hálito al apagarse de cansancio, ojos negros, vivos, único rastro brillante en amargura de pergamino— para que no responda. «Es el amanuense de las escribanías y su mujer... Buenos, desinteresados... ¿Por qué? Soy un carajo... Un bicho pequeño, vil, en mangas de camisa, con el agua al cuèllo...», se dijo el mozo.

—¿Qué pasa? ¿No responden?

—Pronto.

—¡Empujen entonces a todo meter, cholitos!

—¡Ahora verán, carajo!

—¡A la una, a las dos, a las tres!

Ante la violencia inapelable de los pesquisas —crujió la puerta, se estremeció la casa—, el amanuense de las escribanías, con voz inocente de quien acaba de despertarse, interrogó:

—¿Qué pasa, pes?

—¡La policía! ¡Abran!

—¿La policía?

—¡Sí!

—Voy. Un momentito.

Antes de atender a la impaciencia de los representantes de la ley, el hombre que respiraba como fuelle roto ordenó en señas a la esposa que indique al fugitivo la trampa de la pared del fondo —bastidor de cáñamo.

—Está mojado. Le voy a prestar... —opinó ella. Y echó sobre los hombros del chulla un saco viejo del marido. Luego alzó una esquina del tabique disfrazado de pared e invitó a Romero y Flores a pasar al otro lado.

El chulla, a pesar del vértigo en el cual se debatía, no dejó de observar con pena el ambiente que en otras circunstancias le hubiera producido asco: la hamaca percudida de orinas y excrementos de guagua tierno sobre el lecho miserable del matrimonio; la vela moribunda en candelero de botella vacía; el jergón de la chola güiñachishca en el suelo —montículo informe de malos olores y sueño de piedra—; la mesa cargada de frascos, tarros de lata, periódicos viejos —revoltijo de chuche- rías—; la cama de la prole —cuatro rapaces, dos hembras y dos muchachos, que observaban el espectáculo con audacia y burla de gente mayor en los ojos, mientras se acariciaban en pecado bajo las cobijas— hecha de tablas y de adobes; el altar de la Virgen de ingenua factura fetichista —habilidades de crochet, papel dorado en flores, en tiras, en penachos— cubriendo una esquina; los bacines hediondos a sarro —el grande para el papá y la mamá, el chico para los niños, la chola al patio cuando le urge—; el gato familiar —presencia diabólica por la penumbra de los rincones—; el baúl desvencijado como banca y la banca como ropero nocturno. Total sumido en aire y estrechez de tibieza nauseabunda.

Al entrar los pesquisas —tres, uno se quedó de guardia en el patio—, Romero y Flores había desaparecido por la trampa.

—¿Dónde está? Nosotros le vimos.

—¡Ustedes responden! Esto no es aquí puse y no parece.

—¿Dónde? Si no hablan chupan las consecuencias.

—Van a la capacha con guaguas y todo.

El registro aleteó debajo de las camas, dentro del baúl, detrás de las cortinas, entre las ropas; retiró la banca, la mesa, el cajón que servía de velador; levantó las cobijas, los papeles, el costal del piso; despertó a la güiñachishca a patadas; palpó en las paredes...

Entre tanto, en la habitación contigua, a la luz que llegaba de la vecindad, el chulla halló un nuevo cómplice, un amigo incondicional, don Mariano Chabascango, el «militar retirado sin suerte» —bajo de cuerpo, ancho de hombros, piel de bronce sucio, pómulos salientes, bigote ralo, paletó raído en vez de bata de casa, altanera la actitud de brazos y cabeza, andar cimbreante de actor novato en rol de caballero forrado en cuero de indio—, el cual, sin perder un segundo, esforzado a pesar de la edad, llevó a Romero y Flores hasta la puerta, y, escondiéndole tras de sus espaldas, murmuró en voz baja:

—Espere no más, cholito. Hay un esbirro en el patio. Verá... A dos pasos de nosotros está la bodega de los fruteros. La puerta que sigue. Se abre tirando una armella. Una armella grande, vieja. De la bodega se pasa al dormitorio donde encontrará a los chagras... Del dormitorio se pasa al segundo patio. Tiene que ganar la quebrada a toda costa, cholito.

—Sí. Eso he pensado. Pero si no me ayudan los otros vecinos...

—¿Por qué no? Está en nuestro juego. Hay algo que nos une, algo más fuerte que nosotros. Le digo por experiencia. Yo también... Pendejadas donde uno se mete... Sé que todos los vecinos estarán listos en su favor. Contra los otros que representan en este instante... Odio, destino... Bueno... No podría explicarle...Ya verá...

Desde el cuarto del hombre que respiraba como fuelle roto llegó la voz victoriosa del «Palanqueta» Buenaño:

—¡Esto ha sido tabique no más, pes! ¡Por aquí! ¡Traigan un cuchillo para romper!

La amenaza del pesquisa exaltó la heroica altanería de Don Mariano Chabascango. Ciego de furia agarró su espada de un rincón entre trapos y palos viejos, y, desenvainándola con melodramático esfuerzo, retó a duelo a los posibles violadores de domicilio:

—¡Al primero que se atreva le clavo en el corazón! ¡Soy un militar!

—¡Ah! Nosotros no sabíamos, jefe. Somos de la policía.

—No tienen derecho para abusar así.

—Es orden... Mi... Mi...

—Teniente en retiro. De los antiguos.

—¡Oh! Teniente en retiro —repitieron los pesquisas con desilusión y burla de quien afirma: «La pendejada que ha sido».

—¡Vengan pronto! ¡Se escapa... Se escapa...! ¡Corre como diablo! ¡Vengan, carajo! —chilló el pesquisa que se hallaba de guardia en el patio. Pero cuando asomaron los otros —dejando al heroico militar espada en mano frente al tabique—, el chulla había desaparecido de nuevo.

—¿Dónde se metió?

—¡Aquí!

—¡Golpeen!

—Está abierto.

—Entremos entonces...

El olor —fruta madura, podrida—, las formas —pilas de plátano en cabezas, montones de naranjas, de piñas—, y una rendija casi imperceptible de luz en el fondo del recinto, aseguraron a Romero y Flores: «La bodega... De la bodega se pasa al dormitorio. Del dormitorio al segundo patio...» Sólo en ese instante se dio cuenta que había perdido el sombrero, el paquete de los encargos de Rosario, que llevaba un saco ajeno sobre los hombros, un saco flojo, sucio.

—Así está mejor para huir —murmuró entre dientes el chulla con la clara visión de estar frente a un espejo de cuerpo entero. Le perseguían. ¿Por qué? «Porque dijiste la verdad. Es gente que no perdona. ¡Quieren matarte! ¡Huye! Usted... Usted está en nuestro juego. Hay algo que nos une, algo más fuerte que nosotros... Los vecinos estarán listos en su favor».

Con movimiento de afiebrado coraje —siempre a tientas—, Luis Alfonso apartó obstáculos a su paso —naranjas, piñas, cabezas de plátano—, y abrió de un empellón la rendija de luz que tenía a su alcance. Dos hombres miraron con reproche al intruso. Eran los chagras de la fruta. El uno más alto, el otro más gordo. El uno junto a la mesa de las cuentas —contabilidad de montoncitos de granos de maíz: rojos, amarillos, blancos—, el otro en el centro de la habitación armado de un garrote. El uno pálido, piel estirada sobre los pómulos salientes, labios gruesos, nariz chata; el otro rubicundo, pecoso, baba bonachona en la boca entreabierta. Ambos vestidos de casinete [103] —arrugado en las solapas, deshilado en las rodillas, parchado en el culo—. Ambos de hediondez y suciedad de miel, sebo y tierra —pelos pegados a la frente bajo el sombrero capacho; * zapatos de becerro en jugo de mortecina, uñas negras.

—¿Qué pasa pes, carajo? —interrogó el más alto que era el del garrote.

—Soy el vecino del zaguán. Me persiguen.

—¡Ah! ¡El vecino! —advirtió una chola incorporándose a medias en una cama revuelta. En la única cama que, según las malas lenguas, la compartía amigablemente con los dos chagras.

—Creí que era uno de los pesquisas, pes.

---

[103] *casinete:* ecuatorianismo, que designa «una especie de paño ordinario y de poca duración, que de antiguo (1650) se ha tejido y se teje aún en Quito». (A. Mateus, *Riqueza de...*, ed. cit., p. 51). La palabra procede sin duda de la forma francesa *cassinette*, que era un paño de fabricación inglesa, y de poco valor.

—Ya llegan. ¡Sáquenle! —advirtió la mujer —esposa y concubina— mirando a la puerta de la bodega.

Pero el mozo desapareció en el mismo instante que surgieron en el dormitorio de los negociantes en fruta los cuatro hombres de la policía. El «Palanqueta» Buenaño, que iba a la cabeza, gritó:

—¡Síganle, carajo!

Y volviéndose hacia los chagras que trataban de fingir sorpresa por el escándalo, dijo:

—Irán a la cárcel por no cooperar con la justicia, por esconder al criminal.

—¿Criminal? ¿A cuántos ha matado? —exclamó la hembra de la cama estirándose con inocencia que dejaba ver brazos y senos desnudos.

—A... A... —tartamudeó el pesquisa, y acholado de indignación salió dando un bufido.

Afuera, entre tanto, una mujer —menuda escucha entre las sombras—, al ser descubierta por la luz del dormitorio de los chagras, se escondió precipitadamente. Con ella fue Luis Alfonso. Imposible otra solución. Los esbirros le pisaban los talones. A los pocos segundos empujaban la puerta, tras de la cual, la «menuda escucha femenina» puso su cuerpo de tranca —rígidas en puntal las piernas, los tacos metidos en una abertura del entablado, los ojos rebosando coraje, los brazos en cruz, la cabeza hundida entre los hombros, sobre el descote de la bata temblando una joya contra el hechizo.

—¡Carajo!

—¡Ahora! ¡Empujen!

—Abusan porque no está aquí mi marido. Es sargento de caballería. Ya mismito llega... ¡A medianoche! Yo le espero... ¡Siempre! —chilló la mujer. Y comprendiendo que sus fuerzas decaían poco a poco, se dirigió al fugitivo para indicarle:

—Al corredor del zapatero. Vuele no más. Por la ventana de la cocina. Apague primero la luz. Cuidado la mesa. Más allá del catre. Bien... Bien...

Como el pestillo no cedió al primer impulso, el chulla tuvo que romper los vidrios para saltar por la ventana. Diez o quince pasos atrás quedaban las voces. ¿Dónde meterse? ¿Por dónde avanzar? Conocía muy poco ese lado de la casa. Inopinadamente —círculos concéntricos dilatándose a través del reproche de Majestad y Pobreza y del rubor de mama Domitila— recordó haber oído que la «menuda escuha femenina» chillaba en el suelo: «Cobardes. Yo guaricha he peleado junto a mi marido. Dándole el rancho, pasándole las balas, curándole las heridas... Para que ustedes roben la plata. La plata de los pobres. ¡Maricones!» Recordó haber oído que los pesquisas, entre amenazas y palabrotas, maltrataban a la hembra. Recordó asimismo cómo él, a pesar de todo, no tuvo valor para defender a la que con tanta generosidad...

—Venga no más, señor... Vecinito... Muévase, pes... Ya mismo... Nosotros... —surgió de la oscuridad la voz de otra chola.

Roto en el corazón del mozo el remordimiento apenas iniciado, fue tras de la amable invitación que se le ofrecía. Se abrió una puerta. De nuevo, a la luz de un candil que parpadeaba entre clavos de mangle [104], tarro de engrudo, retazos de suela, piolines, hormas, cuchillos, el fugitivo pudo observar a las gentes que le ayudaban. Un cholo menudo —sucio muñeco de trapo: pelos revueltos sobre las orejas, boca hedionda a chuchaqui de guarapo, * [105] ojos a veces esquivos, a veces desafiantes, manos temblorosas, rodillas de tenaza para la obra de apuro, parches a lo largo del vestido— sentado frente a su pequeño depósito de herramientas. Un muchacho —aprendiz de remendón: gorra metida hasta las cejas, catarro sin pañuelo, camisa y saco sin botones, zapatos sin medias, trabajo sin sueldo—, tan aburrido y soñoliento como el gallo de pelea preso con traba a la pata de la mesa. Tres rapaces en camisa —cuatro, cinco, seis años: ternura de anemia en las mejillas, vientre hinchado, piernas flacas, más mocos que nariz, sarna de piojo en la cabeza— espiando tras un tabique de cáñamo tapizado con recortes de ilustraciones de revistas y periódicos —escenas de guerra, vampiresas de cine en paños menores, toreros célebres, campeones de varios deportes, retratos del Santo Padre y de los «patrones grandes» de la política nacional e internacional—, especie de biombo que trataba de ocultar a medias la miseria del jergón tendido sobre poyo de adobes, con cueros de chivo, ponchos viejos, esteras podridas. Y junto a la puerta, temblando de frío, de sueño, en alelada espera, la mujer —algo de agónico en la mirada, de trágico en los labios, de chirle en los senos, de negligente en la figura—, chola madre de casa.

—Que salga por el hueco de la cocina. Yo les detengo a estos desgraciados. Conmigo se han puesto, carajo. En peores me he visto. ¡Mi cuarto! ¡Mi taller! —chilló con voz aguardentosa el zapatero remendón como si todo lo tuviera resuelto de antemano. Luego se levantó y tomó un cuchillo. Un pequeño cuchillo de cortar suela —más cabo que hoja—. Ante semejante actitud los rapaces huyeron al jergón cual bandada de gorriones desplumados. El aprendiz de zapatero dejó el trabajo para ayudar a su maestro.

—No sea bruto. Chumado, pes.

—¿Cómo?

—Han de oir —advirtió la hembra exaltándose con ese histerismo que busca atacar antes de que le ataquen.

---

[104]   *clavos de mangle:* algo desorientado por esta asociación de palabras, le pedí una aclaración al escritor ecuatoriano Jorge Enrique Adoum, que en carta fechada el 8 de enero de 1987, me contestó que se trataba de clavos de forma cuadrada, hechos de madera de mangle, y que recordaba haberlos visto en los talleres de los zapateros de su infancia. Le agradezco la información, que con su amable autorización, incluyo en estas Notas explicativas.

[105]   *guarapo,* o *huarapo:* «Jugo de caña de azucar fermentado», escribe P. de Carvalho-Neto, que indica que existe la palabra por lo menos desde fines del siglo XVI. El conocido folklorista cita a continuación un pasaje del magnífico estudio de Gonzalo Rubio Orbe, *Punyaro, Estudio de antropología social y cultural de una comunidad indígena y mestiza* (Quito), C. C. E., 1956, p. 258), donde el gran etnógrafo enumera lo encontrado en guarapos en plena fermentación de la comunidad de Punyaro: había «lagartijas amarillas secas, llamadas *guagsas,* hasta de una tercia de vara de largo, ácido sulfúrico en pequeñas dosis; *chímbalos* en pleno fermento —son unos frutos silvestres, ácidos y agrios de natural—, tallos tiernos con hojas y flores de chamico machacado, bagazo de caña golpeado; huesos de canillas y calaveras humanas; ortiga con cal y pedazos de hojas de agave negro, soasado y golpeado». (P. de Carvalho-Neto, *Diccionario del Folklore...,* ed. cit., pp. 227-228). Véase también, más abajo, el pasaje de la novela que remite a la N. 113, así como el contenido de ésta.

—¿A mí carajo? ¿Al Mediasuela? Soy un hombre libre. ¡Libre! Me gano la vida sudando tieso. ¡No soy un esbirro! Ellos...

—¡Ave María! Le salió el diablo. Buenamente no más estaba. El diablo del guarapo que se pega, pes. Venga, vecinito. Por aquí —murmuró la mujer metiéndose por una puerta en la penumbra de la habitación.

Los gritos dieron de nuevo a los pesquisas la pista del fugitivo. Pero a esas alturas del escándalo, los vecinos de la casa y algunos del barrio, emboscados en las sombras, acechaban con inmovilidad felina el momento de poder tirarse al suelo para saborear con deleite diabólico la caída y confusión de la carrera de los esbirros. Los más audaces —muchachos y mujeres especialmente—, salían de improviso a recoger noticias o a dar paso al fugitivo hacia el lugar que consideraban menos peligroso. Alguien —desde una ventana, o desde un hueco de la tierra, o desde una gotera del techo, o desde el infierno— silbaba burlón, muy bajito, «La Cucaracha».

También mama Encarnita, sentada en la cama, las piernas cruzadas bajo las cobijas, el gato en la falda, de espaldas al altar de sus devociones, se pasó rezando, rosario tras rosario, atenta a los ruidos y a las pausas que marcaban la fuga. Le era doloroso e insufrible pensar que su propiedad podía mancharse con la sangre del «chulla desgraciado, mala fe, mala conciencia». ¿Qué hacer? ¿Qué decir? De rato en rato, entre credos y avemarías, exaltada por impulso de lacerante desesperación, volvía la cabeza hacia el altar, y en tono infantil, y con gesto de ruego y blasfemia a la vez, murmuraba:

—Taitiquito mío, Mamitica milagrosa. Yo... Yo no he sido tan mala con las cosas de la Santa Madre Iglesia para que me castiguen así. Que no le maten al chulla en mi casa. ¡Sólo eso pido! Casa caritativa, casa honorable, casa decente. Que le maten en la calle, en la cárcel, donde quiera... Que corra hasta que pueda salir...

«Taitiquito» y «Mamitica» escucharon a la vieja. Después de la intervención heroica de las «Carishinas» —sin clientes esa noche—, que ocultaron al mozo en la cama de la madre postrada y de los hermanos menores que alimentaban con su trabajo; del ingenio de la «Planchadora», que hizo pequeñas reformas en el disfraz de Romero y Flores con una gorra y una bufanda de uno de sus hijos; de la buena voluntad del «Tuerto Pacho» para barajar al mozo entre tablas y herramientas; de la audacia de la «Bruja» que, murmurando frases de una cábala que nadie entendía, sacó al fugitivo por el hueco del tejado, y echó luego en las candelas donde oficiaba sus hechicerías un puñado de polvos hediondos que al estallar en luz vivísima nubló [106] de humo —sinapismo para los ojos entrometidos—, Luis Alfonso pudo ganar el último patio donde le aconsejaron que se arrastre como un gusano por una especie de desagüe. Así llegó hasta el barranco.

—Esperen un ratito. Esperen no más, carajo. Yo le sentí. Se fue por la quebrada —advirtió el «Palanqueta» Buenaño congregando en su torno a los

---

[106]   *nublar:* este verbo es, normalmente, transitivo; Icaza lo emplea aquí intransitivamente, con el sentido de «echar una nube de humo».

compañeros. Y limpiándose con la mano libre —en la otra llevaba el revólver y el dolor de los dedos magullados— la cara empapada en sudor, concluyó:

—No me hace pendejo. Quiere volver al redil. Hablar con la moza. Sacarle donde algún vecino. ¡No, carajo! Vos, Tipán, y vos, Benítez, corran a la puerta de calle. Quiere darse la vuelta. Estoy seguro. Que nadie entre en el cuarto del chulla. ¿Me entienden?

—Y si ella...

—¡Nadie! No vamos a llegar con las manos vacías ante el Jefe. Yo y el Robayo nos encargamos de agarrarle vivo o muerto al desgraciado —observó el «Palanqueta» Buenaño descendiendo a toda prisa por la ladera del barranco. Algo más fuerte que el deber, algo que se agigantaba minuto a minuto en su cólera y en su odio había surgido en él. Su heroica hoja de servicios. A él fue a quien encomendaron, con tres acólitos presidiarios, propinarle una paliza al juez que se negó a obedecer las órdenes políticas de su Excelencia. Teatral escándalo que dejó un moribundo en el suelo. El cumplió con igual eficacia la orden de castigar al orador parlamentario de la oposición. Rapto misterioso del rebelde en la noche. Camino abandonado. Una letrina en la cuneta. Cuatro hombres sobre la cabeza de la víctima. La boca atrevida hundiéndose, una, dos, tres veces, en orinas, en lodo, en excrementos. Por donde se peca se paga. A él y al Jefe se les ocurrió también encerrarle como simple contraventor —veinte y cuatro horas— al revolucionario profesional —altanero e incorruptible— con tres homosexuales activos. El dio más de una vez garrote a periodistas y estudiantes. Era un excelente pesquisa, loado y defendido por las más altas autoridades del país. No iba a perder su prestigio por un chulla aventurero. Le agarraría sea como sea... Hasta aplastarle... Hasta...

Romero y Flores, entretanto, había salido de nuevo a la calle —solitaria, oscura, hedionda. Respiró a gusto. Pero de pronto le pareció imposible ir a ninguna parte con ese saco de héroe en desgracia, con esa gorra de muchacho plazuela, * con esa bufanda de chagra, con... Se sentía otro. Por primera vez era el que en realidad debía ser: un mozo del vecindario pobre con ganas de unirse a las gentes que le ayudaron —extraño despertar de una fuerza individual y colectiva a la vez. El recuerdo de su pequeña proeza le envolvió en un afán de reintegrarse... ¿A quién? ¿Para qué? ¿Por qué?

—Por que me da la gana, carajo —murmuró a media voz. Luego se dijo: «Soy un hombre... ¡Un hombre! Ella me necesita... Es mi mujer... Mientras los pesquisas hurgan en la basura le hablaré desde la ventana. Le daré... He perdido todo... Bueno... La plata... Los vecinos podrán... Soy un bruto».

Avanzó lentamente. A medio camino de su plan le asaltó la duda, el temor, algo que le puso en acecho de los mil ruidos que mezclaba y traía el viento entre la garúa. Era la desconfianza de mama Domitila, murmurándole: «Cuidado, guagua. Guagüitico... ¡Cuidado! Son traicioneros...» Saltó entonces a la otra vereda hasta distinguir el hueco del postigo abierto. Todo parecía tranquilo. Sin embargo —ardid de indio para descubrir pájaros y alimañas entre hojarascas y matorrales—, hizo rodar una piedra frente a la casa. Como por encanto surgieron dos sombras desde el zaguán. Olfatearon sin tino, alocadamente. Por un segundo, él creyó haber caído en la trampa. Se le contrajo el abdomen y dejó de respirar. Pero reaccionó a tiempo emprendiendo veloz carrera calle abajo y dejando a sus espaldas voces y comentarios:

—Salió no más.
—Corriendo.
—Como un aparecido.
—Tenía razón el Buenaño.
—Quiso entrar.
—Chulla bandido.

* * *

Pocos minutos más tarde, un silencio hipócrita se extendía a lo largo y a lo ancho del barrio, se extendía llenando los patios de la casa de mama Encarnita. Sólo los dos hombres encargados de vigilar que nadie entre en el cuarto de Rosario, trataban en voz baja de dividirse el paquete que perdió el chulla:

—¿No será el cuerpo del delito?
—¿Qué es, pes? Los papeles eran...
—A veces resulta.
—Nada, cholito. Ganado en buena lid. La camisa para mí... La franela para vos...
—Cuando Dios quiere dar.
—Algo por la mala noche.
—Una rebusquita [107] que llaman.

Al principio creyeron los pesquisas que la mujer callaría pronto. Desgraciadamente no fue así. La queja angustiosa, cáustica, creció poco a poco. Creció sin control.

Mientras él estuvo al amparo de los vecinos, muy cerca de ella, Rosario pudo resistir mordiendo las cobijas, las sábanas, apretando los dientes y los puños, estrangulando el llanto. Pero después, cuando a la desesperación de no saber del fugitivo y al recelo a los hombres que conversaban en la puerta, se unió el tormento físico —las caderas abriéndose en los huesos, en los tendones, en los nervios; el vientre latiendo en los riñones, en el corazón, en la garganta, en las sienes; el sudor frío empapando los muslos, la espalda, la frente—, no pudo detener el lamento gutural, clamoroso, que le obligaba a abrir la boca en ansia de alivio, a cerrar los ojos en mueca trágica, a crispar los dedos.

—Aaay... ¡Aaay!

A corto plazo, toda ella no fue sino un vasto clamor jadeante que golpeaba en la compasión del vecindario y que, al pensar en su cuerpo, lo hacía en tercera persona: «Pobrecito... Hinchado. Deforme. Ojos ensombrecidos. Manos y pies hidró-picos. Temblando como un pájaro prisionero. Débil. Blando. Aplaza al final de

---

[107] *rebusquita:* americanismo, diminutivo de *rebusca* que, en ciertos países de Hispanoamérica, corresponde a «provecho accesorio», y a «negocio ilícito llevado cautelosamente» (*Americanismos...*, ed. cit., p. 531).

cada grito la gana de morir. ¿Por qué no se rebela? Toda pasión, todo sentimiento, toda fe, todo ideal, todo placer, todo vicio, soporta macerándose cruelmente».

—Aaay... ¡Aaay!

Al impulso de una especie de solidaridad sin palabras se fueron congregando en silencio los vecinos frente al cuarto de la parturienta. A nadie se le ocurrió en el primer momento avanzar más allá de donde se podía observar sin ser visto por los pesquisas:

«¿Será de pena por el chulla?» «¿Será de cólera?». «Así mismo chillan las hembras por cualquier pendejada», «Sólo al parir chillan así», «Ruge como borracho con dolor de patada en los huevos», «Parece que las entrañas se le desgarran», «Todas las mujeres tenemos... Es nuestro destino...», «A veces Taita Dios priva de hijos a las carishinas», «Tantas pendejadas para no más de morir», «Parece que se ahoga», «Soledad y desamparo».

—Aaay... ¡Aaay!

Rosario cerró los ojos y arrimándose a uno de los pilares de la cama trató de recobrar el aliento. Se sentía terriblemente sola. Hizo un gesto desesperado para ocultar la cabeza entre los brazos como si estuviera defendiéndose de un animal feroz, y se quedó así sometida al martirio de su realidad. «Nadie... Yo sabía que él... Yo le dije...», pensó con lacerante angustia de náufrago que se hunde sin testigos, que se hunde ante la indiferencia de una noche impenetrable. Entre tanto afuera, su grito, retorciéndose y golpeando en la ayuda indecisa del vecindario, había canalizado las dispersas opiniones del primer momento en un plan atrevido:

«Ahora carajo», «¿Qué hacemos aquí parados como fantasmas?», «Hemos venido por nuestra propia voluntad», «Tiene que parir», «Como las indias entre la maleza del monte, a la orilla del algún río, en la soledad de la choza», «Como animal», «¡No! Debe parir como gente blanca», «Su grito me duele en el vientre, en la cadera, en lo que tengo de mujer», «Hay que socorrerle», «Puede torcer el pico la pobre», «Tenemos que pasar sobre los hombres que le cuidan», «Podemos... Somos muchos... Somos fuertes... Estamos unidos...», «Ahora, carajo».

—Aaay... ¡Aaay!

Sin darse cuenta, arrastrados por una fuerza de compasión y desafío, los vecinos de la escucha avanzaron unos pasos hacia el patio.

—¿Qué quieren? ¿Qué buscan? Nosotros estamos aquí para cuidar... Para que no entre nadie —advirtió con voz alterada por la sorpresa uno de los pesquisas.

En respuesta, surgieron de la pequeña tropa que avanzaba, palabras rotas, deformes, incomprensibles.

—¿Qué dicen? ¡Hablen claro!

Desde un rincón, alguien, en tono cavernoso de vieja experiencia, opinó:

—No puede parir así no más, pes. Sólo los animales... Sólo las indias... Queremos ayudarle... Debemos ayudarle...

En afán de disculpa, cínicamente, ocultando temores y vilezas, los dos centinelas respondieron, cada cual por su cuenta:

—No se puede. Cumplimos órdenes.

—Nuestra responsabilidad es grande. Nos han dicho... Ustedes de gana se meten en cosa ajena.

—Cada uno es cada uno. Por algo hemos de estar nosotros aquí. El chulla es un bandido.

—¡Retírense, carajo!

Al oir la disputa —las manos extendidas en urgente ruego, los ojos desorbitados mirando hacia la puerta— Rosario comprendió que no estaba sola, que los vecinos lucharían por ella como lucharon por Luis Alfonso.

—Aaay... ¡Aaay!

Hábilmente, deslizándose como ratas en la sombra, hombres y mujeres del vecindario, anunciaron:

—Tiene derecho a parir.

—Conozco. Por el grito ya está coronando el guagua.

—No hay nadie con ella.

—Es terrible.

—No tienen corazón.

—Una que ha parido sabe... Sabe que se ve palpablito la muerte, pes.

—Ya mismo es el grito grande.

—Y nosotros aquí esperando.

—¡Queremos ayudar!

—¡Cuidado, carajo! —gritaron los pesquisas pensando que su amenaza era suficiente para detener a esa tropa informe. Mas, en un abrir y cerrar de ojos, se vieron rodeados y desarmados, mientras las mujeres se instalaban —ayes, órdenes, consejos y comentarios— en el cuarto de la parturienta.

—Pobre vecina.

—Pongan a calentar agua.

—Que se acueste prontito.

—Que camine, mejor.

—Ya no es hora.

—Sin ánimo parece.

—Veremos... —dijo una vieja de follones, pelo entrecano, manos sarmentosas, párpados enrojecidos de legañas.

—¡Cierto! Mama Gregoria sabe —opinaron en coro las mujeres que rodeaban a Rosario, dando paso a la vieja que tenía fama de buena comadrona.

Afuera, entre tanto, dominados los agentes, reinaba una especie de discusión en voz baja:

—Si nos hubieran dicho de a buenas.

—De a buenas mismo les dijimos, cholitos.

—¿Cuándo, pes?

—Queríamos ayudar a la vecina. La pobre... Es hembra y tiene derecho a parir.

—Todos tenemos derecho a algo.

—Ustedes no comprenden. Somos de los mismos.

—De los mismos... Ji...Ji...Ji...

—¿Acaso nosotros no tenemos derecho a trabajar en lo que nos dio la suerte?

—Nadie dice que no.

—Cumplimos órdenes.

—Ordenes sin corazón, pes.

—No es nuestro gusto.

—Gusto de la plata será.

—Bueno... Pero ahora...

A cada opinión de los pesquisas y de los vecinos surgía el comentario íntimo, inconfesable, de cada uno:

«¿Entonces cómo te parió tu mama?»

«Jodidos pero con honra».

«¿Los mismos? Cholos del carajo».

«No somos de los mismos. Somos caballeros de la policía con autoridad».

«La prosa de los pendejos. Culo verde no más...»

«Desgraciados... Cuando estén en el calabozo... Cuando tengamos que hacerles declarar lo que es y lo que no es...»

«¿Derecho? Derecho para perseguir a la gente, para robarle, para matarle».

«Suerte... Rascándose la barriga y las bolsas...»

«Cholos brutos. Espiar es difícil. Dar palo es difícil. Matar sin que nadie se entere es difícil».

«Piensan que nos llenamos de plata. Para lo que pagan».

«Silencio asquerosos».

Después de examinar entre rezos y bendiciones a la enferma, la vieja de follones, pelo entrecano, manos sarmentosas, párpados enrojecidos de legañas, meneó la cabeza como quien dice: «Mala está la pobre». Luego ordenó sahumar el cuarto quemando alhucema, cáscaras de naranja, romero bendito. Había que ahuyentar al demonio que estrechaba cruelmente el útero de la concubina del chulla. Pero todo fue inútil.

Ante el fracaso de la anciana, la mujer del zapatero remendón, que había permanecido inactiva y silenciosa hasta entonces, observando el dolor de aquel cuerpo débil, pálido, tembloroso, sugirió:

—A mama Ricardina Contreras, pes. Como la mano de Taita Dios es. A ella sería bueno llamarle. No ha de cobrar. En la casa de la esquina vive. Que vayan a verle los guambras.

—¡Cierto! A mama Ricardina. Que vayan los guambras —repitieron en coro las mujeres.

La habilidad de mama Ricardina —expresión de un carácter práctico, de un ingenio innato, de una madurez física que había superado complejos y presunciones de chola aseñorada— pudo más que las brujerías y los rezos de la vieja de follones, pelo entrecano, manos sarmentosas, párpados enrojecidos de legañas.

En las primeras horas del amanecer —pálida la oscuridad, cansada la garúa— se escuchó el vagido de un niño.

—¡Ya! —murmuró un pequeño grupo de cholas jóvenes que había seguido con la imaginación el desarrollo del parto —la hembra en la cama, las piernas abiertas, el sexo dilatándose bárbaramente, el feto resbaloso, arrugado, sanguinolento.

—Llora —comentó alguien.

—Lloran al nacer, lloran al morir —dijo una vieja.

—La pena que llega con lágrimas y se va con lágrimas.

—Así mismo es.

—Hijo de chulla, chulla ha de ser.

—No creo, vecina.

—A lo mejor se hace de los futres de arriba.

—Taita cura... O militar... O patrón grande... O señor de oficina...

—Todos queremos ser algo. Algunos alcanzan mismo. Otros nos quedamos no más.

—Sentirnos alguien.

—Por fin calló la pobre.

—En cambio el guagua.

—Chilla como diablo.

En ese mismo instante, Rosario —placidez de alivio físico— percibió que el feto al escurrírsele se llevaba consigo y compartía fatalmente el pulso ancestral del dolor desollado de la carne, de la inseguridad de la vida, del miedo a morir...

—Es varoncito.

—Flaco está.

—Cuidado se resbale. Se resbalan no más.

—Lo que somos. Un adefesio, pes.

—Después santos o demonios. Todo mezclado.

—Mezcla de Taita Dios.

—O de uno mismo.

—¡Bañen breve al guagua!

—Breve estamos haciendo.

«Indefenso. Pequeño. Amarrado a la pobreza, a las lágrimas, a las enfermedades, al destino. ¿Por qué? ¿Qué motivo dio? ¿De qué se le acusa? La culpa es nuestra. Yo... ¡Corrompidaaa! Un día se quedará solo... Está solo en este instante», se dijo Rosario sintiendo infinita compasión hacia el pequeño. Algo le obligó a cerrar los ojos, a crispar las manos entre las cobijas, a respirar profundamente para no asfixiarse.

—No sufra. Lindo está el guagua. Espérese. No se mueva. Todavía le baja un poquito de sangre —murmuró en tono de consuelo mama Ricardina casi al oído de la parturienta.

—Aaah.

—Espérese. Espérese, veamos...

Aquel «poquito de sangre» incesante —tibia, viscosa— fue cobrando contornos de pesadilla en el saber de la comadrona y en la tranquilidad de las vecinas:

—Fregada está la pobre.

—Más de una hora ha de ser que no le para.

—Que no le para la hemorragia.

—Parece cosa del diablo.

—Mi sobrina murió así, pes.

—Mi cuñada también...

—¿Qué haremos?

—¿Qué también haremos?

—Dicen que es de anemia.

—De los desmanes en el embarazo.

—Del corazón dicen otros.

—¿No será cosa de brujería?

—¿Qué haremos mamiticas?

—Que le vea la vecina del segundo patio. La zambita, pes.

—¡Que le vea pronto!

Antes de que las cosas se agraven, y tomen por su cuenta a la enferma las brujas del vecindario, mama Ricardina —fiel a su experiencia, que chocaba de ordinario con lo sórdido y supersticioso del medio— gritó:

—¡Lo que necesita es un médico!

—¿Un médico?

—Hice todo lo que sabía. Hice todo lo que pude. Pero cuando Taita Dios...

—¿Y la plata para el médico de dónde sacamos, pes?

—Cada cual pudiera dar algo.

—¿Después de tantos sustos?

—¿Después de tantos apuros?

—¿Después de la mala noche?

—Con plata y persona...

—Yo tengo tres sucres. ¡Aquí están! —concluyó mama Ricardina ofreciendo a las gentes que le rodeaban tres monedas sobre la palma de su mano enrojecida por el trabajo. Aquel gesto generoso convenció a todos. Cada cual dio lo poco que podía. Algunos hombres y algunos muchachos fueron en busca del médico.

VII

Mientras corría hacia abajo Luis Alfonso, pensaba: «La ciudad está libre. Rosario, en cambio me espera. Tiene que esperarme. Confía en mí. ¡En mí! Me lo advirtió llorando. ¡Sus ojos! Siempre... Volveré a ella, sea como sea, carajo». Al llegar al final de la calle se detuvo, respiró con fatiga, miró en su torno y se dio cuenta —claridad ardiente— de cuál era su situación. Sabía que bajo toda esa farsa palpitante se hallaba oculta la orden de doña Francisca, la venganza de la vieja cara de caballo de ajedrez. Sólo ella podía poner en movimiento a las fuerzas de la ley, de la justicia. Al levantar los hombros y bajar la cabeza para defenderse del viento y de la garúa descubrió en la penumbra de una puerta de calle, acurrucado como un perro, a un policía —guardián del servicio público—, el cual le observó con ojos de aburrido cansancio. «Imposible volver por aquí. Está él. La piedra. El abismo. Me delatará, carajo. Quizás por la otra calle. Más lejos...», se dijo. Al llegar a la esquina siguiente desde donde pensaba trepar de nuevo —esa era su obsesión, su gana de última hora, su sentimiento incontrolable—, sonó un silbato. Tras él surgieron cien perseguidores. A favor de la oscuridad avanzó. Con nerviosismo y diligencia de rata pudo meterse en el dédalo de un edificio en construcción. Cerró los ojos esforzándose por recobrar el aliento. Inclinó la cabeza e hizo una mueca que expresaba su desconcierto. Sentíase culpable. No de la estafa. ¡No! Culpable de su vida, de su... El miedo le advirtió que la inactividad y las paredes que le rodeaban le traicionarían en el momento preciso obstaculizándole su única salvación: huir. Se lanzó de nuevo a la calle.

—¡Por ese lado, carajo!

—¡Asomó no más!

—¡Corran... Corran...!

—¡El bandido!

Más rápido que sus perseguidores, Romero y Flores ganó la primera cuesta de otro barrio y después de muchas vueltas y revueltas —con sigilo felino unas veces, violento otras—, llegó a la última barrera. Imposible retroceder. Por todas partes surgían como perros de caza pesquisas y policías. Miró hacia abajo, hacia el oleaje de techos y luces mortecinas que se estrellaban, arrastrándole a él, en el acantilado de una peña cortada a pico. ¿Arañar el muro? ¿Trepar por algún chaquiñán? ¡Absurdo! Conocía de memoria aquel sector. Vivió algunos años en él. «A la quebrada donde termina el cerro», se dijo. A la quebrada donde jugó de muchacho a «ladrones y detectives». En esa noche él era un ladrón. Un ladrón perseguido. Un ladrón cuyo destino era correr. ¿Hacia dónde? ¿Qué importa eso? Tampoco se sabe hacia dónde va la vida, y sin embargo la humanidad, la humanidad sigue... El también siguió adelante como un potro desbocado, como una bala perdida. Seguro en sus recuerdos saltó por el portillo de una pared de adobes casi deshecha por los inviernos. [108] Resbaló luego por un desagüe lleno de barro. Quiso esconderse en un corredor del traspatio de la primera casa que tropezó, pero alguien... Alguien que había sorpendido su maniobra, gritó con voz de mando.

—¡Aquí! ¡Aquicito a la derecha! Que no salga.

Enloquecido por lo inoportuno de la denuncia —brujo contacto en la nuca—, se metió por la quebrada. Con diabólica intuición avanzó por un sendero. Sudoroso —el corazón golpeándole en la garganta, detenido el pensamiento en el pulso afiebrado de las sienes—, trepó por la cuesta de tierra floja del relleno de una plaza. De nuevo las calles tortuosas, el alumbrado delator, los policías surgiendo de las esquinas, el escándalo de los pasos en el silencio de la hora. Por el olor —perro mojado, basura, orinas—, por la penumbra —pequeñas luces que agonizan distantes las unas de las otras—, por la arquitectura —casas chatas como vegetación enana de páramo, tiendas desde donde acecha el crimen, la prostitución, la mendicidad—, por el piso —viejo empedrado, charcos, lodo—, se dio cuenta que se hallaba en el último recodo de un barrio. ¿Cuál? Cualquiera. Todos se parecen. Huelen a matadero, a jergón de indio. Todos tratan de hundir su miseria y su vergüenza en el campo. «El campo para correr sin testigos. Para evadirme de la ciudad y de sus gentes. ¿De todas? ¡No! Rosario debe estar en este momento sola... Parirás con dolor. ¿Por qué? Sudarás con dolor. ¿Por qué? ¡Todo con dolor! Ojalá los vecinos. Ella es así... Debe saber... ¿Qué? Que yo... Si pudiera escaparme. ¡Mi hijo! Ayer, hoy, mañana. Lívido, silencioso... Llegaré, carajo», pensó. Más allá. Una, dos cuadras. Los pies y el cuerpo empezaron a pesarle. La respiración como fuelle... ¡Un hombre entre las sombras! No era un hombre. Era una planta, un arbusto, algo que se movía con el viento al borde del barranco. «Otra quebrada. Imposible seguir. De nuevo el grito negro, fétido, listo a devorarme», observó. ¿Y la ciudad? Rodeada. Presa entre cimas que apuntan al cielo. Presa entre simas que se abren en la tierra. El aire, los pequeños ruidos, las quejas de las gentes que duermen, los buenos y malos olores, lo fecundo de la pasión, lo turbio de la culpa, las torres de las iglesias como castillos feudales, las viviendas como chozas, las calles tendidas en hamaca de cerro a cerro, todo preso. ¿Y él? Chulla de anécdota barata, encadenado a ese paisaje, a ese paisaje querido unas veces, odiado otras.

Arrastró el fugitivo instintivamente su cuerpo por un chaquiñán. Su cuerpo al cual hubiera olvidado con placer en algún rincón. Pero el miedo patológico de mama Domitila por un lado y la desesperación teatral de Majestad y Pobreza por otro —jinetes de látigo y espuela sobre el alma—, impedían... Al pasar bajo un puente —pequeño túnel olor a excrementos, a orinas, a boca de borracho—, el ruido de un camión que cruzaba la calle alta aplacó en parte el desconcierto del mozo. Debía aprovechar el tiempo, esconderse en algún hueco, descansar. Notó con

---

[108] El *invierno* designa, en zonas tropicales e intertropicales de América, la «época lluviosa» del año (Fr. J. Santamaría, *Diccionario general...*, ed. cit., T. II, p. 124).

agradable sorpresa que se hallaba a pocos pasos de una casa de citas muy frecuentada por él —sórdido edificio de tres pisos, ventanas distribuidas en desorden sobre un muro blanco de cal y viejo de arrugas, puerta de calle chata y hundida en la vereda. Golpeó con discreción roedora y mientras murmuraba:

—Soy yo.

—¿Quién, pes? —interrogó una voz gangosa.

—Yo...

—Todo está lleno.

—Quiero entrar, cholito.

—No hay, digo.

—Es que...

—Sólo que espere un rato. Voy a ver si alguien se ha desocupado.

—Quiero entrar. Quiero entrar, primero.

Pegado a la puerta, esforzándose por recobrar el aliento, escuchó Romero y Flores cómo se alejaban los pasos del hombre de la voz gangosa: por el patio húmedo, por las escaleras crujientes, por el corredor... No podía gritar. No podía echar la puerta a patadas. Una profunda sensación de fracaso le anunció el poco valor de su audacia habitual. ¿Hacia dónde ir entonces? Miró a la calle. Solitaria, estrecha. Reliquia de la colonia. Cuatro varas de ancho entre los tejados para mirar el cielo. Casas viejas cargadas de lepra, de telarañas, de recuerdos y de carcoma, bajo el tedio de la humedad y del viento. Casas viejas de zaguán que desciende con violencia de hipo en el lado de la quebrada y que asciende con fatiga cardíaca en el lado de la ciudad. Casas viejas de alero de ala gacha para disimular la ingenuidad y la miseria de sus ventanas de reja, de sus ventanas de pecho, de sus ventanas de corredor. Pero... Voces y pasos en la noche. Corrió de nuevo. Casi al final de la calle, junto a un puente —más alto y nuevo que el anterior—, tropezó con dos borrachos —el uno con guitarra bajo el brazo, el otro con botella a la mano.

—Una cancioncita no más queremos. Aquí vive mi guambra.

—¡Oh!

—Espere, pes, No corra. Tome un traguito siquiera.

La estrechez de la callejuela se abrió de pronto en larga y ancha avenida. Luces rielando en el espejo negro del pavimento mojado. Arboles raquíticos. ¿Entregarse? ¿Volver atrás? ¿Pedir perdón de rodillas? ¿De quién es la culpa? ¿Acaso todo aquello no era una trampa de la que debía salir, librarse? Ante los ojos nublados del fugitivo surgieron como orillas... Allí, muy cerca, junto al equilibrio, a la esbeltez y a la gracia de cuatro o cinco edificios modernos, una tropa de casas viejas, hundidas unas, erguidas otras, en absurdos desniveles. En pocos segundos dio el chulla con una construcción —especie de corral que servía hasta las siete de la noche de comedor de indios, chagras y pordioseros—, ubicada en la penumbra de una pequeña plaza, remanso de lodo y basura. Saltó entre unos cajones vacíos. Al amarillento fulgor de la luz de la esquina más próxima pudo observar que a sus pies, en el suelo húmedo , muy cerca de desperdicios y de barro, bajo un ancho alero de hojas de cinc, dormían cinco, diez, doce personas —bultos liados en ponchos, en costales, en periódicos. Ante el escándalo del intruso sacaron la cabeza bajo su concha de harapos y echaron mano a la almohada —trapos envueltos al

apuro con nudos de grueso calibre y cordones de cabuya— donde escondían su
tesoro —maíz tostado, harina de cebada, ropas viejas, pingullo * de carrizo para
la música mendiga, pilches, tarros de lata, hueso de muerto o piedra de río contra
el hechizo. Romero y Flores siempre había observado con indiferencia y asco a esa
gente: indios que atrapó la ciudad, pordioseros que degeneró [109] la miseria, niños
vagabundos —durmiendo a la puerta de una iglesia, al abrigo de un portal, entre
costales de algún mercado al aire libre. Olor a cadáver, viscosidad de lodo podrido,
comezón de sarna y de piojos, retorcidos gestos petrificados por la vejez, por la
suciedad, por un cínico mirar —mezcla de maldición, de pena y de ternura. Cínico
mirar donde Luis Alfonso sintió esa noche que se hundía como en un pantano.
Saltó de nuevo sobre los cajones, hacia atrás... En ese mismo instante, voces sin
aliento pero de exagerada altanería, indagaron sobre el mozo:
    —¿No vieron a un chulla bandido?
    —¡Por aquí se metió!
    —¡Hablen, carajo!
    Gritos y órdenes que no hallaron respuesta, que se ahogaron en la fingida
idiotez de unos ojos donde la legalidad de pesquisas y policías era sólo cruel
obstáculo para ganar y mendigar el pan, para dormir a gusto bajo techo, para usar
el agua, el sol, el aire, los frutos de los campos de Taita Dios. No podían delatar al
fugitivo. Al fugitivo que salió disparado de su escondite.
    —¡Ya!
    —¡Corran!
    En la mancha de luz del alumbrado público a donde se aproximaba, Luis
Alfonso alcanzó a divisar a dos policías. Tomó una transversal. Una transversal
que, a pesar de la hora, se hallaba poblada de cholos e indios borrachos. «Las
guaraperías... Las guaraperías...», se dijo mientras distinguía a medias —sombras de
pesadilla— gentes tendidas en el suelo, revolcándose en el lodo y en sus propios
excrementos —por los rincones, arrimados a cualquier muro, parejas enlazadas a
puñetazos, a mordiscos, con ganas de matar, de morir—: cholos de queja animal y
carcajada idiota, indios —acurrucados bajo el poncho— de llanto y sanjuanito [110]
de velorio. Todos al ritmo de una fatiga de criminal locura, como si estuvieran
luchando con un demonio invencible, con una fiera gigante, en ellos y fuera de
ellos.
    Romero y Flores entró a la primera casa abierta —fachada de amplio corredor,
poyos de zócalo en las paredes, poyos de mostrador entre los pilares, viejo enlucido
de cal, tejado de renegrido arabesco de musgo y liquen. También allí las gentes
borrachas se estiraban y retorcían como en una gusanera. Cruzó el mozo aquella
especie de tienda o galpón. Los guaraperos más resistentes —resistencia de los
últimos en llegar— que seguían embriagándose, se encogieron como pájaros asusta-
dos al paso del intruso —indios en el suelo frente a una cazuela a medio llenar de
líquido amarillento, turbio, donde nadaba un pilche que a ratos se perdía de mano

---

[109]   *pordioseros que degeneró la miseria:* empleo transitivo, algo incorrecto, de un verbo intransitivo.

[110]   El *sanjuanito* es, según el propio Icaza, una «tonada típica ecuatoriana», véase el «Vocabulario»
que puso al final de su novela *Huairapamushcas* (en: *Obras Escogidas,* ed. cit., p. 643).

en mano; cholos de miserable catadura en torno a una mesa larga, sucia, bebiendo en jarros de lata.

Al final de un cuarto oscuro se detuvo Luis Alfonso. Unas mujeres hablaban en la cocina:

—De suerte hemos estado. No han venido los chapas [111] a joder.

—Es que el Telmo está de servicio por este lado. El pobre tiene que hacerse patas con [112] los jefes. Toditos quieren algo, exigen algo. A Dios gracias el negocio es socorrido.

—Sólo así, comadrita.

—La otra semana me costó más de doscientos sucres...

—¿Tanto?

—Por lo del indio bandido que amaneció muerto en el corredor, pes.

—Cierto. Pero esa noche ni mucho fermento pusimos. A más de lo ordinario, un poquito de orinas. [113]

—También la vecina Pitimucha [114] tuvo que mandar buenos billetes.

—¿Con el padre de sus guaguas mandaría, pes?

—Y con quién más. Mi pobre Telmo. Mañana le toca franco. [115] ¿Y qué fue del suyo?

—No volvió. Dicen que está con otra carishina.

«Guarichas... Guarichas...», pensó el mozo mientras observaba sin ser visto por las mujeres. La una, la que se refería con amor y ternura a su «pobre Telmo» —de pollera oscura, de cabellos atados con cintas, de chal otavaleño sobre los hombros—, se limitaba a probar de vez en vez el brebaje de una enorme paila de bronce donde la otra —chola de follón desteñido y sucio, de blusa llena de parches y zurcidos, de lazos y nudos de pabilo en las trenzas— echaba a grandes puñados un picadillo repugnante. Un picadillo sazonado —por el olor y por los restos que se alcanzaba a distinguir sobre una mesa— con plátanos podridos, cadáveres de ratas, zapatos viejos.

En ese instante sonaron en la calle las voces y los pasos de los perseguidores.

---

[111] El *chapa* es, en el Ecuador, un policía; procede este vocablo de la forma popular *chapar*: «atisbar, espiar»; ambas formas se derivan a su vez del verbo quichua *chapana*, que tiene el sentido de «atisbar, observar; servir de vigía o centinela» (L. Cordero, *Diccionario quichua-español...*, ed. cit., p. 25).

[112] *hacerse patas con*, o *hacer la pata a*: americanismo que significa «adular, lisonjear» (*Americanismos...*, ed. cit., p. 473); es expresión figurada y familiar.

[113] *pusimos (para acelerar la fermentación del guarapo) un poco de orinas*: J. Icaza denunció varias veces esa manera totalmente ilegal y antihigiénica de preparar el guarapo, véanse por ejemplo su cuento «Sed» (en *Obras Escogidas*, ed. cit., p. 871, donde una chola echa un «tarro de orinas» en un pondo de guarapo para agilizar las cosas), y su novela *Huasipungo (Obras Escogidas...*, ed. cit., p. 161, que nos describe el método similar utilizado por la chola Juana: «En cuanto al guarapo para los indios echó en unos pondos olvidados que tenía en el galpón del traspatio buena dosis de agua, dulce prieto y orinas, carne podrida y zapatos viejos del marido para la rápida fermentación del brebaje».)

Varios etnógrafos denunciaron también este procedimiento, y precisaron que podía provocar crisis de demencia en quienes solían ingerir tales bebidas.

[114] *Pitimucha*: apodo humorístico que procede del quichua *piti*, «pedazo; pequeña porción; fragmento», y *mucha*, «beso» (L. Cordero, *Diccionario quichua-español...*, ed. cit., pp. 86 y 70).

[115] *le toca franco*: expresión popular, por *le toca día franco*, o sea día libre, en el que no ha de trabajar.

Sin ningún reparo, Luis Alfonso entró en la cocina de la guarapería e interrogó a las cholas que preparaban el brebaje señalando hacia el fondo:

—¿A dónde da esa puerta?

—¡Jesús! A la otra calle, pes.

—A la calle del cementerio —confirmó la hembra del follón desteñido y sucio.

Un tufillo a cadáver —creado por el vivo recuerdo del negocio de guarapo— obligó al mozo a pensar en los muertos: «Un día se tendieron, se estiraron. Les fue imposible correr más, moverse más, odiar más, respirar más... Yo en cambio...» Se paró de pronto con las manos sobre la cara. Se sentía cansado, profundamente cansado, pero... «¡Carajo! Me obligarán a decir, a declarar todo lo que a ellos les dé la gana. Soy indispensable. Soy necesario al disfraz de su infamia. ¡Su infamia!», pensó en un arranque de cólera reconfortante, de rebeldía diabólica. La rebeldía que en vez de apagarse en su corazón se había encendido más y más.

Por referencias de amigos, por pequeños y ocasionales datos de prensa, por lo que le contó una noche un ratero, una noche que cayó de borracho en un calabozo de la policía —puerta de barrotes, paredes sucias, luz pecosa de caca de moscas, letrina repleta de vómito, excrementos, orinas, piso húmedo, retablo de contraventores: figuras deterioradas, torcidas, en máscara de pesadilla—, el chulla sabía que... «Al principio parece grande, invencible nuestra voluntad para hablar o para callar, pero después de que le meten a uno en la máquina, después de que le torturan, después de que le amenazan con la muerte, y uno cree morir... Después de que le gritan, cien, mil veces, lo que ellos quieren que uno diga, las cosas cambian en el alma, las palabras surgen ajenas, malditas...» Algo poderoso, pesado, le aplastaba. Levantó la cabeza, alzó los puños al cielo —al infinito, a la nada— exhaló una queja gutural de maldición. Luego trepó por una calle en gradas. Pasó junto a un mercado —desde el interior echaban basura y agua lodosa. Pasó frente a una iglesia —puerta cerrada de gruesos aldabones, mudo campanario, talla barroca en piedra a lo alto y a lo ancho de la fachada. Pasó por la portería de un convento —quiso golpear, refugiarse en la casa de Taita Dios, como lo hicieron espadachines y caballeros endemoniados en viejos tiempos, pero recordó que frailes, militares y funcionarios públicos andaban a la sazón en complicidad de leyes, tratados y operaciones para engordar la panza. Pasó por una callejuela, entre mugrosos burdeles —tiendas en penunbra, en hediondez, en disimulo, en agobio de pecado que ofrece poco placer y mucho riesgo. Pasó por todas partes...

Un viento cortante, cargado de humedad de páramo, le anunció el amanecer. Seguro de que todo ocurriría como hasta entonces, el mozo trató de orientarse, de olfatear. El rumor de la vida urbana fluía desde abajo hacia la bóveda del cielo que empezaba a tornarse opalescente. Con rara angustia de abandono, se dio cuenta que habían desaparecido los pasos y las voces de sus perseguidores. Constató que iba por un camino peligroso, lleno de curvas, solitario —a la izquierda la muralla de la montaña, a la derecha el despeñadero por donde trepaban corrales, techos, tapias, en anarquía de enredadera—. El silencio —pulso palúdico que agitaba en la sangre sospechas de emboscadas y traiciones— le infundió un pavor extraño, un pavor de carne de gallina. Varias veces fue el viento que andaba como lagartija entre los matorrales de las cunetas. Varias veces creyó ver lo que presentía

—sombras que se estiraban para agarrarle, brazos esqueléticos, figuras venenosas por el suelo—. Mas el crepúsculo del alba ahuyentó a los fantasmas. De pronto —explosión de sorpresa mortal—, por un recodo del camino, en tropa de aparecidos, surgieron algunas gentes capitaneadas por el «Palanqueta» Buenaño.

—¿Y ahora, carajo? ¡Creyó burlarse de nosotros! ¡De la autoridad! —gritó el pesquisa.

El fugitivo, por toda respuesta, miró hacia atrás pensando con desesperación: «No me agarrarán por nada del mundo. ¡Lo juro! Mi poder... Mi orgullo... Mi...» Pero también por la retaguardia avanzaban tres policías y un cholo. Perdido, sin gritos —al parecer todo inútil en tales circunstancias—, Luis Alfonso ganó de un salto el filo del barranco. Observó con furia de desafío a los hombres que se le acercaban. «Desgraciados. Si se atreven, me tiro. ¿No contaron con eso, verdad? ¿Me creen incapaz? Ahora es distinto», pensó. Estaba dispuesto a arriesgar lo único que tenía, su vida. Incrédulos, cautelosos como si fueran en busca de una bestia arisca, trataron de aproximarse los perseguidores.

—¡Cuidado! —gritó el chulla sintiendo que también sus voces ancestrales estaban con él. Misteriosamente su rebeldía les había cambiado, les había transformado, fundiéndolas en apoyo del coraje de su libertad para... Majestad y Pobreza, en tono de orden sin dobleces: «¡Salta, carajo! Necesitan gente acoquinada por el temor, por el hambre, por la ignorancia, por la vergüenza de raza esclava,. para justificar sus infamias. Necesitan verdugos y víctimas a la vez. Niegan lo que afirman o tratan de afirmar... El futuro... ¡Salta, hijo!» Y mama Domitila, en grito salvaje, cargado de amargas venganzas: «Por la pendiente. Pegado a la peña. Los ojos cerrados. Búrlate de ellos. De sus torturas, de su injusticia, de su poder. No permitas que siempre.. Como hicieron con los abuelos de nuestros abuelos... Vos eres otra cosa, guagüitico... Vos eres lo que debes ser... La tierra está suave y lodosa por la tempestad... La tierra es buena... ¡Nuestra mama!» Y antes de que las manos de la autoridad le atrapen, el chulla Romero y Flores, a pesar de sus músculos cansados, a pesar de sus recuerdos y de sus ambiciones, ciego de furia, exaltada su libertad para vencer aun a costa de la vida, saltó por la pendiente con un carajo al viento.

—¡Ve, pes!

—¡Qué bruto!

—¡No era para tanto!

—Valiente, el bandido.

—Se fregó.

—A mí que no me busquen como testigo.

—A mí tampoco.

—A lo peor nos hacen declarar.

—Eso es fijo, cholito.

—Alguien tiene que cargar con la chaucha. [116]

—¿Quién lo empujó? ¿Quién le siguió? ¿Quién lo obligó?

«Vivo o muerto. Vivo o muerto le llevo a la cárcel, carajo. No se burla de mí. ¡Nadie se ha burlado!», se dijo el «Palanqueta» Buenaño y ordenó a la gente que le rodeaba:

—Iremos por la otra calle. Ya sé dónde está el pendejo. Conmigo se ha puesto.

—Y si a lo peor...

—¿Qué, pes?

—Se ha jodido.

—Hierba mala nunca muere. Vamos.

*   *   *

Al llegar el médico, Rosario respiraba con dificultad.

—Aquí, doctor. Aquicito.

—Véale no más. No le para la sangre desde que parió.

—La sangre. La sangre...

Mientras los vecinos hablaban a media voz, el facultativo, hombre maduro, sereno y prolijo, auscultó a la enferma. Al mirar al desconocido y sentir sus manos Rosario lanzó una queja.

—No es nada. Veremos... Veremos... —dijo el médico al terminar el examen, y con sonrisa amable —mecánica y forzada— consoló a la parida. Mas, al platicar junto a la puerta del cuarto con mama Ricardina y un coro de mujeres, les manifestó la gravedad del caso.

—¿Entonces?

—¿Ustedes son parientes?

—No. Vecinas no más. Comedidas, pes. ¿Morirá, doctorcito?

—Creo que sí.

—¿Sí?

—Está mal. Me llamaron muy tarde.

—¿Y ahora el chulla? ¿Le agarrarían? ¿Estará preso?

—Dios nos guarde.

—Que me traigan esta inyección. ¡Pronto! —concluyó el médico entregando una receta. Una receta que, al pasar de mano en mano con la noticia trágica de la gravedad de Rosario, produjo en el remanso bisbiseante y soñoliento en el cual había caído la murmuración del vecindario, un despertar como de protesta y amenaza:

—La culpa es de ellos, carajo.

---

[116]   *chaucha:* este americanismo puede tener aquí cualquiera de sus dos sentidos habituales, aunque ambos pueden combinarse —dado el contexto de la frase. La *chaucha* es en efecto, «en nuestro lenguaje popular, (una) ganancia ocasional e inesperada por un trabajo eventual». (J. Tobar Donoso, *El lenguaje...*, ed. cit., p. 91); J. Icaza registra este sentido en el «Vocabulario» de su novela *Huairapamushcas* (en : *Obras Escogidas*, ed. cit., p. 641); la palabra tendría, en este caso, un matiz irónico.

Pero la *chaucha* es también, en el habla coloquial de varios países hispanoamericanos, una «inocentada», una «tontería»; este significado que encerraría también una connotación irónica, cuadra asimismo con el contexto —sin excluir por eso la acepción precedente.

—¿De ellos? ¿Quiénes?

—¡Ellos!

—¡Ah! Los que no son pobres como nosotros.

—Pero la culpa también es nuestra, cholito.

—¿Por qué, pes?

—Eso nos preguntamos siempre.

—Siempre.

—Morir. Morir la vecina.

—No es justo.

—Ni injusto tampoco, pes.

—¿Qué esta diciendo? Medio raro le noto.

—Ella descansará.

—Todos descansaremos.

—El alma del pobre no descansa ni bajo tierra.

—¿Cómo ha de descansar dejando al guagua solitico?

—Guagcho. *

—Para los huérfanos de San Carlos.

—Si nosotros... Si nosotros pudiéramos...

—¿Qué, pes? ¿Criarle? Con los nuestros no sabemos qué hacer, dónde meterles, dónde olvidarles.

—Mamitica. No diga así.

—El chulla es siempre el chulla, vecinita. Tiene primero que hacerse hombre para criar al hijo.

—Hombre para enterrar a la conviviente.

—¿No les dará remordimiento a los esbirros de todo esto?

—¿No les quemará las entrañas?

—Se hacen los que no oyen.

—Sería de matar.

—Sería de echarles a la calle.

—¡A la calle, carajo! —chilló un viejo mirando descaradamente a los pesquisas.

—Se hacen los buenos.

—Los humildes.

—Hasta que nos calentemos no más.

—Hasta que nos pongamos de a malas.

—Hasta que olvidemos el cristiano de adentro.

—Hasta que nos salga el indio.

El «Chaguarquero» Tipán y el «Sapo» Benítez, fingiendo indiferencia —la vista baja, la bondad chorreando de la jeta—, hicieron como que no oían, como que no era con ellos. Y aprovechando un instante de descuido, huyeron en silencio.

—Salimos a tiempo —comentó el uno al torcer la primera esquina.

—Yo sudaba.

—¿Y quién no sintiéndose en las delgaditas? [117]

---

[117] *sentirse en las delgaditas:* expresión figurada y familiar, que corresponde a «no tenerlas todas consigo».

—Todo era contra nosotros, pes.

—Nos vieron la cara.

—La cara de pendejos.

—Capaces de achacarnos el muerto.

—Porque la hembra ya mismo...

—Ya mismo tuerce el pico.

—¡Carajo! Así tenemos que decir al Jefe.

—Sin pendejadas.

—¿Estará en la oficina?

—No creo. Las siete no más han de ser.

—Podemos verle en la casa, entonces.

—¿En la casa de la moza?

—En cualquiera. Yo conozco ambas.

—Yo también, pes.

*   *   *

Al abrir los ojos —lenta y brumosa evaporación de la inconsciencia—, lo primero que alcanzó a distinguir Romero y Flores fue el techo —manchas de viejas goteras, almácigo de moscas—. Luego, en la pared, un cuadro pudorosamente cubierto con velo sucio —corneta y alas de San Vicente—, fotografías ampliadas de mujeres desnudas dentro de círculos de inscripciones y dibujos pornográficos a lápiz —rúbrica espontánea y sicaliptíca [118] de la clientela—, un irrigador renegrido por el uso. En el piso de costal descolorido: colillas, corchos, algodones. En el aire, olor a engrudo, a ostras guardadas, a tabaco, a hombre borracho, a pantano, a selva. El mozo creyó reconocer a las gentes que le miraban. Tres mujeres mal cubiertas —exhibiendo por la abertura normal o por los desgarrones anormales en lo que ellas usaban como bata de casa, el chuchaqui ascendente e incurable de unos senos chirles, de unas carnes flojas, de unas piernas esqueléticas, de un sexo húmedo de inmundicias viscosas como ojo de pordiosero—, y un hombre joven en mangas de camisa. Una de ellas podía ser —hechizo de excitante angustia en el recuerdo de nauseabundos contagios—. ¿Quién? La «Bellahilacha». ¿Y las otras? La «Capulí» [119] y la «Pondosiqui». [120] ¿Y el mozo? El mozo era Víctor Londoño, el chulla tahúr. «Estoy vivo. Vivo después de todo. ¿Por qué? Quise morir... La pendiente... El lodo... Las ramas....», recordó Luis Alfonso entre sombras que se

---

[118]   *sicaliptíco-a:* según M. Moliner, esta palabra «creada para anunciar una obra pornográfica» viene del griego *sykon*, «vulva», y *aleiptikós*, «excitante»; tiene el sentido de 'escabroso-a'; esta forma «sexualmente maliciosa», «se usó, sin conocer exactamente su significado literal, hace treinta o cuarenta años; ahora es desusada».M. Moliner, *Diccionario de uso*..., ed. cit., t. II, p. 1160).

[119]   *«Capulí»:* apodo femenino que procede del nombre de una «especie de cerezo» (J. Tobar Donoso, *El lenguaje*..., ed. cit., p. 62).

[120]   *«Pondosiqui»:* otro apodo femenino, que contrasta humorísticamente con el precedente; viene del quichua *siqui* o *siki* «Nalga. Orificio; culo». (L. Cordero, *Diccionario quichua-español*..., ed; cit., p. 105), y de la conocida forma *pundu* «tinaja»; según P. de Carvalho-Neto, *pondo* en el lenguaje popular, «ha sido usado como apodo de los gordos» (*Diccionario del Folklore*..., ed. cit., p. 345). *La «Pondosiqui»* significa por lo tanto «la del trasero gordo».

iban diluyendo. Y cuando se despejó totalmente su conciencia percibió una dulce complicidad, un doloroso recuerdo —definitivo y mayor que otras veces— entre sus fantasmas ancestrales. Su tragedia íntima —candentes rubores por un pecado original donde no intervino, cobardes anhelos de caballero adinerado, estúpidas imitaciones— era en verdad cosa primitiva e ingenua ante el riesgo que acababa de pasar, ante las urgencias dolorosas de Rosario, ante la esperanza de un hijo. Extraña prudencia afianzábase minuto a minuto en su espíritu procurándole un perfil nuevo, auténtico. ¿Y el disfraz de chulla de porvenir, pulcro, decente? Se lo llevaron los vecinos de la casa de mama Encarnita, la generosidad de las gentes pobres, la gana de morir frente al atropello, al engaño, al abuso. Vio claro. Tenía que luchar contra un mundo absurdo. Estaba luchando. ¿Cómo? Trató de levantarse. Un dolor agudo en todo el cuerpo le retuvo tendido en el diván donde durmió más de una vez —noches de sucia cabronería a las que él llamaba ʻcon orgullo: «de bohemia galante»— la borrachera costeada por cualquier tipo en ascenso legal o ilegal. En el diván donde muchas ocasiones, al amanecer, se unió a la prostituta que decía quererle, gozar sólo con él, después de su trabajo mecánico, asqueroso, con latifundistas hediondos, militares pesados y comerciantes exigentes.

Ante los esfuerzos del fugitivo por levantarse, la «Bellahilacha», con devoción maternal, murmuró acercándose a Romero y Flores:

—No te muevas. A lo peor tienes algo roto en el esqueleto. ¿Qué te pasó? ¿Qué hiciste? ¿Estabas borracho? ¿Rodaste desde el cerro? Como un muerto te encontramos en el patio. Felizmente habías caído en el lodo, en la basura.

La «Capulí», la «Pondosoqui» y el chulla tahúr, intervinieron a su vez.

—Queremos ayudarte. Somos tus amigas. Habla.

El aludido movió la cabeza, y en pocas palabras explicó los detalles de su fuga. Luego concluyó:

—Ella me necesita. Está sola. Le dejé sola. Debe parir.

—¡Ah!

—Los policías, los pesquisas, las gentes... Ustedes saben. Les he dicho todo...

—Sí, en efecto —mumuró la «Bellahilacha» bajo la acción de un generoso proyecto que brillaba en sus ojos mirando y remirando al chulla tahúr.

En ese mismo instante, una criada de trenzas flojas, abotagada de sueño, zapatos de segundo pie —tacos torcidos, dos números más grandes—, anunció desde el corredor en tono de chisme y en mímica de escándalo:

—Unos hombres están golpeando en la puerta de calle. Yo les vi clarito por la rendija. De la policía parecen.

—¡Ellos! —chilló Luis Alfonso buscando la forma de levantarse. Había perdido la fuerza, la agilidad. Le pesaba todo el cuerpo.

Antes de verse frente a los policías, la «Capulí» y la «Pondosiqui», como de costumbre en tales casos, trataron de escabullirse. Víctor Londoño, menos expansivo y alharaquiento —por aquello de «bien macho»— ocultó sus recelos, y estirándose en un bostezo lento, profundo, indiferente, se dijo: «Ya nos jodimos, carajo». Pero la dueña del burdel, reaccionando favorablemente, ordenó a la criada con voz de amenaza y reproche para todos:

—No les abras.

—Y lo que...

—A estas horas no se abre a nadie.

—Van a romper la puerta, pes. ˙

—Que rompan carajo.

De inmediato tranquilizó a las prostitutas que cacareaban en su torno, y dirigiéndose al chulla tahúr, con mimos de hembra doctorada en zalamerías, sugirió:

—Vos, cholito. Tan bueno siempre, tan generoso, puedes ayudarnos a resolver esta pendejada.

—¿Eh? —exclamó Víctor Londoño dando un paso hacia atrás.

—Si le agarran aquí iremos todos a parar en la cárcel.

—Carajo. ¿Pero qué puedo hacer yo?

—Sustituirle. ¿Me entiendes? Engañar a estos cojudos. Huir como si fueras él.

—¡Oh! ¿Así? ¿En mangas de camisa? —dijo el posible héroe buscando sacar provecho de la aventura. Sus papeles, su cartera, su americana, su chaleco, su sombrero, que se hallaban desde la víspera en manos de una de las prostitutas del burdel, la «Caicapishco», [121] a quien quiso hacerle perro muerto. [122]

—Te disfrazaremos con la ropa del pobre Luchito. La gorra, el saco, la bufanda.

—Imposible.

—Por tu culpa... El, nosotros, la infeliz que está pariendo, nos veremos...

Convencidas y emocionadas la «Capulí» y la «Pondosiqui», corearon al ritmo del juego audaz que poponía la «Bellahilacha»:

—Son parecidos.

—Nadie notará el cambio.

—El mismo cuerpo.

—La misma pinta.

—Mamitico.

—¿Y qué provecho saco yo de tanto riesgo?

—Bueno... Le ordenaré a la «Caicapishco» que te devuelva tus cosas.

—¿El sombrero, el chaleco, la cartera, los papeles...?

—Todo. Apúrate. Ya entran. ¿No oyes? —advirtió la «Bellahilacha». Y con ayuda de las otras mujeres despojó a Luis Alfonso de sus prendas de vestir.

—¿Y si me agarran, carajo? —mumuró el chulla tahúr una vez transformado.

—No tengas miedo. Soy amiga del Jefe. Tengo negocios con él. Puedo cantar.

En tropel inconsciente, endemoniado, entraron pesquisas y policías a la casa.

---

[121] «*Caicapishco*»: apodo femenino obsceno que se deriva del quichua *cayca*, o *kayka*, interjección que significa «coge esto, toma esto, recibe esto» (Manuel Moreno Mora, *Diccionario etimológico y comparado del Kichua del Ecuador*, Cuenca. C. C. E. —Núcleo del Azuay—, 1967, T. II, p. 234), y *pishcu* o *pishku*, «pájaro», pero también «pene, miembro viril» (L. Cordero, *Diccionario quichua-español*..., ed. cit., p. 85, y M. Moreno Mora, *Diccionario etimológico*..., ed. cit., t. II, p. 234).

[122] *hacerle perro muerto a uno-a* o *darle perro muerto a uno-a:* «fr. Hacer alguna burla o engaño bastante pesado, como ofrecer dinero y no darlo» Real Academia Española, *Diccionario de la lengua*..., ed. cit. p. 1012). Se trata de una expresión popular y muy española —empleada por Quevedo, por ejemplo.

Con mágica voz a la cual todos obedecieron sin chistar, la dueña del burdel distribuyó a su antojo a los personajes de la escena que había preparado.

—Vos, Víctor, en el momento que entren estos desgraciados, cruzas a la carrera por la puerta del fondo. Por ésa que está abierta. Que te vean bien. Eso es lo principal. Después corres al patio. Huyes por el portillo de la tapia a la calle... Vos, «Pondosiqui», quítate la bata. Desnúdate. Así. Echate sobre él. Pronto. No te pasa nada, pendeja. Lo importante es cubrirle, esconderle. Que ellos crean que están en lo mejor del gusto... Bien... Vos, «Capulí», ven conmigo.

Al ingresar en el primer cuarto el «Palanqueta» Buenaño y el «Chaguarmishqui» Robayo seguidos por dos policías, apartaron con violencia a las protitutas que inspiradas en su rol de súplica y de protesta se enfrentaron a ellos.

—¡Esperen! No pueden interrumpir el trabajo de una pobre mujer. De una infeliz mujer que se gana el pan con la vergüenza de su cuerpo —chilló la «Bellahilacha» desde el suelo a donde había ido a parar de los empellones de los intrusos, señalando con manos crispadas la impúdica unión de la hembra desnuda y del mozo al parecer borracho, que se alcanzaba a distinguir claramente en la pieza contigua.

—Por Dios. Están ocupados. ¿No ven? —coreó histéricamente la «Capulí».

En aparición superpuesta, robando todo interés, surgió detrás de una cortina el chulla tahúr disfrazado de fugitivo. Aquella presencia atrapó la atención de todos en pausa de hipo. Sin sospechar que caían en un engaño, policías y pesquisas se lanzaron a la carrera en persecución de aquella sombra. Cada cual comentó a su modo:

—Tengo que agarrarle de buenas o de malas —afirmó el «Palanqueta» Buenaño, desesperado a esas alturas del fracaso.

—Toditica la noche en esto.

—Aplastarle como a cuy.

—Asoma como diablo.

—Desaparece como diablo.

—Por el portillo, carajo.

—Se resbaló no más.

—¡Ahora!

—¡Vivito!

—¡Otra vez!

No tardó mucho Víctor Londoño en darse cuenta de lo difícil y arriesgado de la farsa en la cual se debatía. «Aquí estoy. ¿Qué quieren conmigo? ¡Mírenme bien! El que ustedes buscan se quedó atrás... Ji... Ji... Ji...», pensó al doblar una esquina. Pero las perspectivas de un atropello sin testigos en el posible encuentro por la furia salvaje de los perseguidores, le aconsejó entregarse a quien pudiera, por su autoridad y por su jerarquía, controlar legalmente el asunto. «Al Jefe de estos cojudos, de estos esbirros... Le conozco... Cholo cobrizo, pómulos de Rumiñahui... ¿El nombre? El nombre es lo de menos. Le conozco y basta... Conozco la oficina donde trabaja... Es hora del palanqueo, de los reclamos, de las denuncias».

No tuvo que desplegar mucha audacia el chulla tahúr para llegar a donde se había propuesto. Bien entrada la mañana cayó como un escándalo inaudito frente al escritorio del gran burócrata de la soplonería y de los recursos clandestinos.

—Me persiguen de pura gana, señor. ¿Por qué? Quieren matarme. Soy inocente. Mi nombre... Mi nombre es Víctor Londoño. Todo el mundo me conoce. Usted también... Estaba en la casa de unas amigas. De unas amigas...

Antes de que el mozo termine su informe entraron en el recinto de la máxima autoridad de pesquisas y policías, el «Palanqueta» Buenaño y el «Chaguarmishqui» Robayo. Con violencia mecánica se lanzaron contra la presa.

—¡Un momento! ¿Qué hacen? —protestó el hombre cobrizo de pómulos de Rumiñahui poniéndose de pie. Por el «Sapo» Benítez y por el «Chaguarquero» Tipán conocía los detalles de la fuga de Romero y Flores, la actitud del vecindario de la casa de mama Encarnita, la gravedad de la concubina del fugitivo. Además, los papeles que le entregó el «Mapagüira» Durango, fruto del registro, eran poca cosa. ¡Ah! Pero lo más importante, la política, lo que él llamaba «la alta política» —pasiones e intrigas de burócratas—, había cambiado totalmente en las últimas veinte y cuatro horas. Su Excelencia, los señores Ministros, algunos Jefes Provinciales, indignados y recelosos porque su «candidato» —Ramiro Paredes y Nieto— tardaba en ofrecer para el futuro —descuido de «patrón grande, su mercé»— el respaldo de impunidad necesaria a crímenes, robos, atropellos, resolvieron actuar —declaraciones públicas, remitidos a la prensa, juramentos, discursos, la Patria por testigo— con imparcialidad democrática en las elecciones que se avecinaban. «¡Ningún apoyo a nadie! ¡A nadie! Que no se diga más tarde... Que la historia... Nuestra inmaculada honradez...» En tales circunstancias las órdenes de la víspera —podridas de un día para otro— debían ser olvidadas, rotas sin escándalo. Pero el odio crecido en el fracaso, en la pesadilla de la sombra que se escurre del «Palanqueta» Buenaño se hallaba fuera de todo control. Agarró al falso fugitivo de donde pudo, mientras pensaba: «De mí no se burla nadie. ¡Nadie, carajo! ¡Aquí está, muerto o vivo! He cumplido mi deber. ¡Soy bueno! ¡El mejor! ¿Quién dice lo contrario?»

—¡Aquííí!

—¡Espere! ¡He dicho que espere! ¿No me oye? ¿No ve dónde está? —advirtió en tono olímpico el Jefe de Seguridad Pública metiendo mano atlética de mayordomo en la furia del subalterno.

Al separar a la víctima de las garras del «Palanqueta» Buenaño, el hombre cobrizo con pómulos de Rumiñahui murmuró tratando de evitar complicaciones:

—¿Usted como se llama, jovencito?

—Ya le dije, señor. Víctor Londoño.

—Pero él... ¡El! —insistió el pesquisa desconcertado sin saber lo que pasaba.

—No soy... ¡No soy!

—Claro que no es. Claro que hemos cometido una tremenda equivocación. Pero usted se puso en nuestro camino. En el camino de la justicia, de la ley... Eso, mi querido joven, es muy peligroso. Muy peligroso. ¿Me entiende?

—Sí, señor.

—Puede retirarse.

—¡Se va! —comentó el «Palanqueta» Buenaño tratando de seguir al falso fugitivo. El «Chaguarmishqui» Robayo, que se hallaba a su lado, le agarró de un brazo y le dijo en tono de reflexión:

—Espere no más. No se haga el gallo. Oigamos primero. Acaso nosotros tenemos derecho de estar pensando y sintiendo pendejadas.

Al concluir el incidente y escuchar las advertencias, los nuevos peligros políticos y las nuevas órdenes del Jefe de Seguridad —altavoz del señor Presidente y de los señores Ministros—, el «Palanqueta» Buenaño bajó la cabeza de mala gana para esconder un despecho de amargo sabor en la boca, de fiebre temblorosa en la piel, de fuego criminal en las entrañas. Su insistencia podía ser torpe, incomprensible si se quiere, mas, ¿por qué no le dejaban concluir su trabajo? Su mejor trabajo... Nadie puede impedir al soldado matar al enemigo en el fragor de la batalla. Sería idiota, cobarde. Y al salir del despacho, tras del «Chaguarmishqui» Robayo, ocultando rubor y venganza de excelente pesquisa en desgracia, acarició el revólver que llevaba en uno de los bolsillos del saco. Le dolió la mano al ajustar el arma. ¿Contra quién disparar? ¡Contra él! Todos eran justos, inocentes, buenos. El, en cambio: trapo sucio, olía a basurero, gusano vil, suave de sudor, de fatiga, de lodo, hijo de mala madre. ¡Un tiro! Pegarse un tiro. No... Tenía que amparar a la mujer, a los guaguas, a la vieja.

—Soy una mierda —murmuró entre dientes una vez en la calle.

—Pero cholito. Somos lo que somos. Dicen que sí. Bueno, sí. Dicen que no. Bueno, no.

—Carajo. Un trago. Quiero beber.

—Eso es distinto.

—Si no me emborracho hasta las patas me muero. Me pego un tiro.

—Un... Vamos, mejor.

                    *   *   *

Al despedirse de las mujeres del burdel, Romero y Flores trató de decir algo noble, desgraciadamente no pudo —la gratitud se le anudaba en el pecho—. Sólo miró al diván, besó en silencio a la «Bellahilacha» e hizo un gesto amable y respetuoso para las otras —había hallado con sus ojos nuevos algo de santo, de heroico, de cómplice en ellas—.

Cuando entró en el zaguán de la casa de mama Encarnita, el mozo tuvo que abrirse paso entre los comentarios del vecindario:

—Sufrió mucho la pobre para soltar el guagua.

—Los bandidos se fueron cansados de esperar.

—De miedo...

—El médico dijo...

—Calle no más. No sea tan chismosa.

—Chisme será, pes. Se le fue la sangre.

—La mala y la buena.

—Una lástima.

—Una desgracia sin remedio.

—Ojalá, Taita Dios.

—Sólo Taita Dios.

En el cuarto notó Luis Alfonso una especie de tristeza que inmovilizaba a las personas y a las cosas. ¿Y el olor? Tufillo a hospital lleno de comadres y visitas. Se hubiera tendido con gusto junto al niño baboso, arrugado como rata tierna, envuelto en bayetas y trapos ajenos. Era preferible sonreírle con ternura y delicadeza. ¿Y ella? Inmóvil en la cama —palidez de espectro, cabellos en desorden, ojos que se abren y se cierran indiferentes, respiración crepuscular—, no le había dicho nada. ¿Por qué? «Puede... Puede morir...», intuyó sintiendo algo doloroso que le humedecía los párpados, le hormigueaba en la sangre, le temblaba en la boca con franqueza que nunca antes la usó entre las gentes —ni ricas ni pobres—. Crispado por la paradoja de la tremenda realidad —la mujer que parecía agonizar y el hijo que dormía plácidamente—, no supo o no pudo agradecer a las vecinas que habían socorrido a la parturienta y que le anunciaban en voz baja, enternecida y misteriosa:

—Está mal.

—Hemos hecho todo lo posible.

—Mal mismo parece.

—El médico dijo que le habíamos llamado demasiado tarde.

—A veces preguntaba por usted.

—A veces por el guagua.

—La pobre. Solitica. Nosotros...

—Calle vecino. ¿No ve que sufre?

—Sufre...

Un desprecio a sí mismo por su ausencia en el momento más duro para ella, postró a Luis Alfonso en el sofá, junto a la cuna del recién nacido —un cajón, una silla, unas ropas mugrosas—. Y en la pausa de alelado escuchar y entender crecieron en su corazón los reproches al amparo de esa especie de alianza —voz e impulso en coro— entre mama Domitila y Majestad y Pobreza: «Basura revuelta. ¡Basuraaa! Debía... Se le fue la sangre. La buena y la mala. El médico dijo. ¿Qué dijo? Ojalá Taita Dios. Nadie tiene la culpa. ¡Yo! Soy un desgraciado. Siempre... Ahora... Antes de nacer. Antes de morir... El rol de mi pequeña farsa. ¡No me sirvió para nada! Para nada... Mis burlas de almanaque, mis raterías de doble fondo, mi disfraz de fantoche inofensivo, sin opiniones... No pude vengarme de la vieja cara de caballo de ajedrez. Del candidato. De las damas y caballeros. Del demonio... Atado a ellos, imposible. A su forma, a su ambición, a sus creencias, a su destino... ¿Por qué? Por bruto. Al carajo todo...» La tragedia del desacuerdo íntimo —inestabilidad, angustia, acholamiento— que tuvo el mozo por costumbre resolverla y ocultarla fingiendo odio y desprecio hacia lo amargo, inevitable y maternal de su sangre, se había transformado —gracias a las circunstancias planteadas por la injusticia de funcionarios y burócratas, al amor sorpresivo a Rosario, a la esperanza en el futuro del hijo, a la diligencia leal y generosa del vecindario— en la tragedia fecunda de la permanencia de su rebeldía, de la rebeldía de quien ha recorrido un largo camino y descubre que ha tomado dirección equivocada. Era otro. Otro a pesar de su dolor. ¿Quizás demasiado tarde? «No... ¡No!», se dijo mirando al pequeño que dormía entre trapos ajenos. Luego se acercó a la enferma. Lo hizo maquinalmente. Le tomó de una mano. Fría, débil, sudorosa. ¿Cómo infundirle vida? Ella abrió los ojos. Una, dos, tres veces. Y temblaron en su boca palabras sin voz.

—¿Qué? —interrogó Luis Alfonso inclinándose sobre el rostro de Rosario —arrugas profundas, labios entreabiertos, nariz perfilada, párpados en lucha con un sueño de siglos—. Deseaba gritarle: «¡Espera! ¡Escúchame! Te he querido siempre. No soy el mismo. ¡No! A veces... La maldita insinceridad. Pero... ¿Recuerdas? El señor, el caballero, el lord inglés... ¿Y tú? La princesa... ¡Mi princesa! Ahora sé que... Ahora comprendo...» Dirigiéndose a las pocas vecinas que quedaban en el cuarto, concluyó en tono de súplica infantil:

—¿Qué podemos hacer?

—Esperar, pes.

—¿Esperar?

—Quizás lo que le puso el doctor...

—Lo que nosotros también le pusimos.

—Si Taita Dios hace el milago.

—¿El milagro?

—Esperar, pes.

A la tarde murió Rosario. Fue sólo una leve contracción, un doloroso estremecimiento en la piel. Alguien... Alguien se había llevado del cuerpo de la mujer, sin ruido y sin reclamo, la luz de sus ojos, el aliento de su boca, el pulso de su sangre, la gracia de su rostro.

Luis Alfonso, mirando en silencio, inmóvil al pie de la cama, sintió que sus entrañas se contraían en una maldición, balanceándose —a punto de naufragar— en el oleaje de los lamentos y de las lágrimas de las gentes comedidas. «Velorio. Velorio de indio...», pensó.

—Mamitica.

—Bonitica.

—Vecinita.

—Tan buena que era.

—Como un pajarito se quedó no más.

—Se fue en plena juventud.

—No le dejaron parir.

—Injusticia de los bandidos.

—El médico dijo... Dijo...

—Mamitica.

—Bonitica.

—Vecinita.

—Pronto era de llegar.

—No dejamos que le vea la bruja.

—Nadie tuvo caridad.

—Pero ella también, por qué no dijo, por qué no gritó.

—Toda la noche pasó quejándose.

—Como guagua ñagüi * de la quebrada.

—Así... Así mismo.

—Mamitica.

—Bonitica.
—Vecinita.
—Ojalá Taita Dios haya tenido misericordia.
—Si no tiene con los pobres, con quién ha de tener, pes.
—¿Con quién, pes?
—Se fue. Se adelantó.
—Mamitica.
—Bonitica.
—Vecinita.

Ante aquel clamor que tenía tono y queja de sanjuanito de velorio de indio, el chulla —meses antes hubiera provocado protesta teatral— no pudo guardar las lágrimas. También brotaron de Majestad y Pobreza y de mama Domitila. «Lloran conmigo. Al mismo ritmo... Se le fue la sangre a la pobre. La buena y la mala, ¿La mala? ¿Qué mala, carajo? ¿Dónde? Quizás porque miraba de un modo tan... Y sus ojos... Sus ojos se cerraban al gozar, al sufrir, al implorar. ¿Ahora? Ahora también... Pero sin placer, sin dolor, sin imploración... El médico dijo... ¿Qué sabe el médico? Saben los pesquisas, los policías, los mendigos, las prostitutas... Robé por ella, corrí por ella, vine por ella... ¿Para qué? Está muerta... ¡Muerta!» De buena gana hubiera huido como antes, como siempre. Miró hacia afuera. Irse. Respirar aire puro, sin remordimientos, sin responsabilidades. Ver nuevas imágenes. Eso le hubiera hecho mucho bien. Eso tal vez le hubiera mitigado la honda opresión que experimentaba. Pero... ¡No! El nuevo ser aparecido en él —equilibrio y unión de todas sus sombras íntimas— era incapaz de abandonar al cadáver. Tenía que enterrarle. Además, el hijo... Los huesos, los músculos, los nervios del mozo —rara transformación al amparo de alguien querido que muere y de alguien indefenso que nace—, aferrábanse a una ansia de expiación y de hombría. Era otro. Sus manos enrojecidas, sus vecinos ajenos, su blando corazón, su cansancio. ¿Y ella? El no cesaba de contemplarla en su desesperante inmovilidad, en su absurda rigidez. Parecíale estar viendo algo que había visto en sus pesadillas y en sus malos presentimientos. ¡Calma singular y terrible! ¡Calma auténtica con intenso poder de atracción!

Antes de llegar doña Victoria, la madre de la difunta —supo la noticia gracias al servicio especial del chisme y la información del vecindario—, Luis Alfonso había entregado el poco dinero que le quedaba de su cheque a las gentes que se ofrecieron para contratar el entierro. Por desgracia, después de muchas idas y venidas, circuló a media voz el fracaso:

—No alcanza, pes.
—No alcanza, bonitico.
—Ni para el ataúd.
—Ni para la carroza.
—De tercera será si Dios ayuda.
—Ni para el nicho
—En el suelo mejor.
—En el suelo de los pobres, de los chagras, de los indios.
—Ni para nada, pes.
—Si hubiera algo para vender.

—Si hubiera algo para empeñar.

—Algo...

«¡Oh! Esperen, por favor. No hablen así. Me desesperan. Iré a la calle otra vez. Pediré... Pediré con lágrimas en la garganta... En la garganta hecha un nudo... ¿Quién no ha exigido, un día por lo menos, que le ayuden? ¿Quién no ha temblado de impotencia ante el fracaso? ¿Robar? ¿Como lo hacía el chulla Romero y Flores? ¡Imposible! El... El ya no está. ¡No lo tengo... No lo siento...! A otros, en cambio, les dura hasta la vejez. En mí fue como un relámpago tras una forma, tras un estilo definitivo para ser alguien, para poder vivir. Alguien arriba. Alguien que robe con derecho. Como roban ellos, carajo. Los que yo conozco. Ellos... Los que conservan el chulla bien puesto e impuesto en su farsa política, en su dignidad administrativa, en su virtud cristiana, en la arquitectura de su gloria, en la apariencia de su nobleza. El mío... el mío fue un pendejo... Se aplastó... Se hizo sombra entre mis sombras...», se dijo el mozo sin atreverse a actuar de inmediato. Fluía de su alma una amargura nueva, renovadora, rebelde en sus convicciones, en su sensibilidad, en la creencia y el poder en sí mismo, pero estaba tan cansado físicamente que se llenó de indolencia y dejó correr el tiempo. Más tarde. postrado sobre el diván, magullado el cuerpo, sin recursos definitivos en sus sombras recién fundidas, entre la bruma del sueño y la claridad de la vigilia, miró llegar a doña Victoria, oyó sus lamentaciones exageradas, sus reproches, sus quejas, el estúpido ataque a la corrupción de los demás —él, Rosario—. Luego sintió —escena alucinante— que la vieja se le acercaba paso a paso, acusadora —hinchado el rostro como luna hidrópica, crispadas las manos en dedos de garfios, encendidos de furia los ojos como luces de demonio, murmurando entre dientes y baba amarga: «Murió en pecado mortal mi hija»—, para aplastarle, para juzgar su crimen. Pero gracias a lo tenso de su rebeldía, el mozo resistió el impacto de aquella actitud desconcertante, y buscó la disculpa levantando la cabeza para exhibir su enorme dolor, sus lágrimas, su sacrificio. En ese momento, como un desafío a la razón, como un llamado a la misericordia —verdades sin voz que saturaban el aire, oleaje de intuiciones que removía ocultos pensamientos, recuerdos lejanos, ansias inconfesables—, surgieron y transformaron el pequeño detalle de la tragedia en algo viscoso que parecía resignarse inopinadamente, que parecía humillarse, que parecía decir: «Es la vida que nos obliga...» Y surgió desde la cama donde reposaba el cadáver, en ráfaga de tibia evocación, de hálito estremecido, impalpable:

«Le amé... Le amé, mamitica. Lo sabes. Lo sabe todo el mundo. Te consta. Te dije más de una vez. Perdónale si crees que algún mal me hizo. Me hizo mujer. ¡Mujer! ¿Quizás tú nunca lo fuiste? ¡Nunca! ¿Por qué? ¡Oh! Ahora veo claro. Ahora comprendo que debí entrar en su alma, ayudarle en las cosas de su intimidad...» Y surgió desde la cuna de trapos y cajones donde dormía el niño arrugado como rata tierna:

«Sin él no podría vivir. Cuando usted muera él me ayudará, me defenderá... Lo que él me diga, lo que él me enseñe, lo que él me ampare...»

Y surgió desde los rincones desde donde observaban en silencio compungido comadres y gentes comedidas —dos o tres obstaculizaron personalmente el atropello—:

«El también ha sufrido. ¡El también! ¿Cuántas veces le hemos visto disimulando su miseria? ¿Cuántas veces le hemos visto hacerse el gallo futre sobre su vergüenza? Todos somos culpables. El, la difunta, nosotros, usted. Sea caritativa, tenga buen corazón, vieja. El pobre... Nadie sabe lo de nadie...»

Y surgió desde Luis Alfonso, en clamor hecho un tieso harapo de sueño, de angustia —cuadro que movía a compasión e incitaba a pensar—:

«Hice tanto de atrevido, de superficial, de indolente, de... De pronto sentí que me hundía en la costumbre de una sola mujer, en la ternura de una sola mujer, en el amor de una sola mujer. ¡Ella! Ahora lo confieso. Puse en juego mis buenas y malas artes... Por estar en perpetua paradoja con mi conciencia y con mi deseo, me vi envuelto en el coraje de la honradez, de la denuncia, de la fuga, del riesgo de la vida. Del riesgo de la vida donde se fundió definitivamente la disputa de Majestad y Pobreza y mama Domitila. La disputa hecha un ovillo. Y en vez del individuo caballero, «patrón grande, su mercé», que ellas deseaban forjar, y que yo lo anhelaba con locura infantil, me quedó un hombrecito amargado y doliente, rumiando una rebeldía incurable frente a lo que vendrá».

A la noche, al ritmo diligente del vecindario, llegaron las cosas indispensables para la muerta —sacrificios, empeños, ahorros de doña Victoria—: el ataúd, los cirios, los trapos negros. Luis Alfonso, entre tanto, con lejanía y proximidad al mismo tiempo de perspectiva en grises, pudo observar, hasta el menor detalle, la escena quejosa, pesada e impasible, en la cual la madre de la difunta y mama Encarnita —estaba a esas horas también mama Encarnita—, envolvían a Rosario en una sábana sucia de sangre para echarla en... «La caja de basura. ¡Sí! Es una caja de basura... ¡Por corrompida! ¡No! No fue una corrompida. En su plenitud al entregárseme, en sus ansias de madre, en su miedo a morir, supe que era una mujer. ¡Mi mujer! Que responda ahora el que gritó contra ella. Los que gritaron contra ella... Mientras mi estúpida vanidad corría incansable y ciega tras bastardas formas... ¡No le golpeen así! ¡No! La asfixia en la soledad... Eso es... Para no oler su descomposición... Se deja llevar al calor de los cirios... Flores... Una pequeña corona. Penumbra de tedio deformando a las gentes: largas, chatas, descoyuntadas. Ceras negras, pavesas hediondas... Las mujeres se limpian los ojos, los mocos. Me miran como si fuera la asfixia en la soledad. Cabecean de sueño y al despertar me observan y rezan. ¿Rezan por mí? Rezan los hombres... ¡No! Se cuentan chistes, murmuran... ¿De mí? ¡Oh! ¿Qué les pasa a todos? Nada. Parece que nada... ¡No soy yo! Allá entre las cuatro luces está el cadáver, está la pobre... Yo soy Romero y Flores... El chulla Romero y Flores. Pero mi chulla también está encerrado, preso, se pudre entre momias. ¡Le siento! Estoy allá y estoy aquí... Como ella... Con ella...»

La angustia ante el espectáculo del velorio precipitó a Luis Alfonso en la evidencia de haber abandonado parte de su ser en el ataúd. Nunca más estaría de acuerdo con sus viejos anhelos, con sus prosas intrascendentes, con su disfraz, con la vergüenza de mama Domitila, con el orgullo de Majestad y Pobreza. El agotamiento creció en él poco a poco, y el sueño incómodo —sentado en el diván— le hundió en extrañas pesadillas. Al despertar —frío de luz mortecina en la ventana, en la puerta—, escuchó a su lado a doña Victoria, a mama Encarnita y a una vecina que platicaban sobre el recién nacido.

—Pobre guagua.

—Lo que le espera.

—La vida.

—A veces es peor que la muerte.

—Yo... Yo tengo que criarle... Yo sé. Voluntad no me falta... Siempre y cuando el padre responda con algo... Siempre y cuando el padre se porte como un hombre —afirmó desafiante la madre de la difunta mirando con rencor al mozo.

—Juro que le defenderé, que le ayudaré en lo que pueda. Por ella. Por mí. Porque me da la gana. Soy un hombre. Eso. Un hombre. ¡Lo juro! —chilló el aludido al impulso de un sentimiento de lucha que dio a sus ojos brillo de lealtad sin discusión posible. Aquel juramento no sólo convenció a las mujeres, también aseguró en él, sobre lo acholado y contradictorio de su existencia, ese fervor rebelde que hervía en su sangre desde... No hubiera podido decir desde cuándo.

Tras la carroza —negro esqueleto sin vidrios, sucios dorados, penachos de viejas plumas, olor a caballo, a rosas, a cochero de opereta, a barniz de luto—, Luis Alfonso notó que los vecinos le acompañaban, le entendían —hombres resignados, mujeres tristes—, con la misma generosidad que le ayudaron la noche que tuvo que huir barajándose entre las tinieblas. Tragándose las lágrimas pensó: «He sido un tonto, un cobarde. ¡Sí! Les desprecié, me repugnaban, me sentía en ellos como una maldición. Hoy me siento de ellos como una esperanza, como algo propio que vuelve».

Dos hombres metieron el cadáver en el nicho, cubrieron el hueco con cemento. «Para siempre. ¡Ella y...! Ella pudriéndose en la tierra, en la oscuridad, en la asfixia. Yo, en cambio —chulla Romero y Flores—, transformándome... En mi corazón, en mi sangre, en mis nervios», se dijo el mozo con profundo dolor. Dolor que rompió definitivamente las ataduras que aprisionaban su libertad y que llenó con algo auténtico lo que fue su vida vacía: amar y respetar por igual en el recuerdo a sus fantasmas ancestrales y a Rosario, defender a su hijo, interpretar a sus gentes.

Quito, a 2 de febrero de 1958.

VOCABULARIO

Achachay: Expresa sensación de frío.
Acholar: Avergonzar a alguien.
Acholarse: Sentirse cholo con rubor.
Amañarse: Convivir maritalmente antes de la unión «civilizada».
Arrarray: Sensación dolorosa al quemarse.
Ashcomicuna: Hierba que comen los perros.
Atatay: Sensación de asco.
Canelazo: Infusión de canela con buena dosis de aguardiente.
Capacha: Término popular que equivale a la cárcel.
Capacho: Sombrero viejo y deformado.
Carishina: Mujer de pocos escrúpulos sexuales.
Caucara: Asado de carne que está entre el cuero y las costillas del vacuno.
Cotona: Especie de camisa que usa el indio.
Cutules: Hojas que envuelven la mazorca de maíz.
Chagra: Hombre de provincia o del campo.
Chamico: Bebedizo. Filtro al cual se atribuye influencia amatoria.
Chaquiñán: Sendero en zigzag que trepa por las montañas.
Chicha: Bebida de maíz fermentada.
Chilca: Planta compuesta, muy frondosa.
Chocho: Planta leguminosa de fruto pequeño y comestible.
Cholo: Mestizo de indio y blanco.
Cholito: Forma de trato amistoso.
Chuchumeca: Disfraz de vieja emperifollada y ruin.
Chulla: Solo. Impar. Hombre o mujer de clase media que trata de superarse por las apariencias.
Chumado: Ebrio.
Chuchaqui: El estado que sigue a la alcoholización. Angustia de desintoxicación.
Chushi: Lechuza.
Encamotado: Encaprichado amorosamente por alguien. Concubinato.
Enchamicado: Embrujado.
Estico: Dominutivo de éste.
Futre: Elegante.
Guagcho: Huérfano. Abandonado.
Guagua: En quichua, hijo. Toda criatura.
Guambra: Muchacho o muchacha.
Guangudo: Indio de pelo largo trenzado.
Guarapo: Bebida fermentada. Tóxico.
Guaricha: Concubina de soldado.

Guiñachishca: Servicia a quien se le ha criado desde niña.

Huasicama: Indio cuidador de la casa del amo.

Huasipungo: (En quichua: Huasi, casa; pungo, puerta). Parcela de tierra que otorga el dueño de la hacienda a la familia india por su trabajo, y donde ésta levanta choza y cultiva la tierra.

Locro: Sopa de patatas.

Longo: Indio o cholo joven.

Machico: Raro disfraz entre mono y gato.

Mama: Mamá.

Manavali: No vale nada.

Mondonguería: Establecimiento donde se preparan y venden comidas típicas.

Ñagüi: Tierno.

Ñaño: Hermano.

Omoto: Pequeño de cuerpo.

Pilche: Recipiente de media calabaza.

Pingullo: Flauta de carrizo.

Plazuela: Muchacho de la calle.

Poncho: Capote sin mangas.

Ricurishca: Placer. Cosa muy agradable.

Shungo: Corazón.

Shunsho: Tonto.

Shuro: Picado de viruelas.

Taita: Padre. Protector.

Trincar: Sorprender en delito.

Zamarros: Calzones de cuero de oveja.

El chulla Romero y Flores se suma a **Huasipungo**
y **En las calles,** para constituir un cuadro
simultáneamente amplio y profundo de la
sociedad ecuatoriana contemporánea, válido
en gran parte para todos los países andinos
de nuestro continente, que Jorge Icaza ha logrado
con excepcional vigor narrativo. El personaje
absorbente del «chulla» Romero y Flores
(**chulla:** Solo. Impar. Hombre o mujer de clase
media que trata de superarse por las apariencias),
acosado y desgarrado por el medio que lo formó
pero que le niega la libertad vital que él necesita,
es una de las figuras más intensas que Icaza
ha logrado. Recortado sobre un fondo de
arbitrariedad y desorden, entre la corrupción
burocrática y la opresión más brutal, su destino
trágico le permite descubrir, en los extremos
del dolor esa sabiduría, ese conocimiento
de sí mismo que es la riqueza de todo héroe
existencial, afirmado en la propia lucidez.
Novela sabiamente construida, narrada con
esa lengua sabrosa que Icaza domina y sabe
plasmar como forma personal de expresión,
El Chulla Romero y Flores confirma a su autor
como el mayor novelista ecuatoriano contemporáneo
y uno de los más destacados de toda Hispanoamérica.

III. HISTORIA DEL TEXTO

JORGE ICAZA EN EL AMBIENTE Y ARGUMENTO DE *EL CHULLA ROMERO Y FLORES*

Ricardo Descalzi

Preámbulo

El impacto que produjo en el país y en Latinoamérica la novela *Huasipungo*, popularizó el nombre de Jorge Icaza, consagrándole como escritor indigenista.

Anteriormente a esta obra había editado otra: una colección de cuentos con igual ambiente, bajo el título *Barro de la Sierra*, que no tuvo trascendencia, pero que, una vez acreditado como novelista, tomó prestancia dentro del consenso literario. Luego de estas dos expresiones se le consideró a Icaza como nueva revelación en el relato de tema indio, impresionando su estilo descarnado tanto en el contexto descriptivo del conflicto como en la voz de sus personajes que suelen expresarse con frases y palabras mestizas, en un castellano deformado en su construcción que sigue las normas gramaticales de la lengua quichua, conmoviendo con esta revelación insospechada de un mundo amargo y desconocido, a quienes ignoraban el ambiente indígena del Ecuador.

Huasipungo fue la novela-impacto, impetuosa en escenas, con exhibición desbordada en crudeza y vehemencia del argumento planteado, escrita con sabor teatral, como el pasaje del «lamento por la muerte de la Cunshi», estructura que Icaza dominaba por su experiencia de actor y director de compañías dramáticas en su juventud.

El indio apenas conocido en la literatura hispanoamericana, lo descubre Icaza sumergido en total sometimiento, por no expresar esclavitud, unido a la tierra del amo (dueño absoluto de ella), en situaciones infrahumanas de angustiosa supervivencia.

Muchas décadas antes de la aparición de *Huasipungo* el poeta y relatista Juan León Mera, en el siglo pasado, trató en su novela *Cumandá* y en sus cuentos el problema del indio, pero la temática empleada presentaba calidades paternalistas o romántica emoción folclórica sin constituir una denuncia de sus condiciones humanas. Era más bien la historia de extraños aborígenes selváticos entremezclados con personajes blancos o mestizos, en plan poético y descriptivo de la manigua amazónica, producto de la sensibilidad lírica del autor.

Posteriormente, Miguel Angel Corral, sin mayor trascendencia, escribe la novela folclórica *Las Cosechas*, que obtiene el primer premio en el concurso promovido por una revista parisina que dirige Rubén Darío, uno de los miembros del jurado. Tiempos después se hace presente Sergio Núñez con cuentos y relatos de temática bucólica, donde al indio lo sitúa en su entorno habitual en somera denuncia de miseria y servidumbre, hasta la llegada de *Plata y Bronce*, escrita por Fernando Chaves, novela aborigen de argumento conflictivo entre el amo y el subordinado a su voluntad y capricho. Si bien encuadra dentro del costumbrismo, es en el fondo un grito de inconformidad y rebeldía contra el abuso del patrón, es la voz de la raza sojuzgada que se levanta en tonos de rencor y lógica venganza.

La insurgencia de *Huasipungo* sin respeto a las normas púdicas establecidas en la literatura, la desnudez del problema y de las expresiones que lo alientan, crean el impacto, triunfando de este modo en el concurso literario iberoamericano al que acude, punto de partida para Jorge Icaza, quien se coloca en primera línea entre los novelistas de la nueva insurgencia.

Analizada desde la distancia *Huasipungo* es ante todo un cartel, un pregón, una serie de escenas hiladas para darle consistencia de novela. Su éxito fue clamoroso por la denuncia y la sorpresa de los hechos expuestos, que devino en la multiplicación de ediciones en casi todas las lenguas y dialectos. La pregunta surge espontánea: ¿conoció Jorge Icaza el ambiente rural donde moraba el indio? En nuestras charlas habituales, pues nos unía una estrecha amistad en los tiempos en que su nombre había adquirido fama de escritor, me explicaba que pasó un año y un poco más de su niñez en una hacienda serrana de un pariente suyo, donde trabajaban numerosos indios conformando la peonada. En su mente temprana a los recuerdos debieron grabarse las escenas y el duro panorama relatados en *Huasipungo*, y sin duda Andrés Chiliquinga, su protagonista, existió con otro nombre entre la masa anónima de conciertos adscritos de por vida a la propiedad.

Aquello debió de impresionarlo y recordarle como un bosquejo fugaz, impidiéndole concebir una novela medular, lo que iba a lograr con *El Chulla Romero y Flores*, relato del ambiente en que nació, creció, recorriendo docenas de veces los rincones de su ciudad, trotando por los suburbios y recovecos, rozando su existencia con gente de arrabal y barriadas populares, saturada su adolescencia en aventuras, ya solo o unido a su «jorga», grupo de amigos entrañables, obligado por las circunstancias a vivir en medios sórdidos en una ciudad pequeña, sin mayores entretenimientos ni expresiones de cultura, donde la gente se saludaba porque se conocía.

Antes de abandonar el tema indigenista con *Huayrapamushcas*, trató de plasmar temas conocidos que bullían con insistencia. Creemos que al escribir *En las Calles*, problema de la mancomunidad del «cholo» en contrapuestos papeles de policía y obrero, expuso una nueva estructura social en plan de denuncia, que destaca con logro en *Cholos*, relato de las paradojas, donde un personaje brotado de la entraña aborigen, se esfuerza por desprenderse de este atavismo para tomar calidades de patrón.

Es en *Cholos* donde Icaza vislumbra la imagen, vaga aún, del «chulla», que despierta en él algo dormido en el subfondo de su vida y al que luego dará plena entonación en *El Chulla Romero y Flores*, donde enfoca el ambiente que conoce a saciedad, creando su mejor novela, la semiautobiografía de su vida bohemia, de su juventud desbordada corrida en parte al azar, desvirtuada en ciertas escenas por el temor de que su personaje fuese identificado en forma rigurosa y puntual, con un retazo de su propia existencia.

El chulla Romero y Flores

Ambiente

Sobre las ruinas de la Quito cara-inca los conquistadores hispanos levantaron la Quito castellana con calles tiradas a cordel, entre ramales de quebradas que descendían del volcán Pichincha hacia el lado opuesto del pequeño valle por donde pasaba el río Machángara: dos accidentes entre cuyos límites regaron la Villa de San Francisco, en un cuenco alargado de los Andes.

No era un plano uniforme, al contrario, los lomajes y navas le dieron desde el principio un aspecto pintoresco y especial: calles trepando en gradientes pronunciadas o desplomándose por los taludes de los barrancos, donde las casas jugaban al equilibrio, para conformar, una vez que el urbanismo venció lo montaraz del caprichoso terreno, una villa con indiscutible personalidad tendida en las faldas del Pichincha.

La fe del conquistador llenó la accidentada población de iglesias, conventos, monasterios, recoletas y ermitas, erigiendo, en escaso número de cuadras castellanas, cincuenta campanarios para satisfacer su fe religiosa. Alguna vez la nominamos como Claustro en los Andes, pues sus vecinos durante el período colonial hicieron vida apacible, trizada por los escándalos de frailes disociadores, protestas violentas de los moradores contra los duros impuestos, en un mundo soterrado de aventuras galantes con conflictos de alcoba apenas ostensibles.

Independizada de España, el ambiente humano de la ciudad conservó en más o en menos idéntica estructura social: una clase poderosa, ostentando sus grandes fortunas en haciendas graneras y ganaderas, la media burguesía en su condición de mercaderes, profesionales y funcionarios, y el pueblo mestizo apretujado en los barrios suburbanos entre artesanos, pequeños comerciantes, vivanderas, sirvientes y otros humildes menestrales.

La raza castellana producto del crisol de pueblos invasores de la península, vino a confundirse con la raza aborigen para dar origen al mestizo, que en el léxico del Perú y Ecuador tomó la designación genérica de «cholo».

El noble castellano o el hijodalgo o el funcionario llegado de España procuró defender la pureza de su raza, así el encomendero, el criollo hijo de peninsulares nacido en América, mantuvieron su altivez y orgullo en la distinción resaltada de la piel blanca, el apellido altisonante con el «de» enlazando los patronímicos, todo ello respaldado por la elevada fortuna, constituyéndose en la clase aristocrática de la villa o ciudad.

La clase media, si bien esforzada en sostener la pureza de sangre, no pudo luchar contra otros factores determinantes: modestas condiciones económicas, a veces desmejoradas, que hizo más viable el mestizaje, con cierto nivel social, que creaba, asimismo, presunción y orgullo. Existían grados en este mestizaje conformando diversos estratos dentro de la clase, condicionados en mucho por la fortuna capaz de ser ostentada.

Para analizar la condición social del pueblo llano es necesario determinar la calidad humana del conquistador en la gleba que conformó la aventura. Suele decirse que fue Andalucía la región de España que más aportó con sus hombres, soldados o simplemente artesanos incorporados, a la conquista de las Indias. Pero este pueblo andaluz casi era un pueblo árabe detenido en la Península luego de la conquista de Granada, por lo que creemos, como deducción de lo indicado, que fue ese pueblo mudéjar quien sembró en la raza aborigen su simiente y nos dió al mestizo, mezcla de español, árabe e indio, quien llenó los barrios populares y conformó la masa ignara sin derechos y con obligaciones. Heredó, como es lógico, los arquetipos culturales de las etnias y expresó su condición anímica entre soñadores y haraganes, trabajadores y artistas, rebeldes y sumisos, inquietos y apacibles, con ese carácter consubstancial de los pueblos en vicios y virtudes. Generalmente en Quito desarrolló sus cualidades artísticas dormidas, junto a los aborígenes en quienes despertaron estas inquietudes, cincelando la piedra y tallando retablos platerescos y barrocos, artesonados mozárabes, lienzos, esculturas y orfebrería, para adornar los claustros de los monasterios y sus iglesias, con sus torres moras y sus cúpulas renacentistas. A ellos se debe el que en estos tiempos la Unesco haya designado a la ciudad de Quito como «patrimonio de la humanidad».

Aparte de estos considerandos y en los tiempos presentes, solían presentarse casos excepcionales: la procreación, en mestizaje, del señor aristócrata con la india sirviente, dándonos un ejemplar que recibía el orgullo y la nobleza heredados del padre, frente a la resignación y la humildad aportadas por la madre. Ejemplo humano que toma Jorge Icaza para estructurar la índole del personaje en su novela *El Chulla Romero y Flores.*

Quito en los años de la novela

A finales del siglo pasado y en las primeras décadas del presente, se impusieron gobiernos liberales como fruto de cruentas revoluciones, independizando al Gobierno de la Iglesia que hasta entonces sojuzgaba las conciencias a su arbitrio. En esos tiempos se respiraba un aire de libre pensamiento y los colegios laicos, como el Instituto Nacional Mejía, donde Icaza se graduó de bachiller, entregaban ciencia y cultura sin tutelas escolásticas.

La ciudad había crecido en barriadas arañando las lomas y los barrancos, mientras en su núcleo central muchas de las viejas casas coloniales eran suplantadas por moradas de tres o más pisos con las comodidades que demandaban la higiene y la holgura habitacional.

El pueblo y cierta clase social de escasos recursos siguió viviendo en casas comunales de amplio patio asoleado, circunscrito por una serie de cuartuchos, muchos de ellos utilizados como alcobas, comedor, y a veces cocina, con un servicio sanitario siempre en malas condiciones para todos los moradores, ese atiborrado número de inquilinos, y un grifo de agua en el rincón o en el centro del patio para uso comunal. Las familias de recursos económicos arrendaban el piso alto que les daba cierta distinción frente a la gleba humilde hacinada con sus numerosos hijos en la planta inferior.

Tal vez las piezas más distinguidas de esta casona constituían aquellas que abrían sus puertas al zaguán, por su luz hacia la calle y la independencia frente a la poblada de vecinos de patios y traspatios, donde ellos moraban.

La clase media, si carecía de casa propia, solía arrendar departamentos en los altos o bajos de inmuebles situados en el centro de la ciudad.

Las calles trazadas en este ambiente de colinas no eran planas, con excepción de pocas de ellas, pues presentaban las irregularidades del terreno en leves o pronunciados declives dándole un aire urbano caprichoso (que aún impresiona por su extrañeza) a la ciudad de Quito, confiriéndole esta singular personalidad.

Apenas si sus pobladores tenían como lugar de paseo la Alameda y el Ejido, grandes parques situados en la entrada norte de la población, y como sitios de entretemiento cuatro salas de cine y un Teatro construido en el siglo pasado.

Quizá lo típico del ambiente eran las numerosas «cantinas» o estanquillos repartidos en los barrios, donde el empleado público de menor categoría o gentes de clase media se instalaban a beber mallorca * o cerveza en los días sábados o de pago de quincena. En los respaldos de los mostradores, llamados «trastiendas», dos o tres mesas en reducida área, reunían a los intelectuales, pintores, músicos o políticos de segunda, animando la vida nocturna de la ciudad. Los burdeles, en los linderos de los barrios, constituían otro punto de convergencia. Pero lo interesante es anotar que en la parla del bajo fondo, a las «cantinas» se las conocía con el nombre del propietario, con clientela invariable, puntual, pues fácilmente podía localizarse a una persona percatándose de la «cantina» a la cual concurría, informándose del nombre de su dueño.

Estas calles empobrecidas albergaban fondas para gentes de escasos recursos, sucias, malolientes, con mesas donde pululaban las moscas y en las que se servían platos criollos. Había además, ciertos lugares más limpios muy conocidos por el pueblo, a los que concurría los días de fiesta, después de los paseos a la Alameda o el Ejido, a servirse potajes exclusivos de la cocina ecuatoriana, difíciles de preparar en los hogares por el tiempo o el dinero que demandaban.

Este era el escenario de Quito que Jorge Icaza nos va a entregar en esta novela, con el «chulla» como principal protagonista.

El autor

Jorge Icaza nació en Quito el 10 de julio de 1906. Su padre se llamó José Antonio Icaza y su madre Carmen Amelia Coronel. Creemos que su padre fue

---

* *Mallorca:* véase la nota nº 77 al texto de *El Chulla Romero y Flores* (R. Richard).

originario de una provincia de la costa, pues el apellido Icaza es casi exclusivo de la de Los Ríos.

El apellido con altisonancia de alcurnia emigró a Guayaquil, el puerto principal, donde hasta hoy conforma parte de la alta sociedad de esta urbe. Sin embargo hay huellas de sangre negra en sus descendientes, pues la zona de la provincia de Los Ríos fue cultivada por manos esclavas. Esta huella permanece pese a las combinaciones raciales, dándonos en último término tipos sorprendentes de belleza entre las mujeres y porte varonil y agraciado entre los hombres.

La madre de Icaza trae asimismo un apellido de alcurnia, que se mantiene sin desmejorar su prestancia tanto en la costa como en la sierra, pese a que sus descendientes no guardan mayores relaciones entre sí.

Jorge Icaza quedó huérfano de padre a los pocos años de edad y su madre contrajo segundas nupcias con Luis Alejandro Peñaherrera, asimismo apellido de prestancia en la capital del país. Partidario del caudillo liberal Eloy Alfaro, a su caída tuvo que buscar refugio en la hacienda «Chimborazo» de su cuñado, tal vez el «tío Enrique», al que se refería Icaza con cierto rencor, hacienda de páramo, fría, con indios como peones, situada en las faldas del Chimborazo, el cerro nevado que dió nombre a la propiedad. En ella pasó Jorge Icaza un año y meses, cuando contaba apenas seis años de edad.

De retorno a Quito entró en la Escuela de las señoritas Toledo, célebre en el ambiente de la ciudad, en el barrio de la Loma Grande, uno de los barrios coloniales de Quito, donde hacían sus primeros grados los hijos de las gentes ricas y apellidos aristocráticos.

Luego de la primaria ingresó en el Colegio San Gabriel de los jesuitas, en que permaneció dos años, para luego pasar al Instituto Nacional Mejía, perteneciente al estado laico, fundado por el General Eloy Alfaro, graduándose de bachiller en 1925.

Entró en la Universidad Central a seguir la carrera de Medicina, pero tuvo que abandonarla en el segundo año por las muertes de tuberculosis de su padrastro, y un año después de cáncer de su madre.

Es en este momento cuando Jorge Icaza tiene que valerse por sí mismo. Alentado por un rostro de galán, entró en el Curso de Declamación en el Conservatorio Nacional, bajo la dirección del profesor español Abelardo Reboredo, para formar, de inmediato, parte de la Compañía Dramática Nacional bajo el mando de Jorge Araujo, «el Gato», y sucesivamente adscribirse a la Compañía de Variedades y más tarde a la Marina Moncayo-Humberto Proaño, llegando al poco tiempo a ser, a más de actor, director de la misma.

Esta vocación no llenaba su presupuesto, por lo que sin abandonar el teatro, consiguió un cargo público en la Oficina de Policía donde permaneció poco tiempo, para luego integrarse a otro de más categoría, la Tesorería Nacional, bajo la adustez de un Jefe exigente, Francisco Ignacio Salazar Gangotena. Fue en el año 1932, más o menos, cuando abandonó definitivamente su carrera teatral.

En este tiempo de juventud Jorge Icaza vive su bohemia entre amigos actores y otros de la «jorga», compañeros de oficina y simples conocidos. Período de escasos recursos económicos que los compensa con el éxito en aventuras galantes, gracias a su presencia de «galán joven», la charla amena, la risa espontánea a flor de labios y su contagiosa simpatía.

Para entonces ya se hizo presente como escritor, pues en sus años de farándula creó varias piezas teatrales: *El Intruso,* estrenada el 9 de septiembre de 1928, *La Comedia sin Nombre* el 23 de mayo de 1929, *Por el Viejo* el 19 de agosto de 1929, las tres por la Compañía Dramática Nacional en el Teatro Sucre de la ciudad de Quito. Posteriormente el 23 de mayo de 1931 la Compañía Variedades puso en escena *¿Cuál Es?,* con sabor a renovación en el arte dramático, despertando juicios opuestos en la crítica. Dejó dos obras más no estrenadas, pero que las publicó en 1931 y 1932 respectivamente, con los títulos de *Como ellos Quieren* y *Sin Sentido.* Posteriormente en el «Teatro del Pueblo» de Buenos Aires estrenó su última pieza escénica *Flagelo,* el 5 de agosto de 1940, colofón en las tablas de su novela *Huasipungo.*

Nosotros, a pedido de Jorge Icaza, transcribimos al teatro esta novela, aportando con el diálogo y la elaboración de escenas, obra que al ir a estrenarse en el Teatro Sucre por los Normales de Varones y Mujeres, fue prohibida por la Junta Militar de turno, en 1964. Posteriormente, en memoria de Jorge Icaza, la publicamos en el año 1981.

El «chulla» quiteño

La palabra «chulla» señala la Academia de la Lengua Española como un ecuatorianismo, definiéndola como el objeto que usándose par, queda como uno solo. Ilustra su concepto con ejemplos: en un par de guantes o un par de zapatos en que se ha extraviado uno de ellos, queda un «chulla» guante o un «chulla» zapato.

Esta acepción en realidad corresponde a la voz «chulla», pero generalizada a las personas: un «chulla» es un hombre solo y una «chulla» una mujer sola, pero con carácter de personaje joven y soltero. A este concepto se añaden otras calidades: mozo con hábiles fantasías, alegre en las reuniones, gran conversador en plan de aparecer simpático para ser acogido en los círculos de élite o en cualquier otro ambiente, esforzándose en demostrar buena posición social y económica, dejándose ver de continuo en los sitios elegantes adonde acude la gente adinerada y de apellido conocido: bares, espectáculos, fiestas en desbordado deseo de sobresalir, vistiendo con elegancia, pese a que en la noche lave la camisa de todos los días. Siempre en busca de ostentar íntima amistad con los poderosos, detenido por largos ratos a la entrada de los restaurantes de los hoteles de prestigio, mondándose los dientes para demostrar que ha comido en ellos, sin haberlo hecho, buscando enamorar en plan de matrimonio a la muchacha con buena herencia, para lo cual se ha arrimado a la amistad de jóvenes ricos de su misma edad, a quienes alegra con sus ocurrencias y servicios personales, empleando talento y astucia.

Puede provenir de una familia decente de escasos recursos económicos o vivir por su cuenta del cargo público de magro presupuesto, quincena que al recibirla la gasta en una tenida en gesto ampuloso de despilfarro con su amigos pudientes, aunque el resto de los días empeñe en las «contadurías», casas de avaros extorsionistas, su reloj, sus anillos o cualquier objeto de valor para subsistir.

Almuerza en fonduchas populares o comedores de estudiantes, por cena toma una taza de café y desayuna parcamente, en esa su condición de «chulla» sin familia. Con la «jorga» explota a los ingenuos, jóvenes inexpertos llegados de provincia, que caen con candor en sus hábiles engaños. En las fiestas de las clases humildes, acuñadas como de «medio pelo» en la parla quiteña, luce de experto bailarín, canta y es posible que rasguee la guitarra, impresionando a las muchachas solteras: empleadas, modistillas y obreras, deslumbradas ante su presencia de «señor», sus palabras, sus decires y las jactancias de su apellido y supuestas riquezas.

La «chulla», en cambio, presume vistiendo a la moda, usando cosméticos caros, asistiendo a los espectáculos donde puede conseguir un buen partido. Vive en estrechos departamentos en el piso alto de una casa comunal y busca relacionarse con muchachas de mejor categoría social para introducirse en sus hogares y conseguir un buen matrimonio, pero generalmente cae en las redes tendidas por el señorito rico que la engaña o abandona. A veces consigue un esposo de su propia clase y desde ese momento pierde la calidad asignada a su condición de «chulla».

Para el hombre del pueblo el «chulla» es un personaje simpático al que lo trata con cariño, casi siempre en diminutivo, el «chullita» (pues le aprecia y admira), y de quien se enorgullece de ser su amigo. Le considera parte de un elevado nivel social y vive agradecido porque no presume ante su humilde condición, más aún, es una esperanza, pues en cualquier momento podría prestarle un servicio. Charla con él de igual a igual y no se avergüenza de estrecharle la mano, por lo que el hombre del pueblo se siente reconocido.

La clase media, al contrario, le mira con recelo, como un aprovechador, y el término «chulla» tiene un sentido peyorativo, tanto para el hombre como para la mujer, temerosa de pensar que sus hijos e hijas puedan ser pretendidos en matrimonio por estos personajes. La clase alta los mira con desprecio y burla, cerrando su círculo para impedir codearse con ellos, aun en el caso en que llevaran un apellido «decente», pues en su criterio las condiciones económicas pesan más que cualquier otro argumento.

En los años presentes en que la ciudad tomó entonación de urbe y dejó de ser ambiente donde «todos se conocían», el concepto de «chulla» vino a menos, pero el pueblo lo ha conservado para designar a cualquier joven «decente» que despierte simpatías como mozo soltero, tarambana y enamoradizo, tramposo, jaranero, pero agradable, llamándolo «chullita», por la amistad y confianza demostrada y así expresarle estimación y cariño.

El autor en el ambiente de la novela

Jorge Icaza inicia su relato *El Chulla Romero y Flores* en la oficina del Estado, Investigaciones Económicas, donde ha entrado a trabajar Luis Alfonso Romero y Flores, quien se identificará como el «chulla». Desde este primer capítulo entra el autor en acción, pues tras la muerte de su padrastro y luego de su madre, abandonó definitivamente sus estudios de medicina para poder valerse por sí mismo. Es cuando ingresa por corto tiempo en el ambiente de la Intendencia de Policía, cuyo conocimiento le servirá para matizar las últimas escenas de la novela, y luego emplearse en la Pagaduría Provincial, bajo las órdenes de un personaje conocido en el medio social de la ciudad de esos tiempos, don Francisco Salazar Gangotena, padre de quien más tarde ocuparía cargos políticos relevantes, llegando a candidatizarse a la Presidencia de la República. Este Jefe estimó mucho a Jorge Icaza, quien le recordaba con especial deferencia.

En esta oficina trabajan numerosos empleados de clase media, poco conocidos fuera de este ambiente, pero a quienes Icaza les entrega un carácter especial, síntesis, tal vez, de tantos compañeros de trabajo con los que rozó en su vida de oficinista. El Jefe conoce a saciedad las componendas políticas que manejan los entroncados por apellido o amistad con los gobernantes, en detrimento de los intereses económicos del país. Icaza aprovecha este detalle para resaltar la penuria en que se debate dicha economía por la evasión de impuestos, trampas y artificios en hábiles inventivas, evitando el pago de las contribuciones.

La oficina la identificamos de inmediato con la Pagaduría Provincial, donde el «chulla» ingresa como secretario, cargo conferido, lo creemos, a su calidad de bachiller, frente al resto de empleados, generalmente en esa época, de escasa instrucción escolar.

Esta preponderancia del «chulla» toma fuerza en el momento en que el Jefe le entrega la investigación incisiva de los dineros defraudados al fisco por los señorones de prestancia política y social. Debió Icaza de cumplir estos encargos en el papel de alto empleado de la Pagaduría Provincial, porque la fiscalización personal no la encomendaban a cualquier oficinista. De modo que el «chulla» remozaría el trabajo que el autor cumplió en sus años de mocedad.

Así es como describe el papel que su personaje va a desempeñar en su calidad de fiscalizador, y detalla las argucias, artimañas y arañerías empleadas en falsas declaraciones, para evitar el pago de los impuestos. Debió de conocer, además, a los humildes empleados de estos poderosos que manejaban sus libros y la forma como eran obligados a estas trapazas, buscando los medios de ocultar los auténticos ingresos a base de doble contabilidad o amistades influyentes.

Jorge Icaza tropezaría muchas veces con ellos, los habrá observado en sus tristes papeles de empleadillos, incapaces de denunciar los dolos por el miedo de perder su magra entrada, casi obligados a la orden del político astuto y pícaro, del hacendado o comerciante defraudador del Estado. Validos de sus fortunas y como consecuencia de ellas, de su posición social, mantenían el halo respetable de patricios, considerados como personas pulcras y honestas por las gentes ignaras y aun con aptitudes para ocupar los altos cargos de Gobierno; en el caso que Icaza presenta en la novela, uno de ellos es candidato seguro a la Presidencia de la República.

Lo interesante en el diálogo planteado en este momento, es el enojo del «chulla» al ser llamado familiarmente como «chullita», diminutivo peyorativo que hiere su honor, porque minimiza su prestancia en plan de humillación, con sabor benevolente, en verdad, pero una benevolencia con desprecio y poca estima, cuando el escribiente del poderoso le expresa: «Yo me creía lo mismo hace muchos años, cuando era un 'chullita' como usted». En realidad el término es despreciativo, porque el «chulla» está en calidad de fiscalizador y no permite que, pese a su juventud y su supuesta soltería, se le compare con un «chulla» vulgar, haragán y petardista.

Al personaje «guachicola», palabra que en el decir quiteño tiene el sinónimo de aguardiente, se lo encontraba conformando la «jorga» de bohemios en las cantinas. Típico en el ambiente de los barrios, no trabaja o si lo hace es en oficios bajos de alcahuetería u otros parecidos. En el caso de la novela corresponde al empleado viejo acostumbrado a tomar la copilla de ron anisado antes del desayuno y obligado a emborracharse como sentencia cumplida los días viernes en su cantina conocida y con los amigos de su «jorga». Casi siempre su embriaguez total le obliga a protestar a gritos en la calle a altas horas de la noche contra sus superiores, el gobierno o cualquier enemigo, delatando sus problemas conflictivos. Muchas veces, caído de beodez, duerme en las aceras, incapaz de llegar al tugurio donde mora. Amigo de los «chullas» trasnochadores, suele entretenerles con sus charlas, anécdotas o secretos sobre vidas ajenas, pues conoce los pormenores de esas vidas de político y gentes de fortuna, bebiendo a su costa hasta caer inconsciente. Sus informes valiosos lo hacen indispensable para conocer detalles no revelados, y es en este plan que el «chulla» de la obra recurre a él.

La presencia del fiscalizador en la casa solariega del gamonal político, donde el esplendor no conocido antes derrumbó en parte su entereza de fiel vocero de la ley, hace nacer en su espíritu un ligero complejo de inferioridad, que tomó fuerza cuando la esposa del candidato a la Presidencia de la República, caballo de ajedrez calificada por el novelista por su rostro duro y alargado, le habló, como un recuerdo, de su padre. El «chulla» experimenta dos emociones anímicas a la vez: la humillación instintiva ante la aristócrata, desenvuelta y dominadora, y la evocación que le hace de su padre, la vieja amistad que les unía. Esta reminiscencia podía obrar el milagro de levantar su espíritu y su orgullo en ese decorado de opulencia, más que riqueza de lujo, al que no estaba acostumbrado, pero cayó abatido por la torva insinuación que la aristócrata hizo de su madre, la indígena dominada y despreciada por la sociedad, simbolizada en esa señora arrogante, la patrona, el ama altiva servida por la clase humilde.

El apellido Icaza, hemos indicado, corresponde a gente de trapío y no es aventurado afirmar que el autor en el desempeño de su papel haya encontrado en los años una dama o un caballero entre los visitados, que le rememorara el nombre de su padre, su amistad y alguna anécdota para complacerle. Consideramos la segunda parte, la evocación de la madre, como parte exclusiva de la ficción.

Al ser invitado el «chulla» a ingresar en la fiesta desarrollada en el salón vecino, creyó él, ingenuo, que entraba en su verdadero mundo y afloró, de inmediato, el orgullo de su padre, pero al notar el desprecio y aislamiento de las personas, sintió derrumbarse sus aspiraciones de roce social. La dueña de casa, incisiva y cruel, presentó al «chulla», dándoles a conocer a sus invitados el nombre del padre y la condición servil de la madre. Aquello golpeó su rostro sin piedad en bofetadas de vergüenza, porque si su padre perteneció a ese clan de riquezas y presumidos apellidos, su pobreza, el vicio alcohólico que le llevó a la muerte, brotó con acento despiadado en el comentario despectivo.

Este es el momento en que el autor, desprendiéndose de sus recuerdos que lo han identificado en más o en menos con el «chulla», da salida al planteamiento madurado desde su novela *Cholos:* crear un protagonista hijo de un noble, por lo tanto de un señor de apellido y sangre, en una india, para conformar un personaje cuya condición anímica juegue entre esta bivalencia: hombre orgulloso y servil obediente. Para resaltar este nudo elabora la escena antedicha, donde el fiscalizador con el ánimo entregado por la voz del padre alentando su altivez, sale derrotado como fruto de la condición humilde de la madre, que es el carácter dominante, como lo comprobamos en otras escenas similares de la obra.

La figura del padre del «chulla», tildado como Majestad y Pobreza por las gentes que lo conocían, representa un hombre que en medio de su miseria, muestra su altivez de señor de abolengo. Corresponde a un personaje popular en la ciudad de Quito a quien le apodaron como el *Patas y Orejas,* un hombre alto, huesoso, vestido de jacket, zapatos grandes para sus pies, asimismo grandes, y un bombín en la cabeza que resaltaba sus dos grandes orejas. Andaba erguido, despreciativo, altivo, llevando en su mano un bastón de caña gruesa con el que amenazaba a la muchachada de la calle, generalmente escolares, que al verlo le gritaban «patas y orejas» provocando las risas del vecindario.

En forma peyorativa Jorge Icaza enuncia la voz «güiñachishca», palabra quichua, incorporada al léxico serrano, que significa un hombre o una mujer criados en la casa desde su niñez, donados generalmente, y que, aunque no se les consideraba como hijos, tampoco tenían la calidad de sirvientes. Puede tener un sentido de desprecio, de acuerdo al tono con que se exprese esta palabra, pero generalmente la empleaban en esos tiempos sin intención de insulto.

En los hogares serranos, especialmente quiteños de clase media, esta protección y crianza fue muy general: criaturas huérfanas con o sin afinidad de sangre con la familia, o entregadas por sus madres pobres sin recursos para sostenerlas, entraban a formar parte del ambiente hogareño de alguna dama compasiva, criándose con los mismos derechos que sus hijos.

Traslada Jorge Icaza el decorado de su novela al barrio de El Cebollar, uno de los primeros conjuntos populares en los tiempos de la instalación de la ciudad hace más o menos cuatrocientos cincuenta años. El barrio trepa por una calle larga y empedrada las faldas de una colina, a cuya vera se alzan casas vetustas, muchas del tiempo colonial, sucias, incómodas, sórdidas en las noches y pobladas de numerosos inquilinos en sus múltiples habitaciones.

Al final de la calle sitúa el autor la morada de la «Bellahilacha», prostituta de renombre en el ambiente bohemio de su época, a la que debió de conocer a saciedad. En efecto, su protagonista «el chulla» acaba de ser arrojado por la meretriz indignada por la consabida treta de demandar sus servicios sin abonarlos económicamente.

Enlaza esta escena con la diversión de música y baile en una de las casas vecinas, en el departamento que ocupa Camila Ramírez. La audacia, característica de este «chulla» quiteño, le lleva a ingresar en la fiesta, despertando la admiración de la dueña y sus invitados por ser un personaje desconocido entre ellos. Sin embargo, al escuchar su nombre, se derrumba cualquier gesto de reproche y de inmediato es aceptado, porque viene a honrar la tenida la presencia de un «chulla» distinguido. Icaza, quien viviría aventuras de esta naturaleza, acierta con esta escena para mostrar la calidad anímica del pueblo, el complejo de inferioridad que resalta de inmediato ante cualquier persona de vestido impecable y de apellido sonoro. Las madres presentes con sus hijas casaderas soñaban con la esperanza de conseguir un marido decente para ellas.

El autor se deleita en describir los detalles en esta aventura: decorado, personajes, costumbrismo y frases típicas, porque conoce a perfección estas fiestas familiares. Si en realidad en esos tiempos brindaban mistelas de colores a las damas como ligero estímulo para mantener la alegría, a los hombres, en cambio, les servían aguardiente anisado, mallorca de barril o cerveza, pero no faltaba el vino hervido, que era la nota distinguida, porque en el país no existían viñedos, y este vino, por lo tanto, tenía precio elevado y era un gesto de holgura económica el brindarlo a saciedad. La dueña de la fiesta resaltaba de este modo su prestigio, y en el caso presente, en generoso entregamiento subconsciente al caballero recién venido, ordenó ofrecer nuevas rondas de vino, pero como escaseaba el dinero para comprarlo, dispuso empeñar el «cristo de plata», sin duda recuerdo familiar heredado en generaciones, recomendándole a quien lo llevase a la «contaduría» lo hiciese con cuidado por estar bendecido.

Los decires y comentarios de las gentes son fiel reflejo de la parla de quienes conforman esta clase social y como es lógico, las muchachas asistentes anhelaban ser requeridas por el aristócrata autoinvitado.

En ese decir, alguna de las señoras comenta: «chulla parece... Pero chulla decente que no es lo mismo», frase que el autor la deja caer como simple expresión, pero que entraña la diferencia entre el concepto peyorativo de «chulla» aplicado a los jóvenes solteros de medianos recursos económicos, y el «chulla decente», es decir el mozo calavera llegado de las altas clases sociales, sinónimo de riquezas, que ha hecho merced al ingresar en esta tenida.

El romance que plantea el «chulla» concuerda con los amoríos que suelen presentarse en estas fiestas, designadas en la parla común y corriente como la «farra quiteña» y en forma menos elegante como la «tuna quiteña».

Jorge Icaza, conocedor exhaustivo del ambiente en su vida de soltero, como su gracia en el hablar, su aspecto de galán desbordante de juventud, se identifica en estas escenas con el «chulla» de su novela. Nosotros que lo conocimos y fuimos sus amigos, lo hallamos presente en estas páginas, donde desarrolla, sin ahorrar actitudes ni expresiones, el cuadro vivo donde se mueve: exacto, minucioso y veraz.

De pronto, sintiéndose atraído por Rosario, el autor personificado en el «chulla» razona en medio de su euforia, para no enredarse en un compromiso serio. Por lo tanto piensa: «¡Cuidado! Es una hembra sin dote, es una de tantas chullitas que...» La voz «chullita», despreciativa en el caso presente, suele aplicarse a la muchacha de «mediopelo» que presume pertenecer a una clase social más alta y busca un buen partido para solventar su futuro. El «chulla» sabe cuál es su ambición como hombre de apellido ilustre, aspirar a un nivel elevado, el matrimonio con heredera rica y asimismo de nombres ilustres. Si ha entrado en esa fiesta sin ser invitado, es porque constituye su manera de actuar en esos años de calavera: divertirse sin contribuir con un centavo para ello. Pero ahora, conocedor del ambiente, se pone a la defensiva: «(...) es una de tantas chullitas».

Pese a ello persiste en la aventura con intención de aprovechar la sinceridad e ingenuidad de Rosario. Sube al altillo de la casa, sitio que por la forma en que ella está construida sobre el ascenso del lomaje, muestra a través de una ventana desvencijada, desprovista de vidrios, el panorama de la ciudad en la noche, tendida a sus pies. Este momento aprovecha Icaza para describirla siguiendo su estilo cortante, de frases categóricas y duras. Nosotros creemos, sin vanidad, que Quito es una ciudad excepcional con personalidad, admirada justamente por el paisaje que le entrega en la noche las mil luces regadas, en caprichoso «belén», entre colinas, navas y recovecos, despertando la sorpresa de cuantos la visitan.

El «chulla», al conocer que Rosario está casada y separada de su esposo, encuentra la oportunidad apetecida; sabe desde ese momento que su conquista debe continuarla, porque los peligros de una doncellez violada estaban descartados. El «caldo de patas» que obsequia la anfitriona a sus invitados a las seis de la mañana, es el broche de oro de su gentileza, su derroche y prestigio social entre sus conocidos. Es un plato típico quiteño tomado en las madrugadas luego de una fiesta y tiene el mismo significado que la «soupe à l'oignon» que se toma en París luego de una velada.

Al final del jolgorio el «chulla» actúa de acuerdo a su calidad humana consubstancial, llevándose un abrigo ajeno, pues en esa casa donde se ha divertido gratuitamente nadie lo verá más. Estos descuidos son típicos de su condición, que el pueblo suele expresar con precisión, diciendo de un «chulla» de dotes especiales que es un «chulla honrado».

Los recursos económicos, siempre apremiantes del «chulla», le obligan a resolver sus problemas sexuales a base de palabrería, fantasías, bien imaginados planes acompañados de un acento de seguridad y convicción en sus conquistas amorosas, que obliga a la «chulla» sentimental a ceder a sus instancias. Icaza lo define en una frase: «hábil señor de la conquista barata». Por eso halla en Rosario una nueva aventura que satisfará sus deseos. El autor, sin desviarse del realismo vivido, sitúa el romance entre callejas de barrios apartados, bosques solitarios, como era usual observar en esos tiempos, aptos para los amoríos clandestinos de quienes, como los «chullas» de la época, carecían de recursos para alquilar una pieza en un «hotel» o «casa pensión».

La sorpresa llega cuando el pundonor de la minimizada «chullita» brota altivo ante la vulgaridad y degradación, sintiendo su honor mancillado, no por el hecho mismo, sino por el lugar en el cual podía realizarse.

En realidad, Jorge Icaza vivió en su juventud un romance serio, sin llegar al matrimonio, con una muchacha que suponemos fue actriz de segunda en la compañía teatral donde él actuaba, llegando a procrear una niña reconocida posteriormente, a quien quería con ternura, según expresión que algún día llegó a confiarme.

En busca de deslumbrar a Rosario, calidad íntima en su papel de seductor, el «chulla» la impresiona con el baile de las Embajadas, fiesta de la alta sociedad quiteña, inalcanzable para quienes no ostentaban ningún roce social de importancia. Es dudoso, por lo tanto, que el autor llegase en su soltería a asitir a un baile de alto coturno, porque el medio humano reducido de la ciudad de ese entonces, distinguía perfectamente bien al clan burgués y a las familias entroncadas con vínculos de sangre que conformaban esta sociedad privilegiada.

Creemos que tomó este tema para mostrar como en un lienzo rico en color y detalle, y en esta vez abundoso en frases exclusivas del hombre quiteño popular, el depósito de disfraces, típico en la ciudad, donde «chullas» de posición elevada venían a alquilar por una noche un frac o un jacket como vestidos de etiqueta para una cena, un matrimonio o una fiesta de ceremonia. Icaza conocía a saciedad este negocio, a su dueño y a las gentes que acudían a él, porque en su calidad de actor requería de ropajes especiales para los distintos papeles, y las actrices hallaban una fuente inagotable de deslumbrantes vestidos para lucirlos en los escenarios.

El propietario de este negocio era, además, utilero del Teatro Sucre, el único teatro de la ciudad desde el siglo pasado; proveía de muebles de toda época, bártulos y cachivaches para armar un ambiente escénico y decenas de trajes diversos para solucionar cualquier problema de presentación en las épocas que el libreto señalaba. Conocido por toda la ciudad, tenía por nombre Julio Vaca, y a él acudía además la urbe entera en busca de disfraces para las obligadas fiestas de Inocentes que tenía lugar en Quito desde el 28 de diciembre hasta el 6 de enero, días en que centenares de disfrazados recorrían las calles en comparsas, contagiados de una espontánea alegría, para concluir en las noches en salones improvisados de baile, salas de viejos cines o la plaza de toros, donde se erigían comederos y cantinas para beber, bailar y emborracharse sin fatiga hasta horas avanzadas de la madrugada.

Encontramos un desborde realista en la reseña del baile de disfraces de clase media, conocido a saciedad en sus años de juventud, pues surgen con nitidez los decorados, la actitud de los fantoches y el derrumbe de la farsa cuando el licor ha hecho su efecto, con el desplome de las aparentes personalidades enclaustradas en las máscaras, descubriendo la realidad humana, exacta y veraz, de quienes la ocultaban en su loco deseo de jugar a las mentirijillas.

La dura verdad cae de bruces cuando el autor saca al «chulla» y a su pareja de la fiesta de fantasía y la conduce a otro castillo de ensueño, mordido por la tremenda realidad, el «castillo» constituido por la sórdida, aislada, antihigiénica «casa de citas», que Icaza debió de frecuentar en su juventud para sus aventuras fugaces. Nuevamente hace derroche de la descripción del ambiente hórrido, porque lo conoce, fiel reflejo de la realidad. Más aún, la exigencia del portero demandando el pago adelantado por el alquiler de la pieza cae en el marco en que estaba encuadrado el «chulla»: estafador, astuto, tramposo, arañero.

En el transcurrir de los hechos Rosario se enamora del «chulla» y está decidida a unirse a él, amenazándole con matarse si no la lleva consigo. Esta decisión es singular, sin duda como consecuencia de la fiesta a la cual asistiera y el convencimiento de la posición social del «chulla». Y decimos singular, porque ni la experiencia de ser conducida a una «casa de citas» para entregarse a él, le hace pensar en los medios económicos de que dispone ni en la clase de hombre que representa. Esta decisión la consideramos como fruto de la vida que lleva junto a su madre, señora con moral y presunciones sobre el honor de la mujer impidiéndole cualquier desvarío, o resuelta como estaba a no tornar con su esposo, pero solucionando en parte su problema sexual. Sólo así se entiende el apego imprevisto demostrado en su terminante determinación de unirse al «chulla» sobre cualquier otro considerando.

En su bohemia de soltero Jorge Icaza solía arrendar una pieza en una casa central ya solo o en compañía de un amigo, generalmente de aquellos llegados de provincia, que de inmediato ingresaban en el cenáculo de los intelectuales de parranda. De modo que la descripción del barrio, primero, y luego de la pieza a la que el «chulla» lleva a Rosario, es fiel copia de aquellas que el autor debió de conocer en esa bohemia de juventud.

Es patética la narración que hace Jorge Icaza de la morada donde va a vivir con Rosario en el viejo barrio de San Juan, otra de las tantas colinas quiteñas, asimismo de casas coloniales bordeando la calle empinada que al rebajarla para facilitar el tránsito, dejó los cimientos de dichas casas al aire, incrustados en la peña, mostrando sus muros panzudos para afianzarse en ella. El autor describe en pocas palabras este ambiente: «(...) calle estrecha, húmeda, de casas sin aplomo, de tapias dormidas». Corresponde a casas aún existentes en este barrio que forman un muro rebanado hacia la calle, donde en lo alto luce la ventanuca o el balcón casi prendido del cielo, dando al parecer la impresión de que se trata de una casa solariega, cuando en realidad no tiene sino un piso alto de corredor que da al patio, mientras en la parte baja se alinean las piezas húmedas que alojan a numerosas familias.

Estas casas de pobreza acentuada generalmente carecían de luz eléctrica en su zaguán y sólo quien la conocía a la perfección podía orientarse en él: la descripción de la morada a la que lleva a Rosario revela el amplio conocimiento de Jorge Icaza de estas viviendas. Su cuarto carece de luz por falta de pago y para alumbrarse recurre a la vela.

Una definición clara de la conducta moral de un «chulla», como Icaza lo concibió, la hallamos en la usual costumbre de sobrevivir a base de «préstamos, empeños, sablazos, bohemia de alcahuetería a la juventud latifundista, complicidad en negocios clandestinos, desfalcos, contrabandos». Es decir toda la trapacería puesta en juego con ingenio, sin reparar en la culpa, buscando la solución de los problemas económicos inminentes a como haya lugar para poder sobrevivir.

Las apariencias externas en toda forma utilizadas para impresionar, eran en realidad estratagemas hábiles que cumplían su cometido, pero utilizadas por los diferentes caracteres de chullas: el menos audaz, el más audaz, el vivo y el tonto, y aquel que rozaba con gente adinerada o con poder político, que es el ejemplo que Icaza presenta en la novela: «clavel a la solapa (...) punta de pañuelo de seda al pecho, prendedor de piedra falsa en la corbata», un elegante aspecto para impresionar a la dama de dinero y conseguir el matrimonio soñado. O, en su defecto, «rollo de recibos y facturas de importantes instituciones de crédito» para convencer al desconfiado prestamista o mercader, como en el caso del «chulla» presente.

El panorama de hacinamiento de gentes en piezas húmedas o departamentos de dos habitaciones, descarna el autor con sobrada abundancia expresiva para mostrar la degradación social del pueblo humilde, del que forma parte el «chulla», en este momento, pese a sus fantasías de señor. La estampa de «mama Encarnita», manera de adulo para amenguar la iracundia de la patrona, es usual en las barriadas pobres. En la novela, casi rozando la realidad, la hace viuda de un prestamista dueño de la «contaduría» que llevaba por nombre «La Bola de Oro». Con estas sugestivas designaciones bautizaban los usureros sus obscuras tiendas (felizmente suprimidas por el Estado hace ya muchos años atrás), mostrando un panel que cerraba toda visión, donde se abría una estrecha ventanuca por la que el desesperado cliente entregaba algo de valor: ollas de bronce, joyas, vestidos, recuerdos familiares, libros o cualquier objeto que pudiera despertar interés en el prestamista, quien lo recibía entregando por la prenda la décima parte de su precio, préstamo que devengaba un interés de usura que si no era abonado en el plazo de cuatro meses, lo remataba el contador en su beneficio, sin añadir un centavo más. «Mama Encarnita» era la viuda de uno de estos usureros, quien sin duda adquirió la casa con el dinero pagado por ese pueblo miserable en el negocio de su marido, sin importarle las lágrimas, las angustias ni la desesperación que vio en sus rostros. Sin embargo, la pose autoritaria de la dueña de casa con los inquilinos se derrumbaba ante la presencia de un caballero de alcurnia, al escuchar el apellido conocido en la ciudad. Por eso, en el momento en que el «chulla» le da su nombre, brota el complejo de inferioridad y pese a la mediana riqueza que enfatuaba su posición autoritaria, se transforma en una melosa y complaciente dama ante el señor que le hacía la merced de morar en su casa. Para sus pensamienos era indudablemente un «chulla decente de buena estampa».

Pero a los cuatro meses llegó el reclamo de la dueña de casa: «Cuatro meses enteritos sin pagarme un chocho partido», quiteñísima exprexión para indicar que no ha recibido un solo centavo por el arriendo. La aceptación por la dueña de casa del «escudo de la familia» que el «chulla» le ofrece como prenda, es un rasgo de la íntima admiración que tiene a la clase social supuesta del «chulla» y a la rápida idea de utilizarlo como marco valioso para el retrato de su marido.

El ambiente de la fonda lo describe Icaza con esa facilidad muy propia de su estilo, la síntesis. Los barrios de Quito muestran estos comederos sin higiene, con olor picante a viandas sazonadas, de mesas con manteles manchados y abundancia de moscas. Su dueña, generalmente una mujer robusta, gorda, de sudor eterno frente a las brasas donde hierve la comida en grandes ollas junto a la puerta de entrada, es típica de estos «comederos» como también se les llama. Generalmente enfollonada, con una blusa mugre de manteca y especierías, mantiene un vocabulario especial: peyorativo contra las gentes que murmuran de sus potajes y adulón para los parroquianos conocidos, deshechos en alabanzas a sus exquisitos platos criollos.

El barullo que despierta la presencia de Rosario con el «chulla», en supuesto matrimonio, lo aprovecha el autor para inclinar la simpatía del pueblo morador de la vieja casa hacia ellos.

Estas cualidades entregadas al «chulla» nos recuerdan de inmediato el temperamento de Jorge Icaza, hombre cordial con las gentes, que vivifica su presencia en el personaje, porque transparenta y proyecta su yo en el héroe de la ficción. Solía llamar a quienes conocía y estimaba con el término usual en nuestra parla, para dirigirnos a un amigo, como «cholito» demostrando su aprecio (lejos del concepto peyorativo de esta voz al enunciarla como «cholo» que constituye una actitud de desprecio a quien se le considera de clase social inferior).

La escena aquella donde entra como parte de la trama el esposo abandonado de Rosario, tiene el sabor de un lienzo inmovilizado por la forma maestra con la cual el autor describe el reclamo del marido beodo, ante la ventana de su mujer infiel. La actitud desafiante, el vocabulario soez es un paso de comedia logrado con maestría, donde Icaza puso la nota tragicómica en ese mundo conflictivo. El «chulla» que es un ejemplo vivo de ese ambiente, resuelve el problema con igual entonación, empleando el recurso burdo, tosco e inculto de arrojarle los orines de su bacinilla. El hombre acanallado de este modo siente que su valentía se desmorona, alejándose entre maldiciones, trenzado de impotencia. El corolario llega en los comentarios cáusticos, alegres o duros de los vecinos. Icaza pone en función a las gentes en el coro de pregunta, suposiciones, acertijos, dudas y verdades, resaltando, como en escenas anteriores, las expresiones propias del hombre del pueblo.

En la intimidad de su condición humana considera que Rosario es un estorbo, pues había tomado en serio su amistad y él no permitiría defraudar su sangre paterna juntándose maritalmente con ella. Buscó sencillamente el motivo para despedirla sin contemplaciones ni sentir pesar alguno. Consideraba que aquello constituyó una aventura más, como tantas vividas y no iba a encadenarse a una existencia de miseria eterna. Pero no midió la decisión de Rosario, enamorada hasta el sacrificio. El «chulla» al enterarse de esta firmeza tuvo una ráfaga desesperada de resolución: abandonar la pieza, abandonar a Rosario a su destino y salir sin rumbo, desorientado, pero dispuesto a concluir su aventura.

De inmediato encontró el lugar de refugio, la trastienda en la cantina frecuentada por él en el barrio con dueño conocido y amigo, donde se leían capítulos de novela, se criticaba a los intelectuales o pintores con dosis de envidia venenosa, o se salvaba al país en los postulados de algún político de tertulia. Icaza en su vida de actor y empleado público conoció a saciedad estos reductos, tuvo aun cantina familiar donde la «jorga» solía congregarse para reir, morder reputaciones y planificar tenidas y fiestas. Por ello la descripción de estos lugares se ciñe a una estricta veracidad. Lo propio acontece con la alcoba, si así se nos es permitido llamarla, donde duerme esa noche, casi en promiscuidad entre mujerzuelas y viejos latifundistas adiposos, quienes deslumbraban con sus manojos de billetes para satisfacer a capricho sus apetitos.

Busca un sitio para reposar y halla el ambiente del bajo fondo humano, el de los «chullas», en un muestrario de personalidades y actitudes pertenecientes a este modelo de habitante urbano en su lucha constante contra el medio inhóspito, la ley del embuste, la astucia, la falsa pretensión o simplemente la incoherencia entre su manera de vivir y la apacibilidad calmosa de las gentes. Así encuentra en el salón de billares un lugar para beber, exponer ideas y olvidar angustias, al menos por pocos momentos, en medio de singulares y extraños protagonistas.

De inmediato éstos se amparan en quien puede pagar el consumo, un militar llenos los bolsillos de dinero, típico exponente digno, para ellos, de ser explotado. Y mientras se aprovechan de la generosidad del oficial, hace su aparición el «chulla» poeta despojado de sus ropas por la prostituta que no aceptaba el pago en versos por sus servicios. Además, rechazado de su casa y alojado en un cuchitril, despertó en nuestro personaje su innato sentido de provecho personal. La escena en que logra acomodarse en la cama donde dormía el «chulla» poeta, es un acierto del autor, reflejo de hechos vividos y escuchados en las charlas de su «jorga», como recursos inmediatos para solucionar el problema presentado. La viveza puesta en juego con la inventiva es el logro del «chulla», su carácter, su íntima naturaleza.

Los fantasmas de la madre transmutados en Rosario y la vieja dueña de la casa, animan la vivacidad bivalente del actor. Esa tenacidad de Rosario en esperar su regreso sólo es comprensible por el amor que profesa al «chulla», o por el refugio seguro o no que le proporciona. Icaza torna al patetismo en las voces que incriminan a la dueña de esa casa, odiada por su mando descomedido, por sus inquilinos. En ese enjambre de piezas, en ese mundo de valores humanos disímiles, brota de pronto el sentido de clase: ayudar a la «chulla» que se ha unido al «chulla», protegerlos contra la voracidad de la patrona como parte de su propia protección, de esas vidas humildes y miserables como las suyas.

El retorno del «chulla» al cuchitril trajo una nueva preocupación: el embarazo de Rosario. El no podía consentirlo, sería una greve responsabilidad en medio de su atosigante pobreza y estaba resuelto a impedirlo: la voz del padre erguida le exigía no profanar su nombre en la descendencia bastarda, la de la madre aceptaba el destino.

La razón llegó a convencerle al «chulla» a no oponerse al nacimiento del fruto de sus relaciones maritales, ante la defensa que de él hiciera Rosario. Tomó conciencia de su futura calidad de padre, la responsabilidad que pesaba por haberlo engendrado y decidió enfrentar los problemas económicos a presentarse. Icaza aureola a su personaje con este gesto, tal cual él lo realizó en su vida al conocer que tendría un niño de su unión con la amiga de su ambiente escénico. En la obra es la voz de la madre la que le exige y reclama la vida de esa criatura: ¿acaso ella no lo engendró a él en iguales condiciones? Y el «chulla» acepta ese destino, resuelto a defender a su hijo.

Jorge Icaza describe un nuevo decorado en la llamada, en Quito, esquina de la Plaza del Teatro. Este es un lugar céntrico frente al único Teatro que posee la capital, lugar de cita con los amigos por el movimiento peatonal de este ambiente, por donde pasaba toda la ciudad. Además, opuesto al edificio mencionado existía un «Hotel» sin habitaciones para pasajeros, un restaurant con numeradas piezas llamadas «reservados» donde las gentes iban a comer o a emborracharse. Allí se reunía la «chullada» de empleados públicos los sábados o días de pagos a pasar la noche en largas tenidas a base de aguardientes refinados o docenas de cerveza. La primera vez que conocí a Jorge Icaza, cuando yo cursaba aún mis años de colegio, fue en esta esquina. Se hallaba justo en el ángulo de la acera en espera de alguien, o haciendo tiempo, como solemos decir, para ingresar en el Teatro a cumplir su trabajo en la pieza puesta por su compañía.

La esquina es tan segura en las citas que el «chulla» confía en el encuentro de quien podía conseguirle, por sus influencias, un cargo en cualquier Ministerio, pero jamás despertando la sospecha de la urgente necesidad de ese empleo, pues su orgullo quedaría lastimado y él, en su calidad de «chulla» decente, no estaba dispuesto a humillarse ante sus conocidos y amigos. Por lo demás, esa condición inherente a su juventud bohemia no le pesaba ni con el más leve remordimiento, porque ésa era su costumbre (como el haber vendido el abrigo y el anillo entregados por Rosario, gesto generoso de ella en su amor hacia el «chulla», para pagar en parte el canon de arrendamiento de la pieza).

Nuevamente hace su aparición el «guachicola» a cuyo tugurio acude, donde bebe con un amigo, porque pese a su degradado nivel humano, debido a su costumbre diaria de tomar, es el brazo ejecutor de los políticos como espía, recadero y sirviente en la conquista de votos. Sorprende la síntesis de relator en la descripción hecha por Icaza de este ambiente sórdido de bajo fondo donde mora el «guachicola». A más de la presentación de doña Petra, la dueña, estampa clásica de estos sucios reductos suburbanos de arrabal empobrecido, la mujer, esclava de su trabajo rutinario, entre prostituta y honrada, con la fatiga extenuante de su diaria tarea, violada en el sueño de su cansancio por cualquier parroquiano borracho empedernido, viejo cliente de su zahúrda, surge la personalidad de este «guachicola» de tanto poder pese a su mísera condición.

El «chulla» hábil en el truco le gana la partida, obligándole, a este «poderoso» borracho, casi una piltrafa humana, a que le consiga el empleo apetecido. La presencia del «chulla» en la oficina donde se realiza «el concurso» para la obtención del cargo público es un girón autobiográfico del autor, porque Icaza debió de pasar por ella a raíz de sus veinte años y conocería estas angustias como era el «palanquear» un puesto en las oficinas del Estado. La relación que hace de los aspirantes y la farsa del «concurso» no ha perdido vigencia, pues aún tienen más valor los compromisos sociales, la amistad y deslices de alcoba que no los méritos de un candidato. Estas estampas acentúan la fuerza expositiva del autor, quien las rememora con realismo de acuciosos recuerdos.

No podemos juzgar, pero pudo darse el caso insólito de rebeldía en el agasajo al Jefe de su Secretario, quien sin duda, estimulado por el alcohol, lo ataca con frases duras. Es un hecho fuera de lo común, raro, dado la defensa desesperada de un puesto de trabajo casi siempre inestable, pero que tal vez Icaza lo presenció como reacción de un temperamento eternamente sojuzgado, que en un momento de obnubilación rompió su timidez y desbordó el rencor y odio contenidos. Estas reuniones entre el Jefe y sus empleados fueron y son aún frecuentes, en el fondo como recurso de los subordinados en desesperado intento de defensa ante el capricho de su Superior, que en un momento imprevisto podía demandar la cancelación de alguno de ellos.

Es en este punto de la vida del «chulla» cuando Icaza inicia su novela en su calidad de fiscalizador, descubriendo las trampas, artimañas y evasiones de los poderosos políticos de los impuestos, y los sobornos empleados para torcer la honradez de los funcionarios.

Conocimos íntimamente la integridad moral de Jorge Icaza, quien ha proyectado en el «chulla» su personalidad honesta, escrupulosa y digna, en estos momentos en que resalta el papel de honrado empleado público de su protagonista, donde siguiendo el planteamiento primigenio pone en lucha, en la conciencia del «chulla», la voz del padre señorial rechazando la coima y la de la madre mestiza aceptándola, triunfando la decencia de que este «chulla» viene investido en la obra al rechazar el soborno de acuerdo a la ética planteada en el espíritu del autor.

Es en este punto de la novela donde juegan su papel, con vivencia total, las voces del padre, limpio en antecedentes, quien defiende su honradez y no se deja humillar, ante la voz de la madre sojuzgada, real en el devenir de los acontecimientos, la que conoce el medio de falsedad y miseria ética de las gentes, suplicándole conformarse con lo sucedido y ceder al poderoso.

Consideramos el momento crucial de la obra aquel en que el «chulla» lucha entre la presencia de Rosario y el afloramiento de una dormida ternura, junto a la conciencia responsable sobre el hijo que nacerá y el derecho de defenderlos. Su orgullo se desmorona frente a estos planteamientos, la angustia y desesperación de quedar sin el cargo que les hará subsistir vence los escrúpulos y le obliga al «chantaje», acudir a la casa del pícaro poderoso por ver la manera de «vender» su fiscalización, su verdad, su honradez. Pero comprende que está sumergido en las redes de la política sucia porque ha cometido la osadía de acusar a un intocable, quien al constatar su presencia acude de inmediato a la policía.

Desde este momento entran en juego en la novela secuencias cinematográficas que irán incrementándose hasta el final de la obra. El «chulla» huye precipitadamente por una ventana en angustiosa desesperación y llega donde Rosario que empieza a sentir los síntomas del futuro parto. El argumento toma agilidad y va a desarrollarse en una serie de cuadros dramáticos de corta pero excitante realidad, por la fuerza descriptiva que Icaza imprime en estas fugaces estampas de criollismo quiteño.

Recuerda el «chulla» en su angustia un cheque en blanco perteneciente a su oficina y decide jugarse el destino por Rosario y por su hijo. Empleó su astucia, la habilidad de sus embustes para lograr los quinientos sucres, suma respetable en estos tiempos, para adquirir lo inmediato: ropas para ella, pañales para el niño y el pago de la atención médica.

Con su acertada síntesis, sus parcas pero precisas palabras, Icaza logra con brillantez dibujar a los personajes y entregarles en su aspecto externo, sus condiciones humanas, tal el caso del Director del Diario al que de inmediato identificamos, como a los comerciantes a quienes engaña con el cheque fraudulento. El encuentro imprevisto con el viejo amigo a quien no ha mirado en muchos años, consideramos como un recurso novelístico para dar tiempo a descubrir la falsedad del cheque por el hombre estafado y al despliegue de los pesquisas en su búsqueda hacia el cuchitril donde vive; para instalar la tragedia en ese juego de fuga anhelante del «chulla» y dolores de alumbramiento de Rosario.

La presencia de los policías de paisano y los nombres y apodos dados por el autor a cada uno de ellos, la manera de actuar y la forma de expresarse son tan familiares a este ambiente, que nos hace recordar el tiempo en el cual Jorge Icaza trabajó como oficinista-escribiente en la Policía Nacional, pues el modo de actuar del «pesquisa» (así le llaman al investigador de la Oficina de Seguridad) es típica en el medio quiteño.

Con mucha habilidad Icaza intercala un actor anónimo, sin delineamiento personal, pero que se destaca y actúa con conciencia y razón en los momentos cruciales del relato: los vecinos, es decir el pueblo que no permanece estático ante la tragedia desarrollada en su casa-barrio sino que moviliza sus hábiles recursos para ayudar a los protagonistas, aunque en ocasiones sus decires hayan sido peyorativos frente a ellos. Es un sentido de clase, muy común en estos lugares, que hermana a las gentes porque se identifican ante sus similares problemas socioeconómicos. Es el mundo de los pobres que lucha por su subsistencia, expresándose en tonos diversos de acuerdo a los distintos matices que el autor establece en el desarrollo de la trama, acoplándose al destino categórico o rebelándose contra él. Este «personaje innominado» es otro logro de Icaza en su novela.

Jorge Icaza, en ese clímax narrativo en que el «chulla» es ayudado por el inquilino conocido o anónimo, no pierde la ocasión para describir los miserables ambientes por donde cruza en su huida el personaje a través de las piezas de los vecinos, buscando un refugio para no ser alcanzado por los sabuesos que le persiguen a saltos, hábiles en estas rebuscas, intuitivos por la experiencia adquirida. Nada se le escapa al autor para mancomunar la indigencia, la promiscuidad, la suciedad innata en cuadros de estricta y justa veracidad. Icaza conoce bien estos ambientes, pues si no ha morado en ellos, los ha visitado en los tiempos en que su bohemia le unió a personas sin fortuna, adheridos a magros presupuestos estatales.

Una serie de decorados sórdidos con sus expresiones humanas va desfilando en la rápida sucesión de los momentos de fuga del «chulla», protegido por sus vecinos: el viejo militar en retiro, quien en medio de su pobreza le inspira fe cuando le habla de la camaradería de quienes comparten ese caserón, buscando la mejor manera de ayudarlo, desempolvando su espíritu guerrero para enfrentarlo a los perseguidores, el pundonor de soldado listo a defender su territorio y en esa forma darle tiempo al «chulla» para su huida. En su escape va pasando por un muestrario de moradas de gentes disímiles, de escenarios insospechados, de actitudes de asombro, de rápida decisión de ayuda, como cuando cruza la pieza-depósito de frutas, donde la astucia femenina entra en juego en la mujer encamada, o cuando otra heroína anónima obstruye con su cuerpo el paso de los policías, sosteniendo la puerta de entrada a su cuartucho, mientras señala al fugitivo el camino a seguir.

El autor añade más dramatismo al escuchar el «chulla» el maltrato de los pesquisas a la mujer indefensa, revolviéndole su sangre de señor, de «desfacedor de entuertos», de «chulla» noble y valiente, impotente de auxiliarla.

Los vecinos todos en plan de apoyo al perseguido forman un personaje similar al que Lope de Vega inmortalizó en su *Fuente Ovejuna*, una colectividad criolla, en este caso, en esa casa vecinal al estilo de «Tócame-Roque», apretujada de patios, piezas e inquilinos.

En medio de este alocado escape, Icaza acopla a la narración el monólogo interior del pesquisa-capataz, recordando sus bravatas, las acciones cumplidas en su ciega obediencia al Jefe, donde su condición de cumplidor de mandatos lo hace jactarse como valiente, osado, insensible, rudo y cruel. Excitando la acción cumple su papel primordial la parla popular con sus quiebros y variantes, sus frases comunes exclusivas de la colectividad quiteña que le dan sabor de costumbrismo a la novela, aparte de los escenarios donde se desarrolla. No existe el menor asomo de falsificación al respecto, ni distorsión ni exageraciones, porque es un trasplante exacto de la realidad ambiente.

En la pieza donde Rosario está en camino de dar a luz se ha reunido parte del vecindario de esa casa-comuna y es nuevamente «Fuente Ovejuna» quien se hace presente en la dádiva generosa recolectada para traer un médico a que atienda a la parturienta, ante la imposibilidad de la comadrona de detener la hemorragia.

Al lograr salir de la casa hacia la calle, el «chulla» recorre el viejo arrabal y en su huida va despertando los sitios habituales frecuentados por él en sus aventuras: la calle de la Ronda, la plazuela de Cumandá, la quebrada de Jerusalén y muchos más. Aún ahora, con el transcurso de los años podemos identificarlos, porque Jorge Icaza se esmeró en detallarlos a placer, como viejos recuerdos añorados de su juventud y cuyo tipismo, por la personalidad ambiental que ellos entrañan, es motivo de curiosidad.

Por primera vez en esta novela, Icaza, relatista del indio en *Huasipungo,* encuentra su presencia en un rincón de la ciudad, describiéndole como una piltrafa humana acurrucada al aire de la noche para dormir sobre la tierra dura en temperaturas gélidas. No se sustrae de armar el decorado en el galpón, la «guarapería», figón donde a base de chicha mezclada con inmundicias como orines, ratas muertas y viejos zapatos, el indio habitante del suburbio, llegado a él como cargador, barrendero, albañil o cualquier otro oficio de escasa renta, se emborracha hasta la inconsciencia para saldar sus cuentas personales en ese ambiente repulsivo que detalla el autor. Las calles donde corre el «chulla» perseguido están llenas de un aire de asfixia con sus emanaciones caliginosas, abarrotadas de tabernas, casas de prostitución y la piltrafa humana deambulando en busca del atraco, el asesinato o la simple querella. Hasta hace pocos años podían aún presenciarse cuadros como los que narra Icaza en su novela, que cada vez han ido apartándose de estos sitios para concentrarse en los límites de la urbe que crece constantemente.

El ambiente del burdel, familiar para el «chulla» como para el autor, lo transfiere con precisión, como lo hace con los sitios que Icaza conoce a saciedad, entregando a las prostitutas los mismos nombres familiares con que eran conocidas por las «jorgas» en aquellos días. Pero en este momento el novelista deja paso al dramaturgo y como buen director de escena, distribuye a sus personajes en busca de un «coup de théâtre» que logre su intención, impresionar. En efecto, no concuerda la actitud del pesquisador con ese celo demostrado hasta el momento, con su comportamiento frente a la dueña del prostíbulo y peor aún la noticia que desmorona la trama seguida en la novela, con el vuelco político de apenas pocos instantes, en que el Gobierno decide no apoyar al candidato ladrón y pícaro. ¿Recurso de Icaza para darle al argumento una tardía moraleja? ¿O rememoranza de algo parecido y muy personal, para denunciar una injusticia en el desempeño de fiscalizador?

En las últimas escenas persiste la imagen del «chulla» quiteño, pues luego una vecina, en el duelo por la muerte de Rosario, se expresa con esta frase que resume toda la novela: «el chulla es siempre el chulla, vecinita. Tiene primero que hacerse hombre para criar al hijo». Frase que traducida al concepto popular sobre este personaje lo sitúa como un joven soltero, despreocupado de problemas, listo a la trapacería para satisfacer el goce de una existencia libre, sin responsabilidades.

Al final de la obra, en el soliloquio interior del «chulla» ante el cadáver de Rosario, no elude Icaza describir el ambiente del velorio, sus costumbres en la manera en que él se realiza y la forma como acompañan los vecinos sus despojos hasta el cementerio. En el espíritu del «chulla», en cambio, se agolpan los recuerdos en tumultuosa vivencia: Rosario, el hijo, los vecinos. Estos vecinos generosos en esa casa lóbrega de mísero conventillo, donde el «chulla» fue desnudándose de su estricta condición, para despertar hacia quienes, despreciados por sucios y haraposos, venían con sus gestos a romper el cascarón de la «chullería» donde estuvo encerrado, para hallar el mundo de la responsabilidad, con la conciencia de ser un hombre semejante a cuantos batallan con su trabajo y sufren necesidades.

Conclusión

En el año 1958 y en los meses de Abril-Junio a los que corresponde el número 111 de *Letras del Ecuador,* revista cultural de Literatura, Artes y Ciencia de la Casa de la Cultura Ecuatoriana, nos referíamos a *El Chulla Romero y Flores,* la novela de Jorge Icaza aparecida en esos tiempos, en un estudio somero de la misma, del que, para hallar ciertas equivalencias al estudio que venimos de realizar (la presencia de Icaza en su héroe) podrá ver el lector algunos acápites en las pp. 223-226 del estudio de G. A. Jácome. Lo cierto es que en toda la novela se escucha la voz de Jorge Icaza y su presencia, en la personalidad del «chulla» Romero y Flores.

LA NOVELÍSTICA DE JORGE ICAZA EN EL RELATO ECUATORIANO

Ricardo Descalzi

Afianzada la conquista de España en el llamado Reino de Quito aborigen, el período colonial se caracterizó, en el ámbito de las manifestaciones literarias, por esporádicos cultores de la poesía y el drama.

La influencia de la enseñanza escolástica ritual y la dogmática religiosa absorbió el conocimiento de la cultura en las órdenes religiosas hasta cuando la apertura del Colegio de San Luis por los jesuitas en el siglo XVI y el Convictorio de San Fernando por los dominicanos en el subsiguiente, despertó el interés literario de los colegiales, centros que con el paso de los años derivarían en la Universidad de San Gregorio Magno, el primero, y la Universidad de Santo Tomás de Aquino, el segundo, que unidas a la de San Fulgencio de los agustinos, darían entonación intelectual a la ciudad de San Francisco de Quito, sembrada en un cuenco de los Andes con playas al Océano Pacífico, sin mirada frontal a Europa, rectora del conocimiento.

En sus Universidades se «leían» textos escolásticos de acuerdo a los programas establecidos y sin duda con alguna cátedra para el estudio de la literatura que incitó a espíritus sensibles a pulsar su calidad emocional en poemas y dramas escritos en verso, dos expresiones usuales de aquellos tiempos.

El primer libro de poesías con que se inicia la historia de nuestra literatura se edita en Madrid el año 1675 con el título: *Ramillete de varias Flores Poéticas recogidas y cultivadas en los primeros abriles de sus años por el Maestro Xacinto de Evia, natural de Guayaquil.* El libro presenta poesías de tres autores principales: del jesuita quiteño Antonio Bastidas y de los clérigos Hernando Domínguez Camargo originario de Nueva Granada, hoy República de Colombia y del editor Xacinto de Evia, ambos discípulos del primero, a más de otros autores anónimos quiteños.

Llamamos «quiteños» en este período a los habitantes que hoy constituyen la República del Ecuador, que en tiempos coloniales llevaba el nombre de Real Audiencia de Quito.

La influencia de Luis de Góngora y Argote constituye la tónica de estas poesías de exagerado culteranismo, camino que seguirán otros intelectuales, asimismo jesuitas, cuyos nombres constan en los textos de literatura de estos siglos.

El relato careció de cultores y si los hubo, ninguna narración perduró. En cambio creemos que el teatro sería el más asiduo camino de expresión para las numerosas fiestas laicas y religiosas, profusas en la época colonial. Sin embargo apenas si han quedado algunas loas y sainetes cuyos títulos los consignamos en nuestra *Historia Crítica del Teatro Ecuatoriano*, editada en seis volúmenes.

Quedó a salvo la autobiografía conservada en los monasterios de monjas, la que corresponde a Gertrudis de San Ildefonso (clarisa enceldada fallecida en 1709), escrita con estilo diáfano en su relato de las tentaciones sufridas por causa del demonio y las dudas sobre su vocación; y las de Catalina Luis Herrera, dominicana enclaustrada, con el título *Secretos entre el alma y Dios*, de elevada entonación mística. Junto a ellas nos llega el nombre de doña Jerónima de Velasco, dama riobambeña, cuya producción poética desconocemos y sólo sabemos de ella por el elogio que de sus versos le dedica en un soneto Lope de Vega.

La literatura quichua, lengua vernácula aborigen, tuvo su cultor en Jacinto Collahuazo, quien escribió un relato histórico sobre las guerras de los dos hermanos incas Huáscar y Atahuallpa, manuscritos echados al fuego por orden de una autoridad española que no podía comprender cómo un indio supiera leer y escribir y, además, relatar hechos históricos. La segunda expresión quichua pertenece a un cacique del pueblo de Alangasí, quien compusiera un poema titulado «Atahuallpa Huañi», en recordación a la muerte de este emperador indio.

Casi a finales del siglo XVIII llegó la primera imprenta a la Real Audiencia de Quito traída por los jesuitas y fue Eugenio de Santacruz y Espejo, un mestizo, quien fundaría el primer periódico del país bajo el título *Primicias de la Cultura de Quito*. A no dudarlo fue la presencia de los Académicos Franceses lo que revolucionó la mentalidad de la juventud, sembrando en las conciencias un nuevo sentido de concepción humana. Para sus estudios y cálculos del meridiano terrestre trajeron consigo, a más de sus conocimientos, numerosos libros que despertaron interés por Europa y su cultura y fue el abono para que más tarde los postulados de la Revolución Francesa tuvieran acogida en el espíritu ansioso de libertad del criollo y el mestizo.

El primer siglo de vida republicana con política incipiente y ambición de los generales repartiéndose el botín de la victoria multiplicado en numerosos países, ahogó el pensamiento literario. Pese a ello surge en Guayaquil un poeta de singular entonación que nos deja entre otras producciones el «Canto a Junín», elogio a Simón Bolívar triunfador en una de las batallas que trajo la independencia del Perú, llamado José Joaquín de Olmedo.

Si los poetas se multiplicaron, nadie se preocupó del relato hasta muy entrado el siglo, en que un escritor lojano, Miguel Riofrío, publica la primera novela ecuatoriana, *La Emancipada*, iniciando el romanticismo bucólico que perdurará hasta 1930 más o menos, porque la narrativa nacional va a nutrirse del planteamiento establecido por Jorge Isaacs en su novela *María*, y es apenas en la treintena de este siglo cuando los escritores de la costa y de la sierra irrumpirán con su realismo descarnado.

Con la presencia del ambateño Juan León Mera se inicia la historia del cuento y la presencia de la segunda novela ecuatoriana. El estudio de la obra de Mera, escritor del siglo pasado, podemos dividirlo en cuatro momentos expresivos: el poeta que culmina con la elaboración de las estrofas del Himno Nacional, el historiador con el estudio sobre el movimiento literiario, el cuentista con relatos recargados de costumbrismo serrano en que sus personajes desarrollan su vida ritual de condición pasiva al medio social, y el novelista con *Cumandá*, primera presencia del personaje indio en nuestra literatura, que por arte de inventiva se transforma en violento miembro de una tribu selvática, olvidando su calidad civilizada, transformándose en montaraz y primitivo.

Pese a que su novela guarda en su argumento contacto con *Atala* de Chateaubriand, tiene *Cumandá* el mérito de la descripción del paisaje en que el autor, con su sensibilidad poética, entrega páginas de elevado valor literario en la descripción de la manigua amazónica.

La sumisión a las ordenanzas religiosas, el criterio conservador mantenido en los años desde el tiempo de la Independencia y los gobiernos con tibias reformas más de orden económico que social con una política de caudillaje antes que de partido, vienen a conmoverse con la pluma incisiva y liberal de estricto sentido anticlerical, no antirreligioso, de don Juan Montalvo, conductor de voz talentosa y estilo castizo, «aldabonazo de rebeldía en el claustro de América».

A pocos años de su muerte surge el primer fruto político liberal con la revolución del General Eloy Alfaro, quien abre el horizonte a la libre expresión y a la instrucción de las clases desposeídas. El intelectual se adhiere a su movimiento y la literatura empieza a germinar con nuevos poetas y relatistas.

Para comprender el camino a seguir del escritor en este momento, es necesario anotar que geográfica y étnicamente el Ecuador presenta dos ambientes opuestos y exclusivos: la costa y la sierra. La primera, tendida a orillas del Pacífico, surcada por anchos ríos navegables en cuyas riberas se extienden las haciendas de cacao, arroz, caña de azúcar y posteriormente banano. La segunda, la sierra alta con sus páramos fríos y valles templados que dejan entre ellas las dos cordilleras de los Andes que atraviesan el país de sur a norte, con haciendas ganaderas y agrícolas.

En la primera, la mano de obra entregada al montubio, campesino mestizo a veces con gotas de sangre negra en algunas zonas; más al norte, en la provincia de Esmeraldas, con vegetación selvática, el negro y sus descendientes, muchos de ellos ahora integrados en la ciudad, y la presencia del mulato con otras combinaciones étnicas. En la segunda, el indio con su eterna permanencia en la tierra de sus ancestros, cuya historia se pierde en las edades.

A estos dos ambientes va a referirse la próxima literatura ecuatoriana, tomando al montubio, al indio y al negro como personajes indivisibles o colectivos para crear la temática del relato.

Alfredo Baquerizo Moreno, quien fuera Presidente del Ecuador, escribe su novela costumbrista de ambiente costeño *El Señor Penco,* que no tiene mayor trascendencia, al mismo tiempo que en la sierra el ambateño Luis A. Martínez, ex Ministro de Instrucción Pública, edita *A la Costa,* obra caracterizada por su fuerza expresiva en la descripción de. las condiciones sociales del ambiente en que la desarrolla. El personaje principal en su ansia de supervivencia trabaja en estos dos climas contrapuestos: sierra y costa, enlazando en el relato por primera vez los dos panoramas, salvo el caso, tal vez, de nuestra posterior novela *Saloya* en que transportamos al indio de la serranía hacia los declives de la selva llamada «montaña», donde transforma sus cualidades ancestrales para asemejarse en parte al hombre tropical.

A la Costa es una revelación, pero como la mentalidad burguesa del medio social está acoplada al estricto romanticismo, pasa desapercibida sin ninguna proyección. En estos años ha sido redescubierta entregándole los valores inherentes que posee: innovación, vigor de lucha del protagonista, hombre común que batalla por su supervivencia. Constituye un relato, además, con intención social sobre la problemática económica atosigante en el marco de paisajes contrapuestos, pero fascinantes, instalando de este modo la aventura.

Pese a este despertar, otras novelas continuaron manteniendo el romanticismo circunstancial, hoy diluidas en el recuerdo, como *Luzmila* de Manuel Rengel, *Amar con Desobediencia* de Quintillano Sánchez con atisbos de *Atala* y *Cumandá* y otras de Fidel Alomía y Francisco Campos.

Poco a poco toma conciencia el relato de la realidad que le entrega el país, encaminando su argumento a un costumbrismo veraz, con leves toques de denuncia, tanto de la ciudad como del campo. Victor Manuel Rendón, diplomático en París, propietario de haciendas cacaotales en las riberas de los ríos costeños, edita su novela *Lorenzo Cilda* de ambiente campesino en la costa fluvial y Carlos R. Tobar, diplomático a la vez, entrega relatos históricos de la capital serrana en forma de leyendas y una novela *Timoleón Coloma* de igual tendencia descriptiva.

En presencia de un temperamento rebelde, discípulo de don Juan Montalvo, y que mucho tuvo que ver con la muerte de Gabriel García Moreno, el escritor e historador Roberto Andrade, vivifica un tanto la novela ecuatoriana incipiente con *Pacho Villamar*, tomando a Quito como escenario de la acción y planteando la lucha liberal contra la influencia del clero en el medio pacato de la capital.

Más adelante, con sentido bucólico, otro diplomático hacendado de la sierra, Gonzalo Zaldumbide, publica *Egloga Trágica*, escrita con escrupuloso estilo castizo, acentuando el lirismo en el ambiente de la gran propiedad agrícola, donde los personajes juegan, en medio de sus habituales costumbres, una tragedia. Es su obra una reminiscencia de su niñez, tal vez editada con premura, puesto que va enmendando frases y aún párrafos extensos en ediciones subsiguientes.

En un concurso literario convocado en París por la Revista Mundial dirigida por Rubén Darío, triunfó la novela *Las Cosechas* del riobambeño Miguel Angel Corral, radicado en esa ciudad, y publicada en estos días por la Casa de la Cultura Ecuatoriana a los sesenta y más años del concurso. En este relato entra como personaje el indio de la sierra, no en forma individual sino colectiva, como parte del decorado bucólico. La novela es de ritual costumbrismo, sin tesis, simple narrativa del vivir cotidiano.

José Rafael Bustamante, hombre público del país, edita su relato *Para matar el Gusano*, escrito con fina sensibilidad, donde toma el paisaje de la sierra como base del ambiente, acoplándole un nuevo decorado, el pueblo vecino a la hacienda con sus hombres y costumbres. Más adelante Sergio Núñez nos dará una serie de cuentos sobre el indio y una novela con sabor crítico *Un Pedagogo Terrible*.

En este momento nace de verdad la expresión indigenista en la obra *Plata y Bronce* de Fernando Chávez, donde el indio toma, por primera vez en nuestro relato, la entonación de personaje central, analizado y expuesto en su trenzada estructura anímica y su dignidad humana. Para entregar patetismo a su argumento, el autor incluye el episodio de la venganza contra el amo, su asesinato, hecho esporádico que le da a la trama un tono artificioso, pero que logra, literariamente, conciencializar la rebeldía aborigen que tomará sabor de insurgencia en *Huasipungo*, la novela de Jorge Icaza.

Para comprender mejor el movimiento literario ecuatoriano de este momento, es necesario recordar que en América se escribían obras de denuncia, recalcando las condiciones socio-económicas de las clases desposeídas, tanto del indio como del mestizo. Recordemos las novelas principales como *Los de Abajo, Don Segundo Sombra, El Mundo es ancho y ajeno, El Tungsteno, La Vorágine,* para citar algunos títulos. No podemos tampoco olvidar el realismo entregado por las novelas de postguerra como *Sin Novedad en el Frente, Cuatro de Infantería, Lejos de las Alambradas, Los que teníamos Doce Años,* realismo que «torció el cuello al cisne» romanticón, reafirmado al mismo tiempo por la literatura rusa de los primeros tiempos de la revolución con *El Cemento, Las ciudades y los años, Sobre el Don Apacible, El Volga desemboca en el Mar Caspio, La ciudad de la abundancia, Virineya,* entre otros títulos. Esta influencia cautivó el espíritu latinoamericano por su sencillez y diafanidad, obrando el milagro de transformar su literatura de salón en denuncia y protesta.

Al iniciarse la década del Treinta va a abrirse a la vez, como ventana al paisaje urbano y campesino, la novelística ecuatoriana con la presencia de Humberto Salvador y otros autores. Humberto Salvador inicia su camino de las letras entre el drama romántico «à outrance» en *El Miedo de Amar, Canción de Rosas* y el cuento galante en *Ajedrez y Taza de Te.* Influenciado por las corrientes sociales que agitaban las conciencias en el mundo y salvando su primer gran relato *En la Ciudad he perdido una Novela* con reminiscencias pirandelianas, escribió sus mejores obras como *Camarada, Trabajadores, Noviembre, Universidad Central,* para posteriormente ambientar la temática con el psicoanálisis, pues luego de su triunfo con *Esquema Sexual,* estudio paracientífico de los conflictos anímicos en su relación con la libido, se dedica a las novelas de temática psicoanalítica con *La Fuente Clara, La Novela Interrumpida, Ráfaga de Angustia, La Mujer Sublime,* y otras.

Humberto Salvador es el escritor del ambiente ciudadano quiteño. Por las páginas de sus libros transcurre la urbe y sus moradores en sus distintos estratos sociales. Su estilo es ágil con empleo profuso de diálogos, tal vez como reminiscencias de sus piezas teatrales. Es uno de los primeros que plantea el problema económico-social del pueblo que vive en los barrios humildes, pero sin voz de protesta, sumiso al pasivismo expositivo, dejando que el lector valúe la denuncia a través del simple relato.

En ese tiempo en Guayaquil José de la Cuadra, un cuentista no superado en su síntesis expresiva, entrega una serie de relatos elaborados con maestría sobre las costumbres del montubio, penetrando en las condiciones en que vive, alejado de los centros urbanos, en impresionante promiscuidad familiar. Su novela *Los Sangurimas* es fiel reseña de este ambiente. A la vez otro escritor, Alfredo Pareja Diezcanseco, publica novelas sobre el puerto de Guayaquil y las zonas fluviales en

Don Balón de Baba, El Muelle, La Beldaca, colocándose en ventajosa altura dentro del movimiento literario ecuatoriano.

Ya había irrumpido con fuerza descriptiva de protesta, con nuevo estilo y diferente tesis, el libro de cuentos *Los que se Van* escrito por tres autores guayaquileños: Enrique Gil Gilbert, Joaquín Gallegos Lara y Demetrio Aguilera Malta, dando vuelco a la narrativa. Este libro de relatos montubios con el decorado de sus ríos y esteros, es ya un grito de denuncia contra la realidad del agro costeño. Posteriormente cada uno de ellos publicará sus novelas individuales: *Nuestro Pan* de Enrique Gil Gilbert; *Don Goyo, La Isla Virgen* y *Canal Zone* a más de sus sorprendentes piezas teatrales, de Demetrio Aguiler Malta; y *Las Cruces sobre el Agua* de Joaquín Gallegos Lara, novela basada en el primer levantamiento obrero en la ciudad de Gayaquil en 1922. Mientras en el ambiente negro Adalberto Ortiz nos dará años más tarde *Juyungo,* aporte literario a su raza.

Casi en forma simultánea Jorge Icaza triunfa con su novela *Huasipungo* en un concurso promovido por una editorial argentina sobre el relato americano, novela que va a conmover el espíritu literario no sólo del país sino de América, entregando su nombre al conocimiento universal. El impacto que conlleva *Huasipungo* en su cruda realidad sobre el indio sumiso al patrón y a la tierra, la hace estelar por su descripción descarnada del servilismo total, bajo la voluntad inapelable del amo, señor de la hacienda. Su relato conmovió a los ambientes intelectuales donde la postración esclavista del indio era desconocida.

Jorge Icaza tuvo anteriormente otro intento de temática aborigen en su libro de cuentos *Barro de la Sierra* que pasó desapercibido, siendo años más tarde valorado por la crítica en detenidos estudios, cuando la fama del autor se había consolidado.

Huasipungo, novela escrita en estilo desgarbado, rudo, violento y sin tapujos ni empacho de destapar la costra convencional que cubría la realidad, es la imagen del indio desnudo del folclore que le adscribieron hasta entonces los relatistas ecuatorianos. Valiente, vigorosa en su argumento y desarrollo, impactó como pregón y cartel en las conciencias.

Huasipungo descubrió a la gran masa del país la realidad del entorno campesino en la sierra, de estos hombres olvidados, forzados por las circunstancias y la tradición a cultivar las tierras de la hacienda donde es considerado como semoviente de la misma, numerando sus familias y los brazos útiles para la labranza en las transacciones de compra y venta.

El éxito alcanzado con esta obra de ambiente rural estimula a Jorge Icaza a seguir en la temática, publicando *Huayrapamushcas, Cholos, Media Vida Deslumbrados* en las que fue perdiendo el «élan», con personajes pasivos, sin la fuerza rebelde de Andrés Chiliquinga, su levantamiento y protesta, reminiscencia de los numerosos alzamientos aborígenes desde los años de la colonia.

Comprendería que había agotado el tema de la tierra y por eso vertió su argumento hacia la ciudad donde viviera y que había sido el decorado de sus dramas. Editó de seguida *En las Calles* con extraño y coincidente encuentro de dos amigos campesinos, nacidos en el mismo pueblo, enfrentados en la ciudad en dos bandos opuestos: el primero como obrero de una fábrica en huelga reclamando sus derechos y el segundo como polícia, brazo represor del gobierno. En este nuevo panorama de la urbe desarrolla con habilidad parte de su novela *Cholos,* premonitoria de la que será su máxima obra de ficción *El Chulla Romero y Flores.* Un análisis de este relato podría resumirse en los siguientes puntos: el medio donde transcurre la novela que Jorge Icaza lo conoce a saciedad, los personajas que amalgaman las escenas, típicos amigos con quienes Icaza mantiene contactos en su vida real y por último el «chulla», transcripción de su propia juventud bohemia en la malla del relato. A este personaje lo crea como fruto ladino del blanco, señor pese a su pobreza, y de la india, empleada de su casa. En resumen: del patrón y la servidumbre, del amo y la esclava, del poderoso y la humilde, del altanero y la sumisa, donde la entonación bivalente de orgullo y vasallaje, de audacia y apocamiento, resaltan en el espíritu y condición somática del héroe. Este es el mérito de la novela: dos entes contrapuestos jugando a valorarse e imponerse uno sobre el otro en una lucha donde los arquetipos llegados desde la hondura del soma y la herencia de los siglos, florecen en voces, actitudes y otros momentos fundamentales para hacer de *El Chulla Romero y Flores* su mejor relato.

Hombre de izquierda sin llegar a los extremismos, alegre como un patio de escuela, ceñudo en los momentos graves, sereno en sus decisiones, Jorge Icaza respondió a su libido al concluir sus últimas escenas, abatiendo el espíritu orgulloso del protagonista para reconciliarse con las gentes que despreciara, al palpar las cualidades humanas del hombre común, de ese pueblo que guardaba sentido de clase, nobleza y desprendimiento, haciendo más veraz el relato y más afín a la condición que en realidad orna al habitante quiteño. El triunfo de la naturaleza de hijo de la india ante la imposición de hijo del patrón, constituye el corolario de la novela, haciéndola más veraz y más suya.

Jorge Icaza nos entregó posteriormente una trilogía con reminiscencias de su niñez y su adolescencia en amarga biografía familiar titulada *Atrapados,* que dejamos al juzgamiento de críticos versados en la literatura icaciana; sin embargo, creemos que no logró superar su más acertada novela *El Chulla Romero y Flores.*

EVOLUCIÓN DE LA TEMÁTICA MESTIZA O CHOLA EN LA NARRATIVA ICACIANA ANTERIOR A *EL CHULLA ROMERO Y FLORES* (1958)

Renaud Richard

Más de las dos terceras partes de la obra no teatral de J. Icaza están centradas en protagonistas cholos o mestizos. Esto es obvio, desde «Cachorros» —el fascinante cuento que encabezaba *Barro de la Sierra*—, hasta la trilogía *Atrapados*, incluyendo, claro está, la obra maestra que es *El Chulla Romero y Flores*. [1]

Puede agregarse que cada nuevo libro del quiteño enriquecía su visión de la problemática mestiza o chola. Esta evolución se estudia aquí, compaginándola, en la medida de lo posible, con una perspectiva genérica, a la par que cronológica. Se examinará, por tanto, primero en los cuentos, luego en las novelas anteriores a *El Chulla*.

I. El protagonista cholo o mestizo del cuento icaciano intenta desligarse de lo indígena

1. *En Barro de la Sierra (1933)*

Los cuentos de *Barro de la Sierra* pueden desglosarse en cuatro grupos, según

---

[1] De las novelas del quiteño, sólo la primera (*Huasipungo*) no gira en torno a este tipo de personajes, que asimismo está ausente de su obra teatral. Sin embargo, sería erróneo separar el teatro de Icaza de su creación narrativa: existen adaptaciones teatrales de *Huasipungo*, y, por otra parte, varios cuentos (como «El nuevo San Jorge» por ejemplo) ostentan una estética a todas luces teatral. Además, Icaza suele utilizar en su teatro ciertos temas que reaparecen en sus novelas y cuentos —en los que contribuyen a definir la situación de protagonistas cholos: es el caso del complejo de Edipo, que puede manifestarse por la oposición entre el hijo y el padre —o el sustituto de éste—, lo que se da tanto en obras teatrales (véanse *Por el viejo*, *¿Cuál es?*, *Como ellos quieren* o *Sin sentido*), como en cuentos («Cachorros»). En cuanto a la otra vertiente del complejo edípico, esto es, el apego del hijo a la madre, se expresa a veces en el teatro (*¿Cuál es?*), y a menudo en la obra narrativa del autor («Cachorros», «Mama Pacha», *El Chulla Romero y Flores*).

Lo mismo puede decirse de la aspiración a la libertad y a la justicia, así como del deseo de autorrealización de personajes jóvenes de la creación tanto teatral como narrativa del quiteño.

De modo que esta obra polifacética no carece de unidad, mayormente desde el punto de vista temático.

la categoría socioétnica de su personaje principal, y el marco espacial que en ellos
predomina:

Marco espacial predominante	Categoría socioétnica del protagonista	
	Mestiza o chola	No precisada, u otra
Campo	«Cachorros»	«Sed» «Exodo»
Ciudad	«Interpretación»	«Desorientación» «Mala pata«»

Sabido es que J. Icaza nunca refundió, ni volvió a publicar los tres cuentos
ubicados en la ciudad, abandonando así «Interpretación» que, por otra parte, es
uno de los dos textos de protagonista mestizo o cholo. ¿Cómo puede explicarse esta
decisión?

«Interpretación» evoca las últimas horas de la vida de don Enrique Carchi, un
ricachón enfermizo que se avergüenza de su evidente origen indígena... El hombre
trata de contrapesar su complejo de inferioridad coleccionando lienzos cuyos autores
le parecen haber plasmado inconscientemente los más vergonzosos fantasmas que
los atormentaban; don Enrique disfruta así el morboso placer de la venganza
«interpretando» tales cuadros (a partir de teorías freudianas) ante familiares y
conocidos. Fallece al final de un paro cardíaco, tras intuir que su esposa —que
gustaba de recordarle aviesamente su indiez— lo engaña con su mejor amigo. [2]

Por lo visto, este cuento ya encerraba temas-clave de la futura narrativa
icaciana, como la tendencia del protagonista mestizo a «acholarse» de su origen
indio, y la consiguiente psicología pendular (a lo Adler) que lo lleva a compensar
tal sentimiento de inferioridad representando un papel de dominación o prestigio:
ambos elementos son característicos de los personajes mestizos o cholos de Icaza,
especialmente del chulla Romero y Flores.

«Interpretación» se ciñe, además, a una constante del cuento icaciano que
consiste en la presencia de un final trágico. [3]

Presenta, por fin, una gran riqueza temática, debida a la mezcla (habitual en la
narrativa del autor) de elementos socioétnicos (el protagonista, de padres indígenas,
llegó de pobre a rico) y psicológicos o psicoanalíticos (el texto menciona a Freud, y
trae palabras como «onírico», «inconsciente», o «psicoanálisis»). [4]

---

[2]   «Interpretación», en: *Barro de la Sierra*, Quito, Ed. Labor, 1933, pp. 123-140.

[3]   Sólo un cuento de Icaza se libra de lo que era obviamente para él una ley del género: se trata de
la primera versión de «Exodo» (en: *Barro de la Sierra*, ed. cit., pp. 63-89), texto de juventud que el quiteño
refundió en su casi totalidad de cara a la publicación de sus *Obras Escogidas* (México, Aguilar, 1961,
pp. 875-911), dotándolo de un final trágico que lo asemeja al respecto a sus demás relatos cortos.

[4]   Sobre las referencias al psicoanálisis, véase «Interpretación», en: *Barro...*, ed. cit., pp. 123-127, por
ejemplo.

Con todo, había motivos temáticos y estéticos para que Icaza decidiera no refundir ni reeditar este relato: el psicoanálisis predomina en él inmoderadamente (ocupa por lo menos 10 de las 17 páginas), lo que no se aviene bien con la denuncia por el autor (en otro cuento de *Barro de la Sierra*) de los escritores que quieren refugiarse en los temas psicoanalíticos para eludir contextos más materiales. [5]

Desde el punto de vista estético, «Interpretación» adolecía de algún que otro defecto: por ejemplo, nada menos que 5 páginas (se trata más o menos de la parte central) presentaban diálogos asociados a la técnica del aparte teatral, lo que rompía violentamente la homogeneidad formal del texto... Este carecía, sobre todo, de la estructura circular que caracteriza todos los cuentos de los que Icaza publicó una versión definitiva, y que, a todas luces, anda aparejada con su desenlace trágico.

Estas primeras consideraciones permiten entender mejor cómo el quiteño logró finalmente conciliar su concepción de la problemática mestiza o chola con lo que pronto había de constituir su personal 'morfología del cuento': este género literario debe ostentar cierta homogeneidad estética, así como un final trágico hecho previsible por un detalle o un episodio del principio de la obra —lo que confiere a la última una arquitectura circular estrechamente relacionada con la idea de la fatalidad. Como la sencillez de este tipo de composición difícilmente podía compaginarse con la visión matizada y compleja que tenía Icaza de su Quito natal, se comprende la no reedición de los otros dos cuentos de *Barro de la Sierra* situados, como «Interpretación», en la capital del Ecuador. [6]

Por otra parte, el mestizo o cholo icaciano se define primero por un deseo morboso de distanciarse del mundo indígena —gracias a la conquista, o a la reconquista, de una situación de dominación o prestigio. La fase libertadora que le permita posteriormente aceptar su doble origen, y acceder a una síntesis positiva y auténtica de las partes antagónicas de su ser, requerirá el marco mucho más amplio de novelas que (lo veremos) podrán abarcar el mundo tanto urbano como rural de la Sierra ecuatoriana.

Así que, en su versión definitiva, los cuentos icacianos dedicados a la problemática que nos interesa tendrán que ceñirse a las siguientes 'normas':

a: su marco espacial predominante será el campo serrano (desde este punto de vista, «Contrabando» es una excepción que confirma la regla);

b: tendrán una relativa homogeneidad estética;

c: ostentarán una estructura circular, en la medida en que un pormenor, o un episodio del comienzo, permitirá prever el desenlace negativo;

d: éste aparecerá como la consecuencia del deseo del protagonista mestizo o cholo de renegar del mundo indígena, y de ocupar una posición dominante;

---

[5]   Se trata del cuento titulado «Sed», en: ibíd. (pp. 40-41).

[6]   En *Relatos*, que recoge la versión definitiva de los diez cuentos reeditados por Icaza, sólo dos textos no se sitúan en el campo, ni tampoco en una ciudad ecuatoriana: son «Contrabando» (cuya acción pasa en un avión, luego en un aeropuerto desconocido), y «Rumbo al Sur» (que se ubica en un barco, y en la ciudad de Panamá). El marco espacial de los otros ocho cuentos es el medio rural de la Sierra ecuatoriana, véase, de J. Icaza, *Relatos* Buenos Aires, Ed. Universitaria, 1969).

e: habrá una mezcla equilibrada de datos socioétnicos, y de elementos psicológicos (o psicoanalíticos).

Si Icaza nunca publicó una refundición de «Interpretación», se debe sin duda a que dicho cuento no cumplía con ninguno de estos requisitos; mientras que mandó editar una redacción corregida de «Cachorros» porque la versión incluida en *Barro de la Sierra* ya los llenaba casi todos.

Las dos redacciones de «Cachorros» narran la historia de un muchacho cholo, hijo ilegítimo de una *huasipunguera* indígena —Mama Nati— y de un latifundista de la comarca; el niño odia a su padre putativo —el «runa» José—, porque siente que le roba parte del cariño materno. Su complejo de Edipo se acentúa después del nacimiento de su medio hermano, quien es hijo legítimo de la pareja india y lo separa todavía más de su madre. Como los padres, por tener que trabajar en la hacienda del amo, no pueden menos de dejar solos a veces a los dos «cachorros», el primogénito aprovecha la ocasión para torturar al hermanito indefenso. Pronto se da cuenta, además, de que los «naturales» de su entorno ocupan una situación inferior, y de que él no tiene los rasgos somáticos de su medio hermano; por eso, un día, tras haber visto cómo se brutaliza en la hacienda a los *huasipungueros* indígenas, se agarra al pretexto de su propia miscegenación para provocar la muerte del hermano indio, recobrando así la parte perdida de la ternura, y las tetas «color de tierra cocida» de su Mama Nati... [7]

La primera versión de «Cachorros» ya entrañaba temas medulares de obras más maduras de Icaza, como la ilegitimidad del cholo, o el complejo de Edipo (éste, con una modalidad particular que se va a precisar); también estaba presente una voluntad casi feroz de desvirtuar mitos religiosos tradicionales confiriéndoles contenidos socioétnicos harto concretos...

El primer personaje cholo creado por Icaza es en efecto un hijo ilegítimo, y bien es sabido que semejante filiación constituyó una lacra en la sociedad del actual Ecuador desde la época colonial [8] hasta los años 60 —en que la Constitución de 1967 da a los hijos nacidos fuera o dentro del matrimonio los mismos derechos «en cuanto a apellidos, crianza, educación y herencia». [9] Hijo ilegítimo será también, a los veinticinco años de la publicación de *Barro de la Sierra*, el protagonista de *El Chulla Romero y Flores*...

En cuanto al complejo de Edipo, resorte importante de «Cachorros», [10] aparece

---

[7]   «Cachorros», en: *Barro...*, ed. cit., pp. 7-29; y en: *Relatos*, ed. cit., pp. 15-35 (que reproducen el texto ya publicado en *Seis relatos,* Quito, C.C.E., 1952).

[8]   Sobre la relación entre miscegenación e ilegitimidad bajo la Colonia, consúltese, de Magnus Mörner, *Le métissage dans l'histoire de l'Amérique Latine,* Paris, Fayard, 1971, pp. 16-18, y p. 85; a propósito de la prohibición de ciertos oficios a los hijos ilegítimos durante aquel período, las pp. 111, 135, 334, etcétera, de los tomos I y II (vol. III) de la *Colección de documentos para la historia de la formación social de Hispanoamérica (1493-1810)* (Madrid, Instituto Jaime Balmes, 1953), por Richard Konetzke, traen muchos datos interesantes.

[9]   Texto citado por Federico E. Trabucco, en: *Síntesis histórica de la República del Ecuador,* Quito, Ed. Santo Domingo, 1968, p. 331.

[10]   Puede consultarse sobre el particular el estudio de Eva Giberti: *El complejo de Edipo en la literatura. Cachorros, cuento de Jorge Icaza* (Quito, C.C.E., 1964), que interpreta este relato desde una perspectiva unilateralmente psicoanalítica.

vinculado a una paradoja bastante típica de Iberoamérica, pero en la que, hasta la fecha, ningún crítico (que yo sepa) se ha fijado: el niño cholo ama a su madre indígena pero, al mismo tiempo, tiende a desvincularse del mundo indio... Así es el joven protagonista de «Cachorros», claro antecedente al respecto de Luis Alfonso Romero y Flores —quien se avergüenza de su ascendencia parcialmente indoamericana y, sin embargo, quiere a Rosario porque ésta se parece a su madre indígena. [11]

Por fin, «Cachorros» encierra una denuncia del mito católico de la Santa Familia...

Basta con reparar, en efecto, en los nombres de los deuteragonistas, así como en el reparto de los papeles, para percatarse de la intención iconoclasta de Icaza: el padre legal del niño cholo se llama José, el nombre de su madre es diminutivo de Natividad, mientras su padre real, hacendado que domina la región, viene presentado como un Dios omnipotente. [12] Esta modalidad del ideal desmitificador del quiteño podrá variar en intensidad en sus obras posteriores: sólo la volveremos a encontrar, en El Chulla Romero y Flores, a través de la mención del «pecado original» que representa, para Luis Alfonso, la parte india de su origen. [13] Pero asoma muy a las claras en «Cachorros», sobre todo en la primera versión, donde el cholo asesino hasta lleva uno de los nombres del Mesías. [14]

Esta primera diferencia entre las dos redacciones nos lleva a estudiar unas cuantas modificaciones introducidas por Icaza de cara a la publicación, 28 años más tarde, de sus Obras Escogidas... Los cambios se desglosan en supresiones y añadidos. Aquellas borran mayormente giros estilísticos que pecaban de ingenuos; [15] así como pormenores (el nombre del protagonista es uno de ellos), o aun frases enteras que podían asemejar el texto a una soflama antirreligiosa o cuando menos anticlerical: [16] librado de sus lastres primitivos, el cuento cobra mayor fluidez, y un alcance más general.

A esto ayudó el que, al mismo tiempo, Icaza retocó o agregó episodios, con vistas a profundizar el elemento psicológico, y a redondear la estructura de su texto. Por ejemplo, la escena en la que el niño cholo tortura al medio hermano indígena está precedida, en la segunda versión, por la descripción de una tormenta que aterroriza al primogénito; de modo que su crueldad ya no se debe únicamente

---

[11]   Véase la presente edición de El Chulla Romero y Flores, pp. 21 (con la nota 35), y 105.

[12]   La primera versión de «Exodo» nos propone un reparto parecido de los papeles, en parte más explícito, pues la mujer indígena del indio José se llama María; además, el cura, deseoso de que se casen pronto los dos jóvenes —ya que María espera un hijo del hijo del hacendado—, le dice a José que a lo mejor Dios lo ha escogido para hacer las veces de padre del posible «salvador» de su raza esclava (Barro..., ed. cit., p. 70).

[13]   El chulla..., ed. cit., pp. 18 (con la nota 27), y 27 por ejemplo.

[14]   Se llamaba Manuelito (Barro..., ed. cit., p. 13), diminutivo de Manuel o Emmanuel —nombre impuesto por Dios al Salvador (Isaías, VII, 14; y San Mateo, I, 23).

[15]   Así es como desaparece esta frase, relativa al segundo parto de Mama Nati: «Salta un grito mayúsculo como tapón de champaña, esparciendo la espuma del dolor sobre los bordes de la puerta entreabierta». (en: Barro..., ed. cit., p. 13).

[16]   Es el caso de las líneas siguientes, que concluyen la descripción del comportamiento malévolo del primogénito para con su hermano: «Cuadro familiar que haría colgar los hábitos a la monja más recalcitrante». (en: Barro..., ed. cit., p. 24).

a sus celos (que siguen siendo el telón de fondo de la obra), sino también a su deseo de burlar el temor muy comprensible que le infunden los fenómenos atmosféricos, y de hacérselo compartir al hermano dormido. [17]

Era, por fin, una tierna advertencia de Mama Nati al segundón lo que, *al final* de la primera versión, le daba al primogénito la idea de despeñar al pequeño; mientras que el texto definitivo ostenta una auténtica arquitectura circular: *ya desde las primeras páginas,* en efecto, el niño cholo, celoso de su padre legal —todavía es hijo único—, está a punto de rodar al fondo de un precipicio por querer reunirse con su madre (a quien ve trabajando a lo lejos con *taita* José); un conocido de la pareja logra impedir la caída, y entrega el muchacho triunfante a Mama Nati... Este episodio añadido prefigura hábilmente la victoria final del Caín cholo, quien, precipitando al Abel indígena, consigue recobrar la totalidad del amor materno. [18]

Con tales supresiones y añadidos, la segunda redacción de «Cachorros» constituye sin lugar a dudas, uno de los cuentos mejor logrados entre los que ya escribiera Icaza en torno a protagonistas cholos.

2. *Seis relatos (1952)*

En efecto, entre los casi 30 años que median entre la publicación de *Barro de la Sierra* y la de sus *Obras Escogidas,* el quiteño había dado a la imprenta otros siete cuentos inéditos, cinco de los cuales tenían protagonistas cholos. Cabe añadir que el autor los consideraba textos acabados, pues sólo se conoce una versión de los mismos —editada varias veces.

Dos de estos cinco cuentos, sin embargo, se pueden descartar aquí: se trata de «En la casa chola» —publicado por separado en 1959— y de «Cholo Ashco» —que, en 1952, cerraba la colección titulada *Seis relatos;* de hecho, ambos llevan un título engañoso, en la medida en que sus protagonistas podían no haber sido cholos, sin que el meollo psicosociológico de la historia quedase afectado por ello. [19]

---

[17] «Cachorros», en: *Obras Escogidas*, ed. cit., pp. 838-839.

[18] «Cachorros», en: *Barro...*, ed. cit., p. 25; y en: *Obras...*, ed. cit., p. 835.

[19] «En la casa chola» es de tema predominantemente psicosociológico: la protagonista mestiza se quema voluntariamente las manos con el fin de castigarse por haber dejado que el latifundista y el hijo de éste hayan abusado de sus hijas. Este comportamiento se puede comparar, por ejemplo, con el de Amaranta Buendía en *Cien años de soledad* de G. García Márquez (Buenos Aires, Ed. Sudamericana, 1969, p. 100) donde, si cambian las circunstancias, tampoco el factor propiamente étnico desempeña papel alguno... «En la casa chola» se publicó por primera vez en los *Anales* de la Universidad Central de Quito; luego en *Relatos*, ed. cit., pp. 7-15.

En «Cholo Ashco» predomina un enfoque psicoanalítico, centrado en el sadomasoquismo del protagonista: éste, un mestizo apodado «Cholo Ashco» (pues lo desprecian por su pobreza) da en flagelar cruelmente a su hijo indefenso para que el niño siga adoptando ante él la actitud suplicante que le permite compensar sus frustraciones; el hijo pronto le cobra odio al padre y, al darse cuenta de que éste le azota para oírse llamar «Taita Diosito», termina aguantando sus latigazos en silencio con el propósito de negarle ese placer. El padre, exasperado, quiere amedrentar al hijo con su escopeta, y lo mata involuntariamente de un tiro (véase «Cholo Ashco», en: *Relatos*, ed. cit., pp. 242-256; «Ashco», del quechua *allcu*, significa 'Perro').

Así que sólo quedan por estudiar los tres cuentos siguientes: «El nuevo San Jorge», «Contrabando», y «Mama Pacha». [20]

Una de las lecturas posibles de «El nuevo San Jorge» permite ver en él una hábil y atrevida alegoría del episodio político más importante de la historia de la República ecuatoriana: la toma violenta del poder, en 1895, por los liberales acaudillados por el general costeño Eloy Alfaro... Todo pasa como si, para Icaza, la célebre «Revolución de los cholos» no hiciera sino sustituir parte del latifundismo tradicional por... ¡el latifundismo de los liberales!

El «nuevo San Jorge» del cuento se llama Jorge Cardona: animado por otros cholos aldeanos, se disfraza de mayordomo para poder entrar en la hacienda del latifundista-dragón que exprime al pueblo, y, matándolo, liberar a toda la comarca de la opresión y la miseria.

Este personaje de «cholo redentor» (como reza el texto) no carece de ánimo y, al principio, tampoco está desprovisto de generosas intenciones. Pero muy pronto se deja embriagar por la adoración del pueblo que lo considera un héroe, y por una ambición meramente personal que lo impulsa a ejercer una autoridad para lastrar «su ser indefinido e inestable, ni de caballero ni de indio». [21]

Por eso se olvida de los sufrimientos de sus mandantes, y traiciona su propio ideal de liberación colectiva: después de matar al hacendado, reviste los atributos de su poder, y lo sustituye en la casa-hacienda. Su máscara se vuelve realidad.

En cuanto a los indios y a los cholos pobres de la comarca, sólo han cambiado de amo, pues las estructuras de la dominación latifundista siguen siendo las mismas.

«El nuevo San Jorge» es, sin duda alguna, el cuento más teatral de J. Icaza, a causa de la presencia insistente de un coro (representado por los cholos pueblerinos), y la de muchos diálogos; también por la dramática oposición entre el hacendado tradicional y el cholo aventurero e individualista.

Pero, sobre todo, la obra manifiesta la importancia del tema del disfraz en la visión icaciana de la problemática mestiza o chola (este aspecto es tan esencial que el título de la traducción alemana de *El Chulla* significa 'El hombre del traje alquilado').

Por fin, relaciona dicha problemática —aunque sólo sea implícitamente— con la revolución alfarista: no estamos tan lejos, otra vez, de *El Chulla*, donde Luis Alfonso Romero y Flores encarna nada menos que la angustiosa búsqueda de la identidad nacional —cuando no latinoamericana.

Si «El nuevo San Jorge» hace hincapié en la traidora ambición individualista de su protagonista cholo, los personajes de «Contrabando» se caracterizan por su deseo de renegar del mundo indígena: trátase de los pasajeros de un avión que, durante una escala, están esperando una inspección en la aduana de un aeropuerto hispanoamericano; lo inusitado de la situación los angustia, temiendo cada uno que

---

[20]   El orden de sucesión de los cuentos publicados en *Seis relatos* era éste: «Barranca grande» (de tema indigenista), «Mama Pacha», «El nuevo San Jorge», «Contrabando», «Rumbo al Sur» y «Cholo Ashco». Para examinar los tres cuentos centrados en la problemática mestiza o chola, he querido seguir un orden de importancia creciente en función de esta temática.

[21]   «El nuevo San Jorge», en: *Obras...*, ed. cit., p. 999.

se descubra su «contrabando» (unas joyas, una enfermedad contagiosa o un vicio cuidadosamente escondidos); su inquietud los induce a elegir como chivo expiatorio a un viajero indígena, al que un norteamericano lleva a un congreso de etnología después de vestirlo a la occidental para que no dé asco a nadie... Uno de los aduaneros es un mestizo que se da tanto más tono cuanto que el norteamericano —a raíz de un incidente baladí— lo ha tratado públicamente de «Indian bastard»: por eso se ensaña con el indígena disfrazado, en quien ve el contrabando ansiosamente buscado. Su forcejeo con el etnólogo (cada uno defiende su presa) desemboca en la eliminación física del indígena por el inspector mestizo. Libres después de este incidente, los pasajeros vuelven al avión, aliviados todos —con excepción del personaje-narrador, quien llora de vergüenza. [22]

«Contrabando» es en efecto el único cuento icaciano dedicado a la problemática mestiza o chola que no se ubica en el campo, y que, al mismo tiempo, estriba en una focalización interna en 'yo' —dos particularidades que no pueden menos de relacionarse entre sí: por lo visto, Icaza sintió la necesidad de sustituir en este relato su habitual omnisciencia narrativa (o: focalización 'cero') por una voz mucho más íntima. [23] Ahora bien, el uso de este tipo de focalización y de tal persona narradora es importante: sólo se da en Atrapados, y en tres cuentos («Mala pata», «Sed» y «Rumbo al Sur») que tienen otros denominadores comunes con «Contrabando», pues también su protagonista suele vivir en la ciudad, y ponen de manifiesto el tema de la cobardía humana ante el aniquilamiento del ser humano.

«Contrabando» permite, por lo tanto, recalcar una correlación interesante del relato icaciano entre el empleo del procedimiento más directo de narración, la presencia de un personaje-narrador de origen urbano (como el propio autor), y el tema candente de la cobardía —que en este cuento consiste en la marginación, por ciudadanos de América, de lo indígena que, quieran que no, forma parte de su mundo.

Tales peculiaridades de fondo y forma, que andan estrechamente aparejadas, ya evidencian la relativa singularidad de «Contrabando» entre los cuentos icacianos que nos interesan.

Pero no para ahí la cosa, pues cuando el personaje-narrador toma conciencia de que «el ancestro indígena» es —como dice él— «nuestro contrabando», la obra no es tan sólo simbólica de la actitud negativa de muchos mestizos o cholos hispanoamericanos —no hace sino prolongar al respecto los textos ya estudiados—: amén de esto, aparece «Contrabando» como el más ambicioso de los cuentos icacianos, por cuanto las repetidas intervenciones del etnólogo gringo, por ejemplo, lo vinculan a la totalidad del Nuevo Mundo. Esta ampliación del «nosotros» empleado por el personaje-narrador generaliza el alcance del mensaje, cuyo significado tiende así a lo universal.

De modo que esta obra figura entre las que mejor permiten corregir la decantada teoría del realismo regionalista de Icaza, pues está claro que los relatos que se han

---

22   «Contrabando», en: Obras..., pp. 1015-1035.

23   Sobre los diversos modos de focalización, se puede consultar, de Gérard Genette, Figures III, Paris, Seuil, 1972, pp. 203-211.

ido examinando rebasan los límites de la Sierra ecuatoriana: pueden aludir a
ciertos resultados de la Revolución acaudillada por liberales costeños en 1895 («El
nuevo San Jorge»), o referirse a toda América («Contrabando»). Añádase a ello que
el *leitmotiv* de la problemática mestiza o chola les confiere innegable interés a
escala mundial, especialmente en un siglo caracterizado por la descolonización, y la
búsqueda de su identidad cultural por parte de muchas naciones multiétnicas.

Nos encontramos, finalmente, ante varias expresiones de una temática que
permite calar en el estudio de mentalidades propias de cualquier sociedad etnocrática.

Queda por ver si el análisis de «Mama Pacha» —el más extenso de los cuentos
de Icaza centrados en esta problemática— corrobora este juicio.

El personaje principal de «Mama Pacha» es un mestizo llamado Pablo Cañas,
que se entera de la muerte de su madre (Mama Pacha), de la que estuvo separado
desde pequeño. El joven sube desde su pueblo hasta el *huasipungo* de la difunta, y
antes de sepultarla allí, se da cuenta de que falleció a consecuencia de latigazos, y
bajo los cascos de un caballo —lo que acusa irrefutablemente a representantes del
sistema latifundista.

Por otra parte, la muerte de Mama Pacha desespera a los indios de los
alrededores: era hechicera, y sólo gracias a su amor maternal podían ellos aguantar
sus dolores e injusticias. Por eso se marchan todos, lo que amenaza con arruinar
las haciendas circundantes, ya que los mestizos o cholos se niegan a realizar las
tareas manuales 'impuras' reservadas a los peones indígenas... Conscientes de la
causa inmediata del éxodo indio, ciertas personas investigan el caso, desentierran el
cadáver de la anciana, y airean su asesinato: a raíz de esto, la gente que ha
permanecido en la comarca —los latifundistas, el cura, varios comerciantes, etc...—
se reúne ante la tenencia política, reclamando que se descubra y castigue al
culpable. Pablo Cañas, que es secretario del teniente político, se siente entonces
arrebatado por una misión de «héroe» justiciero: desafía a la multitud declarando
que el asesino se oculta en medio de ella, y que se trata de un latifundista, pues al
sepultar el cadáver, vio cómo llevaba huellas de herraduras de caballo. Mas,
astutamente preguntado por qué enterró a la india, se acobarda el mestizo: es
incapaz de admitir públicamente que su madre era una indígena. La gente aprovecha su bochorno para achacarle el crimen, y él acepta pasivamente la acusación,
confirmando así las advertencias de un viejo amigo suyo que solía decirle años
antes que un individuo aislado que se opone a una multitud egoísta siempre
fracasa. [24]

«Mama Pacha» es sin duda el más completo y el más profundo de todos los
cuentos icacianos: su perfecta armonía circular, y su estilo sobrio —mezclado de
alguna que otra metáfora digna de Góngora—, [25] nos proponen un relato eminen-

---

[24]   «Mama Pacha», en: *Obras...*, ed. cit. pp. 935-973.

[25]   Por ejemplo cuando Icaza escribe que Mama Pacha vuelve mortalmente herida a su huasipungo
«pisando a ratos en el pánico» (ibíd, pp. 937-938), lo que recuerda la *Soledad primera* de Góngora, donde
el joven naúfrago escala riscos «entre espinas crepúsculos pisando» (L. de Góngora y Argote, en: *Obras
Completas*, Madrid, Aguilar, 1961, p. 635).

temente simbólico, en el que el realismo mágico se acopla a un enjundioso retrato psicosociológico del protagonista mestizo.

La primera parte del texto entraña en efecto el animismo colectivista irradiado por Mama Pacha, a la que Icaza llama «leyenda y profecía de la comarca», y cuya «magia caritativa» hace de ella algo así como la diosa protectora de cuantos indios y cholos pobres sobreviven allí. [26] Este simbolismo del personaje viene potenciado por las modalidades de su asesinato, así como por su nombre —*pacha* significa 'tierra' en quechua—, de modo que se confunde con la 'Madre Tierra' de la que el latifundismo priva a los indígenas, provocando su desaparición (sólo en *Huairapamushcas* nos brindará Icaza otra expresión comparable de los mitos mágicos propios del mundo indoamericano tradicional).

Este mundo animista y maternal, por una parte, y por otra el sistema latifundista imperante, son los dos polos entre los cuales oscila Pablo Cañas: el joven es representativo, a su vez, de esa primera fase de la psicosociología chola o mestiza, fase esencialmente negativa, y característica, según Icaza, del cholerío de su país, que «(trata) a toda costa de lavar su origen indio». [27]

Cabe agregar que esta denuncia de la negación de lo indígena, así como de la consiguiente imitación, por mestizos y cholos, de quienes encarnan los valores dominantes (de origen europeo), era tan esencial para el quiteño que la relacionó explícitamente, en este cuento, con su credo cultural, político y artístico —caso único en su creación literaria:

> (...) nadie se creyó nunca hijo de india. Todos habían olvidado porfiadamente aquello. Hasta los seres escogidos y privilegiados que tuvo el pueblo: los santos que se consumieron en la fe de creencias impuestas, los héroes que murieron por ideales importados y los artistas que quemaron su vida en la emoción de extraños modelos. Todos. [28]

Por fin, «Mama Pacha» no se contenta con cifrar lo esencial de esta problemática en la trágica negación de lo indígena; introduce a veces —aunque mucho menos que en «Cachorros»— el motivo del apego del protagonista mestizo o cholo a su madre india —como en este pasaje, en el que el autor omnisciente nos comunica (con dos técnicas distintas) los pensamientos de Pablo:

> «Soy un extraño... Un intruso... ¡No! Soy un heredero...» se decía transfiriéndose maniáticamente —reacción expiatoria— todas las humillaciones, todas las supersticiones, todos los dolores sufridos por Mama Pacha, su madre. Y creía ingenuamente en esos momentos que podía abandonar cuanto puso el cholerío encopetado en su realidad de niño, de adolescente, de hombre. Sin intuición clara para aprovechar sus posibilidades en el futuro, muchas noches se hundía en negros remordimientos al comprobar que lo nebuloso y vago de su origen —atrevimientos de la servidumbre,

[26] «Mama Pacha», en: *Obras...*, ed. cit., pp. 942 y 941.
[27] Ibíd., p. 973.
[28] Ibíd., p. 971.

murmuraciones del vecindario— se aclaraba con el encuentro definitivo de su esencia maternal, mínima, trágica, por la que tenía que luchar. [29]

Ya sabemos cómo este sueño se hará trizas contra la realidad... Pero ello no quita que, entre todos los personajes que hasta aquí se han estudiado, Pablo Cañas es, por sus dramáticas oscilaciones, el que más directamente anuncia al chulla Romero y Flores.

3. *Conclusión parcial*

Los protagonistas mestizos o cholos de la cuentística icaciana, cualquiera que sea el resultado material de su actuación (Pablo Cañas arruina su carrera, Jorge Cardona conquista el poder socioeconómico), vienen presentados negativamente: por no solidarizarse con el mundo indígena tradicionalmente humillado, son presa de un individualismo radical que los convierte en traidores o renegados de una parte de sí mismos, y de la realidad circundante. Se puede decir, por lo tanto, que en estos cuentos predomina una negación trágica, el consiguiente autoencarcelamiento dentro de prejuicios socioétnicos de la época, y la ausencia de conciencia colectiva.

¿Qué caminos siguió el escritor en sus novelas, para llegar hasta la síntesis libertadora, obrada por Luis Alfonso Romero y Flores, de las partes encontradas de su ser?

II. **La novelística icaciana, espacio literario de la liberación, o cómo el cholo se vuelve solidario de lo indígena**

1. *La importancia del poso individualista:* Huasipungo *y* Huairapamushcas

En estas dos novelas, calificadas ambas de indigenistas (aunque semejante definición resulta muy controvertible por lo que a la segunda se refiere), los personajes cholos se siguen caracterizando esencialmente por su individualismo, prolongando así la visión negativa que impera en los cuentos; las dos obras abren sin embargo perspectivas nuevas.

a) El caso de *Huasipungo* (1934)

Merece apuntarse el que hasta una novela indigenista por antonomasia como *Huasipungo* encierra el 'tropismo' que volvía al quiteño hacia la temática que nos interesa; y esto, sin perjudicar la sólida unidad de un libro que describe con virulencia la explotación de los indígenas *huasipungueros* por el sistema latifundista y sus aliados —tanto nacionales como extranjeros.

A decir verdad, dicho tropismo se manifiesta sobre todo en la versión definitiva

---

[29]   Ibíd., p. 958; se puede ver un pasaje parecido en: ibíd., p. 952.

de la novela; correspondía, por tanto, a una afición profunda y deliberada del autor.

En efecto, los personajes de cholos individualizados y no meramente episódicos de la primera edición no dejaban de ser escuetos y borrosos, pues se definían, ante todo, por su dependencia con respecto al sistema latifundista, y por su participación en las tropelías que humillaban a los indios *huasipungueros.* Por eso, se puede ver en ellos otros tantos exponentes del enfoque clasista que reinaba en el bosquejo genial que era el *Huasipungo* de 1934. [30]

La redacción final, por lo contrario, patentiza la presencia de un sinnúmero de retoques y añadidos, muchos de los cuales inician o profundizan el aspecto psico-sociológico de estos personajes, confiriéndoles un perfil más personal.

Este es el caso de Juana —la mujer del teniente político del pueblo de Tomachi: el texto definitivo precisa su papel en el desprecio hacia los indígenas que están construyendo la carretera, por ejemplo cuando la chola da de beber aguardiente a los chagras, mientras que reserva para los indios un guarapo cuya fermentación acelera echando en él «dulce prieto y orinas, carne podrida y zapatos viejos del marido». [31]

Hay más todavía: entre las varias apariciones de esta mujer en el texto de 1934, descollaba la escena erótica con el hacendado Pereira y el cura, en la que nos enterábamos de que, antes de convertirse en la amante ocasional de ambos, había sido violada, cuando joven, por el latifundista. [32] La nueva versión de la escena completa este esbozo introduciendo explícitamente el tema de la imitación, consustancial, para René Girard, a toda novela que se precie: así es como aparece la ambición de Juana, deseosa de vestirse «como una señora de la ciudad», «perspectiva de un paraíso inalcanzable para ella». [33]

Lo importante es que ese deseo o «manía de la imitación» —según la fórmula utilizada por Benito Pérez Galdós en *Fortunata y Jacinta*— [34] forma parte asimismo de los rasgos añadidos por Icaza al retrato de Policarpio, el mayordomo de la hacienda de Pereira. Asoma por ejemplo en el episodio en el que el cholo se

---

[30]   Compárese, sobre el particular, por ejemplo este pasaje de la primera edición (que nos describe la rebelión de los huasipungueros), con el texto correspondiente de la versión definitiva: «El alarido rodó por la loma y horadando la montaña fue a clavarse en el corazón de la burguesía». (*Huasipungo*, Quito, Imprenta Nacional, 1934, p. 203) —«El alarido rodó por la loma, horadó la montaña, se arremolinó en el valle y fue a clavarse en el corazón del caserío de la hacienda». (*Huasipungo*, en: *Obras...*, ed. cit., p. 235). Se ve que Icaza eliminó el término «burguesía», que forma parte de la terminología marxista, en provecho de una expresión que se refiere más directamente a la realidad de Hispanoamérica. La comparación de las dos versiones del último párrafo de la novela permitir sacar la misma conclusión; tales cambios evidencian cómo Icaza realizó en su propia obra las 'podas' que requería su ideal artístico. Véase al respecto, más arriba, la cita que remite a la nota 28.

[31]   *Huasipungo*, en: *Obras...*, ed. cit., p. 161; a propósito de la preparación del guarapo, cabe precisar, desgraciadamente, que las observaciones de los mejores etnógrafos y sociólogos ecuatorianos de los años 40 y 60 corroboran el realismo social de este pasaje icaciano.

[32]   *Huasipungo*, ed. cit. de 1934, pp. 68-69 (Juana intervenía también ibíd., pp. 26-27, 59-61, y 92).

[33]   *Huasipungo*, en: *Obras...*, ed. cit., p. 139. Sobre la importancia del tema de la imitación en toda gran novela, véase de René Girard, *Mensonge romantique et vérité romanesque*, Paris, Grasset, 1961.

[34]   B. Pérez Galdós, *Fortunata y Jacinta*, México, Ed. Porrúa, 1971, pp. 462, y 463 donde esta expresión alterna con la de «manía imitativa» (se refiere al deseo de la mujer del pueblo que es Fortunata de imitar a Jacinta, representante de la burguesía madrileña).

propone examinar a los niños de mujeres indígenas (con el propósito de escoger una nodriza saludable para el nieto del amo): aprovecha la relativa superioridad que le confiere su cargo para dar órdenes perentorias a las indias, «tratando de imitar al patrón».

Uno puede enterarse además (también en la versión definitiva de este pasaje), de que el cholo mayordomo siempre está en «en guardia de su autoridad ante los runas», y de que suele portarse «cruel, altanero e intrigante» con las *huasipungueras*.

En otra escena —en la que los indígenas vienen a la casa-hacienda para reclamar los socorros en especie que el latifundista suele concederles cada año—, el autor cambió también el texto primitivo para mencionar la vanidosa volubilidad que le entra a Policarpio cuando está en presencia de *huasipungueros* en evidente situación de inferioridad:

> Orgulloso y ladino el cholo por las súplicas de los indios y de las longas, repartía noticias de vaga esperanza. [35]

Por fin, Icaza redondeó el retrato del personaje describiéndonos su comportamiento ambiguo frente al hacendado: puede pasar de la «bravuconería» a un «espeso acholamiento» (o sea, a un profundo sentimiento de vergüenza). [36]

Actitud cohibida o vanidosa ante los superiores, deseo de «ser autoridad», crueldad con los indios víctimas de la dominación: el texto corregido de la novela completa esta serie de rasgos psicosociológicos precisando el perfil de otro personaje cholo, el capataz Rodríguez—*alias* el *Tuerto* Rodríguez.

Se trata, como en la mayoría de los ejemplos precedentes, de retoques explicativos repartidos por el narrador omnisciente en escenas que figuran en ambas versiones, y que se refieren todos, implícita o explícitamente, al sadismo de Rodríguez ante indígenas heridos o enfermos. Así es como, cuando el *huasipunguero* Andrés Chiliquinga se lastima el pie con un hacha, el cholo le dice que se quedará cojo «con sadismo burlón».

Más tarde, Icaza nos describe a Rodríguez exhibiendo «con sádico orgullo» su acial, en el momento en que se prepara a «curar» del soroche a unos cuantos indios que participan en la construcción de la carretera.

Por fin, cuando el personaje atiende a indígenas palúdicos obligándolos a correr a latigazo limpio, leemos que está «fascinado —fascinación de efímero poder— por la música de su acial (...) sobre la carne desnuda de las piernas o de la cara de los indios» [37]

Todas estas citas son mucho más que pinceladas dispersas que afectaran tan

---

[35] *Huasipungo*, en: *Obras...*, ed. cit., pp. 103, 102, 101 y 191; «ladino» es aquí un americanismo común en Colombia y en el Ecuador, que quiere decir 'locuaz'.

Señalo que Icaza suprimió una frase de la edición primitiva, en la que Policarpio «(gozaba) en dominar» con su voz autoritaria el griterío de los niños indígenas, y en amenazar a sus madres (*Huasipungo*, ed. cit., de 1934, p. 38); esta supresión se refiere al episodio relativo a la búsqueda de una nodriza para el nieto de Alfonso Pereira.

[36] *Huasipungo*, en: *Obras...*, ed. cit., pp. 92 y 199.

[37] Véanse, ibíd., las pp. 117, 157 y 164-165 —que se pueden comparar respectivamente con las pp. 48, 90-98 de la edición citada de 1934.

sólo a personajes meramente individuales. El texto las enmarca varias veces, en efecto, dentro de lo que podría pasar, a primera vista, por una visión global y radicalmente negativa, por el autor, del grupo cholo o mestizo: las chagras casaderas anónimas, por ejemplo, que se peinan «con agua de manzanilla para que se les aclare el pelo», prolongan el deseo de Juana y de Policarpio de imitar a los representantes de la casta socioétnica dominante, y lo generalizan. Del mismo modo, cuando Icaza escribe que el mayordomo, para saludar al hacendado, detiene a raya su mula «en alarde de eficacia y de bravuconería cholas», o cuando califica al cholerío urbano de «presuntuoso», parece indicar que, para él, la vanidad es una característica de los cholos o mestizos. [38]

Sin embargo, tal conclusión sería errónea, pues el comportamiento pendular de estos personajes —humildes ante los superiores, crueles (sádicos a veces) con los indígenas humillados— no difiere, en realidad, de la psicología ambivalente del *huasipunguero* Andrés Chiliquinga, ni de la del hacendado Pereira: Andrés se venga de sus «morbosas inquietudes» insultando y pegando a su mujer, mientras Pereira suele desquitarse de los sinsabores de su vida humillando aún más a los indios de su hacienda (también se esfuerza por imitar a los gringos, que para él representan el grupo dominante por excelencia). [39]

En suma, ya desde la primera edición de *Huasipungo,* existe una similitud entre el comportamiento de los personajes indígenas, el del latifundista, y el de los cholos: todos obedecen el deseo de compensar algún sentimiento de inseguridad o inferioridad ejerciendo cualquier dominación; todos pasan —aun cuando sólo sea efímeramente— del papel de víctima al de verdugo. Mas no es fácil saber en qué medida tal psicología correspondía a observaciones y conclusiones de Icaza, y hasta qué punto se debía a una influencia de los análisis de Alfred Adler.

Sea lo que fuere, lo que sí es propio de los personajes cholos de *Huasipungo* es su posición de intermediarios somáticos y socioeconómicos: por tener rasgos que los aparentan a «los blancos» dominadores, y otros que los asemejan a los indígenas tradicionalmente dominados, están predispuestos a convertirse en otros tantos lugares privilegiados de esa psicología pendular que define finalmente todos los tipos de personajes que se han venido analizando.

Icaza resume gran parte de tan ambigua situación cuando escribe, a propósito de los chagras pueblerinos que oyen embobados al cura de Tomachi, que son «cholos amayorados por usar zapatos y ser medio blanquitos». [40]

De hecho, la dominación que suelen sufrir los cholos de la novela por parte de Pereira puede equipararse a veces a la triste situación de los *huasipungueros* indios, como lo muestra el siguiente pensamiento que se le ocurre al hacendado mientras está planeando reformas económicas:

---

[38]   *Huasipungo,* en: *Obras...,* ed. cit., pp. 227, 92 y 128.

[39]   Ibíd., pp. 94-95, por lo que a Andrés se refiere (el texto primitivo era más preciso al respecto, véase la p. 24 de la ed. cit. de 1934, que, para explicar la brutalidad de Andrés con su mujer, nos habla de su «sexualidad desviada al sadismo por el látigo de los blancos»); sobre Pereira, véase la ed. cit. de las *Obras Escogidas,* pp. 125-127 (en las que el hacendado viola a la Cunshi por resarcirse de haber tenido que levantarse de noche), y p. 140, por ejemplo (que expresa su admiración por los gringos).

[40]   Ibíd., p. 143 (esta expresión se debe a una intervención del narrador en el relato).

«Puedo exprimir a la tierra; es mía... A los indios; son míos... A los chagras... No son míos, pero hacen lo que les digo, carajo.[41]»

En ambas versiones de la novela, además, pueden darse cuenta los lectores de que Pereira violó cuando joven a la chola Juana, como violará años más tarde a la compañera de Andrés Chiliquinga. Del mismo modo, los cholos de Tomachi se resienten como los indígenas del hambre provocada por el codicioso gamonal. [42]

No obstante, una de las diferencias esenciales entre los personajes indígenas y los cholos del libro consiste en que éstos se esfuerzan por diferenciarse de aquéllos imitando incondicionalmente a los dominadores, a «la gente blanca»: llevarán zapatos, por ejemplo, en vez de usar oshotas o de ir descalzos como los indios.

En cuanto a los que, además de ser mestizos culturales, son también mestizos biológicos, suelen preciarse (siempre que sea visible su miscegenación) de su «piel lavada»: «Uno que al fin es medio blanquito» dice, cuando la construcción de la carretera, un cholo anónimo deseoso de zafarse de las tareas más penosas y peligrosas que se reservarán en efecto a los indígenas de Pereira. [43]

Orgullo de tener la «piel lavada» o de ser «medio blanquitos», respeto casi religioso por «la gente blanca» —expresión ésta que designa en la novela a quienes tienen mayor prestigio e influencia—, [44] recurrencia de estas tres locuciones que hacen de ellas algo así como un *leitmotiv* de las dos versiones del libro: [45] todo ocurre, para Icaza, como si hubiera en su país (por lo menos en la Sierra) tan frecuente coincidencia entre el fenotipo europeo y quienes ejercen el poder socio-económico y cultural, que nos presenta el deseo de varios cholos individualistas de parecerse también en lo físico a la imagen ideal del grupo tradicionalmente dominante.

Así que el enfoque indigenista de la obra maestra de su juventud no fué óbice para que Icaza abordara en ella el tema de la situación de intermediarios socioétnicos de los cholos, y el de la imitación por los mismos de los representantes de la casta superior —temas que tanto habían de contribuir a definir a los protagonistas de sus novelas posteriores.

Por tanto, un personaje tan complejo como el chulla Romero y Flores hasta tiene antecedentes en la novela-puñetazo que fue —y sigue siendo— *Huasipungo*.

---

[41]   Ibíd., p. 140.

[42]   Ibíd., pp. 139, 126-127 y 197-198, que se pueden cotejar, respectivamente, con las pp. 68-69, 56-57 y 147-149 de la ed. cit. de 1934.

[43]   *Huasipungo*, en: *Obras...*, ed. cit., p. 162.

[44]   Así es como los vecinos cholos de Tomachi asimilan los gringos que cruzan su pueblo a «Taita Dios»; uno de éstos, de pelo bermejo, es comparado a un «ángel»; en la misma página, Icaza escribe irónicamente que la noticia de la llegada de los gringos es una «buena nueva» —expresión que suele usarse a propósito del Evangelio, y que por tanto sugiere que los gringos son otros tantos Mesías para los pueblerinos. (*Huasipungo*, en: *Obras...*, ed. cit., p. 227).
   Sobre lo que llamo 'sacralización del modelo blanco', véase más abajo mi análisis de *Media vida deslumbrados*.

[45]   Aparecen por lo menos nueve veces en la primera edición de la novela, y siete en la versión definitiva.

b)   En *Huairapamushcas* (1948)

Si *Huairapamushcas* es la única obra icaciana que trata con insistencia el tema de los indios comuneros, e incide repetidas veces en su animismo colectivista, con todo, no se puede definir como una novela indigenista.

El título llama por sí sólo la atención en los personajes cholos: si bien la palabra *huairapamushcas* (significa 'hijos del viento' en quechua) designa primero, para los indios en general, a los conquistadores y colonizadores españoles, así como a sus descendientes hacendados, también puede referirse en el libro a cualesquiera intrusos: *huairapamushca* es, para el cholo Isidro Cari, el gamonal recién llegado de Quito que le quita su puesto de mayordomo; *huairapamushcas* son, sobre todo, cuantos —indios o no— perturban las costumbres ancestrales de la comunidad de Yatunyura: para estos comuneros indígenas, la *longa* Juana, con ser india y estar casada con uno de ellos, es una *huairapamushca* porque se crió en una hacienda aledaña. Pero los *huairapamushcas* de la novela son, por antonomasia, cholos como Pascual y Jacinto Tixi —hijos bastardos de la india Juana y de un latifundista—, quienes provocan la muerte de su padre putativo indígena antes de abandonar la comunidad de los Yatunyuras; son asimismo los vecinos mestizos o cholos del pueblo de Guagraloma, quienes, a instigación de Isidro Cari, provocan la riada que obliga a los comuneros supervivientes a refugiarse para siempre en el páramo. [46]

Fácil es advertir, por lo demás, mediante un simple recuento, que los personajes cholos o mestizos desempeñan un papel más importante que los indígenas: éstos intervienen en 18, y aquéllos en 21 de las 23 secuencias (señaladas por el autor) que integran los 6 capítulos del libro. [47]

Sólo voy a poner el énfasis, aquí, en los tres personajes masculinos cuyos nombres acaban de citarse, por ser las figuras más salientes y simbólicas de la novela.

Como los protagonistas de «Cachorros» y de «Mama Pacha», los hermanos Tixi e Isidro Cari son hijos ilegítimos; lo mismo que Pablo Cañas y el héroe de «El nuevo San Jorge», se caracterizan por una personalidad indefinida e inestable; por fin, también se parecen a todos los mestizos o cholos ya reseñados, pues se desligan del mundo indoamericano y contribuyen a destruirlo dentro o fuera de sí mismos. [48]

Así y todo, ostentan aspectos que les confieren innegable peculiaridad en la galería de retratos que conocemos.

No se trata tanto, por lo que a Pascual y Jacinto Tixi se refiere, del orgullo de su miscegenación, ni tampoco del protagonismo del mismo en la trayectoria de su existencia. Bien es verdad que, brutalizados por su padre legal (éste no les perdona

---

[46]   *Huairapamushcas,* en: *Obras...,* ed. cit., pp. 532, 588 y 590, 541, 530-531, 636-637 y 631-632.

[47]   Los personajes cholos o mestizos están ausentes tan sólo de la cuarta secuencia del capítulo V, y de la tercera del capítulo VI.

[48]   Pascual y Jacinto Tixi son los hijos de la *longa* Juana y del hacendado Gabriel Quitana; en cuanto a Isidro Cari, el texto sugiere varias veces que es hijo de una india anónima, y del latifundista Manuel Pintado —suegro de Quintana; véanse, al respecto, las pp. 468, 582, y, sobre todo, las pp. 588 y 590 de la novela, en la ed. cit. de las *Obras Escogidas* del autor.
      Sobre el carácter indefinido de Isidro y de los dos hermanos, consúltense respectivamente, ibíd., las pp. 605 y 639.

ser hijos del latifundista que antes empleaba a Juana), los dos hermanos se enteran gustosos, merced a unos vecinos de Guagraloma, de que son «medio blanquitos», y se aferran a esa 'revelación' que les permite tomar conciencia de que no son indios sino cholos, o sea distintos del odiado padrastro: éste es un elemento que se ha apuntado ya a propósito de *Huasipungo*, de «Mama Pacha», o del protagonista de «Cachorros». [49]

Nueva, en cambio, y hasta única en la obra de Icaza, es la manera de tratar el complejo de Edipo: tan fuerte es el anhelo de los dos cholos de separarse del mundo indoamericano, que no sólo matan al padrastro aborrecido, sino que también van estirando el lazo afectivo que los unía a su madre indígena. Aun acaban arrancándose de cuajo «de la matriz de su existir indio» el día en que se niegan a seguir a Juana en el éxodo de los Yatunyuras al páramo, y derriban el árbol tutelar de la comunidad que les hace las veces de puente para salvar el precipicio que media entre ellos y «la orilla chola» —es decir el pueblo de Guagraloma. Este es el final de la novela —eminentemente simbólico, pues presenta el rechazo definitivo a la madre india, y la destrucción consiguiente del animismo indígena tradicional, como el sésamo que permite a los renegados ingresar en «el mundo cholo» (o, eventualmente, blanco). [50]

Pascual y Jacinto tienen sin embargo otro distintivo, también único entre los protagonistas de la narrativa icaciana: son mellizos, 'detalle' que, si no me falla la memoria, no ha sido interpretado hasta ahora por la crítica.

De sobra se sabe, empero, que en todas las culturas, los gemelos encarnan la dualidad [51], y fuerza es reconocer que tal característica cuadra perfectamente con un tipo de personaje que se define por su situación contradictoria de (doble) intermediario socioétnico: es probable que, más o menos conscientemente, Icaza intuyó el vínculo profundo que relaciona el tema del cholo —medular en su obra— con el de la 'gemelidad'.

¿Por qué, entonces, haberlos hecho coincidir tan sólo en *Huairapamushcas?*

Un examen global de la novelística del autor muestra que dicha 'coincidencia' es mucho más frecuente de lo que a primera vista parece.

En efecto, varias novelas dedicadas por él a esta temática ostentan una estructura dual: *En las calles* tiene dos protagonistas principales, lo mismo que *Cholos...* Si no son exactamente mellizos (ni siquiera hermanos de sangre, por lo menos en *En las calles*), pertenecen, eso sí, a la misma 'familia' de personajes. Además esta dualidad entraña una fecunda dialéctica (estudiada sobre todo en la parte siguiente), que también existe en *Huairapamushcas*, donde Pascual y Jacinto aparecen como una «mise en abyme» de los dos verdaderos protagonistas del libro; a saber: por una parte, los mismos mellizos (tan parecidos que forman un solo ser), y por otra el cholo Isidro Cari, adulto cuya trayectoria existencial prefigura la probable evolución de los dos muchachos.

---

[49] Ibíd., pp. 551-552, 560, y 628.

[50] Ibíd., pp. 636, y 607.

[51] Véase, por ejemplo, de Jean Chevalier y de Alain Gheerbrant, el *Dictionnaire des Symboles*, Paris, Laffont, 1982 (2ª edición), pp. 546-548.

Tan reiterada duplicación arraiga profundamente el concepto de dualidad en la temática mestiza o chola; no es de extrañar, pues, que defina asimismo al protagonista principal de la obra.

Dual es, en efecto, el ámbito en que se ejerce la ambición de Isidro, ya que no se contenta con destruir (a su manera) el mundo indígena, sino que también se esfuerza por explotar al hacendado que lo emplea— y cuyo vestir y modales imita servilmente: le miente, lo roba para ensanchar sus propias tierras, y, una vez descubierta su falta de honradez, se le rebela; despedido por el latifundista, el ex mayordomo trata entonces de realizar a toda costa su ideal: convertirse en hacendado, en lo que llama Icaza «un nuevo y curioso tipo de cholo gamonal». [52]

En realidad, tal agresividad bífida no es rasgo exclusivo del personaje. Veremos en la parte siguiente otro ejemplo —cronológicamente anterior— de protagonista cholo que explota tanto a los indígenas como a un representante del latifundismo tradicional.

Por eso, lo que más debe llamar la atención en el caso de Isidro es la meridiana contradicción entre su ambición ferozmente individualista, y la 'estrategia de grupo' que pone a punto y lleva hábilmente a cabo para lograr sus fines. En otras palabras, la mayor originalidad de Isidro Cari estriba en que, para eliminar a los indígenas que obstaculizan su afán de enriquecimiento personal, tiene que aliarse a la colectividad chola —a *su* colectividad—, utilizándola como un trampolín que lo propulse hacia una posición socioeconómica dominante.

Huairapamushcas merece ocupar al respecto un lugar preferente en la novelística icaciana: nunca el quiteño había expresado con tan reiterada y sutil insistencia el motivo de la existencia de una solidaridad chola —solidaridad paradójicamente negativa y sumamente deleznable, pues cristaliza *en contra* de los otros dos grandes grupos socioétnicos de la Sierra.

La primera afirmación de esa 'conciencia colectiva' asoma en boca de Isidro ya desde la primera secuencia del capítulo inicial de la novela; se trata de la respuesta a una pregunta que le hace el hacendado sobre su porvenir:

—¿Mi porvenir? Yo mismo tengo que hacerle. Así somos los cholos... Ese es nuestro destino.

Al final de la secuencia siguiente, Isidro se ve en la necesidad de reafirmar que «los cholos» han de ganarse la vida como «machos» —esto, para despejar las últimas dudas de su compadre Rodríguez, quien no se decide del todo a ser su cómplice en los robos al latifundista. [53]

Pero será sobre todo la agresión al mundo indígena lo que precipite, en el postrer capítulo, esa 'solidaridad' chola; en efecto, cuando Isidro Cari se da cuenta de que los otros chagras de Guagraloma también construyen muros para anegar las tierras de los Yatunyuras (y apropiárselas en cuanto los indígenas las hayan abandonado), entonces el cholo no cabe en sí de gozo, y hasta se emborracha con el fin de festejar lo que presiente como la victoria de su ambición:

---

[52]　*Huairapamushcas*, en: *Obras...*, ed. cit., p. 623.
[53]　Ibíd., pp. 468, y 476.

Quiso hablar. No pudo. Era mejor reírse y llorar al mismo tiempo. (...)
Se levantó (...) y pidió a mama Candelaria:
— Tres litros del bueno... Pero del bueno.
—¿Tres litros? ¿Para matar la pena será, pes? —comentó el coro de los
vecinos.
«No es de pena ni de envidia, pendejos... Es de algo más...» quiso
gritarles, pero se calló en goce de una felicidad hasta entonces desconocida
para él. Y al volver borrachísimo esa noche a su casa y sentirse sin miedo
en mitad del carretero, gritó más de una vez:
— ¡Ahora pueden venir los indios en manada, carajo! ¡Ahora nosotros
estamos también en recua chola!
Sus afirmaciones golpearon en las tinieblas con la fuerza y la alegría de
la voz que ha dado con la solidaridad y el sacrificio de los suyos para
entrar en la lucha —buena, mala, criminal, traidora— de su destino.
«Antes aniquilaba a los runas... Cientos de runas para el patrón...
Ahora, carajo... Ahora tendrá que ser para nosotros mismos...» fue lo último
que alcanzó a decirse al entrar en la casa (...) [54]

Si recordamos que sólo excitando la codicia de los otros cholos fue como Isidro
logró persuadirlos a que edificasen muros para expulsar a los comuneros indios,
concluimos que semejante «solidaridad» es mera asociación de intereses particulares
que se disolverá apenas consiga el objetivo que la fomentó. [55]

Hegel escribe en su *Estética* que la novela de su tiempo era «la epopeya de la
burguesía»... Utilizando esta definición, se puede afirmar que *Huairapamushcas* es
la epopeya de la pequeña burguesía chola del campo de la Sierra ecuatoriana. En
esta obra se expresa el deseo de los cholos de medrar imitando a «los blancos»
dominadores o/y destruyendo cuanto representa el mundo indígena tradicionalmente
dominado.

Añado que, como en los cuentos estudiados más arriba, predomina la idea de la
separación —simbolizada en *Huairapamushcas* por las paredes levantadas por los
chagras: esta imagen del rechazo y la agresión a lo indígena es semánticamente
paralela a la del puente tendido por los mellizos (mediante el derribo del árbol
tutelar de los Yatunyuras) para pasar a «la orilla chola»; es evidente que ambos
símbolos estriban en la negación de lo indígena. Por lo tanto, su contradicción (un
muro separa, un puente reúne) es, en este caso, tan sólo aparente: a la vez distintos
y parecidos —a imagen y semejanza de los mellizos de la novela—, son otra «mise
en abyme» de esa dualidad que caracteriza a los personajes de cholos individualistas,
y que nutre la simbología más profunda del libro.

c) Conclusión parcial

Los personajes cholos de *Huasipungo* y de *Huairapamushcas* prolongan, por su

[54] Ibíd., p. 618.
[55] Ibíd., p. 617.

desvinculación de lo indígena, a las figuras correspondientes de la cuentística icaciana; la amplitud del género novelesco permite sin embargo profundizar el elemento psicológico en relación con la ambiguedad socioétnica de estos personajes. Así es como *Huasipungo* introduce el motivo del sadismo en contra de los 'inferiores', la obsesión o el orgullo de ser «medio blanquitos», y da a entender mejor cómo su posición de intermediarios dobles predispone a los cholos individualistas a experimentar con mayor frecuencia e intensidad los vaivenes de la psicología pendular que define a todos los personajes icacianos.

Huairapamushcas, por su parte, presenta otra solución al complejo de Edipo, evoca la formación de una conciencia colectiva chola —contradictoria en la medida en que se nutre, en el libro, de ambiciones individualistas—, y encarna en la 'gemelidad' de sus dos deuteragonistas una dialéctica tan propia de los cholos icacianos que hasta asoma en los símbolos complementarios de la pared y el puente que resumen el libro.

Cabe agregar, sin embargo, que desde el punto de vista de la temática que aquí interesa, *Huairapamushcas* es un retroceso con respecto a las tres novelas que la precedieron —y que siguieron a *Huasipungo;* en cada una de éstas, en efecto, un protagonista cholo finalmente encuentra y emprende el camino de la aceptación de lo indígena, que lo lleva a una toma de conciencia integradora, y más auténtica, de las dos partes de su ser: los meandros de esta evolución cronológica evidencian las dificultades de dicha aventura existencial, y ubican la problemática mestiza o chola en el corazón mismo —centro íntimo, pulsaciones dinamizantes— de la narrativa icaciana.

2) *Hacia* El Chulla Romero y Flores: *experiencia de la muerte y metamorfosis equilibrante en las primeras novelas de la conversión chola:* En las calles *(1935),* Cholos *(1937), y* Media vida deslumbrados *(1942)*

a) *En las calles,* o la búsqueda de lo propio y de lo ajeno

Centrada en la progresiva distinción entre lo propio y lo ajeno por cholos pobres involucrados —mal que les pese— en problemas sociales y políticos que los superan, *En las calles* es la novela icaciana que más directamente se inspira en la historia de la República ecuatoriana: desemboca la obra entera en la evocación épica de la famosa guerra civil «de los cuatro días» (29 de agosto-1º de septiembre de 1932) durante los cuales se enfrentaron en Quito adversarios y partidarios de la descalificación del Presidente Electo don Neptalí Bonifaz Ascázubi —cuyo avatar literario, en la novela, es don Pablo Solano del Castillo, de tendencia conservadora. [56]

Los protagonistas del libro son Ramón Landeta y José Manuel Játiva, cholos los dos, que han tenido que abandonar su pueblo de Chaguarpata, prácticamente privado de agua por el hacendado Urrestas. Este, de tendencia liberal, también es dueño de una fábrica textil en la capital del país, y simboliza lo tentacular de la plutocracia nacional: en Quito, Landeta encuentra trabajo precisamente en la fábrica de Urrestas, mientras que Játiva consigue un puesto de policía. Durante una huelga, Játiva mata sin quererlo a su paisano y amigo: este 'fratricidio' involuntario prefigura la carnicería final, en la que partidarios indios y cholos de Urrestas luchan «en las calles» de Quito contra otros cholos e indios, partidarios de Pablo Solano del Castillo. Entonces es cuando Játiva, mortalmente herido en la contienda, toma conciencia de que los latifundistas plutócratas —de tendencia tanto liberal como conservadora— utilizan al pueblo para satisfacer sus ambiciones personales. En realidad, «son los mismos», en cuanto enemigos de clase de los indios y de los cholos pobres; por eso, Játiva se niega a seguir luchando, e intenta comunicar a los demás «su pequeña verdad», para evitar ese «sacrificio inútil» de «sangre de indios, sangre de cholos» —ahora una y misma para él. Pero alguien lo remata, con el fin de acallar la «angustia» y el «desconcierto» que le infunde el grito «escandaloso» del cholo, y los combatientes fanatizados, juguetes inconscientes de líderes sin escrúpulos, siguen matándose sin «remordimientos» molestos.

El meollo de *En las calles* consiste precisamente en mostrar cómo la conciencia de las diferencias étnicas entre indios y cholos pobres —tan evidente en el caso de Landeta y de Játiva— puede ceder el paso a una conciencia de clase que pone de manifiesto quién representa lo propio —todo indio o cholo pobre explotado— y quién lo ajeno —cualquier representante o defensor consciente de la plutocracia terrateniente.

Por otra parte, es *En las calles* la novela urbana de Icaza [57] en la que más descuella el realismo social, el que se expresa, por ejemplo, mediante la importancia concedida por el autor al motivo de las relaciones entre oficios y grupos étnicos.

En efecto, la diferenciación entre cholos pobres e indios no se hace tan sólo gracias a la indumentaria, al idioma o a la alimentación —el texto trae al respecto datos interesantes sobre lo que se llama «acholamiento» en el Ecuador, y «cholifi-

---

[56] El texto se refiere a la «descalificación» de don Pablo Solano del Castillo, con motivo —según éste— de un mero «descuido de juventud» (la expresión histórica alude al hecho de que don Neptalí Bonifaz había conservado la nacionalidad peruana durante mucho tiempo); también Icaza pone en boca de Pablo Solano del Castillo otra frase histórica pronunciada por Neptalí Bonifaz: «Correrá sangre hasta los tobillos» —compárense *En las calles*, en: *Obras...*, ed. cit., pp. 428 y 429, con la *Breve Historia General del Ecuador* de Oscar Efrén Reyes, Quito, «Fray Jodoco Ricke», 1967, Tomos II y III, pp. 275-276. Las diferencias entre la primera versión de esta novela (Quito, Imprenta Nacional, 1935), y la definitiva, no afectan mayormente a la temática que aquí interesa.

[57] Los nueve capítulos de la novela se desglosan (con excepción del V°) en varias secuencias; de éstas, que ascienden a 31, 4 pasan en el campo, otras 4 en el campo y en Quito, y 23 sólo en Quito. Preciso que Chaguarpata es un sitio que formaba parte de la hacienda de don Enrique Coronel, tío materno de Icaza.

cación» en el Perú—, [58] sino también por la elección de un oficio. En este sentido, una de las mayores preocupaciones, en la novela, de los cholos pobres deseosos de distanciarse de los indios, consiste en negarse a desempeñar tareas que puedan confundirlos con estos últimos. Así es como escribe Icaza a propósito de José Manuel Játiva:

> En lo más profundo de su espíritu palpitaba una aversión, un asco, por todo aquello que podía identificarle con las ocupaciones propias de los indios.

Según un pasaje del libro (corroborado por los sociólogos y etnógrafos ecuatorianos conocedores de aquella época), las más de las tareas manuales vinculadas al sector de la construcción formaban parte de los oficios reservados a los indígenas: «(...) es trabajo de naturales, pes. No es de blancos. Pisar lodo para adobes, coger goteras, meterse en los desagües...» declara un personaje «en pleno proceso de acholamiento ciudadano» para disuadir a Landeta de meterse a albañil.

Si los cholos Landeta y Játiva rechazan semejante actividad, aquél acepta con todo ser cargador público; dicho oficio aparece en efecto como una profesión 'mixta', desempeñada por indios y cholos. Por eso justamente le inspira «incontrolable repugnancia» a Játiva, quién, más orgulloso que su amigo, es reacio a ejercerla. [59]

Entre los oficios que aparecen en la novela como típicos de cholos urbanos —como el de zapatero, de portero, sastre, chófer o soldado, etc.—, Játiva opta por el de policía, porque intuye que le permitirá saciar su sed de mandar:

> —¿Entonces pes? En la Policía Nacional —repitió José Manuel Játiva abriendo tamaños ojos. Por primera vez alcanzaba a distinguir a la distancia —bruma de esperanzas— algo de su ambición, algo donde podía ejercer autoridad. [60]

Esta sed de «ser autoridad», que volveremos a encontrar en el chulla Romero y Flores, cala muy hondo en la psicosociología de esos mestizos o cholos que necesitan compensar sus humillaciones o frustraciones desempeñando —aunque sólo sea por poco tiempo— cualquier papel de verdugo. *En las calles* es una de las novelas de Icaza que más subrayan la importancia de los oficios sobre el particular, acoplando la psicología a lo etnosociológico.

Con *En las calles,* por fin, inauguraba el quiteño una serie de novelas (tres, de las siete que publicó) que encarnan la dualidad chola en dos protagonistas. La

---

[58]   Sobre el acholamiento en el medio urbano, véase *En las calles,* en: *Obras...,* ed. cit., p. 344 por ejemplo: «(...) modificaron su aspecto y en mayor escala sus costumbres. (El indio) Guamán dejó la cotona y el poncho, cambió las hoshotas (*sic*) por los zapatos (...)».
    Sobre el acholamiento en el campo, véase sobre todo, del mismo autor, la novela *Huairapamushcas,* en: *Obras...,* ed. cit., pp. 488-489, por ejemplo, que nos describen minuciosamente la «transformación hacia el tipo cholo, hacia el tipo que se aleja del indio» mediante los cambios que introducen Isabel y Rosa Cumba en sus vestidos y en su peinado.

[59]   *En las calles,* en: *Obras...,* pp. 337, y 334-335.

[60]   Véanse respectivamente, ibíd., las pp. 323, 344, 433, y, para la última cita, 339.

originalidad de esta obra está en que la evolución de Landeta prefigura (con modalidades propias, por cierto), y hasta orienta, la de Játiva.

En efecto, lo mismo que los cholos anónimos del pueblo de Chaguarpata que afirmaban para distinguirse de los indígenas: «Nosotros somos nosotros», o: «Nosotros somos otra cosa», Landeta, luego de ascender en Quito de cargador público a portero de fábrica, pretexta sus nuevas responsabilidades para liquidar sus relaciones con el indio Ricardo Quishpe —quien sigue de albañil. [61] A poco, sin embargo, traiciona los intereses del dueño de la fábrica, cuando se atreve a proteger a un grupo de empleados huelguistas que rehúyen los disparos de la policía, y a quienes él siente ahora como «los suyos». Antes de que encuentre la muerte en la refriega, su sacrificio —sabía que arriesgaba el puesto— le infunde una sensación de plenitud vital que lo arraiga en el tiempo:

> En el sabor de esa rara inquietud entre lo que podía ofrecer y lo que esperaban de él, Ramón Landeta halló un sentimiento profundo, vital —dicha y sacrificio, presente y futuro a la vez—. [62]

Ahora bien, la muerte de Landeta marca un hito en la conversión de su amigo asesino, convirtiendo definitivamente a éste en el protagonista principal de la novela.

La conducta de Játiva es, al principio, sobre todo la de una víctima: víctima de Urrestas, quien priva de agua a los vecinos de Chaguarpata; y víctima de los esbirros del terrateniente que asesinan a su mujer cuando, impulsada por el hambre, iba a robar maíz en las tierras de la hacienda.

Cuando está en Quito, el oficio de policía lo faculta para «ejercer autoridad»; pero en vez de desempeñar gustoso el papel del verdugo, Játiva se va asimilando a las víctimas: primero en el Panóptico de Quito, cuando otros policías pegan a un negro díscolo que morirá a los tres días; luego en el campo, donde tirotea a indios que defienden su tierra, mata de un culatazo a una *longa* cuyo rostro ensangrentado le recuerda el de su mujer asesinada, y lleva preso a un cholo que se ha rebelado contra un hacendado y fallecerá poco después en una cárcel de la capital. Todas estas tropelías le infunden al 'Jano' Játiva «la angustia despellejada de quien estuvo en cierto momento en el rol de la víctima».

El asesinato involuntario de Landeta provoca en el cholo una crisis de conciencia; mas, aunque anhela huir de Quito para olvidar la tragedia, se queda allí por su apego a «ser autoridad»: «Era incapaz de abandonar su uniforme» —escribe Icaza.

Una pesadilla simboliza, interiorizándola, esa dualidad del cholo atormentado por su asimilación contradictoria a los verdugos y a las víctimas:

> Algo soñó de un animal de dos cabezas que (...) trataban de atornillarle en el pecho, en su placa de policía número 120. [63]

---

[61]   Ibíd., pp. 258, 317, y 344.

[62]   Ibíd., pp. 399-401 (la cita está en la p. 399).

[63]   Véanse respectivamente, ibíd., las pp. 291-295, 365-366, 375-376, 377-378, 412, y (para la última cita) 374-375.

Sólo una nueva experiencia de la muerte violenta, la suya, a la que siente acercarse, y la ajena, la de los indios y cholos pobres inútilmente sacrificados en una sórdida guerra civil, le permitirá aunar las tendencias dispares de su ser en una «ansia de justicia» que lo llevará a comunicar «el germen fecundo de su denuncia» a todos aquellos que lo sentían bullendo oscuramente en el fondo de su conciencia. Esta conversión de Játiva en cifra e intérprete de su pueblo cierra con broche de oro la segunda novela icaciana, prefigurando la victoria final de Luis Alfonso Romero y Flores sobre los fantasmas que durante tanto tiempo habían desgarrado su conciencia de chulla acomplejado.

b) *Cholos:* la dualidad contrastada, y la 'invención' de la fraternidad interétnica

La historia de cada uno de sus dos protagonistas —Alberto Montoya y el Guagcho— abarca las tres partes de la novela, y nutre más de la mitad de sus 37 capítulos. Ambos tienen sin embargo otros puntos comunes: son hijos ilegítimos, y «el despecho de ser cholos» los lleva a despreciar lo indígena dentro y fuera de sí mismos, a imitar a «los señores» y, cuando la realidad defrauda cruelmente este último deseo, a adoptar a veces un comportamiento sadomasoquista. [64] Aun con eso, por ser distinta la situación socioeconómica que ocupan en el Ecuador del primer tercio de este siglo, la vida de cada uno presenta modalidades propias que contribuyen a explicar la disparidad de su trayectoria personal.

Después de sumarse a los alfaristas que conquistan el poder a fines del siglo XIX, Montoya llega a ser pequeño propietario, y le presta dinero a don Braulio Peñafiel, un latifundista tradicionalista de cuyas tierras hipotecadas logra adueñarse legalmente... Entonces es cuando el hombre, que ha ido borrando gran parte de su aspecto de cholo del campo (vistiendo como los «señores» de Quito, cuidando su pronunciación y afeitándose el bigote ralo), abandona su anticlericalismo postizo de liberal ambicioso, se casa por la iglesia y se instala en la capital del país —donde ocupa importante cargo oficial: ha realizado su sueño de codearse con la flor y nata de la sociedad, a la vez que sigue explotando eficazmente y sin piedad (a pesar de cierta bondad natural) a los *huasipungueros* de su latifundio. El último disgusto de su vida es tener que seguir llevando ese apellido de cholo, que anhela sustituir por otro, de origen español más noble.

Alberto Montoya es uno de los protagonistas más matizados, y también más originales, creados por el joven Icaza: por ejemplo, es el primer personaje cholo de la novelística ecuatoriana que desea tener «un hijo rubio como un gringo», sueño

---

[64]   La expresión «el despecho de ser cholo» procede de la novela de Enrique Terán *El cojo Navarrete*, Quito, Talleres Gráficos «Americana», 1940, p. 65.
     Sobre el sadomasoquismo de Montoya y del Guagcho, véanse respectivamente en *Cholos* (Quito, Ed. Romero, 1939 -2º edición), las pp. 15, 256 y 168.

que comparte en la novela con chagras anónimos que por eso imploran públicamente a la milagrera Virgen del Quinche. [65]

Como puede verse, Montoya forma parte de esos cholos individualistas tan frecuentes en la narrativa del autor; no obstante, otra originalidad muy suya con respecto a ellos —y, sin duda, uno de los hallazgos temáticos y estructurales de la obra— está en que el destino que escoge confiere mayor relieve a la trayectoria existencial de aquél a quien podemos llamar su doble invertido: el Guagcho.

Hijo natural del latifundista Braulio Peñafiel en la india Consuelo Chango, pegado y rechazado por su padre y por su madre, el Guagcho —el apodo significa 'el Huérfano' en quichua del Ecuador— trabaja desde joven para Montoya y la concubina de éste. Muy orgulloso de su miscegenación, reniega de su raíz indígena, y está ansioso de distanciarse de los indios y de los cholos pobres del campo con el fin de parecerse a los representantes del grupo socioétnico dominante: «El no quería que lo tomen por un cholo, algún día sería señor de zapatos, para eso era blanquito», escribe el autor omnisciente, revelándonos un pensamiento íntimo de su protagonista. [66]

Un trágico acontecimiento le permitirá corregir el rumbo individualista de su vida: luego de haber sido ascendido a mayordomo de Montoya, el Guagcho, creyendo defender a su amo, mata sin quererlo a un peón indígena de la hacienda; en la tenencia política, se culpa del asesinato al yerno de la víctima —indio también—, y se le encarcela. Atormentado por «la obsesión de su culpabilidad», y tras haber sido orientado en su decisión por el maestro del pueblo —quien le afirma que «el indio es un hombre como nosotros»—, el Guagcho saca de la cárcel al indígena herido al que considera ahora un hermano, lo atiende a escondidas de sus comunes perseguidores y, al final del libro, decide llevar a su lado una nueva vida, que estriba en parte en el rechazo al sistema latifundista de tenencia de la tierra:

> «—No más haciendas —protestó instintivamente el Guagcho, y dándole una esperanza (al compañero indio) dijo:
> —Verás qué bien nos va cuando seamos tres...» [67]

¿Quién es este tercer personaje, necesario, según el Guagcho, para completar la simbólica alianza del indio y del cholo pobre del campo?

Es Luquitas Peñafiel, el maestro del pueblo que había influido en la decisión vital del Guagcho, formulando con palabras sencillas la idea de la fraternidad, y revelándole que no había sido hasta entonces sino «el instrumento inconsciente» del latifundismo. Este joven —que pronto será cesado por sus ideas avanzadas— es

---

[65] Icaza subraya la bondad de Montoya ibíd., p. 57, por ejemplo: esta página describe la actitud del cholo ante las lágrimas de un muchacho abandonado: «El espectáculo resultaba cruel para la sensibilidad de Montoya. Con voz emocionada ordenó al mayordomo:
—Ve, dale a éste algo para que llene la barriga».
Sobre el deseo de Montoya y de ciertos cholos de tener hijos que se parezcan a los gringos, véanse ibíd. las pp. 89 y 171.

[66] Ibíd., p. 167.

[67] Ibíd. pp. 254-301; la última cita figura en la p. 301.

hijo legítimo de don Braulio Peñafiel y de su esposa mulata; en cuanto cuarterón e intelectual de origen urbano —es también escritor—, redondea la alegoría de la fraternidad que corona la novela: todas las etnias del Ecuador (indoamericanos, cholos, descendientes de europeos y de negro-africanos), todos los medios socioculturales de la Sierra (campesinos y ciudadanos, intelectuales y proletarios, hijos de latifundistas y de *huasipungueros*), han de unirse contra la injusta tenencia de la tierra que impera en el país.

Por fin, el hábil manejo de la narración omnisciente, al crear un saber cómplice entre el autor y sus lectores, recalca la apoteosis final de la fraternidad: el Guagcho, Luquitas Peñafiel y José Chango (el indio injustamente acusado a quien el primero saca de la cárcel) son, sin saberlo ellos, medio hermanos... En efecto, Luquitas y el Guagcho son hijos de don Braulio Peñafiel, mientras la indígena Consuelo Chango es la madre de José y del Guagcho. El cholo aparece así como el imprescindible eslabón entre los otros grupos socioétnicos de la Sierra, y la novela, como la más revolucionaria de J. Icaza: la llamada a la lucha armada es transparente al final, y el quiteño plasmó en ella como en ninguna otra su afán de liberación merced a la alianza de los varios representantes de la joven generación —capaces de rebelarse colectiva y eficazmente contra los juicios y los prejuicios de su época.

Sólo dentro de esta auténtica fraternidad interétnica, que se 'inventa' dentro o fuera de las leyes establecidas, podrán los cholos, que durante tanto tiempo vivieron «huérfanos» como el Guagcho, encontrar una familia 'legítima' y aliviar su soledad.

Más que por el deseo del «chulla» Luquitas Peñafiel de denunciar la corrupción que reina en Quito, *Cholos,* por la irrupción final de un «nosotros» realmente solidario, por la voluntad del Guagcho de «salvarse para salvar» al compañero indígena, entraña ese germen fraterno que ha de fecundar la vida de Luis Alfonso Romero y Flores —y ha de arraigarlo también entre «sus gentes». [68]

c) Media vida deslumbrados: la dualidad dominada, o una victoria sobre la sacralización patológica y mortífera del modelo blanco

Media vida deslumbrados es el primer *Bildungsroman* icaciano centrado en un solo protagonista cholo. Sin embargo, como en un retablo de iglesia, la historia de Serafín Oquendo se destaca sobre un fondo que le confiere unos rasgos más salientes. Luego de bosquejar a la figura principal del libro (calificada de «buen cholo para nuestro pueblo» por un avatar del novelista al que todos odian porque va contando cómo Serafín dejó «de imitar todo como mono»), las primeras páginas nos presentan el ambiente de la aldea anónima donde nació y se crió el protagonista. [69]

Aquellos serranos son cholos que, como en las obras ya estudiadas, se avergüenzan de su origen indígena. Pero el texto presenta motivos enteramente nuevos, o que sólo habían sido esbozados anteriormente.

---

[68]   Ibíd. pp. 289, y 292.
[69]   *Media vida deslumbrados,* Quito, ed. Quito, 1942 (1º edición), p. 9.

Desde este punto de vista, una de las aportaciones más relevantes de la novela consiste en la denuncia de la sacralización del fenotipo blanco: al ver a los gringos que trabajan en la comarca y pasan a veces por el pueblo, los vecinos «deslumbrados» no pueden menos de relacionar «sus cabellos rubios, sus ojos claros y su piel blanca» con las imágenes de los ángeles que adornan el templo; cuanto más que están acostumbrados «a mirar en los cuadros de la iglesia al demonio con rostro de indio prieto de tizne».[70] Este motivo, prácticamente nuevo en la narrativa de Icaza —quien fue de todas formas el primero en introducirlo en la novelística ecuatoriana—[71] ayuda a comprender lo hondo del complejo de inferioridad y culpabilidad de ciertos mestizos o cholos, y la importancia que puede cobrar para ellos el tipo femenino blanco, por ejemplo: Julia Oquendo, la madre del protagonista, desea que su hijo case «con una señorita rubia» para «salvar su porvenir», o sea para que los retoños de la soñada pareja se alejen del fenotipo indoamericano.[72]

La misma Julia, cuando estaba embarazada, solía rezar a la Virgen soñando con «un niño adorable por lo blanco», que había de ser cura, o doctor... Cuando nace el niño, ella lo llama Serafín «como los angelotes que sostienen en el altar mayor el tabernáculo (...). 'El nombre tapa no más'» el origen indio, piensa la madre, que se esfuerza más tarde por no tener a su hijo al sol, por bañarlo en leche y peinarle con agua de manzanilla para que se le aclaren la piel y los cabellos cholos. Lo grave es que, según Icaza, Julia comparte esta «obsesión» mítica y mística por la blancura no sólo con muchos chagras que también llevan al indio «como un pecado mortal en las entrañas», sino con ricos ciudadanos descendientes de europeos, quienes consideran «una profanación» cualquier intento, por parte de un cholo, de pasar por uno de ellos.[73]

Todavía más grave en la novela es el hecho de que esta obsesión colectiva puede llevar a excesos patológicos, y aun —y éste es otro aporte de *Media vida deslumbrados*— hasta una esquizofrenia mortífera.

Conductas por lo menos semipatológicas, como cierto sadismo y sadomasoquismo originados en cholos o mestizos por el desprecio a lo indígena en general, asomaban en novelas precedentes.[74] El motivo del sadismo se intensifica en *Media vida deslumbrados,* donde un cholo anónimo declara, por ejemplo, ante un público que lo aprueba, que cuando estaba de capataz, solía pegar a los mineros indios o cholos porque ello le infundía la embriaguez de sentirse gringo:

«A cada patada, a cada latigazo, a cada guantón que daba a los cholos me sentía más orgushoso... Lindo es eso, como estar jugando baraja, como

---

[70] Véanse ibíd., y respectivamente, las pp. 20-21, y 70.

[71] El motivo sólo asomaba fugazmente en *Huasipungo*. Véase más arriba el pasaje que remite a la nota 44, así como el contenido de ésta.

[72] *Media vida deslumbrados*, ed. cit., p. 130.

[73] Véanse ibíd., y respectivamente, las pp. 29-30, 33, 216, 219, 214 y 110; la palabra «profanación», en boca de Serafín y en otro contexto, pero con el mismo significado global, aparece ibíd., p. 174 —véase más abajo la penúltima de las citas que remiten a la nota 79.

[74] Véanse más arriba los pasajes que remiten a las notas 37 y 64.

estar tomando aguardiente... Parece que mientras más se maltrata a los
chagras y a los indios puercos más gringo se siente uno». [75]

Sin embargo, la gran novedad de esta novela está en que los prejuicios socioétnicos que aquejan al protagonista desembocan en comportamientos francamente
patológicos y hasta asesinos —cuya perversidad más monstruosa ni se han atrevido
a ver, o por lo menos a señalar, los mejores críticos.

Criado por una madre acomplejada que no hacía sino reflejar la mentalidad del
medio rural circundante, Serafín Oquendo desprecia «el trabajo en la tierra, que
nivela al indio», así como todas las tareas manuales que para él integran en lo que
podría llamarse la casta de los parias indígenas. Tal actitud de rechazo lo lleva a
una ceguera casi esquizofrénica cuando contempla, por ejemplo, a los gringos que,
con dinamita, salvan a la aldea de una riada catastrófica:

> Aun cuando siempre vió a esas gentes en una realidad dura, en lucha
> con la naturaleza, hundiendo pies y manos en el trabajo, les acogía en su
> mente, despojándoles de todo aquello que para él y los suyos constituía
> vergüenza de indio, quedándose con la superficie: tez blanca, cabellos
> rubios, ojos azules, hablar extraño.

> Es que Serafín no alcanzaba o no quería mirar cómo los personajes de
> su ideal, sabían, sin rubor, tiznarse en la grasa de sus máquinas, encallecer
> sus manos en la tierra, evidenciando así lo enraizado que estaba en él la
> advertencia de mama Julia: «Atatay, eso ca cosa de indios... Vos ca no sois
> longo... Dejá qui'agan los runas... Pobres no más somos pero qui'aciendo
> hemos de'star metidos en el lodo». [76]

Muy fuertes son los fantasmas del joven cholo, pues antes de irse a estudiar a la
capital, se viste como un «niño» bien, y ¡hasta se tiñe el pelo de rubio! —gracias a
su quijotesca madre, quien vende parte de sus tierritas para costear sueños tan
onerosos... En la ciudad, se enamora Serafín de la hija de su hospedera, una joven
de piel banca, de ojos claros y casi rubia, que lo toma por el hijo aindiado de un
latifundista, y se le insinúa provocativamente para casarse con él, y endosarle
así su secreto embarazo; mas ante esta mujer ideal, «radiante como una custodia»,
que se le entrega, Serafín, que se achola de su sexo moreno (del que se burlaban
sus condiscípulos blancos en la escuela del curato), y que sólo pudo afirmar su
sexualidad violando mujeres indígenas en el campo, Serafín ¡padece impotencia!

Cruelmente desenmascarado durante una fiesta, vuelve fracasado al pueblo
natal, donde es presa de deseos sadomasoquistas:

> Era un réprobo por haber violado el tabú más deslumbrante. (...) Desde
> entonces abrigó la singular creencia del hombre desgraciado. Como su
> hermana, sentía ganas atroces por chamuscarse los dedos en leños encendi-
> dos, despreciaba su cuerpo, experimentando una satisfacción diabólica en el
> fracaso de los hombres como él, de los cholos, que trataban, en cualquier

---

[75]   *Media vida deslumbrados,* ed. cit., p. 216.
[76]   Ibíd., pp. 56 y 72-73. Se ha conservado la acentuación de la primera edición (1942).

forma, de aspirar mejoramiento. Quizás por ello exageraba su grito cuando estaba borracho al comentar:

—Cholos no más son pes... Que'an de querer shegar... Han visto el cholo atrevido, cómo pes... [77]

Inquieta al ver que su hijo, desanimado, se ha amancebado con una chola del pueblo, Julia vende los últimos bienes raíces que le quedan para que Serafín pueda poner una cantina en Chaupiguango, una aldea del Oriente donde unos gringos trabajan con éxito en una empresa maderera.

Allí, el nuevo cantinero, deseoso de congraciarse con sus modelos —el hacendado y los extranjeros blancos—, escucha conversaciones y provoca confidencias de sus parroquianos: así puede enterarse de las mañas que se dan éstos para sacar madera de una zona que el latinfundista considera suya, y le advierte al último las expediciones de los madereros de la aldea —haciéndose cómplice de las bárbaras tropelías que va ejerciendo el gamonal: azotes, ojos reventados, asesinato. [78]

En esta misma parte de la novela bríndanos Icaza una síntesis aún más explícita de la sacralización patológica y mortífera del modelo blanco que aqueja al cholo; esta modalidad temática asoma a propósito de la actitud de Serafín hacia su compañera chola y los dos hijos de ésta.

En efecto, al marcharse a Chaupiguango, Serafín había abandonado cínicamente a su joven concubina, Matilde, de la que se avergonzaba porque era una criada de evidente ascendencia indígena; pero la joven, prendada de él, se le reúne en Chaupiguango. Primero, Serafín la recibe displicente, pero al darse cuenta de que Matilde le «cae en gracia» a un gringo, acepta reanudar la vida común (¡buen ejemplo de la mediación del deseo que, según R. Girard, es el meollo del género novelesco!). A los pocos meses, Matilde está embarazada de Serafín, y se lo dice: el cholo sueña entonces —como su madre antaño— con «un niño de cabellos rubios y ojos inmóviles de vidrio azul claro a imitación de los que (...) estaba acostumbrado a ver en los ángeles de la iglesia»; pero, además, le manda «con urgencia inusitada» a Matilde que se vista con pulcritud antes de ir, como acostumbra, al otro lado del río para lavar la ropa de los gringos: el deseo perverso e ingenuamente supersticioso del cholo acomplejado es que su cuncubina tenga relaciones sexuales con uno de «los blancos» de allá, para que su hijo se les parezca...

Por eso, cuando un chagra corriente y moliente intenta violar a Matilde todavía en estado, Serafín la defiende con furia:

Cayó en el segundo preciso de ver cómo Matilde se debatía en el suelo defendiéndose del cholo atrevido. ¡Un cholo!, protestó el orgullo de Oquendo. Era una afrenta a su hijo. No debía llegar la profanación de un capataz renegrido. (...)

—¡Cholo carajo! gritó lanzándose hacia (el hombre).

---

[77] Ibíd., pp. 79-97, y 119-120.

[78] La paliza se la lleva un maderero «blanco» llamado don Gumercindo (ibíd., pp. 166-167, y 190-193); al indio Cocuyo le revientan los ojos (ibíd., pp. 199-201); Rosa Chango muere accidentalmente a consecuencia de otra «traición» de Serafín (ibíd., pp. 203-208).

Serafín logra evitar la «profanación», mas como su hijo nace con «su misma color» (*sic*), «su mismo pelo», «su misma carne», no lo reconoce afectivamente y, luego de ser presa de una aspiración nihilista, ansía la muerte del pequeño:

> —¡No!... gritó Serafín poniéndose lívido, mirando a Matilde (...) No... Yo no soy así... ¡Nu'es mío! (...)
> Sentado en el banco del corredor, con conciencia de hombre defraudado, deseó de corazón que la tempestad que arreciaba por instantes, termine con todo el paisaje. Por haber nacido como indio, como cholo, no podrá reir con el altanero dominio de los amos, no podrá responder a sus preguntas, no podrá ser dueño de tierras y hombres. «Preferible que se muera», murmuró el padre. [79]

La tenaz ambición de tener un hijo «gringuito» impulsa entonces al cholo pervertido por sus complejos a sugerir a Matilde que se acueste con un «Míster» que le hace el oso; la joven madre, que se siente cada vez más sola y despreciada por Serafín (cuyos celos ni siquiera logra provocar contándole pruebas del atrevimiento del gringo), terminará cediendo:

> La sensación de soledad que sentía Matilde era cada vez más dura. Los momentos que estaba ausente de casa al otro lado del río se le fueron tornando agradables. (...) El «míster» le brindaba los domingos una copita de vino, a veces dos. «Es un poco atrevido...» (...) Varias veces quiso excitar a Serafín contándole con detalles lo que a ella le parecía más pecaminoso, pero el hombre que ante el cholo capataz, en un instante de celos se jugó la vida entera por defenderla, sacando su coraje inusitado de las fibras más íntimas de su ser, reía de manera picaresca, con satisfacción de jugador que acorrala a su adversario con la carta precisa, única. Se disculpaba:
> —Asimismo son éstos... Nu'estarás hecha la güagüita... Ti'an de creer chagra eso...
> En la confusión de aquellas contradicciones, Matilde se dejaba llevar por las circunstancias. El sol quemaba en la sangre. Un día dejó de preocuparse del desprecio de Serafín, y hasta le tuvo un poquito de pena... «Nu'estuvo haciéndose la guagua».

Y Matilde tiene un segundo hijo, un «guagua bermejo», que «parece gringo», un «niñito decente», «blanco», que colma los deseos de Serafín... El cholo feliz decide entonces trabajar duro para prepararle un brillante provenir al «angelito», mientras que se olvida del primogénito, «a quien se le dejaba encerrado en el cuarto, cuando la familia tenía que salir a hincharse de vanidad con el nuevo crío».

Así es como Serafín se convierte en tirano de la temerosa concubina, obligándola a que dé sin cesar de mamar al «gringuito» —a pesar de que la mujer está muy enferma; viendo que con el tiempo el segundón se pone algo moreno, se desespera el cholo «odiando con toda la médula al runa vencedor sobre la gracia blanca del pequeño». Pronto muere Matilde, por el debilitamiento y la falta de cuidados.

---

[79]   Ibíd., pp. 134-138, 153-161, 168-170, 171-174, y 181-183.

Entonces es cuando Oquendo cae en la cuenta de la horrenda realidad: se arrepiente de su monstruosa actitud ante el cadáver de Matilde, y le entra bruscamente un «llanto indio» para llorar a la difunta; pero ya nadie puede compadecerle, pues mientras estaba «deslumbrado» por su «obsesión», no vio cómo la aldea se iba vaciando de sus vecinos, desanimados por las tropelías del latifundista asociado a los gringos... Medio loco por el dolor, Oquendo procura encontrar oídos compasivos en la hacienda, pero el cholo que cuida la entrada lo echa con desprecio:

> —Acaso nosotros tenemos nada que ver con eso— afirmó con orgullo de incluirse en el nos el cholo cuidador. Con tanta exageración e importancia lo hizo, que a Oquendo se le heló la sangre con ese rubor meloso que nos invade a veces cuando vemos en los otros la ridiculez de todo lo que hemos creído ser, de todo lo que hemos tratado de representar.

Viéndose a sí mismo en aquel cholo renegado y simiesco, Oquendo se siente «todo invertido de lo que fue su vida anterior». Se consuma su conversión, y alejándose simbólicamente de la hacienda, vuelve por los dos muchachos, a los que siente ahora igualmente «propios»... Después de abandonar el cadáver de Matilde en la aldea fantasmal, se cruza con el gringo ex amante de su concubina, que regresa de Panamá con maquinaria nueva para explotar la madera; hablándole «sin odio ni rencor», «en franqueza niveladora de su perpetuo desequilibrio», le entera Oquendo de que ya no queda nadie en el lugar, porque los gringos trataron «con el amo latifundista (...) nuestro eterno azote, nuestro verdugo», en vez de hablar con la gente del pueblo. Diciendo esto, repite involuntariamente las palabras de los aldeanos madereros que solía oír en su cantina: el nuevo cholo encarna así, en la *coda* del libro, una colectividad humana hostil al monopolio latifundista; acto seguido deja plantado al gringo, y vuelve al pueblo natal con sus dos hijos y «el placer de encontrarse reintegrado al gran torbellino de los suyos». [80]

Nunca Icaza había calado, ni había de calar tan hondo, en las posibles repercusiones patológicas de esa sacralización del modelo blanco que aqueja a ciertos mestizos o cholos. Claro está que, por lo menos en su aspecto anecdótico, *Media vida deslumbrados* dista mucho de ser representativa de los comportamientos de la clase chola de los años 30 ó 40, y todavía menos hoy —pues el reciente movimiento indianista contribuye a difundir el legítimo orgullo de ser indio. [81] Pero sí ayuda a entender esta novela cómo ciertos complejos, históricamente originados por una sociedad de corte etnocrático, pueden perturbar las relaciones humanas más íntimas. No hay que olvidar que más allá (o más acá si se prefiere) de la letra de este texto, se perfilan actitudes o conductas perversas que tienen extrañas correspondencias en las obras de otros escritores de la literatura ecuatoriana, pero también peruana, así como del mundo caribe, por ejemplo. [82]

---

[80] Ibíd., pp. 184, 191-197, 209-218 y 225-237.

[81] Nótese que la actitud de Serafín, que desea que su compañera se acueste con otro hombre —aún cuando se trate de un gringo— no se aviene bien con las tradiciones machistas.

[82] Véase, entre otros casos, el de Cayo Bermúdez, personaje cholo de la novela *Conversación en la Catedral* de Mario Vargas Llosa (Barcelona, Seix Barral, 1969).

Conclusión general

Se ha visto cómo, en la mayor parte de sus novelas anteriores a *El Chulla Romero y Flores,* Icaza relata la trayectoria vital de protagonistas cholos que al final logran superar sus complejos e integrar armónicamente las partes encontradas de su personalidad, al paso que se incorporan a una colectividad contraria a la dominación del monopolio latifundista (y también industrial como en *En las calles*). En este motivo de la 'conversión', que nunca aparece en los cuentos del autor, y tampoco está presente en *Huasipungo* ni en *Huairapamushcas,* se cifra la dinámica esencial de las tres novelas de educación que son *En las calles, Cholos,* y *Media vida deslumbrados* —resaltando la última por la dimensión netamente patológica, hasta monstruosa, que afecta a su personaje central: todo pasa como si la simplificación estructural, que consistía en encarnar —por primera vez en una novela suya— la dualidad chola ya no en dos protagonistas (como en *En las calles* o en *Cholos* por ejemplo), sino en uno solo, le hubiera llevado al autor de *Media vida deslumbrados* a bucear tan profundamente en la psicología perturbada del personaje principal, que llegó a privilegiar conductas teratológicas.

Desde este punto de vista, *El Chulla Romero y Flores* combinará la mejor novedad de *Media vida deslumbrados* —o sea la concentración de la problemática chola en una figura central—, con el marco espacial más familiar al escritor: el de su ciudad natal que asomaba en *Cholos,* y ya predominaba en *En las calles...*

Obra unitaria a la par que profunda (pero sin los excesos patológicos de *Media vida deslumbrados*), *El Chulla Romero y Flores* se nos presenta así como el gran *Bildungsroman* icaciano —un ancho mar en el que pueden distinguirse las aguas amargas procedentes de la cuentística del escritor, junto a las, más o menos atormentadas, equilibradas luego, de las novelas anteriores. Todas estas aportaciones originales quedarán absorbidas, digeridas y superadas para formar una novísima e imponente totalidad.

PRESUPUESTOS Y DESTINOS DE UNA NOVELA MESTIZA

Gustavo Alfredo Jácome

1. Contextos socio-culturales

La novela *El Chulla Romero y Flores* apareció cuando su autor estaba en el mediodía de su fama. Cuando decir Jorge Icaza era decir Ecuador, este pobre «huasipungo» del imperialismo yanqui. Por Icaza se comenzó a rebuscar en el mapamundi la ubicación de nuestro país, rezagado escenario en el que se proseguía el cruel y espantoso aniquilamiento del indio, pese a la garciana consagración del Ecuador al Sagrado Corazón de Jesús y la proclamación de los derechos humanos.

La celebridad le llegó a Icaza desde fuera. Dentro de casa le regateaban méritos a *Huasipungo*. Su autor desconocía la gramática y a nuestros indios —se afirmaba. A éstos únicamente los había columbrado en unas hacendadas vacaciones de un verano alegre y despreocupado. Había en esas páginas tremendismo y truculencia. El «cartelismo» de la literatura de la época se desbordaba en exagerada denuncia. Pero, ¿qué le importaba al lector deslumbrado de Buenos Aires, Moscú, París, Tokio, China o Cochinchina la inverosimilitud de la novela? Los barbarismos eran endosados a los traductores. Para el lector de *Huasipungo*, diseminado en todas las latitudes del mundo, las denuncias patéticamente leídas en esas páginas y consideradas en comentarios domésticos, *soto voce,* como escenas «escritas de memoria», eran evangélicas verdades. Lo cierto era que el lector ecuménico rabiaba con cada crueldad contra el indio cometida, y maldecía a los «malos» de la novela: latifundista, cura, teniente político, mayordomo, y entre todos estos, ya constaba el gringo, desde entonces infaltable protagonista de negociados, crímenes y explotaciones. Lo cierto era también que el lector, mientras más lejano, más cerca se sentía del indio pateado, latigueado, explotado, descuartizado, mientras se moría «ya sin hambre de puro no comer» —como diría más tarde el estremecido poeta de *Boletín y elegía de las mitas,* César Dávila Andrade. Lo cierto era, igualmente, que nadie podía leer sin enternecerse hasta las lágrimas el llanto por la «Cunshi». De este modo Icaza había hecho realidad el propósito de Juan Montalvo: «Si mi pluma tuviera el don de las lágrimas, yo escribiría un libro sobre el indio y haría llorar al mundo».

Tras esta foránea consagración, advino la novela *El Chulla Romero y Flores.* Pese a las mejoras que los críticos encontraron en ella, en nada mejoró el buen crédito ya ganado. Jorge Icaza era nada más, pero, eso sí, nada menos que el autor de *Huasipugo*. Podía, después de esta novela, callarse, con el sabio silencio rulfiano, que nadie ya le podía discutir un lugar entre las celebridades literarias del mundo.

En las giras que en atención a fervorosas invitaciones realizó a lo largo y ancho del mundo —«habló en treinta y seis universidades tan sólo en los Estados Unidos», nos dice su luctuosa viuda—, Icaza era únicamente conocido como el autor de *Huasipungo*. «Le pedían, le rogaban —volvemos a los recuerdos de doña Marina— que leyera el responso indio por la 'Cunshi'». Cuando accedía —regresando a sus años mozos de actor de teatro— declamaba, con la voz en sollozo, el diálogo en monólogo con la muerta, con la muerte:

— Ay Cunshi sha.
— Ay bunitica sha.
— Otrus añus que vengan tan guañucta hemus de cumer.
— Este año ca, Taito Diositu castigandu.
— Muriendu de hambre estabas, pes. Peru cashadu, cashadu.
— Ay Cunshi sha.
— Ay bonitica sha.

El efecto en el público era conmovedor. Del silencio sobrecogido, pasaba a la ovación estruendosa. En ese conmovido enternecimiento, ¿quién iba a reprochar al autor-actor, o solamente al autor, la impropiedad de la transcripción del diminutivo quichua que correctamente debía decir *Cunshilla, bonitiquitalla*?

No había nada que hacer: Jorge Icaza era exclusivamente el autor de *Huasipungo*. Nada más necesitaba su gloria.

Con todo, a los cincuenta y dos años de edad, en una esplendorosa madurez, y luego de veintiocho años de *Huasipungo*, Icaza publica su novela *El Chulla Romero y Flores*.

Demoró años su elaboración. Su inmediata anterior obra, *Huairapamushcas*, había salido a luz en 1948.

En 1952, ya anunciaba su nueva novela. Nos lo reveló el propio autor en una entrevista concedida a H. Pérez Estrella, publicada en el suplemento dominical del diario capitalino *El Sol*, el 2 de noviembre de 1952. El entrevistador revelaba en el titular alborozado: «LOS CHULLAS SERA EL PRÓXIMO LIBRO DE JORGE ICAZA».

Transcribimos el fragmento correspondiente:

¿Crisis de nuestra novela?

—Pero ¿dónde está la nueva generación, dónde están los continuadores de esa obra? interrumpo dilatando los ojos hacia el confín de nuestra patria no redimida todavía.

Una larga pausa. Jorge Icaza busca en su biblioteca algo que se obstinaba en enseñarme desde el principio. Ante mi pregunta, se vuelve de medio camino, levemente azorado. Lentamente expresa:

—Es la verdad. Un grupo con la fisonomía de nuestra generación aún no insurge en el país. No encontramos nuevos valores. No podemos hablar, por lo tanto, de una nueva generación que haya superado o por lo menos continuado la obra de la generación pasada. Pero, propiamente, no podemos hablar de una crisis de la novela ecuatoriana en un lapso de cinco o diez años. Silenciosamente pueden estar madurando su mensaje, laborando su obra, la generación que nos pisa los talones. La lucha económica, la falta de estímulo para la publicación de sus obras, la reacción del medio pueden ser los grandes obstáculos que impidan el que salgan a la luz del día a decirnos su mensaje (...)

—¿Qué es lo que está escribiendo?

Icaza se levanta bruscamente. Pasea por la pieza ya en penumbra. Se dirige al swiche y hace luz. Indios despavoridos huyen por los flancos de la tarde.

—No sé si deba hablar de lo que estoy escribiendo —dice. Muchas veces hablamos más de la cuenta. Y la realidad no corresponde a lo que intentamos.

Nuestro silencio es insistente.

—Bueno, estoy preparando una novela, que será diferente a las anteriores. Me aparto del subhombre, del indio, del cholo en la forma como los denunciamos anteriormente. En el Ecuador, y en América, tenemos un tipo que debe convertirse en universal. Un personaje que anda por las calles de nuestras ciudades, que vegeta en los bufetes burocráticos, tras los montones de billetes de banco, que maneja los hilos de la política, que sufre y que llora en silencio, que fermenta su levadura de insubordinación cada día y que anda con los pies descalzos por los caminos pavimentados de las ciudades. Es el hombre de América. Es el hombre del Ecuador. Este tipo es uno solo y es múltiple a la vez. Es necesario encontrar a estos tipos y buscar en su interior. Explorar su profundidad psicológica, para después plasmar al hombre de América.

—Y ¿cuál sería ese hombre? interrumpimos a Jorge Icaza en su eclosión descriptiva.

—Es el chulla —afirma con toda solemnidad.

Casi monologa:

—Sí, el «chulla», elaborado a lo largo del tiempo con el barro del indio y con la consistencia del cholo. El chulla lleva en su sangre al indio y al cholo. Y es necesario levantar al indio hasta este plano. Precisamente mi libro se llamará *Los Chullas,* los chullas buscando por los caminos de la ciudad solución a los grandes problemas de nuestro tiempo, buscando felicidad, buscando oportunidad para desenvolver sus grandes capacidades, buscando un mundo mejor. Los chullas, por lo mismo, eternamente solos, llenos de soledad, como la palabra lo indica.

Después de releer estos conceptos de Jorge Icaza acera del «chulla», mezcla de indio y de cholo, nos hundimos en la perplejidad. No hay duda: Icaza no estaba seguro de sus concepciones antropológicas. Confunde al «cholo» con el indio y el mestizo, y cree que el «chulla» es un tipo del Ecuador y América.

El «chulla» para el ecuatoriano en general y para el serrano especialmente, es un arquetipo humano oriundo de la capital ecuatoriana. De ahí el sintagma identificatorio: «chulla quiteño». No hay otro «chulla». Este «chulla quiteño», en el concepto generalizado, reúne en sí características humanas que le convierten en personaje *sui generis,* inconfundible: es joven, es «plantilla», esto es, charlatán de mentirillas, el «yo te ofrezco, busca quién te lo dé», el chispeante chistoso [1], el audaz «entrador», el trompeador «gran puñete», el enamoradizo empedernido y empiernecido, el galanteador, parrandero «paracaidista» que termina adueñándose de la farra, el futre «chulla terno», el embaucador de niñas, el pobrete sableador y siempre alegre, el endeudado sempiterno, el aterido serenatero, la encarnación de «el hambre aguza el ingenio». En síntesis, un espécimen de pícaro quiteño, siglo XX. Nunca el amargado, ni el portador de complejos, ni el frustrado. El «chulla quiteño» es el optimista por antonomasia, el que sale bien librado de todos sus apuros. En su despreocupado deambular, nunca le acomplejan ni le achican menudencias de sangre. Su título de nobleza es su quiteñidad, que la lleva como condecoración en mitad del pecho. El es —como reza la letra de la canción-himno, creada precisamente en homenaje a él—, «el dueño de este precioso patrimonio colonial», el del Quito eterno, «María campanario».

De ahí que el lector ecuatoriano de *El Chulla Romero y Flores* no encuentre en el protagonista de la novela al «chulla quiteño», tal como él le conoce y le ha saboreado.

El «chulla» de la novela icaciana no es, de manera alguna, nuestro «chulla quiteño». Por el contrario, en muchos aspectos, es su antítesis. El protagonista de esta novela es, llana y sencillamente, el mestizo. Pero un mestizo anacrónico, el que debió haber producido su sangre india cinco siglos antes, cuando el español se descuadernó de su armadura para satisfacer sus desamoradas urgencias carnales y dejó hijos en el «pecado original» de su «mama india». El «chulla» es un mestizo que ya no existe, porque ya no se dan en nuestros tiempos apareamientos de español pura sangre con hembras indias. Lo que sí subsisten son abusivas penetraciones en la docilidad india —como la de Segismundo en la Mariucha de *Egloga trágica*—, de latifundistas con reminiscencias de centauros conquistadores, pero ya amestizados.

En los seis años trancurridos entre sus declarados propósitos de escribir una novela sobre *Los Chullas* y la aparición de *El Chulla Romero y Flores,* ¿se diluyeron sus concepciones primeras? El trastrueque de «chulla» en mestizo no es propiamente una frustración del novelista, por cuanto en esta novela logra la

---

[1]   El poeta dauleño Juan Bautista Aguirre, en sus celebradas Décimas —desde aquellos tiempos, el siglo XVIII, ya regionalistas—, anotaba estas características del quiteño:

«Cualquier chiste o patarata / lo cuentan por novedad, / y para no hablar verdad / tiene gracia *datis data;* / todo hombre en lo que relata / miente o a mentir aspira; / mas esto ya no me admira, / porque digo siempre: ¡Alerta!, / sólo la mentira es cierta / y lo demás es mentira. / Mienten con gran desvelo, / miente el niño, miente el hombre, / y, para que más te asombre, / aun sabe mentir el cielo: / pues vestido de azul velo nos promete mil bonanzas, / y muy luego sin tardanzas, / junta unas nubes rateras, / y nos moja muy deveras / el buen cielo con sus chanzas./»

creación de un personaje novelesco, un tipo especial de mestizo, amargado, acomplejado de «mama Domitila», y que no es el mestizo contemporáneao por cuanto éste ha logrado, en el transcurso de los siglos, lavar su sangre de menorvalías indias.

El auténtico «chulla» espera todavía al escritor que lo convierta en protagonista de una novela que podría resucitar la picaresca española, así, coloreada de un chispeante humorismo, que divierta, que regocije. Que utilice la proverbial «sal quiteña», explicable a través del psicoanálisis y el esquema adleriano. Precisamente, Freud nos reveló en su obra *El chiste y su relación con el inconsciente* los arcanos orígenes de las *boutades* francesas o los «cachos» quiteños. El chiste sería para Adler una «protesta varonil» feminoide, con paradoja y todo. La «gracia *gratis data*» que el poeta dauleño citado más arriba atribuía a los quiteños para contar «cualquier chiste o patarata» tiene, psicológicamente, la función compensatoria. Compensarse de su menorvalía de «colonos» de último rango (recordemos que a la Presidencia de la Real Audiencia de Quito había que llegar desde la Metrópoli española tras la circunvalación de las Indias por el Estrecho de Magallanes o mediante el traslado del Istmo de Panamá). Compensarse de la menorvalidez económica en la que estaba sumido el quiteño —léase el ecuatoriano—, y en la que permanece en nuestros tiempos petroleros. Pero el «chulla quiteño» no se amarga por nada. En medio de su penuria, vive alegre, es alegre. Yacente en la sempiterna pobreza, cata la situación: la injusticia social, los malos gobiernos, la prepotencia de los ricos, y, de repente, salta el chispazo de su ingenio, el chiste demoledor contra los gobernantes de turno. Habría suficiente material para una antología jocunda de humor negro y chiste fino de mortal agudeza. El quiteño, el «chulla quiteño», de este modo, se ha vengado. Se ha compensado.

El no es —ya lo hemos dicho— el acomplejado racial: su ascendencia india no le pesa por lejana o porque no le da importancia. Su problema es económico. Su complejo es la pobreza.

He aquí un extraordinario arquetipo humano en búsqueda de un novelista.

2. El Chulla Romero y Flores, novela del mestizaje

En las novelas de título simplemente onomástico —*Don Segundo Sombra, Pedro Páramo,* y, dentro de casa, *Don Goyo, Los Sangurimas, Juyungo*—, nos han sido dados «héroes» sacados del anonimato y tallados con características humanas inconfundibles.

A incorporarse en esta galería vino *El Chulla Romero y Flores,* historia de un mestizo anacrónico.

Si bien la intención del autor fue escribir una novela sobre «los chullas», la obra publicada por Icaza en 1958 es la novela del mestizaje. Mestizo es el «héroe», mestizo es el título, mestizo el escenario y mestiza el habla en la novela empleada. Justifiquemos brevemente nuestra afirmación.

1. El «héroe»

Luis Alfonso Romero y Flores es un mestizo, como el que debió de haber deambulado por las callejuelas de la aldeana ciudad de San Francisco de Quito, hace más de cuatrocientos años. Mestizo de apellido robado, hijo no deseado de un padre que se sentiría avergonzado de su engendro. Mestizo que llevaba como una afrenta su mitad de sangre india, aunque ésta sí era de noble estirpe aborigen, puesto que los conquistadores se hicieron primeramente de las *pallas* de alto abolengo.

La vergüenza de Luis Alfonso Romero y Flores era mayormente vergüenza porque su sangre india provenía de una sirvienta, aborigen sobreviviente en los últimos estratos sociales, cuatro siglos después. De ahí su actitud tozudamente reptadora, a través de múltiples mecanismos, que al final le resultan inútiles. La otra mitad de su sangre es española. El progenitor es un rezagado o *huairapamushca* («traído por el viento»), peninsular venido a menos, «Majestad y Pobreza».

De este modo, los progenitores de Luis Alfonso Romero y Flores —que no son verdaderamente padre y madre— constituyen para él, pero cada uno por su cuenta, una desgracia: «mama Domitila» por india y por sirvienta; el progenitor, por pobre. Porque ser pobre en medio de una sociedad ya capitalista, en la que tenía vigencia eso de «tanto tienes, tanto vales», era estar devaluado. Sin embargo, «el difunto don Miguel Romero y Flores» debió de haber adoptado poses de gran señor en medio de su penuria económica. De ahí esa gráfica e irónica identificación: «Majestad y Pobreza».

El hijo había heredado tan sólo el doble apellido. Y a ellos se aferraba para pretender reflotar en medio de una sociedad con pujos de nobleza de sangre española, aunque en todos ellos se cumplía, en unos más que en otros, aquello de que «el que no tiene de inga, tiene de mandinga».

Como el recurso de los dos apellidos utilizados en calidad de membrete no le dio resultado y doña Francisca —representación simbólica de la sociedad— repudió al reptador, echándole en cara, en su propia cara, ser hijo de «una india del servicio doméstico» (pág. 19), Luis Alfonso Romero y Flores se convierte en la víctima del complejo de menorvalía racial. Es el mestizo amargado, protagonista de todas las frustraciones.

Hay cierta similitud en sus comienzos, entre el esquema de resarcimiento social de Romero y Flores y el de nuestro Eugenio Espejo. También éste escondió el apellido indio *Chúshig* y adoptó, por dos ocasiones, el doble apellido con la misma «y» aristocratizante: primeramente se firmó Francisco Javier de Santacruz y Espejo, y en algunos libros consignó su nombre como el Dr. Cía Apéstegui y Perochena. Pero los dos esquemas se diferencian en la calidad de la «protesta varonil» adleriana: la del «héroe» de la novela icaciana es feminoide, puesto que utiliza recursos negativos, estudiados por el Pr. Manuel Corrales Pascual. En cambio, la «protesta varonil» de Espejo se cumple en el plano positivo. Al darse cabal cuenta de que por ser hijo de un indio cajamarquino y de una mulata, esclava liberta, estaba condenado a un ínfimo casillero social, escoge el libro como instrumento de superación. Pero cuando después de tantos años de sacrificado estudio y cuando ya había alcanzado los títulos de Médico y Abogado y logrado ser el hombre más culto del Quito colonial, proseguía el desprecio, el repudio al indio que en él todos veían, reacciona con iracundia contra los aristócratas de capa y sotana.

Esta es la explicación de la acrimonia, o de la agresión verbal que hallamos en las páginas de *El nuevo Luciano de Quito, La ciencia blancardina, Marco Polo Catón*. La «protesta varonil» en el plano positivo hace de Espejo el revolucionario y el Precursor de la Independencia americana.

Luis Alfonso Romero y Flores tras sus equivocados caminos de compensación, termina identificándose con sus congéneres, los mestizos.

2. *El mestizaje en el título*

La novela *El Chulla Romero y Flores* es mestiza comenzando por su título, verdadero mestizaje semántico: «chulla» vocablo indio, y «Romero y Flores», arrogancia española. Hurguemos brevemente los matices significativos del término aborigen.

Según Luis Cordero, el ex presidente ecuatoriano, autor de un *Diccionario quichua*, «chulla» es adjetivo que significa «cosa que se halla sola, siendo así que ordinariamente es apareada». Y a continuación: «chullachanga, adj. Que tiene una sola pierna. Mutilado. Cojo». En la lengua serrana del Ecuador, han sido conformadas palabras compuestas en las que el componente «chulla» conserva el significado quichua de «impar»: «chullapata» o «chulla pie» (caminar «en chullapata»: «hacerlo en un solo pie»). Pero en la expresión popular «chullaleva y sin calé», el vocablo «chulla» adquiere un matiz peyorativo de «único», matiz con el que se describe la pobreza de alguien, pobreza que a su vez es puntualizada por el aditamento privativo «y sin calé». En el sintagma híbrido «chulla vida», el significado de unicidad del término quichua ha cobrado un valor superlativo: es como si oyéramos la superlativización de la unicidad mediante un diminutivo: «uniquita vida».

El «chulla» del título de la novela icaciana expresa *soledad.* Nos lo revela el mismo Jorge Icaza, en otro momento de la entrevista concedida al periodista H. Pérez Estrella, este aspecto —que ya hemos indicado.

En cuanto al componente español del título de la novela, el doble apellido «Romero y Flores», merece otra digresión.

Por lo visto, quiere simbolizar ridiculeces nobiliarias. Jorge Icaza, posiblemente, se mofaba de los *Jijón y Caamaño,* de los *Sotomayor y Lunas,* que así se apellidaban, a pesar de la mulatería venezolana de los ancestros Flores de los primeros, y de la penuria económica de los segundos.

Al referirse al doble apellido de los autores de *Los que se van* (Demetrio Aguilera Malta, Joaquín Gallegos Lara, Enrique Gil Gilbert), escribe Benjamín Carrión en su *Nuevo relato ecuatoriano:*

> Esto del inexorable apellido doble es principalmente la especialidad de dos ciudades del Ecuador: Guayaquil, en la costa, y Cuenca, en la Sierra.

En Quito está cundiendo muy recientemente (...). Sólo con la aparición de los Remigios, se impuso en Cuenca el doble apellido.

De doble apellido han sido también los presidentes guayaquileños: Gabriel García Moreno, Alfredo Baquerizo Moreno, Juan de Dios Martínez Mera, Carlos Arroyo del Río, Carlos Julio Arosemena Monroy, Otto Arosemena Gómez, Jaime Roldós Aguilera. Y para de contar. Lo que sigue, no vale la pena.

¿Por qué «Romero y Flores», precisamente? Los detractores del escritor —que son muchos dentro de casa— han dicho, aunque no han escrito, que «a Icaza le hiede el indio», pese a su *Huasipungo* o por eso mismo. Los comentarios de sus novelas y cuentos se han referido a las incesantes connotaciones olfativas de Icaza, a través de todas sus páginas. Como que tenía muy afinadas sus narices. Y los olores detectados son siempre fetideces de mugre, orinas, podredumbre. Y todos indios. En *El Chulla Romero y Flores* —sin recurrir a los innumerables malos olores de *Huasipungo*—, detecta Icaza hediondeces indias a cada paso: «hediondez de bayeta de guiñachishca», «olía a sudadero de mula, a locro, a jergón de indio», «huelen a matadero, a jergón de indio» (la transcripción podría continuar).

Entonces eso de «Romero y Flores», dos apellidos que evocan aromas y perfumes, ¿fueron premeditadamente seleccionados para airear la reminiscencia india del vocablo «chulla»? ¿Era un hibridismo, un mestizaje también de olores: fetidez de lo indio, por una parte; fragancia de lo blanco, de lo noble, por otra? ¿No hubiera convenido a esta novela, siguiendo lo ya hecho con *Cholos*, bautizarla con un nombre más apropiado, y concordante con su contenido, por ejemplo *Mestizos*?

3. *El escenario mestizo*

La consulta del libro *Jorge Icaza: frontera del relato indigenista* nos ha ayudado a detectar el escenario también mestizo de la novela:

> En *El Chulla Romero y Flores* se nos describe una sociedad mestiza y originalmente agrícola, que considera su mestizaje, o más exactamente el tener sangre indígena en las venas, como un pecado original, y por lo mismo trata de ocultarlo y erradicarlo de sí, y sustituirlo por una soñada grandeza. Ambas cosas —mestizaje y origen agrícola— atraviesan de parte a parte toda esta novela. Pero si echamos una mirada retrospectiva al resto de la narrativa de Icaza, observamos que toda ella está impregnada de estos dos elementos, para nuestro objeto, elementos significativos, y creemos por ello llegado el momento de caracterizarlo detalladamente, pues constituyen las dos fuerzas más potentes en la génesis y estructuración de los relatos de Icaza (...)
>
> Su trascendencia, por otra parte, no se limita solamente a constituir focos de inspiración de estos relatos, sino que influye en el modo concreto que toman y en la configuración de los personajes, de las acciones y de las particularidades lingüísticas y estilísticas.

El mestizaje y el origen agrícola están presentes ya en el escenario mismo del relato. He aquí cómo el narrador describe la ciudad:

«Mezcla chola —como sus habitantes— de cúpulas y tejas, de humo de fábrica y viento de páramo, de olor a huasipungo y misa de alba, de arquitectura de choza y campanario, de grito de arriero y alarido de ferrocarril, de bisbiseo de beatas y carajos de latifundistas, de chaquiñanes lodosos y veredas con cemento, de callejuelas antiguas —donde las piedras, las rejas, las espadañas coloniales han detenido el tiempo en plena aldea— y plazas y avenidas de amplitud y asfalto ciudadanos». [2]

La «mezca chola —como sus habitantes—» está descrita a través de ocho parejas de contrarios, cada una de las cuales está integrada por un término referencial indio o peyorativamente campesino (el campo es el entorno del indio), y otro citadino, perteneciente a la cultura del blanco.

El autor de la obra, una de cuyas páginas hemos transcrito, asevera que en los ocho «términos bimembres» con los que Icaza describe el mestizaje de la ciudad de Quito no hay «ninguna relación racial explícita». Pero lo implícito indio en ellos es innegable. Dividamos las parejas de contrarios en sus componentes para esta comprobación:

Lo indio o peyorativamente campesino	*Lo citadino o referente a la cultura del blanco*
1. tejas	cúpula
2. viento del páramo	humo de fábrica
3. olor a huasipungo	misa de alba
4. arquitectura de choza	de campanario
5. grito de arriero	alarido de ferrocarril
6. carajos de latifundistas	bisbiseo de beatas
7. chaquiñanes lodosos	veredas con cemento
8. callejuelas antiguas	plazas y avenidas de amplitud y asfalto ciudadanos

La intención denigratoria de lo indio, y de lo campesino por estar relacionado con el indio, es palpable.

El autor antes citado, también ha detectado en esta novela el mestizaje inclusive en las viviendas de Quito:

Si de la ciudad en general descendemos a la descripción de las viviendas, observamos el mismo carácter mestizo con el que el narrador quiere caracterizarlas. He aquí cómo describe la vivienda de mama Encarnita, que tiene alquilado un cuarto al chulla Romero y Flores:

«La propiedad de dicha señora exhibía hacia la calle un rostro de muros hidrópicos, de estrechas ventanas de reja, de amplios aleros de

---

    [2]   Manuel Corrales Pascual, S. J., *Jorge Icaza: frontera del relato indigenista*, Quito, Centro de Publicaciones de la Pontificia Universidad Católica del Ecuador, 1974, p. 202.

carrizo, de puerta exterior con postigo tachonado de aldabas y clavos herrumbrosos —mestizaje de choza, convento y cuartel».

Todos los rasgos que expresa el narrador son de una casa mestiza, no sólo porque en el paréntesis final lo diga («mestizaje de casa chola, convento y cuartel»), sino también porque coinciden con una expresamente nombrada casa chola:

«Y al otro lado, en la esquina de un chaquiñán —negro zigzag hacia el cielo—, los golpes de su lord inglés en la puerta de una casa chola —piso bajo, paredes desconchadas, ventanas de reja, alero gacho. [3]

Fue propensión de Zola y el naturalismo, en general, escoger los temas mayormente astrosos y miserables y ubicar a los actantes de sus novelas en los más repugnantes escenarios.

Jorge Icaza hace lo mismo. De Quito, escenario de esta novela, sólo utiliza los barrios altos de la ciudad que son los bajos, sucios, escombrados.

Luis Alfonso Romero y Flores en ningún momento se detiene a mirar y a admirar la hermosura arquitectónica del Quito colonial. Es una prueba más de que no es el «chulla quiteño», sino un mestizo amargado y ahíto del complejo de menorvalía racial.

Tampoco el narrador hace referencia alguna a la belleza de la ciudad. Y eso que es quiteño. No aprovecha para nada de lo que de Quito se ha dicho: «cara de Dios», «capital de las nubes», «patrimonio de la humanidad», «arrabal del cielo». Para Icaza, Quito es únicamente un arrabal del infierno.

En *Huasipungo* no tiene ojos para la belleza del paisaje. El entorno de Icaza es únicamente «chaquiñán lodoso», «chaparral traicionero», «páramo, infierno al frío», «huaicos que son despeñaderos». Como que mirar al mundo con el alma en muñón del indio, quien, del orfebre en oro y plata, del artífice en cerámica, de los camafeos de las Venus de Valdivia, del arquitecto (Tikal, Palenque, Macchu-Picchu, Teotihuacán, Ingapirca), del neurocirujano incásico, del sabio en astronomía, del poeta de *Ollantay* y el *Popol Vuh,* ha devenido en un ser mostrenco, rayano en la animalidad, indiferente, insensible a la belleza del paisaje. Sus nociones estéticas son utilitaristas únicamente: «¡Lindo mi maizal!», «¡Guapa mi chacra!».

4. *El mestizaje del habla*

La novela *El Chulla Romero y Flores* es también mestiza en el «habla» —entendida ésta según la concepción saussureana. «Mezcla chola» —igualmente— de lo castizo y de lo indio. Habla chola, aplebeyada con su aplebeyamiento que desfigura la lengua de nuestro pueblo, que la convierte en un esperpento lingüístico.

Esta desfiguración se advierte en toda la creación de este autor. ¿Es una buscada manera de pintarrejar también un realismo macarrónico? Podemos inclusive conjeturar que la intención es configurar mejor a los actantes. En efecto, las

---

[3]   Ibídem, pág. 205 y 206.

formas expresivas de los indios de *Huasipungo,* por rudimentarias, no pueden corresponder sino a seres infrahumanos, yanaconas contemporáneos, gañanes de hacienda, que se han animalizado por pasarse, precisamente, *gañándose* (así, con ñ) la vida.

En ese castellano aindiado no aparecen las ternuras, las finuras expresivas tan propias del quichua sino en el lamento de la Cunshi, conmovedor cabalmente porque en él utiliza un revoltijo de ternuras indias. Conmovedor también porque Icaza acierta en hacer llorar al indio con el reclamo —¡en ese dolor!— de la utilitaria presencia de la muerte.

En cambio, ¡qué castellano aquichuizado el que recrea José María Arguedas en «Warma kuyay» y todo su periplo por el alma pura, fina, aternurada, aunque también subyacente, del indio de las serranías peruanas!

Lo propio, el habla de Miguel Angel Asturias, en sus novelas de protagonistas indios, estructuradas según la magia de los versículos del *Popol Vuh.* Y ¡qué decir de la poética recreación de la lengua popular, de su exaltación al plano literario en las obras de Juan Rulfo y el salvadoreño Salarrué!

El «habla» de Icaza en *El Chulla Romero y Flores* utiliza únicamente las formas chabacanas, vulgares, repugnantes por grotescas, e ignora los modos lingüísticos de la parla quiteña, tan decidores, insustituibles por su carga expresiva.

> Escribe como habla —afirmó Benjamín Carrión de Jorge Icaza— No se engola ni almidona para la expresión escrita. Si se registrara, al descuido, una colorida, pintoresca, vivaz, conversación de Jorge Icaza, esa versión podría ser, sin desmedro, un capítulo de su obra literaria. Y allá ha de ir la literatura realista, si no quiere fallar por la falta de naturalidad o, lo que es peor, por ficticia, estudiada naturalidad. [4]

Esto escribía Carrión en 1950, antes de *El Chulla Romero y Flores,* pero su opinión abarcaba ya el «habla» icaciana de *En las Calles, Cholos, Media vida deslumbrados, Huairapamushcas.*

En el prólogo de la edición Ariel de *El Chulla Romero y Flores,* escribe el Lcdo. Hernán Rodríguez Castelo —y nos limitamos a transcribir literalmente:

> *El Chulla Romero y Flores,* diría yo, inaugura de modo brillante la década de los años *(sic)* 60 (...) es obra de arte barroco. Tan barroco quiteño como el interior de la Compañía de Jesús, las esculturas de Legarda.

Y justifica así:

> El vigor del barroco mestizo está en los fuertes contrastes; en la violenta acentuación de rasgos (...). El barroco de Icaza en su *El Chulla Romero y Flores* es rico, de tintes fuertes, insistente hasta la pesadilla. Pero no falso, como en *Huasipungo.* Y resulta sintomático que al tocar la fuga del chulla en un reducto indio —la guarapería— dé otra vez en lo falso de *Huasipungo:*

---

[4]   Ibídem p. 149. (Esta cita de Benjamín Carrión sobre el habla del quiteñísimo Jorge Icaza podría servir para ilustrar su utilización de los modismos de la «parla» quiteña. R. Richard).

«parejas enlazadas a puñetazos, a mordiscos, con ganas de matar, de morir (...)».

Y nuevamente justifica su comparación y aclara, y al aclarar, rectifica:

> Por fin, el barroco de Icaza no es el lujoso alarde ornamental —al estilo Carpentier—, sino el angustiado barroco mestizo que ha hallado cauce en unos ritmos y orquestación traídos por el colonizador hispano, para su miseria y cólera, y que ha realizado esos ritmos y orquestación con sus propios motivos (en Icaza, concretamente, con el habla autóctona: vulgarismos, quichuismos).

La utilización del lenguaje vernáculo en nuestra novelística se inicia con *A la Costa*. Pero los que lo transcriben en su exacto preciosismo, son los escritores del grupo de *Los que se van* (es de leer «Banda de pueblo» del Maestro José de la Cuadra). También ellos —rompiendo los cristales de la pudibundez provinciana— emplean la *mala palabra* por vez primera en nuestra novelística. Benjamín Carrión nos dio la noticia de «una cantidad apreciable de carajos y pendejos, orondos, impávidos, desvergonzados» que enrojecían esas páginas.

Pero el uso oportuno, adecuado de la *mala palabra,* a lo Cervantes, es una cosa, y otra, la coprolalia repugnante por gratuita. O por obtener mejor realismo, a través de la adulteración o incomprensión de la realidad.

3. El Chulla Romero y Flores: principales interpretaciones

Casi once años empleó Jorge Icaza en la elaboración de esta novela. En este largo período, el escritor acendró técnicas, castigó el castellano, forjó un nuevo personaje. Pero lo indio había calado muy hondo en su mundo interior y convertídose en el *leitmotiv* de toda su obra. Y volvió a él, por lo menos a medias, en «mama Domitila» y en el «media sangre», el héroe de la novela.

De este acendramiento nos hablan con mayor acierto los lectores —fidedignos destinatarios de la obra—, más que los críticos y los periodistas.

Se quejaba Icaza de los primeros:

> Icaza acusa a la crítica ecuatoriana de que nuestra literatura no sea perfectamente conocida: «Lo que debían haber hecho los críticos es valorar y seguir valorando las obras ecuatorianas de 1930, y ponerlas frente a las de los demás países de América de entonces al momento actual. Es manía —insiste Jorge Icaza— de nuestros críticos gastar su tiempo en alabanzas de los valores extranjeros y, sin embargo, nada han dicho de la dualidad de *El Chulla Romero y Flores* que ha tenido que ser señalada por críticos europeos». [5]

Menospreciaba también a los periodistas, algunos de los cuales suelen escribir

---

[5]   Entrevista concedida a Hernán Vela Sevilla, *El Comercio,* Quito, 5 de noviembre de 1967.

crónicas sobre las obras de los escritores. En otra entrevista, Icaza contesta a la pregunta siguiente:

—¿Utilizó también usted el periodismo, aparte de sus novelas, para la denuncia?

—No, yo nunca he creído en el periodismo; nosotos manteníamos una burla hacia ese medio. Creo que antes y ahora el periodismo es servil. No hay una libertad de prensa sino de empresa. [6]

Viene a continuación unas muestras de cómo el público conformado especialmente por lectores comunes apreció la novela *El Chulla Romero y Flores,* en un primer momento.

Ricardo Descalzi, en *Letras del Ecuador* (N° 111, abril-junio de 1958, Quito), escribió uno de los primeros artículos (si no el primero) sobre esta obra, en el que —como puede verse— no escatima los elogios:

Jorge Icaza, novelista de sangre, acaba de entregarnos una nueva obra, a la que ha puesto por título *El Chulla Romero y Flores.* Si *Huasipungo* fue, como ya lo dije, el girón desgarrado del alma del indio, si en *Cholos* y en *Huairapamushcas* presentó al mestizo con todas sus virtudes y defectos, en *El Chulla Romero y Flores* nos da el personaje típico del habitante de la gran ciudad, una biografía condensada en un ente social que trota las calles de la urbe, que piensa, en su loco afán de supervivencia, con extraña estructura mental y que entre trágico y cómico, esa dualidad que es maestría en Icaza, impregna su paso entre los arrabales, los salones elegantes, su mísero cuartucho y las cuatro desoladas angustias, que representan los muros fríos de una monótona oficina de Gobierno.

El «chulla» es un personaje extraño, que ha surgido de la urgencia material y espiritual en que el tiempo le ha colocado. Quizás tenga toques de similitud con el «compadrito» y el «pechador» porteños, con el «pisco» bogotano, con el «faite» limeño y con el «chulo» español. Sus características son muchas, estriban en las argucias que pone en juego para adaptarse al ambiente en el que vive, en su ansia de ser comprendido y en la derrota, no siempre constante, que su existencia le presenta, y que hace, he aquí su valor, que supere su yo golpeado y aparente entre el mundo que le rodea, lo que su ambición le impulsa: un hombre decente, en medio de una sociedad que tiende a desplazarle. El «chulla», típica estampa quiteña, inclina su frente ante el poderoso, no porque no sienta rebeldía, sino porque sabe que de él depende. Mendiga su amistad, porque esa amistad le hace un personaje de valía, entre los hombres ante los cuales presume, entre las gentes que conocen su íntima pobreza y su mínimo origen. Transcurre orgulloso y despreciativo, autovalorizando su estampa de «gran señor» o apenas de «señor», multiplicando en sus charlas el golpe falta de la suerte, que por un hecho baladí, historia de casi siempre cimentada de pergaminos o de apellidos ilustres venidos a menos, le hubiere condenado

---

[6] Declaración a Hernán Lavín Cerda.

al arroyo. En este choque de vanidad y pobreza, de sueños rotos, de
mentiras y fáciles ejecuciones, es donde se arma la estructura humana del
«chulla» quiteño. Jorge Icaza ha logrado darle el matiz perfecto a este ente,
semibufón, petulante, trágico y pendenciero, sacando a relucir en él el
significado exacto de su contextura intelectual. El «chulla» Romero y Flores
es la herencia justa del señor, en las entrañas de la chola. Es la conjunción
del amo y la mucama, del poderoso desheredado de medios de fortuna, que
deja su simiente en el vientre humilde y fiel de una hija del pueblo, de
próximos o lejanos antecedentes indígenas, sumisa a la voluntad del seductor,
a la aureola enceguecedora, para ella, de un apellido sonoro. El fruto de
esta unión, fruto bastardo, tenía que llevar a cuestas, en un choque inhu-
mano, dos fuerzas vitales, la ambivalencia de dos razas disímiles: el orgullo
y la petulancia de una parte, por el hecho mismo del orgullo y la petulancia,
y la humildad y el temor y la resignación por otro lado, como atributos de
una raza sometida.

Jorge Icaza ha logrado en su planteamiento del alma del «chulla» el
plano justo. Ha fotografiado con detalles, en el clisé del ambiente, la
movida actividad del hombre que anhela ser alguien y la resistencia del
medio para obstruir su camino. Su «chulla» humilde, cuentero, cobarde,
sutil para lograr su objetivo, decidido, seductor, versátil, embaucador y
borracho, timador sin horizonte definido en su vida, lleno de urgencias en
el trajinar cuotidiano, sin mañanas, con la holganza de satisfacer perento-
riamente hoy, por todos los medios, con todos los subterfugios puestos en
juego, sus gustos y necesidades presentes.

Pero al mismo tiempo lleno de otras virtudes: sin villanía ni infamias,
sin abyecciones ni bajezas, sin traiciones ni alevosías, ni siquiera con un
mínimo rasgo de deslealtad. Nada de mordaz, sin ruindad en su alma,
intachable en su rumbo de decencia, tan insubstancial como lo que es, un
hombre más en la masa apretujada de una ciudad, campo de lucha para
flotar y transcurrir. (...)

El Chulla Romero y Flores tiene contextura dramática. El héroe entra
como un turbión en la novela, se emplaza en ella y elabora sus días de
común acuerdo a su manera de ser. Sabe por ejemplo lo que su padre
representó en la sociedad que a él le niega un sitio en su seno, procura
mantener a todo trance la línea de su sangre, ser lo que su apellido
representa, un noble con todos los atributos de su linaje.(...)

Pero su sangre no era enteramente limpia, llevaba la otra consigna: el
complejo de inferioridad que se le hace presente a cada paso de audacia
que intenta dar, ese complejo que hay que vencerlo o al que hay que rendir
su justo homenaje. Este llamado de su sangre materna reflota en cada
circunstancia, porque su voz es telúrica, nace con su tono dolorido desde el
fondo de sus células. Y he aquí cómo de ese encuentro se erige la arquitectura de su trauma: español e indio, señor y criado, amo y esclavo, poderoso
y humilde, valiente, audaz y cobarde. En cada paso, en cada circunstancia,
la llamada dominante de su padre juega un papel de mando, y cuando el

«chulla» fortificado de sangre de su ancestro, se apresta a la decisión por la victoria, sin escrúpulos, ciega e impulsiva, surge en alaridos la voz lastimera de la madre, la india, la mestiza, la chola, y ensombrece su intento, su acción, volviéndole pusilánime, cohibido y derrotista. Su lucha interior es desgarradora, constante, implacable: quiere ser y no lo logra. Dos vertientes convergen en su voluntad, en una lid titánica, y él, el «chulla», no transparenta otra cosa que el juguete de esta contienda de razas, de deseos y fracasos, la bisectriz de este equilibrio de fuerzas fundamentales, la resultante lógica de estos dos extremos convergentes. (...)

La disección de su alma a través de todo el libro logra descubrir esta realidad. El mismo en esencia no es nadie, es apenas un resultado, un fruto que goza del agridulce de estas dos simientes. Y aquí, en este proceso, en esta disección de su espíritu, radica la médula de la novela, el sutil tamiz con el que Icaza transparenta la humana condición de su personaje en dos actividades disímiles y contrapuestas: una, frente al medio hostil y acogedor y otra, en el corazón mismo de su muñeco, que inconsciente de su papel trabaja como un autómata, impulsado por sus instintos, por las raíces que él mismo no logra entenderlas. (...)

El medio en que se desenvuelve la trama es patético. Desde la oficina de Gobierno, rutinaria y hostil, pasando por el salón de la ostentosa familia pudiente, hasta el «conventillo», la casa de vecindad sita en los arrabales, en el barrio sucio, antiestético y maloliente, donde ronda la pobreza, donde las gentes tienen las lágrimas petrificadas, donde el corazón del pueblo vierte lo que es su esencia: bondad y compasión, amistad íntegra y una especie de hermandad entre todos los que se sienten desvalidos. (...)

Aquí resalta la ingenua honradez del «chulla», su loco sentido de empleado pulcro, que no se deja deslumbrar, pese a las artimañas puestas en juego por la dama, trata de combatir y perece, ignorando que su culpa fue desafiar la tramoya invisible de altos parentescos y amistades para él inalcanzables. (...)

En su papel de seductor, el «chulla» llega al capítulo de su aburrimiento, y es ella, la que se estruja a él, para defender su amor, la fe de mujer enamorada, fiel a su corazón, que luego de abandonar una próspera vida legal, junto a su esposo, se da toda entera a quien despertó en su alma el sentido de la pasión, de ese amor que ella no encontró en su hogar. (...)

Y aquí con descarnada y cruel ironía, apunta Icaza un nuevo elemento, en la figura grotesca, llorona, ultrajada del marido engañado. Un harapo humano que pese a todo lo que su honor debía aconsejarle, se humilla, se insolenta, clama y vocifera, ruega y perdona a voces, en su desesperado y tragicómico momento. Ante él, el «chulla» deja escapar parte de su alma servil, acosándole sin piedad, con holgura, refocilándose en la canallada, sucio y desbordado como un hombre del arroyo. (...)

Brillante en el sentido del ambiente, brillante en el estudio de los personajes secundarios que se mueven en él: los guardias encargados de la captura del «chulla» timador, los vecinos agrupados en un sentido de defensa, como si lo hicieran a su clase de gente pobre, la dueña de casa con sus temores de escándalo, su beatitud y el terror a que su patrimonio, «conventillo» de arrabal, sufriera desmedros en su reputación. Y en medio de este multifacético ajedrez de voces, la figura heroica de Rosario, la figura heroica del «chulla» Romero y Flores, luchando en sus momentos, desesperados por encontrar sentido a tanto dolor. (...)

Así es de sagaz y auténtica la pintura del «chulla» que Icaza ha desentrañado de las calles de la ciudad, para exhibirla tal cual es en su esencia, con sus vicios y virtudes, con sus goces y angustias, con su honradez, cuando la honradez no crea necesidades, con el tiempo, cuando la desesperación turba y enloquece... *El Chulla Romero y Flores* marca una nueva etapa de ese rebuscar de matices entre los hombres que forman una ciudad.

Con estas palabras, pues, ensalzaba Ricardo Descalzi la novela de Jorge Icaza, refiriéndose al carácter del protagonista sin preocuparse —por lo menos aparentemente— por la forma y el estilo.

Pero pocos meses después, Galo René Pérez, en el número del 21 de setiembre de *El Comercio,* encomiaba sobre todo la forma —estilo y técnica literaria— de la obra:

Ha cundido ya por entre los intelectuales agremiados en nuestros centros culturales una idea adversa, pero falsa (...) acerca de *El Chulla Romero y Flores.* (...) Quizá por eso me he determinado a leer con mayor atención esta nueva novela de Jorge Icaza. *El Chulla Romero y Flores* trae más de una sorpresa placentera a los lectores que han trajinado ya por otras páginas de Icaza: en primer lugar agrada observar cómo ha mejorado la calidad literaria de la prosa de este autor. Sin que en ningún punto haya disminuido su habitual capacidad narrativa, ni haya sufrido alteración o debilitamiento la vida extraída del ambiente, el idioma que emplea en esta novela no es ya el de un estilista ramplón, acostumbrado a tener en menos las bondades de la forma. Y antes bien, el vocablo comparace aquí con precisión y belleza: la sintaxis es tan ágil como correcta, y tan correcta como armoniosa. Hay apreciable copia de giros; aciertos de imágenes e ideas; en fin, los recursos de aquel que posee experiencia y señorío de estilo, tan arduos de alcanzar, aun para la devoción literaria más constante. *El Chulla Romero y Flores* está escrito en una prosa que ya quisieran algunos de los que ahora hacen fisga del arte de Icaza. (...) Por otra parte, satisface la técnica con que Icaza ha compuesto su novela. No ha necesitado imaginar una fábula impresionante, desmesurada, henchida de truculencia. Tampoco le ha sido menester echar el anzuelo de la escena pornográfica frecuente, eficaz tan sólo para lectores adolescentes y mediocres. Cuando la describe lo hace con sobriedad; y ese signo de lo austero preside también la narración de hechos que suelen reclamar la nota patética, como la fuga, el intento de suicidio y la muerte. (...) *El Chulla Romero y Flores,* la reciente producción de Jorge Icaza, es una novela revolucionaria, para decirlo con más propiedad, es la novela de un revolucionario.

Conforme con lo que es ya tradicional en nuestro país, que la consagración literaria de los escritores ecuatorianos llegue desde afuera, así opinaba en aquel mismo año de 1958 un comentador anónimo de la nueva novela de Icaza:

> En toda la obra del escritor ecuatoriano Jorge Icaza, uno de los más sobresalientes representantes de la novela indigenista americana, el hombre capea a sus anchas, solo o acompañado, aislado o en colectividad, enfrentado siempre con la altanera realidad de cada día y exhibiendo sus más altas aspiraciones o sus más bajos instintos. (...) Y en la última de sus novelas, *El Chulla Romero y Flores,* nos presenta al «chulla», ese hombre de la clase media arruinada que ya no pertenece a ninguna esfera social, pero que no obstante forma parte de un importante grupo humano que trata de superarse mediante las apariencias. (...) Romero y Flores, el principal personaje de esta última novela de Icaza, era un perfecto «chulla» que aprendió a escamotear las urgencias de la vida en diferentes formas: préstamos, empeños, sablazos, complicidad en negocios clandestinos —desfalcos, contrabandos—.
>
> En resumen: otra magnífica obra de Jorge Icaza que viene a recordarnos que su autor es uno de los más recios escritores en lengua española. [7]

Por su parte *El Tiempo,* revista bimestral de Artes y Letras publicada en Lima, había insistido en mayo de 1958 en las cualidades de forma y contenido de esta novela mestiza:

> A los nombres de Alejo Carpentier, M. A. Asturias, Güiraldes, Jorge Luis Borges, José María Arguedas, Pavlevitch y Ciro Alegría, entre otros, habría que situar a Jorge Icaza, autor de fecunda trayectoria —como lo prueban sus seis obras de teatro, sus cuentos y sus novelas, entre ellas *Huasipungo*—, en lugar de honor dentro de la novelística americana. En *El Chulla Romero y Flores* Jorge Icaza aborda con maestría y hondura el complicado problema del mestizaje. (...) Al chulla Romero y Flores, a este ser mediocre, a este títere, que nadie daría «ni un medio por él» le hace alcanzar los caracteres de héroe. (...) Con lenguaje vital, preciso y nervioso, y con diálogos expresivos Jorge Icaza ha tomado una atmósfera de ritmo luminoso y agudo, que compromete al lector para una ávida y gozosa lectura. A. S.

A este encomiástico elogio de la novela viene a añadirse el de Augusto Arias, alto valor lírico en la literatura ecuatoriana que publicó en *Letras del Ecuador* (Nº 115 de abril-junio de 1959) un juicio globalmente favorable, aunque sutilmente matizado:

> Por más que hubieran sufrido algunas modificaciones en el tiempo y en el espacio, los caracteres del «chulla» quiteño perdurarán en lo esencial

---

[7]   *Cuadernos,* París, nº 33, diciembre de 1958.

de sus rasgos, de pintoresca gracia e ingenio dúctil; de auténtico humor, y para que así sea, matizado de melancolía; de atuendo que marcha entre el buen parecer y el modesto ser, y de expresiones al propio tiempo sentenciosas y picantes que parecen salir de la raíz de una experiencia trabajosa y una ciencia innata, en algo semejante al «calembour», pero sobre todo propias y epigramáticas, de chispa irónica o de mordentes finales, que configuran lo que se ha llamado el «cacho» quiteño.

Jorge Icaza, en su última novela *El Chulla Romero y Flores,* que completa su ciclo de relatos serranos, al ocuparse con su acostumbrado realismo de la vida, pasión y destino de su héroe alternativamente rumboso y desvalido, acierta en algunas de las características del «chulla», así como en la tácita representación de las transformaciones que los climas y los años supieron imprimir en su espíritu y en su indumentaria; sin que se altere lo fundamental de su alegre «non curanza» y su especial filosofía de disolver amarguras en donaires y echar al viento cantos retardados y anticipadas canas.

Cabe citar a continuación una serie de críticas y juicios publicados en los años 60 y 70, tanto dentro como fuera del Ecuador, y que permiten formarse una idea acerca de las principales interpretaciones a que dio lugar esta novela, conforme iba transcurriendo el tiempo.

Sergio Núñez, señero escritor ecuatoriano, escribió por ejemplo lo siguiente en el número del 1º de mayo de 1960 del *Diario del Ecuador:*

El Chulla Romero y Flores es toda una novela en lo usual y urgente del término. Una novela que lleva una finalidad; pintar muy al vivo una época que se extiende hasta ahora con un personaje redivivo y palpitante, que se destaca todo él, sin desmentirse un ápice y con un género de consigna por delante: revolver el estercolero de la burocracia, pidiendo sanción y ludibrio para los delincuentes del gran mundo que se han vinculado y aumentado progresivamente con el fin de adueñarse de los fondos públicos. (...) Me declaro, pues, franco y sincero encomiador de esta obra, escrita con valentía, con auxiliares inesperados de experiencia psicológica y con sana y generosa intención. (...) Novela del empleado público o contra el mal empleado público (...) la novela *El Chulla Romero y Flores* de Icaza debe ser considerada como su obra de juventud y pericia magistral.

El eximio poeta ecuatoriano César Dávila Torres justipreciaba así, por su parte, el contenido y estilo de la obra:

Retorno a la picaresca.- *El Chulla Romero y Flores* es la última novela que ha publicado Icaza. (...) El personaje de esta obra se emparienta con los pícaros de la literatura española.

A semejanza del Lazarillo y del Guzmán, Romero y Flores es un desheredado, perdido en un mundo complejo y lleno de problemas y cuestiones sociales y, como ellos, para subsistir recurre a su ingenio, a su innata gracia, a su «viveza». En las páginas de este libro hay una mordaz crítica al actual orden de cosas. El mestizo de la ciudad viene a componer la llamada clase media. Una clase, se ha dicho, que tiene gastos de rica e ingresos de pobre. Este Romero y Flores, creado magistralmente por Icaza es ese personaje que revela nepotismo en cualquier momento y detrás de cualquier esquina.

El estilo de esta novela es castizo y el oficio del novelista ha llegado a la madurez. Sus obras ulteriores serán, a no dudarlo, extraordinarias. [8]

Dejando a un lado la picaresca, un comentarista que firma su opinión con las iniciales L.S.C. publicó su opinión en la revista *Historium* (Nº 252, mayo de 1960) de Buenos Aires:

Novela recia, sin concesiones, con pinturas bravas, con lenguaje sin vergüenzas. Novela de protesta, de configuración social, donde su autor estampa descripciones de la pobreza y la suciedad inverosímil; barrios pobres, gentes y casas desfilan en su cruda realidad; y el ambiente mefítico y corrompido de la administración, de los sabuesos policiales, de la política venal que está detrás de todo. Otro gran libro de Icaza.

También en Venezuela Víctor Salazar publicó estas líneas el 17 de enero de 1961 (en el «Indice Literario» de *El Universal* de Caracas):

He aquí nuevamente a *El Chulla Romero y Flores,* la novela que, según muchos, viene a ser el acierto más acabado en cuanto al estilo inconfundible y propio del novelista Jorge Icaza.

En ella —ha observado Valentín de Pedro— «vemos al autor no sólo en busca de sus personajes, sino de la autenticidad de los mismos. Acaso al hombre americano le ha faltado autenticidad porque faltó la creación literaria que lo mostrara en su verdadero ser, y son los escritores quienes han de ayudarle a adquirir conciencia de sí mismo.

En cualquier obra del escritor ecuatoriano aflora siempre una preocupación constante: el hombre. Es el hombre «gritando rebeldías» frente a un mundo de adversidades. Y es que el destino del artista radica en no volverse de espaldas a la realidad de la vida».

El Chulla Romero y Flores es una novela poblada de acontecimientos dramáticos, patéticos. (...) Es la visión de un paisaje que hiere y nos conduce a las aguas salobres de la angustia. He allí su mejor contenido de grandeza.

De la novela de Icaza surge la figura del hombre americano, dibujado en las sombras del cotidiano vivir, del sufrimiento.

Valiente, desnuda en su verdad lacerante, así es la obra del conocido escritor Jorge Icaza.

En aquel mismo año de 1961, el mexicano Emmanuel Carballo expresaba también una opinión favorable respecto del escritor y de la obra en un artículo

---

[8]   César Dávila Torres, *Ateneo Ecuatoriano*, Quito, nº 11, mayo-abril de 1960.

titulado «Contra la ignorancia sapiencia o el caso de Jorge Icaza» (publicado en el Nº del 3 de diciembre de la revista *Novedades,* de México):

> De *Huasipungo* a esta obra *(El Chulla Romero y Flores)* Icaza ha conquistado y colonizado el mundo artístico. Ya no crea únicamente tipos, va más allá: crea personas, y éstas se remontan a la categoría de símbolos. Ya no es un escritor ecuatoriano, es un escritor universal.

Leemos algo parecido en el Nº 31 de mayo de 1966 del «Indice Literario» de *El Universal* de Caracas:

> Jorge Icaza es uno de los más grandes escritores ecuatorianos y latinoamericanos. (...)
> El chulla Romero y Flores es personaje absorbente, absolutista, único. Es un prototipo: hombre o mujer simbolizando a la clase media hispanoamericana que pretende llegar a un medio social gracias a las apariencias, mintiendo posiciones que no tiene, disfrazando un hombre, presentando en el exterior afeites que cubren la mugre interna, asistiendo a los actos de la sociedad chic para impresionar a amigas, familiares y personajes del gran mundo.
> Icaza en esta obra ha logrado entregarnos uno de los personajes más recios de su novelística, personaje que, enmarcado dentro de un fondo de anarquía, de barbarie y de desorden, enfrentando a la corrupción burocrática, a la opresión y a la miseria, a la arbitrariedad y al desorden, coloca en el extremo del dolor esa sabiduría, ese conocimiento de su realizar interior que es atributo inconfundible de todo héroe existencial.

Es asimismo interesante el prólogo, escrito por G. Plonskaya, para la traducción al ruso de *El Chulla Romero y Flores:*

> Jorge Icaza no escatima pintura en *El Chulla Romero y Flores* para retratar la sociedad de la capital de su tierra ecuatoriana. Con el brillo y la maestría de su talento de relatista recorre los diferentes peldaños de la escala social acompañando a su héroe por las humildes viviendas de los barrios miserables —bodegas, tiendas al por menor, cantinas baratas, guaridas sucias—, por los palacios coloniales de las oficinas públicas. (...)
> Luis Alfonso Romero y Flores, figura central de la novela, en sus relaciones con el medio, lucha por sí y contra sí, formando el contenido básico del libro. (...) Es admirable el conocimiento que tiene Jorge Icaza de las gentes que describe. Posee el don de extraer lo mejor de cada responsabilidad. Es además accesible al arte de expresar mucho en pocas palabras. Quizá por eso, la novela que se halla pletórica de personajes episódicos, no parece heterogénea. (...)

Más cerca de nosotros todavía, Jorge Neptalí Alarcón, en su tesis doctoral titulada *Jorge Icaza y su creación literaria* y defendida en 1970 en la Universidad de New Mexico, enfoca el libro desde un punto de vista más bien político y social:

> *El Chulla Romero y Flores* es, sin lugar a dudas, una novela movida,

como todas las demás de Icaza, por una causa político-social. El novelista se ciñe, en general, al mundo hispanoamericano, y en particular, al del pequeño país andino, el Ecuador.

El Chulla Romero y Flores revela un avance sobre *Huasipungo* y aun sobre otras novelas, en cuanto a la exposición artística de un complejo problema hispanoamericano, mediante la creación de un personaje paradójicamente real y simbólico. La novela como queda dicho, está movida por una inquietud político-social. Tratemos de dilucidarla, evidenciando, desde luego, también sus valores literarios.

La susodicha tesis en su complejidad parece ser la siguiente: el hombre ecuatoriano (americano) es un ser en gestación; sus dos ancestros, el indio y el español, son los dos impulsos, a veces contradictorios, que motivan su conducta. Por su ambivalente realidad psíquico-biológica, es un ser desolado y doblemente acomplejado: creyéndose superior al indio, lo desprecia y lo rehúye; sintiéndose inferior al blanco, trata de identificarse con él. Su intromisión en las esferas del blanco es su tragedia, su encuentro con sí mismo *(sic)*, su salvación y su esperanza.

Pero escuchemos a este propósito al propio Icaza aclarando, en una entrevista concedida a Elena de la Souchere, su criterio acerca del mestizo:

—Una de sus obras, no traducida al francés, *En las calles*, parece precavernos un tanto del «acholamiento».

—El «acholamiento» comporta en la estructura actual una fase de adaptación muy dura. El conflicto transporta al espíritu del «cholo» un desequilibrio trágico. Es aún el hombre que se siente desgarrado entre dos razas de las que desciende. (...) Cada uno de nosotros siente que dos sombras nos rodean, nos impulsan: la del abuelo, el conquistador español, y la de la abuela, la mujer indígena. Es urgente reconciliar estas dos sombras. Lea usted *El Chulla Romero y Flores*.

¿Es verdadera esa aseveración? ¿Logró Icaza en la citada novela reconciliar las «dos sombras»? Creemos, decididamente, que no. Por el contrario, la sombra del aindiamiento persigue a Luis Alfonso Romero y Flores y hace de él un menorválido social. [9]

Terminaré este muestrario de las principales interpretaciones suscitadas por la novela, por la siguiente cita del comentador Francisco Ferrándiz Alborz, quien de nuevo acerca *El Chulla Romero y Flores* a la novela picaresca:

El drama del chulla Romero y Flores es de otro contenido. El escenario ya no es la tierra donde el indio vive su despojo y su hambre, sino la ciudad. Un clima de autenticidad novelística como epopeya de una ciudad típica hispanoamericana. En las calles de la ciudad se desarrolla el drama del hombre que toma conciencia de su personalidad, pero algo le remuerde en la sangre que no acaba de aclarar los impulsos de su auténtica liberación.

---

[9] Huelga decir que esta opinión del autor del presente artículo no se aviene con la letra, ni con el espíritu, del final de *El Chulla Romero y Flores*. - R. Richard.

Hay en el alma del chulla algo así como un lastre que lo arrastra hacia la sombra y a la vez un impulso de ala que lo eleva, pero entre ambos se encuentra el equilibrio que le dé estabilidad humana y social, y vive contradiciéndose, como en un flujo y reflujo de aguas turbias, como una oposición entre su voluntad y su destino.

El chulla Romero y Flores (la *y* es fundamental para su complejo) es una lucha permanente entre el querer y el no poder, y el poder y el no querer. Quiere ser un personaje, pero su pobreza lo delata y no se le concede acceso a los centros de la llamada alta sociedad. Como revancha, desde su puesto de empleado en la oficina fiscal de las rentas del Estado, quiere enderezar el entuerto de tanto pícaro a sueldo, malversadores, inmorales, trepadores de la política, pero se le viene encima el aluvión de los intereses creados, pues uno de los valores convencionales de nuestra sociedad es que el deshonesto no es tal si ocupa un puesto de responsabilidad o representa papel destacado en la ficción política. Denuncia el deshonor de tanto falso personaje, pero únicamente logra ser acosado, perseguido, ofendido, humillado, hasta convertirse en basura humana de su calle. (...)

Los antecendentes, humanos y psicológicos y también literarios, por el realismo y la fuerza del estilo, de este personaje, hay que buscarlos, y podemos hallarlos, en la novela picaresca española *El Lazarillo de Tormes.* Guzmán de Alfarache y el diablo Cojuelo son los progenitores del chulla Romero y Flores. Toda sociedad en fermentación, por desequilibrio de clase, origina estas deformaciones típicas: hombres desorbitados por su desarmonía social con el medio. En el personaje de Icaza vemos la prestancia hispánica y la melancolía mestiza hispanoamericana que se anunció en *El Periquillo Sarniento,* del mexicano José J. de Lizardi («El Pensador Mexicano»), y en los personajes de las *Tradiciones Peruanas,* de Ricardo Palma. Pero además, como tipo desheredado de nuestro tiempo, la ira, el grito, la protesta, la rebeldía. El pícaro español del siglo XVI vivía conforme a su destino en un mundo de predestinaciones teológicas, mientras que el pícaro quiteño del siglo XX rebulle indignado contra unas condiciones de vida que él no ha contribuido a crear y que le impiden afirmar su vida. El español era pústula de una patología social y nacional, el quiteño es una herida que grita rebeldías. [10]

(Aquí terminan, reordenados según criterios cronológicos, genéricos y geográficos, los juicios, tanto españoles como extrajeros, seleccionados y recopilados por *G. A. Jácome:* a pesar de la opinión más bien negativa de este último, todos, por lo esencial, subrayan los innegables aciertos de una novela profundamente mestiza y ya clásica, que ha permitido que suenen más alto la fama de Icaza y la de la literatura hispanoamericana -*R. Richard*)

---

[10]   «Prólogo» a la edición de las *Obras Escogidas* de Jorge Icaza, México, Aguilar, 1961, pág. 59-61. Este mismo texto sirve también de «Prólogo» para las *Obras Selectas de la colección «Biblioteca de Autores Modernos»* de la Editorial Aguilar (*Lecturas Icacianas,* Quito, Su Librería, pág. 102-103).

Cuadro Cronológico Sinóptico

CUADRO CRONOLÓGICO SINÓPTICO

Vida y obras de ICAZA hasta *El chulla Romero y Flores* (1958)	Narrativa ecuatoriana	Grandes fechas nacionales e internacionales
		1895 en Guayaquil, una Asamblea Popular proclama Jefe Supremo al General costeño Eloy Alfaro; éste toma el poder en Quito tras combates, y pronto suprime la tributación indígena; será elegido Presidente constitucional en 1897.
	1900 (Guayaquil) *Pacho Villamar* novela antijesuítica de Roberto Andrade.	
		1901: Creación en Quito de las dos primeras Escuelas Normales (con personal norteamericano).
	1904 (Quito) *A la Costa.* novela sobre el éxodo de Luis A. Martínez.	
1906 nace en Quito Jorge Icaza Coronel, hijo legítimo de don José Antonio Icaza Manso y de doña Carmen Amelia Coronel Pareja.	1906-1907 (Guayaquil) *Rayos catódicos y fuegos fatuos,* artículos costumbristas de José Antonio Campos (*alias* Jack the Ripper), centrados en la vida costeña.	1906: La duodécima Constitución de la República ecuatoriana establece la separación de la Iglesia y del Estado (así como el carácter laico de la enseñanza).
		1908 la Ley de Beneficencia (o de Manos Muertas) permite la expropiación de gran parte de las tierras de las comunidades religiosas del Ecuador; es una ley alfarista.

Vida y obras de ICAZA hasta *El chulla Romero y Flores* (1958)	Narrativa ecuatoriana	Grandes fechas nacionales e internacionales
1909 muere el padre de J. Icaza.	1909 *Novelitas ecuatorianas* (Madrid) de Juan León Mera, con acentos preindigenistas.	
1910 estancia de J. Icaza en la hacienda serrana de un tío materno.		1910: principio del período armado de la Revolución mejicana.
1911 la madre de Icaza se casa en segundas nupcias con don L. A. Peñaherra, de tendencia liberal.		
	1912-1923: publicación en Quito de tres tomos de los *Escritos* de Eugenio Espejo (1747-1795).	1912: guerra civil ecuatoriana; derrota de los alfaristas, y asesinato en Quito de Eloy Alfaro.
	1914 *Serraniegas* (Quito) de Eduardo Mera Iturralde (hijo de J. L. Mera) que critica injusticias de los tenientes políticos serranos, así como la vida disoluta de ciertos curas.	
	1915 *Para matar el gusano*, novela por entregas de José Rafael Bustamante (Quito), que incide en el tema de las relaciones interétnicas en la Sierra.	
	1916 *Egloga trágica*, publicada en Quito por Gonzalo Zaldumbide bajo el seudónimo de R. de Arévalo; novela cuyas ediciones suavizarán el tono antiindigenista, por no decir racista.	
		1917 Revolución rusa. Fin del período armado de la Revolución mejicana.

Vida y obras de ICAZA hasta El chulla Romero y Flores (1958)	Narrativa ecuatoriana	Grandes fechas nacionales e internacionales
1919 Icaza pasa del Colegio San Gabriel de los Jesuitas, al Instituto Nacional (laico) Mejía, en Quito.		1919 *Raza de bronce*, novela preindigenista del boliviano Alcides Arguedas (Buenos Aires).
		1922 matanza en Guayaquil de obreros huelguistas por fuerzas gubernamentales. En Italia, Mussolini toma el poder.
1924 Icaza inicia estudios de medicina en la Universidad de Quito.		
1925-1926 se le mueren el padrastro y la madre.		1925 la Revolución Juliana, dirigida por jóvenes militares nacionalistas, toma el poder en Quito y establece una dictadura ilustrada que dura tres años.
		1926-1927 La Misión Kemmerer reorganiza la Banca, la Hacienda y las Aduanas ecuatorianas.
1927 Icaza inicia estudios de arte dramático en el Conservatorio Nacional de Quito.	1927 *Plata y bronce* de Fernando Chaves, novela indigenista de realismo socioétnico controvertido (Quito).	
	1927 *La mala hora - El enemigo* (Guayaquil), dos cuentos de Leopoldo Benites Vinueza («el enemigo» es, para un indígena, el mestizo biológico).	
1928 Icaza, que representa papeles de galán joven, estrena su primera comedia *El intruso*.		1928 *Siete ensayos de interpretación de la realidad peruana* (Lima), de José Carlos Mariátegui.
		1929 bajo la presidencia de Isidro Ayora, se ratifica la decimotercera Constitución del Ecuador, muy democrática, pero que debilita el poder ejecutivo.

Vida y obras de ICAZA hasta *El chulla Romero y Flores* (1958)	Narrativa ecuatoriana	Grandes fechas nacionales e internacionales
	1930 *Los que se van - Cuentos del cholo i del montuvio*, por Demetrio Aguilera Malta, Joaquín Gallegos Lara y Enrique Gil Gilbert (Guayaquil); colección de cuentos veristas que para muchos inician la «generación de los años 30».	
1932 Icaza trabaja como oficinista en la Pagaduría General de la Provincia del Pichincha (Quito).	1932 *Llegada de todos los trenes del mundo* (Cuenca), cuentos de Alfonso Cuesta y Cuesta, con acentos netamente indigenistas.	1932 guerra civil de «los cuatro días», en Quito.
1933 *Barro de la Sierra*, colección de cuentos (Quito).	1933 *El muelle*, de Alfredo Pareja Diezcanseco, novela sobre el ambiente costeño (Quito). *Camarada* de Humberto Salvador, novela que trata de aunar marxismo y freudismo (Quito).	
1934 *Huasipungo* (Quito); Icaza forma parte de la sociedad de Escritores Revolucionarios Ecuatorianos, con M. A. Carrión, J. de la Cuadra, A. Cuesta y Cuesta, J. Fernández, E. Gallegos Lara, E. Gil Gilbert, Pablo Palacio, A. F. Rojas, H. Salvador, y otros más.	1934 *Los Sangurimas*, novela montuvia de José de la Cuadra (Madrid). 1934 *Novelas del páramo y de la cordillera*, relatos costumbristas e indigenistas de Sergio Núñez (Quito).	1934 José María Velasco Ibarra se posesiona por primera vez de la Presidencia de la República ecuatoriana. 1934 Principio de la Presidencia de Lázaro Cárdenas en Méjico, que llevará a cabo la nacionalización del petróleo, y el relanzamiento de la Reforma Agraria.
1935 *En las calles*, novela (Quito).	1935 *La Beldaca* de A. Pareja Diez-Canseco, novela de ambiente costeño (Santiago de Chile).	
1936 *Flagelo* (teatro) Quito, Imprenta Nacional.		
1936 Icaza se casa con la actriz Marina Moncayo; es Secretario General del Sindicato de Escritores y Artistas del Ecuador.	1936 *Agua*, novela contra los «aguatenientes» de Jorge Fernández (Quito).	

Vida y obras de ICAZA hasta *El chulla Romero y Flores* (1958)	Narrativa ecuatoriana	Grandes fechas nacionales e internacionales

1937 abandona la burocracia para abrir una librería en Quito.
  Cholos, novela (Quito).
  Dirige la revista del Sindicato de Escritores y Artistas del Ecuador.
		1937 Publicación del Código del Trabajo ecuatoriano.

	1939 *Humo en las eras,* cuentos indigenistas de Eduardo Mora Moreno (Loja). 1939 *Relatos de Emmanuel,* novela sobre hijos ilegítimos de E. Gil Gilbert (Guayaquil). 1939 *Noviembre,* novela proletaria de H. Salvador (Quito). 1939 *Tierra de lobos,* relatos indigenistas de S. Núñez (Quito).	1939 Principio de la Segunda Guerra Mundial.
1940 Viaje a México; participa en el Congreso Indigenista de Pátzcuaro.	1940 *El cojo Navarrete* de Enrique Terán, novela cuyo protagonista es un mestizo, y con acentos antialfaristas (Quito); *Sumag Allpa* («Hermosa Tierra») novela indigenista de Gonzalo Humberto Mata (Cuenca).	1940 (abril) Primer Congreso Indigenista Interamericano en Pátzcuaro (Michoacán-México)
		1941 guerra entre Ecuador y Perú; Ecuador pierde la mayor parte de su territorio amazónico; se publican sobre el indio *El mundo es ancho y ajeno,* de Ciro Alegría, y *Yawar Fiesta,* de José María Arguedas, dos novelas indigenistas peruanas que se han vuelto clásicas.
1942 *Media vida deslumbrados,* novela de protagonista mestizo.		

Vida y obras de ICAZA hasta *El chulla Romero y Flores* (1958)	Narrativa ecuatoriana	Grandes fechas nacionales e internacionales
	1943 *Juyungo*, novela de Adalberto Ortiz, sobre prejuicios socioétnicos en la Costa (Buenos Aires).	
1944 Icaza es miembro titular y fundador de la Casa de la Cultura Ecuatoriana de Quito.		1944 Fundación de la Casa de la Cultura Ecuatoriana de Quito. Principio de la segunda presidencia de J. M. Velasco Ibarra. Fundación del periódico *La Tierra*, órgano del Partido Socialista Ecuatoriano.
	1946 *Las cruces sobre el agua*, novela de J. Gallegos Lara, sobre la matanza de Guayaquil de 1922 (Guayaquil); *Las tres ratas*, novela de A. Pareja Diezcanseco, sobre prejuicios socioétnicos en la Costa (Buenos Aires); *Los animales puros*, novela comprometida de Pedro Jorge Vera (Buenos Aires).	
1948 *Huairapamushcas* («Hijos del viento»), novela sobre relaciones interétnicas en la Sierra.		
	1949 *El éxodo de Yangana*, novela de Angel Felicísimo Rojas que critica el latifundismo (Buenos Aires).	
	1951 *Los que viven por sus manos*, novela proletaria de J. Fernández (Santiago de Chile).	1951-1954 Gobierno constitucional progresista del coronel Arbenz Guzmán en Guatemala; la Reforma Agraria que perjudica a la United Fruit Company explica en gran parte la futura intervención armada de Castillo Armas, quien toma el poder en 1954.

Vida y obras de ICAZA hasta *El chulla Romero y Flores* (1958)	Narrativa ecuatoriana	Grandes fechas nacionales e internacionales
1952 *Seis relatos*, todos nuevos, esencialmente de tema indigenista o/y con protagonistas mestizos.		1952 principio en Bolivia del gobierno revolucionario de Paz Extenssoro; nacionalización de las minas de estaño y Reforma Agraria.
	1954 *Cuando los guayacanes florecían*, novela de Nelson Estupiñán Bass, que trata de entender y de superar la oposición Costa-Sierra (Quito).	
	1955 *Trece relatos*, de César Dávila Andrade, que aúnan la angustia metafísica y el indigenismo (Quito).	
1956 viaje a Bolivia.		
1957 viaje al Perú.		
1958 *El chulla Romero y Flores* (Quito).		1958 primera edición en Buenos Aires de la novela *Los ríos profundos*, de J. M. Arguedas.

Cuadro realizado por R. Richard (ciertos datos relacionados con la vida de J. Icaza proceden de unas cuantas notas amablemente suministradas a R. Descalzi por doña Marina Moncayo de Icaza).

IV. LECTURAS DEL TEXTO

GÉNESIS DE UNA REBELDÍA ARRAIGANTE
Renaud Richard

LECTURA INTRATEXTUAL DE
EL CHULLA ROMERO Y FLORES
Antonio Lorente Medina

TEXTURAS, FORMAS Y LENGUAJES
Theodore Alan Sackett

BIBLIOGRAFÍA

GÉNESIS DE UNA REBELDÍA ARRAIGANTE: *EL CHULLA ROMERO Y FLORES*, O DE UNA INESTABILIDAD ESTERILIZANTE A LA «INVENCIÓN» DE UNA AUTENTICIDAD SOLIDARIA

Renaud Richard

I. Un poco de lexicología

Chulla.- Solo. Impar. Hombre o mujer de clase media que trata de superarse por las apariencias.

Esta es la definición inserta por Jorge Icaza en el «Vocabulario» que acompaña a su penúltima novela.

Ahora bien, nada resulta más útil, para adentrarse en la temática de su obra maestra, que una breve cala en la historia de este vocablo. Pues si a todos consta que se aplica en el Ecuador a un tipo característico de la sociedad quiteña, se desconoce muchas veces cuándo, bajo qué forma, en boca de quién y para designar a quién se usó por primera vez (en la acepción indicada) dicho término popular de origen quichua —que significa, en efecto, 'solo', 'impar', en el sentido de 'sin pareja', 'descabalado' [1].

Todos los ecuatorianos cultos, y todos los especialistas, saben de sobra que esta voz sustituyó a la expresión quichua-española original *chullaleva;* ésta a su vez era forma abreviada (por ultracorrección) de *chullalevita*, y quería decir 'el que tiene tan sólo una levita'. Curiosamente, el tipo urbano —especie de advenedizo o de

---

[1]   «*Chulla* es en la agricultura ecuatoriana el animal que trabaja solo en las aradas, por ejemplo en los plantíos de caña, para no quebrarla, cuando está muy alta. (...)

Merece recordarse que la acción de juntar dos labriegos sus *chullas* que están *de non*, es decir sin pareja, es en castellano *acoyuntar* (...)». (Julio Tobar Donoso, *El lenguaje rural en la región interandina del Ecuador —Lo que falta y lo que sobra—*, Quito, Editorial «La Unión Católica», C.A., 1961, p. 97 -b, nº 866).

Véanse también, en este volumen, las páginas 153-154 del estudio de Ricardo Descalzi titulado «Jorge Icaza en el ambiente y argumento de *El chulla Romero y Flores*»; así como las páginas 213-215 del artículo de Gustavo Alfredo Jácome, y la nota 4 del trabajo de Antonio Lorente Medina.

Nótese que el vocablo *chulla* se usa también en Colombia, a propósito de personas «a quienes no se les conoce más que un solo vestido» (Francisco J. Santamaría, *Diccionario general de Americanismos*, Méjico, D. F., Editorial Pedro Robredo, 1942, T. Iº , p. 545 -b); este significado fue precisamente uno de los primeros que tuvo esta palabra en el Quito de finales del siglo XIX. .

esnob— al que así se motejaba había de llamarse finalmente *chulla* a secas en Quito, y *leva* en la ciudad azuaya de Cuenca, por ejemplo. [2]

Lo importante —y menos conocido— es que la forma *chullaleva* nació en el Quito de fines de siglo XIX, donde tenía una connotación netamente despectiva.

Por lo que a la novelística se refiere, *chulla, leva* y *chullaleva* aparecen primero —a propósito de personajes efímeros— en dos obras, publicadas ambas en 1900. Trátase de *La banda negra* de Fidel Alomía, quien, si las emplea anacrónicamente —respecto de figuras del período colonial—, las define de modo harto interesante:

> Las dos palabras, *chulla* y *leva,* son los dos peores insultos que conoce el pueblo quiteño para herir a los jóvenes de medio pelo y aun a los aristocráticos (*sic*) que usan levita.

La otra novela es *Pacho Villamar,* el famoso relato antijesuítico de Roberto Andrade, cuyo «Glosario» aclara así el sentido de la forma compuesta original:

> Chullaleva. Única levita. Pobretón ocioso que las da (*sic*) de elegante. [3]

Sin embargo, fue José Modesto Espinosa, escritor costumbrista miembro del partido conservador, quien explicó por primera vez dicha expresión, con el fin de zaherir a jóvenes liberales de la clase media —como puede verse en uno de sus *Artículos de costumbres* titulado «Hijos de la Reina» (es decir, de la Mentira), que considero como la primera publicación (se remonta cuando menos a 1889) que habla con precisión de los *chullalevas* de la capital ecuatoriana. [4]

Para el conocido político quiteño, en efecto, los *chullalevas* eran jóvenes famélicos y arrogantes, enamoradizos y juerguistas, liberales radicales partidarios de Eloy Alfaro —por tanto, anticlericales y herederos del ideario de la Revolución Fran-

---

[2]   *Leva*, con el sentido de 'levita', es americanismo que no se emplea sólo en Cuba, Colombia y Ecuador, sino también en Guatemala; así es como Miguel Ángel Asturias usa este término en *El señor Presidente:* «Don Juan de la leva cuta, enfundado en su imprescindible leva, menudito, caviloso, respirando a familia burguesa en las prendas de vestir a medio uso que llevaba encima: corbata de plastrón pringada de miltomate, zapatos de charol con los tacones torcidos, puños postizos, pechera móvil y mudable en el tris de la elegancia de gran señor que le daba su sombrero de paja y su sordera de tapia entera». Este retrato recuerda al de ciertos colegas de Luis Alfonso, descritos en la primera secuencia del capítulo introductorio.

Sea lo que fuere, Carlos Rodolfo Tobar Guarderas, en sus excelentes *Consultas al Diccionario de la Lengua* (obra publicada en 1900 por la Imprenta de la Universidad Central de Quito), sólo emplea la forma compuesta *chullaleva* (pp. 158-159).

En su gran novela *Sal,* el polígrafo de la provincia del Azuay, Gonzalo Humberto Mata, emplea la forma plural *levas* a propósito de «burguesitos» de la Cuenca de los años 20, y la define así en su «Glosario»: «LEVAS: (...) hombres que tienen una sola prenda, un traje y que presumen aristocracia criolla». (G. H. Mata, *Sal,* Cuenca —Ecuador—, Editorial Cenit, 1963, p. 273).

[3]   Véanse de Fidel Alomía, *La banda negra* (Quito, Tipografía de la Escuela de Artes y Oficios, 1900, p. 524); y de Roberto Andrade, *Pacho Villamar* (Guayaquil, Imprenta de la Concordia, 1900, p. 229).

[4]   En 1892, José Modesto Espinosa pudo haber sido designado como candidato a la Presidencia de la República ecuatoriana por el Partido Conservador.

Por lo que al texto de «Hijos de la Reina» se refiere, he utilizado la edición propuesta por los Clásicos Ariel en el volumen de las obras J. M. Espinosa titulado *Artículos de costumbres* (Quito-Guayaquil, Ariel sin fecha, n° 52, con una «Introducción» de Hernán Rodríguez Castelo, pp. 152-159).

Esta última obra se publicó por primera vez en el tomo I° de las *Obras Completas del Dr. Dn. J. M. Espinosa. Tomo primero. Artículos de costumbres.* Friburgo de Brisgovia, Herder, 1899.

Como el texto del mencionado artículo se refiere «al *comité* destinado a reclutar maravillas *artísticas* para la exposición universal de 1889» (p. 156 de la edición Ariel), lo redactaría el autor pocos meses, o pocos años antes de dicha Exposición.

cesa—, que ostentaban apellidos tan rimbombantes como llamativa era su indumentaria. Es imprescindible citar algunos pasajes de este artículo tan irónico cuanto despiadado (donde se conservan los subrayados del autor):

—Locomotoras vivientes, pasean por todas partes su humanidad soberana: detiénense en las esquinas para ser admirados por las damiselas que al ruido de los tacones acuden a las ventanas; consumen buenos litros de cerveza entre día, como aperitivo del coñac de después; (...) al anochecer... a las fondas. Cuando por ellas pases y oigas alboroto como pleito de chinos o ladrido de numerosa jauría, ellos son: revueltos los platos, copas, vasos y botellas vacías, dan fiel testimonio del muy regular consumo. (...) Han sonado las doce de la noche... Basta: no podemos acompañar a los *caballeros de la legión de honor* en las restantes horas de la noche. (...)

El chullaleva estudiante principia a las veces su *curso* al propio tiempo que los de filosofía y matemáticas, que para él son *accesorios:* el reloj, o cuando menos su cadena, la varita en la mano, el cigarrillo de papel entre los labios y los albores de la arrogancia en el semblante del rostro, anuncian en el colegio al que en la universidad no permitirá dudar de su casta. (...)

Resueltamente ¡no, señor! quédense ahí los libros. ¿Para qué se hicieron sino para dormir en paz bajo dos dedos de polvo en las bibliotecas?... Y diciendo y haciendo, cuáles van a gozar de las delicias primaverales en la *legión de honor,* cuáles, sin renunciar a los derechos de la *orden,* entran a servir a la patria —¡tan necesitada de sus servicios!— en la *carrera del periodismo,* por supuesto, liberal, independiente, radical, gloriosísimo.

¡Mal año para la jerarquía eclesiástica, de arzobispo abajo y de sacristán arriba! ¡mal año para frailes y monjas, beatos y beatas! Y si el Vicario de Jesucristo no hila muy delgado, ¡mal año para el Vicario de Jesucristo! ¿Cómo no, cuando don César Altocopete, don Napoleón Pavorreal y don Víctor Manuel de Campanillas hacen crujir las prensas de la libertad, del progreso y la gloria? (...) ¡Chullalevas más peregrinos! (...)

Forman la *clase media* los chullalevas más repugnantes y odiosos; (...). Falange hambrienta, cruel y desnaturalizada, y tan insolente y audaz, como desnaturalizada, cruel y famélica. *Chullalevas* en el sentido estricto de la voz, tienen una sola levita perdurable: limpio, por lo regular, el cuello de la camisa que no se ve; cuello de *cauchu,* que aguanta tres meses arreo. (...) Se tropieza con ellos en el despacho de la Policía, en los de los jueces parroquiales, en las oficinas de los escribanos, en el zaguán y los bajos del Palacio de Justicia; ¡y algunas veces descubren la oreja hasta en la puerta del Excmo. Tribunal Supremo! (...)

Estos son los que a prima noche van por calles y portales repartiendo libelos infamatorios (escasos, gracias a Dios) y papeles sediciosos que nadie se atreve a difundir a la luz del sol: éstos los que más tarde ensucian las paredes con letreros infames, fijan inmundos pasquines en las esquinas y recorren la ciudad despedazando faroles y vidrieras, y gritando a las veces con voz aguardentosa: ¡*Viva Alfaro!* [5]

Cuando se sepa que en 1900, o sea a los cinco años de la toma del poder por los alfaristas, Carlos R. Tobar (otro significado conservador) había de escribir del *chullaleva* típico (nuevamente en un retrato satírico) que «se queja del orgullo de los demás y recibe sentado en su oficina a las gentes de importancia que le buscan», se podrá deducir que tras la victoria del partido alfarista, ciertos liberales *chullalevas* ya se habían apoderado de cargos de la administración pública. [6]

Estos dos textos constituyen evidentemente algo más que un simple esbozo del *chulla* icaciano: si se prescinde del elemento político, cabe reparar en que encierran muchos rasgos, actitudes y actividades del joven oficinista Romero y Flores —como la afición a los apellidos peninsulares, el donjuanismo, la vanidad, y hasta la mezcla de susceptibilidad y de jactancia. Falta, con todo, por lo menos a primera vista, un componente primordial de la personalidad de Luis Alfonso, que es la conciencia de su mestizaje biológico o miscegenación.

No obstante, quien lea con atención el ya citado artículo de J. M. Espinosa, se dará cuenta de que el literato conservador presenta indirectamente a los *chullalevas* como jóvenes de origen al menos parcialmente indígena. Si el célebre articulista no se expresó de manera muy clara al respecto, fue sin duda porque «Hijos de la Reina» iba dedicado a «Pepe Tijeras», seudónimo de Juan León Mera, otro conspicuo conservador y, también —ello era conocidísimo en el Ecuador de la época— mestizo biológico; de ahí que cualquier referencia a una ascendencia india de los tan vapuleados *chullalevas* podía herir el amor propio del autor de *La Virgen del Sol* y de *Cumandá* (podía conculcar asimismo los principios del propio J. M. Espinosa).

Sea lo que fuere, éste sólo alude de pasada a tal filiación, por ejemplo, cuando señala que las madres de los *chullalevas* los criaron «en la trastienda de una pulpería», lo que en semejante contexto etnosocial equivale a decir que eran cholos por parte de madre, esto es, ya mestizos biológicos y culturales —acepción popular

---

[5] J. M. Espinosa, «Hijos de la Reina», en: *Artículos de costumbres*, ed. Ariel citada, pp. 157-159.

[6] Carlos R. Tobar, *Consultas al Diccionario...*, ed. cit. p. 159; las primeras líneas dedicadas a la definición del *chullaleva* en este mismo artículo son particularmente interesantes: «Según la etimología del vocablo híbrido quichua-español, *chullaleva* sería sólo el que tuviese una levita; pero según su valor comprensivo, *chullaleva* significa más, mucho más: es el poseedor de un vestuario, con el cual ostenta una riqueza de que carece; es el cualquiera que, gracias a las caricias de la ciega fortuna, se da aires de señor; es el mozo de taller que pretende instalarse como en casa propia en el salón del acaudalado; es el *parvenu* de los franceses, que el español traduce incompletamente con la palabra *advenedizo*; es aquel ente que, sin la preparación necesaria para subir, pretende colocarse en alto y lo que consigue es ponerse en ridículo; es un término medio entre el *futre* y el *pije* de los chilenos; es el *cursi*, pero de nacimiento y de gusto; (...)» (Ibídem, pp. 158-159).

serrana del término *cholo* implícitamente adoptada por Icaza en todas sus novelas—, ya indígenas aculturados. [7]

Tampoco es casualidad si, en el mismo párrafo, José Modesto Espinosa bosqueja a propósito de los *chullalevas* uno de los primeros retratos de los famosos *tinterillos*, verdugos implacables de los indígenas:

> Forman la *clase media* los chullalevas más repugnantes y odiosos; legistas de baja ralea, sus compinches *tinterillos*, algunos amanuenses de abogados liberales, tagarotes, cobradores de créditos por un tanto por ciento... (...) En todas partes polilla de la justicia, patronos de la inmoralidad, azote de la gente sencilla y pobre; vampiros que chupan la sangre a los desvalidos indígenas, enredándolos en litigios eternos, de los cuales los sacan mondos de la coronilla a los pies. [8]

Ahora bien, ¿quién desconoce el refrán ecuatoriano (versión hispanoamericana del español «no hay peor cuña que la de la misma madera»), según el cual «el peor enemigo del indio es el indio disfrazado de blanco»? ¿Y quién ignora que la toma del poder, el 5 de junio de 1895, por los liberales alfaristas, suele llamarse en el Ecuador «la Revolución de los cholos»? [9]

Si es innegable que los elementos más radicales de dicha revolución intentaron mejorar la situación de los indígenas, no cabe duda de que en el origen indoamericano de los liberales *chullalevas* —al que apunta implícitamente el artículo de Espinosa—, y en la saña con la que se cebaban, según este, en «los desvalidos indígenas», está en cierne la actitud de descastado del chulla Romero y Flores —quien se avergüenza del «pecado original» que constituye en su opinión el ser hijo de «una india del servicio doméstico», y desprecia a los demás inquilinos, cholos como él, de mama Encarnita.

Si a esto se añade el que Espinosa nunca habla del padre, sino sólo de la madre del *chullaleva* típico, puede pensarse que lo consideraba un hijo ilegítimo —como

---

[7] J. M. Espinosa, «Hijos de la Reina», en: *Artículos de costumbres*, ed. cit., p. 158.

Entre los muchos y valiosos estudios dedicados al mestizaje cultural del Ecuador, consúltese el libro admirable de los esposos Costales, *Katekil*, (Quito, Instituto Ecuatoriano de Antropología y Geografía, Talleres Gráficos Nacionales, 1957, Llacta n° IV, 322 páginas), y más especialmente el capítulo XI: «Area cultural del cholo y del cutu» (ibídem, pp. 234-284).

Aunque la palabra *cholo* suele designar en la Sierra ecuatoriana a un mestizo biológico (como de amerindia y descendiente de europeos), es obvio que se refiere también en el idioma popular serrano a personas que en su indumentaria, habla, etc., ostentan rasgos impropios de aquéllos a quienes se llama hoy indígenas; así son los personajes cholos de las novelas de Icaza, desde *Huasipungo* (1934) hasta la trilogía *Atrapados* (1972).

[8] J. M. Espinosa, «Hijos de la Reina», en: *Artículos de costumbres*, ed. cit., p. 158.

[9] El aforismo popular figura por ejemplo en la p. 249 de la obra *Katekil* de los esposos Costales, ed. cit.

De sobra se sabe, además, que adversarios del general liberal Eloy Alfaro solían llamarlo despectivamente «el indio Alfaro», o «el cholo Alfaro», véase, por ejemplo, la *Historia del Ecuador* de Alfredo Pareja Diezcanseco, Quito, Ed. Colón, 1962, p. 306.

el protagonista de Icaza, y como la mayoría de los personajes *chullas* plasmados por otros novelistas de su generación. [10]

También es esencial subrayar que la creación, a fines del siglo XIX, de tal expresión híbrida, 'mestiza', a partir de una palabra a todas luces indígena, no era inocente; ya existía, en efecto, en el Quito de los siglos XVIII y XIX, el vocablo *pinganilla*, que servía para designar a los lechuguinos y petimetres de aquella ciudad: la sustitución de este término de conocida etimología castellana, por una forma de tan evidente raíz quichua, no podía sino corresponder al deseo de recordarles a los advenedizos y esnobs liberales de la época su origen popular, plebeyo, vale decir, indígena. [11]

Esta última consideración permite medir la perfecta conformidad —en este punto, por lo menos— entre el perfil socioétnico y psicológico del protagonista icaciano, por una parte, y, por otra, la definición del *chulla* que debemos a la autorizada pluma de los esposos Costales:

> Para nosotros, el chulla, no sólo es un personaje típico de la ciudad de Quito, sino el elemento urbano que hizo posible la delimitación de estratos sociales, en el medio urbano, creando la clase media, especie de amortiguador entre la alta y la baja.
>
> Este suspicaz personaje, ágil, ingenioso, pícaro, sin bienes de fortuna, mestizo por añadidura o noble venido a menos, se infiltró, hábilmente, en los medios sociales más exóticos. Buen conversador, labioso, enamorado, dicharachero, serenista, bolsa de cachos, dueño de cultura de salón, constituyó el hito humano seguro de la movilidad social.
>
> Su papel, así desempeñado, bajo una máscara de supuesta elegancia: buche, leva, chaleco, en las primeras décadas; paletó, sombrero vetijay, botainas, leontina, más tarde; y hoy a lo beatnik, escribió parte de la historia social de las ciudades, sobre todo de Quito. Fue dominio exclusivo de sus aventuras románticas y andanzas nocturnas, tunas de arroz quebrado, en cantinas, reuniones de nobles y señores.
>
> La literatura festiva y picaresca del folclor, lo pintó en la alta como en la baja sociedad. Diríamos que el chulla conservó la tradición quiteña, en barrios y ciudades, igual que el Lazarillo de Tormes o Guzmán de Alfarache.
>
> Pasaron los tiempos, la clase media se definió y quizá tuvo conciencia de su papel frente a otros estratos sociales. Sin embargo su presencia

---

[10]   Es el caso, entre otros muchos, de Lucrecia Caamaño, hija natural abandonada por su padre, en la novela *Noviembre* de Humberto Salvador, Quito, Ed. L. I. Fernández, 1939, p. 18: «Varias veces oyó decir a la gente que en Quito había 'buenos Caamaños' y 'malos Caamaños'. Su padre, por ejemplo, pertenecía a una 'buena familia', era aristócrata y caballero. Ella en cambio, era una 'mala Caamaño', una 'chulla' o chola del bajo pueblo».

[11]   *Pinganilla*, en el sentido de 'lechuguino', 'petimetre', se relaciona por ejemplo con la expresión española «en pinganitos», que significa 'en fortuna próspera o en puestos elevados', y que se deriva del verbo del latín vulgar «pendicare», que sustituyó en la lengua hablada a «pendere»; procedente también de «pendicare» es el sustantivo «pingo», utilizado en la expresión castellana «andar, estar o ir de pingo (...) con que se moteja a las mujeres más aficionadas a visitas y paseos que al recogimiento o a las labores de su casa» (Real Academia Española, *Diccionario de la Lengua castellana*, Madrid, Espasa-Calpe, 1970, p. 1026 - c).

continuó siendo imprescindible y necesaria. Historia viviente de los personajes y sucesos. Todavía, en las noches de farra perfila su figura quiteñísima. El chulla leva de ayer, transformóse en el chulla terno contemporáneo. La casa de empeño, la del chulquero o prestamista suplen sus quincenas. [12]

En el fondo, el chulla Romero y Flores —escribo desde ahora la palabra sin cursiva— es un «mestizo» que tiene, al mismo tiempo, características de «noble venido a menos» por ser hijo bastardo, en una indígena, de un descendiente de españoles que, como el escudero pobre de *La vida de Lazarillo de Tormes,* no podía blasonar sino de su hidalguía.

No obstante, conocidos sociólogos y críticos ecuatorianos, como los propios esposos Costales y Gustavo Alfredo Jácome, consideran que la penúltima novela icaciana no nos brinda fiel retrato del auténtico chulla quiteño —el que estaría exento, por ejemplo de complejos étnicos. [13]

En realidad, semejante opinión evidencia el abismo que media entre el amable pícaro dicharachero, casquivano —tal como asoma en la obra teatral, humorística y graciosa por cierto, pero falta de genialidad de un A. García Muñoz por ejemplo [14]—, y la auténtica creación que anima la novela icaciana: el relato de lo que podría llamarse la conversión, o si prefiere la 'deschullificación' de Luis Alfonso, nos presenta a un protagonista mucho más humano y profundo, en el que alientan fecundas contradicciones, pues ostenta rasgos que lo asemejan tanto al orgulloso escudero como al humilde y oportunista Lazarillo del Anónimo. Además, a partir de su personalidad desequilibrada, esquizofrénica —explicable, sobre todo, por el íntimo conflicto entre la ascendencia indígena de su madre y su origen paterno europeo—, este personaje rebelde 'inventa' una síntesis armonizadora de sus antes encontradas «sombras tutelares», que lo siembra en y para «sus gentes».

Tal protagonista, por la tragedia de su mestizaje biológico y cultural, encarna perfectamente, más allá de cierto costumbrismo miope, aspectos fundamentales de la historia del Ecuador, y de cualquier nación hispanoamericana; tiene por lo tanto evidente dimensión continental.

No puedo concluir este preámbulo sin advertir que otro problema básico del chulla icaciano es el de la imitación: su «tragedia íntima» había consistido durante muchos años, según Icaza, en «candentes rubores por un pecado original donde no intervino, cobardes anhelos de caballero adinerado, estúpidas imitaciones». O sea que el cholo esnob remedaba a quienes tenían más prestigio para él, del mismo

---

[12]   Piedad Peñaherra de Costales y Alfredo Costales Samaniego, *El Quishihuar o el Arbol de Dios,* Quito, I.E.A.G., División de Antropología Social, 1968, T. II°, pp. 138-139.

[13]   Véase de los esposos Costales, ibídem, p. 139: «Alfonso García Muñoz, a través de Don Evaristo Corral y Chancleta, es el autor que en mejor forma retrató la figura moral y física de este personaje, heredero de atributos cayapas y las ilegitimidades de las clases sociales de antaño. Hoy, presenta sus credenciales de astucia y simpatía penetrando a las clases sociales altas. Quien busque un fiel retrato del chulla, lea a García Muñoz y no el Chulla Romero y Flores *(sic)* de Icaza, epitafio literario del verdadero residente, de ancestro Ibero-Cayapa».
Véanse también las páginas 214-215 del artículo de G. A. Jácome.

[14]   Es de notar que don Evaristo Corral y Chancleta tampoco es un chulla típico, en la medida en que está casado; sobre la soltería del chulla, véanse las páginas 153-154 del primer artículo de R. Descalzi adjunto a este volumen.

modo que Don Quijote «propuso de hacerse armar caballero del primero que topase, a imitación de otros muchos que así lo hicieron». [15]

Desde esta perspectiva, el chulla Romero y Flores es otro Don Quijote al que —en medio de muchas referencias al Quito del siglo XX, subrayadas en el primero de los dos artículos de Ricardo Descalzi— también le aqueja la enfermedad de una imitación inauténtica.

Pues bien, si se acepta la definición de la novela que nos propone René Girard: «El novelista hace una pregunta aparentemente baladí: ¿Qué es el esnobismo?» [16], puede afirmarse que la evolución de Luis Alfonso, quien logra superar su condición de cholo esnob 'inventando' una autenticidad existencial que lo hace solidario de su pueblo, dicha trayectoria nos introduce en el meollo de la gran problemática novelesca, y nos deja al propio tiempo a la orilla de la inmersión en lo colectivo, a orillas de la epopeya.

La novela vuelve así a sus orígenes, lo que es eminente característica de las mejores producciones de la corriente nativista y social de la novelística iberoamericana, entre las que la obra maestra icaciana —cuyas dimensiones estéticas y míticas quedan estudiadas en los esclarecedores de Th. A. Sackett y de A. Lorente Medina— merece ocupar un lugar preferente.

II. Tragedia del acholamiento y disfraz ostentoso: la dualidad esterilizante y la organización del espacio ficcional

1. *El chulla icaciano se avergüenza de su ascendencia indígena*

Tras huir del lujoso y concurrido salón de doña Francisca —pues ésta le ha mentado públicamente a la madre—, se pregunta el chulla por qué no encontró nada que replicar; sus dos sombras tutelares le contestan que por la vergüenza que le da el saberse hijo de una india:

> «¡Por tu madre! Ella es la causa de tu viscoso acholamiento de siempre... De tu mirar estúpido... De tus labios temblorosos cuando gentes como yo hurgan en tu pasado... De tus manos de gañán... De tus pómulos salientes... De tu culo verde... No podrás nunca ser un caballero....» fue la respuesta de Majestad y Pobreza.
>
> «Porque viste en ellos la furia y la mala entraña de taita Miguel. De taita Miguel cuando me hacía llorar como si fuera perro manavali... Porque vos también, pájaro tierno, ratoncito perseguido, me desprecias... Mi guagua lindo con algo de diablo blanco...» surgió el grito sordo de mama Domitila. [17]

---

[15]   J. Icaza, *El chulla Romero y Flores*, ed. cit. p. 130, y de Miguel de Cervantes Saavedra, *El ingenioso Hidalgo de la Mancha*, Primera Parte, capítulo 2.

[16]   «Le romancier pose une question d'apparence anodine: 'Qu'est-ce que le snobisme?'», en: *Mensonge romantique et vérité romanesque* de René Girard, París, Grasset, 1961, p. 222.

[17]   J. Icaza, *El chulla...*, ed. cit., p. 21.

Esta es la clave del «desequilibrio íntimo» de Luis Alfonso, de su complejo de inferioridad: salta a la vista, por ejemplo, que las tres secuencias del primer capítulo recalcan la importancia del vaivén automático entre el polo negativo de su personalidad, y el polo compensatorio, 'positivo', hecho de fanfarronería.

Dicha relación causa-efecto aparece muy a las claras en la primera secuencia de la novela, cuando Luis Alfonso se ruboriza al darse cuenta de que va caminando por la acera «con trote de indio»: inmediatamente modera su andar, y se hincha de desprecio vanidoso al pasar ante los corrillos de la Plaza Grande. En la secuencia siguiente, llénase otra vez de «altanero desprecio» cuando un secretario lo trata de «chullita». Del mismo modo, en la tercera y última secuencia del capítulo introductorio, leemos que el chulla suele «ocultar lo rencoroso, lo turbio, lo sentimental, lo fatalista, lo quieto, lo humilde de su madre —india del servicio doméstico—, bajo el disfraz de lo altivo, lo aventurero, lo inteligente, lo pomposo, lo fanático, lo cruel de su padre —señor en desgracia—». [18]

Este automatismo pendular —semejante al de una «marioneta», como subraya el autor— se reitera a menudo a lo largo de la novela [19]; es necesario examinar, por consiguiente, ciertos aspectos esenciales de esa creencia humillante en el «pecado original» de la ascendencia indígena, que contribuyen a producir tal claudicación psicológica.

Así es como la conciencia de su origen materno anda aparejada en el chulla con comportamientos humildes o medrosos, que rozan a veces con el servilismo. Por ejemplo, cuando al tratar de cambiar el cheque falsificado se da cuenta de que no le resulta la rumbosidad altanera de Majestad y Pobreza, añade «—consejo acholado de mama Domitila— una sonrisita de humilde gratitud y la disculpa de la mala suerte de los bancos cerrados a esas horas»; poco después, creyendo haber dado ya con un bobalicón dispuesto a encajar su mentira, le da las gracias «en falsete medroso de 'Dios se lo pague' —presencia inoportuna de mama Domitila». Si le anuncian que lo está buscando la policía, esta noticia despierta «el pánico de mama Domitila en el corazón del mozo». Además, unos días antes, al saberse despedido de la oficina de Investigación Económica, había adoptado ante su jefe una actitud casi implorante, siendo el «juguete de una gana vil de caer de rodillas, suplicando —absurdo de mama Domitila al abrazarse con amor al desprecio de Majestad y Pobreza.» [20]

Todas estas actitudes negativas, que se relacionan explícitamente con su origen indoamericano, explican en parte la primera reacción del chulla cuando Rosario le entera de que está embarazada. Si el joven le dice que rechaza esa paternidad porque no quiere tener un hijo ilegítimo, no es menester leer mucho entre renglones para entender también que, así como menosprecia a su madre india, no desea tener descendencia en una chola, en una mujer desprovista de la «belleza aristocrática

---

[18]   Ibídem, pp. 8-9, 13 y 21.

[19]   La palabra «marioneta», aplicada al comportamiento del protagonista de la novela, asoma ibídem, p. 81 —cuando Luis Alfonso recibe sin previo aviso la visita de un colega, se apresura a poner orden en su habitación, para disimular en parte un desaliño que, según él, lo asemeja a los indios y cholos pobres.

[20]   Ibídem, pp. 92, 94, 97 y 86.

(...) de ojos claros, de pelos rubios, de labios finos» en que se cifra su ideal femenino de cholo esnob. [21]

Por fin, la presencia taladrante, en la conciencia del mozo, de su madre indígena, puede llevarle —cuando ve aireado el secreto de su «pecado original»— a una inhibición que lo convierte en un mero autómata; esto sucede por ejemplo en el momento en que doña Francisca alude al concubinato de Majestad y Pobreza con mama Domitila (antes de invitarle al chulla a que pase al salón, con el alevoso propósito de ponerlo en la picota):

> Por rara intuición de defensa gamonal ella sabía dónde golpeaba, dónde era más neurálgico el rubor del cholerío amayorado. Satisfecha (...) continuó:
> —Venga... Venga al salón. Está todo lo mejorcito de nuestra ciudad— invitó con gracia postiza la mujer (...) guiando al joven que se movía como autómata.[22]

Así y todo, las más de las veces el chulla icaciano logra compensar la conciencia, para él vergonzosa, de su origen indio imitando a los representantes del grupo socioétnico tradicionalmente dominante de su país. De ahí una serie de comportamientos que estriban en las técnicas del disfraz y de la vanidad más cursi.

2. El disfraz ostentoso

Es en efecto el medio más socorrido usado por Luis Alfonso para ocultar la parte indígena de su ser, que desea encubrir no sólo a las miradas ajenas, sino también a las propias.

Es interesante señalar que esta voluntad de disimulación no se limita a los vestidos: tiene componentes lingüísticos y patronímicos, y se expresa igualmente a través del anhelo del chulla de concederse importancia.

Así es como el cholo esnob cuida su pronunciación —cuando se dirige a su jefe de negociado por ejemplo—, en un «afán desmedido y postizo por rasgar las eres y purificar las elles», esto es para despercudir su dicción de rasgos fonéticos quichuas; del mismo modo, subraya las eres de sus dos apellidos peninsulares, con el fin de deslumbrar y de ablandar a su terrible huéspeda —doña Francisca Montes de Paredes. [23]

Esta voluntad de borrar lo indígena, ese apego a lo europeo, se manifiesta más a menudo en la indumentaria, y aparece claramente como una de las conductas más constantes del chulla:

> Por ese tiempo —inspiración de Majestad y Pobreza— modeló su disfraz de caballero usando botainas —prenda extraída de los inviernos londinenses por algún chagra turista para cubrir remiendos y suciedad de medias y

---

[21]   Ibídem, p. 65. Sobre el ideal femenino del chulla, véase ibídem las pp. 28-29.
[22]   Ibídem, p. 18.
[23]   Ibídem, pp. 4 y 17.

zapatos, sombrero de doctor virado y teñido varias veces, y un terno de casimir oscuro a la última moda europea para alejarse de la cotona del indio y del poncho del cholo —milagro de remiendos, plancha y cepillo—.

El episodio de la tienda de disfraces sirve en gran parte para subrayar este aspecto esencial de la idiosincracia del cholo esnob, cuanto más que en esta secuencia Eduardo Contreras asume implícitamente el papel de portavoz del autor —sobre todo, cuando declara a Luis Alfonso que los trajes que alquila son «cáscaras que va dejando la leyenda y la historia, cholito... Para cubrir a medias el vacío angustioso de las gentes que no se hallan en sí. (...) La mayoría piensa que lo importante es el detalle, el paramento, el símbolo».

Y Contreras le propone al cholo esnob el disfraz que le parece más a propósito para saciar su deseo morboso de presumir escondiendo la vergonzosa presencia materna (nótese la corrosiva ironía de Icaza, quien al asociar dos ideas perfectamente antitéticas: la de chulla y la de lo auténtico, exhibe, con tan sólo dos palabras, la impúdica inautenticidad del protagonista):

—A usted le daremos un lord inglés.
—Un lord.
—Auténtico, chullita.

Si se recuerda que esta secuencia termina con la descripción del traje de princesa que alquilará a su vez la «chullita» Rosario para acompañar a Luis Alfonso al baile de las Embajadas, puede deducirse que Icaza introdujo semejante duplicación para hacer hincapié en la importancia de esta temática del disfraz en cuanto componente imprescindible de la personalidad chullesca. [24]

El cholo esnob procura también embozar los rasgos de su ser que lo hacen participar del grupo socioétnico tradicionalmente explotado de la Sierra, revistiendo actitudes teatrales de dominación: éstas pueden ir desde el ya apuntado «desprecio altanero» hasta la voracidad con la que el chulla acepta representar papeles que, en su opinión, le permitirán presumir bajo la mirada ajena. Su insistencia casi obscena en reiterar públicamente que es «el fiscalizador» por ejemplo (adviértase la importancia del artículo definido), es otra muestra reveladora del «deseo enfermizo de ser alguien», de la «obsesión de alto personaje de la justicia» de un hombre que se cree inferior a causa de su conocida y visible ascendencia indígena, y que quiere compensarla calzando el coturno de una superioridad ostentosa. [25]

3. *Dualidad esterilizante y organización del espacio ficcional*

Son las frecuentes oscilaciones del cholo esnob entre la vergüenza más aplanadora y el «más estirado orgullo», lo que engendra su «desequilibrio íntimo» —aspecto

---

[24] Ibídem, pp. 49, 37, 38, y 39.
[25] Ibídem, pp. 18-19.

de su personalidad que recalca Icaza, pues dicha expresión constituye uno de los *leitmotive* que vuelven con mayor regularidad en el texto de la novela. [26]

La especie de cojera existencial que generan suele estancarse en «una lucha íntima, viscosa, trágica» de las «sombras tutelares» del mozo, lucha que lo «desgarra entre en sí y el no de su ancestro» —obligándolo «a fingir, a jugar con su vida sin vivirla»: a causa de este conflicto interior que lo «hunde por costumbre (...) en desesperanza y soledad infecundas», el chulla no tiene la impresión de vivir en cuanto ser individual, personal, sino de representar un papel escrito por otros (las acertadas referencias de A. Lorente Medina y de Th. A. Sackett a los elementos teatrales del libro no precisan matices adicionales).

Por eso lleva Luis Alfonso una «vida vacía», estérilmente ritmada por esos movimientos pendulares que lo suelen hacer pasar de su complejo de inferioridad socioétnico al complejo de superioridad correspondiente. [27]

Ahora bien, es visible —aun cuando la cosa nunca se haya dicho hasta la fecha— que tan frecuentes vaivenes psicológicos tienen una traducción al nivel de la sistemática y muy característica elaboración del espacio novelesco.

En efecto, de las veintidós secuencias que integran los siete capítulos de la obra, sólo una está exenta de oscilaciones entre 'lo de dentro' (habitación, oficina, salón o lo que sea), y 'lo de fuera' (calle, plaza, patio, etc.).

Cuando haya puntualizado que esta única secuencia —la segunda del cuarto capítulo— es la que cierra la larga serie de vueltas hacia atrás, y precede a la reanudación de un flujo temporal globalmente cronológico —iniciado en la primera secuencia del capítulo introductorio—, se habrá entendido la suma importancia de parecida estructuración del espacio ficcional, así como su estrecho vínculo con el problema de la trabajosa 'invención' de una autenticidad existencial —tema clave de toda novela que se precie, según Georges Lukács y René Girard. [28]

Desde este punto de vista, el esquema de las tres secuencias del primer capítulo ofrece una muestra representativa de las alternancias espaciales que impregnan los otros seis (véase el cuadro de la página siguiente).

Está claro ahora que el tema del combate estéril de las dos «sombras tutelares» del protagonista se expresa también a través de los evidentes y repetidos tambaleos que lo hacen oscilar entre un lugar cerrado y un sitio público abierto —o inversamente.

En la medida en que parecida organización antitética, pendular, del espacio ficcional encarna efectivamente la dualidad esterilizante tan característica del cholo esnob, es lógico preguntarse si el tema complementario de la síntesis libertadora, operada por el chulla, de las dos mitades de su ser, tiene a su vez una «traducción» espacial específica.

---

[26]   Véanse a este respecto, ibídem, las páginas 47, 52, 59, 61, y 86, por ejemplo.

[27]   Ibídem, pp. 66, 47, 89, 86 y 88; ni que decir tiene que ciertos motivos asoman varias veces en el libro, como el de la desesperación, que reaparece en la p. 52.

[28]   Véanse, de Georges Lukács, *La théorie du roman*, París, Gonthier, 1963, sobre todo los dos últimos capítulos (IV y V) de la Primera Parte; y, de René Girard, *Mensonge romantique...*, ed. cit, sobre todo los dos primeros capítulos.

Capítulo	Secuencia	Dentro	Fuera
P	1	a) en la oficina (pp. 3 a 8)	
R			b) en la calle (pp. 8-9)
I	2	a) en casa de don Ramiro (pp. 9-14)	
M			b) en la calle (p. 14)
E		c) en la cantina con don Guachicola (pp. 14-15)	
R	3	a) en casa de don Ramiro (pp. 15-21)	
O			b) en la calle (pp. 21-22)

III. **Hacia una dialéctica creadora: los hitos espaciales en el camino de la autenticidad, y el papel de la rebeldía arraigante**

1. *El espacio semiabierto, crisol de la síntesis libertadora*

En ciertos sitios privilegiados de la novela, que participan a la vez de los espacios clausurados y de los lugares abiertos, es donde se va forjando la síntesis libertadora que, a la postre, le permite al chulla conjugar sus dos voces ancestrales.

A este respecto, cuatro de estos espacios, obviamente semiabiertos, llaman particularmente la atención.

El primero es el fascinante gabinete «sin puertas ni vidrios» de la casa de doña Camila, en el que nace el amor sincero entre la chullita Rosario y Luis Alfonso; el lector recuerda que desde su ventana grande, los dos jóvenes pudieron contemplar el «paisaje de la ciudad (...) que despertaba a la caricia de la luz difusa del amanecer —cielo frágil de cristal en azul y rosa tras la silueta negra de la cordillera—.» Pero este lugar sintético —cerrado a la par que abierto— tiene otra característica esencial, pues el autor omnisciente especifica que allí era donde Rosario solía pasar momentos agradables con sus amigas «antes de casarse», es decir, antes de haber sido mancillada, humillada, por un marido bestial. Por tanto, dicho espacio, cualitativamente nuevo en el libro, viene también asociado a dos 'tiempos' sinónimos de ingenuidad o de pureza: el período prematrimonial de Rosario, y el delicado amanecer impresionista que es el telón de fondo del primer beso de los futuros amantes.

Precisamente, el deseo recíproco que así se manifiesta marca un hito capital en la lenta metamorfosis equilibrante del chulla, pues según el texto de la misma secuencia, Rosario seduce involuntariamente a Luis Alfonso porque éste ve en ella «algo de atractivo y familiar, algo que evocaba en el mozo —burla subconsciente— actitudes y rasgos de mama Domitila»; o sea que el joven se enamora de Rosario porque ella se parece a esa madre indígena a la que suele despreciar la otra mitad de su personalidad esquizofrénica... Bien se ve que el complejo de Edipo, lejos de resultar mortífero, como en el cuento «Cachorros», se nos presenta aquí (sabia ironía del autor) como la base del futuro equilibrio psíquico del cholo.

De modo que en el gabinete semiabierto de doña Camila es donde Luis Alfonso inicia, sin saberlo él, la conquista de la síntesis armonizadora de las dos partes encontradas de su ser; allí es donde se perfila, por primera vez en la novela, un 'nosotros' auténtico —preñado de «sinceridad extraña». [29]

El segundo espacio iniciático lo constituyen los patios a los que dan las habitaciones donde viven otros cholos pobres, inquilinos, como el propio chulla, de mama Encarnita. Por ser el lugar en el que suele reunirse el vecindario, estos patios serán el crisol donde se plasme una acendrada solidaridad colectiva, que no sólo asistirá a la compañera del joven, no sólo le permitirá a éste huir de los policías y despojarse de su vistoso «disfraz» de cholo esnob, sino que además lo vestirá con prendas del pueblo —símbolo de su «naciente personalidad»:

> Instintivamente, Romero y Flores trató de incrustarse en las tablas que obstaculizaban su fuga. ¿Quién era capaz de ayudarle? Estaba solo. (...) De pronto sintió que alguien abría a sus espaldas, con sabia cautela, con pulso de socorro, una rendija en la puerta. Alguien que... «No estoy solo», se dijo. Y alentado por la generosa ayuda concibió un atrevido plan. A fuerza de maña y coraje separó un poco a las sombras que le detenían y saltó hacia adelante —entre ellas— echando los brazos hacia atrás. La habilidad y la

---

[29] J. Icaza, *El chulla...*, ed. cit., pp. 30-32. El componente edípico de las relaciones entre el cholo esnob y Rosario asoma también ibídem, p. 65, donde Icaza escribe que cuando Luis Alfonso acepta el embarazo de su amante, se lo dijo «besándole en los labios, en las mejillas, en los ojos —deseo que nunca pudo realizar con su madre— (...)».
Un monólogo interior del joven reitera este aspecto de la temática de la novela: tras oir las advertencias de Rosario incitándole a que huya de los policías, el hombre siente dentro de sí un extraño cariño por su compañera, y le contesta mentalmente: «Te quiero porque recibiste mi deseo de hombre, porque fuiste cómplice para mis prosas de gran señor en los días de miseria y en las noches de inmundos jergones... Porque te pareces a mi madre...» (Ibídem, p. 105).

violencia le permitieron escurrirse de su americana como un misterioso pez que deja la piel en el anzuelo. (...)

—¡Agárrenle!

—¡Corran!

—¡Pronto!

A pesar del número, de la experiencia y de los comentarios de los pesquisas, Romero y Flores logró ganar y entrar en el refugio que misteriosamente descubrió a sus espaldas.

—¿Qué fue, pes? (...)

Alguien que respiraba como fuelle roto cerró desde el interior el generoso escape —llaves, trancas, muebles—, mientras una mano pequeña, áspera —mujer de cocina y fregadero—, apoderándose a tientas del fugitivo le dirigió entre la oscuridad.

—¡Abran, carajo! ¡Somos de la policía! (...)

Antes de atender a la impaciencia de los hombres de la ley, el hombre que respiraba como fuelle roto ordenó en señas a la esposa que indique al fugitivo la trampa de la pared del fondo —bastidor de cáñamo.

—Está mojado. Le voy a prestar...— opinó ella. Y echó sobre los hombros del chulla un saco viejo del marido. Luego alzó una esquina del tabique disfrazado de pared e invitó a Romero y Flores a pasar del otro lado.

Sólo momentos más tarde, tras escabullirse a través del laberinto alternado de cuartos y pasillos que rodea los patios centrales, el joven «se dio cuenta que había perdido el sombrero, el paquete de los encargos de Rosario, que llevaba un saco ajeno sobre los hombros, un saco flojo, sucio».

Y al punto se volvió consciente de su transformación («con la clara visión de estar frente a un espejo de cuerpo entero»), antes de recordar unas cuantas frases pronunciadas por otro cómplice de su huida —en las que asoma explícitamente un 'nosotros' colectivo, solidario:

«(...) Usted está en nuestro juego. Hay algo que nos une, algo más fuerte que nosotros... Los vecinos estarán listos en su favor.» [30]

Así que este otro espacio sintético representado por los patios, pasillos y habitaciones populares abiertas al fugitivo, es el crisol en el que se concreta la revelación de una solidaridad colectiva que, tanto como el episodio amoroso del gabinete, es imprescindible componente de la existencia nueva, de la nueva esencia, de Luis Alfonso.

Por otra parte, la afición de Icaza a los lugares semiabiertos y públicos que son los patios reaparece en el texto, pues otro sitio temáticamente privilegiado es el patio de la casa de prostitución en la que se ganan la vida mujeres públicas como la «Pondosiqui» y la «Capulí»; son elocuentes, a este respecto, las palabras que la dueña del establecimiento le dirige «con devoción maternal» al joven:

Como un muerto te encontramos en el patio. Felizmente habías caído en el lodo, en la basura.

---

[30] Ibídem, pp. 106-107, y 109. Ni que decir tiene que «las sombras» que en la penúltima cita «detenían» al mozo, no se refieren tan sólo a los pesquisas, sino también, simbólicamente, a las dos «sombras ancestrales» que durante tanto tiempo lo han aprisionado...

Este tercer espacio iniciático se nos presenta como una síntesis de los dos precedentes: primero, en él se ejerce una solidaridad popular que le permite al mozo perseguido librarse otra vez de los policías; es de notar además, desde este punto de vista, que dicha solidaridad, lo mismo que en los patios de la casa de alquiler, anda obviamente aparejada con el motivo del intercambio de indumentaria, que al cholo le proporciona por segunda vez una nueva «piel», un nuevo ser.

Pero el episodio de la caída del mozo al patio del burdel nos remite también al encuentro edípico-amoroso del gabinete de doña Camila: no sólo a causa de la «devoción maternal» de la «Bellahilacha» y de las otras mujeres que en aquella ocasión desempeñan un papel protagonista, sino, sobre todo, porque el novelista lo relaciona explícitamente con una vuelta al lodo original —la «mama Pacha»— que siempre le obsesionó. Esta secuencia está colocada, en efecto, bajo el signo de la reconciliación de las dos «sombras tutelares» del mozo, reconciliación que viene asociada a una comunión pagana con la tierra, madre común, 'nosotros' auténtico porque no finge ni engaña:

> El fugitivo (...) ganó de un salto el filo del barranco. Observó con furia de desafío a los hombres que se le acercaban. (...) Estaba dispuesto a arriesgar lo único que tenía, su vida. (...)
> —¡Cuidado!— gritó el chulla sintiendo que también sus voces ancestrales estaban con él. Misteriosamente su rebeldía les había cambiado, les había transformado, fundiéndolas en apoyo al coraje de su libertad para... Majestad y Pobreza, en tono de orden sin dobleces: «¡Salta, carajo! Necesitan gente acoquinada por el temor, por el hambre, por la ignorancia, por la vergüenza de raza esclava, para justificar sus infamias. Necesitan verdugos y víctimas a la vez. Niegan lo que afirman o tratan de afirmar... El futuro... ¡Salta, hijo!» Y mama Domitila, en grito salvaje, cargado de amargas venganzas: «Por la pendiente. Pegado a la peña. Los ojos cerrados. Búrlate de ellos. De sus torturas, de su injusticia, de su poder. No permitas que siempre... Como hicieron con los abuelos de nuestros abuelos... Vos eres otra cosa, guagüitico... Vos eres lo que debes ser... La tierra está suave y lodosa por la tempestad... La tierra es buena... ¡Nuestra mama!»

Sin embargo, en la caída simbólica del chulla al patio lleno de lodo y basura del burdel, hay algo más que una simple síntesis de los otros dos espacios sintéticos que se han estudiado anteriormente. Este episodio se deriva, en efecto, de un elemento capital, que es el desafío a la muerte: «Como un muerto te encontramos en el patio», le dice la «Bellahilacha» a Luis Alfonso; y, de hecho, el joven era consciente, al lanzarse al vacío para escapar a los pesquisas, de que estaba dando un salto que podía ser mortal —y que Icaza, simbólicamente, situó otra vez al amanecer:

> (...) el crepúsculo del alba ahuyentó a los fantasmas. (...) Y antes de que las manos de la autoridad le atrapen, el chulla Romero y Flores, a pesar de sus músculos cansados, a pesar de sus recuerdos y de sus ambiciones, ciego

de furia, exaltada su libertad para vencer aun a costa de la vida, saltó por la pendiente con un carajo al viento. [31]

Esta presencia de la muerte nos introduce en el último espacio semiabierto e iniciático del libro: el cementerio del final, adonde llega, con el cadáver de Rosario, una carroza fúnebre «sin vidrios» —como el gabinete donde se habían besado por primera vez los dos jóvenes. Allí se entierran los restos mortales de la mujer y, con ellos, los complejos de inferioridad y de superioridad del cholo; entonces es cuando éste experimenta un profundo sentimiento de autenticidad solidaria, que lo reconcilia consigo mismo, y, al mismo tiempo, lo hermana con los otros cholos pobres a los que antes despreciaba:

> Tras la carroza —negro esqueleto sin vidrios (...)—, Luis Alfonso notó que los vecinos le acompañaban, le entendían —hombres resignados, mujeres tristes—, con la misma generosidad que le ayudaron la noche que tuvo que huir barajándose entre las tinieblas. Tragándose las lágrimas pensó: «He sido un tonto, un cobarde. ¡Sí! Les desprecié, me repugnaban, me sentía en ellos como una maldición. Hoy me siento de ellos como una esperanza, como algo propio que vuelve».
>
> Dos hombres metieron el cadáver en el nicho, cubrieron el hueco con cemento. «Para siempre. ¡Ella y...! Ella pudriéndose en la tierra, en la oscuridad, en la asfixia. Yo, en cambio —chulla Romero y Flores—, transformándome... En mi corazón, en mi sangre, en mis nervios», se dijo el mozo con profundo dolor. Dolor que rompió definitivamente las ataduras que aprisionaban su libertad, y que llenó con algo auténtico lo que fue su vida vacía: amar y respetar por igual en el recuerdo a sus fantasmas ancestrales y a Rosario, defender a su hijo, interpretar a sus gentes. [32]

Crisoles del 'nosotros' amoroso y del 'nosotros' social que arraigan al héroe en su pueblo, estos sitios semiabiertos no rompen la hermosa 'monotonía' de la elaboración alternada del espacio ficcional: el episodio edípico-amoroso del gabinete se sitúa dentro de un mismo espacio cerrado (el salón de doña Camila); las escenas en los patios de la casa de alquiler o del burdel, por su parte, vienen enmarcadas por acciones o diálogos callejeros; y en cuanto al desenlace en el camposanto, redondea una síntesis de los tres espacios (cerrado, abierto, y semiabierto), pues lo preceden la descripción del velatorio en el cuarto de chulla, así como la evocación de la comitiva que acompaña por las calles al ataúd de Rosario.

Un esquema sencillo —donde sólo se ha tenido cuenta, en las secuencias que los encierran, de los conjuntos de escenas que aquí interesan— basta a resumir este nuevo sistema de alternancias. Muestra, en efecto, que si la introducción de un tercer tipo de lugar enriquece las modalidades de las oscilaciones espaciales, no conculca jamás su principio básico: pasamos simplemente del sistema bipartito que ya conocemos (los vaivenes entre lo cerrado y lo abierto), a una organización ternaria, dialéctica del espacio —en la medida en que aúna lo cerrado, lo abierto y lo semiabierto, como por ejemplo en las escenas finales de la novela:

---

[31] Véanse, ibídem y respectivamente. las páginas siguientes del capítulo VII: 130, 131-132 (que refieren el intercambio de vestidos), y 126.

[32] Ibídem, p. 140.

capítulo	secuencia	dentro	fuera	espacio semiabierto
II	1	salón de doña Camila (pp. 26-29) salón de doña Camila (p. 32)		en el gabinete (pp. 30-32)
VI	2		en la calle (p. 104) en la calle (pp. 112-114)	patios, pasillos y cuartos abiertos al rebelde (pp. 104-112)
VII	2 (final)		pesquisas en la calle (pp. 128-129)	
	3		Víctor Londoño perseguido por las calles (p. 132)	Luis Alfonso en la casa pública (pp. 129-132)
	4	velatorio en el cuarto del chulla (pp. 135-140)	la comitiva en las calles (p. 140)	en el cementerio (pp. 140)

Es evidente, por otra parte, que este nuevo sistema de alternancias espaciales se caracteriza por una progresión sabiamente concertada, pues al predominio de los espacios cerrados (cap. II, sec. 1), sucede el de los espacios abiertos y semiabiertos (cap. II, sec. 2; cap VII, sec. 2-3, y sec. 4).

Ahora bien, tal movimiento de apertura es paralelo a la evolución general de la novela, donde los espacios cerrados, mucho más numerosos en los cuatro primeros capítulos (en los que predomina globalmente la dualidad estéril del protagonista), llegan a equipararse con los espacios abiertos y semiabiertos en los capítulos V y VI, antes de resultar netamente minoritarios en el postrero: todo ocurre como si Icaza hubiese acoplado la temática de la síntesis libertadora de las «voces ancestrales» del cholo, a la victoria del mundo exterior —lo abierto y lo semiabierto— sobre el confinamiento asfixiante, mortífero, del mundo interior cerrado.

Un proceso similar —que hermana asimismo la permanencia y el progreso— asoma en las referencias explícitas del texto a la rebeldía —motor de la metamorfosis existencial del chulla.

2. Ciclo de la rebeldía arraigante y conquista de la responsabilidad individual

El Chulla Romero y Flores es la única novela de Jorge Icaza que reproduce nítidamente el esquema 'circular' de sus cuentos: quiero hablar de los presagios, que si en los relatos cortos anuncian un desenlace trágico, bosquejan en esta novela un final esperanzador —sentando las bases de una osmosis fecunda entre la historia individual y el destino colectivo del protagonista.

Ya desde los dos últimos párrafos del capítulo introductorio, en efecto, asistimos a una reacción rebelde de Luis Alfonso: primero humillado por los sarcasmos de doña Francisca —quien se ha referido con sádica fruición a su bastardía, a su origen indígena, y a la pobreza de su padre—, el cholo, una vez en la calle, se adentra en «la fantasía sedante de la venganza».

Sin embargo, no se había subrayado hasta ahora que este saludable brote de orgullo lleva anejo un recuerdo de juventud que el chulla evoca sobreponiéndose, por primera vez en el libro, a las voces dispares de sus padres— en el mismo momento en que decide vengarse de quienes lo han humillado:

> Denunciaría a los cuatros vientos los errores, las estafas, los fraudes. Estaba armado de transferencias falsificadas, de comprobantes en descubierto. Pero... ¿Dónde? ¿A quién? ¿Cómo? Miró en su torno. Un muchacho flaco, descalzo, golpeaba con sus manos pequeñas en una puerta tachonada de clavos y aldabas. «Donde sea y a quien sea», se dijo el mozo —esquivando hábilmente la intervención de sus sombras— con el mismo coraje que en el colegio pudo castigar al compañero —cucaracha envanecida del cholerío adinerado— que se atrevió a llamarle: «Hijo de perra güiñachishca».

Por tanto, la futura decisión del protagonista de volver por los fueros de lo indígena materno (tanto en sí mismo como en «sus gentes»), su progresiva liberación de «un pecado original donde no intervino», venían doblemente esbozadas en los párrafos finales del primer capítulo. [33]

En esta —todavía inconsciente— 'filosofía del no' late una confusa reivindicación de la responsabilidad personal, el obscuro deseo de ser hijo de sus obras más que de las ajenas.

Dicha conquista de la responsabilidad, que se deriva del apego del joven a su madre india, a la «tierra mama» del capítulo final, va cristalizándose en dos momentos clave.

Primero, cuando Luis Alfonso (que ha dejado a Rosario tras el escándalo nocturno provocado por su marido) decide abandonar el cuchitril donde pensaba pasar la noche para reunirse con su compañera chola:

> El parecido de la vieja en camisa de dormir y chal de lana a los hombros con mama Encarnita despertó en Romero y Flores una especie de raro remordimiento que no le dejó dormir. Tendido junto al chulla poeta miró en su torno. Oscuridad, silencio... Agarró la botella que al acostarse dejó en el suelo. La besó con avidez tratando de ahuyentar las ganas de huir. De huir de sí mismo. De ellas —madre y amante—, que eran lo impuro, lo bastardo en concepto de la sombra de Majestad y Pobreza. Como un ladrón ganó la calle a los pocos minutos.

El «retorno al nido» del cholo viene explícitamente presentado como lo contrario de una huida de sí mismo: se trata de una comunión con la mitad indígena —acaso la más profunda y auténtica— de su personalidad, y de una necesidad de comunicación con una mujer también mestiza que, por existir dentro y fuera del protagonista, por ser su amante y recordarle a su madre, hace que se reconcilia consigo mismo a la par que «se integra al torbellino de los suyos»; él es ellas desde entonces, y se halla enraizado en una familia (los dos últimos entrecomillados remiten a expresiones utilizadas por Icaza en *Cholos* y en *Media vida deslumbrados*, lo que evidencia una vez más la profunda coherencia de su novelística). [34]

El segundo momento clave lo constituyen la aceptación de la paternidad, y la búsqueda consiguiente de un empleo público, que entrañan para el joven una renuncia a su tan querida e irresponsable «volubilidad» —aun cuando un comprensible miedo a un cambio definitivo le haga desear que esto sólo sea pasajero:

> A la noche de ese mismo día, luego de conseguir el dinero vendiendo a precio de remate lo que le dió Rosario, y después de rumiar una serie de proyectos de inusitada seriedad —(...)—, Luis Alfonso se informó —en una tropa de chullitas que mataba las horas pescando desde la esquina más concurrida de la plaza del Teatro Sucre la oportunidad de seguir a una mujer fácil o de enredarse en una borrachera imprevista y sin costo alguno— de la vacante de un empleo en un Ministerio. (...)

---

[33]   Ibídem, pp. 22, 130 y 140.

[34]   Ibídem, p. 62. «Tornan al nido» es el título de la Segunda Parte de *Cholos;* por otra parte, al final de *Media vida deslumbrados*, Serafín Oquendo, luego de aceptar a sus dos hijos (el «aindiado» y el «gringuito») experimenta «el placer de encontrarse reintegrado al torbellino de los suyos».

«(...) Todo por un... Por un hijo adulterino... Por un hijo de puta...» protestó Majestad y Pobreza con indignación que ocultaba el temor de esclavizarse tras de un escritorio. «Guagüitico de Taita Dios. Guagüitico inocente. Acaso nosotros también... Los taitas de nuestros antepasados...», surgió en contrapunto la voz de mama Domitila trenzándose en una lucha íntima, viscosa, trágica, de culpa y penitencia al mismo tiempo, con el estirado orgullo de la sombra tutelar del viejo Romero y Flores —reforzada en la realidad por un coro infinito de frailes, beatas, latifundistas y aspirantes a caballeros—. Pero Luis Alfonso, por algo que no hubiera acertado a precisar de dónde le llegaba en se momento, frenó la angustia que le producía la disputa de sus fantasmas y opinó por su propia cuenta: «Iré, carajo... Bueno... Por una corta temporada... Dos meses... Cinco... Nueve... Para el médico... Después... Que se jodan... ¡Oh!». [35]

Sabemos que después de esta decisión es cuando Luis Alfonso obtiene el empleo en la oficina de Investigación Económica, lo que pone fin a la larga serie de vueltas hacia atrás del relato.

Claro está que, entonces, no ha terminado todavía la evolución del protagonista, al que siguen aquejando sus complejos de inferioridad y de superioridad; no obstante, al sacrificar una parte importante de sí mismo, ha dado un paso esencial que le permitirá llevar adelante su metamorfosis libertadora.

El que su transformación esté aún incompleta se transparenta en la frustrada, pero simbólica tentativa de suicidio de un personaje secundario; en efecto, en la misma secuencia (la segunda del capítulo IV°) en la que le enteran al chulla de que se ha llevado el tan deseado cargo, y él hace sus primeras armas en administración, es donde el «Omoto» (o sea el «Enano») Humberto Toledo se rebela contra la injusta dominación de su jefe, y procura matarse tirándose por una ventana —en un loco pero significativo afán de pasar del mundo de dentro al de afuera, de abandonar la condición de enano humano por la de hombre entero. Parecido flirteo con la muerte ejemplifica el mencionado sacrificio que a nuestro chulla le permite empezar a superar su prehistoria de pelele irrisorio e irresponsable.

Puede afirmarse, en definitiva, que esta primera autoinmolación del chulla le inocula el virus de la «rebeldía incurable» contra la falta de honradez (tanto dentro como fuera de sí mismo), que lo llevará más tarde a dar el salto mortal decisivo tirándose a la tierra maternal del patio de la casa pública: una vez salvada esta prueba 'vital', le será dable acceder plenamente a un vivir auténtico.

3. La «rebeldía incurable», y las «toxinas de la honradez»

Demasiadas veces se ha ignorado el alcance etnohistórico de *El Chulla Romero y Flores*. Bien es verdad que se trata, ante todo, de una novela psicológica que interioriza la temática de las obras más obviamente comprometidas que la prece-

---

[35] J. Icaza, *El chulla...*, p. 66.

dieron; mas su texto no deja por eso de remitirnos a una situación socioétnica
históricamente explicable que suministra la clave de la dualidad esterilizante del
protagonista y, en consecuencia, la de su rebeldía.

Esta clave aparece palmariamente, por ejemplo cuando el chulla entra con su
pareja —disfrazada como él— en el salón del baile de las Embajadas: consciente de
ser un «intruso», acobardado por su «vacío», primero Luis Alfonso tiene miedo;
pero pronto se rehace, pues se percata de que también los demás invitados han
alquilado «las ropas de Contreritas». Además, la voz interior de Majestad y Pobreza
le advierte que todos, al disfrazarse, intentan olvidar su origen indio, y negar la
realidad de la miseria de los indígenas ecuatorianos:

> «¡Adelante, muchacho! ¿Qué es eso? Estás en el secreto de la trampa.
> Todos juegan a lo mismo... (...) ¡Sí! Nadie se atreverá a despertar a mama
> Domitila. Le tengo acogotada, presa, hecha un ovillo con trapos de lujo. ¡No
> existe! Todos tratan de afirmar eso. ¡No somos indios! ¡Nooo! ¡No hay
> esclavos en la selva, en los cerros, en los huasipungos!» Avanzó entonces sin
> temor el mozo (...) [36]

Si la escisión de la personalidad del chulla icaciano se debe a que es consciente
de la dominación de que son víctimas los amerindios de su país, la rebeldía que lo
conducirá a aceptar su origen indio entraña un rechazo de esa explotación humillante, así como de la creencia en la inferioridad congénita que suele acompañarla.
Este aspecto, que tiende a hermanar una rebeldía individual con un movimiento
colectivo de liberación socioeconómica —como ocurre en *Cholos*—, no aparece
explícitamente en la penúltima novela del autor.

Con todo, si Icaza evitó la consabida trampa del realismo socialista, vinculó el
generoso consentimiento del cholo en su ascendencia indígena a una lucha abierta
contra la corrupción y la mentira ajenas, como si la honradez del joven para
consigo mismo necesitase consumarse mediante una dimensión social que rebasara
las fronteras de su nuevo hogar; como si hubiese una inevitable osmosis entre lo de
dentro, y lo de fuera.

En efecto, tras la instauración del amor estable del chulla, y después de que
haya 'reconocido' a su futuro hijo cholo y renunciado por él a su acostumbrada
bohemia, es cuando el todavía flamante oficinista tiene que encargarse de la
fiscalización anual. Pronto mortificado por la esposa del candidato oficial a la
Presidencia de la República, anhela vengarse no sólo de la mujer que pregonó a los
cuatro vientos su condición de cholo bastardo, sino de cuantos, como ella, burlan
la ley.

Este deseo de desenmascarar la falta de honradez se relaciona evidentemente
con la aún ciega adhesión del chulla a la parte indígena de su ser, e impulsa la
metamorfosis niveladora de su personalidad, que lo arraiga en la temporalidad a la
par que instala el relato en la cronología:

> Algo cambió desde entonces en él, algo más profundo que su disfraz de

---
[36] Ibídem, p. 40.

caballero, algo enraizado en el coraje de una naciente personalidad, de un equilibrio íntimo, algo que le aconsejó vengarse de todos aquellos que destaparon a plena luz el secreto de su origen en el salón de doña Francisca. Tanta amargura había fermentado en su alma que, con disciplina increíble, se puso a trabajar por las noches en el informe —una denuncia escalofriante contra el candidato a la Presidencia de la República y su esposa. [37]

Pero esta nueva y definitiva confluencia de la diégesis (o tiempo de la historia) y del tiempo de la novela, por muy significativa que sea, no anda aparejada con una representación simplista, lineal, de la metamorfosis humanizante del cholo esnob. De hecho, las «amargas toxinas de la honradez» originadas por la «naciente personalidad» del chulla, molestan al 'hombre viejo' que en él sobrevive, provocando reacciones de rechazo; así es como el joven acepta un soborno por parte del doctor Juan de los Monteros —un arrendatario de una hacienda del Estado que suele castrar a sus peones indígenas más díscolos. El ex galeno justifica cínicamente su proceder entonando con sorna el estribillo que al mito de la barbarie aborigen opone el de la civilización europea:

—¿Qué más quieren, carajo? Los indios eran atrevidos, rebeldes, cuatreros. Conmigo cambiaron. Por cada res que desaparecía o por cada desplante castraba a un runa. Le sacaba los huevos suavito. ¡Qué operaciones! Al cabo de una año era de verles, daba gusto: gordos, tranquilos. ¿No hablan de mejorar el mestizaje con una buena inmigración? ¿No hablan de tantas pendejadas por el estilo? ¿Entonces qué? ¡Basta! ¡Basta de semen de longo! Y que no me vengan con demandas, con indemnizaciones.

¿Fascinaría a nuestro chulla —que recién empezaba su metamorfosis— la personalidad sádica y burlona del médico metido a latifundista? Sea lo que sea, el cohecho y la aceptación silenciosa de tan inhumana cirugía desdicen totalmente del honrado apego a lo indígena, base y motor de la evolución humanizante del cholo.

Cabe recordar a este propósito, sin embargo, que una mutación humana, cuando es profunda, no es casi nunca uniformemente lineal; de modo que el episodio de las relaciones entre Juan de los Monteros y Luis Alfonso no implica una contradicción antagónica. Por lo contrario, en lo que a la psicología del chulla se refiere, se trata de un episodio verosímil que ilustra simplemente los meandros inevitables de cualquier transformación auténticamente humana. Por eso leemos en las líneas siguientes que, al emborracharse con el dinero 'diabólico' de esta traición, el cholo 'Judas' fue presa otra vez de su inveterado demonio de la disimulación y de la escisión interior:

El diablo de una rara angustia se llevó aquel dinero. El dinero de una descontrolada borrachera —con prostitutas, con amigotes—, donde el chulla pudo ejercitar a grandes voces su altivez de caballero, su ansia morbosa por ocultar lo que tenía de mama Domitila.

---

[37]   Ibídem, p. 77; este trozo se ubica al principio de la tercera secuencia del capítulo IV, donde empieza la segunda mitad del libro —que se ciñe globalmente al tiempo cronológico.

—¡Soy Romero y Flores! ¿Quién me dice que no? ¿Quién, carajo? ¿Quién es el que me jode?

Un poco más tarde, cuando su jefe le comunica su despido, le entra al mozo un «anhelo feroz de rebeldía»; mas este sentimiento, sobre todo destructor, negativo, no le proporciona la base 'positiva' necesaria a cualquier equilibrio duradero. Sabe el chulla que sigue llevando una máscara, bajo la que no se dibujan aún rasgos precisos (su amor a Rosario, por ser una 'solución' sobre todo individual, no le sirve de mucho para solventar los problemas de corrupción e injusticia colectivas que le rodean):

> Se llevó la mano a la cara en afán subconsciente de arrancarse algo. Hubiera preferido beber, ir por calles distintas, gritar.

Por eso, cuando fracasa su último intento de chantaje y logra ganar la calle para escapar a la policía, el chulla se siente devorado por una sed de venganza desmistificadora, pero desgarrado, al mismo tiempo, por sus fantasmas; se siente determinado, pero solo otra vez:

> Al sentirse libre creyó que se elevaba sobre un mundo destrozado para reclamar justicia. ¿A quién? ¿A qué mundo se refería? Siempre vagó solo. ¿Y sus fantasmas? Para desgarrarle entre el sí y el no de su ancestro. Regido por ellos, por ese caos —a ratos maldito, a ratos glorioso— que le obligaba a fingir, a jugar con su vida sin vivirla, había llegado a la exaltación de una venganza devoradora. Era mucho para él, para su disfraz, para sus temores, para sus remordimientos... [38]

¿Qué elementos serán necesarios para que el chulla dé con un equilibrio dinamizante que le permita armonizar las dos mitades de su ser, y acometer las posibilidades de síntesis fecundas que les corresponden en la sociedad circundante?

IV. La experiencia de la solidaridad popular y la presencia de la muerte, parteras de lo auténtico

1. La solidaridad popular

Anónima casi, brindada por los vecinos de los patios, es el primer elemento que 'precipita' (en el sentido químico de la palabra) la metamorfosis del chulla.

Pues a raíz de este episodio —que en su comienzo menciona sugestivamente la «tímida posición uterina» de Luis Alfonso— es cuando se da el nacimiento del nuevo ser, que no se debe tanto a la volatilización del «disfraz» del cholo esnob, como a la ayuda generosa que le presta el vecindario:

> Dominado por la extraña emoción de encontrarse momentáneamente a

---

[38]   Las últimas citas remiten, ibídem, y respectivamente, a las pp. 80-81, 87 y 89.

salvo, Romero y Flores sintió una especie de gratitud melosa. No era el cansancio físico de la fuga, ni era tampoco el miedo a la ley que aullaba a sus espaldas. No. Aspiraba quizás a hermanarse con la gente que tanto había despreciado. Existía nobleza en ellos. Nobleza de complicidad en el pecado que se rebela, en la culpa que nos ata al grupo humano del que procedemos, a la sombra del techo bajo el cual hemos nacido.

Por eso, momentos más tarde, cuando Luis Alfonso, una vez fuera de la casa de los patios, se cree a salvo de sus perseguidores, se siente integrado en una gran familia humana que le permite convertirse en lo que es:

> Se sentía otro. Por primera vez era el que en realidad debía ser: un mozo del vecindario pobre con ganas de unirse a las gentes que le ayudaron —extraño despertar de una fuerza individual y colectiva a la vez. [39]

Esta experiencia de la solidaridad popular se repetirá tres veces.

En un primer momento, durante la misma noche de la persecución, cuando los indios y vagabundos a los que despierta involuntariamente el chulla bajo el «ancho alero de hojas de cinc» (otro lugar semiabierto...), se niegan a revelar a los policías qué rumbo tomó el fugitivo.

Luego en la casa de lenocinio, donde las prostitutas, tras intercambiar los vestidos del chulla con los del putero Víctor Londoño, tampoco delatan al joven —nótese que en este caso, el cambio de ropa desemboca significativamente en un cambio de individuo (Londoño se hace pasar por el chulla para despistar a los pesquisas) que atomiza los vestigios del 'hombre viejo' en Luis Alfonso.

Por fin, se expresa otra vez la solidaridad de los vecinos con ocasión del parto y de la muerte de Rosario: los inquilinos pobres de mama Encarnita ofrecen su presencia física, su comprensión cariñosa, también dinero para pagar al médico y costear el entierro de la mujer. Tan humilde y generosa solidaridad constituye el elemento positivo, potencialmente ubicuo, fiable e inagotable, el fundamento objetivo sobre el cual puede afianzarse la «nueva personalidad» del ex chulla.

En cuanto a Rosario, primera piedra del 'edificio en construcción' que es la metamorfosis de su amante, representa al principio una base más bien subjetiva del equilibrio dinamizante que lo transforma: gracias al amor sincero de esta mujer chola, Luis Alfonso empieza a aceptar su filiación indígena, y se encamina a un vivir auténtico. Pero al final, Rosario, por su muerte y por el hijo que le deja, confiere a la 'conversión' del mozo una profundidad trágica que la vuelve irreversible, y muestra que su trayectoria responsabilizadora era tarea vital.

---

[39]   Ibídem, pp. 105 (donde se menciona la «posición uterina» del mozo), 106-107 y 113.

2. *La presencia de la muerte*

Bien considerado, va impregnando la novela hasta despedir en el desenlace el perfume de su flor negra.

El tema irrumpe por lo menos cinco veces en el texto: vemos que la tentativa de suicidio de la mujer enamorada, desesperada por la fingida frialdad del amante que es Rosario (cap. II, sec. 4), precede a la del «Omoto» Humberto Toledo (cap. IV, sec. 2), así como al 'salto mortal' —aceptación rebelde del morir, vuelta a la tierra madre original de Luis Alfonso (cap. VII, sec. 1); luego se nos presenta la tentación del suicidio que le entra al «Palanqueta» Buenaño —uno de los pesquisas— tras el fracaso de su persecución (cap. VII, sec. 3). Por fin, la muerte de Rosario (cap. VII, sec. 4) viene a cerrar con broche de tragedia el ciclo sombrío iniciado por la joven.

Se ve que Rosario, primero por su voluntad de renunciar a la vida antes que al amor, y finalmente con su muerte de sobreparto, contribuye a empapar el libro de una seriedad tensa y sobria.

Además, en esta muerte simbólicamente adosada a un nacimiento, puede cifrarse la ley de evolución del hombre que es ya Luis Alfonso, y asimismo la de todo ser humano: no hay creación o conquista de un vivir más auténtico que no se nutra de alguna agonía.

V. **A modo de conclusión**

Para terminar esta exposición de la temática explícita de *El Chulla Romero y Flores*, quisiera por lo menos plantear el problema de su representatividad socioétnica.

Jorge Icaza estaba seguro de haber plasmado una proyección pertinente de la psicosociología de los mestizos biológicos y culturales de la Sierra ecuatoriana, así como de la América andina. No es posible discutir aquí la conformidad de esta obra artística —por otra parte, preñada de 'mitemas'— con el perfil psicosociológico de los ecuatorianos que vivían en las ciudades serranas de los años 30, 40 ó 50, por ejemplo.

Baste señalar que la presencia, a lo largo del libro, de americanismos o ecuatorianismos por cierto muy populares, como el verbo «acholarse» —con el sentido de 'avergonzarse'—, o la expresión «piel lavada» —en vez de 'piel clara'—, muestra que una ascendencia indígena puede o pudo vivirse allí como una mancha vergonzosa. De manera que con su análisis fino y despiadado, Icaza sí puso la pluma en una llaga, o sea, en causas importantes del malestar psicosociológico de muchos mestizos biológicos y/o culturales inmersos en ciertas sociedades hispanoamericanos de corte etnocrático.

Recuérdese también que la trayectoria existencial del chulla Romero y Flores se puede comparar con la de personajes similares, creados por compatriotas coetáneos del escritor quiteño, o por otros autores sudamericanos —pienso por ejemplo en la gran novela *Todas las sangres* del peruano José María Arguedas.

Vale decir que sólo la combinación de enfoques estéticos y míticos, de la sociolingüística con la etnohistoria, de la psicosociología y de la literatura comparada, podrá abarcar todas las dimensiones de una obra tan completa y tan compleja como *El Chulla Romero y Flores.*

LECTURA INTRATEXTUAL DE *EL CHULLA ROMERO Y FLORES*

Antonio Lorente Medina

Desde la aparición en 1974 de tres estudios coincidentes sobre la novelística de Jorge Icaza, nadie puede poner en duda ya que el tema central de su novelística es el estudio y caracterización del cholo ecuatoriano, con toda su problemática existencial. [1] Y en efecto, en cuanto se lee su obra narrativa —con excepción de *Huasipungo* y sus cuentos «Sed», «Exodo» y «Barranca Grande»— se observa que a Icaza le obsesiona la interpretación profunda de la sierra ecuatoriana, y del hombre que la habita, como resultado de un violento mestizaje inconcluso. Ello se percibe con claridad en el largo proceso de profundización que Icaza ha llevado a cabo sobre sus personajes cholos, desde su primitivo cuento «Cachorros» hasta el protagonista de *El Chulla Romero y Flores* (1958). Manuel Játiva, protagonista de *En las Calles* (1935); el Guagcho y Alberto Montoya personajes relevantes de *Cholos* (1937); Serafín Oquendo, protagonista de *Media vida deslumbrados* (1942); los mellizos e Isidro Cari mayordomo, en *Huairapamushcas* (1947); Jorge Cardona, protagonista de «El nuevo San Jorge» y Pablo Cañas, [2] personaje clave de «Mama Pacha» (ambos cuentos de la colección *Seis relatos*, 1952), son figuras complementarias entre sí, que redondean el perfil del cholo ecuatoriano y prefiguran —en mayor o menor medida— la figura excepcional del protagonista de *El Chulla Romero y Flores*.

Paralelamente, y en su afán por incorporar los distintos espacios humanos —rural y urbano— del Ecuador andino e incorporarlos al alma de sus personajes, percibimos un compromiso íntimo que impele al quiteño para describir y divulgar las pulsiones que mueven a su gente. Numerosos testimonios podríamos aportar en

---

[1]   Estos estudios son: CORRALES PASCUAL, Manuel, *Jorge Icaza: Frontera del relato ecuatoriano*, Quito, Publicaciones de la Universidad Pontificia Católica, 1974; SACKETT, Theodore Alan, *El arte de la novelística de Jorge Icaza*, Quito, Casa de la Cultura Ecuatoriana, 1974; y VETRANO, Anthony Joseph, *La problemática psicosocial y su correlación lingüística en la obra de Jorge Icaza*, Miami, Ediciones Universal, 1974. Posteriormente yo llegaba a las mismas conclusiones analizando los cuentos de Icaza, en mi libro *La narrativa menor de Jorge Icaza*, Valladolid, Servicio de Publicaciones de la Universidad, 1980.

[2]   En este último, sobre todo, se perciben rasgos que, con mayor profundidad, aparecen después en el protagonista de *El Chulla Romero y Flores*, como ya aclarara en mi libro citado en la nota anterior: «En ambos se da la lucha interior por superar su ancestro y ocultar su origen semi-indio; en ambos su afán de medrar y llegar al «status» social superior; en ambos la oposición frontal y honrada a la minoría en el poder; y por fin, en ambos su caída vertiginosa y la asunción de su carácter mestizo». (p. 202, nota 56).

apoyo de esta afirmación, que excederían con mucho la extensión de este trabajo. Con todo, baste recordar el carácter autobiográfico y testamentario de su última novela, *Atrapados...* (1972), cuyo título mismo se relaciona directamente con la evolución biográfica y psicológica del propio Icaza: *Atrapados, en el juramento* (I), *Atrapados, en la ficción* (II), *Atrapados, en la realidad* (III). [3]

Ahora bien, si hay alguna novela de Icaza donde la problemática del cholo se muestra en toda su intensidad, es la que ahora ocupa nuestra atención. En *El Chulla Romero y Flores* Icaza sistematiza y condensa ideas, motivaciones, reacciones y complejos desperdigados en sus anteriores relatos en la impar figura del «chulla». [4] Corrales Pascual hace hincapié en el carácter distinto y original de esta novela y justifica su estudio separado, en razón del avance alcanzado por Icaza en las técnicas narrativas y, sobre todo, porque «por primera vez» (*sic*) el novelista profundiza en el análisis de un personaje, motivo central de la novela, como indica su propio título. Todo ello es cierto, pero no lo es menos también que a Icaza no le ha interesado nunca el estudio pormenorizado de un personaje, en su faceta psicológica-individual, sino en cuanto representante de un tipo social determinado. Y si bien Luis Alfonso —y su correlato femenino Rosario Santacruz— se nos aparece como una figura problemática y diferenciada por momentos del resto de los personajes de *El Chulla Romero y Flores,* su sentido último trasciende al protagonista por el carácter paradigmático con que Icaza nos lo presenta. Es decir, en *El Chulla Romero y Flores* percibimos un doble plano interpretativo, a través del cual Icaza expone su cosmovisión personal del hombre americano y de las causas motrices que lo originan, de tal forma que en Luis Alfonso encontramos al personaje concreto e individual, sí, pero también y sobre todo al personaje-tipo del «chulla», como la versión ecuatoriana del ser americano, versión que para Icaza es raigalmente mestiza.

Pero no queda reducida a esto la visión que Icaza nos ofrece de la realidad ecuatoriana. El novelista no olvida en ningún momento su compromiso con la realidad externa a la que su novela nos remite. Así, sitúa a su protagonista en una sociedad en la que se superponen las estructuras pre-capitalistas de la colonia y el capitalismo marginal del Ecuador en el mundo moderno, derivado de su condición de subdesarrollo y dependencia económica. Con ello Icaza muestra las motivaciones profundas que mueven los actos de Luis Alfonso en un sistema de valores concretos, históricamente hablando, en el que las leyes republicanas carecen de funcionalidad, pues son anuladas por la impunidad de la clase dirigente, mezcla de «aristocracia

---

[3]   Buenos Aires, Editorial Losada, 1972. Un estudio interesante sobre esta novela es el artículo de VARELA JÁCOME, Benito, «El último testimonio novelístico de Jorge Icaza», en *ALH,* VI-7, 1978, pp. 305-329.

[4]   El acierto en la elección del vocablo es innegable. Ya el *Diccionario RAE* lo recoge como ecuatorianismo y, en efecto, es un término de origen quechua («chulla»), y significa «Imparidad, carácter de impar. Impar, que es indivisible para constituir dos cosas iguales; solo, único, sin pareja...» (LIRA, Jorge A.: *Diccionario Kechuwa-español* Universidad Nacional de Tucumán, 1944). Es conveniente subrayar la ambigüedad del vocablo, que puede significar tanto falto de una de sus partes constitutivas, y por extensión, inestable, como «único, irrepetible», lo que incide en el carácter «redentorista» y «heroico» del protagonista. Como vemos, el nombre encierra una gran riqueza simbólica, riqueza que se hará evidente en nuestro análisis de *El Chulla Romero y Flores.*

de la tierra» y de «aristocracia del dinero». En este mundo, en el que la «limpieza de sangre», las «prosas de gamonal», y los apellidos hispanos [5] imponen su autoridad sobre la Constitución y las leyes que de ella emanan, y al que se puede ascender a través de «una boda honrosa», los personajes viven una continua farsa por «parecerse a». Icaza satiriza con la caricatura —el guiñol y el esperpento son dos medios de llevarla a cabo— la alienación y la inautenticidad en que se instalan todos sus personajes. Y se vale para ello de la dramática vida del protagonista. A través del doble proceso iniciático de Luis Alfonso —amor hacia Rosario y autenticidad consigo mismo—, desenmascara a una sociedad de cuyos valores participan en principio el protagonista y su amada. De ahí las enormes connotaciones que el significado del vocablo «chulla», puede adquirir en la novela, y de ahí que haya que interpretarla en su doble plano individual-colectivo, como hemos afirmado anteriormente.

Pero, ¿cómo nos transmite Icaza este mensaje? O dicho de otro modo, ¿cómo estructura los diferentes mecanismos narrativos para trascender los complejos individuales del protagonista a un plano simbólico general? Ya Theodore A. Sackett, en su libro *El arte en la novelística de Jorge Icaza,* analizaba tres grupos simbólicos que incidían en *El Chulla Romero y Flores:* «el pecado original del cholo, su origen indio»; «los disfraces y sueños del cholerío»; y «el infernalismo» del mundo del cholo, compuesto de la ciudad como espacio opresor, la burocracia como arma de sujeción y el poder diabólico de doña Francisca de Paredes. Son éstos temas recurrentes en la narrativa de Jorge Icaza, que ya hemos desarrollado suficientemente en un trabajo anterior, y sobre los que no quisiéramos insistir ahora. Lo que no tuvo en cuenta Sackett en su considerable estudio, y nos interesa aclarar en estos momentos, es que Icaza se plantea la novela en unas coordenadas mítico-simbólicas [6] para interpretar al protagonista en su vertiente psico-socio-racial, para desenmascarar la sociedad en que se desenvuelve y para ofrecer su propia solución. Digámoslo sin más rodeo: en la composición de *El Chulla Romero y Flores* subyace una estructura

---

[5]   Todos los personajes con poder o con aspiraciones de poder, desde el candidato a la Presidencia de la República don Ramiro Paredes y Nieto, y su esposa (doña Francisa Montes y Ayala), hasta el propio protagonista alardean de sus apellidos de rancio abolengo hispano con los que apabullan a los demás. El director-Jefe se llama don Ernesto Morejón Galindo; la amada del «chulla», Rosario Santacruz; el doctor-latifundista, Juan de los Monteros; los comerciantes, don Julio Batista y don Aurelio Cifuentes. Incluso los chullas oficinistas tienen apellidos hispanos: Gerardo Proaño, Timoleón López, don Jorge Pavón Santos, don Pedro Castellanos, etc.

[6]   No es ésta la primera vez que usa Icaza de simbolismo mítico-religioso para la composición narrativa de sus relatos. Ya Ferrándiz Alborz, en su prólogo a *Obras escogidas* de Icaza (México, Edit. Aguilar, 1961) llamaba la atención sobre el título de su primera colección de cuentos, *Barro de la sierra* (1933). Y yo mismo lo he explicado (véase mi libro citado en nota 1ª) en los análisis de «Exodo-A» (pp. 108-123), «Barranca Grande» (pp. 173-187), «Mama Pacha» (pp. 187-204) y, sobre todo, «El nuevo San Jorge» (pp. 204-226), en el que subyace una estructura mítica del protagonista, que puede considerarse precedente de *El Chulla Romero y Flores.*

mítica centrada en «*la aventura del héroe*», [7] que la vertebra funcionalmente y condiciona su desenlace. Desde esta perspectiva, la figura de Luis Alfonso se agranda, y su relación problemática con el mundo que lo rodea y consigo mismo se llena de sentido.

Individualmente Luis Alfonso es un adulto con unos perfiles de inestabilidad psicológica —derivados de su origen— que lo aproximan a las características del héroe adolescente. Sin embargo, durante mucho tiempo ha perseguido con ahínco un lugar de preferencia en la sociedad ecuatoriana. Sus actuaciones, por tanto, vienen pautadas por esta doble motivación que hace al protagonista más complejo a nuestros ojos; desgarrado siempre por la vergüenza que supone su «pecado original» y por sus voces interiores en conflicto, triunfadora unas veces la una, otras veces la otra, pero nunca armonizadas:

«¡Por tu madre!. Ella es la causa de tu viscoso acholamiento de siempre. De tu mirar estúpido... De tus labios temblorosos cuando gentes como yo hurgan en tu pasado. De tus manos de gañán... De tus pómulos salientes... De tu culo verde... No podrás nunca ser un caballero...» fue la respuesta de Majestad y Pobreza.

«Porque viste en ellos la furia y la mala entraña de taita Miguel. De taita Miguel cuando me hacía llorar como si fuera perro manavali... Porque vos también, pájaro tierno, ratoncito perseguido, me desprecias... Mi guagua lindo con algo de diablo blanco...» surgió el grito sordo de mama Domitila.

Aquel diálogo que le acompañaba desde niño, irreconciliable, paradójico —presencia clara, definida, perenne de voces e impulsos—, que le hundía en la desesperación y en la soledad del proscrito de dos razas inconformes, de un hogar ilegal, de un pueblo que venera lo que odia y esconde lo que ama, arrastró al chulla por la fantasía sedante de la venganza. [8]

El párrafo, aunque largo, resulta paradigmático para percibir en toda su magnitud la dimensión trágica de la vida del «chulla» y su potencial carga simbólica-redentora, y, simultáneamente, para ver con nitidez el punto de partida desde el que se instala Icaza para el desarrollo narrativo del *El Chulla Romero y Flores*, a través de la clara intromisión del narrador, (en este caso concreto, vocero de sus propias ideas).

Esto supuesto, trataremos de analizar los mitemas que aparecen en *El Chulla Romero y Flores* y su manera de estructurarse orgánicamente para ratificar la anterior afirmación, en torno a la estructura mítica de la aventura del héroe (Luis Alfonso) como conformadora de esta novela, teniendo presente, al menos, que en

[7]   Aunque el libro de CAMPBELL, Joseph, *El héroe de las mil caras. Psicoanálisis del mito*, México, FCE, 1959 sea útil, me guío fundamentalmente por el libro de VILLEGAS, Juan, *La estructura mítica del héroe*, Barcelona, Planeta, 1973. De él obtengo el concepto de mitema («unidad mínima constitutiva de una estructura mítica» p. 53); el de estructura mítica (como esas conformaciones anteriores al sistema en que se actualizan y se ordenan diversos mitemas para la configuración de una obra literaria determinada. Las estructuras míticas no agotan, por tanto, su vigencia, porque se originaron y se manifestaron en los albores de una cultura dada, pudiendo reactualizarse de diversos modos, y en forma continuada); e incluso el esquema que utilizo en el análisis de la novela.

[8]   Véase el texto de la presente edición de *El Chulla Romero y Flores*, p. 21.

todo proceso iniciático se pueden distinguir tres fases (pre-iniciatoria, iniciatoria y post-iniciatoria); que cada una de ellas tiene un sistema «mítico» bastante rígido, derivado de ser una nueva actualización de la estructura mítica que le sirve de soporte y es capaz de tolerar todas las actualizaciones posibles —porque su origen se remonta a situaciones primitivas que hicieron posible su manifestación en una determinada cultura; y que su plasmación, en el discurso narrativo, resulta esencial para la clarificación de los contenidos ideológicos insertos en cualquier novela.

I. La vida que se abandona

El Chulla Romero y Flores no presenta una narración lineal, aunque tampoco posee grandes innovaciones técnicas que obstaculicen su comprensión. [9] Desde su comienzo —*in medias res*— Jorge Icaza ha tenido un cuidado exquisito en situar claramente al narrador por encima de sus personajes y lo ha utilizado para la introducción de sus propios pensamientos en el discurso narrativo. [10]De manera indirecta el autor se nos presenta, ya inicialmente, enfrentado al universo narrativo en el que se desarrolla la aventura «mítica» de Luis Alfonso, y lo ha calificado *ab initio* de falso, inauténtico, teatralizado [11] y basado en un sistema de valores que se sustenta en la impunidad y en la alienación.

Y en estas coordenadas tiene lugar la presentación de Luis Alfonso y de todos los personajes que pueblan la novela. Pero centrémonos en el análisis del protagonista, punto esencial de nuestro estudio.

Luis Alfonso, antes de su experiencia trascendental que le hace transformarse en redentor de sí mismo, ha tenido un largo proceso de aprendizaje, caracterizado por el engaño de su propia personalidad, por la inautenticidad y el esbirrismo. [12] A través de éste ha pretendido denonadamente incorporarse a la «alta sociedad» ecuatoriana y ha aprendido a «escamotear las urgencias de la vida en diferentes

---

[9]   Externamente *El chulla Romero y Flores* se encuentra dividida en siete capítulos, subdivididos a su vez de forma episódica (lo que incide en el carácter épico de la misma). El origen cronológico del tiempo de aventura narrado se halla repartido en una larga asincronía que ocupa los capítulos III$^{\underline{o}}$, II$^{\underline{o}}$ y parte del IV$^{\underline{o}}$, para continuarse en linealidad cronológica (o simultaneidad) en el capítulo I$^{\underline{o}}$ y restantes.

[10]   Unos de los recursos usuales de Jorge Icaza es la intromisión del narrador a través del paréntesis, como ya fuera subrayado por Corrales Pascual y por mí mismo en los libros citados en la nota n$^{\underline{o}}$ 1, por lo que me parece ocioso insistir ahora en ello.

[11]   Lo teatral *stricto sensu*, tiene un gran peso específico en la novela. Ello se percibe desde el capítulo I, en el que se puede observar: lo teatral-guiñolesco en la presentación de los personajes; lo teatral de los diálogos y monólogos interiores, que constituye uno de los mayores aciertos poéticos en *El chulla Romero y Flores*. Al margen de ello, aunque estrechamente relacionado, es curioso anotar las numerosas referencias que el narrador hace a lo cómico o teatral de muchas de las situaciones descritas, o la enorme frecuencia que incide satíricamente en «el disfraz dramático» de muchos de los personajes. Como simples indicaciones, aconsejo al lector las anotaciones de las pp. 26, 32, 35-39 (escenario: casa de alquileres de trajes); 45, 48, 52, 66-74 (la obtención del empleo); 78-80, 81, 83, 88 (chantaje); y 132 (el cambio de «perseguido» por Víctor Londoño).

[12]   «(...) y mucho antes de enrolarse en la burocracia, Romero y Flores aprendió a escamotear las urgencias de la vida en diferentes formas: préstamos, empeños, sablazos, bohemia de alcahuetería a la juventud latifundista, complicidad de negocios clandestinos —desfalcos, contrabandos—. Por ese tiempo —inspiración de Majestad y Pobreza— modeló su disfraz de caballero (...)» (p. 49).

formas». Paralelamente, y por inspiración de la voz íntima de su conciencia que representa a su padre, Majestad y Pobreza (en detrimento de la otra voz), ha logrado «disfrazarse» de caballero y pertrecharse, así, de las armas necesarias para conseguir su anhelo final y ahogar su origen semi-indio, cuyo estigma lo persigue desde sus orígenes. El narrador completa esta sucinta y desgarrada biografía del protagonista con la presentación del marco vital donde se desenvuelve la «lucha por la vida» del mismo. Son los abigarrados y heterogéneos suburbios quiteños —avanzadas del campo en la ciudad—, de importancia excepcional para comprender las pulsiones que movilizan a Luis Alfonso en su doble vertiente individual y socio-racial, ya que en ellos ha madurado y afilado sus armas. La casa donde «aterriza» por fin

> (...) exhibía hacia la calle un rostro de muros hidrópicos, de estrechas ventanas de reja, de amplios aleros de carrizo, de puerta exterior con postigo tachonado por aldabas y clavos herrumbrosos —mestizaje de choza, convento y cuartel—.

El narrador ha descrito el escenario que acoge a Luis Alfonso y conoce su «secreto» como un hervidero animado en el que objetos y personas se funden al compás cotidiano de la naturaleza que los envuelve. El resultado ha sido la elaboración de un mundo novelesco en el que lo físico y lo humano se interpenetran y adquieren un mismo nivel de significación. De ahí que todas las mañanas el sol evapore simultáneamente «los desagües semiabiertos», «las ropas puestas a sacar» y «los chismes del cholerío» o las «disputas ingenuas» de sus muchachos; y que todas las tardes la lluvia enlode por igual los «rincones», las «goteras» y las «junturas de la pena sin palabras», donde se esconden «el anhelo, la vergüenza, el odio, la bondad y los fracasos» de sus moradores, un conjunto abigarrado de gentes que van

> (...) desde el indio guangudo —cholo por el ambiente y las costumbres impuestas— hasta el señor de oficina —pequeño empleado público—, pasando por una tropa de gentes del servicio doméstico —cocineras, planchadoras y lavanderas de follones, con o sin zapatos, casadas o amancebadas—, por artesanos remendones, por guarichas —de soldado, de cabo, de sargento—, por hembras de tuna y flete, por obreros sin destino fijo, por familias de baja renta y crecidas pretensiones.

No se detiene Icaza en describirnos el largo proceso vivencial que ha llevado a Luis Alfonso a la situación que hemos comentado un poco más arriba. Todas sus actuaciones las ha resumido en dos o tres enumeraciones iterativas. [13] Tan sólo ha resaltado dos hitos importantes en el período pre-iniciático: la llegada de Luis Alfonso a la casa de mama Encarnita y su encuentro con Rosario Santacruz, *alter ego* femenino del chulla. Ambos sirven para ahondar en los rasgos psicosociales que caracterizan al chulla, haciéndolos extensivos al resto de los personajes (mama

---

[13]   Es otro recurso frecuente en Icaza, como ya señalara en mi libro (1980, p. 81), que establece una relación de frecuencia entre la narración y las acciones a que ésta hace referencia, contando el narrador una sola vez lo que ha sucedido en el tiempo real de la aventura numerosas veces.

Encarnita, doña Victoria, doña Camila y sus hijas), y para subrayar el amargo remordimiento del protagonista tras sus «teatralizadas» actuaciones. Pero el segundo, además, es de excepcional importancia en el desarrollo de la novela, ya que cataliza los futuros deseos de Luis Alfonso y condiciona su determinación final.

Rehúso comentar ahora la vida de Rosario antes de conocer al «chulla». Tampoco quiero subrayar que su sistema de valores, basado en la moral convencional católica en lo que respecta a las mujeres, resulta complementario del de Luis Alfonso, aunque convenga tenerlo en cuenta. Ni siquiera incidiré en el evidente paralelismo que presentan las biografías de uno y otra antes del encuentro de ambos, paralelismo que tiene su reflejo en la forma de iniciarse los capítulos IIº y IIIº. [14] Lo que importa señalar aquí, para la hipótesis que formulamos con anterioridad —la estructura mítica de *El chulla Romero y Flores*—, es que en este encuentro, en que se inician paralelamente la conquista de Rosario y el enamoramiento del protagonista, podemos percibir ya algunos de los mitemas que constituyen la estructura mítica de la aventura del héroe, como son el *despertador*, el *viaje*, el *cruce del umbral*, la *experiencia de la muerte*, el *encuentro*, el *llamado* y la *experiencia de la noche*. Más adelante se darán con más nitidez y englobados en un sistema más amplio, pero aquí aparecen por vez primera constituyendo, por sí mismos, una pequeña réplica de la estructura general.

Analicémoslos con detenimiento. Luis Alfonso irrumpe sin ser invitado en la fiesta que doña Camila ofrece a sus amistades para celebrar el santo de una de sus hijas y propiciar con ello un posible matrimonio ventajoso, adelantando pomposamente su apellido «de estirpe gamonal», consciente de los efectos que produce entre «aquellas gentes afanosas por ocultar su pecado original». Y automáticamente se convierte en la estrella deseada por todos los contertulios. Entre éstos está Rosario Santacruz, quien desde el comienzo «hechiza» al protagonista y se siente atraída por él. Tras un primer momento de tanteo, ambos sienten miedo de hablar (p. 29) e intentan rechazarse en recíproca prevención que sus respectivas voces interiores les aconsejan. La lucha que sostienen ambos consigo mismos, entre el deseo ardiente y las restricciones que su código de conducta les impone, se rompe inopinadamente («—lógica de escenas sin remedio—»dice Icaza) con la llegada de Doña Victoria. Así se inician el asedio y la conquista de Rosario, que, «por lógica de economía y clandestinidad» (p. 33), tienen lugar en «las callejuelas de los barrios apartados», en «las faldas de los cerros» y en «los pequeños bosques cercanos a la ciudad»; pero también suponen —por su propio procedimiento— el

---

[14] El capítulo IIº se inicia así:

«Mucho antes de tropezar con el chulla Romero y Flores, Rosario Santacruz —huérfana de un capitán en retiro, al cual le mataron de un balazo en una disputa de militares borrachos— creía en la gracia y en la atracción de su cuerpo para salvar el porvenir y asegurar el futuro (...)» (p. 23)

Y el capítulo IIIº comienza:

«Después de la muerte de mama Domitila, antes de conocer a Rosario, y mucho antes de enrolarse en la burocracia, Romero y Flores aprendió a escamotear (...)» (p. 49).

En cuanto a la moral convencional conservadora, mezcla de prejuicios religiosos e hipocresía social, ya había sido desarrollada por Icaza en su cuento «Mala Pata» y, tangencialmente, en «Desorientación» (*Barro de la sierra*).

fracaso de Luis Alfonso, pues a Rosario le repugna que su amor se consuma en un acto «como animales... como cholos... como indios...».

Ante esta oposición, y participando de ella en su fuero íntimo —«eco de vergonzoso reproche»—, Luis Alfonso idea un plan para deslumbrar a su amada. Dicho plan se concreta en una invitación al baile del Círculo (de las Embajadas) adonde acudirá lo más encopetado de la sociedad quiteña. Pero para poder asistir ambos necesitan un traje («un disfraz») que les permita acudir «con decorado» al mismo. Aquí aparece el primer mitema —*el despertador*— bajo la forma humana de Contreritas, el dueño de la tienda de trajes de alquiler. Icaza ha preparado con detenimiento el escenario donde se desarrolla el diálogo de Luis Alfonso y Contreritas. Ya el «habitat» prepara anímicamente para conseguir los efectos adecuados: la casa de Contreritas es una «selva exótica» donde «la promiscuidad de estilos y de épocas embriagaba de mal gusto» (p. 35). Pero es la «magnífica colección de trajes» que el comerciante tiene preparada para el baile del Círculo lo que descubre al protagonista la «cáscara» que recubre de inautenticidad la vida nacional, unas veces a través del narrador; [15] otras, las más, en las palabras que coloca en boca de Contreritas. [16]

> «—Una fortuna. Cáscaras que va dejando la leyenda y la historia, cholito... Para cubrir a medias el vacío angustioso de las gentes que no se hallan en sí.
> —¿A medias?
> —La mayoría piensa que lo importante es el detalle, el paramento, el símbolo. De los reyes, la corona. De las princesas, los copetes y el armiño. De los santos, la aureola. De los héroes, los entorchados, los botones, las charreteras. De los sabios, de los poetas, de los artistas, los laureles, las medallas, los títulos —dijo en tono doctoral el hombre de la bata de los dragones de oro. Y se internó luego (...)» (p. 37).

Con todo, el chulla no capta el mensaje que Contreritas le ofrece repetidamente y acude, en unión de Rosario (que va «disfrazada» de princesa) al baile del Círculo vestido de «Lord inglés». El baile será el motivo que aprovechará Icaza para actualizar el segundo mitema: —*el viaje*—. Luis Alfonso se desplaza mentalmente, desde su disfraz de Lord, hacia el resto de los personajes del baile y esta experiencia le sirve para comprender que todos ellos están actuando en un escenario que no les

---

[15]   Así dice en las p. 36:
«A más de la bodega de la historia del inmueble, Eduardo Contreras —así se llamaba el hombre de la bata de los dragones de oro—, tenía una magnífica colección de trajes. Colección que la inició el bisabuelo de Contreras por los oscuros tiempos de la «vieja chuchumeca» y «el machico con piojos». La guardarropía y el negocio en general crecieron al impulso de los afanes domésticos del bisnieto —crochet, costura, labores de mano, remiendo artístico—, y a la *urgencia cotidiana de un gamonalismo cholo que creyéndose desnudo de belleza y blasones busca a toda costa cubrirse con postizos y remiendos*». (El subrayado es nuestro).

[16]   Otros textos de Contreras, que redundan en la misma idea, pueden encontrarse en las pp. 36, 37 y 39.

corresponde, [17] aunque, cegado por el motivo que lo anima, no extraiga conclusiones pertinentes para su vida futura.

Toda la escena del baile y lo subsiguiente, la entrega de Rosario, están construidos de forma antitética, en la que la realidad y la farsa presentan contrastes que rayan en lo sarcástico. La actuación de los invitados, una vez que se rompe el protocolo inicial, muestra su faz grosera y descarnada, y el narrador se detiene con delectación en ella:

> Después del besamanos al señor Presidente de la República, después de las primeras copas de champaña y de los primeros bailes, algo cambió en el ambiente ¿El color? ¿El perfume? ¿La rigidez? ¿Las maneras? ¿El equilibrio? (...)
>
> (...) Poco a poco se ajaron los vestidos —en lo que ellos tenían de disfraz y copia. Poco a poco se desprendieron, se desvirtuaron —broma del maldito licor—, por los pliegues de los tules, de las sedas, de los encajes, del paño inglés. En inoportunidad de voces y giros de olor a mondonguería, en estridencia de carcajadas, en tropicalismo de chistes y caricias libidinosas, surgió el fondo real de aquellas gentes chifladas de nobleza, mostrando sus narices, sus hocicos, sus orejas —chagras con plata, cholos medio blanquitos, indios amayorados. Rodaban por los rincones, por el suelo, sobre sillas y divanes —plaza de pueblo después de la feria semanal— (...). Sólo su Excelencia se retiró a tiempo. Se retiró antes de sentirse desbarnizado, antes de que su aliento empiece a oler a mayordomo, a cacique, a Taita Dios. (p. 41)

A su vez, la anulación de la realidad por la «farsa» romántica juega un gran papel en la entrega amorosa. Así se llena de sentido el auto-engaño de Rosario (espoleado por el champaña) para ver en Luis Alfonso lo que anhela ver (un «caballero» p. 42); para transformar la Recoleta en «el estanque del castillo» (p. 42), la casa chola de «piso bajo y paredes desconchadas» en el castillo encantado, el interior sórdido en la mansión señorial donde ella —la princesa del cuento— será rescatada por su «caballero». Por eso,

> (...) al entrar en la casa —sórdida penumbra de refugio barato— confundió trapos de uso íntimo puestos a secar en una soga tendida entre los pilares de un corredor, con pendones, banderas y trofeos de guerra. Tampoco tomó en cuenta lo prostituido y delator de los muebles, lo penumbroso del cuarto, lo hediondo a sudores heterogéneos de la cama, lo miserable y asqueroso del cholo que les había guiado. (p. 43)

Pero curiosamente, uno y otra olvidan «sus disfraces», sus «mentiras», y en la desnudez de sus propios seres encuentran la afirmativa realidad de sus destinos,

---

[17]   Todos llevan un disfraz para ocultar denodadamente su «terrible» contrabando, su origen semi-indio (p. 40). Es éste un tema de gran recurrencia en la narrativa de Jorge Icaza, que cualquier lector familiarizado conoce perfectamente. Como tal (como «contrabando») se concreta en un cuento de la colección *Seis relatos* (1952), cuyo título, «Contrabando», incide directamente en este párrafo y lo desarrolla extensamente.

desconocido todavía por Luis Alfonso; superador de sus complejos «religioso-morales» en Rosario. No tiene nada de extraño, por ello, que sea Rosario quien asuma la nueva situación creada, quien actualice el nuevo mitema —*el cruce del umbral*— y derribe las reservas que le oponen su madre y el protagonista. El narrador se detiene morosamente en narrar los escollos que doña Victoria y Luis Alfonso le oponen para que renuncie a la felicidad que ha entrevisto. Sobre todo el segundo, que no está dispuesto a renunciar por ella a su «brillante porvenir» de «caballero gamonal». Rosario al comienzo finge «no impacientarse ni comprender» (p. 45), y con una mezcla de «perdón inmediato» y de «dulzura persuasiva» va maniatando el coraje del protagonista ante lo que él considera «una trampa». Mas cuando ve que esto resulta insuficiente para mantener a su lado a Luis Alfonso, decide desesperadamente suicidarse ante la mirada atónita de éste. En este momento aparece *la experiencia de la muerte*, mitema que sólo es potencial aquí, pero que más adelante será decisivo para el desenlace definitivo de la novela. Tras esta situación-límite Luis Alfonso concibe, como único recurso para desembarazarse de una vez de su amada, mostrarle la miseria en que vive. Pero contrariamente a lo que piensa, Rosario definitivamente asume con «una gran compasión maternal» ligar su vida a la del chulla, y esta decisión sirve de revulsivo al propio protagonista, que entrega su amor: momentáneamente acalla con este acto a sus «fantasmas» tutelares y comienza oscuramente, sin percibirlo todavía, su proceso de conversión final. [18]

La entrada de Rosario en el «recinto sagrado» de Luis Alfonso está signada por la actividad femenina para conseguir hacerlo más habitable y por la inmediata difusión de la falsa noticia de la boda «del chulla de porvenir» por todo el cholerío. El diálogo colectivo del vecindario se derrama como un reguero propagando tan «extraordinario» acontecimiento y se adapta admirablemente a las diferentes cábalas de cada uno de los interlocutores anónimos que intervienen en él, hasta llegar a la iglesia y acompasarse al ritmo de las campanas, cuyo soniquete proclama a los cuatro vientos la boda de Luis Alfonso:

> —Se casó el chulla, por la plataaa... Se casó el chulla por la plataaa... (p. 54).

Esta situación concede transitoriamente al protagonista un mes de estabilidad emocional, que se rompe inopinadamente con la irrupción nocturna del marido de

---

[18]   Dos motivos se dan al final de esta escena, que aparecen con frecuencia en la obra icaciana. La dramatización «teatral» con que nos la presenta, a través del monólogo de Luis Alfonso; y el proceso generalizador por el cual el narrador eleva a la categoría de paradigmático el acto amoroso entre el protagonista y Rosario Santacruz, que redunda de nuevo en el carácter individual y colectivo a la vez de la personalidad de Luis Alfonso:

«Y al ritmo de la escena que se desenvolvía ante sus ojos, pensó como espectador y como crítico: «No huye... Deja el abrigo. Sacude las cobijas. Busca las sábanas. ¡No! No hay sábanas... Parece que no le importa (...) Me mira como... ¡Carajo! ¿Qué desea? ¿Qué quiere? Mis manos hábiles, mis labios, mi piel, la fiebre de mis venas... Me espera sin... Quieta... Desnuda... Soy...»

Juguete de ese diabólico impulso que tendió a Majestad y Pobreza junto a mama Domitila y a muchos caballeros de la Conquista y de la Colonia sobre las indias —sin pensar en el atropello, en el pecado, en el porvenir—', Romero y Flores se unió una vez más a su amante. Intensidad de posesión y entrega que eclipsaba a los fantasmas del chulla». (p. 48).

Rosario en estado de ebriedad. Este personaje actualiza el mitema del *encuentro*. Con su escándalo el vecindario se entera de la verdad [19] y comienza a «con-sentir» con el chulla. Por él Luis Alfonso reacciona airadamente contra Rosario y la intenta rechazar una vez más; y de su mano vendrán los dos mitemas siguientes —*el llamado* y *la experiencia de la noche* con los que concluye definitivamente la etapa pre-iniciática del protagonista.

Al no conseguir desembarazarse de Rosario, Luis Alfonso huye precipitadamente de su casa hacia diversos antros de la ciudad, pero abrumado en medio de su excitación por «algo que no acertaba a señalar en él o fuera de él» (p. 59); como si sus sombras tutelares se retorciesen silenciosamente en su interior en una absurda pelea sin vencedora concreta. Y de ese «algo nuevo», que el protagonista no acierta a explicarse (*el llamado*), no se libra en los dos días largos que pasa fuera de su hogar, en constante estado de embriaguez y somnolencia (*la experiencia de la noche*), entre la cantina del tuerto Sánchez, amoríos inconscientes «con hembras cansadas y envilecidas», encuentros con «latifundistas hediondos y sonoros», el billar «del trompudo Cañas» y su accidentado sueño en el cuarto de «Largo Chilintomo» (pp. 59-62). Por las rendijas «de su inconsciencia alcohólica» Luis Alfonso entrevé que sólo Rosario puede llenar plenamente su vida; pero aún es incapaz de aceptar este hecho porque, prendido «a sus cobardes ambiciones» y «a sus ingenuos recursos de opereta» y reciente su desilusión,

«era mejor aceptar la imundicia de otros y envolverse en la propia» (p. 61).

De ahí que, cuando retorne a su casa y Rosario vuelva a entregársele cariñosamente, Luis Alfonso sólo desee «morir», aniquilarse en su desgracia, y de ahí que sea nuevamente Rosario quien, «con ternura y paciencia maternales», lo apacigüe y reoriente su vida con la noticia de su embarazo.

II. La iniciación en sí o la adquisición de experiencias

Es el motivo del «*renacer*» en su hijo lo que (unido a la experiencia de la muerte, como veremos más adelante) coloca al protagonista en la situación límite de rechazar el mundo ansiado hasta entonces y traspasar el umbral (*el cruce del umbral*) hacia otro mundo con un sistema de valores basado en la autenticidad y en la asunción de sus orígenes, en la aceptación, en suma, de su realidad concreta. Pero tampoco esto ocurre bruscamente, al modo que se cuenta la anécdota de la conversión de San Pablo, sino de forma gradual. Hay una ininterrumpida adquisición de experiencias amargas por parte de Luis Alfonso, que le lleva al final que acabamos de anticipar. Dicha gradación comienza con el rechazo inicial del compromiso que un hijo le podía acarrear y concluye en el entierro de Rosario. Con

---

[19] Se entera del amancebamiento y reacciona favorablemente, solidariamente. Sobre la oposición entre el amaño natural y el matrimonio Icaza ha incidido en diversas ocasiones, fundamentalmente en «Exodo» (A) y «Barranca Grande». Para la visión icaciana que se desprende de ello, véase mi libro pp. 277-278.

todo, no parece arbitrario señalar este momento como el comienzo de la fase iniciática 'en sí' del héroe.

Asumida su paternidad, y tras «rumiar una serie de proyectos de inusitada seriedad» en él, se entera por otros chullas de que existe una vacante en un empleo ministerial y de que don Guachicola —viejo conocido de truhanerías— está en el jurado. Ahoga nuevamente «la disputa de sus fantasmas» y decide conseguir este empleo, aunque engaña a su propia conciencia diciéndose a sí mismo que «por una corta temporada». No le resulta nada fácil la entrada en el Ministerio. Diversos escollos le surgen en el entretanto: el pago del alquiler de la pieza en que vive a mama Encarnita; el enchufe necesario y la audacia final para obtener la plaza frente a otros con enchufes realmente poderosos. Luis Alfonso supera todas las pruebas con los recursos que desde siempre lo hicieron «ejemplar a los ojos del cholerío»: insinuaciones, golpes de efecto, veladas amenazas de hipotéticos parientes poderosos. [20] De esta forma consigue entrar en la Oficina de Investigación Económica —haciéndose pasar por pariente del Gran Jefe—, y ascender rápidamente. Se convierte de la noche a la mañana «en palanca y amparo de la oficina», lo que viene explicitado en el texto con el párrafo enmarcado por la anáfora «tú comprendes, querido cholito» con que sus iguales (otros chullas, como él) le hablan para que apoye sus anhelos (p. 75). Su rápida carrera ascendente llega al cenit, cuando don Ernesto Morejón le comisiona para la «fiscalización anual» de los «grandes hombres de la patria». Luis Alfonso, inflado por los «deberes sagrados» que le han encomendado y desde el pedestal de su orgullo —herencia de «Majestad y Pobreza»— vislumbra su «anhelado gran porvenir» con cierta inquietud —ironía de su ancestro indio—, derivada del «desprecio compasivo» a sus iguales y del temor a «transformarse en uno de ellos para siempre». Es por eso, quizá, por lo que comienza su marcha «con trote de indio» y al darse cuenta de ello modera el paso, mucho antes de llegar a la Plaza Grande, y al cruzarla, engreído de «su categoría», su «poder» y sus «esperanzas»,

> (...) un desprecio profundo por las gentes que tendían al sol su plática cuotidiana de quejas y memorias —militares retirados, políticos en desgracia, conspiradores que acechan de reojo el momento propicio para trepar por puertas y ventanas al palacio de gobierno— le obligó a estirarse en bostezo de gallo. «Mi importancia... Mi honradez... Me llevarán muy lejos... Amigo y protector de un candidato a la Presidencia de la República... A la Presidencia... Ji... Ji... Ji...» (p. 9)

Detengámonos brevemente en este texto para observar la transformación que está sufriendo el protagonista. En estos momentos, en los que su posibilidad de acceso a las altas capas sociales está más próxima, su identificación con los valores morales pregonados por las «personas importantes del país» es completa. El, que

---

[20]   No me cansaré de insistir en que estos obstáculos son problemas particulares y concretos que tiene el protagonista, pero simultáneamente son motivos que aprovecha siempre el narrador para aclarar que estos obstáculos son comunes a todos los personajes del cholerío urbano. Es decir, que en Luis Alfonso Icaza concentra «el todo universal» de su mundo narrativo y un buen ejemplo de ello lo ofrece la escena que tiene lugar en el «salón de espera» de la oficina entre los «diez o doce» aspirantes al puesto de trabajo.

ha vivido siempre del fraude, el oportunismo y el engaño, se encandila con su hipotético ascenso social e inicia su actividad fiscalizadora convencido de su importancia —«la ley, la opinión pública, el Director-Jefe» lo amparan— y de la honradez de su actuación futura. Aquí se inicia el mitema del *viaje,* en su doble vertiente: exterior e interior. Exterior, en cuanto que comienza su visita a los distintos defraudadores fiscales (Don Ramiro Paredes, el caballero del «cheque al por mayor», el doctor Juan de los Monteros). Interior en cuanto que lleva a Luis Alfonso de una creencia ciega en la «honestidad» de las jerarquías políticas y sociales y en la «independencia» de la prensa, a la constatación de la hipocresía de los «altos personajes», enfangados en la más completa corrupción, antítesis vivientes de lo que pregonan. Y paralelamente tiene lugar su transformación positiva con respecto a las gentes que integran su entorno vital. En ellas encuentra la solidaridad necesaria para vencer los obstáculos y la persecución de que es objeto, por su osadía al enfrentarse a la clase dirigente; y al calor de ellas conjuga armónicamente, y de forma definitiva, sus dos sombras tutelares y asume plenamente su destino para proyectarlo en la sociedad que lo integra.

El *viaje* se inicia, *stricto sensu,* con la visita de Luis Alfonso a la oficina de don Ramiro Paredes, candidato a la Presidencia de la República y «hombre universal», al decir de su empleado. Y desde este mismo instante el chulla percibe la gran dificultad que entraña su empresa, dificultad para la que no posee la más mínima preparación. Paralelamente el lector observa la lucha desigual que va a tener lugar entre la hidra gigantesca del poder y las limitadas fuerzas con que cuenta el protagonista, nuevo Faetón redivivo, que, como el héroe mítico, caerá en el empeño. La sensación de inextricabilidad e inaccesibilidad de los obstáculos que Luis Alfonso habrá de superar nos coloca de inmediato ante el mitema del *laberinto.* Dicho mitema se manifiesta en dos momentos diferentes: en el primero se destacan los desconocimientos de Luis Alfonso para fiscalizar efectivamente las irregularidades de las partidas de los potentados, y el aprendizaje del protagonista gracias a la ayuda providencial de don Guachicola; [21] en el segundo, el narrador resalta la enmarañada red de relaciones que une a todos los poderosos del Ecuador y los preserva de la actuación concreta del chulla.

Con esa mezcla de «audacia» y «prudencia» que caracteriza al protagonista, Luis Alfonso acude al *encuentro* con doña Francisca Montes —al cubil de la propia hidra—, pertrechado con la información fidedigna que don Guachicola y los chullas amigos le han suministrado [22] para enfrentarse con el poder personalizado. Pero estas armas no sirven ante la mirada «de malicia y dominio» de la esposa de don Ramiro. Ya al entrar en la casa del candidato a la Presidencia de la República Luis Alfonso siente que el coraje que llevaba en el cuerpo «se le relajaba», y que el

---

[21]   La idea del «laberinto» está explicitada por el narrador en la p. 77. En cuanto al simbolismo que se desprende de este mitema está suficientemente expuesto en cualquiera de los *Diccionarios de símbolos* al uso (Cirlot, etc) para que ahora le concedamos más importancia.

[22]   La propia vida de Don Ramiro Paredes resulta un modelo de «farsa y esbirrismo». Su paralelismo con la vida de Luis Alfonso resulta evidente e incide de nuevo en la doble dimensión —individual, colectiva— del protagonista. Es el chulla triunfador y, por tanto, representa el ideal, el modelo a que aspiran todos los chullas, incluido el mismo Luis Alfonso.

mobiliario «—decorado de sus sueños de caballero—», se «burlaba de sus prosas de juez incorruptible». Sin embargo, y a pesar de dicha sensación y de lo que ya sabe sobre el personaje, el prestigio que la alta sociedad ejerce en él es tal que el chulla acusa al empleado de don Ramiro como responsable de las irregularidades observadas en las cuentas de éste. La respuesta de doña Francisca concisa y cortante —«con cinismo de puñalada en la garganta»— lo desconcierta y le cierra toda posibilidad de concordia. Doña Francisca se hace desde el primer momento con las riendas de la conversación, y cuando el protagonista balbucea su nombre, lo humilla [23] haciéndole saber que está en el secreto de su origen. El golpe de gracia se lo asesta cuanto lo presenta públicamente a los invitados que tiene en casa, Luis Alfonso huye atropelladamente de la fiesta de doña Francisca «como un alacrán rodeado de candelas», herido en su dignidad y «envuelto en el chuchaqui del desprecio de quienes más admiraba» (p. 21). Entonces concibe vengarse de cuantos lo han zaherido en la fiesta, denunciando las estafas y los fraudes en que se asienta la fortuna de todos ellos («lo «mejorcito» de la ciudad»), y, aunque en su fuero interno no encuentra modo de llevar [24] a cabo su empresa y se considera perdedor de antemano de esta «peligrosa guerra», cegado por la venganza decide luchar hasta el fin.

Acomete, así, con verdadera entrega el análisis pormenorizado de los informes fiscales, con la ayuda inestimable de don Guachicola y deseoso de «aplastar a sus enemigos». El resultado final de las visitas que efectúa al resto de los altos personajes, entre los que el narrador destaca al «fabricante de cheques al portador» y el inefable «doctor Juan de los Monteros», y de sus largas horas de trabajo en la mesa central de su casa, son ciento cincuenta páginas en las que se prueban detalladamente los continuos «crímenes, robos e incorreciones» de todos ellos. Todo parece discurrir de acuerdo con los planes de Luis Alfonso, que ve muy cercana la hora de su venganza. Pero el castillo de naipes que su fantasía ha levantado se desmorona con la visita de Nicolás Estupiñán, el «zorro del chisme y de la calumnia». Ingenuamente convencido de que «la ley y la opinión pública» lo respaldan, Luis Alfonso le enseña las pruebas delatoras, que Estupiñan absorbe con avidez; pero un oscuro presentimiento [25] sacude al protagonista y a su amada. Con todo, el lunes siguiente entra en la oficina, «inflado por su curiosa incorruptibilidad, pensando en la dicha del triunfo —abrazos del jefe, ascenso próximo, respeto de las gentes, holgura económica, fama—». (p. 84).

---

[23]   Tampoco es ésta la primera vez que Icaza utiliza el motivo de la humillación en su obra narrativa. Serafín Oquendo, (*Media vida deslumbrados*) también es abochornado en la fiesta por su modo de hablar, que descubre su origen. Y Pablo Cañas («Mama Pacha») se siente incapaz de reaccionar y desenmascarar a la clase dirigente, culpable del asesinato de Mama Pacha y arrastra pasivamente la responsabilidad del delito, porque los «grandes señores» han sabido acertar en el «pecado de su origen».

[24]   Es clara la desorientación de Luis Alfonso, que no sabe cómo iniciar su venganza: «Estaba armado de transferencias falsificadas, de comprobantes en descubierto. Pero... ¿Dónde? ¿A quién? ¿Cómo?...» (p. 22). Esta «desorientación», esta pérdida de rumbo, se da en numerosas ocasiones en los personajes de la obra icaciana, y fue desarrollada extensamente en el cuento que lleva el mismo título «Desorientación» (*Barro de la Sierra*).

[25]   La sensación de tragedia inminente invade también al lector (pp. 82-83). Una vez más el narrador resalta el carácter de marioneta del protagonista —y de ahí lo teatral de su actuación— frente a una realidad que lo desborda, en la que sus recursos «de opereta» resultan del todo inoperantes.

Es el portero el encargado de darle la noticia. Todos los periódicos nacionales publican las conclusiones de su actividad fiscalizadora, con números, fechas y nombres concretos correctos, pero en el caso del candidato a la Presidencia de la República con los papeles trocados. El y no el honorable candidato es el «verdugo, el deshonesto, el atrevido, el traidor»; él, representante «de la basura del arroyo» (en una clara alusión a su origen), intentando manchar «la tradición, el nombre, el prestigio de nuestra sociedad» (p. 84), declaran los voceros de la opinión pública. Desconcertado por la noticia, rodeado por las miradas de «burla» y de «desprecio» de sus compañeros, otrora zalameros, se enfrenta a la «santa indignación» de su jefe, don Ernesto Morejón, quien, previamente informado de la falsedad de su parentesco con el Gran Jefe, lo expulsa del trabajo —del paraíso— desde donde se atrevió a tamaño destino.

En el entretanto, mientras el protagonista había desarrollado su actividad fiscalizadora, algo había ido cambiando en el interior de éste, más profundo que «su disfraz de caballero». Dentro de Luis Alfonso iba surgiendo una «naciente personalidad» que le confería un «equilibrio íntimo» entre su deseo inicial de venganza y las «toxinas de la honradez», que aparecían a medida que avanzaba en sus pesquisas y que iban «tomando cuerpo», poco a poco, los abusos y fraudes de sus fiscalizados. Y gracias a esta transformación interior, todavía difusa, Luis Alfonso, puede reaccionar cuando se encuentra en la calle, expulsado «como un perro de la oficina», completamente desorientado y enfrentado una vez más al desgarrón afectivo de sus voces interiores:

> Aquel desequilibrio íntimo que hundía por costumbre al mozo en desesperación y soledad infecundas, en ese instante —calor del fermento venenoso que puso la vieja cara de caballo de ajedrez en él— se desangró en anhelo feroz de rebeldía. Rebeldía común a todos los suyos —voz de la intuición—. ¿Por qué? ¡Oh! No quiso o no pudo meditar sobre quiénes eran los suyos. Pasó por encima de ellos, por encima de sí mismo. Pasó ciego de venganza. Había algo nuevo en él. Su valor era otro. Se desbordaba en lucha por la integridad de su ser —en fantasmas y en gentes—. Del ser que aparecía minuto a minuto bajo el disfraz de chulla aventurero, inofensivo, gracioso. Se llevó la mano a la cara— en afán subconsciente de arrancarse algo. (pp. 86-87)

La soledad radical en que se hunde el protagonista, tras el texto anterior es paliada amorosamente con el apoyo de su amada Rosario, quien le aconseja prudentemente que tome «lo que buenamente» le den. Pero tampoco esta conversación satisface al chulla, quien percibe en su rebeldía el sostén necesario para asumir plenamente su hombría, y concluye marchándose de su casa. En medio de una lucha interior contra sus ancestros y sin capacidad todavía para «encontrarse en los suyos», concibe explotar en beneficio propio los datos que posee y extorsionar a los «grandes personajes», ignorante de cuánto está sucediendo en torno suyo. Desgraciadamente para él los poderosos ya han puesto en marcha los mecanismos necesarios para neutralizarlo, por lo que sus sucesivos intentos de chantaje suponen otros tantos fracasos, y el último, la clarificación de la imposibilidad de su empeño.

No obstante ello, acude a la prensa para que divulgue cuanto él ha investigado; pero ésta, acallada con fuertes dádivas, tampoco publica su denuncia. Desahuciado, intriga entonces «entre los enemigos políticos» de don Ramiro Paredes. Todo en vano. Luis Alfonso comprueba poco a poco que está atrapado [26] en una «red invisible de codicia que se conecta en las altas esferas»; que la pretendida beligerancia entre el gobierno y la oposición no es más que un barniz superficial con el que se distrae a la gran masa silenciosa; y que en el fondo existe un «interés» recíproco que los «encadena» y condiciona sus actos permanentemente.

Todas estas acciones tienen una finalidad primordial en la estructura mítica de la novela: actualizar el mitema de la *experiencia de la noche*. A través del citado mitema Luis Alfonso pasa de ser el familiar del Gran Jefe y el «amparo de la oficina», a ser un pobre marginal, «un feroz revolucionario» que la sociedad «bien pensante» tiene que neutralizar. Y simultáneamente coloca al protagonista en una situación límite que le lleva a «tocar fondo» en la realidad de su existencia, desnudo ya de todo «disfraz»: ya ha experimentado amargamente «la vileza» de las personas que fueron para él modelo de respeto y admiración. Desde este momento y en adelante la identificación de su pensamiento con el de Icaza será total:

> «Pueden echarme en la cárcel si les da la gana... Descubrí su corazón podrido... Ahora... He visto, he constatado... Trafican sin pudor con la ignorancia, con el hambre, con las lágrimas de los demás... Ratas del tesoro público... Delincuentes sin juez... Sabios de almanaque...» (p. 89).

La situación viene a agravarse más aún con los dolores de Rosario en las primeras contracciones previas al parto. Luis Alfonso, desahuciado, sin trabajo, maquina un recurso *in extremis* para conseguir la asistencia médica que requiere su amada: falsifica la firma de su ex jefe en un cheque oficial y lo cambia en el comercio de don Aurelio Cifuentes por dinero y ropas necesarias para el niño y el postparto de Rosario. Don Aurelio denuncia el caso a la policía con la remota esperanza de que su demanda sea atendida, desconocedor de la maquinaria que su denuncia va a poner en marcha. Esta es la ocasión que la «alta sociedad» esperaba para deshacerse legalmente de un «chulla» que los comprometía con sus documentos. La pequeña ratería, que en otras condiciones hubiera sido desatendida por la policía, se convierte, por obra y gracia de las órdenes emanadas de la misma Presidencia de la República, en el instrumento legal necesario para aplastar al osado con un escarmiento «ejemplar»:

> —¿Qué espera la policía para ser eficaz? Ha robado el mozo. Debe ir a la cárcel, a la... ¿Comprendido? La ley ordena... Un honrado comerciante lo pide y está en su derecho. Nosotros tenemos que obedecer. Tenemos que gobernar. Es urgente, urgentísimo que se le desplume al ladrón de todo documento, de todo papel, de todo comprobante que bien pudiera engañar al público o armar de calumnias a nuestros enemigos... El trabajo debe ser

---

[26] Este motivo es recurrente y complementario de otros que ya hemos visto en la narrativa de Jorge Icaza (la «desorientación», por ejemplo). Constituye el título y el tema fundamental de su última novela, verdadero testamento literario del autor, como lo demuestran los numerosos datos autobiográficos esparcidos en ella. De alguna forma, supone, además, la justificación final de toda su obra.

nítido para que la gente crea, para que la gente nos dé la razón. ¡Pronto! Antes de que... Esta vez podemos descubrir grandes cosas. (pp. 98-99).

Como podemos colegir con facilidad, este hecho se corresponde con el mitema de *la caída*, cuyas connotaciones morales se vinculan directamente (en este caso) al simbolismo religioso que representa la *tentación cristiana*. De acuerdo con este esquema, Luis Alfonso comete un «pecado» [27] que habrá de expiar, con el castigo y penitencia subsiguientes. De ahí que, de la mano de *la caída* aparezcan los restantes mitemas de la etapa iniciática del héroe —*la huida y la persecución, la muerte y el renacer*— y sus pautas de conducta definitivas.

La huida (y la persecución) inicia su aparición al final del capítulo Vº; cuando Luis Alfonso regresa a su casa esperanzado y feliz por las palabras del médico. «Tres cuadras antes de llegar», el hijo de la fondera («el guambra Juan») le avisa providencialmente, con voz «anhelosa» y ojos «desorbitados» que los «pesquisas» lo esperan, dispuestos a llevárselo «vivo o muerto». Esta nueva dificultad resulta clave para entender la evolución que se está operando en el interior del chulla, orientada hacia el descubrimiento de su propia personalidad. Su primera reacción es huir, «zafarse de aquel estúpido compromiso» que le ata a Rosario. Pero sus voces interiores se rebelan contra tan cobarde reacción, complementándose por vez primera. Mas es «algo suyo», nuevo y «superior a sus sombras» lo que lo retiene y le hace pensar en el modo de acudir en auxilio de su amada.

Su prudente aproximación a la casa fracasa porque Luis Alfonso, sumido en hondas cavilaciones sobre los medios para hacer llegar la ropa y el dinero a Rosario, no ve en la oscuridad una lata con la que tropieza. El ruido lo delata y alerta a sus «guardianes». No tiene más remedio que huir [28] por el laberinto de casas cholas, acosado por los pesquisas que le pisan los talones. Gracias a su agilidad y —sobre todo— a la ayuda espontánea del vecindario, consigue zafarse momentáneamente de sus perseguidores y salir de su barrio. Pero la ciudad se ha convertido en un infierno para él, del que por todas partes surgen pesquisas y policías «como perros de caza» que estrechan cada vez más el cerco en torno suyo. Cansado de huir, sin un lugar seguro donde refugiarse, Luis Alfonso llega a pensar por un momento en «entregarse», en «pedir perdón de rodillas». Sin embargo, la certidumbre de que tras de esta persecución se encontraba doña Francisca, y de que le obligarían a declarar lo que «ellos» quisieran, infunde nuevas fuerzas a

---

[27]   Antes de esta novela Icaza ya había utilizado el motivo del «pecado», en su concepción cristiana, en diversas ocasiones. La más clara de todas ellas se da en «Barranca Grande». Aquí el pecado del protagonista consiste en la utilización de un recurso picaresco que en su fase pre-iniciatoria le había dado buenos resultados en diversas ocasiones, pero que ahora supone, por su propia esencia, la transgresión a su nuevo código de conducta, surgido de la honradez y la autenticidad. Esto ya lo haría suficiente para que —en estricta coherencia narrativa— sufriera un «castigo». Si pensamos además que la clase dirigente acecha sus actuaciones en espera de un traspié, la condena se llena plenamente de sentido, aunque no concluya con el encarcelamiento de Luis Alfonso, como suele ocurrir en gran parte de las novelas contemporáneas en las que aparece este mitema.

[28]   A pesar de todo, Luis Alfonso intenta llegar hasta Rosario, pero ante la imposibilidad de conseguirlo y con el peligro cierto de su captura, huye vertiginosamente. Mas no es la suya una huida cobarde. Antes al contrario, es la única forma de luchar contra los «todopoderosos», que lo necesitan, como sabemos, capturado y sumiso para acallar las sospechas públicas.

su reciente «rebeldía» y continúa huyendo precipitadamente. A estas alturas de la narración el lector ha percibido con claridad el largo *vía crucis* del protagonista. El autor, consciente de ello, concluye la descripción de los lugares por donde pasa el protagonista con una enumeración anafórica con la que resume magistralmente su afiebrada fuga:

> Luego trepó por una calle en gradas. Pasó junto a un mercado —desde el interior echaban basura y agua lodosa. Pasó frente a una iglesia —puerta cerrada de gruesos aldabones, mudo campanario, talla barroca en piedra a lo alto y a lo ancho de la fachada. Pasó por la portería de un convento —quiso golpear, refugiarse en la casa de Taita Dios, como lo hicieron espadachines y caballeros endemoniados en viejos tiempos, pero recordó que frailes, militares y funcionarios públicos andaban a la sazón en complicidad de leyes, tratados y operaciones para engordar la panza. Pasó por una callejuela, entre mugrosos burdeles —tiendas en penumbra, en hediondez, en disimulo, en agobio de pecado que ofrece poco placer y mucho riesgo. Pasó por todas partes... (p. 125)

Al rayar el alba parece que ha conseguido despistar a sus perseguidores. Angustiado internamente por oscuros presentimientos, por el «pavor» que el silencio le infunde, Luis Alfonso observa lo peligroso del lugar adonde ha llegado: «—a la izquierda la muralla de la montaña, a la derecha el despeñadero por donde trepaban corrales, techos, tapias, en anarquía de enredadera—» (p. 125). Es el sitio ideal para una emboscada y para deshacerse de cualquiera inpunemente. Y en efecto, en un recodo del camino Luis Alfonso es acorralado súbitamente. Pero el chulla no está dispuesto a claudicar. Observa con «furia de desafío» a los que se le acercan y decide arrojarse heroicamente [29] por el barranco:

> «Y antes de que las manos de la autoridad le atrapen, el chulla Romero y Flores, a pesar de sus músculos cansados, a pesar de sus recuerdos y de sus ambiciones, ciego de furia, exaltada su libertad para vencer aun a costa de la vida, saltó por la pendiente con un carajo al viento». (p. 126).

Esta es la personal *experiencia de la muerte y el renacer* de Luis Alfonso, radical por su propia naturaleza que le transforma en un hombre nuevo, con el riesgo de su misma vida plenamente asumido, con sus voces interiores definitivamente «en concordia», con las «urgencias dolorosas» de Rosario y, «ante la esperanza de un hijo», dispuesto a luchar «contra un mundo absurdo» e inauténtico. Por eso el despertar de su estado inconsciente en el burdel de la «Bellahilacha», consecuencia del golpe producido al arrojarse por el barranco, supone también el despertar auténtico de su verdadera personalidad. Ya ha llegado el héroe adonde Icaza quería

---

[29]   En esta decisión heroica intervienen activamente, pero transformadas «en apoyo del coraje de su libertad», sus voces ancestrales. Majestad y Pobreza «en tono de orden sin dobleces: «¡Salta, carajo! Necesitan gente acoquinada por el temor, por el hambre, por la ignorancia, por la vergüenza de raza esclava, para justificar sus infamias...» (p. 126); Mama Domitila, «en grito salvaje cargado de amargas venganzas: «...No permitas que siempre... Como hicieron con los abuelos de nuestros abuelos... Vos eres otra cosa, guagüitico... Vos eres lo que debes ser... La tierra está suave y lodosa por la tempestad... La tierra es buena... ¡Nuestra mama!» (p. 126).

llevarlo. Sólo le resta acabar con él o salvarlo para la vida futura. Y el autor se decide por la segunda opción que conduce al lector a una conclusión dura, pero esperanzada, de la novela. Dos escenas sucesivas, plenamente dramatizables, permiten la solución «favorable» del conflicto: la estratagema urdida por la «Bellahilacha» para engañar a los tenaces pesquisas, haciéndoles creer que el raudo fugitivo es Luis Alfonso y no el «chulla tahúr» (Víctor Londoño) disfrazado; y el diálogo que se celebra en la oficina del Jefe de Seguridad Pública por el cual nos enteramos de la inesperada caída en desgracia de don Ramiro Paredes ante las altas autoridades políticas y administrativas, que anula la orden de persecución de Luis Alfonso.

Pero el mitema la *experiencia de la muerte y el renacer* se desarrolla plenamente en la amada del protagonista, como podemos ver a continuación. Rosario intuye su muerte con las primeras contracciones, y se queja a Luis Alfonso de ello. Un oscuro presentimiento asalta a los dos, en el que se funden lo ancestral-supersticioso y un temor religioso por parte de la heroína a «morir en pecado», [30] consecuencia directa de la moral recibida. Preocupado Luis Alfonso sale de su casa con la ilusión de poder cobrar el cheque falsificado. De ahí que el allanamiento de su casa por los pesquisas encuentre a Rosario sola y en plenos dolores del parto. Con todo, cuando oye a Luis Alfonso reprime sus dolores para gritarle del peligro en que se encuentra y para aconsejarle que huya. La tensión de estos momentos, la angustia por el peligro que corre Luis Alfonso y el aumento de los dolores derrumban su aguante físico y psíquico. Una enorme sensación de soledad la invade, ignorante de que sus gritos repercuten en la sensibilidad del vecindario que, poco a poco va congregándose en silencio y solidariamente, arrastrado «por una fuerza de compasión y desafío» De la mano diligente de éste «sufre» la ayuda de Mama Gregoria [31] (pp. 116-117) y la más eficaz de Mama Ricardina Contreras, que la asiste en el parto, y ante la hemorragia subsiguiente, decide a los demás para que avisen al médico. Desgraciadamente el médico acude tarde y no puede hacer nada por ella. Así que cuando Luis Alfonso regresa en su ayuda, Rosario está agonizante al lado de su hijo.

Con la muerte de Rosario concluye el mitema de *la caída* del héroe y su castigo subsiguiente, cuyo desarrollo —como hemos podido ver— guarda un evidente paralelismo con la concepción cristiana del pecado. La penitencia de Luis Alfonso constituirá la fase post-iniciática y el mensaje final de *El chulla Romero y Flores*.

A lo largo de toda la fase iniciática sobresalen dos motivos literarios de vital

---

[30]   Presagios similares, con la muerte también como resultado final, (y más desarrollados que aquí) los encontramos en otras obras de Jorge Icaza. Al lector interesado le aconsejamos *Media vida deslumbrados* (1942, pp. 29-30) y «Barranca Grande».

[31]   Una vez más Icaza critica las prácticas curanderas supersticioso-religiosas. Es éste un tema de gran recurrencia en su narrativa. Aparece en «Cachorros» «Barranca Grande», «En la casa chola» (1969), *Huasipungo, Media vida deslumbrados, Huairapamushcas, Atrapados* y en la novela motivo de nuestra atención. Y en todas, salvo en *El Chulla Romero y Flores*, se dan las características que ya resumíamos en nuestro libro de 1980: 1º) Situación precaria de los personajes; 2º) Normalmente enferma, embarazada, «cogida del cuy», que muere; 3º) Vieja (o viejo) curandera, con fama de bruja; 4º) Diagnóstico a través de las entrañas de un animal; 5º) Tratamiento ineficaz y muerte; 6º) Crítica social implícita por las condiciones infrahumanas en que se desarrollan.

importancia en la evolución de la conducta del protagonista, que completan a su vez el mitema del *encuentro* y le confieren nuevos rasgos definitivos: *la solidaridad del vecindario* [32] del chulla; y *la condición especial de los pesquisas* [33] que les hace odiosos al resto de los ciudadanos y temidos por sus iguales.

La solidaridad del barrio aparece de forma esporádica durante la frase preiniciática del protagonista, y se manifiesta nítidamente en el sincero apoyo que le ofrece (así como a Rosario) tras su caída en desgracia.

Unas páginas atrás vimos cómo el hijo de la fondera avisa a Luis Alfonso del peligro que se cierne sobre él —los pesquisas lo esperan para llevárselo «a la capacha»—. Sin embargo Luis Alfonso no entiende las razones que mueven al cholerío a avisarlo porque todavía no está dispuesto a renunciar a sus «prosas de gamonal». Sigue pensando que pedir ayuda al vecindario sería tanto como «desnudarse» definitivamente, despojarse de sus sueños de «caballero». Este sentimiento constituye el foco interior de su tragedia personal: fuera de sus vecinos no encuentra apoyo ninguno e íntimamente rechaza a quienes podrían ayudarlo. Es por eso, quizá, por lo que fracasa su intento de llegar en auxilio de Rosario y por lo que está a punto de ser capturado por los pesquisas. Pero es precisamente en este momento cuando una puerta providencial se abre a sus espaldas y constata por vez primera que «no está solo», que sus vecinos —hasta los más despreciados por él— le ayudan. Su *viaje* por el laberinto de casas del cholerío se convierte para él en una experiencia nueva de solidaridad que posibilita la huida: le abre puertas insospechadas (pp. 106-108), le alerta en los momentos clave de la presencia de los esbirros (p. 108); y le orienta su carrera hacia lugares seguros (pp. 111-112). Para sus perseguidores, en cambio, la barriada se convierte en una poderosa red que obstaculiza y retarda su labor. Con todo, Luis Alfonso aún tiene un momento de vacilación cuando le aconsejan que gane la quebrada para escapar. Y es el vecindario, una vez más, quien despeja sus temores:

—(...) Tiene que ganar la quebrada a toda costa, cholito.

—Sí. Eso he pensado. Pero si no me ayudan los otros vecinos...

—¿Por qué no? Está en nuestro juego. Hay algo que nos une, algo más fuerte que nosotros. Le digo por experiencia. Yo también... Pendejadas donde uno se mete... Sé que todos los vecinos estarán listos en su favor. Contra los otros que se presentan en este instante... Odio, destino... Bueno... No podría explicarle... Ya verá... (p. 108).

---

[32]   La solidaridad ante la desgracia, la amistad sincera y la ayuda espontánea es un motivo básico de la etapa iniciática de esta novela, como veremos más adelante. A la vez es un tema de cierta recurrencia en la narrativa icaciana, como ya explicamos en nuestro trabajo de 1980, varias veces citado a lo largo de este estudio. Al lector interesado le recomiendo la lectura de las páginas 127-128; 202-203 y nota 59 de la p. 203.

[33]   Ya en «Sed» Icaza describía la tragedia interior de la policía. Un personaje salido del cholerío ha olvidado su origen y da bala «si es necesario» por «un sueldito». Pero es en *En las calles* donde su caracterización está estudiada con más detenimiento, a través de la figura del protagonista, José Manuel Játiva. En todas las obras de Icaza en que aparece, está caracterizado como ya expuse en 1980 (p. 283), «como agente represivo que mantiene el orden de la minoría dirigente, por lo cual sólo se le describe en sus características negativas: pesquisas persistentes y verdugos de sus iguales, para encubrir sus complejos».

Los cholos del prostíbulo —iguales a los del vecindario— le libran definitivamente del acoso de los pesquisas. Y es el vecindario, en fin, quien le apoya contra
el dolor justificado de doña Victoria (pp. 138-139), y quien lo acompaña callada y
generosamente en el entierro de Rosario.

Un proceso solidario similar al anterior se da con respecto a la amada del
protagonista. Sus gritos de dolor repercuten en la sensibilidad del vecindario y lo
enardecen ante el atropello de que Rosario está siendo objeto. Un «odio sin
palabras» lo van congregando poco a poco «frente al cuarto de la parturienta». De
todos los corazones surge un impulso generoso que le impele a ayudar a la pareja.
Tras una tensa discusión de frases sobreentendidas, los pesquisas son desarmados,
a pesar de sus amenazas, «en un abrir y cerrar de ojos» por los hombres, mientras
las mujeres irrumpen en la habitación para ayudar al parto inminente. Rosario, que
hasta entonces sentía la misma «soledad» que Luis Alfonso, se deja hacer, porque
se siente arropada con la presencia de sus iguales, en espera del regreso de Luis
Alfonso, son las vecinas quienes la asisten en el parto —mama Ricardina sobre
todo—, quienes se movilizan generosamente para recaudar el dinero que permita la
visita del médico, y quienes asisten impotentes a su empeoramiento y muerte.

El segundo motivo literario, *la condición especial de los pesquisas,* no posee la
relevancia del anterior. Con todo, resulta conveniente analizarlo para entender
correctamente las reacciones de los personajes caracterizados como pesquisas,
fundamentalmente las del «Palanqueta» Buenaño. Los pesquisas son descritos
siempre con rasgos negativos: son policías sin escrúpulos, dispuestos a todo tipo de
trabajos sucios, fuera de la legalidad: palizas a jueces incorruptos o a oradores de la
oposición; desapariciones y raptos misteriosos; asesinatos nunca aclarados; despojo
de los bienes de sus víctimas, etc. De entre ellos sobresale el «Palanqueta» Buenaño
porque ha desarrollado en mayor medida que ningún otro sus instintos criminales.
Su «larga hoja de servicios» habla por sí misma de sus «cualidades». Por eso es
designado para dirigir la captura de Luis Alfonso. La vibrante reacción de éste le
hiere en lo más hondo de su amor propio y asume la captura como un asunto
personal (p. 113). Dirige hábilmente a los demás pesquisas; les orienta en el
laberinto de casas cholas; y reacciona vivamente ante el temor de sus colegas de
que Luis Alfonso haya muerto y les obliga a continuar la persecución en el fondo
del barranco (p. 127), llevado de lo que considera su «prestigio personal» ante los
jefes y convencido de que «Hierba mala nunca muere». El es el primero en
penetrar en el burdel de la «Bellahilacha». Por eso, cuando descubre el engaño final
de que ha sido objeto, fuera de sí agarra violentamente a Víctor Londoño, pese a
las órdenes del propio Jefe de Seguridad Pública. Es éste quien tiene que intervenir
personalmente para salvar al «chulla tahúr» y para indicarle severamente que la
persecución contra Luis Alfonso ha acabado definitivamente.

El impacto que la orden final tiene en su pensamiento lo hace caer en una
crisis de identidad, en una sensación de fracaso y en un abatimiento general que lo
coloca al borde del suicidio. Si no lo realiza es gracias a la presencia de otro
pesquisa, el «Chaguarmishqui» Robayo, que le hace ver que ellos no son sino
simples marionetas sin derecho a decisiones propias:

(...) el «Palanqueta» Buenaño bajó la cabeza de mala gana para esconder un despecho de amargo sabor en la boca, de fiebre temblorosa en la piel, de fuego criminal en las entrañas. Su insistencia podía ser torpe, incomprensible si se quiere, mas, ¿por qué no le dejaban concluir su trabajo? Su mejor trabajo... Nadie puede impedir al soldado matar al enemigo en el fragor de la batalla. Sería idiota, cobarde. Y al salir del despacho, tras del «Chaguar-mishqui» Robayo, ocultando rubor y venganza de excelente pesquisa en desgracia, acarició el revólver que llevaba en uno de los bolsillos del saco. Le dolió la mano al ajustar el arma. ¿Contra quién disparar? ¡Contra él! Todos eran justos, inocentes, buenos. El, en cambio: trapo sucio, olía a basurero, (...). Pegarse un tiro. No... (...)

—Soy una mierda —murmuró entre dientes una vez en la calle.
—Pero cholito. Somos lo que somos. Dicen que sí. Bueno, sí. Dicen que no. Bueno, no.
—Carajo. Un trago. Quiero beber.
—Eso es distinto.
—Si no me emborracho hasta las patas me muero. Me pego un tiro.
—Un... Vamos, mejor». (p. 134).

III. El triunfo del héroe

Al final de la fase iniciática, como hemos podido comprobar, Luis Alfonso regresa en ayuda de Rosario, tras un breve período de recuperación en el prostíbulo de la «Bellahilacha». Esta actitud del protagonista se corresponde con su afán de ayudar a su amada en el momento crucial del parto y, por lo tanto, su inclusión en la novela resulta obligada, sobre todo si tenemos en cuenta que el desenlace final de *la huida* no es la *cárcel* ni *la muerte* de Luis Alfonso. Pero también se corresponde con el mitema del *regreso,* cuya característica esencial en la estructura mítica es que el héroe *siente la necesidad* de volver a su antigua forma de vida con un *mensaje* que transmitirá a sus congéneres, o, como en el caso de *El Chulla Romero y Flores,* con *nuevos conocimientos* que le permiten una comprensión del mundo «real» por el conocimiento que anteriormente tuvo del «otro» mundo. La despedida del burdel de la «Bellahilacha» inicia *el cruce del umbral del regreso,* pues a la luz de los *nuevos conocimientos* adquiridos ve lo que hay de noble en las prostitutas y agradece en silencio, pero con verdadero afecto, la ayuda que le han prestado (p. 134). Transformado por la «nueva vida descubierta», o, mejor, por el descubrimiento de sí mismo, entra en el zaguán de la casa en donde vive. La noticia de la gravedad de Rosario le asalta antes de poder llegar a ella. Es el final del *castigo* que cae sobre su espíritu para «purificarlo». Transido de dolor intuye la muerte de su amada, a pesar de la generosidad de las vecinas. Y él, maestro de los «fáciles discursos» y en las «prosas de gamonal» tampoco puede encontrar esta vez palabras para agradecer el calor de esta solidaridad. Todo el rigor de la desgracia se abate sobre su persona, que ni siquiera tiene ya el consuelo de Rosario, a la que, para mayor fatalidad, no podrá decir —porque ya no puede entenderlo— cuánto la quiere. El solo debe soportar el peso del dolor, de su dolor y de su desprecio de sí mismo. Pero paradójicamente dicho dolor lo termina de purificar hasta extremos de sentirse diferente. Un ansia de «expiación y de hombría» le acomete, rechazando definitivamente sus anhelos de «patrón grande, su mercé», y aceptando por el contrario lo que queda de esa «locura infantil»: «un hombrecito amargado y doliente, rumiando una rebeldía incurable frente a lo que vendrá» (p. 139).

Esto es lo que queda del «antiguo» Romero y Flores. El otro, el «chulla» está preso «entre momias», encerrado en el ataúd de Rosario, envoltorio de la víctima inmolada para su redención, que lo ha hecho desaparecer definitivamente: las quejas «de velorio de indio» del vecindario, que antes hubieran provocado en él una «protesta teatral», le hacen verter lágrimas ahora (p. 137); los gastos del entierro de Rosario, que antes no hubiera abonado o hubiera conseguido fraudulentamente, los pide ahora «con lágrimas en la garganta» (p. 138); y los reproches de doña Victoria, en otro tiempo acallados «con prosas de gamonal», son acallados ahora por el vecindario mientras Luis Alfonso alza la cabeza «para exhibir su enorme dolor» (p. 138). Sólo reacciona vivamente, saliendo de su profundo mutismo, cuando doña Victoria desafiante se compromete a cuidar de su nieto si el protagonista colabora como padre «con algo» (p. 140).

Inmerso en sus hondas cavilaciones y ausente de todo, Luis Alfonso inicia la marcha hacia el cementerio, tras la carroza fúnebre. Pero en el camino, nota, una vez más, que los vecinos le acompañan calladamente y le ofrecen el calor humano necesario en esos momentos, con la misma generosidad que la noche en que tuvo que huir «barajándose entre las tinieblas». Y tragándose sus lágrimas se recrimina a sí mismo por la alienación de su vida anterior. [34] Con el entierro de Rosario concluye la novela en un fragmento en que el dolor del protagonista es interpretado finalmente por el narrador-autor como la completa asunción en libertad de los orígenes del chulla y su decisión final de llenar en adelante su vida de autenticidad:

«(...) Ella pudriéndose en la tierra, en la oscuridad, en la asfixia. Yo, en cambio —chulla Romero y Flores—, transformándome... En mi corazón, en mi sangre, en mis nervios», se dijo el mozo con profundo dolor. Dolor que rompió definitivamente las ataduras que aprisionaban su libertad, y que llenó con algo auténtico lo que fue su vida vacía: amar y respetar por igual en el recuerdo a sus fantasmas ancestrales y a Rosario, defender a su hijo, interpretar a sus gentes. (p. 140)

Después de este largo recorrido por *El Chulla Romero y Flores* creemos que se impone una breve recapitulación de lo expuesto en nuestro trabajo. Desde luego resulta evidente para nosotros que en esta novela Jorge Icaza indaga con mayor profundidad que en ninguna otra obra suya la psicología individual-colectiva del cholo ecuatoriano, como un tipo básico de los que conforman el «ser americano».

---

[34] Así dice el propio protagonista: «He sido un tonto, un cobarde. ¡Sí! Les desprecié, me repugnaban, me sentía en ellos como una maldición. Hoy me siento de ellos como una esperanza, como algo propio que vuelve». (p. 140)

Desde esa óptica la figura del «chulla» Luis Alfonso gana en complejidad y hondura dramática por obra y gracia de su creador, que lo eleva a la categoría de paradigma del pueblo ecuatoriano. De ahí que sus complejos y reacciones, así como sus motivaciones profundas, extraordinariamente viviseccionadas por Icaza, trasciendan de lo meramente individual a un plano simbólico general, desde el que se instala el autor para interpretar a cabalidad su visión particular de la República del Ecuador. A través de ésta Icaza nos presenta la intrahistoria de Ecuador para calar en la razón profunda del estado general de inautenticidad —alienación podría decirse— de la sociedad ecuatoriana, que, mestiza también como Luis Alfonso, «venera lo que odia y esconde lo que ama». Icaza pretende con ello poner al descubierto la «verdadera» faz de esa sociedad, como el primer paso necesario para su catarsis liberadora. Este es, a nuestro juicio, el mensaje final, el contenido oculto de *El Chulla Romero y Flores*. Para nosotros, repetimos, en cuantas ocasiones aborda Icaza la problemática del mestizo pretende decir que éste es la solución al problema socio-racial andino, porque reúne en sí dos características esenciales para serlo: fuerza social relevante —por su número—; y porque siente en sus venas el problema del indio (la otra gran mayoría) y puede constituirse, por tanto, en el puente de unión entre éste y el blanco. La solución, de todas formas problemática, ha de hacerse —siempre según Icaza— con una conciencia redentora generalizada, que surgirá cuando el cholo sienta orgullo de su origen indio— y no vergüenza.

Ahora bien, para llevar a cabo la misión que se impone en *El Chulla Romero y Flores*, Icaza abstrae al máximo las referencias contextuales, aunque nunca las pierda de vista. El universo narrativo creado así, posee los mínimos apoyos posibles en el mundo «real» a que hace referencia la novela (aunque no sea descartable la existencia de un modelo real para la figura del Candidato a la Presidencia de la República). De esta forma pergeña Icaza la figura del «héroe redentor» (concretada en la novela en Luis Alfonso), e idea una estructura que responda a la figura creada —verdadero hallazgo de su narrativa que hacía tiempo rondaba— y sirva de soporte permanente, inalterable, al mensaje del héroe, Luis Alfonso, aunque extendiendo siempre dicha aventura vivencial desde el plano individual-concreto al colectivo general.

Tampoco rehúsa Icaza, para la creación de su universo narrativo, las propias referencias literarias u otros universos narrativos del mundo hispánico. Ya han sido subrayados los paralelismos entre la figura de Majestad y Pobreza y la del escudero de *El Lazarillo de Tormes,* y, a través de Majestad y Pobreza y de ciertas actuaciones de Luis Alfonso, su filiación con el género picaresco, [35] por otra parte evidente. Y otro tanto se podría decir de lo infernal del mundo burocrático y su paralelismo con el presentado por Galdós en *Miau,* o lo dramático del disfraz del cholerío y lo romántico del enamoramiento de Rosario, que ya fueron señalados por Sackett. Y aún podríamos afirmar algún otro, como la ligera filiación familiar

[35] OJEDA, J. ENRIQUE: «Elementos picarescos en la novela *El Chulla Romero y Flores,* de Jorge Icaza», en *La Picaresca. Orígenes, textos y estructuras* (Actas 1º Congreso Internacional, 1977), Fundación Universitaria Española, 1979, pp. 1117-1122.

que guardan la nobleza de las prostitutas del burdel y las mozas del mesón donde don Quijote es armado caballero.

Todo ello muestra la complejidad y la riqueza sugestiva de *El Chulla Romero y Flores* e incide sutilmente en el mensaje final del autor, diluido aparentemente en la creación pormenorizada del «chulla» redentor, y en la calidad literaria que esta novela encierra.

TEXTURAS, FORMAS Y LENGUAJES

Theodore Alan Sackett

Para apreciar la calidad artística de lo que muchos críticos consideran la obra maestra de las siete novelas de Jorge Icaza, es importante examinar la composición, el léxico y los procedimientos estilísticos de *El Chulla Romero y Flores*. Es imprescindible, además, analizar estos elementos en el contexto del tema central, porque la naturaleza de la dinámica de la obra es lo que condiciona su forma y el estilo. La sexta novela de Icaza constituye una síntesis de unos temas que el escritor va elaborando en diversas facetas desde *Huasipungo* (1934), los cuales van a culminar en el tema principal de *El Chulla Romero y Flores* (1958) y el de su última obra, la trilogía *Atrapados* (1972). Este tema global es la novelización de la naturaleza y destino del grupo mayoritario del Ecuador, la clase chola. Los aspectos que más le interesan al novelista ahora no son, como en sus novelas anteriores, lo económico, lo político o lo sociológico, sino el examen psicológico e ideológico de la compleja realidad chola.

Icaza ilustra artísticamente que su Ecuador es y seguirá siendo una triste farsa, una trampa sin salida para todos, hasta que el cholo como individuo logre reconocer la verdad de su inestabilidad psíquica, el esquizofrénico amor-odio a su origen mestizo, y hasta que, posterior a este reconocimiento, sepa forjar una personalidad fuerte y auténtica basada en dos valores: el amor y la solidaridad clasista. Es esta temática la que lleva al novelista a la forma y al estilo apropiados para su creación novelesca. La composición, muy distinta a lo visto en sus obras anteriores, abandona la sintaxis lineal de un argumento novelesco tradicional, para delinear la trayectoria de la interioridad psicológica del protagonista. El léxico, en su heterogeneidad constitucional, es en sí una demostración concreta del dualismo inestable que constituye el tema central. Y finalmente, los múltiples y complejos elementos cuyo conjunto constituye el estilo de Icaza, las técnicas narrativas, los motivos recurrentes, los procedimientos poéticos, los elementos simbólicos y lo metaliterario, están elaborados todos de acuerdo a la temática de la novela.

*   *   *

La composición de *El Chulla Romero y Flores* no sigue un orden lineal y realista sino psicológico. Por eso, si examinamos primero los varios bloques temporales con los cuales se construye la obra, ocho en total, encontramos el siguiente esquema de momentos temporales: 4, 2, 1, 3, 6, 5, 7, 8. Si desde otra perspectiva analizamos los segmentos argumentales que componen la estructura novelesca, también hallamos un especial orden artístico. La exposición presenta las historias del protagonista Luis Alfonso Romero y Flores y de su amante Rosario Santacruz. En el desarrollo de la trama vemos su amancebamiento, el empleo como fiscalizador del protagonista, su posterior conflicto con los intereses consagrados del país y su épica lucha para salvarse, ayudado por sus vecinos cholos. Finalmente, en el desenlace, Rosario muere, Luis Alfonso encuentra el equilibrio psicológico y forja una nueva personalidad cimentada en el amor por su hijo y el deseo de ser intérprete de los valores de una nueva clase chola solidarizada en la justicia y la verdad.

Como lo que importa artísticamente es plasmar para el lector la compleja y enigmática naturaleza del arquetípico cholo urbano del Ecuador, el chulla, el novelista nos da primero un segmento del desarrollo, el momento 4 en la cronología temporal de la novela, para que observemos «en acción» al protagonista (Luis Alfonso en la oficina de fiscalización), retrocediendo luego a la exposición, donde en lugar de comenzar con el tiempo 1, empieza con el 2, la historia de Rosario, para que veamos de nuevo al chulla en interacción con ella, antes de que sepamos la «prehistoria» de Luis Alfonso.

Cuando finalmente llegamos a los demás segmentos del desarrollo, tampoco se encuentran en un orden cronológico. Si asignamos letras a estos bloques del desarrollo, el que vimos al principio de la obra es el B, y los que siguen después del transcurso de 48 páginas son los bloques A, D, C, y E. La fragmentación y naturaleza acronológica de la parte central de esta obra constituyen una manera más de dar al lector la experiencia estética del desequilibrio psíquico del cholo ecuatoriano y de lo laberíntico de la realidad social. El desenlace comienza con segmentos yuxtapuestos, simultáneos, los dramas al principio separados y al fin unificados de Luis Alfonso y Rosario, para acabar en una serie de bloques argumentales cronológicos, cuyo orden y claridad reflejan el eventual triunfo del protagonista: el auto-conocimiento y el encuentro de una autenticidad vital.

*   *   *

El estudio del lenguaje de esta novela revela otro aspecto de lo fragmentario de la realidad humana y social del Ecuador, complementario de lo ya observado en la composición novelesca. En un plano sociológico, encontramos un conjunto inarmónico de expresiones verbales que representan el habla india, el habla cholo-popular y la lengua retórica, artificial de la clase alta y la «Gran Prensa». En otro plano literario, hallamos por una parte una lengua neo-naturalista que Icaza maneja para crear un fuerte realismo crudo, y por otra, una lengua de múltiples facetas poéticas que el novelista emplea para dar materialidad a las ideas.

En la edición de Losada de 1958, y al final de todas sus novelas, Icaza suministra un glosario de vocablos quechuas para ayudar al lector ultra-andino a comprender la frecuente intercalación de voces indígenas en el español cholo. Lo significativo de estas palabras es que tienden a salir en momentos emocionales en el discurso de ecuatorianos de cualquier clase social, manifestando consciente o inconscientemente, voluntariamente o sin querer, la fuerza de la presencia india en el mundo mestizo. Luis Alfonso Romero y Flores califica mentalmente a uno de los empleados como «*longo* [indio o cholo joven] del buen provecho» (7); piensa en el caso de otro, Julio César Benavides, en sus «ojos esquivos de *güiñachishca*» [servicia a quien se le ha criado desde niña]; en referencia a otro, Fidel Castro, alude al proceso en que el indio y el cholo intentan superar sus orígenes al describirle como «*chagra* [hombre de provincia o del campo] para ministro», y percibe a un tal Humberto Toledo como «*omoto* [pequeño de cuerpo] vinagre» (7).

También la voz narrativa emplea voces quechuas para caracterizar a los personajes. Un simple empleado habla con el «asombro y respeto de *huasicama* [indio cuidador de la casa del amo] al olor del "patrón grande, su mercé"» (8). El empleo de diminutivos es típico del habla chola y en cierto sentido puede constituir un simple elemento de simpatía y solidaridad entre cholos, pero su origen, tanto lingüístico como social, viene probablemente del servilismo, humildad y miedo del indio frente a los demás. Podemos apreciar este fenómeno en los pensamientos de un empleado anciano, que en su interioridad desprecia al ingenuo protagonista en su papel de fiscalizador incorruptible: «Se hace el que... No, *guambrito* [muchacho]... No es así...» (12). La madre de Rosario, la muy católica doña Victoria, con todas sus pretensiones de superación indio-chola, critica el deseo de su *guagua* [hijo o hija en quechua] (45) de obtener un divorcio declarando que «—claro que hay algunas *carishinas* [mujer de pocos escrúpulos sexuales] que consiguen marido gringo después de rodar medio mundo—» (25) y después anuncia que «—la Camilita ha preparado caldo de patas para el *chuchaqui* [angustia de desintoxicación después de la borrachera]» (32).

El barrio donde vive el chulla, en la casa de la pretenciosa chola doña Encarnación Gómez, mama Encarnita, es una mezcla de todas las capas raciales y sociales, «desde el indio *guangudo* [indio de pelo largo trenzado] hasta el señor de oficina» (50). Cuando los vecinos se enteran del falso rumor del casamiento del «chulla de porvenir» con Rosario, en sus comentarios sale el rasgo capital del tema de la inseguridad racial de los cholos: «—Lo importante es que desaparezca el *runa* [indio] de nuestro destino, pes—» (54). Unos vecinos critican el libertinismo sexual de la muchacha pero otros, mentalmente, califican los impulsos sexuales en términos indígenas: «Lo que hace *taita* diablo colorado *ricurishca* [placer, cosa muy agradable], como dicen los indios» (57).

Otro polo lingüístico es el lenguaje popular que tipifica a la clase chola. La pretenciosa doña Encarnación, encolerizada con el chulla, deja caer su máscara refinada: «—¡No espero más! ¡Cuatro meses enteriticos sin pagarme un chocho partido! ¿Dónde está, pes?—» (50) y enfrentada con el poder social del engañoso escudo aristocrático del protagonista, la patrona exclama con típica expresión popular «—¡Me muero!—» (52).

El habla chola entre individuos encolerizados toma matices fuertes, escatológicos y vulgares. Después de conseguir su empleo, el triunfante chulla rechaza la oferta callejera de una prostituta diciéndole «—déjame, carajo—» y ella le llama en contestación «—Chulla maricón—» (71). Cuando por un momento parece que el Gran Jefe dará el empleo que iba a ser para el chulla a algún pariente del ministro, Romero y Flores monologa mentalmente «al pariente culateral... Me jodió, carajo... Después de tantas pendejadas...» (73).

Yuxtapuesto a estas varias modalidades del habla chola hay otro tipo de lengua de una altisonante falsedad: la retórica hueca, engañosa de la Gran Prensa, manipulada por los grandes intereses del país. Por ejemplo, el chulla lee en un periódico la denuncia que le hacen en el complot de hundir a un candidato a la presidencia: «La basura del arroyo ha manchado la tradición, el nombre, el prestigio internacional de nuestra sociedad» (84).

Otra modalidad lingüística es una lengua neo-naturalista, relacionada con el motivo determinista que subyace en la temática central. La formidable doña Francisca mira al pequeño burócrata Romero y Flores «con la curiosidad de quien observa los desplantes venosos de un miserable gusano antes de aplastarle» (17). Un médico que se vuelve latifundista resuelve el problema social de la rebeldía de sus indios, considerados como propiedad suya, de la manera siguiente:

> —Por cada res que desaparecía o por cada desplante castraba a un runa. Le sacaba los huevos suavito. ¡Qué operaciones! Al cabo de un año era de verles, daba gusto; gordos, tranquilos. ¿No hablan de mejorar el mestizaje con una buena inmigración? ¿No hablan de tantas pendejadas por el estilo? ¿Entonces qué? ¡Basta! ¡Basta de semen de longo! (80).

La descripción del difícil parto de Rosario es también extremadamente cruda. Vemos a «(...) la hembra en la cama, las piernas abiertas, el sexo dilatándose bárbaramente, el feto, resbaloso, arrugado, sanguinolento». (117).

Relacionado con esta lengua cruda encontramos otra importante dimensión lingüística cuya finalidad es crear una calidad telúrica en la ficción de Icaza: la continua concreción de lugares, personajes e ideas por medio del olfato. Son precisamente los olores los que denuncian múltiples veces la presencia de lo indio-cholo en los ambientes aparentemente elitistas. Los personajes, con el paso del tiempo, adquieren los olores característicos de los ambientes de su vida o trabajo, como el pequeño oficinista «con un perfume a tabaco, a chuchaqui, a papel de oficina, a tinta —veinte años de complicidad, de inquietudes—» (10). Lo primero que tiene que hacer el cholo arribista, incluso el candidato a la presidencia D. Ramiro Paredes y Nieto, es esconder su característico olor de cholo. Se revela que D. Ramiro, al llegar del campo, «—cuidó exageradamente la indumentaria, el olor... Como usted, chullita—» (15). De acuerdo con esta pretensión, el protagonista nota al mezclarse «con lo "mejorcito" de la ciudad» el «humo de tabaco extranjero» (18).

En contraste con estos olores de la alta sociedad, encontramos los que tipifican el urbano mundo cholo de Quito: «(...) desde el escándalo de una puerta de negro bostezó olor a burdel y cantina, surgió intempestivamente el chulla Romero y Flores» (26). Simbólicamente, cuando Rosario se siente corrompida, su vergüenza interior se concreta en los típicos olores cholos: «llena de angustia, mirando sin mirar como a través de una niebla de humo de tabaco, de sudores humanos, de espuma de cerveza, vivió en un segundo el horror de morir acribillada por estúpidos fantasmas» (29). La casa de los disfraces, emblema de la falsedad de la vida chola, «olía a cuero, a polilla, a trapo viejo. Era una especie de bodega de la historia del mueble» (35).

El cholo que va a la ciudad, recién transformado de indio en cholo, llega «—oliendo a sudadero de mula, a chuchaqui de mayordomo, a sangre de indio, a boñiga (...)—» (36). Pero cuando el cholo urbano se transforma en chulla, lo principal de su transformación es conseguir un olor agradable, factor importante en la atracción sexual de Luis Alfonso para Rosario: «—Es un caballero. Huele bien. Demasiado bien. Para besarle desnudo. Para estrecharle como a un niño—» (42). Cuando por fin el protagonista lleva a la muy enamorada muchacha a un hotelito de mala muerte, notamos en seguida el contraste entre el olor artificial que atraía a la mujer y la realidad desagradable de la habitación: «[no] tomó en cuenta lo prostituido y delator de los muebles, lo penumbroso del cuarto, lo hediondo a sudores heterogéneos de la cama, lo miserable y asqueroso del cholo que les había guiado» (43).

Un ejemplo cómico del inútil disfraz cholo es el caso de la patrona del chulla, doña Encarnación: «Teñíase el pelo en negro verdoso. Le gustaba hacerse copetes altos, fuera de moda. Como el baño era para ella un acontecimiento aniversario, combatía los malos olores echándose agua de Florida en los sobacos» (50). La ambientación cruda caracteriza a los bares del bajo cholerío que frecuenta de vez en cuando el protagonista: «Entró en el billar del trompudo Cañas —recinto cargado de truenos de carambola, de murmullo de feria, de humo y colillas de cigarrillos, cuyo olor, junto con el del urinario y el del aguardiente barato, se imponía a los demás olores» (60).

En la descripción de seres de supuesta alta categoría fiscalizados por el oficioso protagonista, los olores se utilizan en la caracterización: «En su segunda intervención, Romero y Flores se enfrentó a un señor que olía a tabaco rubio, a corcho de champaña, a mujeres clandestinas, (...) —¡Diga!— insistió el personaje, que despedía aristocráticos olores» (78). Por lo que al trasmundo cholo se refiere, lo que mejor simboliza su realidad es la continua imagen del desagüe y los olores «a desagüe y desperdicios de cocina» (104); los cholos son, simbólicamente, los desperdicios de una sociedad y su única esperanza es la acción colectiva. Cuando por fin el protagonista alcanza a la moribunda Rosario al final de su fuga, percibe por el olfato la inminencia de su muerte: «En el cuarto notó Luis Alfonso una especie de tristeza que inmovilizaba a las personas y a las cosas. ¿Y el olor? Tufillo a hospital lleno de comadres y visitas» (135).

Omnipresente al lado de estos registros de discurso hay otra modalidad lingüística, un lenguaje narrativo repleto de técnicas poéticas, que constituye uno de los pilares fundamentales del estilo de Jorge Icaza. Las técnicas más cuantiosas son las de la metáfora, la prosopopeya y el símil, pero también son importantes la hipérbole, la aliteración, la anáfora, la sinestesia y la reiteración. El empleo, por ejemplo, de la metáfora, no obedece a un intento de poetizar la realidad, sino de dar corporeidad y realidad material a las ideas. La ley, burlada constantemente por todos en la corrupta sociedad nacional, es un «nepotismo en telaraña de desfalcos y funcionarios inamovibles» (4). Cuando un cholo revela que conocía al padre del protagonista, el flamante fiscalizador va «resbalando por la pendiente de la vergüenza que le producía el saber que alguien estaba en el secreto de su pecado original, de su sangre» (17-18). Los sentimientos ambivalentes de Luis Alfonso hacia la gente de la clase alta se materializan metafóricamente en su descripción en la calle del hombre «envuelto en el chuchaqui del desprecio de quienes más admiraba» (21). Con metáforas, sin comentarios directos de la voz narrativa, el narrador pinta la deprimente verdad de la baja sociedad chola, «la trastienda de la cantina del tuerto Sánchez, —sala quirúrgica donde se cicatrizaba con ají, cerveza, caldo, chirle, chistes libidinosos, la euforia de la embriaguez amanecida, el chuchaqui de negra depresión—(...)» (59).

Incluso el concepto de lo que es un chulla, metamorfosis del clásico pícaro en la moderna sociedad mestiza, se explica mediante un proceso metafórico. Cuando el protagonista rechaza un soborno de una de sus víctimas, de pronto le entra interiormente una duda: «Había topado con una sospecha repugnante, con una especie de pantano para ahogar sus viejos recursos. Eran las toxinas de la honradez (...). Las amargas toxinas que daban al chulla su forma, su actitud, su contorno psicológico en el odio» (80).

A veces la metáfora se emplea con sentido metonímico, comunicando el tétrico ambiente de un lugar: «con vuelo alocado, brujo, una mancha redonda de luz rubricó en la página enlutada del patio, recorrió inquieta las paredes, hurgó por los rincones, saltó al tejado para caer con mano de arpista sobre las cuerdas mudas de la baranda del otro lado del corredor (...)» (105). Las metáforas también dan corporeidad a fuerzas naturales como «el viento [que] era un muchacho sucio olor a orinas, a chicha agria, a frutas podridas» (67). Las sombras que representan las dos ascendencias (paterna y materna) irreconciliables del chulla Romero y Flores cobran realidad metafóricamente: «(...) el miedo patológico de mamá Domitila por un lado, y la desesperación teatral de Majestad y Pobreza por otro —jinetes de látigo y espuela sobre el alma—, impedían [la auto-destrucción del protagonista]...» (121). Seduce a la inocente muchacha con su «liturgia de sacerdote que explica al hereje los misterios de la fe (...) enumerando las personalidades y los detalles del paraíso del gran mundo» adonde promete llevarla (34).

Otro recurso con semejantes propósitos es la prosopopeya. Al personificar la entrevista entre el nuevo fiscalizador y el secretario del candidato presidencial D. Ramiro Paredes y Nieto, el narrador condiciona sin intervención directa el sentido de la escena: «la conversación resbaló entonces entre disculpas y oscuras disonancias» (11). Es tanta la timidez de Luis Alfonso frente a la poderosa aristócrata doña Francisca, que hasta los objetos de su sala cobran vida propia para él: «(...) los adornos de anémica porcelana, las lámparas de nerviosos cristales—decorado de sus sueños de caballero—, se burlaban de sus prosas de juez incorruptible» (15-16). Se hace material la noticia del supuesto casamiento del chulla con

Rosario: «giró primero (...) entre la servidumbre del fonducho. Se desbordó luego por los múltiples canales de la calle, hinchándose en diálogo de rápida factura» (54). La altanería del borracho ex esposo de Rosario «se desequilibró en un zigzag de ruegos por un lado, de maldiciones por otro (...)» (56). La noche interminable del chulla por las calles de Quito «desvencijada por el viento del páramo, por la garúa pertinaz, por el alumbrado tuberculoso de las esquinas, mostrábase propicia a la fuga clandestina» (104) y el paisaje urbano se compone de «casas viejas de zaguán que desciende con violencia de hipo en el lado de la quebrada y que asciende con fatiga cardíaca en el lado de la ciudad» (122).

Otro método de materializar los conceptos es el empleo del símil. En la oficina de fiscalización «la intriga, el esbirrismo y los anónimos se deslizaban como reptiles en hojarasca de monte» y ante la reacción de los oficinistas «don Ernesto lanzó un bufido como de vejiga rota» (4, y 6). Cuando lo mortificaron en la fiesta de doña Francisca el protagonista «se encogió como un alacrán rodeado de candelas. Pero no tenía veneno para inyectarse, para morir» (20-21). Al encontrarse Luis Alfonso rodeado, «se deslizó como un gato hacia lo más penumbroso del corredor (...)» (105) y luego «la habilidad y la violencia le permitieron escurrirse de su americana como un misterioso pez que deja la piel en el anzuelo» (106). Cuando unos niños cholos presencian la irrupción de los pesquisas en su casa «los rapaces huyeron al jergón cual bandada de gorriones desplumados» (111). En la fuga, el protagonista sigue «adelante como un potro desbocado, como una bala perdida (...)» (121), sintiendo «que se hundía como en un pantano» (123).

Aunque en menor escala, aparecen varias otras técnicas poéticas. Se enfatiza, por ejemplo, la «explosión de prosa gamonal» de D. Ernesto Morejón Galindo, con múltiples aliteraciones: «se subrayaba en él todo lo grotesco de su adiposa figura: mejillas como nalgas rubicundas, temblor de barro tierno en los labios, baba biliosa entre los dientes, candela de diablo en las pupilas» (3-4). La anáfora es la base de un tipo de poema en prosa, en la forma de un anónimo diálogo de la masa chola, una invención originalísima de Jorge Icaza para recrear artísticamente facetas de la herencia india en el cholerío, un fenómeno visto desde su primera novela, *Huasipungo*. Lo vemos, por ejemplo, en el momento culminante en que los vecinos llegan a solidarizarse con el trágico destino del chulla Romero y Flores frente a las autoridades:

—Se hacen los buenos.
—Los humildes.
—Hasta que nos calentemos no más.
—Hasta que nos pongamos de a malas.
—Hasta que olvidemos el cristiano de adentro.
—Hasta que nos salga el indio. (128).

Es tan completa la corrupción de todas las instituciones nacionales que sólo la hipérbole puede comunicarla. Don Guachicola declara que «—de acuerdo al apellido se reparten el feudo nacional: la diplomacia, los bancos, los ministerios, las finanzas, la cultura, el comercio, la tierra, el aire, el sol...» (69). También con hipérbole se comunica lo profundo de la rebeldía chola frente a esta omnipresente corrupción:

«Alguien —desde una ventana, o desde un hueco de la tierra, o desde una gotera del techo, o desde el infierno— silbaba burlón, muy bajito, "La Cucaracha"» (112).

La reiteración en forma de *leitmotiv* es una importante técnica estilística que subraya sobre todo el tema de la injusticia y de la rebeldía chola frente a ella. Luis Alfonso afirma una y otra vez su nuevo papel de honrado sirviente público proclamando en diversas ocasiones «—Soy el fiscalizador—» pero nunca con más insistencia que en la fiesta aristocrática de doña Francisca, donde los convidados no aceptan su «ficción»:

—Soy el fiscalizador.

—¿Eh? —clamó en coro la honrada y distinguida concurrencia, con ese automatismo violento de volver la cabeza para castigar al atrevido.

—¡Soy el fiscalizador!— chilló sin amparo Luis Alfonso (...) (19).

En reacción inmediata a este rechazo, el joven entona otro *leitmotiv* que llega a ser emblemático de la colectiva rebeldía chola durante el resto de la obra: «—Lucharé, carajo. Conmigo se han puesto—» (22). Cuando se entera de la trampa en que ha caído, declara a Rosario «—pero conmigo se han puesto—» (87). Lo vuelve a declarar durante su fuga (103). El zapatero remendón que le ayuda a escapar dice «—yo les detengo a estos desgraciados. Conmigo se han puesto, carajo—» (111).

Otro *leitmotiv* es la auto-acusación de Rosario, no muy segura de su derecho a la plenitud sexual, de ser una corrompida. Mientras baila en brazos del chulla piensa: «Me miran con odio... Con rencor... Me creen una corrompida... Corrompidaaa... (29). Al final de la obra, el ex chulla, viendo el ataúd en el que se va a colocar el cadáver de la amada Rosario, piensa «"es una caja de basura... ¡Por corrompida!"» pero luego rechaza esta caracterización afirmando mentalmente «"¡No! No fue una corrompida."» (139). También en relación con Rosario y parte del tema de la deseada solidaridad chola, vemos repetidamente el *leitmotiv* de su derecho a parir, como todas las mujeres. Cuando el protagonista se entera de la trampa en que ha caído, recurre a una estafa de tipo chullesco, justificándose en su amor por Rosario y la creencia de que ella «"tiene derecho a parir. Es hembra, carajo. Hembra como todas las hembras"» (96), frase repetida poco después cuando consulta con un médico sobre el embarazo de su mujer (97).

En contrapunto con estos *leitmotive* de solidaridad clasista, hay otro al que recurren los burócratas y los pesquisas, agentes de los que manejan la farsa a escala nacional: sólo están cumpliendo órdenes. Los cinco que irrumpen en el cuarto de la desesperada Rosario y que no la dejan salir ni buscar ayuda para el parto, se disculpan declarando que «—tenemos que cumplir órdenes, señora—» (101, 115, 116).

Otro recurso para trascender diversos niveles de realidades materiales y metafísicas es la sinestesia. El ambiente de la casa de doña Encarnación Gómez se describe de la siguiente manera: «Por la tarde (...) la lluvia (...) enlodaba los rincones, y al chorrear monótona desde las goteras se abría paso por los declives del callado mal humor, por las junturas de la pena sin palabras» (49-50). Los sentidos táctiles y auditivos se mezclan en la aterrada Rosario cuando Luis Alfonso la abandona por primera vez: «Abrió la boca y se quedó prendida en el ladrido de los perros, en el monótono croar de las ranas del barranco próximo, en la inquietud galopante de sus venas» (63). En los pensamientos del protagonista, sonido y color se combinan para pintar el terror durante su interminable fuga de los pesquisas: «"Otra quebrada. Imposible seguir. De nuevo el grito negro, fétido, listo a devorarme"» (121).

                                    *   *   *

Otra clave del estilo que Icaza elabora en esta novela para plasmar la dinámica del arquetipo cholo es el conjunto de técnicas narrativas empleadas para interiorizarse en sus protagonistas. Para que el lector cruce el umbral de la superficie narrativa y entre en la interioridad de los principales personajes e incluso de las masas anónimas, Icaza utiliza una extensa cantidad de estrategias narrativas. Una es el recurso al diálogo para exponer la pre-historia de la familia del protagonista, evitando de esta manera la intervención de la voz omnisciente del narrador. Por ejemplo, doña Francisca durante su fiesta dice:

> —Olvidé presentarle a ustedes. El caballero es hijo de Miguel Romero y Flores.
> —¿Romero y Flores?
> —Pobre Miguel. La bebida, las deudas, la pereza y una serie de complicaciones con mujeres se unieron para arruinarle. Le encontraron muerto... Muerto en un zaguán del barrio del Aguarico. Completamente alcoholizado (19).

En contraste con el diálogo, encontramos frecuentes ejemplos de monólogos interiores. Rosario, maltratada por un insaciable esposo, quien al mismo tiempo es incapaz de llevarla a la plenitud sexual, no puede expresar en voz alta sus emociones, pero en el monólogo interior se desahoga ante el lector: «"¡Nooo! No quiero. No soy... No soy un animal de carga, ¡ayayay! No mamitica... Me aplasta, me asfixia, ¡araray! Me... Dios mío..."» (23). Paralelamente, el protagonista, impedido de llegar al cuarto donde agoniza Rosario, se desahoga en un monólogo interior, pensando lo que no se atreve a articular en voz alta:

> «Te quiero porque recibiste mi deseo de hombre, porque fuiste cómplice para mis prosas de gran señor en los días de miseria y en las noches de inmundos jergones... Porque te pareces a mi madre... Te quiero por tu loco afán de parir... Por tu horror a la muerte. Porque me da la gana...» (105).

Cuando doña Encarnación sabe que la policía busca al supuesto chulla criminal, no es un narrador omnisciente quien informa sobre su falta de escrúpulos; ella misma se revela en sus pensamientos:

> «He amparado a un criminal. La Justicia. La Justicia con los ojos vendados le busca, le persigue. Tendrá que interrogar la pobrecita para saber a dónde va, a quién golpea. Palo de ciego no más es. Yo diré la verdad. ¿Pero cuál será la verdad preferida? ¿Cuál la que han recogido para

hundir al chulla? ¡Virgen Milagrosa, ilumíname! ¿La del marco tallado será? ¿La del marido de la carishina será? (...)» (103).

Otra modalidad de interiorización que evita la intervención del narrador es la técnica de contrastar los pensamientos interiores con el diálogo en voz alta, un procedimiento típico del estilo dramático (el aparte) que subyace en la narrativa de este escritor que primero fue dramaturgo. Un burócrata explica que no es raro el caso del empleado con siete sueldos:

—Hoy es costumbre entre las gentes. Entre las gentes de postín. Sirven para todo.

«Para todo abuso... Para todo egoísmo...», se dijo el chulla... (10).

Mientras le martirizan en la fiesta con acusaciones contra sus padres, el mudo Luis Alfonso sólo puede reaccionar en su interioridad:

—El concubinato público con una chola. Con una india del servicio doméstico. ¿No es así, joven?— interrogó la informante con ironía de bofetada en el rostro. «¡Arraray! ¡Arraray, carajo! Mama... Mamitica mía...», ardió sin voz la queja en el corazón del mozo.
—Pobre Miguel. Las gentes que levantaron el cadáver referían que en vez de camisa llevaba el pobre pechera amarrada con piolines. Era una figura muy conocida por todos. Le llamaban Majestad y Pobreza (19-20).

Una última forma de esta técnica es la yuxtaposición del diálogo en voz alta con el monólogo interior de la masa anónima de cholos, como en el momento en que el ex marido de Rosario le grita desde la calle, provocando el escándalo de los vecinos:

—¡Rosario Santacruuuz! ¿Por qué te fuiste? (...) Te perdono. ¡Te juro que te perdono! ¡Gran putaaa! ¡Gran putitaaa!
«Le perdona y le insulta, pes», «Loco parece (...)» «Atatay la carishina» (...) «¿Qué harán pes, el par de cojudos?» (56).

Icaza también utiliza un procedimiento de interiorización semejante al llamado fluir de pensamientos inconscientes típico de la narrativa contemporánea. Aquí, más que meros pensamientos interiores encontramos un proceso de discurso de índole irracional, donde una noción lleva sin lógica aparente a otra. Un ejemplo es el momento de angustia cuando Luis Alfonso no puede llegar a Rosario, pronta a parir:

«Ella tiene que parir. Parir como todas las mujeres. ¡Mi hijo! Ayer era una palabra... Hoy una angustia... Mañana una realidad pequeña... Tengo que ampararle... Mi guagua... Guagua es de indio, de cholo... Mi hijo es de caballero... ¿Caballero? Me esperan... ¿Donde? ¿Por qué a mí precisamente? Ahora o nunca... No soy un cobarde. Soy un padre en peligro... Ji... Ji... Ji...» (104).

Muy relacionada con los varios tipos de monólogos interiores es la técnica del estilo libre indirecto, en que la voz narrativa reproduce las palabras y los pensamientos de un personaje:

> Y el chulla salió como un perro de la oficina... Tenía en su poder muchos recibos... (...) ¡Vengarse! ¿Vengarse de quién? ¡De todos! Alguien le haría justicia. Las gentes honradas. Pero quienes eran honrados para lo otros no eran para él. ¿Qué hacer, entonces? ¿Declararse culpable? ¿De qué? ¿De haber denunciado el cinismo de la ratería en un mundo poblado de rateros? (86).

Un último tipo de interiorización es uno que se vincula al tema central de la dualidad irreconciliable del cholo. Es lo que podría denominarse el diálogo de sombras, una constante riña en la interioridad del protagonista entre sus difuntos padres. Cuando Luis Alfonso se pregunta por qué no tuvo el valor de enfrentarse con los de la fiesta que insultaron la memoria de sus padres, primero el padre y después la madre india contestan dentro de su subconsciencia:

> «¡Por tu madre! Ella es la causa de tu viscoso acholamiento de siempre... De tu mirar estúpido... De tus labios temblorosos cuando gentes como yo hurgan en tu pasado... De tus manos de gañán... De tus pómulos salientes... De tu culo verde...» (...)
> «Porque viste en ellos en ellos la furia y la mala entraña de taita Miguel. De taita Miguel cuando me hacía llorar como si fuera perro manavali... Porque vos también, pájaro tierno, ratoncito perseguido, me desprecias... Mi guagua lindo con algo de diablo blanco...», surgió el grito sordo de mama Domitila (21).

Más tarde vemos que estas sombras duermen en la inconsciencia del protagonista, despertándose en momentos claves de su existir problemático. Es precisamente la disconformidad eterna entre estas dos voces de su interioridad lo que hacia el final de su travesía le lleva al típico comportamiento del cholo acomplejado: la rebeldía (véanse 86-87). Simbólicamente, al final, cuando las voces logran conciliarse y sonar al unísono, el protagonista encuentra la manera definitiva de realizarse, de ser lo que debe ser.

Pero como una parte principal de la dialéctica temática de Icaza en esta novela es la vinculación del cholo individual con la colectividad de su clase, no es sorprendente ver que el novelista recurre a unas técnicas muy suyas para crear una imagen artística de las masas cholas. En el nivel exteriorizado del mundo ficticio, hace hablar numerosas veces a los cholos anónimos, en un moderno tipo de coro que reacciona, comenta y toma parte en el argumento de la novela. En medio de un diálogo en voz alta de voces sin identificación en la fiesta de doña Francisca, al mismo tiempo que se martiriza al protagonista por lo vergonzoso de su legendario padre, salen casi sin querer otras voces que entonan verdades sobre la clase chola:

> El coro que rodeaba al mozo se agitó entonces en oleaje de crueles comentarios:
> —Fantasmal la sabandija.
> —Figura barroca de muro de iglesia.

—Ridículo.
—A veces.
—Pero...
—Catafalco entre lluvias de páramo y soles de manigua.
—Sin embargo hay en él algo que está en todos.
—En todos nosotros.
—Que es nuestro.
—¡Nuestro! (20).

El diálogo de voces anónimas a veces sirve para ejemplificar la solidaridad chola, pero en otras instancias, concreta la hipócrita perfidia de esta clase social. Cuando los demás empleados presencian el favoritismo del jefe de oficina don Ernesto hacia el protagonista, Icaza construye una especie de salmodia rapsódica, con anáfora e hipérbole, en que los serviciales empleados dan incienso al jefe:

—Tú comprendes lo que son los guaguas, la mujer, la suegra, querido cholito.
—Tú comprendes lo que son las deudas, lo que es no tener una sola palanca para que le ampare, querido cholito.
—Tú comprendes lo que significa ser un esbirro, arrastrarse hasta lo más, soportar en silencio tanta pendejada de tanto imbécil, querido cholito.
—Tú, sólo tú comprendes el temor, el miedo angustioso a quedarse sin sueldo, en la calle, querido cholito.
—Tú comprendes lo que es la vida, querido cholito.
—Tú, comprendes, querido cholito (75).

Pero de acuerdo con la dialéctica sobre los cholos, la dualidad inestable y el substrato subterráneo de sus motivaciones, el novelista recurre a otro tipo de diálogo anónimo, el de los pensamientos articulados interiormente por la colectividad chola. Al principio, los vecinos del protagonista, frente a la persecución injusta de los pesquisas, expresan su indignación y solidaridad en la forma del diálogo anónimo de pensamientos (para luego, impulsados a la acción, expresarla como hemos visto ya en el diálogo anónimo en voz alta):

(...) les unía en un diálogo de odio sin palabras (...): «Ave María lo que pasa», «¿Será por la carishina que quiere parir?», «¿Será por el chulla que quiere con su mal natural tirar prosa?», «¿Será por nosotros, carajo? Con el chulla, con la carishina y con todos...» (102).

Igual que el diálogo anónimo en voz alta, el de pensamientos sirve para revelar con mínima intervención del narrador características fundamentales de los cholos. Cuando el protagonista irrumpe sin invitación en la fiesta chola, logra leer en las miradas de los presentes sus pensamientos:

«¿Quién es usted?» ¿Qué quiere? «¿De dónde viene?» «¿Es acaso primo de las guaguas?» «¿A quién busca?» (26).

Al final de la novela se plasma la resolución del argumento mediante el recurso del diálogo anónimo. Hay un diálogo entre los pensamientos de vivos y muertos, la difunta Rosario, el protagonista, su hijo recién nacido y los vecinos, todos solidarizados en una unánime resolución de acción futura (138-139).

* * *

En el plano simbólico, hay dos estructuras que Icaza emplea para dar forma a su tema principal. Una es el símbolo de la máscara, recurso básico de una sociedad cuya vida es una farsa, y ligada estrechamente a ésta, encontramos el reiterado énfasis en el dualismo inherente en el cholo y en las clases altas que intentan esconder sus orígenes. Ambos elementos se relacionan intrínsecamente con un tercero: lo metaliterario, concretamente, la presentación de la arquetípica vida chola como comedia.

Desde las primeras páginas de la obra vemos la máscara que lleva el protagonista y su apariencia de marioneta manipulada por otros: «Su sensibilidad moral poco habituada a tales recomendaciones se disfrazó entonces abriendo en asombro de indignación los ojos, moviendo la cabeza en oferta de embestida feroz, estirando a todo lo alto extraña amenaza de juez incorruptible» (8 y 81). Tan generalizado es el recurso del ecuatoriano al disfraz que el protagonista se pasma en la fiesta de alta sociedad al notar el del presidente de la República:

> (...) se erguía y se inclinaba con precisión matemática de marioneta la cabeza de su Excelencia. «Cuánta dignidad... Cuánto brillo... Cuántas condecoraciones... Es el mejor disfraz de la noche... ¿Disfraz?... Acaso él... ¡No! No es un chulla como.... Parece que no...» (41).

Cuando Luis Alfonso tiene demasiada prisa en su nuevo papel burocrático, se le cae el disfraz, descuidándose en el modo de andar: «Con trote de indio avanzó por la vereda, hacia abajo. Un chispazo de rubor le hizo notar que había caído en ridículo —diligencia de longo de los mandados—. Moderó el paso» (8). A veces el disfraz cholesco es lingüístico: a don Ernesto Morejón Galindo, habla el chulla con «el tono de su cinismo habitual, encubridor de ignorancia y chabacanería cholas; afán desmedido y postizo por rasgar las erres y purificar las elles» (4). Al buscar la ropa adecuada para llevar a Rosario a una fiesta de alta sociedad, riñe con el dependiente Contreras cuando éste le dice que el frac no le va bien a un chulla:

> —Eso está bien para algún pendejo con plata que no ha dado todavía con el disfraz que le cuadre. Pero para usted... No... Perdería el carácter, la gracia, la personalidad.
>
> (...) «Soy un caballero. ¿Qué es eso de chulla? Maricón» (35).

Es, en efecto, Contreras quien revela el símbolo central de la novela. Dice que los cholos viven de sus disfraces «—para cubrir a medias el vacío angustioso de las gentes que no se hallan en sí— (37). Al ver colgado en la tienda el disfraz del padre del protagonista, Contreras, en su interioridad, articula el sentido arquetípico del progenitor de Luis Alfonso llamándole «"padre de nuestros disfraces, de nuestras prosas, de nuestras pequeñas y grandes mentiras"» (38).

El gran baile de la alta sociedad al que asisten los protagonistas disfrazados de

lord inglés y princesa, es uno de los principales medios que Icaza utiliza para
presentar al desnudo la falsedad de la sociedad nacional al describir

> la luz deslumbrante de las lámparas y de los festones de bombillos
> eléctricos (...) —reinas de baraja, princesas de opereta, estrellas de cine sin
> contrato (...) caciquismo almidonado de omnipotencia democrática, calentura
> tropical ceñida a la más grotesca etiqueta palaciega (...) (39).

Luis Alfonso, a manera de camaleón, va cambiando constantemente su disfraz
hasta llegar al chullismo definitivo: «modeló su disfraz de caballero usando botainas
—prenda extraída de los inviernos londinenses por algún chagra turista— para
cubrir remiendos y suciedad de medias y zapatos (...)» (49). Pero poco a poco, el
chulla llega al entendimiento neto de la falsedad de su máscara: «Había algo nuevo
en él. Su valor era otro (...) [Un nuevo] ser (...) aparecía minuto a minuto bajo el
disfraz de chulla aventurero, inofensivo, gracioso. Se llevó la mano a la cara en
afán subconsciente de arrancarse algo» (87). Cuando encuentra su camino en la
indignación´y el deseo de la justicia social, «algo cambió desde entonces en él, algo
más profundo que su disfraz de caballero, algo enraizado en el coraje de una
naciente personalidad, de un equilibrio íntimo (...)» (77). Irónicamente al dejar su
disfraz habitual de chulla, disfrazado por los vecinos cholos para evadirse de la
policía, empieza a intuir su destino en la vida (113).

Ante una mirada que desnuda de la imperiosa doña Francisca, llegan a estar en
irreconciliable conflicto su papel de oficioso fiscalizador y su inestable dualidad
interior:

> «"Mi madre... Se refiere a mi madre... A ella... ¡Oh!», se dijo mentalmente
> el chulla cayendo en una pausa que marcó sobre su orgullo de juez
> incorruptible y sobre su burla de ingenioso aventurero rasgos de máscara
> de angustia y súplica» (18).

El chulla se desconcierta al reconocer lo falso de su asumida personalidad
viéndose duplicado en el disfraz de otro oficinista chullesco:

> «"Yo... Yo mismo... Menos afeminado en otro tono, en diferente color...
> El disfraz...», se dijo saboreando la sorpresa no muy grata de sentirse sin
> forma propia, en desacuerdo con sus posibilidades, ridículo (72).

De su dualismo superado sale al final la verdad de una vida auténtica basada
en la solidaridad de clase:

> «"He sido un tonto, un cobarde. ¡Sí! Les desprecié, me repugnaban, me
> sentía en ellos como una maldición. Hoy me siento de ellos como una
> esperanza, como algo propio que vuelve"» (140).

El paisaje urbano de Quito, capital chola, es una imagen concreta de esta
misma dualidad irreconciliable:

> Mezcla chola —como sus habitantes— de cúpulas y tejas, de humo
> de fábrica y viento de páramo, de olor a huasipungo y misa de alba, de
> arquitectura de choza y campanario, de grito de arriero y alarido de

ferrocarril, de bisbiseo de beatas y carajos de latifundistas, de chaquiñanes lodosos y veredas con cemento (...) (31).

El coro de voces anónimas que presencian el nacimiento del hijo de Rosario y Luis Alfonso comenta la dualidad de todo hombre (en la realidad chola ecuatoriana):

—Es varoncito.
—Flaco está.
—Cuidado se resbale. Se resbalan no más.
—Lo que somos. Un adefesio, pes.
—Después santos o demonios. Todo mezclado.
—Mezcla de Taita Dios.
—O de uno mismo (118).

Los dos hilos simbólicos de la máscara y del dualismo se unen y llegan a su plenitud estética en el terreno de la metaliteratura. Si el cholo se esconde bajo su disfraz para ocultar su aborrecido dualismo, lo que caracteriza la vida colectiva del conjunto de seres enmascarados es una especie de comedia nacional. Lo inauténtico de los múltiples niveles de la existencia chola se compara constantemente a la farsa. Cuando Rosario reconoce el fracaso de su matrimonio «estalló el melodrama en el hogar de los Monteverde» (23). Doña Francisca entra en su fiesta «sorpresivamente, como en los cuentos de brujas y aparecidos» (16). El protagonista es allí un actor con el nuevo papel de fiscalizador incorruptible (19). Después, Luis Alfonso, en arquetípica actuación chullesca, irrumpe en la fiesta de doña Camila, y la concurrencia chola queda impresionada por su apellido y su audacia «a pesar de que la mayoría sospechaba la farsa» (27). El momento clave en este proceso metaliterario es la visita del protagonista a la tienda de disfraces en preparación para la fiesta de alta sociedad. Durante el baile, Luis Alfonso y Rosario, por separado y en su interioridad, sienten a ratos la tensión entre la «ficción» que todos intentan vivir y la auténtica realidad:

Entre la realidad y la farsa hubo un momento —pequeño desde luego— en el cual ellos se debatieron en el vacío. Su vacío. (...)
«Son las ropas de Contreritas... (...) Todos embutidos en su disfraz... Con ese algo que obliga a las gentes a pensar en el personaje que uno...» (39-40).

La farsa es tan generalizada que incluye hasta al señor presidente constitucional de la República, quien, siendo muy prudente, se va de la fiesta antes de que se le vea el disfraz:

En inoportunidad de voces y giros olor a mondonguería, en estridencia de carcajadas, en tropicalismo de chistes y caricias libidinosas, surgió el fondo real de aquellas gentes chifladas de nobleza, mostrando sus narices, sus hocicos, sus orejas —chagras con plata, cholos medio blanquitos, indios amayorados. (...) —plaza de pueblo después de la feria semanal... (...) Sólo su Excelencia se retiró a tiempo. Se retiró antes de sentirse desbarnizado,

antes de que su aliento empiece a oler a mayordomo, a cacique, a Taita
Dios (41).

Desde la realidad sórdida del escuálido hotelito adonde Luis Alfonso lleva a
Rosario, sale una voz «cavernosa —el idiota de los cuentos terroríficos—» (43)
preguntándoles lo que quieren, conflicto de códigos y realidades. El momento
crucial en esta relación humana llega, «—la escena que podía cambiar el rumbo de
las cosas—» (45), cuando la mujer intenta atrampar al protagonista en el matrimonio. El chulla empieza a sentirse enamorado, teme la trampa y se desdobla como
actor en la farsa y espectador de ella:

> Y al ritmo de la escena que se desenvolvía ante sus ojos, pensó como
> espectador y como crítico «No huye... Deja el abrigo... (...)» (48).

Provoca una riña con Rosario e intenta perderse nuevamente en el bajo mundo
de su disfraz chullesco, en «sus ingenuos recursos de opereta» (61).

En la burocracia, desde luego, todo es comedia y todos son sumamente conscientes de hacer bien su papel. El secretario del Gran Jefe, por ejemplo «sin ser
interrogado —actor que se disculpa anticipándose a la rechifla del público—» (73)
informa a Romero y Flores de lo ocupado que está el Jefe. Pero de vez en cuando,
tras la borrachera o en un momento de máximo disgusto con la farsa de siempre,
algún actor se rebela contra «la obra» y su papel en ella. Tras la salmódica
alabanza colectiva de los oficinistas al Gran Jefe, Humberto Toledo, un pequeño
secretario, pensando que «alguien debía estrellarse como un héroe, alguien debía...—,
se acercó al ídolo adiposo y agigantándose en forma inusitada —esperanza de un
desplante cómico en la concurrencia—, gritó: —¡A la mierda con sus pendejadas!—»
(75) El protagonista no las tiene siempre todas consigo en su papel en la comedia
colectiva. Cuando el correcto fiscalizador intenta rechazar el soborno de uno de sus
víctimas, su negativa le sale «con desprecio que, por desgracia, le salió en falsete
—lado cómico de Majestad y Pobreza—» (79).

Al darse cuenta de que le ha tocado el papel de tonto en la cínica comedia
ideada por los poderosos de la farsa nacional, el protagonista cambia nuevamente
de papel:

> Mal caracterizado, con desplantes y exigencias de cómico de la legua,
> ignorando el rol poderosísimo de la comparsa donde trataba de pasar por
> listo, Luis Alfonso se aventuró en su primer chantaje. Cayó en un decorado
> nada propicio... [...] le echaron de escena sin ninguna consideración (88-89).

Hacia el final de su travesía, Romero y Flores se da perfecta cuenta de la farsa
chullesca, no sólo suya, sino a nivel nacional:

> «Ellos... Los que conservan el chulla bien puesto e impuesto en su farsa
> política, en su dignidad administrativa, en su virtud cristiana, en la arqui-
> tectura de su gloria, en la apariencia de su nobleza. El mío... El mío fue un
> pendejo... Se aplastó...» (138).

En el anagnórisis interno que experimenta el protagonista, incluso la carroza
fúnebre de su amada Rosario le sabe a farsa, «cochero de opereta... barniz de

luto...» (140). Pero en contraste con lo falso de las comedias anteriores, la propia chullesca y la farsa a nivel nacional, el encuentro por parte del protagonista de una auténtica personalidad marca la iniciación de una nueva metaficción. Las huecas farsas anteriores, delineadas novelescamente por Jorge Icaza con los elementos lingüísticos, las técnicas narrativas y los componentes estilísticos que hemos examinado aquí, ceden el paso a una nueva y auténtica forma de vida: la fecunda tragedia «de la permanencia de su rebeldía, de la rebeldía de quien ha recorrido un largo camino y descubre que ha tomado dirección equivocada. Era otro» (135).

BIBLIOGRAFIA

I. Obras de Jorge Icaza

1) Cronología de las publicaciones icacianas

— *¿Cuál es?* y *Como ellos quieren* (dos obras teatrales), Quito. Editorial Labor, 1931.
— *Sin sentido* (teatro) Quito. Ed. Labor, 1932.
— *Barro de la Sierra*, Quito, Ed. Labor, 1933 (seis cuentos: «Cachorros», «Sed», «Exodo», «Desorientación», «Interpretación» y «Mala pata»; los tres últimos nunca se reeditarán; de «Exodo» se conservará prácticamente sólo el título).
— *Huasipungo*, Quito, Imprenta Nacional, 1934 (el texto primitivo sufrirá muchas modificaciones en las ediciones posteriores).
— *En las calles*, Quito, Imprenta Nacional, 1935.
— *Flagelo* (teatro), Quito, Imprenta Nacional, 1936.
— *Cholos*, Quito, Ed. Sindicato de Escritores y Artistas, 1937.
— *Media vida deslumbrados*, Quito. Ed. Quito, 1942.
— *Huairapamushcas*, Quito, Casa de la Cultura Ecuatoriana, 1948.
— *Seis relatos*, Quito, C. C. E., 1952 (seis cuentos nuevos: «Barranca grande», «Mama Pacha», «El nuevo San Jorge», «Contrabando», «Rumbo al Sur», y «Cholo Ashco»).
— *El chulla Romero y Flores*, Quito, C. C. E., 1958.
— «En la casa chola», en: *Anales de la Universidad Central*, Quito, 1959.
— *Obras escogidas*, México, Aguilar, 1961 (El volumen consta de cuatro novelas: *Huasipungo*, *En las calles*, *Huairapamushcas*, y *El Chulla Romero y Flores;* contiene también ocho cuentos: «Cachorros», «Sed» y «Exodo» —los tres con importantes modificaciones con respecto a la edición de 1933—, y los cinco primeros cuentos de la colección *Seis relatos).*
— *Relatos*, Buenos Aires, Ed. Universitaria, 1969 (consta de los ocho cuentos de las *Obras Escogidas*, y, además, de «En la casa chola», y de «Cholo Ashco»).
— *Atrapados*, Buenos Aires, Losada, 1972 (tres volúmenes subtitulados respectivamente: «El juramento», «En la ficción», y «En la realidad»).

2) Algunas de las últimas ediciones

— *Hijos del viento* (traducción al español de *Huairapamushcas*), Barcelona, Plaza y Janés, 1973.
— *El chulla Romero y Flores*, Barcelona, Ed. Salvat, 1973.
— *Huasipungo*, Madrid, Ed. Fascículos Planeta, 1985.

Se ha utilizado una de las últimas ediciones sudamericanas de *El chulla Romero y Flores,* publicadas en vida del autor: *El chulla Romero y Flores,* Buenos Aires, Losada, 1965.

II. Trabajos relacionados con la génesis y circunstancias del texto de *El chulla Romero y Flores*

ARIAS, Augusto: *Panorama de la literatura ecuatoriana,* Quito, Empresa Editora El Comercio, 1961.

BARRERA, Isaac, y CARRIÓN, Alejandro: *Diccionario de la literatura latinoamericana — Ecuador,* Washington, D. C. Unión Panamericana, 1962.

BARRERA, Isaac: *Historia de la literatura ecuatoriana,* Quito, Casa de la Cultura Ecuatoriana, 1955 (Véase sobre todo el vol. IV).

BARRERA, Isaac: *De nuestra América: hombres y cosas de la República del Ecuador,* Quito, C. C. E., 1956.

BARRIGA LÓPEZ, Franklin, y BARRIGA LÓPEZ, Leonardo: *Diccionario de la literatura ecuatoriana,* Quito, C. C. E., 1973.

BELLINI, Giuseppe: *La protesta nel romanzo ispano-americano del novecento,* Milano, Ed. Cisalpino di Varese, 1957.

CARRERA ANDRADE, Jorge: «Medio siglo de la literatura ecuatoriana», en: *Panorama das literaturas das Américas. de 1900 à atualidade,* Angola, Ed. Municipio de Nova Lisboa, 1958, Vol. II.

CARRIÓN, Benjamín: *El nuevo relato ecuatoriano,* Quito, C. C. E., 1958 (2ª edición).

COMETTA MANZONI, Aida: *El indio en la Novela de América,* Buenos aires, Ed. Futuro, 1960.

CUEVA DÁVILA, Agustín: *La literatura ecuatoriana,* Buenos Aires, Centro Editor de América Latina, 1968).

CUEVA DÁVILA, Agustín: *Jorge Icaza,* Buenos Aires, Centro Editor de América Latina, 1968).

Diccionario de la literatura latinoamericana: véase arriba, BARRERA Isaac, y CARRIÓN, Alejandro.

DESCALZI, Ricardo: *Historia crítica del teatro ecuatoriano,* Quito, C. C. E., 1968 (seis volúmenes; véase, sobre Icaza, el vol. III).

DULSEY, Bernard M.: «Icaza sobre Icaza», en *Modern Language Journal* (nº 54, 1970).

DULSEY, Bernard M.: «The short stories of Jorge Icaza», en *The USF Language Quarterly,* (Tampa, Florida, 9; 1970).

DULSEY, Bernard M.: «El teatro de Jorge Icaza», en *Revista de Estudios Hispánicos* (Tuscaloosa, 1973, vol. VII, nº 1).

FALCONÍ VILLAGÓMEZ, José Antonio: *Panorama de la literatura ecuatoriana,* Quito, C. C. E., 1971.

FELL, Eve-Marie: *Les indiens,* Paris. Armand Colin, 1973.

FERRERO BONZÓN, Magali: «*Barro de la Sierra*»: *semilla y fuente temática de la narrativa de Jorge Icaza,* Florida, Gainesville, Univ. of Florida, Phil. Diss., 1975 (London, Univ. Microfilms International, 1981).

FLORES JARAMILLO, Renán: *Los huracanes,* Madrid, Ed. Nacional, 1979.

GARCÍA, Antonio: *Sociología de la novela indigenista en el Ecuador. Estructura social de la novelística de Jorge Icaza,* Quito, C. C. E. 1969.

HENRÍQUEZ UREÑA, Pedro: *Las corrientes literarias en la América Hispánica,* México, Fondo de Cultura Económica, 1969.

HURTADO, Oswaldo: *El poder político en el Ecuador,* Quito, Universidad Católica, 1979.

ICAZA, Jorge: «Relato, Espíritu Unificador en la Generación del Año 30», en *Letras del Ecuador,* nº 129 (enero-agosto de 1964), y en *Revista iberoamericana,* Pittsburgh, Vol. XXXII, julio-diciembre de 1966, nº 62.

JARAMILLO ALVARADO, Pío: *El indio ecuatoriano,* Quito, C. C. E., 1954.

LORENTE MEDINA, Antonio: *La narrativa menor de Jorge Icaza,* Valladolid, Departamento de Literatura Española, Servicio de Publicaciones de la Universidad, 1980.

LOVELUCK, Juan: *La novela hispanoamericana,* Santiago de Chile, Ed. Universitaria, 1969.

MAIGUASHCA, Segundo B.: *El indio, cerebro y corazón de América,* Quito, Ed. Jodoco Ricke, 1949.

MONSALVE POZO, Luis: *El indio. Cuestiones de su vida y de su pasión,* Cuenca (Ecuador), Ed. Austral, 1943.

MÖRNER, Magnus: *Le métissage dans l'histoire de l'Amérique Latine,* Paris, Fayard, 1971.

PAREJA DIEZCANSECO, Alfredo: *Historia del Ecuador,* Quito, Ed. Colón, 1962.

PAREJA DIEZCANSECO, Alfredo: «Consideraciones sobre el hecho literario ecuatoriano», en *Revista de la Casa de la Cultura,* Quito, C. C. E., 1948.

PAREJA DIEZCANSECO, Alfredo; «De literatura ecuatoriana contemporánea», en *Revista nacional de Cultura.* Caracas, nº 116 (mayo-junio de 1956).

PÉREZ, Galo René: *Pensamiento y literatura del Ecuador,* Quito, C. C. E., 1972.

PÉREZ, Galo René: *Jorge Icaza,* Barcelona, Planeta-Agostini, 1985.

PROAÑO, Ernesto B. (S. J.): *Literatura ecuatoriana,* Quito, Imprenta del Colegio Técnico «Don Bosco», 1976 (6ª edición).

REYES, Oscar Efrén: *Breve historia general del Ecuador,* Quito, Ed. Jodoco Ricke, 1967 (tres tomos, en dos volúmenes).

RIBADENEIRA, Edmundo: *La moderna novela ecuatoriana,* Quito, C. C. E., 1958.

RIVAS ITURRALDE, Vladimiro: «Cuatro notas sobre la narrativa ecuatoriana contemporánea» en *Revista de la Universidad de México* (julio de 1974).

RODRÍGUEZ CASTELO, Hernán: «Jorge Icaza», en *Mundo Hispánico,* Madrid, año 24, 1971.

RODRÍGUEZ CASTELO, Hernán: *Literatura ecuatoriana,* Guayaquil-Quito, Ed. Ariel, (sin fecha).

RODRÍGUEZ CASTELO, Hernán: *Literatura ecuatoriana 1830-1980,* Quito, Gallocapitán, 1980.

ROJAS, Angel Felicísimo: *La novela ecuatoriana,* México, F. C. E., 1948.

SACOTO, Antonio: *The Indian in the ecuadorian novel,* New York, Las Américas Publishing Company, 1967.

SILVA, Medardo Ángel: *Ecuador intelectual, y la máscara irónica,* Guayaquil, C. C. E., 1966.

SPAHNI, Jean-Christian: *Les Indiens des Andes,* Paris, Payot, 1974.

VALDANO, Juan «Las tres fases de la literatura ecuatoriana», en *El guacamayo y la serpiente,* Cuenca (Ecuador), C. C. E., nº 14 (enero de 1972).

VARELA JÁCOME, Benito: «El último testimonio novelístico de Jorge Icaza», en *Anales de literatura hispanoamericana,* VI, 7 (1978).

YÁÑEZ, Agustín: *El contenido social de la literatura iberoamericana,* Acapulco, Ed. Americana, 1967.

III. Trabajos vinculados a las temáticas explícita e implícita, y al arte de *El chulla Romero y Flores*

ALARCÓN, Jorge Neptalí: *Jorge Icaza y su creación literaria* (tesis doctoral), Universidad de New México, 1970.

ALONSO, Enrique: «El libro de la semana: *El chulla Romero y Flores* por Jorge Icaza», en: *Letras del Ecuador*, nº 116 (octubre de 1959).

ARIAS, Augusto: «Jorge Icaza y *El chulla*», en *Letras del Ecuador*, nº 115, 1959.

CASTRO, Jaime: «De l'emploi des américanismes dans una oeuvre littéraire», en: *Cahiers de littérature et de linguistique appliquée*, Kinshasa (Zaïre), 1970.

CASTRO, Jaime: *Le style de Jorge Icaza*, (tesis), París, La Sorbona, 1967.

CORRALES PASCUAL, Manuel: *Jorge Icaza: frontera del relato indigenista*, Quito, Centro de Publicaciones de la Pontificia Universidad Católica del Ecuador, 1974.

COUFFON, Claude: «Conversación con Jorge Icaza», en *Cuadernos del Congreso por la libertad de la Cultura*, París, agosto de 1961, nº 51.

DESCALZI, Ricardo: «*El chulla Romero y Flores*. Última novela de Jorge Icaza», en *Letras del Ecuador*, nº 111, 1958.

DESSAU, Adalberto: «Jorge Icaza y José María Arguedas: Problemas conceptuales y artísticos del indigenismo literario» en *Anuario indigenista*, nº 30, dic. de 1970.

FERRÁNDIZ ALBORZ, Fr.: «*El chulla Romero y Flores* de Jorge Icaza», en *Letras del Ecuador*, nº 116, octubre de 1958.

FERRÁNDIZ ALBORZ, Fr.: «El novelista hispanoamericano Jorge Icaza», Prólogo a las *Obras Escogidas* de J. Icaza, México, Aguilar, 1961.

GIBERTI, Eva: *El complejo de Edipo en la literatura*. «*Cachorros*», cuento de Jorge Icaza, Quito, C. C. E., 1964.

GREINER, Denise: «Entrevista con Jorge Icaza» en *Khipu*, Münster, Tortuga Verlag, dic. de 1980 (año 3), nº 6.

KALWA, Erich: «Jorge Icaza y el indio: realismo americano y crítica social», en *Beiträge zur romanischen Philologie*, Berlín, Rütten und Loening, 1973, vol. XII, cuaderno I.

LEVY, Kurt: «The contemporary Hispanic American Novel: Its relevance to society», en *Latin American Literary Review*, Pittsburgh, 1974-1975, vol. 3, n. 5.

Literatura icaciana, Quito, Su librería, 1977 (seis artículos por Jorge Alarcón, Eva Giberti, Bernard Dulsey, José González Poyatos, Th. A. Sackett y Francisco Ferrándiz Alborz).

MANTILLA PINEDA, B.: «Una novela de Icaza: *El chulla Romero y Flores*», en el diario *El Colombiano*, Medellín, nº del 20 de marzo de 1960.

MARCH, Kathleen N.: «El bilingüismo literario y la verosimilitud», en *Revista de Literatura*, Madrid, julio-diciembre de 1985.

MARCH, Kathleen N.: «Las sorpresas del virtuoso compromiso: El indigenismo de Icaza» en *Ideologies and Literature*, Minnesota, 4. 17 (septiembre-octubre de 1983).

MUÑOZ, Silverio: «Conocimiento y conversación con Oswaldo Guayasamín y Jorge Icaza» en *Boletín de la Universidad de Chile*, 1971, nº 114.

NUÑEZ, Sergio: «Jorge Icaza, el novelista actual», en *Letras del Ecuador*, nº 118, 1960.

OJEDA, Enrique: «Elementos picarescos en la novela *El chulla Romero y Flores*», en Manuel Criado del Val: *La picaresca: orígenes, textos y escrituras*, Madrid, Fundación Universitaria Española, 1979.

OJEDA, Enrique: *Cuatro obras de Jorge Icaza*, Quito, C. C. E., 1961 (estudio de cuatro novelas icacianas, entre las cuales *El chulla Romero y Flores)*.

OLIVARI, Manuel: «Jorge Icaza: Novelista de América», en *O Cruzeiro Internacional* (edición en castellano), Río de Janeiro, 1º de diciembre de 1963, Año VII, nº 23.

PEDRO, Valentín de: «*El chulla Romero y Flores*» símbolo de una clase social», en *Letras del Ecuador*, nº 116 (octubre de 1959).

RICHARD, Renaud: *La mentalité métisse en milieu ethnocratique d'après les conteurs et romanciers équatoriens de la génération de 1930* (tesis doctoral), París, Sorbona, 1981 (tres volúmenes).

RODRÍGUEZ CASTELO, Hernán: «*El chulla Romero y Flores*, novela de plenitud», Prólogo a *El chulla Romero y Flores*, Guayaquil-Quito, Ed. Ariel, sin fecha.

SACKETT, Theodore Alan: *El arte en la novelística de Jorge Icaza*, Quito, C. C. E., 1974.

TIJERINA, Servando: *A study of Jorge Icaza as a literary figure and as a social reformer*, Stanford University Press, 1964.

VETRANO, Anthony J.: *La problemática psico-social y su correlación lingüística en las novelas de Jorge Icaza*, Miami, Ediciones Universal, 1974.

SE ACABÓ DE IMPRIMIR ESTE LIBRO, *EL CHULLA ROMERO Y FLORES,* DE
JORGE ICAZA, TOMO 8 DE LA COLECCIÓN ARCHIVOS, EN MADRID,
EL DÍA 2 DE SEPTIEMBRE DE 1988. LA EDICIÓN CONSTA
DE 3.000 EJEMPLARES, DE LOS CUALES 100 HAN
SIDO NUMERADOS A MANO CON MOTIVO
DE LA PRESENTACIÓN DE LA CO-
LECCIÓN EL DÍA 5 DE OC-
TUBRE DE 1988 EN
ROMA